Fantasy

Herausgegeben von Friedel Wahren

Von **Sheri S. Tepper** erschienen in der Reihe
HEYNE SCIENCE FICTION & FANTASY:

Erbe des Blutes · 06/4692
Nach langem Schweigen · 06/4934
Die Schöne · 06/5344

SHERI S. TEPPER

Die Schöne

Roman

Aus dem Amerikanischen übersetzt
von
BIGGI WINTER

WILHELM HEYNE VERLAG
MÜNCHEN

HEYNE SCIENCE FICTION & FANTASY
Band 06/5344

Titel der Originalausgabe
BEAUTY
Aus dem Amerikanischen übersetzt von
Biggy Winter
Das Umschlagbild malte Carl Lundgren

Redaktion: F. Stanya

Die Erstausgabe erschien bei Doubleday (›A Foundation Book‹),
a division of Bantam Doubleday Dell Publishing Group, Inc.,
New York

Printed in Germany 1955
Umschlaggestaltung: Atelier Ingrid Schütz, München
Technische Betreuung: M. Spinola
Satz: Schaber Satz- und Datentechnik, Wels
Druck und Bindung: Ebner Ulm

ISBN 3-453-08537-X

Gewidmet

Malcolm Edwards,

der in seiner Weisheit
verantwortlich ist
für diese leeren Seiten

Vorwort

[Im folgenden finden sich gelegentlich Einschiebungen in den Text, welche von mir, Carabosse, der Uhrenfee, stammen, der Bewahrerin aller Geheimnisse der Zeit. Wenn ich von der Brücke aus in meinen Teich der Ewigkeit hinabblicke, spiegelt sich da unten alles aus Vergangenheit und Zukunft, weit Entferntes oder ganz Nahes, Verschwommenes oder klar Erkennbares. Wenn ich andere an meine Seite bitte, können auch sie es sehen.

Was wir auch tun, wir tun es, weil wir sehen.

Dieses Tagebuch wird verfaßt von Beauty, der Schönen, der Tochter des Herzogs von Westfaire, die mit vielen erfreulichen Gaben versehen ist. Obwohl bedauerlich ist, daß niemand ihr die Gabe der Intelligenz verliehen hat (welche in Feery allerdings nicht sehr hoch im Kurs steht), verfügt sie über einen praktischen Verstand, der diesen Mangel zumeist ausgleicht.

Intelligent oder nicht, sie ist die Truhe, in der alle unsere Schätze ruhen.

Intelligent oder nicht, Beauty ist unsere ganze Hoffnung.]

Das Tagebuch von

Beauty,

der Tochter des Herzogs von Westfaire

Noch ehe ich daranging, dies hier zu beginnen, hatte ich beim Versuch, sie zuzuschneiden, schon fünf Federkiele unbrauchbar gemacht. Schließlich schnitt mir Pater Raymond diesen hier zurecht. Ich sagte ihm, er müsse das für mich tun, da doch schließlich er es war, der mir dieses Buch als Belohnung für meine guten Fortschritte in Latein, in Rhetorik und Stilistik sowie für ein ganzes Monat ohne Murren geschenkt hat. Und so habe ich jetzt etwas, dem ich all die Dinge anvertrauen kann, über die ich mit niemandem außer Pater Raymond spreche – und manchmal ist auch er zu beschäftigt, um mir zuzuhören. Ich habe vor, die Geschichte meines ganzen Lebens aufzuschreiben, so daß ich sie lesen kann, wenn ich alt bin, und mich wiederum an alles erinnere. Oft erinnern sich alte Leute nicht gut. Ich weiß das, weil sie, wenn ich sie nach gewissen Dingen frage, für gewöhnlich sagen: »Beauty, um Himmels willen, Kind, daran kann ich mich doch nicht mehr erinnern!« Zumindest diejenigen in meiner Umgebung.

Hätte ich eine Mutter, würde ich sie fragen. Aber ich habe meine Mutter nie gekannt. Ebensogut kann ich auch damit beginnen.

1

Mein Leben auf Burg Westfaire

Am Tage des heiligen Richard von Chichester,
im April des Jahres Unseres Herrn 1347

Ich habe meine Mutter nie gekannt. Vater spricht zwar niemals von ihr, doch meine Tanten, seine Halbschwestern, gleichen dieses Schweigen mit einer Geschwätzigkeit aus, die ebenso pausenlos wie boshaft ist. Die Tanten sprechen nicht gut von ihr. Doch wer sie war und was aus ihr geworden ist – das sind zwei Fragen, die die Tanten sorgfältig umgehen, wieviel Übles sich sonst auch findet, über das es zu schnauben gilt. Ich denke mir immer, daß sie wahrscheinlich nicht soviel Atem an meine Mama verschwenden würden, wenn sie tot wäre, also ist sie vermutlich noch am Leben, irgendwo. *De mortuis nil nisi bene,* sagt Pater Raymond gern, aber das gilt nur für tote Leute.

Als ich noch klein war, habe ich immer wieder nach ihr gefragt. (Was wohl jedes Kind an meiner Stelle täte, denke ich. Es geschah gewiß nicht aus Bosheit.) Anfangs hieß man mich still zu sein, und dann, als ich nicht lockerließ, setzte es Strafen. Nichts macht mich ärgerlicher oder noch entschlossener, gewisse Dinge in Erfahrung zu bringen, als Leute, die sie mir vorenthalten wollen. Es stört mich nicht, wenn jemand etwas nicht weiß, wirklich nicht weiß, aber ich hasse es, wenn er es einfach nicht sagen will. Außerdem ist es nicht sinnvoll, denn es macht den anderen nur noch neugieriger. Und so sind es letztlich die miteinander tuschelnden Tanten, denen es zuzuschreiben ist, daß ich es mir angewöhnt habe, an verschlossenen Türen zu lauschen und unter geöffneten Fenstern herumzustreichen. Pater Raymond tadelt mich zwar deswegen, wenn ich es bei der Beichte anführe, doch er räumt ein, daß es sich um eine läßliche Sünde handelt. Der Gedanke, es zu beichten, ist mir ganz von selbst gekommen, weil ich die Sache als irgendwie ungebührlich empfand, aber vielleicht ist Neugier gar keine echte Sünde, und ich brauche keine Schuldgefühle deswegen zu haben. Ich werde versuchen, es eine Zeitlang nicht zu beichten, und abwarten, was geschieht.

Manchmal vernehme ich den Namen meiner Mutter, Elladine, und dazu Bemerkungen, die sich auf ›den Fluch‹ beziehen oder auf ›den Fluch, der auf dem Kind liegt‹. Das Kind bin vermutlich ich. Hätte ich in zarterem Alter gewußt, was ein Fluch ist, wäre ich dadurch wohl in nicht wiedergutzumachender Weise verstört oder verletzt worden. So hingegen wußte ich weder, was ein Fluch, noch, was eine Mama ist, außer daß die meisten Kinder über das erstere nicht, über das letztere jedoch sehr wohl verfügen. Ich hatte einst einmal wohl beides gehabt, offenbar ohne aus einem davon irgendeinen erkennbaren Nutzen zu ziehen. Nun, da ich älter bin und weiß, was ein Fluch ist – ohne freilich in alle Einzelheiten eingeweiht zu sein, die mich betreffen –, habe ich mich an den Gedanken gewöhnt und finde es nicht ganz so erschreckend, wie ich wahrscheinlich sollte, mit einem Fluch belastet zu sein.

(Ich merke, daß ich schwatzhaft werde. Pater Raymond meint, ich wäre sehr schwatzhaft und würde unter Anfällen von Geziertheit leiden; ich finde nicht, daß ich unter irgend etwas leide, es sei denn, unter meinen Tanten, und wenn es die Tanten sind, wie könnte ich dem abhelfen? Auch wenn es schwatzhaft wirkt, so sind all diese Worte doch etwas, womit ich geboren wurde. Die Worte blubbern in mir hoch wie Bläschen in kochendem Wasser; es fällt mir schwer, sie abzustellen.)

Ich habe mir vorgenommen, so bald wie möglich alles über Mama (und den Fluch) herauszufinden. Bis jetzt habe ich noch nicht viel herausgefunden. Ich weiß, daß Mama sehr schön war, denn einer der älteren Ritter sagte es mir, als er feststellte, daß ich ihr sehr ähnlich sehe, besonders um die Augen herum. Der Rest ist wohl ausschließlich Papa. Doch auch Papa ist ein ungewöhnlich gutaussehender Mann, und daher bin ich sehr schön. Nicht Eitelkeit ist es, die mich so reden läßt; es ist eine Tatsache. Und man muß den Tatsachen ins Auge sehen, so sagen es zumindest die Tanten gern, obwohl sie keineswegs entsprechend handeln. Aber sie sagen vieles, was sie dann nicht befolgen – das fällt mir überhaupt bei den Menschen im allgemeinen auf. Tatsache ist jedenfalls, daß ich dereinst, wenn ich erwachsen bin, hinreißend aussehen werde, vorausgesetzt, ich nehme keine schlechten Gewohnheiten an und falle nicht der Trunksucht anheim.

Tante Levistica, das muß ich zu meinem Bedauern sagen, ist eine ewig durstige Seele, doch die anderen Tanten sind ziemlich abstinent.

Als ich zehn oder elf Jahre alt war, übernahm Pater Raymond meine Ausbildung, aber soweit ich mich an meine frühere Erziehung erinnern kann, wurde sie stets von meinen Tanten beaufsichtigt. Ich lernte Kochen von Tante Basilia und alles über den Wein von Tante Levistica, Nähen von Tante Majorana (die ihre Erziehung einst bei den frommen Schwestern der Unmittelbaren Empfängnis im Kloster der Heiligen Maria von der Immerwährenden Bestürzung genossen hatte) und das Musizieren von Tante Lavendula, die, obwohl stocktaub, mit großem Schwung und unter fröhlicher

Vernachlässigung jeglicher musikalischer Formen die Laute schlägt. Sie nennt ihren Stil ›spontan‹ und drängt mich dazu, es ihr gleichzutun.

Ich habe zwar entdeckt, daß es mir genauso leichtfällt, die richtigen Noten zu spielen wie die falschen, doch um der Tante gefällig zu sein, bewege ich meine Arme heftiger, als es die Melodien verlangen. Was die Musik angeht, bin ich ziemlich talentiert. Ich singe auch recht hübsch, sagt man mir.

Als ich vier oder fünf Jahre alt war, brachte Tante Dragon mir das Alphabet bei, damit ich erbauliche Werke lesen konnte und so gestärkten Glaubens würde. Etliches aus den Schriften, die mir am besten gefallen, finde ich nicht besonders erbaulich, und so gebe ich vor, in religiösen Büchern zu lesen, wann immer Tante Dragon in der Nähe ist. Als ich neun war, wurde ich gefirmt – ziemlich spät, obwohl Pater Raymond fand, das wäre gerade der richtige Zeitpunkt. Schon damals hielt ich die religiösen Dogmen da und dort für bestenfalls unwahrscheinlich, doch Tante Dragon ist sehr fromm. Die anderen Tanten nennen sie Gottes Drachen – ein Wortspiel mit ihrem Namen. Sie sagen etwa: »Wo bleibt denn Gottes Drachen schon wieder?« und fallen vor dummem Gelächter fast vom Stuhl.

Es war eine Laune meines Großvaters, seine sieben Töchter nach verschiedenen Kräutern zu benennen – ein schwarzer Punkt im himmlischen Bewertungsbuch, der zweifellos getilgt wird durch seinen Tod und die vorangegangene Knechtschaft im Alter von vierundsiebzig. Wir sind eine langlebige Familie, sagt Papa, und Großvater war in diesem Alter immer noch sehr rüstig und inbrünstigen Glaubens. Als er auf dem Weg nach Rhodos war, um sich dort in die Dienste der Johanniter, der Brüderschaft des Hospitals des heiligen

Johannes, zu stellen, wurde Großvaters Schiff in einem Sturm vom Kurs abgetrieben und in der Folge von den heidnischen Mamluken aufgebracht – das wurde Großmama jedenfalls von einem entkommenen Überlebenden berichtet. Wenn ich mir anhöre, was Papa und die Tanten über Großpapa so reden, dann bezweifle ich, daß Sultan al-Maluk anNazir viel Freude an ihm hatte.

Glücklicherweise fiel Großvaters Tod oder Verschwinden in eine Zeit, lange nachdem er die Baumeister mitgebracht hatte, die sich des Umbaues von Burg Westfaire annahmen. Gewisse Leute sagen, bei den Architekten hätte es sich um Heiden aus dem Fernen Osten gehandelt, andere wiederum behaupten, es wären Nachkommen der drei Weisen aus dem Morgenland gewesen – doch um etwas so Wunderschönes schaffen zu können, dürfte es sich unmöglich um schlechte Menschen gehandelt haben. In ganz England gibt es keine zweite Burg wie Westfaire. Vielleicht gibt es auf der ganzen Welt kein Gebäude, so herrlich wie dieses. Westfaire ist einzigartig. Selbst Menschen, die, wie Pater Raymond in jüngeren Jahren, alle vier Windrichtungen der Erde bereist haben, sagen, es wäre von unvergleichlicher Schönheit.

Großvaters erste Frau brachte keine Söhne zur Welt, nur zwei Töchter. Es sind die beiden ältesten meiner Tanten: Tante Schwester Mary Elizabeth und Tante Schwester Mary George, Nonnen im Kloster St. Perpituus in Alderbury. Die Schwestern besuchen uns nicht oft. Ich persönlich glaube, daß sie die heiligen Gelübde nur deshalb ablegten, um nicht länger Rainfarn und Beinwell gerufen zu werden, obwohl es freilich auch sein kann, daß sie von Gott berufen wurden. Als ich die beiden zum letzten Mal sah, war Schwester Mary Elizabeth schon ziemlich kränklich, und es ist sehr wahrscheinlich, daß Schwester Mary George es sein wird, die länger lebt, obwohl sie mit jedem Jahr ein bißchen vertrockneter und magerer aussieht.

Auch Großvaters zweite Frau brachte keine Söhne zur Welt, nur fünf Töchter: Tante Lavvy ist mit achtundfünfzig die jüngste von ihnen. Tante Levvy ist sechzig. Tante Drachen ist zweiundsechzig. Tante Bas und Tante Maj sind Zwillinge und fünfundsechzig. Ich bin fast sechzehn, und der große Altersunterschied zwischen ihnen und mir (sowie ihre schweigsame Zurückhaltung bei gewissen Dingen, die ich wissen will) scheint eine unüberwindliche Barriere zu sein. Häufig gelingt es ihnen nicht, etwas so wahrzunehmen, wie ich es wahrnehme, und das macht diese Barriere noch undurchdringlicher. Ich kann nicht behaupten, daß es auf einer der beiden Seiten mehr gibt als nur oberflächliche Zuneigung. Pater Raymond spricht zwar über töchterliche Pflichten, aber ich finde, in einer Familie sollte mehr vorhanden sein als das.

Großvaters dritte Frau, die Mutter meines Vaters, starb kurz nach Großvaters Verschwinden – an gebrochenem Herzen, so heißt es, doch meiner Meinung nach handelte es sich um schlichten Ärger. Manchmal stelle ich mir vor, wie es wohl wäre, die Ehefrau eines Mannes und die Mutter eines Sohnes zu sein, die immer auf irgendeiner Pilgerreise sind, und dazu noch Stiefmutter für sieben Töchter, die allesamt beträchtlich älter sind als ich: Das würde mich auch ins Grab bringen, genau wie Großmama. Sie war schließlich erst fünfzehn, als Großvater sie zur Frau nahm, und etwa fünfunddreißig, als er starb. Was hatte ihr das Leben noch zu bieten außer weitere Jahrzehnte in Gesellschaft der stieftöchterlichen Kräutersammlung, die sich offensichtlich einem kauzigen Zölibat verschrieben hatte? Begraben unter all diesen Stieftöchtern war es Großmama wohl schwer vorstellbar erschienen, zu einem zweiten Gatten zu kommen, ganz besonders, da weder von ihrer Mitgift noch von ihrem Leibgedinge als Witwe etwas übrig war: Großpapa hatte alles in den Umbau von Westfaire gesteckt – alle Aussteuern seiner drei Frauen, sein ganzes eigenes Geld und dazu noch das beträchtliche Vermögen, zu dem er im Heiligen Land irgendwie gekommen war und über das wenig geredet wird, was mich zu der Annahme verleitet, Großvater könnte sich bei der Anhäufung seines Reichtums möglicherweise nicht ganz streng an die christlichen Moralvorstellungen gehalten haben. Jedenfalls stand Großmama allein da, mit nichts, was Freier hätte anlocken können, und so war ihr der Tod vielleicht als segensreiche Erlösung erschienen. Das ist zumindest meine Meinung.

Ich bringe viel Zeit damit zu, über die Menschen nachzudenken. Wenn man von der Religion absieht, hat man ohnedies sehr wenig außer den Menschen, worüber man nachdenken könnte. Menschen und Bücher, das ist so ungefähr alles, was es gibt. Ich habe niemanden, mit dem ich viel reden könnte und nur Grumpkin zum Spielen, und so … so verbringe ich viel Zeit mit Nachdenken. Das kommt dann eben in Worten heraus. Ich kann's nicht ändern.

Ich lese alles, was ich in die Finger bekomme. Bücher und das, was ich selbst schreibe, sind mir eine Labsal in den späten Nachtstunden, wenn alles schläft auf Burg Westfaire – außer mir. Und ich liege grundlos wach, wenn man davon absieht, daß mir die Beine weh tun (Tante Drachen sagt, das sind Wachstumsschmerzen), daß die Eulen in den Bäumen schreien oder daß mein Kopf voller Dinge ist, für die mir noch die Worte fehlen – solche Dinge muß es doch geben! –, oder daß meine Brust brennt, als hätte ich einen kleinen Stern verschluckt. Er brennt und brennt, ein Stückchen unter dem Schlüsselbein, als wollte er mich aushöhlen, um Platz zu schaffen für sich selbst. Ich weiß nicht, was es wirklich ist, aber es ist immer schon da drinnen gewesen.

Also sitze ich hinter den dicht zugezogenen Bettvorhängen, die Kerze auf einer Seite und Grumpkin auf der anderen, wo er in seine Pfoten schnarcht, und mache mir Listen von neuen Wörtern, die ich tagsüber gehört habe, oder schreibe seitenweise an mich selbst über alles, was ich nicht begreifen kann. Manchmal liegt Grumpkin auch auf dem Rücken, die Vorderpfoten gefaltet über Brust oder Nase und ein erwartungsvolles Lächeln auf dem Gesicht, als würde er von Mäusen träumen. Ich wünschte, ich könnte schlafen wie eine Katze.

2

Am Tage des heiligen Paternus,
des Bischofs und Bekehrers der Druiden,
im April des Jahres Unseres Herrn 1347

Als ich noch recht klein war, so acht oder neun Jahre alt, da stibitzte ich mir einmal ein paar Knabenkleider von der Wäscheleine bei der Försterhütte und ließ dafür eine Silbermünze zurück. Ich hatte Mühe gehabt, in den (unrechtmäßigen) Besitz der Münze zu kommen, denn ich besaß kein eigenes Geld, und ich dachte, daß Gott mir einen Diebstahl bei Wohlbestallten möglicherweise vergeben könnte, nicht jedoch eine mutwillige Steigerung der Not bei armen Leuten. Angetan mit diesen groben Kleidern, mit Schmutz im Gesicht und das Haar unter einer schmierigen Mütze versteckt, fand ich mich bei den Ställen ein und bat um irgendeine Arbeit, die Martin, der Aufseher der Stallknechte, gewillt war mir zu geben. Ich bin ziemlich sicher, daß Martin mich erkannte, aber wir hielten beide eisern den Anschein aufrecht, daß ich ein Junge aus der Gegend war, ein gewisser Havoc, Sohn eines Müllers, den Martin einstellte, um sich seine jugendliche Tatkraft zunutze zu machen. Hätte uns je irgend jemand durchschaut, wäre ich augenblicklich bereit gewesen, auf die Heilige Schrift zu schwören, daß Martin keinerlei Schuld traf, so dankbar war ich ihm, und ich glaube, daß auch er darauf zählte, von mir in Schutz genommen zu werden, falls unser Spiel entdeckt würde.

Es war im Stall, wo ich reiten lernte, lange bevor die

Tanten mich in voluminöse Röcke stecken und dazu zwingen konnten, im Damensattel, einer von Großvaters Erfindungen, zu reiten. Ich glaube nicht, daß der Damensattel bei den Menschen ankommen wird. Vernünftigerweise reiten die meisten Damen so wie die Herren, und ich kann mir nicht vorstellen, daß sie sich statt dessen für etwas so Unbequemes entscheiden, das noch dazu zweifelhafter Herkunft ist. Den Stalljungen zufolge wurde der Damensattel erfunden, um die Jungfräulichkeit eines Mägdeleins zu schützen, indem dieses statt dessen den Nacken riskiert. Man setzt sehr viel aufs Spiel für sehr wenig, dachte ich damals, obwohl ich freilich keine praktischen Einblicke in die Sache hatte – was sich bis heute kaum geändert hat.

Manchmal trug Martin mir auf, die Pferde in Bewegung zu halten und sie durch das kleine Wäldchen hinunter zur Tränke am Bach zu führen. Und bei einer solchen Gelegenheit traf ich auch den Jungen mit den spitzen Ohren zum erstenmal. Er kam unter den Bäumen hervor, nannte sich Puck und fragte mich nach meinem Namen. Als ich ›Havoc‹ sagte, lachte er. »Ich weiß, daß du es bist, Beauty, Schöne!« rief er. Als ich ihn fragte, was er in *meinem Wald* zu suchen habe, sagte er, er müßte für irgend jemanden ein wachsames Auge auf mich haben. Ich nahm an, Martin hätte ihn geschickt, weil mir niemand sonst einfiel, der sich meinetwegen Sorgen machen könnte. Danach sah ich ihn gelegentlich wieder. Manchmal erzählte er mir Geschichten, jedoch keine Geschichten, wie die anderen Leute sie erzählen. Er sprach von Gott, aber nicht wie Pater Raymond, und einiges von dem, was er von sich gab, klang in meinen Ohren stark nach Blasphemie; das sagte ich ihm auch. Ich hielt ihn für den Sohn irgendeines Holzfällers, den Martin hinter mir herschickte, um auf mich aufzupassen, sobald ich die Stallungen verließ – was jedoch nicht oft geschah, denn in den Ställen gingen die interessanten Dinge vor sich; dort redeten die Leute über Sachen, die ich nirgendwo anders hätte erfahren können.

In den Ställen war es auch, wo ich entdeckte, wie die Zeugung bei den Tieren abläuft, und wo ich genug von der Anatomie der Stalljungen mitbekam, um in der Lage zu sein, zweckdienliche Parallelen zu ziehen. Obwohl das Rüstzeug der Jungen im Vergleich mit jenem der Hengste deutlich schlechter abschneidet, ist die Gleichartigkeit der Bestimmung unverkennbar. Ich finde es merkwürdig, daß die Tanten noch nie ein Wort über dieses Phänomen verloren haben. Aber es gibt so viele Dinge, über die sie mit mir einfach nicht sprechen. Sie haben mich nicht einmal auf das vorbereitet, womit ein Mädchen eines Tages rechnen muß, und als es das erstemal passierte, da dachte ich, Gott würde mich dafür bestrafen, daß ich einer gewissen Person gegenüber gewisse Gefühle hege, indem er mich verbluten ließ. Es war Doll, die mich in Tränen aufgelöst vorfand und mir versicherte, daß das alles ganz normal sei und nichts mit einer Sünde zu tun habe.

Doll ist Martins Frau. Doll ist die Kurzform für Dorothy. Sie wurde nach der heiligen Dorothea benannt, einer jungfräulichen Märtyrerin, die weit und breit berühmt war für ihre engelhafte Tugend. Doll sagt immer, sie wäre lieber nach jemandem benannt, der weniger engelhaft und dafür mit mehr Muskeln ausgestattet ist. Sie ist eine der Frauen, die die Burg sauberhalten und die Spinnweben entfernen, und dazu braucht es Muskeln. Ich bin sicher, sie hat von Anfang an gewußt, daß ich mich in den Stallungen herumtreibe, aber sie hat mich nie verraten. Doll und eine zweite Frau fertigen auch Kleider für mich, und dafür bin ich dankbar, denn wenn es nach Papa oder den Tanten ginge, wäre ich immer in Sachen aus den Dachkammern gekleidet, die vor langer Zeit für uralte weibliche Verwandte in ihren letzten Lebensjahren genäht wurden. Doll und Martin sind meine beiden Freunde.

Mein dritter Freund ist Giles.

Giles ist einer der bewaffneten Reiter. Er ist ein oder zwei Jahre älter als ich, großgewachsen für sein Alter, sehr breit in den Schultern, schmal in den Hüften und gutgebaut in den Beinen. Er hat ein offenes, ehrliches Gesicht und eine Menge hellbraunes Haar, das ihm zwischendurch immer wieder in die Stirn fällt und ihn dann viel jünger aussehen läßt. Seine Augen sind blau, tiefblau wie der Abendhimmel. Seine Lippen … Er hat sehr hübsche Gesichtszüge. Was ihn betrifft, so habe ich von Zeit zu Zeit gewisse Gedanken, von denen ich nicht einmal Pater Raymond erzähle, denn ich würde erröten, wenn ich es täte. Außerdem habe ich keine artigen Worte, die ich verwenden könnte, denn entweder gibt es keine dafür oder niemand hat sie mir beigebracht. Ich weiß, wie die Stallknechte reden, doch Pater Raymond würde gewiß keinen Sinn dafür haben. Nichtsdestoweniger denke ich an die Hengste und an das, was sie mit den Stuten machen, wenn ich Giles sehe, und dann verspüre ich die seltsamsten Hitzewallungen.

Außerdem merke ich, wie er mich manchmal ansieht – Giles, nicht Pater Raymond –, was mir zu verstehen gibt, daß er genauso fühlt wie ich. Er ist von guter Herkunft, aber er ist nur ein junger Mann ohne Vermögen oder Rang, und die Frage stellt sich gar nicht, ob es sich bei ihm um einen passenden Zukünftigen für die Tochter eines Herzogs handelt. Das tut es nicht. Ich weiß das, und er weiß es auch, aber er ist nett zu mir. Er ist zuvorkommend und freundlich und hat sich mir gegenüber noch niemals, auch nicht mit einem einzigen Wort, ungehörig verhalten. Manchmal, nach einem längeren Regen, finde ich meine Bank im Garten sorgfältig trockengewischt und darauf eine Rose. Ich bin sicher, es ist Giles, der dafür verantwortlich ist, aber er sagt nichts, und ich sage auch nichts. Trotzdem ist er mein Freund. Sonst würde er nicht so handeln.

Und dann ist da noch meine Freundin Herzchen.

Ihre Mutter nennt sie Herzchen, obwohl ihr Name eigentlich Mary Blossom ist. Sie ist die Tochter von Mutter Blossom, einer freien Grundbesitzerin im Dorf, die kunstvolle Webarbeiten herstellt. Mutter Blossom wird von allen respektiert, weil sie auch Hebamme ist und Wunden behandelt und gebrochene Knochen wieder einrichten kann. Wenn dir was weh tut, bleib weg von den Ärzten und geh lieber zu Mutter Blossom, so heißt es hier bei den Leuten. Das ist wohl wahr. Von Zeit zu Zeit konsultiert die eine oder andere Tante einen gewissen Medikus, und alles, was der große Gelehrte je getan hat, ist, an ihrer Pisse zu riechen, sie fast ausbluten zu lassen und ihr irgendeine grauenhafte Mixtur zu verabreichen, die – so sagt Martin – die alten Damen ein paar Jahre vor ihrer Zeit ins Grab bringt. Herzchen ist meine Zofe. Sie ist auch meine Freundin und fast sicher meine Halbschwester – beinahe meine Halbzwillingsschwester.

Nicht, daß Herzchen das einzige junge Geschöpf ist, das in der Burg umherläuft und mir wie aus dem Gesicht geschnitten ist. Alle tun so, als würden sie es nicht bemerken, aber ich müßte ja blind sein, um es nicht zu sehen. Wenn zwei Stuten, die einander gar nicht ähnlich sehen, Fohlen werfen, die genau gleich aussehen, dann weiß man, daß derselbe Hengst hinter den beiden her war, also ist es klar, daß Papa einst hinter Mutter Blossom her gewesen sein muß. Das geschah freilich vor sechzehn oder siebzehn Jahren, und damals war sie noch jünger und hübscher. Ich erinnere mich an ihre Fröhlichkeit und schlanke Gestalt, als ich ein kleines Mädchen war. In der Zwischenzeit hat sie an Gewicht zugelegt, und sie wirkt jetzt sehr gesetzt und würdevoll, was ja für eine allseits geachtete Matrone durchaus passend ist.

So ist also Herzchen meine Halbschwester, am selben Tag geboren wie ich, und sie sieht mir so ähnlich, daß sie meine Zwillingsschwester sein könnte. Manchmal habe ich sie sehr lieb, aber manchmal hasse ich sie auch, weil sie eine Mutter hat und ich nicht. Gelegentlich verkleiden wir uns jeweils als die andere, und Herzchen nimmt meinen Platz in der Burg ein – im Speisesaal oder beim Nähen mit den Tanten, und niemand merkt den Unterschied. Sie kann einen ganzen Tag in der Burg verbringen, ohne daß jemand ahnt, daß sie nicht ich ist. Aber wenn ich ins Dorf hinuntergehe und so tue, als wäre ich die Tochter der Weberin, dann wirft Mutter Blossom nur einen Blick auf mich und sagt: »Beauty, es ist gar nicht schön von dir, mich so zu necken! Geh und sag meiner närrischen Tochter, sie soll heimkommen.«

Da möchte ich aus irgendeinem unerfindlichen Grund immer weinen. Vielleicht weil sie immer gleich weiß, daß ich nicht Herzchen bin. Man muß Menschen wirklich gut kennen, um sich so sicher zu sein. Ich habe schon daran gedacht, daß sie vielleicht dieses Brennen in mir wahrnimmt. Ich weiß, Herzchen hat nichts dergleichen, weil ich sie danach gefragt habe. Sie erkundigte sich, ob es sich nicht um Sodbrennen handeln könne, und ich sagte zu ihr, ganz gewiß nicht.

3

Am Tage der Heiligen Philipp und Jakob, im Mai des Jahres Unseres Herrn 1347

Gestern kehrte mein Vater, welcher siebenunddreißig Jahre alt ist, von einer Wallfahrt nach Canterbury zurück – er hat zuvor schon Wallfahrten zu den Gräbern des heiligen Franz von Assisi, des heiligen Martin von Tours, des heiligen Bonifatius in Fulda und des heiligen Jakob in Compostela unternommen, sowie nach Glastonbury, Lindisfarne, Walsingham, Westminster, St. Albans und zu allen anderen Orten, wo Reliquien von Bedeutung aufbewahrt werden. Unmittelbar nach seiner Ankunft setzte er uns davon in Kenntnis, daß er beabsichtige, sich wieder zu verheiraten. Er erklärte, seine zukünftige Gemahlin werde demnächst mit einem kleinen Gefolge eintreffen, das bis zu den Verlobungsfeiern bei uns wohnen werde. Sie heißt Sibylla de Vinciennes d'Argent. Ich verabscheute sie von dem Augenblick an, als Papa uns zwang, das Miniaturporträt zu bewundern, das er von ihr mitgebracht hatte.

Man darf nicht glauben, daß bei mir diese Ablehnung einer Stiefmutter verursacht wird durch Feindseligkeit einer anderen Frau gegenüber, die den Platz einer zärtlich geliebten Mama einnehmen soll. Solche Geschichten sind mir schon zu Ohren gekommen, aber ich weiß gar nicht, ob ich Mama überhaupt zärtlich geliebt hätte; sie hat mir keine Gelegenheit gegeben, das herauszufinden. Und was meinen Platz im Herzen meines Vaters angeht, den Sibylla ab jetzt einnehmen wird, so kann sie mir nichts wegnehmen, was ich nie besessen habe. Obwohl ich fast sechzehn bin, hat er bislang nichts von all den Dingen getan, die man von einem liebenden Papa erwarten würde. Er hat keinerlei Vorkehrungen für meine Erziehung getroffen, sondern mich einfach auf Gnade oder Ungnade den Tanten ausgeliefert; hätte Pater Raymond sich nicht meiner angenommen, wäre ich in vielen wichtigen Dingen genauso jämmerlich ahnungslos geblieben wie sie. Ebensowenig hat Papa sich je bemüht, eine Heirat für mich zu arrangieren. Wenn ich ihm gegenüber das Thema anschneide, sagt er nur: »Warte, bis … nun, bis du sechzehn bist, Beauty. Dann werden wir das besprechen.« Sehr unwahrscheinlich! Denn ich kann die ›Besprechungen‹, die ich mit Papa je gehabt habe, an den Fingern einer Hand abzählen und jedes Wort davon auswendig hersagen.

»Ah, Beauty!« sagt er da. »Geht's voran mit dem Auswendiglernen/dem Kochen/dem Musizieren/dem Kräutergarten?«

»Ja, Papa.«

»Braves Mädchen. Sieh zu, daß es immer vorangeht mit dem Auswendiglernen/dem Kochen/dem Musizieren/dem Kräutergarten.«

Alle heiligen Zeiten, wenn mir irgend etwas große Sorgen bereitet, mache ich mich sogar auf den Weg zu seinen Gemächern, um mit ihm zu sprechen. Und das ist kein Fußmarsch, den man leichtfertig unternimmt! Von meinen eigenen Räumen, die entlang des Ganges hinter den Küchen liegen, geht man über eine Treppe nach oben und kommt so in den Korridor vor dem kleinen Speisesaal. Das ist der hohe Gang, dessen Holztäfelung über und über mit geschnitzten Vögeln, Blumen und Fischen bedeckt ist und wo auch die Waffen und Banner von Kreuzfahrern hängen. Dann kommt man durch eine kurze Zimmerflucht in den großen Speisesaal, einen riesigen Raum, dessen Decke dort, wo die Gewölbebögen sich kreuzen, mit Steinrosetten, so fein wie Filigranarbeiten, dekoriert ist. An der langen Außenmauer reiht sich Fenster an Fenster – alle gehen auf den Garten hinaus, wo der Aprikosenbaum steht, dessen Früchte Herzchen und mir gehören, weil die Küchenmägde immer vergessen, daß es ihn überhaupt gibt –, und die anderen Wände sind dicht behängt mit Gobelins, auf denen Geschichten von Göttern und Göttinnen (zumeist nackten) dargestellt sind. Vom anderen Ende des Speisesaales kommt man in die große Halle unter der Kuppel. Pater Raymond sagt, die Kuppel würde sich gar nicht viel von der einer Kathedrale unterscheiden, sie wäre nur kleiner. Da ich noch nie eine Kathedrale zu Gesicht bekommen habe, sehe ich die Kuppel als die Innenseite einer hübsch glänzenden, zum Himmel gedrückten Melone mit runden Fenstern darin, die einen Ring bilden, von dem Reisende sagen, sie könnten ihn von der Straße aus wie eine Laterne schon meilenweit sehen, wenn sie sich Westfaire von Norden her nähern. Sie halten danach Ausschau, sagen sie, da er einen ersten Willkommensgruß des schönsten Bauwerkes auf der Welt darstellt!

Der Fußboden der großen Halle besteht aus Marmorplatten, die komplizierte Muster bilden. Als ich noch klein war, spielte ich oft dort und lief wie über verschlungene Gartenwege die Linien entlang, die sie bildeten. Von der großen Halle aus führen zwei gewundene Treppen hinter anmutigen Steinbalustraden nach oben und vereinigen sich in der Mitte vor drei hohen Bögen, unter denen Statuen von Frauen in fließenden Gewändern stehen. Kein lebender Steinmetz hat sie geschaffen; Großvater brachte sie einst über das Meer aus dem Heiligen Land mit, erstanden von einem Mann, der sie aus einer längst untergegangenen Stadt ausgegraben hatte. (Papa sagt, Großvater selbst hätte es getan, weil ihm die Baumeister von Westfaire dazu geraten hatten.)

Zu beiden Seiten der Steinbögen führen Gänge nach links und rechts, und am äußersten Ende des linken führt eine weitere geschwungene Treppe nach oben; dort befinden sich Papas Gemächer. Alle Fußböden – ausgenommen jener im kleinen Speisesaal, der aus winzigen, ineinander verwobenen Brettchen aus Walnußholz besteht – sind in Mosaiken gelegt, wobei Bänder aus Blättern und Blüten und Früchten die Wände entlanglaufen. Es fällt mir schwer, sie zu beschreiten, ohne stehenzubleiben und sie zu betrachten. Es fällt mir auch schwer, über die Treppen zu laufen, ohne darauf zu lauschen, wie der Saum meiner Kleider über die Stufen raschelt, oder zu bemerken, wie der glatte Stein sich unter meiner Hand anfühlt. Es ist überhaupt schwer, auf Burg Westfaire irgendwohin zu gehen, ohne innezuhalten und etwas anzustarren, manchmal für lange, lange Zeit. Außerdem ist es wirklich weit zu Papas Gemächern, also gehe ich nicht oft dorthin, sondern nur, wenn ich wirklich nicht mehr weiter weiß.

Und wenn ich es doch tue, dann klopfe ich an seine Tür, sobald ich endlich dort bin, und rufe: »Papa, kann ich dich sprechen?«

»Nicht jetzt, meine Schöne«, erwidert er immer, begleitet vom Klang weiblichen Kicherns. »Ich bin zur Zeit sehr beschäftigt. Vielleicht später.«

Das ist es also, worauf unsere Vater-Tochter-Beziehung hinausläuft. Ich glaube nicht, daß das ausreicht, um in der neuen Stiefmama eine Bedrohung zu sehen.

Ich bin auch nicht eifersüchtig auf irgendeine Aufmerksamkeit, die Sibylla seitens der Tanten zuteil werden könnte, im Gegenteil, ich hoffe aus ganzem Herzen, daß sie ihr gut Teil davon abbekommt! Die Tanten widmen mir ohnedies viel zuviel Aufmerksamkeit, ohne mir damit auch nur eine Spur von Beistand und Liebe zu vermitteln.

Nein, meine Abneigung gegen den Gedanken an eine Stiefmama entspringt nicht aus Eifersucht. Sie wurzelt in dem Porträt selbst, in dem blassen, langen Gesicht mit den albern lächelnden Lippen über langen Zähnen und dem verschlagenen Zug um die Augen – in einem Gesicht, das herauskommen könnte, wenn man ein Kaninchen mit einem Wiesel kreuzt.

Und vielleicht bin ich eifersüchtig auf den Umstand, daß sie die Herrin auf Burg Westfaire sein wird.

Nein, das entspricht *nicht* der Wahrheit! Wenn ich das alles aufschreibe, um mich später, auf meine alten Tage, besser daran erinnern zu können, dann sollte ich zumindest die Wahrheit schreiben: Der Gedanke, daß sie Herrin auf Westfaire sein wird, macht mich ganz krank! Obwohl ich immer schon gewußt habe, daß es mir vorbestimmt ist, zu heiraten und wegzuziehen von hier, liebe ich Westfaire grenzenlos. Ich liebe das Glühen des Sonnenunterganges im Wasser des Sees hinter der Burg, die blühenden Bäume im Obstgarten, das sanfte Rund der äußeren Mauer, die in den Armen des Waldes ruht. Ich liebe die Türme, das schimmernde Kuppelgewölbe, die schlanken Strebepfeiler und die spitzen Fenster. Von einem Hügel in der Nähe (dorthin gehen wir immer am ersten Mai, um Frühlingskräuter zu sammeln und Wildblumen zu pflücken) kann man Burg Westfaire von oben betrachten und sie als Ganzes sehen. Dann wächst das Brennen in mir jedesmal zu einem lodernden Feuer an, verschließt mir die Kehle, packt mich am Herzen und gibt mir das Gefühl, Westfaire und mich nährte dieselbe heilige Glut. Wenn ich mich rechtzeitig umdrehe, dann ertappe ich die Tanten dabei, wie auch sie hinabstarren mit einem Ausdruck im Gesicht, der den meinen widerspiegelt, ohne jedoch den gleichen schmerzlichen Zug zu tragen. Es sieht jedenfalls so aus, als würden auch sie diesen Ort so sehr lieben, daß sie es nicht ertragen könnten, von hier wegzugehen. Ich habe die Vorstellung, Westfaire zu verlassen, stets verdrängt, aber es ist denkbar, daß meine Abneigung gegen Sibylla keine andere Ursache hat als den Kummer darüber, was sie gewinnt und ich früher oder später verlieren werde.

Diesen Verlust zu spüren muß ähnlich sein wie beim Verlust von Armen oder Beinen. Einige der alten Ritter erzählen manchmal, wie es ist, wenn man zwar einen Arm oder ein Bein in einer Schlacht verloren hat, einem aber doch das Gefühl bleibt, alle Gliedmaßen wären immer noch vollzählig vorhanden, obwohl man sich zugleich grämt über den Verlust von Arm oder Bein. So wird es sein, wenn ich Westfaire verliere, das weiß ich. Ich werde es für alle Zeiten in mir spüren und mich zugleich unendlich grämen über die Lücke, die es in mir hinterläßt.

Darüber möchte ich aber noch nicht nachdenken. Statt dessen sage ich mir, daß eine Hochzeit ein interessantes Ereignis darstellt, das einem Zuschauer wie mir den Reiz der Neuheit bietet. Für mich persönlich wird es keine unmittelbaren Veränderungen bringen, also kann ich mich dafür entscheiden, es als reines Spektakel zu genießen.

[Ich finde es interessant, daß sie die Wahrheit spürt, ohne sie auch nur im mindesten zu verstehen.

Ich machte Israfel gegenüber eine entsprechende Bemerkung, und er meinte, es wäre auch besser, sie würde sie nicht verstehen. »Vieles im Leben«, sagte er zu mir, »hängt davon ab, daß wir die Realität nicht kennen. Hätten wir den Durchblick, würden wir nie weitermachen.«]

4

Am Tage der heiligen Monica,
im Mai des Jahres Unseres Herrn 1347

Als ich schrieb, daß Papas Heirat für mich persönlich keine unmittelbaren Veränderungen bringen würde, hatte ich Sibyllas Einfallsreichtum, was Bosheit und Heimtücke betrifft, noch nicht vorausgesehen.

Gestern traf sie zusammen mit ihrer Mama und allerlei weiblichen Verwandten in einem argen Gewühl von Kisten und flatternden Schleiern ein. Mit energischem Schritt besichtigte der ganze Troß die gesamte Burg und suchte sogar jede meiner Tanten in ihren eigenen Gemächern auf, die in verschiedenen Teilen des Gebäudes liegen, ausgenommen in jenem Trakt, den Papa bewohnt und der ansonsten völlig leersteht. Wir hatten alle erwartet, unsere Besucher würden dort einquartiert werden, wo zudem die verschwenderischen Details der Gewölbearchitektur zur höchsten Perfektion gereift sind (so sagt zumindest Pater Raymond) und wo die hohen Fenster das meiste Licht einlassen. Die Gemächer sind komfortabel ausgestattet mit großen, geschlossenen Himmelbetten und vielen Bänken, mit Wandbehängen und Teppichen. Außerdem wurde für das Saubermachen dieses Flügels im Hinblick auf die erwarteten Besucher allerhöchste Sorgfalt aufgewendet. Seit Tagen kümmert Doll sich um nichts anderes.

Unsere Annahme erwies sich als falsch. Sibyllas Mama zufolge – einer Frau, die immer so aussieht, als wäre ihr Mund vollgestopft mit ekelhaften Sachen, die auszuspucken nur ihre gute Erziehung sie hindert – könne Sibylla sich nur in jenen Räumen hinter den Küchen wohl fühlen, die ich bewohne, solange ich mich zurückerinnern kann. Es wäre für Sibylla, nach den Worten ihrer Mama, nicht schicklich, in zu großer Nähe ihres künftigen Bräutigams untergebracht zu werden, weil sie dort unzüchtigen Verlockungen ausgesetzt sein könnte, ehe die Heilige Mutter Kirche ihren Segen dazu gegeben hatte. Ich vermied jeden Gedanken an all jene Unzüchtigkeiten, die anscheinend im Anschluß an diesen Segen gestattet sind. Es wäre weit besser, fuhr Sibyllas Mama fort, Sibylla soweit wie möglich von ihrem künftigen Gatten fernzuhalten und sie zugleich den Tanten ans Herz zu legen, damit diese sie besser kennenlernen konnten.

Sonderbarerweise heiterte mich das alles ziemlich auf. Es freute mich, endlich einen richtigen Grund zu bekommen, sie zu hassen, und dieser unverzügliche Sturmangriff seitens der baldigen Braut auf die Tochter des Hauses bestätigte mir, wie recht ich damit gehabt hatte. Das Kaninchen *hatte* sich mit einem Wiesel gepaart, und das sehr erfolgreich. Ich bebte natürlich vor Zorn, aber vor gerechtem. Herzchen und ich steckten die Köpfe zusammen, und wir entschlossen uns zur Meuterei. Ich empfing das Komitee, das man einschließlich der Tanten ausgesandt hatte, um in dieser Angelegenheit an mich heranzutreten, mit einem Lächeln und weigerte mich auszuziehen.

Tante Drachen blieb zurück und gab ein paar fromme Worte betreffend christliche Opferbereitschaft und das Hinhalten der anderen Wange von sich, und ich schlug ihr vor, diese gottgefällige Botschaft Sibylla zu Ohren zu bringen, für deren Seelenheil sie gewiß förderlich sein würde. Während all dieser Vorgänge versteckte Herzchen sich in meinen Bettvorhängen und zog hinter Tante Drachens Rücken Grimassen in meine Richtung. Als sie gegangen war, warfen wir uns unter wildem Gekicher auf das Bett. Obwohl Herzchen genaugenommen meine Zofe ist, gebe ich ihr nie Befehle. Was sie tut, tut sie, weil sie es gern tut. So etwa kümmert sie sich ungefragt um meine Kleider und hält sie instand, weil sie sie manchmal trägt, während ich die ihren trage.

Als nächste traf Tante Basilia ein, um mich daran zu erinnern, wie sehr ich mich immer darüber beschwere, daß meine Kemenate so dicht bei den Küchen liegt und der Geruch nach altem Fett den Duft der Kräuter im Wäscheschrank überdeckt. Ich empfahl ihr, diesen Umstand Sibylla nahezubringen, die es sich dann gewiß überlegen werde, in meine Gemächer einzuziehen. Hinterher bekamen Herzchen und ich einen neuerlichen Kicheranfall.

Tante Levistica kam und stellte mir (oder besser Herzchen, denn zu diesem Zeitpunkt hatten wir wieder einmal unsere Kleider getauscht und waren jeweils die andere) eine Flasche eines besonders guten Jahrganges und ein Picknick in Aussicht. Herzchen schlug ihr vor, uns so oder so in den Genuß der Flasche und des Picknicks kommen zu lassen. Das war keine besonders kluge Erwiderung. Herzchen und ich sehen einander zwar zum Verwechseln ähnlich, aber ich bin viel klüger. Ich habe sogar versucht, ihr Lesen und Schreiben beizubringen, aber sie hat kein Interesse. Es ist ihr ganz gleichgültig. Manchmal sieht sie mir beim Schreiben oder Lernen zu und sagt, es wäre eine fürchterliche Bürde, klug und gebildet zu sein, und sie wäre froh, diese Bürde nicht auf sich nehmen zu müssen.

Tante Majorana versprach mir einen neuen Umhang, aber Herzchen meinte, der alte würde noch jahrelang seine Dienste tun. Das wird er wohl, obwohl er schon reichlich fadenscheinig ist. Vielleicht mache ich mir selbst einen neuen.

Und schließlich kam Tante Lavendula und drohte mir an, mir eine neue Weise vorzuspielen, eine, die sie von einem fahrenden Sänger gelernt hatte. (Da war ich aber wieder ich selbst, denn mittlerweile war es später Nachmittag geworden, und Herzchen hatte sich auf den Heimweg gemacht.) Da ich mehr Zeit bei dem Sänger verbracht hatte als die Tante und bereits alle seine Weisen kannte, lehnte ich ab.

Ich hätte gedacht, sie würden noch Tante Schwester Mary Elizabeth und Tante Schwester Mary George ins Spiel bringen, aber Papa ließ ihnen keine Zeit dazu. Noch am selben Nachmittag schickte er mir einen Hausknecht, der mich in den kleinen Raum brachte, wo Papa sonst immer das Geschäftliche mit seinem Aufseher bespricht. Dort stellte Papa mich vor die Alternative, entweder bis zum Einbruch der Dunkelheit meine Gemächer geräumt zu haben oder nach Alderbury geschickt zu werden, um mich dort als Klosterfrau meinen beiden ältesten Tanten zuzugesellen.

Selbstredend würde ich ausziehen, sagte ich voll fröhlicher Bereitwilligkeit. Ich würde liebend gern ausziehen! Ich hätte immer schon gefunden, meine Gemächer lägen zu nahe bei den Küchen, und wie war Papa bloß auf den Gedanken verfallen, ich könnte etwas dagegen haben, sie gegen andere einzutauschen? Ich zeigte ihm meine schönsten Wangengrübchen, knickste, und dann trieb ich eilig drei Mägde zusammen (einschließlich meiner alten Freundin Doll) und räumte meine Zimmer ratzekahl, ehe Sibylla oder ihre Mama auch nur ein Vaterunser beten konnten. Natürlich achtete ich während des ganzen Unternehmens darauf, daß alle mich quietschvergnügt drauflos-zwitschern hörten.

Aber es gibt keine unbewohnten Räumlichkeiten, außer jenen in Papas Trakt, einschließlich der Suite, die wir für Sibylla vorgesehen hatten. Und alle diese Zimmer sind riesengroß. Außerdem wird der Gang dort häufig von Papas... Bekannten benutzt, denen ich nicht begegnen will, wenn sie kommen und gehen. Also setzte ich mich auf meine Körbe und sagte zu Doll, das sei der letzte Ort, an den ich übersiedeln wollte. Ich fühlte mich ziemlich niedergeschlagen, jetzt, da das aufregende Spiel zu Ende gespielt war und Sibylla sich dort breitmachte, wo ich bis vor kurzem gewohnt hatte, in meinen gemütlichen Kammern mit meinen Teppichen und meinen Bettvorhängen und dem Garten vor den Fenstern.

»Da ist noch die Kammer, die deine Mama manchmal benutzt hat«, sagte Doll. Doll ist älter als die meisten anderen vom Gesinde, und sie gehörte schon dazu, als meine Mama noch hier lebte. »Drüben im Taubenturm«, ergänzte sie, zog die Brauen hoch und deutete mit dem Kinn nach oben. Doll ist stämmig und ziemlich beleibt; sie hat rote Wangen und mehr Tatkraft als fünf andere Frauen zusammengenommen. Sie stand vor mir, die Hände in die Hüften gestemmt, und sah mich erwartungsvoll an.

Der Taubenturm ist schlank und sehr hoch – der höchste Turm der Burg – und am oberen Ende mit Kreuzblumen geschmückt und mit einer langen Fahnenstange versehen. Um ihn herum bilden die Flügel der weißen Tauben eine ständige Wolke und ein Rauschen, das klingt wie Wasser, das in einen Brunnen plätschert.

»Also, dann auf in den Taubenturm!« rief ich, und wir machten uns auf den Weg durch die Halle. Hier und dort mußten wir uns durch enge kleine Seitengänge winden, bis wir schließlich vor dem Tor des

Turmes standen. Als wir es öffneten, kreischte es wie eine Gans, der man den Hals umdreht, und auf der Wendeltreppe stoben Staubwolken unter unseren Schritten auf und folgten uns rundum, immer rundum und rundum, bis uns schwindlig wurde. Die Tür oben war aus den Angeln gerissen, und lange Nägel ragten aus dem Holz. Die Kammer selbst starrte vor Schmutz, Reste von Vogelnestern lagen herum, und Spinnweben hingen überall. Doll schickte ein Mädchen zu Martin mit der Bitte, heraufzukommen und die Tür und die Fensterläden instandzusetzen. Das tat er dann auch, während einer seiner Jungen den Schornstein ausputzte, zwei Mägde Fußboden und Wände schrubbten und eine dritte den Schmutz von der Treppe scheuerte. Martin warf den Teppich aus dem Fenster in den Hof, denn er war von Motten und Mäusen völlig zernagt. Die Tauben aus dem Schlag unten hatten sich zwar dreist im Bett eingenistet, doch unter dem verschmutzten Überwurf erwies es sich als völlig in Ordnung, genau wie die Bettvorhänge aus dem mit reichen Schnitzereien verzierten Schrank, sobald sie ausgeschüttelt, fest gebürstet und aufgehängt waren. Den Schrank putzte ich selbst aus (wobei ich etwas Interessantes entdeckte) und räumte anschließend meine Kleider ein. Dann setzte ich mich auf den Stuhl und fühlte mich wichtig. Er hat Armlehnen! Nur Papa und Tante Drachen haben Stühle mit Armlehnen! Jedermann sonst sitzt auf Bänken oder Schemeln oder einfachen Stühlen. Während ich darauf saß, untersuchte ich das Ding, das ich im Schrank gefunden hatte, aber ich fand im Augenblick nicht recht die Zeit, um mich eingehend mit der Frage zu beschäftigen, was es eigentlich sein sollte. Also verstaute ich es nach einer Weile in dem Hohlraum unter der Sitzfläche des Stuhles, die man aufklappen kann, und nahm mir vor, es später einmal genauer in Augenschein zu nehmen.

Doll zeigte mir den geheimen Abtritt, der sich genau über dem Burggraben befindet. Ich habe ihn ganz für mich allein. Die Tür dazu verbirgt sich in der Wandtäfelung neben dem Kamin. Durch die drei Fenster des Zimmers kann ich den See überblicken. Die winzigen Glasscheiben sind ziemlich gut erhalten und jetzt, da der Vogelmist abgewaschen ist, auch recht klar. Die Fenster befinden sich dicht nebeneinander, und das mittlere reicht bis zum Fußboden und führt auf einen Söller, von wo aus eine Art Stange hinausragt. Darunter befindet sich der Platz vor den Stallungen. Martin nannte die Stange einen Ladebaum und sagte, er werde morgen die Rolle in Ordnung bringen und ein Seil darüberlegen, damit man vom Hof aus Brennholz und Wasser hochziehen kann. Am späten Nachmittag waren alle mit dem Reinemachen fertig und hinterließen mir die Kammer sauber und wohlriechend, mit meiner Laute an der Wand, einem Krug Wasser und einer Waschschüssel auf der Kommode, mit einem Kessel für heißes Wasser über dem Feuer und einer vollen Brennholzkiste. Alle meine Sachen sind ordentlich eingeräumt, und ich bin allein hier und betrachte den Himmel wie ein Vogel in seinem Nest.

Ohne Teppich oder Strohmatten wird der Fußboden sehr kalt sein. Und ohne Tapisserien werden die Wände noch kälter sein. Doch die Haken, an denen sie aufgehängt werden (falls ich irgendow Wandteppiche auftreiben kann), sind immer noch vorhanden. Aber die große Kälte ist ohnedies vorbei. Für ein, zwei Nächte wird es wohl warm genug sein, und sobald Sibylla weg ist, hole ich mir den Teppich aus meiner alten Stube. Ich muß jetzt aufhören zu schreiben und hinuntergehen zum Abendmahl.

Obwohl unser geschäftiges Treiben beim Saubermachen meiner neuen Unterkunft nicht ohne Getöse vor sich ging, scheint es, daß die Turmkammer so hoch oben und entlegen ist, daß niemand uns hörte. Keine der Tanten hat bemerkt, wo ich mich niedergelassen habe, und alle reden so, als hätte ich ein Zimmer in Papas Trakt bezogen. Ich nehme an, auch Sibylla und ihre Mama denken das. Bei Tisch starrte sie mich heute abend an wie ein Huhn den Wurm und benahm sich sehr mißvergnügt und enttäuscht; offenbar hatte sie damit gerechnet, daß ich wegen meines Auszuges aus meiner angestammten Umgebung ein rechtes Getue machen würde, was ihr einen Grund geliefert hätte, sich deswegen bei Papa zu beklagen. Die arme Närrin! Sie kennt Papa nicht!

»Alles geregelt?« fragte er niemand Bestimmten und wartete nicht auf eine Antwort. »Gut. Immer gut, wenn alles geregelt ist.« Er kehrte umgehend zu seiner Unterhaltung mit Pater Raymond über die Pilgerreisen zurück, die er noch vor und später nach seiner Verehelichung zu unternehmen gedachte, während Sibylla aufgeputzt wie ein Turnierpferd danebensaß, ein Stück zu Leder gebratenes Wild auf dem Teller hin und her schob und seinen Hinterkopf anstarrte. Ich war nahe daran, ihr zu sagen, daß das wohl zumeist alles sein würde, was sie von ihm zu sehen bekäme: seinen Hinterkopf, wenn er seine Reisen plant, und sein Hinterteil, wenn er davonreitet.

[Das Ding, das die Schöne in ihrem Turmstübchen entdeckt hat, ist etwas, das ich, Carabosse, für sie dort hinterlegt hatte: eine Uhr. Auf ihrem Zifferblatt befindet sich mein Name, und ich hoffe, die Uhr wird Beauty als eine Art Vorbereitung auf unsere spätere Bekanntschaft dienen, um sie nicht allzusehr zu überraschen, wenn es soweit ist. Unser

Plan ist, sie aus Westfaire wegzuholen, was gegenwärtig recht auffällig wäre und in Zukunft noch auffälliger sein wird. Sie soll sich an einen anderen Ort begeben, ein Versteck, wo es unwahrscheinlich ist, daß der Herr der Finsternis sie je findet. Bislang nehmen die Geschehnisse genau jenen Verlauf, den Israfel und ich erwartet haben – und den der Teich angezeigt hat. Die allernächste Zukunft ist im Teich für gewöhnlich ganz klar zu erkennen; so hatten wir auch Sibylla vorhergesehen und die Abfolge der Ereignisse, die zu Beautys Umzug in den Turm führten. Ich hatte sogar vorausgeahnt, welch eine Freude ihr diese neue Wohnstatt machen würde.

Was ich nicht erwartet hatte, sind meine eigenen Gefühle. Ich fürchte, das Mädchen wächst mir ans Herz. Sie hat etwas, das keinesfalls eine Gabe ihrer Taufpatinnen sein kann, sondern ausschließlich Teil ihres menschlichen Erbes ist. Es handelt sich um eine Art Kühnheit, um den eisernen Willen, sich nicht unterkriegen zu lassen. Wie ein unsinkbares kleines Floß hüpft sie auf den Wellen dahin. Ungeachtet ihrer Redseligkeit (darin hat Pater Raymond durchaus recht) und gelegentlichen schelmischen Schlauheit (warum auch nicht, die meisten ihrer Tanten zeigen genau diesen Charakterzug) hat sie etwas sehr Anziehendes an sich. Vielleicht ist es das äußere Zeichen für das, was Israfel und ich mit ihr gemacht haben.]

5

Am Tage der heiligen Ethelreda,
im Mai des Jahres Unseres Herrn 1347

Nachdem Sibylla für die Tage zwischen Verlobung und Hochzeit, welche sehr bald stattfinden soll, wieder abgereist war, habe ich mir den Turm so herrichten lassen, wie es meinen Bedürfnissen entspricht. Martin und ich schmuggelten den Teppich aus meinen alten Gemächern heraus und ersetzten ihn durch einen aus den Dachkammern. Über eine ordentliche Schicht Binsen gelegt machte er mein Turmstübchen gleich viel wärmer. Wir konnten zwar keine Wandteppiche da oben finden, dafür aber etliche bemalte Wandbehänge aus Tuch – mit kleinen sternförmigen Blumen auf blauem Hintergrund –, genug, um die eisige Kälte der steinernen Wände zu mildern.

Hinterher fand ich dann zum erstenmal Zeit, mir das Ding, das ich im Schrank gefunden habe, so richtig anzusehen. Es ist rund wie ein Rad, etwa so groß wie meine Handfläche und so dick wie drei, vier meiner Finger. Es besitzt vier Füßchen, die aussehen wie Löwenpranken, und besteht aus glänzendem Metall, das gut und gern Gold sein könnte, so schwer ist es. Die Vorderseite besteht aus einer runden Glasscheibe. Unter dem Glas sind neun Zahlen zu erkennen – römische Zahlen, im Kreisrund angeordnet. Die Zahlen beginnen rechts oben mit der Vierzehn und gehen rundum weiter bis zur Zweiundzwanzig, welche sich genau oben befindet. Ein zart durchbrochener goldener Pfeil zeigt von der Mitte aus zur Vierzehn. Also, genau genommen zeigt er zwischen die Vierzehn und die Fünfzehn.

Auf der Rückseite hat das Ding so etwas wie ein Schlüsselloch, aber es gibt keinen Schlüssel dazu. An der Oberseite hat es einen Griff, der aus zwei Drachen besteht, die miteinander kämpfen oder sich küssen oder sich bloß einbilden, Wappentiere zu sein und heraldisches Verhalten an den Tag legen zu müssen. Und das ist alles.

Bis auf das Geräusch, das es macht. Ich kann es nur nachts hören, wenn alles still ist, aber dann höre ich es deutlich. Ein winziges helles Pochen, ein ganz, ganz schwaches Klicken, als würde sich etwas sehr Kleines da drin befinden und atmen oder mit den Zehen gegen die Wand tippen.

Ach ja, und auf der Vorderseite ist noch eine Verzierung aus Ranken und Blättern zu sehen, die sich um die Zahlen winden und die, so denke ich, Buchstaben darstellen sollen. Manchmal sehe ich sie lange, lange an und bemühe mich, die Buchstaben zu erkennen. Zwei, da bin ich fast sicher, sind S. Zwei, da bin ich fast ebenso sicher, sind A. Ich glaube, es gibt noch ein B und ein C, aber da kann ich mich irren.

Da ich nicht weiß, was es ist, nenne ich es mein geheimnisvolles Ding. Es hat seinen Platz zwischen meinen anderen Sachen auf der Kommode.

Ich habe den Turm richtig liebgewonnen.

Es ergab sich, daß Papa schon wieder irgendwohin unterwegs war, ehe die Tanten merkten, wo ich wohnte. Als sie es merkten, löste dies große Bestürzung sowie nichtendenwollendes Getuschel und Geraune zur Folge. Dann verlangten die Tanten zu wissen, wer denn auf diese Idee gekommen war.

Sinnlos, Doll in Schwierigkeiten zu bringen. Also sagte ich, es wäre meine eigene Idee gewesen.

Neuerlich aufgerissene Augen, aufgerissene Münder, hochgeworfene Arme. Noch mehr Gezeter, noch mehr bebende Aufgebrachtheit und danach die Anweisung, in diese Gemächer umzuziehen oder in jene.

»Meine Mutter hat da oben gewohnt«, sagte ich schließlich. »Und wenn ihr wollt, daß ich ausziehe, dann müßt ihr mir schon sagen, weshalb!«

Worauf sie sich augenblicklich beruhigten. Nicht eine von ihnen ist willens zu sagen, was, wann und warum. Da Papa ja wieder einmal auf Reisen ist, um irgendwelches Gebein längst verwester Heiliger in Augenschein zu nehmen, steht er für eine Stellungnahme nicht zur Verfügung. Tante Schwester Mary Elizabeth und Tante Schwester Mary George, deren Meinung zu dieser Angelegenheit von Tante Drachen mittels eines dicken Briefes eingeholt wurde, den sie von einem berittenen Boten überbringen ließ, haben geantwortet, daß ihnen über das Turmzimmer nichts Unziemliches zur Kenntnis gelangt sei. Das veranlaßte die Tanten eilends zu fieberhaftem Nachrechnen, ob überhaupt eine der beiden ältlichen Klosterfrauen sich je in Westfaire aufgehalten hatte, als Mama hier war.

Ich ertrug es, solange ich konnte, und dann ging ich zu Doll. »Doll«, sagte ich, »sag mir, was das alles zu bedeuten hat!« Über die Jahre hinweg habe ich sie schon oft nach meiner Mutter gefragt, doch sie schüttelte immer nur den Kopf und schwieg. Aber als ich sie zum letzten Mal fragte, war ich noch ein Kind; und das liegt nun schon eine Ewigkeit zurück.

»Das kostet mich den Kopf!« murmelte Doll. »Wenn sie es herausfinden, geht's mir an den Kragen!« Sie rang die Hände, preßte sie zusammen und versuchte, mich nicht anzusehen.

»Nicht von mir!« schwor ich, spuckte mir auf die

Finger und machte mir mit der Asche vom Kochherd ein Kreuzzeichen über der Brust.

Wieder rang sie die Hände und starrte ein Weilchen über meine Schulter hinweg. Schließlich stieß sie eine Art Seufzer aus, zuckte die Achseln und sagte, beinah flüsternd: »Als dein Papa es sich in den Kopf gesetzt hatte, aus deiner Taufe ein großes Fest zu machen, lud Mama auch ein paar von ihren Verwandten dazu ein, und als dein Papa das herausfand, hatten sie einen Streit deswegen. Ich weiß nicht, worüber genau sie stritten, weil ich nichts hören konnte außer Gebrüll. Und dann, als die Taufe vorüber war, nahm dein Papa dich und gab dich zu einer Amme unten im Dorf, und dann sperrte er deine Mama in das Turmzimmer ein. Er nagelte die Tür zu, aber jeden Tag ging er nach oben und schrie sie durch die Tür an und warf ihr vor, die ganze Sache sei ihre Schuld gewesen, und sie hätte kein Recht gehabt, ihn zu heiraten, ohne es ihm zu sagen.«

»Was meinte er damit?«

Doll wurde rot und zerrte an den ineinander verschränkten Fingern. »Das ist etwas, worüber ich nie reden würde, Beauty. Außerdem weiß ich es nicht sicher. Keiner von uns gewöhnlichen Leuten weiß es sicher. Jedenfalls bekam dein Papa am dritten Tag, nachdem er deine Mama eingeschlossen hatte, keine Antwort von drinnen, und so brach der Zimmermann die Tür auf, und da stellte sich heraus, daß sie verschwunden war.«

»Ist sie hinuntergesprungen?« fragte ich, überzeugt davon, Doll wußte etwas, das sie mir nicht verriet. Ihr Gesicht war ganz rot, als würde sie mir etwas verheimlichen, aber ich wollte sie nicht allzusehr bedrängen, denn ich befürchtete, daß sie sich sonst weigerte, überhaupt noch darüber zu reden.

»Zu hoch, um hinunterzuspringen«, sagte sie.

»Dann ist sie über das Seil nach unten geklettert.«

»Dein Papa nahm zu allererst das Seil von der Rolle, als er sie in den Turm sperrte.«

»Davongeflogen?« brachte ich im Scherz vor, doch zu meiner Verwunderung bekreuzigte Doll sich hastig.

»Und ich sag dir, es gibt Leute, die genau das behaupten!«

»Aber ich wurde schließlich getauft, oder?« fragte ich und überlegte verwundert, weshalb Mama wohl soviel Aufhebens deswegen gemacht hatte.

»Freilich wurdest du das, Dummkopf!« schnaubte sie und kehrte zurück zu ihrer Putzarbeit. Offenbar wollte sie nicht mehr darüber reden. Ich brauche wohl nicht zu erwähnen, daß mir dieses Gespräch eine Menge zum Nachdenken beschert hat.

6

Am Tage des heiligen Ladislaus,
im Juni des Jahres Unseres Herrn 1347

Gestern kam Papa zurück, voller Pläne für die Hochzeit, die er offenbar in allergrößter Eile hinter sich bringen will. Damit haben die Tanten endlich etwas anderes, mit dem sie sich beschäftigen können, als die Sorge, wo ich untergebracht bin. Keine von ihnen hat Anstalten gemacht, ihn davon in Kenntnis zu setzen, daß ich im Turm wohne, und ich werde es ganz sicher nicht sein, die es ihm sagt.

Das Wetter ist seit einem Weilchen recht trübe, mit düsteren Wolken und kaltem Regen. Ich halte die Fensterläden geschlossen und das Feuer immer hübsch am Knistern, und so habe ich ein warmes, dunkles Nest. Mit den Wandbehängen und dem Teppich und der niedrigen Decke (niedrig, obwohl sie sich von fünf Seiten nach oben wölbt, wo sich die Streben zu einer aus Stein gehauenen Rosette vereinigen), ist es, alles in allem, wärmer als in meinen alten Gemächern. Daran ändert auch der Umstand nichts, daß der Kamin ein winziges Ding gleich neben der Tür ist, von wo aus die Treppe direkt hinter der Wand nach unten führt. Obwohl er einige Tage dazu brauchte, hat Grumpkin schließlich seine Liebe für das Turmstübchen entdeckt, weil er hier ungestört schlafen und auf dem Söller umherstreifen kann. Und ich liebe es auch. Ich kann auf der Laute üben, ohne daß jemand es hört, oder neue Lieder lernen oder lesen – alles beim Licht der einen Kerze, die seltsame Schatten wirft.

Was mich zu einer Entdeckung führte. Heute nachmittag bemerkte ich, daß ein Schatten auf dem Kaminsims täuschend aussah wie ein Gesicht. Einer der Steine war eine Nase. Ich trat hinzu und strich darüber, und als ich den Schatten meiner Hand verfolgte, spürte ich, daß die Nase ein wenig wackelte. Der Stein war locker. Ich tastete und zog daran herum, bis er in meine offene Hand fiel – überhaupt nicht schwer! Es war nur ein dünnes Steinstück, so eingepaßt, daß es die kleine Höhlung dahinter verdeckte. Und in der Höhlung stand ein Kästchen.

Ich nahm es heraus, setzte den Stein wieder ein und ließ mich vor dem Feuer nieder, um einen Blick auf das Kästchen zu werfen. Es ist gute Arbeit aus hellem, seidigem Holz, und obwohl es ein Schlüsselloch hat, war es nicht versperrt. In seinem Inneren lagen drei Stränge Garn, ein Päckchen Nadeln, ein Ring mit einem gravierten Stein und ein paar zusammengerollte Blätter Pergament. Ich rollte sie auf und entdeckte, daß das oberste Blatt ein Brief an mich war.

Liebe Beauty!

Da Du schon ohne die Liebe Deiner Mutter auskommen mußtest, mein Kind, finde ich, Du verdienst wenigstens eine Erklärung dieser Deiner Mutter.
Ich habe mein Land nicht mit dem Vorsatz verlassen, jemanden wie Deinen Vater zu ehelichen. Ich habe den Herzog eher zufällig kennengelernt; er freite um mich mit feuriger Inbrunst, und ich erlag dem Zauber seiner Leidenschaft.
Wie so üblich bei mir und den Meinen, umwölkte sich von dem Moment an, als er anfing, um mich zu werben, meine Erinnerung an mein früheres

Dasein. Zu Anfang war ich umschlungen von dem besitzergreifenden Verlangen Deines Vaters und später dann beherrscht von Deinen alles unter sich begrabenden Tanten. Ersteres brachte mich um das Erinnerungsvermögen und um die Jungfräulichkeit, wenngleich nur vorübergehend; letzteres fast um den Verstand. Ich hoffe, auch dies erweist sich nur als vorübergehend. Einige Zeit verging, und dann merkte ich, daß ich schwanger war. Das machte mich keineswegs unglücklich. Doch als ich dicker wurde, begann Dein Vater, mir fernzubleiben. Ich sollte besser sagen, mir immer öfter fernzubleiben, da es in diesem Haushalt wohl kein Geheimnis ist, daß es sich bei ihm um einen ausschweifenden Menschen handelt. Als ich noch dicker wurde, überließ er mich völlig mir selbst. Nun stellt in meiner Sippe ein keusches Leben sowohl Erinnerungsvermögen als auch Jungfräulichkeit wieder her, was sich unter gewissen Umständen als ganz nützlich erweist – wenn man ein Einhorn fangen möchte, zum Beispiel. Es wäre einerseits zuwenig, andererseits zuviel gesagt, würde man behaupten, ich wäre nun entsetzt gewesen über das, was ich getan hatte. Ich betrachtete die Liaison rückblickend zwar als unter meiner Würde und daher als bedauerliche Entgleisung, doch zugleich entzückte mich die Aussicht auf ein Kind. Kinder haben für unser Volk eine ganz besondere Bedeutung.

Dann wurdest Du geboren. Dein Vater plante, Dich taufen zu lassen. Ich empfand das als unnötig und erniedrigend. Seine Religion bringt uns Tag für Tag und Jahr für Jahr um unser Geburtsrecht! Weshalb sollte ich in irgendeiner Weise daran teilhaben? Dein Vater jedoch bestand darauf, nicht nur die

Zeremonie stattfinden zu lassen, sondern sie sogar zu einer öffentlichen Schaustellung zu machen! Da bei diesem Tauffest all Deine Tanten anwesend sein würden, wollte es die Gerechtigkeit, daß auch meine Tanten die Gelegenheit erhielten, daran teilzunehmen. Andernfalls wären sie wohl äußerst beleidigt gewesen.

Ich ließ den Brief in den Schoß sinken, während ich diese verwirrenden Worte überdachte. Wie merkwürdig das alles klang! Ich las den ersten Teil des Briefes erneut, aber auch beim zweiten Mal ergab er nicht mehr Sinn. Kopfschüttelnd las ich weiter.

Tante Carabosse lud ich nicht ein, sie kam ungebetenerweise. Und aus irgendeinem unerklärlichen Grund belegte sie Dich, mein liebes Kind, mit einem Fluch. An Deinem sechzehnten Geburtstag solltest Du dich an einer Spindel in den Finger stechen und daran sterben.

In plötzlichem Entsetzen preßte ich den Brief an die Brust. In wenigen Tagen schon sollte mein sechzehnter Geburtstag sein! Ich zwang meinen Blick zurück auf das Pergament, das ich in den zitternden Fingern hielt.

Niemand hörte es, nur Deine Großtante Joyeause, die in diesem Moment an der Wiege gestanden hatte. Nachdem die Gäste gegangen waren, kam sie zu mir und sagte, sie habe den Fluch ihren eigenen Möglichkeiten entsprechend abgewandelt. Der Fluch lautet nun wie folgt: ›Mit dem Erreichen ihres sechzehnten Jahres soll die Tochter Herzog Phillips sich an einer Spindel in den Finger stechen und in einen tiefen Schlaf verfallen, der hundert Jahre währen wird und aus dem sie vom Kuß eines liebenswerten Prinzen erweckt werden soll.‹ Oder vielleicht hieß es ›Prinz Liebenswert‹; das alles hat mich sehr aufgeregt, und ich habe gar nicht richtig hingehört, was sie noch sagte. Niemand weiß, was Tante Joyeause für Dich getan hat, außer mir – und Dir, wenn Du diesen Brief vor Deinem Geburtstag liest, was ich als sicher annehme, denn ich habe ihn mit einem Zauberspruch für seine rechtzeitige Entdeckung belegt.

[Das meiste des Obenstehenden ist Unsinn. Joyeause hörte damals sehr genau, was ich sagte, da sie zu diesem Zeitpunkt direkt neben mir stand: Ich sagte, die Tochter des Herzogs würde sich an einer Spindel in den Finger stechen und in einen Zauberschlaf fallen. Die ganze Geschichte mit den hundert Jahren und dem Prinzen ist reine Erfindung. Ich sagte nie, das Kind würde sterben, und auch wenn Joyeause sich tausend Jahre lang Mühe gibt, kann sie keinen meiner Bannflüche abändern! Joyeause ist und bleibt eine Dilettantin!]

Dein Vater, bereits aufgebracht wegen Carabosses Anwesenheit bei einer Feier, zu der sie nicht eingeladen war, wurde äußerst zornig auf mich. Tobend schleppte er mich in diesen Turm; ich hatte keine Zeit für Einwände. Er sagt, er hätte dich in einem Versteck untergebracht und würde auch alle Spindeln in der Burg verstecken, vielleicht sogar alle im ganzen Herzogtum. Er macht einerseits sich selbst Vorwürfe, weil er eine Angehörige meines Volkes geehelicht hat, und andererseits mir, weil ich bin, was ich bin. So sind die Männer. Sie heiraten aus Gründen, die nichts mit dem zu tun haben, was sie von einer Ehe erwarten, und geben dann ihren Frauen die Schuld, weil diese nicht das sind, was sie wollten. Sie haben Liebreiz, Charme und Fleischeslust im Auge, wenn sie heiraten, und erwarten plötzlich von ihren Frauen Sparsamkeit, Vernunft und Tüchtigkeit.

Nun, da mein Erinnerungsvermögen und meine Jungfräulichkeit wiederhergestellt sind, muß ich nicht länger hierbleiben, um mich beleidigen zu lassen. Ich habe mich entschlossen, in mein angestammtes Land zurückzukehren. Meine Kräfte haben sich der Zeit wegen, die ich hier verbrachte, ziemlich verringert, und ich kann Dich nicht finden, um Dich mitzunehmen.

Sobald Du alt genug bist, wirst Du diesen Brief entdecken. Falls Du nicht zu mir kommen kannst, ehe der Fluch einsetzt, komm nach seiner Beendigung zu mir, sobald Du kannst.

Ich habe Dir die Mittel dazu hinterlassen. Paß gut auf das Kästchen auf, in dem Du dies hier gefunden hast.

Ich legte den Brief aus der Hand und wischte mir die Tränen ab, die mir übers Gesicht liefen. Augen und Nase juckten mich. Ich hatte eine Mama! Und offenbar sollte ich doch nicht an meinem Geburtstag sterben, obgleich das Schicksal, das Großtante Joyeause für mich ausersehen hatte, mir nicht gerade als aufregende Alternative erschien. Ich konnte nicht verstehen, wie Mama mich nach der Beendigung des Fluches wiedersehen wollte, denn selbst Mütter leben im allgemeinen nicht länger als hundert Jahre. Der Brief ging auf einem anderen Blatt noch kurz weiter:

Meine geliebte Tochter, die Du seit viel zu langer Zeit von mir getrennt bist, sei meiner Zuneigung versichert. *Komm möglichst rasch zu mir, bevor Du noch älter wirst!* Ich werde Dich freudigen Herzens erwarten.

Deine Dich liebende Mama,
Elladine von Ylles

Man kann sich mein Erstaunen vorstellen. Es überraschte mich, wie sauber das Pergament war, auf dem all das stand; die Botschaft sah aus, als wäre sie am selben Nachmittag erst zugestellt worden. Je länger ich sie betrachtete, desto mehr fand ich, daß sie in gewissem Sinn tatsächlich erst an diesem Nachmittag zugestellt worden war. Nachdem ich den Brief etliche Male gelesen hatte, legte ich ihn in das Kästchen zurück, stellte das Kästchen in sein Versteck und steckte den losen Stein sorgfältig an seinen Platz. Wenn man ihn fest hineinschob, dann warf er keinen Schatten, und ich konnte nur annehmen, daß Mama ihn absichtlich ein klein wenig herausragen lassen hatte, damit ich ihn leichter entdeckte. Er war nur für mich bestimmt gewesen, für mich ganz allein. Mama.

Ich kletterte ins Bett, zog die Vorhänge zu, klopfte mir die Kissen zurecht und zog mir die Decken bis ans Kinn. Diese Angelegenheit erforderte eingehendes Nachdenken, doch die Gedanken wollten nur langsam und widerstrebend kommen. Der erste, der sich mir aufdrängte und nicht abschütteln ließ, bestand in der Bestätigung, daß meine Mutter, wie ich stets vermutet hatte, noch am Leben war – wobei der Umstand, daß der Brief beinahe sechzehn Jahre zuvor geschrieben worden war, überhaupt nichts zu besagen hatte. Ich dachte an Herzchens Mutter und daran, wie sie immer sofort wußte, welche von uns beiden die ihre war, und hinter meinem Brustbein gab es einen plötzlichen Ruck.

Mein nächster Gedanke beschäftigte sich mit jener Stelle im Brief, wo Elladine sagte, sie habe mir die Mittel hinterlassen, zu ihr zu kommen: ich konnte mir einfach nicht vorstellen, was sie damit meinte. Der Inhalt des Kästchens bestand nur aus dem Ring, dem Päckchen Nadeln und den drei Strängen Garn. Was mich auf den flüchtigen Verdacht brachte, Mama könnte möglicherweise, wie wunderschön sie auch immer gewesen sein mochte, ihre fünf Sinne nicht ganz beisammen gehabt haben. Das würde jedenfalls die Haltung der Tanten erklären. Denn selbst Frauen, die sich so rückhaltlos in den Willen des Allerhöchsten fügen wie die Tanten, mochten angesichts einer Verrückten in der Familie in Aufruhr geraten. Außerdem würde dies auch erklären, weshalb Papa Mama im Turm eingesperrt hielt, ist dies doch bekanntermaßen das Schicksal von verrückten Männern und Frauen, wann immer Verrücktheit und Türme in passender Weise zusammentreffen. Türme oder, zur Not, eben Turmstübchen.

Andererseits erschien mir der Brief im übrigen weit entfernt von jeglichem geistesgestörten Gestammel, ich fand ihn, ganz im Gegenteil, zwar merkwürdig, aber vernünftig formuliert. Ganz gewiß war Mama nicht verrückt! Abwesend, das ja, und aus Gründen, die sie offenbar für ausreichend hielt, aber nicht verrückt. Ich würde mir überlegen müssen, wie ich sie finden konnte.

Als letztes fiel mir ein, daß der Name der bösen Tante Carabosse war. Die beiden S in diesem Namen erinnerten mich an etwas. Ich holte mein geheimnisvolles Ding von der Kommode und betrachtete es eingehend. Einer der Buchstaben könnte ein B sein, und ein weiterer ein R. Ist es ihr Name, der darauf zu lesen ist? Ist dies das Geschenk, das sie mir gab? Und wenn ja, was ist es?

[»Böse Tante«, also wirklich! Ich gestehe, das lesen zu müssen, tut weh!]

7

Am Tage Mariä Heimsuchung,
im Juli des Jahres Unseres Herrn 1347

Meine Gedanken und Sorgen, meine eigene Zukunft betreffend, wurden ein wenig unterbrochen, weil die Hochzeitsgäste nach und nach eintreffen. Am Tag nachdem ich Mamas Brief gefunden hatte, kamen Kaninchen-Wiesel und ihre Begleitung in zwei Kutschen und zu Pferde die Landstraße herab, gefolgt von einer alles umhüllenden Staubwolke. Danach trafen verschiedene andere Gruppen ein, größere und kleinere, von denen etliche wie bei einem Turnier große Zelte auf dem Rasen aufstellten. Alle Tanten haben in einer einzigen Zimmerflucht Quartier bezogen und ihre Gemächer den verschiedensten Gräfinnen und sonstige Edelleuten zur Verfügung gestellt. Der arme Pater Raymond ist völlig aus dem Häuschen und versucht vergeblich sich zu erinnern, wo er den Feiertagsornat verwahrt. Die Trauung soll in unserer eigenen Kapelle stattfinden; der Abt von St. Paternus (einem großen, reichen, bedeutenden Kloster ein Stück weiter unten am See gelegen, nicht weitab von der Straße nach London) wird den Traugottesdienst abhalten, und Pater Raymond wird ihm assistieren.

Unten in den Küchen brüllt der Koch mit den Küchenjungen und kriegt den Koller wie jedesmal, wenn er für eine Tafel kochen muß, die mehr Personen als die engste Familie umfaßt. Die ganze Burg duftet nach Gebratenem und Gebackenem, nach Gewürzen und eingemachten Früchten. An drei aufeinanderfolgenden Abenden soll es jeweils ein großes Festessen geben, wobei der Abt an jenem teilnehmen wird, das am Vorabend der Trauung stattfindet.

Ich habe mich entschlossen, meinem eigenen Seelenheil zuliebe sehr brav zu sein. Tante Drachen sorgt sich unaufhörlich um meine Seele, viel mehr noch als Pater Raymond, was mir sonderbar vorkommt. In den letzten Tagen bin ich auf die einfachste Weise, die man sich vorstellen kann, Kaninchen-Wiesel, den Tanten und Papa aus dem Weg gegangen, indem ich nämlich meine zerlumpten Jungenkleider anzog und mich in den Ställen umtat. Das erlaubt mir nebenbei einen Blick auf die Pferde unserer Gäste, und ich kann feststellen, ob sie gut gehalten sind oder nicht. Sybilla hat Pferde, die schlecht ernährt und ungepflegt aussehen, was so gar nicht vereinbar ist mit ihrer sonst eher üppigen Ausstattung, finde ich. Ihre Kutschen haben große bemalte Räder und eine frei hängende Sitzbank aus Flechtwerk mit weichen Sitzpolstern, sehr elegant. Solche Kutschen mochten darauf hinweisen, daß Papa (obwohl dieses Thema selbstverständlich in meiner Gegenwart nie angeschnitten wurde) eine gute Partie macht. Da ich mir nicht vorstellen kann, daß irgend jemand Kaninchen-Wiesel freiwillig heiratet, würde das natürlich einiges erklären. Fünf Halbschwestern zu ernähren, das will an und für sich erst einmal bewältigt werden, und mitzuhelfen, einen neuen Kreuzzug auf die Beine zu stellen (wovon Papa hin und wieder redet), geht auch fürchterlich ins Geld. Schon die laufende Instandhaltung von Burg Westfaire verursacht ständige Auslagen. Papa braucht eine reiche Frau – obwohl ich mir nicht erklären kann, warum so eine reiche Frau so miserabel gehaltene Pferde hat. Es sei denn, sie ist faulen Pferdeknechten ausgeliefert, weil sie selbst nichts davon versteht.

8

Am Tage der heiligen Bertha,
im Juli des Jahres Unseres Herrn 1347

Die dem eigentlichen Fest vorausgehenden Festbankette haben wir gut hinter uns gebracht. Es sind ausreichend Minnesänger vorhanden, so daß Tante Lavendula sich bisher nicht genötigt fühlte, uns auf der Laute zu ergötzen. Tatsächlich verbringen alle fünf hierorts ansässigen Tanten einen Großteil ihrer Zeit mit Sibyllas Mama, und ich bleibe zumeist mir selbst überlassen.

Dennoch kam es heute nachmittag zu einer folgenschweren Begegnung im Hof vor dem Kreuzgang. Ich war mit Grumpkin zur Kapelle gegangen, nicht des Betens wegens, sondern einfach um mich zu erkundigen, ob Pater Raymond den Ornat schon entdeckt hatte. Hatte er. Der Ornat fand sich in einem Schrank im Urkundenarchiv, in den er ihn, wie er sich endlich erinnerte, selbst zur Aufbewahrung gelegt hatte. Während ich mit dem Pater plauderte, schlief Grumpkin auf einem der Betschemel ein, und so kniete ich mich neben ihn. Die Kapelle wirkte so ruhig und friedlich, das Licht dort so unirdisch und der Geruch darin so … nun, die Kapelle besitzt einen gewissen Geruch, den wohl nur ich allein wahrnehme, denn ich habe Herzchen danach gefragt, ich habe Doll gefragt und sogar die Tanten, aber keine von ihnen scheint ihn zu bemerken. Vielleicht sind es nur die Kerzen oder der Weihrauch, obwohl ich finde, daß es etwas anderes sein muß. Etwas viel Feineres, Unwirklicheres. Weniger Natürliches. Ich finde den Duft sehr angenehm. Er weckt in mir den Wunsch, immer wieder daran zu schnüffeln, wie an einer Blume.

Jedenfalls roch es in der Kapelle so sehr nach Was-auch-immer, daß ich ein kurzes Gebet sprach und den Vorsatz faßte, mich zusammenzunehmen und Kaninchen-Wiesel nicht abgrundtief zu hassen. Ich blieb ein Weilchen knien, um mir diesen Entschluß gehörig einzuprägen, doch dann wachte Grumpkin auf, miaute und wollte hinaus. Es fällt mir immer mehr auf, daß Katzen sich von Religion nicht sehr beeindrucken lassen. Also gingen wir hinaus aus dem kühlen grauen Licht der Kapelle in die Helligkeit des Tages. Grumpkin tapste wie üblich hinter mir her und bearbeitete meine Röcke mit kleinen seitlichen Hieben, als wir Sibylla begegneten, die gerade aus dem Durchgang kam, der zum Küchengarten führt. Sie warf einen Blick auf Grumpkin und ließ einen Schrei los, den man sicher bis nach Alderbury hörte. »Eine Katze!« kreischte sie. »Eine Katze!«

Ich hatte das eigentlich bisher für nicht erwähnenswert, weil augenscheinlich gehalten, denn an Grumpkin ist nichts Unkatzenhaftes. Er ist ein rotweiß gescheckter Kater mit äußerst grimmiger Veranlagung, und ich habe ihn persönlich aus einem Wurf ausgesucht, den uns die in den Ställen pirschende Mäusejägerin vor drei Jahren bescherte. Er heißt Grumpkin, und seine dichten Augenbrauen lassen ihn aussehen, als würde er ewig mit mißmutig gerunzelter Stirn umherlaufen – oder zumindest andauernd tiefschürfenden Gedanken nachhängen. Er ist ohne jeden Zweifel eine Katze, und dieser Umstand hat üblicherweise nichts Aufsehenerregendes an sich.

»Bring sie weg!« schrie Sibylla. »Sie muß getötet werden! Ich kann Katzen nicht ertragen!«

Ich packte Grumpkin, drehte mich um und ging in

die Richtung weg, aus der ich gekommen war, wobei ich mich sehr bemühte, an meinem Entschluß festzuhalten, Sibylla nicht zu hassen. Ich denke, ich hätte Gnade vor Recht ergehen lassen können, wäre sie nicht augenblicklich zu Papa gerannt, um Grumpkins Hinrichtung zu verlangen.

Ich weiß nicht, ob Papa ihr überhaupt zuhörte. Was Papa betrifft, so sind Pferde Dinge, auf denen man reitet, Hunde etwas, womit man auf die Jagd geht, und Katzen sind Tiere, die in den Stallungen herumschleichen, jedoch geduldet werden, weil sie Schädlinge beseitigen. Ich glaube nicht, daß Papa je ein Lieblingstier hatte, und wenn, dann ist ihm das längst entfallen. Ich bin sicher, die Tatsache, daß ich Grumpkin von Herzen gern habe, ist ihm noch nie zu Bewußtsein gekommen. Jedenfalls ließ er Kaninchen-Wiesel zu Ende reden und trug dann seinem Schreiber auf, sich um die Sache zu kümmern. Der Schreiber gab den Auftrag an einen der Ritter weiter, und der Ritter erwähnte es Giles gegenüber und lachte dazu. Giles aber wußte, wieviel Grumpkin mir bedeutet, obwohl ich es ihm nie auch nur mit einem Sterbenswörtchen gesagt habe. Nun, hin und wieder beobachtet er mich, und so wird er es wohl daher wissen, nicht wahr? Leute, die einen Menschen wirklich ansehen, kennen auch dessen Gefühle. Giles sagte dem anderen Mann, er würde die Angelegenheit in die Hand nehmen, und machte sich auf die Suche nach mir. Er verbeugte sich ziemlich formell und erläuterte mir die Sachlage. Wir besprachen alles, wobei ich mich sehr anstrengte, nicht zu weinen, was mir auch beinahe gelang. Giles schlug vor, er würde Grumpkin in die Stallungen mitnehmen, wo er eine Weile bei Martin bleiben sollte; er, Giles, würde indessen den Kater als beseitigt melden, was dieser in gewisser Weise auch wäre.

Da die Gefühle, die ich Giles gegenüber hege, des öfteren ziemlich ungestüm und verlockend sind, bemühe ich mich für gewöhnlich, ihm soweit wie möglich aus dem Weg zu gehen. Ansonsten gelingt mir das recht gut, doch diesmal war ich ihm Grumpkins wegen so dankbar, daß ich keine Distanz zwischen uns wahrte. Ich stand ganz nahe vor ihm und konnte seine warme Haut riechen, als ich ihm Grumpkin übergab, wobei ich meinem geliebten Kater auftrug, Geduld zu haben und auf mich zu warten. Giles berührte mich am Arm, als er Grumpkin übernahm, unabsichtlich, nehme ich an. Ich spüre immer noch die Stelle, wo er mich berührt hat.

Diese Angelegenheit macht alles noch unangenehmer und ärgerlicher. Anscheinend ist Sybilla entschlossen, mir alles wegzunehmen! Erst meine Gemächer und dann meinen Kater! Ich überlegte, was ich noch hatte, wonach es Kaninchen-Wiesel gelüsten könnte, aber mir fiel einfach nichts mehr ein – was zeigt, wie naiv ich war. Der Rest ihres Planes trat am späten Nachmittag zutage, vor dem Abschlußbankett.

Es ist mir eigentlich nicht erlaubt, den kleinen Raum zu betreten, der sich an das Archiv anschließt, welches zwischen großem und kleinem Speisesaal liegt. Der Raum ist behaglich und warm, und Papas Aufseher und der Haushofmeister und der Schreiber arbeiten tagsüber dort; manchmal ziehen sich auch männliche Gäste nach dem Mahl dorthin zurück, um zu würfeln, Karten oder Schach zu spielen oder sich über ihre Reisen in einer Art zu unterhalten, wie es in Gegenwart der Tanten unziemlich und daher nicht möglich wäre. Hinter den Tapisserien verbirgt sich ein kleines Erkerfenster, das deshalb verdeckt wurde, weil es zuviel Kälte hereinließ, und unter dem Fenster befindet sich ein Sitz, gerade groß genug für mich. Manchmal verstecke ich mich dort. Das ist der einzige Platz, wo mich noch nie jemand entdeckt hat. Doch wenn man die Langeweile auf sich nimmt, die sich einstellt, wenn man dieselben Geschichten immer und immer wieder vernimmt, kann man eine ganze Menge über das Bespringen erfahren, über die Mittel und Wege, wie man zu seinem Vergnügen kommt, und darüber, was Männer vom Schlage Papas über die verschiedenen Klassen und Typen von Frauen denken. Ich bin draufgekommen, daß Männer ziemlich viel über Frauen reden, wenn sie nicht gerade über die Jagd oder den Kampf reden. Wenn man jedoch bedenkt, daß sie bei allen drei Themen dieselben Wörter und Ausdrücke verwenden, gibt es da vielleicht gar nicht so viele Unterschiede.

Diesmal versteckte ich mich dort, weil ich allein sein wollte. Die Sache mit Grumpkin hatte mich aufgeregt; meine Gefühle Giles gegenüber hatten mich aufgeregt; und nun bemühte ich mich mit aller Kraft um christliche Langmut, welche Pater Raymond unablässig von mir fordert. Mit einem Wort, ich befand mich auf der kleinen Sitzbank unter dem Erkerfenster, als ich auf der anderen Seite der Tapisserien Stimmen vernahm. Eine davon kannte ich sehr gut, sie gehörte Sibyllas Mama. Die andere, so nahm ich an, gehörte dem Abt, denn Sibyllas Mama flötete und gurrte, wie sie es sonst nur bei Leuten von Stand und Namen tat.

»Sibylla fühlt sich der Verantwortung nicht gewachsen, die sie für das Mädchen übernehmen soll, Euer Ehrwürden. Wir wissen alle über ihre Mutter Bescheid.« Die Worte ›ihre Mutter‹ wurden mit äußerst leiser, bedeutungsschwangerer Stimme gesprochen – in demselben Tonfall, den Tante Drachen verwendet, wenn sie über gewisse Körperfunktionen spricht, die sie persönlich für ebenso abstoßend wie unvermeidlich hält. »Sibylla wird zweifellos Kinder gebären. Sie wird gewiß nicht wollen, daß diese Kinder ausgesetzt werden jener … nun, Ihr versteht. Sibylla ist der Meinung, und ich muß ihr da zustimmen, daß es am klügsten wäre, Beauty in jenes Kloster zu geben, wo sich bereits ihre Tanten befinden. Dort hätte sie den Vorteil, mit Mitgliedern ihrer Familie zusammenzusein. Und als Nonne könnte sie vielleicht Buße tun für das, was ihre Mutter … nun, Ihr versteht.«

Offenbar verstand der Abt. Er machte ›hmhm‹ und stotterte ein wenig herum, sagte dann aber, er würde die Angelegenheit mit Phillip, dem Herzog von Monfort, Westfaire und Ylles – das ist Papa – diskutieren und sehen, ob sich etwas in dieser Art arrangieren ließe.

Also gab sich Sibylla nicht mit meinen Gemächern und meinem Kater zufrieden. Sie hatte es auch auf meine Zukunft abgesehen.

Irgendwie kam ich dann, ohne es eigentlich zu wollen, hierher in mein Turmstübchen zurück und saß mit einemmal an meinem Arbeitstisch, einen neuen Federkiel in der Hand, den Einschwärzballen und ein Fläschchen mit Wasser vor mir und daneben ausgebreitet das zweite Blatt von Mamas Brief. Ich hatte es in die andere Richtung gerollt, um es zu glätten. Mamas Schrift ist der meinen nicht unähnlich. Wir schreiben beide mit feiner, schwungvoller Hand. Am oberen Rand des Blattes war genug Platz, und die Worte schienen aus eigenem Antrieb aus meiner Feder zu fließen. »Am ersten Julitage des Jahres Unseres Herrn dreizehnhundertsiebenundvierzig.« Die Trauung war für den nächsten Tag, den Fünften, vorgesehen. Indem ich Mamas Brief auf den Ersten zurückdatierte, räumte ich dem Brief vier Tage ein, während derer er sich auf dem Weg von irgendwo zu mir befunden haben konnte. Als die Tinte trocken war, faltete ich das Pergament und adressierte es an ›Beauty, Tochter Herzog Phillips von Monfort und Westfaire und der Lady Elladine von Ylles‹. Ich versiegelte ihn, indem ich das Siegel des Ringes aus dem Kästchen in das Wachs drückte. Es zeigt ein geflügeltes Wesen, das ich für einen Engel halte.

Ich bin ziemlich verdrossen, wenn ich ansehe, was ich zum Festbankett tragen soll – ein Kleid, das Tante Lavendula herbeigeschafft hat und dem man ganz deutlich ansieht, daß es bereits von jemand anderem getragen und dann umgearbeitet worden ist. Es ist von einer ausgebleichten Schlaffheit wie die Putzlappen, die tagaus, tagein zum Trocknen an der Hofmauer außerhalb der Küchen aufgehängt sind.

Aber ich darf mich nicht der Gefallsucht hingeben. Es ist ganz unwichtig, wie ich aussehe.

9

*Am selben Tage,
um Mitternacht*

Als ich gerade darangehen wollte, das schlappe Kleid anzuziehen, klopfte Doll an meine Tür und trat mit einer Robe über dem Arm ein. Sie bestand aus schwerer indischer Seide, hatte die Farbe einer dunkelrosa Rose und war am Halsausschnitt und an den Säumen der weiten Ärmel mit Silberfäden und winzigen Perlen bestickt. Das dazugehörige Unterkleid war silberfarben, mit engen Ärmeln und einem Band aus gestickten Rosen am Saum. Beides hätte einst meiner Mama gehört, erklärte Doll; es wäre die ganze Zeit sorgfältig in sauberes Leinen gefaltet in einer der Kleiderkammern unter dem Dach aufbewahrt worden und hätte nur auf die Gelegenheit gewartet, wieder getragen zu werden.

Ich sah hinüber zu dem Kleid, das Tante Lavendula für mich vorgesehen hatte. Es wirkte armselig und häßlich, verglichen mit der Seidenrobe. Doll bemerkte meinen Blick und nickte.

»Ich habe schon gesehen, was du tragen solltest«, sagte sie. »Fand, es wäre nicht hübsch genug. Müßte sie dich in so etwas sehen, würde deine Mama in Tränen ausbrechen. Alle ihre Kleider sind noch drüben in der Dachkammer. Du solltest sie verwenden.«

»Mochtest du meine Mama?« fragte ich.

»Netteste Dame, die man sich vorstellen kann«, sagte sie. »Mir ist ganz egal, was die anderen so reden; nie hätte sie sich umgebracht!«

Nun, das hatte ich ohnedies nicht angenommen. Aber es war keine Zeit zum Plaudern, denn Doll machte sich unverzüglich daran, mich anzukleiden und mein Haar zu einem Knoten hochzustecken, aus dem ein paar Strähnen herabfallen sollten. Die meisten Frauen würden einen Kopfputz tragen, der entweder aus Diadem und Kinnband oder aus einer spitzen Haube mit langem Schleier und manchmal weit abstehenden Flügeln daran bestand. Ich hasse Hauben, denn darunter wird mein Kopf ganz heiß, doch ich wasche mein Haar auch ziemlich oft, was die meisten Frauen nicht tun. Sie sagen, das Haarewaschen wäre gefährlich, weil es einem fiebrige Hitzen zu Kopf steigen läßt, aber ich habe noch nie bemerkt, daß meiner danach hitziger wäre als sonst.

»Na also«, sagte Doll, als sie mit mir fertig war. »Jetzt siehst du aus wie sie, so um die Augen herum.«

Ich fing ihren Blick im Spiegel auf, und wir starrten einander an und wußten ganz genau, was die andere in diesem Moment dachte. Doll hatte mein silberblondes Haar hoch aufgetürmt, so daß es füllig und gelockt aussah. Vorher schon hatte sie mir erklärt, meine Wimpern wären ebenso dicht und dunkel wie jene von Mama, und mein Mund hätte genau denselben Schwung wie der ihre. Das Kleid paßte wie angegossen, also wußte ich, ich war auch so gebaut wie Mama – schlank in der Taille und wohlgerundet an anderen Stellen. Und ich wußte sogar, weshalb Doll das Kleid für mich hervorgeholt hatte: Sie hatte mich so zurechtgemacht, damit ich aussähe wie Mama, um Papa an Mama zu erinnern, weil Doll nicht glaubt, daß Mama tot ist. Ich lächelte und zwinkerte ihr zu. Sie zwinkerte zurück.

Die rosarote Robe hatte zwar keine Tasche, doch dafür lange, weite Ärmel. Ich brach das Siegel des

Briefes auf und befestigte ihn mit einer Nadel an der Innenseite eines Ärmels.

Als ich in die Halle hinunterkam, bedachte Papa mich mit einem verblüfften Blick, als hätte er mich schon irgendwo gesehen. Kurz darauf glätteten sich seine Züge wieder, und da wußte ich, er hatte sich erinnert. Unmittelbar darauf ließ er seinen Blick zu Kaninchen-Wiesel schweifen und sah sie eine Weile mit gerunzelter Stirn an. Ich konnte fast fühlen, wie ihm die Erkenntnis kam, welch ein armseliger Ersatz für seine erste Frau seine zweite doch war. Alle Tanten japsten nach Luft, als sie mich erblickten, aber da der Abt an der Tafel saß, wagten sie nichts zu sagen. Ich lächelte einfach und ließ mich auf meinem Platz nieder. Und so waren wir alle da: Sibylla und ihre Mama und mein Papa und fünf Tanten, außerdem der Abt und Pater Raymond und ein kleiner Prinz von irgendwo als Ehrengast, der mich mit Bewunderung ansah und mir höfliche Dinge sagte. Wie der glückliche Zufall so spielt, saß ich zwischen dem Prinzen und dem Abt.

Mein Freund Giles saß an einer Tafel, die sich direkt neben meiner befand. Als ich merkte, daß er mich beobachtete, errötete ich und nickte ihm zu, um ihm meine Dankbarkeit für das, was er getan hatte, zu verstehen zu geben. Pater Raymond wiederum merkte, daß ich Giles ansah, und es entging ihm auch nicht, daß ich errötete und nickte. Das wußte ich, weil seine Stirn sich furchte, wie das hin und wieder geschieht, und er einige Male von mir zu Giles und von Giles zu mir blickte.

Ich wartete, bis alle heißhungrig aßen und die Musikanten spielten und der Mundschenk zum zweiten Mal die Runde machte. Dann sagte ich ziemlich laut zum Abt: »Euer Ehrwürden, ich habe etwas ganz Erstaunliches zu berichten. Heute erhielt ich einen Brief von meiner Mama!«

Stille. Jeder hatte es gehört, bis auf Papa, der gerade damit beschäftigt war, Tante Drachen von einer Pilgerreise zu erzählen. Alle hörten auf zu kauen und zu reden, nur Papa nicht.

Ich sagte: »Das ist das Wunderbarste auf der Welt, Euer Ehrwürden, obwohl ich sicher bin, Ihr habt in Eurem Leben schon von vielen Wundern vernommen! Ich habe ihn mitgebracht, um ihn Euch zu zeigen.« Und nun zog ich den Brief aus dem Ärmel und breitete ihn auf dem Tisch aus, wobei ich den Weinkelch des Abtes dazu benutzte, die Blätter niederzuhalten. Alle begannen, miteinander zu flüstern, und Kaninchen-Wiesel war kreidebleich geworden. Ihrer Mama standen winzige Schweißtröpfchen auf der ganzen Stirn. Der kleine Prinz paßte gut auf, um nichts zu versäumen, was ihm geboten wurde, und sich daran zu erfreuen.

Der Abt las den Brief. Er reichte ihn Pater Raymond weiter. Pater Raymond las ihn, wurde rot und gab ihn dem Abt zurück; der Mund des Paters zuckte ein wenig, als wüßte er nicht, ob er sich für ein Lachen oder ein mißbilligendes Zusammenkneifen entscheiden sollte. Die Worte laut mitmurmelnd las der Abt den Brief ein zweites Mal, wonach die Blätter bei irgend jemand anderem landeten. Zu diesem Zeitpunkt war selbst Papa aufgefallen, daß etwas ganz und gar nicht stimmte.

Der Abt erhob sich. »Ich kann einen Mann, der bereits ein lebendes Weib hat, nicht mit einem zweiten zum heiligen Bund der Ehe vereinigen«, sagte er laut genug, daß auch alle am oberen Ende der Tafel ihn hören konnten, und so hatte er endlich auch Papas Aufmerksamkeit. »Eure Tochter hat einen Brief ihrer

Mutter erhalten. Er wurde erst vor vier Tagen datiert, was ersichtlich macht, daß Ihr bereits ein lebendes Eheweib habt.«

»Unmöglich«, sagte Papa und wurde sehr blaß.

»Lächerlich!« sagten ein oder zwei Tanten.

»Ich habe es gewußt!« rief Tante Drachen. »Ich habe es immer schon gewußt, daß sie zum schlechtesten Zeitpunkt wieder auftauchen würde!«

Brauche ich sonst noch etwas über das Festbankett zu erzählen? Papa war so wütend, daß er kaum reden konnte, und keine Stunde, nachdem ich in mein Zimmer zurückgekommen war, schreckte mich der Zimmermann auf, als er anfing, meine Tür zuzunageln. Über die Jahre hinweg hat diese arme Tür weitaus mehr als nur den üblichen Teil an Nägeln abbekommen.

»Du undankbares Weibsbild!« schrie Papa durch die Tür. »Du wirst nicht Reißaus nehmen wie deine Mutter, diese flatterhafte Hexe!«

Ich habe den Eindruck, entschieden mehr erreicht zu haben, als ich eigentlich wollte. Die Trauung zu verhindern, hatte ich für eine gute Idee gehalten, und wenn auch nur, um es Sibylla heimzuzahlen. Papa wütend auf mich zu machen, das hatte nicht in meiner Absicht gelegen! Papa wird so leichtfertig, wenn er wütend ist! Da läßt er Leute ins Verlies werfen und vergißt sie dann! Wir hatten früher einmal einen noch durchaus brauchbaren Goldschmied, der die wunderbarsten Arbeiten anfertigte, die man sich vorstellen kann. Eines Tages ärgerte Papa sich heftig über ihn und warf ihn ins Verlies. Einen Monat später wollte Papa, daß der Mann ihm ein neues Salzfäßchen machte, doch als man nach ihm sah, war er fast tot und erholte sich auch nicht mehr. Und so halte ich Papa nun durchaus für fähig, sich auf eine neue Wallfahrt zu begeben und mich eingeschlossen im Turm meinem Schicksal zu überlassen. Und irgendwann einmal, wenn ihm zufällig jemand über den Weg läuft, von dem er sich eine vorteilhafte Partie für mich verspricht, würde er zurückkehren und fragen: »Wo ist eigentlich Beauty geblieben?«

Ich erinnerte mich noch genau an das, was Doll mir von damals erzählt hatte, als Mama hier eingeschlossen war, und so ging ich auf den Söller, holte das Seil ein, rollte es auf und schob es unter mein Bett. Dann entzündete ich an den Kohlen im Kamin einen Holzspan und mit dem Holzspan die Kerze und las Mamas Brief wieder, das erste Blatt. Das zweite Blatt, auf das ich geschrieben hatte, war bei dem kleinen Prinzen zurückgeblieben. Er hatte es dem Abt heimlich entwendet – vermutlich um es mitzunehmen und bei Hofe alle, den König eingeschlossen, daran teilhaben zu lassen. Als ich die erste Seite las, stach mir die Sache mit dem Fluch ins Auge.

Vielleicht habe ich Papa an den Fluch erinnert, und er hat mich im Turm einnageln lassen, um mich zu schützen!

Es wäre hübscher, das zu glauben, viel hübscher als anzunehmen, er hätte mich aus reiner Wut hier eingekerkert, um mich verhungern zu lassen. Doch wenn Mamas Tante Carabosse es geschafft hat, ohne eine Einladung zu meiner Taufe zu kommen, dann ist es unwahrscheinlich, daß sie sich von einer zugenagelten Tür abhalten läßt.

Ich will die nächsten hundert Jahre *nicht* in diesem Turm verbringen und darauf warten, daß zufällig ein Prinz vorbeikommt, wie liebenswert auch immer er sein möge! Diese Vorstellung ist mir zutiefst unangenehm und bedrückend!

Jetzt ist Papa unten vor den Stallungen und schreit

mit Martin herum. Ich kann durch einen Spalt in den Fensterläden sehen, wie er zu mir heraufzeigt und brüllt, während Martin die Laterne hochhält und die Schultern zuckt, als wollte er sagen, da hat nie ein Seil gehangen, seit ich hier eingezogen bin. Der brave, gute Martin!

Jetzt kann ich genausogut schlafen gehen. Es gibt nichts, was ich vor morgen früh tun könnte.

[Wir haben das alles vorausgesehen, bis in die Details der Kleiderfrage und der Speisenfolge, die beim Festessen serviert wurde. Wir haben tief in den Teich geblickt, Israfel und ich, und wir haben alles vorhergesehen.]

10

Am Tage des heiligen Palladius,
im Juli des Jahres Unseres Herrn 1347

Heute frühmorgens, noch ehe es ganz hell war, schlüpfte ich in meine Stalljungensachen (die jüngsten einer Serie ähnlicher Lumpengewandungen, die ich seit meinem achten Lebensjahr besessen habe), legte das Seil über die Rolle und ließ mich hinunter in den Hof, nachdem ich zuvor bereits alles andere, von dem ich dachte, ich würde es noch brauchen – einschließlich Mamas Kästchen –, daran befestigt hatte. Mit großen Höhen habe ich immer schon gut umgehen können, was daher kommt, daß ich auf Teufel komm raus in den Bäumen herumgeklettert bin, als ich noch kleiner war. Was mir jetzt zugute kam, denn der Turm ist außerordentlich hoch. Gerade so, als hätten wir es geplant, erwarteten Doll und Martin mich schon.

»Das habe ich mir gedacht, daß du auf diese Idee kommen würdest, kleine Dame«, sagte Martin und legte sein liebes Gesicht in tausend belustigte Falten. »Kluges Mädchen. Genau wie deine Mama. Sie war auch klug. Und sehr nett.« Dann drückte er mir Grumpkin in die Hände, der sich flugs in meine Arme schmiegte und zu schnurren begann.

»Doll«, fragte ich, »hat Mama irgend etwas für mich hier in der Burg zurückgelassen? Geld oder sonst etwas? Eine Landkarte vielleicht?«

»Davon ist mir nie etwas zu Ohren gekommen, Täubchen«, sagte sie. Manchmal nennt sie mich ›Täubchen‹, obwohl das niemand sonst tut.

»In ihrem Brief erwähnt sie, daß sie mir die Mittel zurückgelassen hätte, die mir ermöglichen sollen, sie zu finden, aber ich weiß nicht, was sie damit gemeint haben könnte.«

Doll sah ihre Füße an, wurde rot im Gesicht und wühlte ihre Hände in die Schürze. Martin wandte sich an sie: »Sag's ihr, Doll. Irgend jemand muß es ihr sagen.«

»Du meinst, daß Mama eine Hexe ist?« fragte ich und spürte, wie mir die Hitze ins Gesicht schoß. »Papa sagte das, als er meine Tür zunageln ließ.«

»War sie gar nicht. Keine Hexe«, erklärte Doll mit Nachdruck.

»Was war sie dann?« fragte ich. Rückblickend betrachtet war ich wohl von beängstigender Dummheit, doch ich hatte wirklich noch nie richtig darüber nachgedacht. Freilich ist das auch nichts, worüber man sich üblicherweise Gedanken macht.

»Sie war eine Fee«, antwortete Doll. »Und heute, ganz zeitig am Morgen, habe ich schon mitangehört, wie der Abt zu deinen Tanten sagte, dein Papa könne seine Heirat mit deiner Mama für ungültig erklären lassen, denn Feen könnten das heilige Sakrament der Ehe gar nicht empfangen. Das habe ich zwar bisher noch nie gehört, aber du weißt schon, wer den Abt auf diesen Gedanken gebracht hat.«

Ich wußte sehr wohl, wer den Abt auf diesen Gedanken gebracht hat. Sibylla oder ihre Mama oder beide gemeinsam. Eine Fee! Darauf hätte ich auch von selbst kommen können! Wie sonst hätten ihre Tanten so mir nichts, dir nichts Flüche aussprechen und wieder abändern können? Und wie hätte Mama es geschafft, aus dem Turm zu entkommen, wenn sie nicht selbst eine Fee war? Jedenfalls erklärt dieser Umstand die Haltung meiner Kräutertanten; die würden einer

Fee gewiß mit innerer Ablehnung begegnen, weil in ihrem Leben, das sich um nichts anderes als Essen, Trinken und Religion dreht, eine Fee einfach keinen Platz hat. Er erklärt auch, weshalb Kaninchen-Wiesel mich unbedingt in ein Kloster sperren wollte, und er hilft mir dabei, Mamas Brief zu erklären: Nachdem sie sich mit einem Sterblichen eingelassen hatte, war ihr die Erinnerung, eine Fee zu sein, abhanden gekommen. Ich glaube, das ist auch die einzige Art und Weise, wie eine Fee die Ehe mit Papa – oder irgendeinem anderen Sterblichen – überstehen kann. Mama konnte es nur ertragen, solange sie sich nicht an etwas anderes erinnerte. Und dann, als Papa sie verließ, hatte sie nach und nach ihr Gedächtnis wiedererlangt – das und diese andere Sache.

»Bin ich ... bin ich dann eine Halbfee?« fragte ich Doll und Martin. »Hat das irgendeine Bedeutung?«

Sie sahen einander an und hoben die Schultern. Es war eine Frage, von der ich nicht erwarten durfte, daß die beiden sie beantworten konnten. Eigentlich war der einzige, der möglicherweise eine Antwort darauf wußte, Pater Raymond.

»Macht nichts«, sagte ich, drehte mich um und ging weg. Nach einer Weile fand ich Pater Raymond, der im Obstgarten saß. Ich erinnere mich, daß die Bienen laut summten, als ich ihn fragte, ob er es wußte. Er bedachte mich und meine Stallknecht-Aufmachung mit einem langen Blick und fragte sich vermutlich, wie ich es geschafft hatte, aus dem Turm zu kommen. Doch dann lächelte er. Pater Raymond hat manchmal ein so sanftes, freundliches Lächeln auf seinem alten runzligen Gesicht, daß es mich an einen hellen Sonnenstrahl denken läßt, der durch dicke Wolken dringt.

»Ja, Beauty, ich weiß, daß deine Mama eine Fee war«, nickte er. »Vor der Hochzeit mit deinem Papa sagte sie mir nichts davon, weil sie sich nicht daran erinnerte, eine Fee zu sein. Später aber, als die Sache mit deiner Taufe anstand, da sagte sie es mir. Ich hatte vor, nach der Zeremonie weiter mit ihr über die Angelegenheit zu sprechen, einfach um sie zu beruhigen. Doch Herzog Phillip ließ sie einschließen, ehe ich die Möglichkeit dazu hatte.«

»Warum hatte Mama Einwände gegen meine Taufe?« erkundigte ich mich.

Er schürzte die Lippen und machte das *Hmmm*-Geräusch durch die Nase, das er immer hören läßt, wenn die Beantwortung von Fragen kompliziert wird. »Nun, allgemein wird angenommen, daß die Feen zur gleichen Zeit erschaffen wurden wie die Engel. Jedenfalls lange vor dem Menschen. Und immer schon hat es Mutmaßungen gegeben, daß es gelegentlich zwischen Menschen und Feen zu einer Vermischung kommt. Angeblich war ja auch Kains Weib eine Fee. Da uns die Heilige Schrift keinerlei Hinweis darauf gibt, daß der Herr ihm eine Menschenfrau zur Seite gestellt hätte, ist wohl klar, daß er mit etwas anderem verheiratet war. Wobei unwahrscheinlich ist, daß ein weiblicher Engel sich dazu herabgelassen hätte. Und falls es Menschen gibt, die Feenblut geerbt haben, würde dies im übrigen die Faszination erklären, die ...« Sein Blick verlor sich in weiten Fernen. »Deine Mutter wandte mir gegenüber auch ein, die Kirche würde sie um ihr Geburtsrecht bringen ...«

Das hatte Mama auch im Brief geschrieben, dennoch wußte ich nicht, was sie damit sagen wollte. »Und was hatte sie gegen meine Taufe?« erinnerte ich ihn an meine Frage.

»Ah ja. Nun, da sie also gesondert erschaffen wurden, sind Feen auch nicht mit dem Makel der Erbsünde behaftet wie das Menschengeschlecht, und so halten sie die Taufe bei sich selbst für nicht notwendig. In so vielem, was Lady Elladine sagte, hatte sie recht. Wenn jedoch andererseits der Herzog dein Vater ist – und darüber besteht wohl kein Zweifel«, er errötete, offenbar war ihm gerade eingefallen, daß Papa, wie es scheint, das halbe Dorf Westfaire gezeugt hat, »… dann also bist du zur Hälfte eine gewöhnliche Sterbliche, und diese Hälfte mußte getauft werden. Das hatte deine Mama nicht in Betracht gezogen, und so wurde die Taufe durchgeführt.«

»Mit Weihwasser und einem weißen Häubchen auf dem Kopf und allem anderen?«

»Ganz genau so. Mit der Salbung mit Chrisam, mit der Lossagung von Satan und allen seinen Werken und mit der Aufnahme in die Heilige Mutter Kirche.«

»Sind sie Christen?« fragte ich, »die F…, ich meine, die Landsleute meiner Mutter? Oder sind es Ungläubige?«

»Nun ja«, er sah mich mit gerunzelter Stirn an, »ich denke nicht, daß diese Frage für, äh, diese Leute von Bedeutung ist. Wenn sie unsterblich sind, dann kennen sie keinen Tod. Wenn sie keinen Tod kennen, dann fürchten sie auch nicht die Hölle. Wenn sie die Hölle nicht fürchten, dann tragen sie auch nicht den Makel der Sünde. Wenn sie den Makel der Sünde nicht tragen, welche Notwendigkeit gäbe es dann für sie, Christen zu sein? Man kann ebensogut in der entgegengesetzten Richtung argumentieren, es ändert nichts. Und daher stellt sich die Frage, ob es Ungläubige sind, gar nicht.«

Was ganz klar zeigt, daß Pater Raymond, obwohl schon alt und ein wenig tattrig, immer noch bei klarem Verstand ist.

[Was ganz klar zeigt, wieviel blanke Phantasie auch außerhalb von Feery existiert!]

»Dann hat Mama also nicht versucht zu verhindern, daß ich eine Christin werde?« fragte ich. »Als sie Papa sagte, die Taufe wäre nicht notwendig?« Ich spürte, da gab es noch etwas, was er mir nicht gesagt hatte, aber ich wußte nicht, worum es sich handelte. Mama schien der Religion für etwas die Schuld zu geben, das mit ihren Leuten zusammenhing, und nichts von dem, was Pater Raymond mir soeben dargelegt hatte, war irgendeine Erklärung dafür.

»Ich halte es für wahrscheinlicher, daß ihr bezüglich der Theologie ein Versehen unterlaufen ist«, meinte Pater Raymond. »Sie hielt die Taufe für überflüssig, weil sie vergessen hatte, daß du halb Mensch bist. Aber wir dürfen sie deswegen nicht verurteilen; ich kann mir nicht vorstellen, daß Feen viel Zeit mit dem Studium des Katechismus verbringen. Jedenfalls war ich dabei und hörte, wie deine Feentanten dich mit ein paar sehr hübschen Gaben bedachten. Außerdem bist du immer ein braves Mädchen gewesen, also zerbrich dir nicht den Kopf deswegen.«

»Welche hübschen Gaben waren das?« fragte ich, obwohl Mama es mir ja schon gesagt hatte.

»Oh, sie bedachten dich mit Gutherzigkeit, zum Beispiel. Und mit einem sehr einnehmenden Wesen.«

Davon hatte ich nichts gewußt, im besonderen von der Gutherzigkeit. Manchmal fühlte ich mich überhaupt nicht gutherzig.

»Nebenbei, Beauty«, sagte er. »Ich möchte, daß du es von mir erfährst: Giles ist zu einer Reise aufgebrochen, die er für mich unternimmt.«

»Giles«, wiederholte ich, wie vor den Kopf geschlagen. »Giles?« Ich war den Tränen nahe.

»Er wird ein, zwei Jahre weg sein«, fuhr Pater Raymond fort und sah mich dabei eindringlich an. Ich preßte die Lippen zusammen. Nach einem kurzen

Schweigen fragte er: »Gibt es irgend etwas, was du mir sagen mußt?«

Ich starrte ihn nur an und haßte ihn. Dann haßte ich ihn nicht mehr, dafür wurde es ganz leer in meinem Inneren. Ein Loch war da drinnen, das sich nicht mehr füllen würde; niemals. Pater Raymond hatte dies für mich getan, weil er es für das Beste hielt, aber ich wünschte, er hätte es unterlassen.

Ich schüttelte den Kopf. »Nein, Pater.« Ich hatte ihm nichts zu sagen, überhaupt nichts. In meiner Kehle steckte ein Klumpen, und ich konnte die Worte kaum herausbringen. Es gab nichts, was ich ihm je wieder sagen wollte.

»Also gut«, murmelte er, und es sollte wohl tröstlich klingen, »also gut.«

Wenn Giles zurückkommt, werde ich entweder tot sein oder verheiratet oder in einem hundertjährigen Schlaf oder weit weg auf der Suche nach meiner Mama, und wer weiß, ob ich von dort je zurückkehre.

11

[Als Elladine von Ylles den Brief an ihre Tochter schrieb, hatte meine Hand mitgeholfen, den Federkiel zu führen. Nicht daß Elladine unfähig wäre, einen Brief zu schreiben oder eine Tochter zu lieben, aber wenn sie schreibt, neigt sie zur Weitschweifigkeit, und wenn sie liebt, wird sie sentimental und verliert den Kopf. So hat sie einst auch keinen Gedanken daran verschwendet, was es mit sich bringen würde, ein Kind zu lieben, das zur Hälfte normal sterblich ist. Elladine ist wie alle anderen in Feery, die den einfachen Weg gewählt haben. Genau wie Joyeause stümpert sie herum; magische Kraft ist nun einmal anstrengend – sowohl beim Erlangen als auch beim Erhalten –, und Elladine hat sie nie dieser Anstrengung für wert erachtet. Sie flattert lieber hierhin und dorthin, reist umher, bezaubert und berückt und verliert hin und wieder ihr Herz, gelegentlich an Normalsterbliche. Da ich dies weiß, schob ich gewisse Worte in ihren Brief ein und entfernte dafür viele andere, und das Kästchen drückte ich ihr bereits mit seinem ganzen Inhalt versehen in die Hand.

Israfel und ich rechneten mit der Liebe eines Kindes zu seiner Mutter. Wir selbst hatten keine Mütter; wir haben auch keine Kinder; also müssen wir uns in dieser Angelegenheit weitgehend auf unser eigenes Dafürhalten verlassen. Dennoch rechneten wir fest damit, daß Beauty sich nach ihrer Mutter sehnen würde; und flugs würde sie sich aufmachen zu dem Ort, den wir für sie vorbereitet haben, einem Ort, der weit entfernt ist von den realen Welten, einem Ort, den der Herr der Finsternis unter keinen Umständen aufsuchen würde, mit einem Wort: Chinanga.

Chinanga ist eine der Scheinwelten und liegt deutlich ab-

seits der vielbenutzten Hauptrichtung von Dichtung und Märchen. Selbst ich habe lange gebraucht, es zu finden, und ich hatte seit geraumer Zeit danach gesucht. Sehr unwahrscheinlich, daß irgend jemand, der nicht auf der Suche danach ist, darüber stolpert. Elladine sollte erst kurze Zeit, ehe Beauty selbst eintrifft, dorthin gelangen (auch das hatten Israfel und ich bereits arrangiert); während ihres Aufenthalts in Chinanga konnten die beiden einander kennenlernen – in der Sicherheit eins Ortes, an den die Zeit nicht herankommt. So hatten wir es geplant.

Außerdem hatten wir geplant – schlau, aber gefährlich –, daß Beauty Westfaire verlassen sollte, ohne ihr Verschwinden irgend jemanden merken zu lassen. Sie würde sich der Dinge in dem Kästchen bedienen, und wenn die Zeit reif war, würde sie bereit sein.

Unseligerweise haben wir völlig außer acht gelassen, wer sie ist und welche Bürde sie trägt und auch, was Westfaire ist. Wir haben die Kräfte außer acht gelassen, welche die beiden zusammenschmieden!

Und so hat Beauty sich keineswegs unverzüglich angeschickt, auf die Suche nach ihrer Mutter zu gehen! Statt dessen fand sie tausend Gründe, es aufzuschieben!]

An einem späteren Tage,
wann genau, weiß ich noch nicht

An jenen Tagen, die Giles' Verschwinden folgten, und während ich nach allgemeiner Überzeugung immer noch eingenagelt im Turm festsaß, bewegte ich mich frei in den Stallungen und zerbrach mir den Kopf über drei bedeutsame Ereignisse, die demnächst stattfinden sollten: mein bevorstehender Geburtstag (den ich vorhatte zu überstehen, ohne dem Bannfluch zum Opfer zu fallen), Papas aufgeschobene Hochzeit mit Sibylla (welche erfolgen soll, sobald er die Angelegenheit mit der Kirche in Ordnung gebracht hat) und der Beginn meiner Suche nach Mama – Ereignisse, die, wie ich annahm, in dieser Reihenfolge vor sich gehen würden, obwohl ich *wußte,* daß ich meinen Geburtstag *und* die Hochzeit vergessen und einfach nur *verschwinden* sollte, jetzt, solange ich die Möglichkeit dazu hatte. Die Vernunft sagte mir: verschwinde!, die Stimmen in meinem Kopf sagten mir: verschwinde!, meine Träume sagten mir: verschwinde!, doch mein Bauch sagte: bleib!

Ich fand Vorwände, um in die große Halle zu gehen und zur Kuppel hochzublicken, Vorwände, an den Wänden entlangzuschleichen und die Bodenmosaike zu betrachten, Vorwände, treppauf und treppab zu steigen, ganz langsam, und den Geräuschen zu lauschen, die Gerüche in mich aufzunehmen. Schon bei dem Gedanken, Burg Westfaire zu verlassen, brach ich ohne unmittelbaren Anlaß in Tränen aus, und darüber hinaus, so versicherte ich mir selbst wiederholt, ist es gewiß schwierig, eine Reise zu planen, ohne auch nur die entfernteste Ahnung zu haben, wohin sie führen soll.

Noch nie zuvor hatte ich mich so alleingelassen gefühlt. Stets war (so stand es in der hintersten Ecke meines Kopfes geschrieben) Giles dagewesen, standhaft und verläßlich. Ich hatte immer gewußt, daß ich zu ihm gehen konnte, falls ich in echte Schwierigkeiten geriet. Oder Pater Raymond, auch er war dagewesen. Jetzt war Giles fort, und da Pater Raymond ihn weggesandt hatte, konnte ich auch auf ihn nicht mehr zählen. Papa und die Tanten kamen ohnedies nicht in Frage. Martin hatte zuviel Arbeit, um sich meiner anzunehmen. Doll war immerzu geschäftig auf den Beinen und beaufsichtigte die anderen

Mägde beim Wassertragen und Nachttopfleeren. Dennoch packte ich sie einmal am Arm und zwang sie, mir zuzuhören.

»Mama sagt, sie hätte mir die Mittel zurückgelassen, sie zu finden, aber alles, was sie mir zurückließ, war dieses Kästchen!« beklagte ich mich bei ihr. »Und darin kann ich nichts finden, was mir weiterhelfen würde!« Ich zeigte es ihr. Zwischen zwei Tätigkeiten warf sie einen raschen Blick darauf und auf seinen Inhalt – auf das Päckchen Nadeln und den Ring mit der – wie ich jetzt wußte – Fee auf dem Siegel und den drei Strängen Garn: starkes in Braun, mittelstarkes in Schwarz und feines, seidiges in Weiß. Doll schüttelte das Kästchen, um zu prüfen, ob sich noch etwas darin befand, aber es gab kein Geheimfach. Es ist ein ganz gewöhnliches Holzkästchen, und nicht einmal sehr groß.

»Wenn ihre Ladyschaft, deine Mutter, sagte, sie hätte dir etwas hinterlassen, dann hat sie das auch getan«, erklärte Doll. »Und wenn dieses Kästchen alles ist, was du entdeckt hast, dann ist es dieses Kästchen, was sie gemeint hat. Heb es gut auf. Früher oder später wirst du herausfinden, wozu es gut sein mag.« Sie wandte sich ab, um einer neuen Magd Anweisung zu geben, nicht die Herzoginnentreppe (so nennen sie die breite geschwungene Treppe, die von der großen Halle nach oben führt) zu benutzen.

»Ich wollte, ich wüßte, was ich damit tun soll!« jammerte ich und wünschte mir, Doll würde mir zuhören. Oder irgend jemand anderer.

»Nun, du könntest etwas nähen damit«, schlug Doll vor und funkelte mich an, »das macht man für gewöhnlich mit Nadel und Faden! Außerdem hättest du dann keine Zeit haben, mich andauernd von der Arbeit abzuhalten!« Sie rannte hinter der neuen Magd her, die schon wieder in die falsche Richtung gegangen war.

Ich fühlte mich zwar zutiefst beleidigt, aber Dolls Vorschlag hatte etwas für sich. Ich schlich mich in eine der Dachkammern und wühlte ein wenig darin herum, bis ich einige Stücke schwarze Tussahseide entdeckte, die vermutlich noch aus Großmamas Zeit stammten. Ich nahm sie, zusammen mit einer Handvoll Nüsse und getrocknete Äpfel, mit in den leeren Pferdestand im Stall, den ich bewohnte, um nicht meinen Tanten in die Arme zu laufen. Ich setzte mich auf einen Strohballen und fing an zu nähen – etwas, das ich in sechzehn Jahren ziemlich gut gelernt hatte, das kann man mir glauben, denn im Winter gibt es nicht viel anderes zu tun. Ich habe so viele Kissenbezüge bestickt und Wandbehänge ausgebessert, daß sie von Westfaire bis nach East Sawley reichen würden; dazu kommen die langen Stunden mit Tante Maj beim Miederflicken oder bei neu begonnenen Gobelins, die in hundert Jahren noch nicht fertig sein werden. Falls der Fluch mich befällt, dachte ich, und sie fahren fort, daran zu arbeiten, während ich schlafe, dann werden die Gobelins gerade bei meinem Wiedererwachen fertig sein – in einem Jahrhundert, im Jahre 1447. Im fünfzehnten Jahrhundert!

Zum erstenmal wurde mir klar, was das hieß! Wenn ich hundert Jahre lang schlief, würden danach alle Tanten und auch Papa tot sein. Vermutlich würde Papa noch vor Sibylla sterben. Und nach seinem Dahinscheiden würde Sibylla meinen schlafenden Leib wahrscheinlich in irgendeinem Keller einlagern, falls sie ihn aus purer Bosheit nicht gleich irgendwo verscharrte! Und dann, wenn Sibylla starb, wer würde ihr nachfolgen?

Ich stellte mir Burg Westfaire vor – verlassen, verfallen, verhökert, um Sibyllas Schulden zu begleichen, und ich hätte am liebsten aufgeschrien. Und wer würde eine Person betreuen, die hundert Jahre schläft? Ich konnte mir einfach nicht vorstellen, daß es Sibylla oder ihre Kinder kümmern würde, ob ich am Leben blieb, um dereinst aufzuwachen, oder nicht!

Ich zwang mich dazu, mit dem Grübeln aufzuhören, indem ich den Seidenstoff und den dazu passenden Faden auslegte und mich vergewisserte, daß genug von beidem da war, um einen Mantel daraus zu machen. Gerade fallende Mäntel sind ganz leicht anzufertigen. Pater Raymond hat mir beigebracht, wie man sie zuschneidet, denn sie werden genauso gefertigt wie Mönchskutten, nur daß Mönche die ihren vorne nicht offen tragen. Erst einmal schneidet man ein flaches Stück zu – so lang wie von den Schultern zu den Knöcheln und breiter, als die Schultern sind; das ist für den Rücken. Dann schneidet man vier weitere Stücke, alle genauso lang und halb so breit; zwei davon sind für die Vorderteile. Das dritte schneidet man in die Hälfte, die beiden Teile werden der Länge nach gefaltet und ergeben die Ärmel. Das letzte Stück halbiert man, und eine Hälfte davon wird gefaltet, an einer Seite zusammengenäht und ergibt die Kapuze. Der Saum der Kapuze wird vor dem Zusammenfügen mit dem übrigen Mantel am Hals gerafft, was das schwerste an der ganzen Arbeit ist, denn wenn man nicht sorgfältig vorgeht, gibt es ein häßliches Faltenbündel an der Innenseite. Wenn man es besonders kunstvoll machen will, kann man das letzte Stück Stoff für Manteltaschen verwenden. Da ich jede Menge Zeit hatte, machte ich es kunstvoll und nähte links und rechts große, tiefe Taschen an. Zur Mittagszeit war ich fast fertig, bis auf die Litzen an der Kapuze und an den Vorderkanten. Ich hatte die Ränder des Gewebes – das, was Mutter Blossom den natürlichen Saum nennt – für die Vorderkanten und das untere Ende der Ärmel verwendet, also blieb nur noch der Saum einzuschlagen. Doch plötzlich hörte ich Dolls Stimme draußen, also schlüpfte ich in den Mantel und lief hinaus, um ihr mein Werk zu zeigen.

Ich hielt inne und drehte mich um mich selbst, damit sie mich bewundern konnte. Aber sie sah einfach durch mich hindurch zu Martin und fragte ihn: »Wo ist Beauty?«

»Keine Ahnung«, sagte Martin. »Hab' sie seit frühmorgens nicht gesehen.«

»Die Kräutersammlung hat aus Furcht vor dem Herzog beschlossen, Beauty nicht aus dem Turm zu lassen«, sagte Doll. »Sie denken, er wird zu ihrem Geburtstagsfest nach Hause kommen und sie dann befreien.«

Ich trat ein wenig näher an Doll heran und fuchtelte mit den Ärmeln meines Mantels vor ihrer Nase herum. Sie blinzelte nicht einmal. »Doch dann fiel ihnen ein, sie könnte bis dahin bereits verhungert sein«, fuhr Doll fort. »Und jetzt hocken sie da drinnen beisammen und zerbrechen sich den Kopf, wie sie das verhindern sollen.«

»Und wie wollen sie ihr das Essen zukommen lassen?« schnaubte Martin. »Nußkerne mit den Tauben hochschicken?«

Martin sah mich nicht. Doll sah mich nicht. Sie taten nicht nur so, als würden sie mich nicht sehen. Sie sahen mich wirklich nicht. Es brauchte ein Weilchen, aber dann kam ich drauf. Der schwarze Faden hatte mir einen Mantel genäht, der mich unsichtbar machte – was man von der Gabe einer Fee ja allemal erwarten konnte. Es war eigentlich ganz logisch. Ich lief zurück in meinen Winkel im Stall, zog den Mantel aus, faltete ihn zusammen und packte ihn in den Sack, in dem ich meine Sachen aus dem Turm heruntergebracht hatte; dann trat ich wieder hinaus ins Freie, das ordentliche Bündel mit dem fast fertigen Mantel darin unter dem Arm.

»Ah, da bist du ja, meine Schöne!« sagte Doll sofort. »Deine Tanten sind zu der Meinung gekommen, daß dein Vater schrecklich wütend wäre, wenn sie dich aus dem Turm lassen, also können sie das nicht tun. Aber sie wollen auch nicht, daß du verhungerst. Bis sie sich darüber einigen, wie sie dich mit Essen versorgen sollen, wärst du wohl ziemlich am Ende, also hätte es wenig Sinn, denke ich, wenn Martin dich wieder hochzieht und du solange da oben bleibst. Möchtest du dich hier verstecken oder lieber drüben in den Gesindekammern? Es gibt genug leere Räume dort.«

Ich sagte, ich würde lieber in den Stallungen bleiben, denn da war es luftiger und kühler als droben in den Dachkammern, wo die Mägde schlafen. Nur mit den Fliegen ist es im Stall eine rechte Plage. Der Umstand, daß die Tanten mich nicht freilassen wollten, machte mich sehr neugierig darauf, was eigentlich im Gange war, also verschwand ich um die Ecke, holte meinen neuen Mantel aus dem Bündel und zog ihn wieder an, ehe ich in die Burg wanderte, um zu hören, was man so von sich gab. Ich empfand es nicht als überraschend, daß keiner mich bemerkte. Mich nicht, dafür aber Grumpkin, der hartnäckig hinter mir hertrottete und nach meinen Röcken tapste, wie er es immer tut. Katzen lassen sich von Feensachen nicht beeindrucken; nicht von Feensachen und nicht von heiligen Sachen. Vielleicht sind Katzen ein Sonderfall der Schöpfung.

Ich schlenderte zu meinen früheren Gemächern hinter den Küchen, weil ich wissen wollte, was Sibylla gerade im Schilde führte, und daran tat ich gut, denn das kleine Kaninchen-Wiesel führte gar nichts Gutes im Schilde!

»Sie muß sterben!« fauchte sie ihrer Mutter zu, als ich mich durch die angelehnte Tür zwängte. »Herzog Phillips Tochter muß sterben!«

Sie vermied es, mich ›Beauty‹ zu nennen, das hatte ich schon bemerkt. Üblicherweise sprach sie von mir als ›Herzog Phillips Tochter‹. So gab es also eine ganze Reihe von Leuten, die mich gern tot sehen wollten. Böse Feentanten. Böse Stiefmütter.

»Ich hätte gedacht«, gurrte ihre Mutter aufgeregt, »ich hätte wirklich gedacht, es würde genügen, wenn wir sie in das Kloster von Alderbury geben!«

»Keineswegs«, entgegnete Kaninchen-Wiesel. »Ich habe den ganzen Vormittag damit verbracht, zusammen mit Phillips Haushofmeister alles Wichtige durchzugehen. In dem Ehevertrag zwischen Phillip und Elladine legte sie fest, daß ihre ganze Aussteuer an ihre Kinder übergehen soll. Wenn dieses Mädchen in ein Kloster geht, wird das Kloster Elladines Vermögen als Aussteuer beanspruchen. Ohne eine solche wird kein Kloster sie aufnehmen!«

»Ich dachte, die Ehe würde für null und nichtig erklärt werden?«

»Falls die Ehe für null und nichtig erklärt wird, hat der Herzog auch keinerlei Zugriff auf das Vermögen in Ylles. Ohne Eheschließung keine Aussteuer. Wenn das eine nicht existiert, dann existiert auch nicht das andere!« Sibylla stampfte ärgerlich mit dem Fuß auf. »Nein, die einzige Lösung ist, daß sie stirbt. Wenn sie tot ist, erbt Phillip alles, was ihr gehört.«

»Weshalb ist das so wichtig? Es ist doch gewiß reichlich vorhanden ...«

Sibylla lachte – ein langsames, freudloses Lachen. »O Mutter, wir haben die Lage der Dinge völlig falsch eingeschätzt! Hier gibt es wenig oder gar nichts zu holen. Die Situation ist erschreckend schlecht. Die Besitzungen in Ylles und Burg Westfaire selbst sind praktisch das einzige Vermögen, das der Mann nicht an die Geldverleiher verpfändet hat. Und der einzige Grund dafür, daß er die Ländereien in Ylles nicht verpfändet hat, ist der Umstand, daß ihm die Hände gebunden sind, denn es hat den Anschein, als wären sie Beautys Eigentum, obwohl sie sich dessen gar nicht bewußt ist, glaube ich. Gott sei Dank spricht der Herzog nie mit ihr über irgend etwas. Er merkt kaum, daß sie überhaupt existiert, außer wenn sie ihm lästig fällt. Er würde ihr wohl kaum besonders nachtrauern, falls sie ums Leben kommt.«

Ich lehnte an der Wand, das Gesicht tränennaß. Ich wußte, was sie sagte, entsprach der Wahrheit, trotzdem war es hart, es so hören zu müssen.

»Es ist einfach unerhört, Land zu verpfänden!« greinte Sibyllas Mama. »Kein Edelmann, der weiß, was Ehre ist, würde so etwas tun! Warum hat er nicht statt dessen seinen Leibeigenen ihre Freiheit verkauft? Oder die Ernte verpfändet?«

Selbst ich wußte die Antwort auf diese Frage, aber ich blieb stumm und wischte mir die Augen trocken, als Kaninchen-Wiesel antwortete.

»Das hat er schon alles getan. Ich glaube, er hätte seine Seele verkauft, wenn es ihm ein paar Goldstücke eingebracht hätte. Offenbar ist die Verschuldung bereits von seinem Vater auf den Herzog übergegangen und hat ihre Wurzeln in dem großzügigen Umbau von Burg Westfaire. Phillips Vater hat dubiose Geschäfte gemacht, um von den Schulden loszukommen, und geriet damit nur noch tiefer hinein. Phillip selbst unternimmt Wallfahrten zu den verschiedensten Heiligtümern und bittet den Himmel um ein Vermögen. Er hat das Gefühl, nur göttliches Eingreifen könnte ihn noch retten.«

»Vielleicht sollten wir es anderswo versuchen, bei jemandem, der besser gestellt ist.«

»Wir haben weder die Zeit noch das Geld, um es noch mal zu versuchen«, stieß Sibylla hervor. »Außerdem bringen die Ländereien in Ylles, die wir noch nie gesehen haben, gute Erträge, die zweifellos ausreichen werden.«

»Nun ja«, sagte Kaninchen-Wiesels Mutter mit mißvergnügter Stimme, »dann sollten wir zusehen, daß alles flott vorangeht, ehe Phillip herausfindet, daß deine eigene Mitgift ebensowenig vorhanden ist wie der Reichtum, den er uns versprochen hat! Sehr viel länger wird er sich von gemieteten Kutschen nicht beeindrucken lassen!«

Schau an, schau an, dachte ich, als ich wieder hinausschlüpfte auf den Flur. Was für eine vertrackte Situation! Papa wollte sich ein Vermögen erheiraten. Sibylla wollte sich ein Vermögen erheiraten. Beide taten so, als verfügten sie über eines, und beide waren sie arm wie Kirchenmäuse. Und wer hatte das Vermögen? Ich. Besser gesagt, Mama hatte es, da sie ja gesund und munter war. Wenn man annahm, daß sie gesund und munter war. Und ich nahm es an. Obwohl ich keinerlei neuere Nachricht von ihr hatte (der Brief, den ich mit falschem Datum versehen hatte, zählte wohl nicht wirklich), wußte ich ganz einfach, daß ihr nichts zugestoßen war. Irgend etwas in meinem Inneren sagte mir, daß es daran nichts zu rütteln gab. Sie wartete auf mich, und ich mußte zu ihr.

Als ich so in Gedanken versunken dastand, kam Sibylla aus der Tür und ließ einen Schrei los, der Tote zum Leben erwecken konnte. Grumpkin tapste am Boden im Kreis herum und spielte mit irgend etwas

Unsichtbarem! Sibylla kreischte, es möge doch irgend jemand kommen und dieses Vieh auf der Stelle töten! Da packte ich ihn, hob ihn hoch und verbarg ihn in einer Falte meines Mantels, während ich hinauslief zu den Ställen und sie hinter mir einen hysterischen Anfall bekam, weil eine Katze sich vor ihren Augen in Luft aufgelöst hatte. Mein einziger Gedanke war nun, daß mein Leben auf Burg Westfaire keinen Pfifferling mehr wert war.

»Wo liegt Ylles?« fragte ich Martin.

»Ylles? Ylles, meine Schöne? Was ist Ylles?« fragte er zurück.

»Ein Ort, ein Land? Vielleicht eine Stadt?«

Da kam Doll durch die Tür, also fragte ich auch sie. Sie wußte es auch nicht.

»Mama unterschrieb ihren Brief mit ›Elladine von Ylles‹«, erklärte ich. »Das heißt, es muß sich um einen Ort handeln. Irgendwo.«

Aber niemand wußte es genau. Ich trug Doll auf, sich bei Tante Drachen und Tante Basilia zu erkundigen, aber auch sie wußten nichts von Ylles, außer daß Mama stets diesen Zusatz zu ihrem Namen verwendet hatte. Abgesehen davon waren sie ziemlich entrüstet über den Umstand, daß jemand vom Gesinde danach fragte. Also machte ich mich auf in das kleine Zimmer, wo Papas Haushofmeister alle Schriftstücke verwahrt. Weder er noch der Schreiber waren anwesend, und dafür war ich besonders letzterem sehr verbunden, denn der Mann wollte mich immer berühren, nur ein klein wenig bloß, aber immerhin: seine Hand an meinem Handgelenk, sein Arm an meinem, ein kleines Streifen meines Körpers in der Halle. Man weiß, was ich meine. Und jedesmal, wenn ich ihm ein Lächeln gönnte, schmolz er zu einem Pfützchen dahin und erbebte vor unausgesprochener Lüsternheit. Leute, die auf diese Weise nach einem gieren, haben etwas gräßlich Abstoßendes an sich. Es sei denn, man giert selbst auch nach ihnen.

Ich konnte nichts finden, was mir weiterhalf. Was die Verträge anlangte, so gab es in keinem von ihnen auch nur den geringsten Hinweis darauf, wo Ylles liegt. Als ich mich endlich durch all die staubigen Schriftrollen gearbeitet hatte, die ich für einigermaßen aussichtsreich hielt, war ich nahe am Verhungern.

In der Küche machte ich halt, um mir ein kleines Abendbrot zu schnappen. Kalte Wildpastete und einen Brocken Käse aus dem Faß in der Speisekammer. Zurückgekehrt in den Stall starrte ich die beiden übrigen Garnstränge an, den weißen und den braunen, während ich kaute. Der braune Faden war dick und gewachst. Er kam mir irgendwie bekannt vor, und nach einer Weile fiel mir ein, daß er wie der Zwirn aussah, den der Schuhmacher im Dorf verwendete. Es war Zwirn, mit dem man Leder nähte, was viel oder nichts bedeuten konnte; ich hatte keine Möglichkeit, es herauszufinden. Doch irgend etwas hörte nicht auf mich zu plagen, als würde jemand andauernd versuchen, mir ins Ohr zu flüstern. Ich schüttelte ärgerlich den Kopf. Wenn ich wirklich zur Hälfte eine Fee war, dann mußte es sich wohl um die untere Hälfte handeln, denn mein Kopf verriet mir nichts, womit ich etwas hätte anfangen können. Ich legte die Stränge hin und hatte sie plötzlich doch wieder in der Hand. Schließlich wurde ich es müde, darüber nachzudenken, und legte mich ins Heu schlafen. Grumpkin rollte sich neben mir ein.

[Ich habe bereits festgestellt, daß Beauty nicht besonders intelligent ist. Die Nähutensilien waren die einfachste, leichteste Methode, die Israfel und mir einfallen wollte, wie Beauty

sich die magischen Kräfte, mit denen sie geboren wurde, zunutze machen konnte, um die Suche nach ihrer Mutter aufzunehmen. Einen Mantel hat sie sich bereits genäht; jetzt sollte die Vernunft ihr doch sagen, daß die anderen Fäden dazu dienen, um damit weitere Kleidungsstücke mit Zauberkraft zu nähen! In jedem Weiler kursieren Geschichten über solche Dinge! Ich kann mich nicht erinnern, je zuvor so enttäuscht und ärgerlich gewesen zu sein. Sie wird die anderen Kleidungsstücke sehr bald benötigen! Ich flüstere immer wieder: »Mach Gebrauch von Nadel und Faden!«, aber alles, was sie tut, ist gähnen.]

Das alles hatte mich so ermüdet, daß ich erst mitten in der Nacht aufwachte, als ich draußen Geschrei hörte. Die Leute schrien, weil der Taubenturm lichterloh brannte. Freilich befand ich mich nicht drinnen, aber nur Doll und Martin wußten das. Außer meinem Teppich befand sich nichts drinnen, was mir am Herzen lag, und das war gut so, denn als man die Flammen schließlich gelöscht hatte, war vom Turm nicht mehr viel übrig.

Ich ging zu Pater Raymond, benahm mich sehr kühl und würdevoll und sagte ihm, ich wäre nur deshalb dem sicheren Tod entronnen, weil ich mich nicht in meinem Stübchen befunden hatte. Ich sagte ihm auch, meiner Überzeugung nach habe Sibylla das Feuer gelegt, und erzählte ihm, warum. Dann erklärte ich, mein Leben sei in Westfaire keinen faulen Apfel mehr wert, und ich würde sehr bald von da weggehen, um mich zu meiner Mama zu begeben. Ich schlug ihm vor, den anderen zu sagen, ich wäre auf eine Wallfahrt gegangen, aber erst nach meinem Verschwinden. Das würde Sibylla davon abhalten, die Hand nach meinen Ländereien auszustrecken. Er fragte mich, wohin ich mich wenden wollte, und ich sagte, ich wisse es noch nicht und würde es mir überlegen, sobald ich aufbrach.

»Ach, Beauty«, seufzte er, »damit hätte ich vermutlich rechnen sollen.« Er griff nach meiner Hand, aber ich machte einen Schritt zurück. Er hatte Giles weggeschickt, ohne zuvor mit mir zu reden, und daher war er nicht mehr mein Freund.

»Aber ich breche erst nach meinem Geburtstag auf«, sagte ich mit sachlicher Stimme, die nur ein ganz klein wenig bebte, »und der ist übermorgen.«

»Wenn du dich schon entschlossen hast wegzugehen, dann würde ich meinen, vorher zu gehen wäre sicherer für dich«, riet er mir. »Nur für denn Fall, daß an dem Fluch etwas dran ist. Oder noch ein Feuer ausbricht.«

»Zweifellos ist etwas *dran* an dem Fluch«, stellte ich fest. »Genauso wie etwas *dran* ist, wenn Sibylla den Turm niederbrennt! Aber ich lasse mich nicht so einfach aus meinem Zuhause jagen, bevor ich nicht dazu bereit bin!« In Wahrheit geriet ich bei dem Gedanken, von daheim wegzugehen, derart in Angst und Schrecken, daß ich es nicht über mich brachte, Westfaire zu verlassen. Ich schob es immer wieder auf – bis zu diesem, bis zu jenem.

»Und was soll ich deinen Tanten sagen?« fragte er. »Sie werden sich wundern, daß du nicht tot bist!«

»Sagt ihnen, Pater, ich wäre nur durch ein Wunder dem sicheren Tod entgangen, weil nämlich ein Engel mich geweckt und mir die Tür geöffnet hätte.« Ich wollte einfach nur keck sein, aber er sagte ihnen genau das. Manchmal glaube ich, Pater Raymond nimmt die Dinge nicht ganz so ernst, wie er tut. Bis auf die Liebe. Er sah, daß ich Giles liebte, und das nahm er ernst. Ich liebte Giles wirklich. Ich liebe ihn immer noch.

Wenn ich einerseits das Feuer in Betracht zog und

andererseits Pater Raymonds Erwähnung des Fluches, dann fand ich, es war höchste Zeit, mir ein paar Verteidigungsstrategien zurechtzulegen. Während Sibylla und ihre Mama in einer Ecke miteinander raunten und ich sicher zwischen den Tanten saß, die es gar nicht fassen konnten, daß ich die Ursache himmlischen Eingreifens gewesen sein sollte, dachte ich mir eine Kriegslist aus.

Daß sie funktionierte, hing einzig und allein davon ab, daß Herzchen von dem Fluch nichts erfuhr. Aber darüber wurde ohnedies nicht offen gesprochen, obwohl die Tanten eifrig darüber tuschelten, wenn sie dachten, ich könnte sie nicht hören. Selbst ich hatte nichts davon gewußt, bis zu dem Augenblick, als ich die erste Seite von Mamas Brief las. Doch niemand außer mir kannte diese Seite. Dazu kam, daß Herzchen Feste liebte. Sie liebte es, ›ich‹ zu sein. Und so war sie tags darauf lebhaft einverstanden mit dem Vorschlag, an unserem Geburtstag meine Stelle einzunehmen, um mir zu erlauben, ein paar Stunden lang – so erklärte ich ihr – Sibyllas spitzer Zunge zu entgehen. Wir hatten bereits vorher jede Seite des Themas Sibylla eingehend beleuchtet, und Herzchen mochte sie noch weniger als ich.

Papa wurde für das Fest zu Hause erwartet, denn von den benachbarten Edelleuten hatte man die engsten Freunde zu einem bescheidenen Bankett, das aus diesem Anlaß stattfinden sollte, geladen. Herzchen und ich gingen sorgfältig die Gästeliste durch, damit sie wußte, wer sie waren und wie die korrekte Anrede lautete. Sie zog ohnedies das affektierte Französeln der Aristokratie der groben, aber lebendigen Sprache der niedrigen Stände vor, und sie beherrschte es so gut, daß niemand auf die Idee kommen konnte, sie wäre nicht in der Burg aufgewachsen. Wir hatten beide dieses Talent zur Schauspielerei, sie und ich, daher hatten wir es vermutlich von Papa geerbt, obgleich mir nicht geläufig ist, wann er je Gebrauch davon gemacht hätte.

Sehr früh an unserem Geburtstagsmorgen kam sie in mein Schlafgemach – das Gemach in Papas Trakt, das ich nun offiziell benutzte, obwohl ich zur Sicherheit weiterhin im Stall schlief – und schlüpfte in meine Kleider. Ich schärfte ihr noch ein, auf ihre Ausdrucksweise zu achten und nicht vor Einbruch der Dunkelheit nach mir zu suchen. Dann verließ ich mein Zimmer, warf den Mantel über und wartete auf der Herzoginnentreppe auf alles, was da kommen sollte. Wie erwartet begann sich am Vormittag alles um Herzchen zu drehen, sie wurde sorgfältig frisiert und angekleidet und geschmückt für das bevorstehende Festessen; indessen blickten die Tanten eingehend in jeden Winkel (wo sie gewiß nach verborgenen Spindeln Ausschau hielten) und schickten zur Vorbeugung kleine gurrende Anrufungen zur Jungfrau Maria, während sie die Hände tief in den Kleidertaschen vergraben um ihre Gebetbücher klammerten.

Aber Grumpkin ließ sich nicht an der Nase herumführen. Er wußte genau, wer wer war, und ließ sich nicht davon abhalten, mir mit finsterem Blick auf den Fersen zu bleiben. Also steckte ich ihn kurzerhand in eine der tiefen Manteltaschen, aus der nur sein mächtiger Kopf hervorsah – sichtbar nur für mich, unsichtbar für alle anderen. Obwohl er ein großer, schwerer Kater ist, zog ich vor, ihn mitzuschleppen, anstatt ihn in den Stallungen einzuschließen. Später sollte ich Gott noch aus ganzem Herzen danken, daß ich mich dazu entschlossen hatte. Gott – oder irgend jemand anderem.

[Nicht mir! An ihren Kater haben Israfel und ich noch nie einen Gedanken verschwendet!]

Der Nachmittag kam. Die Gäste trafen nach und nach zum Festessen ein, das Tante Levistica und Tante Basilia für den späten Nachmittag oder sehr frühen Abend angesetzt hatten, um den Gästen zu ermöglichen, den Heimweg anzutreten, noch ehe es dunkel wurde. Die Tanten schwirrten in einer Wolke aus Begrüßung und Gastlichkeit herum, und ich erblickte Herzchen, die ein wenig ungehalten dreinsah, weil sie momentan nicht im Mittelpunkt stand. Sie gähnte und strich sich mit der Zunge über die Zähne. Ich folgte ihr, als sie durch den großen Speisesaal wanderte und die Tür zu dem eingefriedeten Garten vor den hohen Fenstern öffnete.

Da wurde mir plötzlich klar, daß ihr Gesichtsausdruck schlicht auf Hunger zurückzuführen war! Sie hatte sich so völlig davon in Anspruch nehmen lassen, angekleidet und schöngemacht zu werden, daß sie das Mittagessen vergessen hatte, und nun, halb verhungert, hatte sie sich an den Aprikosenbaum draußen im Garten erinnert. Wie viele schwüle, stickige Julinachmittage hatten wir bereits da draußen verbracht, ewig im Kampf mit den Wespen um die süßen Früchte! In dem Augenblick, als Herzchen die Tür öffnete, stieg mir der Duft in die Nase, schwer wie Weihrauch und intensiver, als ich ihn in Erinnerung hatte.

Grumpkin knurrte etwas in seinen Bart und legte mir eine Pfote auf die Hand. Ich hielt kurz inne, um ihn zum Schweigen zu bringen, bevor ich Herzchen folgte. »Sei still!« sagte ich. »Willst du, daß sie merkt, daß wir hier sind?« Dann lief ich hinter Herzchen her und trat ins Freie, als gerade noch etwas von einem gackernden Gelächter zu vernehmen war, bevor es verebbte. Dazu erhaschte ich noch einen flüchtigen Blick von zwei glühenden Augen, ehe sie sich in Luft auflösten.

[Ich hatte zugelassen, daß sie mich sah. Nun würde sie Westfaire ganz gewiß den Rücken kehren und sich auf die Suche nach Elladine machen! Etliche Male schon hatte ich ihr den Faden in die Hand gelegt! Bestimmt würde sie jetzt dorthin gehen, wo wir sie haben wollten, wo wir schützen und bewahren konnten, was sie besaß, für immer, wenn es sein mußte. Ich löste mich auf, wurde unsichtbar und blieb an meinem Platz, um zuzusehen, während ich sie in Gedanken drängte zu gehen.]

Herzchen sah mich an, schwankte ein wenig, und ein Ausdruck leisen Erstaunens war in ihren Augen. Obgleich sie mich nicht sehen konnte, streckte sie mir die rechte Hand entgegen, als wollte sie mir etwas reichen. Es war eine Spindel, genauso, wie sie mir beschrieben worden war. Ich legte hastig die Hände auf den Rücken. Die Spindel fiel zu Boden, und Herzchen folgte im selben Moment; ihre Knie gaben nach, die Hüften, die Schultern und Arme – sie fiel einfach in sich zusammen und lag da wie ein Häufchen nasse Wäsche. Ich sprang hinzu, trat mit dem Fuß gegen die Spindel, so daß sie davonflog, und ließ mich neben Herzchen auf die Knie nieder. Ihr Gesicht wirkte ganz friedlich, als würde sie schlafen – und das tat sie auch, obwohl es ein sonderbarer, schrecklich tiefer Schlaf war. Ihre Brust bewegte sich kaum. Ihre Haut war eiskalt und so blaß, daß sie aussah wie aus Elfenbein geschnitzt.

Einen Augenblick lang konnte ich überhaupt nicht denken. Mein Hirn war leer. Ich streckte Herzchens Gliedmaßen aus, zog ihr die Röcke über die Knöchel und faltete ihr die Hände über der Brust, während meine Tränen auf ihr Satinmieder fielen. Ich ließ die Spindel liegen, wo sie hingefallen war, denn ich wagte nicht, sie zu berühren. Ich hatte eigentlich nicht … ich hatte eigentlich gedacht, der Fluch würde nicht funktionieren, wenn er mich nicht finden konnte ... ich hatte mir gar nicht überlegt, daß ... oder doch? Ich wußte es nicht. Hatte ich es so geplant oder nicht? Der Wortlaut des letzten Bannfluches bezog sich auf: »Herzog Phillips Tochter an ihrem Geburtstag«. Herzchen war ebenso seine Tochter wie ich. Und es war ihr Geburtstag, genau wie der meine. Das hatte ich doch gewußt!

Ich eilte zurück in den Speisesaal, um Hilfe zu holen, und fiel flach hin, als ich über den leblosen Körper eines Lakaien stolperte, der neben einem Haufen zerbrochener Weinkrüge und dem dazugehörigen Servierbrett am Boden lag. In meiner Verstörtheit nahm ich an, er war Zeuge geworden, was sich mit Herzchen zugetragen hatte, und war daraufhin in Ohnmacht gefallen. Selbst als ich im Korridor auf weitere leblos daliegende Körper stieß, wurde mir noch nicht sofort klar, was geschehen war. Erst als ich auf Tante Lavendula stieß, die mit ausgestreckten Gliedern bäuchlings über ihrer Laute lag, erkannte ich, daß Tante Joyeause den Fluch insoweit abgeändert haben mußte, als nicht nur Herzog Phillips Tochter, sondern sämtliche Bewohner von Burg Westfaire in einen hundertjährigen Schlaf fallen sollten. Und ich hatte mir Sorgen gemacht, was die Leute wohl mit einer Prinzessin anstellen würden, die hundert Jahre schlief! Nun schien es, als würden sie überhaupt nichts mit ihr anstellen, denn sie sollte nicht allein schlafen. Und wenn sie in hundert Jahren das Bewußtsein wieder erlangte, dann würde sie immer noch von ihrem Hofstaat umgeben sein, obgleich es sich nicht um Herzchens Hofstaat handeln würde, sondern den meinen.

Doll und Martin fand ich schlafend im Stall und Mutter Blossom schlafend an ihrem Webstuhl. Alles im

Dorf schlief. Der Schuhmacher und der Schneider und der Töpfer und der Gerber und alle anderen auch. Ich rannte plärrend durch Scheunen und Ställe, durch das Zeughaus und die Schlafquartiere der Ritter, durch Küchen, Kornkammern und Obstgärten, durch jede Hütte im ganzen Dorf unter der Burgmauer und fürchtete mich so sehr, wie ich mich noch nie gefürchtet hatte. Alles schlief, Gäste und Einheimische, jedes lebendige Wesen – die Kühe im Stall, die Hühner in ihren Verschlägen und die Muttersäue im Schweinestall mit ihren Ferkeln, die aussahen wie säuberlich aufgereihte, schwach atmende rosa Fäßchen, an den geschwollenen Zitzen. Die Wespen schliefen auf den Birnen an der sonnenbeschienenen Mauer. Spinnen schliefen in ihren Netzen. Der Käfer schlief im Herzen der Rose. Papas Hunde lagen träumend in der Sonne, so reglos wie die bunt bemalten Heiligen aus Holz in der Kapelle.

Und in der Kapelle schliefen auf einer Bank Pater Raymond und Papa – der erst am selben Morgen nach Hause zurückgekehrt war –, beide in aufrechter Haltung, weil sie so aneinandergelehnt einer den anderen stützten. Papas Mund stand offen, und die leisen, unregelmäßigen Atemzüge pfiffen mir ins Ohr, als ich mich über ihn beugte, um ihn zu schütteln. Dabei rückte ich ihn unabsichtlich von der Stelle, und er kippte seitlich auf die Bank, aber davon wurde sein Schlaf keineswegs unterbrochen, ebensowenig wie jener Pater Raymonds, als ich mich an ihn klammerte und sein Chorhemd mit meinen Tränen durchnäßte. Er hielt ein Blatt in der Hand. Offenbar etwas, das er und Papa soeben durchgesehen hatten. Es lenkte meine Aufmerksamkeit auf sich, weil mein Name daraufstand.

Es war ein Brief, adressiert an Pater Raymond. »Sagt

Beauty, daß ich sie immer lieben werde«, lautete der Brief. »Sagt ihr, Pater, daß ich nie etwas getan hätte, was ihr Schmerz zufügen könnte. Sagt ihr, welche Weiten uns auch immer trennen, ich werde sie stets unverbrüchlich lieben.« Er trug Giles Unterschrift. Pater Raymond hatte mir den Brief nicht gezeigt! Er hatte ihn Papa gezeigt! Dafür haßte ich sie beide inbrünstig, aber ich konnte nicht stehenbleiben und mich meinen Gefühlen hingeben!

Selbst Sibylla und ihre Mutter gehörten zu den Schlafenden. Ich fand sie in der Kammer des Schreibers vor, wo sie in einer ziemlich unbequem aussehenden Stellung übereinander auf Mamas Heiratskontrakt lagen. Ich beließ sie unverändert und hoffte, sie würden heftige Krämpfe haben, wenn sie áufwachten. Von allen lebenden Wesen in allen Ländereien Westfaires konnten nur Grumpkin und ich uns frei bewegen, weil wir in einen Zauber gehüllt und für den Fluch unsichtbar waren. Grumpkin wollte unbedingt aus der Manteltasche springen, aber ich wagte es nicht, ihn herauszulassen.

Ich erinnere mich nicht, was ich dann getan habe. Obwohl noch etliche Gäste fehlten, trafen keine mehr ein. Es war, als würde die Burg sich nicht mehr in der Welt der normalsterblichen Menschen befinden. Die Sonne sank langsam dahin, und ich mit ihr. Ein Weilchen hockte ich zusammengekauert auf der Treppe und weinte. Grumpkin tappte mir mit der Pfote im Gesicht herum und machte die leisen trillernden Geräusche, die er immer von sich gibt, wenn er Katzengesellschaft sucht – seine Liebeslieder. Ich hielt mich an ihm fest und heulte.

Aber die Tränen änderten nichts. Schließlich versiegten sie, und mir wurde klar, daß mir keine andere Wahl blieb, als von hier wegzugehen. Ich konnte einfach nicht bleiben. Es gab keine Möglichkeit, mich hier durchzubringen. Ich zwang mich, sorgfältig nachzudenken, zwang mich, in Ruhe zu überlegen, welche Dinge ich mitnehmen mußte, wobei ich die Zähne so fest zusammenbiß, daß mir später die Kiefer weh taten. Ich brauchte Geld. Der Schlüssel zu Papas Truhe hing an einem Band um seinen Hals, und was er an Goldmünzen besaß – ungeachtet dessen, wie arm er laut Sibylla auch immer war –, befand sich eingeschlossen in der Truhe in seinen Gemächern. Was ich noch in der Truhe fand, waren zwei Empfangsbescheinigungen von Wucherern in London, und ich nahm sie beide an mich. Papa oder sein Verwalter hatten offensichtlich versucht, den Tag der Endabrechnung hinauszuzögern, indem sie die Begleichung der laufenden Ausgaben zurückstellten und die laufenden Einnahmen in die Hände der Juden legten, damit sie auf diese Weise Zinsen brachten. Für Christen ist Zinswucher eine Sünde, aber das ist auch die Wollust, und dagegen hat Papa nie etwas gehabt. Ich glaube, alles, was man im Übermaß tut, ist Sünde – eingeschlossen Pilgerreisen, und wenn ich damit recht habe, dann bezahlt der arme Mann jetzt wenigstens für seine Sünden. Hätte er Mama nicht so vernachlässigt, sage ich mir immer, wäre nichts von alledem passiert!

Die Tanten besaßen einige Schmuckstücke, die ich nicht zögerte, mitgehen zu lassen. Sie würden sie hundert Jahre lang nicht benötigen, und ich benötigte sie jetzt. Dann stieß ich auf das Monfort-Geschmeide aus Smaragden und Diamanten, das Papa als Morgengabe für Sibylla vorgesehen hatte. Das nahm ich auch, obwohl ich den Verdacht hege, daß es sich nicht um die echten Steine handelt. Die hat Papa gewiß, arm wie er ist, längst verkauft. Ich frage mich, wieviel Papa wohl dafür bekommen hat, wann er sie verkauft und wofür er das Geld ausgegeben hat. Falls nicht Großvater selbst noch zu seinen Lebzeiten die Smaragde verkauft und das Geld in den Umbau von Burg Westfaire gesteckt hat.

Das letzte, was ich tat, ehe ich mich auf den Weg machte, war, Herzchen aus dem Garten ins Haus zu bringen. Ich konnte sie nicht über die enge Treppe in mein Turmkämmerchen schaffen, obwohl mir das am passendsten erschienen wäre – doch was ist unter diesen Umständen wohl das passendste? Wo haben denn schlafende Prinzessinnen in so einem Fall zu liegen? Natürlich fallen einem da zwangsläufig Türme ein. Türme oder elegante Kemenaten oder Zaubersärge aus Glas. Ich hatte nichts davon zu bieten. Halbfee oder nicht, ich verfügte meines Wissens nach über keinerlei übernatürliche Kräfte. Vielleicht hätte Mama es besser gemacht. Außerdem war der Turm ausgebrannt, und nichts war übriggeblieben außer meinem geheimnisvollen Ding, das, umgeben von Holzkohle, unangetastet auf dem Fensterbrett stand.

Jedenfalls gelang es mir, Herzchen auf den Tisch im kleinen Speisesaal zu heben. Ich deckte sie mit einem Brokatvorhang bis unters Kinn zu, schob ihr ein Kissen unter den Kopf und tat, was ich konnte, um ihren langen Schlaf so angenehm wie möglich zu machen. Ich fragte mich, ob sie sich in diesem Schlaf gelegentlich umdrehen würde, und brach bei diesem Gedanken in ein hysterisches Gekicher aus. »Entschuldige, Herzchen!« rief ich dann, und die Tränen kamen wieder, »es tut mir so leid!«

Es war pure Heuchelei. Angenommen, ich hätte gewußt, was geschehen würde, hätte ich nicht alles ganz genauso gemacht? Vielleicht hatte ich die ganze Zeit gewußt, was geschehen würde, und es mir nur nicht eingestanden. Und selbst da noch ertappte ich mich dabei, wie ich dachte: Besser Herzchen als ich! Sie würde entzückt sein, wenn ein Prinz sie wiedererweckte, und warum auch nicht? Würde das nicht ein weitaus besseres Los darstellen, als die Tochter einer Weberin es normalerweise je erhoffen konnte?

Als ich so dastand und sie ansah, wurde ich zweier Dinge gewahr: Zum einen war ganz Westfaire plötzlich mit jenem Wohlgeruch erfüllt, den ich bisher immer nur in der Kapelle bemerkt hatte. Und zum zweiten ging von Herzchens Gestalt eine Aura aus funkelndem Glanz aus, die auch mich in einer hohen Woge umfing. Als ich den Speisesaal verließ, folgte mir die Aura – ein flirrender Nebel aus unerklärlichem Zauber, eine lautlose Ausstrahlung des Wunderbaren. Jeder Stein auf dem Korridor erbebte unter dieser Einwirkung und warf den Hall meiner Schritte zurück wie das langsame Schlagen einer wundersamen Trommel oder eines großen Herzens, das unter der Burg begraben lag und mit seinem Pochen selbst die Steine zum Erschauern brachte. Über mir funkelte das fein gearbeitete Fächergewölbe wie Edelstein, und durch die Fenster schimmerten die Sonnenstrahlen in goldener Abendglut. Als ich ins Freie trat und hinaufblickte zu den Türmen, stockte mir der Atem, denn noch nie zuvor waren sie mir so herrlich erschienen. Goldregen ließ seine gelben Perlen über die Gartenmauern hängen, war von neuem erblüht an diesem Sommerabend, als wäre der Frühling zurückgekehrt. In den Ecken zeigte der Flieder seine Purpurkegel, und die Rosen erfüllten die Luft mit einem Wohlgeruch, so kräftig wie Rauch.

Rund um mich spann sich alles in Schönheit ein, in Schönheit und in den fremdartigen und dennoch vertrauten Duft, der alles durchdrang. Westfaire wurde zu einem immerwährenden Abend in einem immerwährenden Mai. Die Sonnenstrahlen legten sich, als kämen sie hinter einer Wolke hervor, von Westen her schräg in Obst- und Gemüsegarten und ließen ihr Grün so wunderbar leuchten wie jenes der Edelsteine, die ich in der Hand trug. Doch langsam versank die Sonne, und ich fürchtete, sie würde hundert lange Jahre nicht mehr über Westfaire aufgehen.

Ich ließ die Burg hinter mir und wanderte durch die Gärten und über den Rasen bis an die Innenmauer, die im Zuge des Umbaues errichtet worden war. An der Außenseite dieser Mauer verläuft der Burggraben von einem Ufer des Sees, von dem er gespeist wird, rundum bis zu seinem anderen. Die schwere Zugbrücke war herabgelassen. Als ich sie überquerte, dröhnten meine Schritte dumpf auf den dicken Stämmen und wurden augenblicklich unhörbar, als ich auf der staubigen Dorfstraße weiterwanderte. Werkstätten und Häuser duckten sich still aneinander, das Stroh auf den Dächern glänzte wie Gold, und die Mauern glühten rötlich unter den Strahlen der Sonne. Am Ende des Dorfes befinden sich die Pferdekoppeln, der Anger und dahinter die äußere Mauer, welche alles ist, was vom früheren Westfaire übriggeblieben ist – erbaut vor so langer Zeit, daß niemand mehr weiß, wann. Sie besteht aus niedrigen, massiven Brustwehren, unterbrochen von vierschrötigen Wachtürmen und einem mit scharfen Spitzen versehenen Fallgitter, hinter dem sich die zweite Brücke befindet, die in die große weite Welt führt.

Als ich hinausging, den Klang meiner einsamen Schritte im Ohr, erinnerte ich mich an die Geräusche von Kutschen und Reitern und lauschte in der Stille auf ihr Echo, das nicht kommen wollte. Am Ende der Brücke und damit an der Grenze des Burgareals angekommen, hielt ich verblüfft inne: Ich stand vor einer hüfthohen Wand aus Heckenrosen, in der es vor wilder, unbändiger Lebendigkeit rauschte und raschelte, während ihr ein Hauch aus zauberischem Duft entströmte und sie höher und immer höher wuchs. War dies nun Teil des ursprünglichen Fluches oder Teil der Abänderung? Links und rechts von mir erstreckte sich das Dornendickicht in einem weiten Rund die Außenmauer entlang bis an die Ufer des Sees und verbarg das, was bisher mein Zuhause gewesen war.

Ich kämpfte mich durch und schrie auf, wenn die Dornen meine Arme aufrissen, und war zugleich dankbar für das feste Gewebe des Mantels, den ich trug. Als ich die Grenze aller Verzauberung endlich hinter mir gelassen hatte, zog ich den Mantel aus und wechselte die Kleider. Für eine Frau ziemt es sich nicht, allein auf der Landstraße herumzuziehen, obwohl es auf dem Lande noch sicherer ist als in den Städten, wo Bösewichte es auf schutzlose Frauen abgesehen haben, um Schande und Elend über sie zu bringen. Ich hatte mich bereits vorher dafür entschieden, meine verschlissenen Jungenkleider zu tragen, die keinerlei Aufmerksamkeit erwecken würden. Und dann, nachdem ich mein Haar unter einer schmierigen Mütze hochgedreht und alles, was ich noch besaß, in dem Sack verstaut hatte, den ich über der Schulter trug, nahm ich tränenüberströmt Abschied. Nicht weit entfernt an der Landstraße gibt es einen hellen Felsstock, der sich wie ein Stück zerfallene Mauer aus dem Wald erhebt und von einem Steinbrocken gekrönt wird, der aussieht wie ein Katzenkopf. Unter diesem Felsen befindet sich eine kleine Höhle, die Grumpkin und ich schon seit langem kennen. Wir nennen sie das Katzenloch. Es ist der geeignete Ort, um nach Schätzen zu suchen, ein Ort, an dem Grumpkin sich verstecken kann und wo auch ich mich als Kind des öfteren versteckt habe, obwohl ich nun längst nicht mehr hineinpasse. Jetzt blieb ich kurz dort stehen, schob den Großteil meiner Besitztümer tief in eine Ecke der kleinen Höhle und verschloß ihren Eingang sodann mit ein paar kopfgroßen Steinen, welche ich mit kleineren fest verkeilte. Die Tanten haben mich immer wieder vor Räubern gewarnt, die überall auf dieser Welt herumstreichen – vor Räubern und Halsabschneidern und Halunken jeglicher Art. Indem ich jetzt einen Teil von dem, was ich besaß, in Sicherheit brachte, würde ich später, wenn sich die Notwendigkeit dafür ergab, darauf zurückgreifen können.

Ich behielt ein paar Goldmünzen, dazu, in Tuchfetzen gewickelt, die Smaragde (obwohl sie möglicherweise nicht echt sind): das Halsband, das Diadem, zwei Broschen und ein Armband. Einen der beiden Schuldscheine, unterzeichnet von dem Londoner Geldverleiher, behielt ich auch. Die restlichen Schmuckstücke und Goldmünzen sowie die zweite Quittung blieben in dem Versteck zurück.

Sobald das erledigt war, machte ich mich wieder auf den Weg und wünschte mir, ich hätte ein Pferd. Es war ein ermüdender, beängstigender Tag gewesen.

Als ich hinter dem Felsen hervortrat, sah ich ein Glitzern an dem Hang, wo wir gern Blumen pflückten – als ob ein Mann in Rüstung sich dort bewegt und einen Sonnenstrahl eingefangen hätte. Ich dachte sofort an Giles, und mein Herz machte einen Luftsprung. Er hatte gefühlt, daß ich ihn brauchte, und war nach Hause gekommen! Grumpkin japste auf, als ich ihn fest an mich drückte und auf dieses Glitzern in der Sonne zurannte und dachte: Es ist Giles!; es kann nicht Giles sein!; vielleicht ist es nur ein Ritter – aber vielleicht hat er ein zweites Pferd bei sich, das er mich reiten läßt, oder sogar Pferd und Sattel, die er mir verkauft! Ich war noch nicht weit vorangekommen, als

Grumpkin wütend fauchte; er spürte die Anwesenheit von Fremden. Er hätte Giles nie im Leben angefaucht.

[Das hatten wir nicht vorhergesehen! Wir hatten zwar geplant, daß Mary Blossom Beautys Platz einnehmen sollte, aber das hier hatten wir nicht vorhergesehen!]

Die Männer und Frauen, auf die ich gestoßen war, taten Dinge, die mir unverständlich waren. Sie bewegten sich zwischen sonderbaren Vorrichtungen hin und her, zwischen kistenförmigen Gerätschaften, die summten und zwinkerten und Töne von sich gaben, die sich anhörten wie das nächtliche Piepsen aufgeschreckter Vögel. Alles in allem waren es fünf Personen, sowohl Männer als auch Frauen, nur fiel es mir schwer festzustellen, wer nun was war. Sie waren sehr ähnlich gekleidet, und mein Eindruck, daß es sich sowohl um Männer als auch um Frauen handelte, gründete sich in erster Linie auf Haltung und Statur.

Ich hatte sie längst gesehen, ehe sie mich erblickten. Natürlich hätte ich unverzüglich kehrtmachen und davonrennen sollen, aber es kann als Maßstab für meine Verzweiflung und meinen Schmerz gelten, daß ich einfach mit offenem Mund und starrem Blick weiterging und mich nur geistesabwesend fragte, wer sie wohl waren und was sie auf dem Maiblumenhügel wollten.

[Nichts in unseren Kalkulationen hatte darauf hingewiesen! Diese Leute kommen aus einer Zeit, die der Teich nicht mehr umfaßt, eine Zeit jenseits des Schleiers, durch den ich nicht hindurchblicken kann ...]

»Hast du Zeitrafferaufnahmen von der Hecke?« rief der älteste der Männer mit dringlicher Stimme.

»Zeitraffer, ach was«, antwortete der größte und breiteste der Männer, das Auge an ein Ende des gewundenen Behältnisses gedrückt, das er auf der Schulter festhielt. »Wächst rasch genug, daß man's mit bloßem Auge sieht! Schau dir das verdammte Ding an, das kriecht bis zum Himmel!«

Ich drehte mich um. Die Hecke war weitergewachsen und überragte jetzt bereits höher meinen Kopf. Ranken an ihrer Oberseite reckten sich empor wie Hände, die sich den Wolken entgegenstreckten. Ich spürte, wie mir ein Schluchzen in die Kehle stieg, und schluckte es hinunter. Jetzt war nicht der Zeitpunkt, mich meiner Verzweiflung hinzugeben, wie sehr ich das auch nötig gehabt hätte.

»Was tut ihr hier?« rief ich und trat hinter dem Busch hervor, der mich bis jetzt verborgen hatte.

[Wahrhaftig, ich hatte schon die Hand gehoben, um sie zurückzureißen, aber sie bewegte sich zu rasch!]

Sie drehten sich um, rissen Augen und Mund auf und starrten mich an. Fast gleichzeitig sagten die beiden, die bisher noch nicht gesprochen hatten: »Oh, Scheiße!«

»Jetzt ist es passiert! Verdammt!«

Kein höflicher Gruß, wenn man es genau nimmt, aber auch nicht unbedingt offene Feindseligkeit.

»Was, zum Henker, machst du hier?« fragte eine der Frauen in vorwurfsvollem Tonfall. »Es dürfte doch überhaupt niemand da sein!« Sie sprach mit einem seltsamen Akzent, und ich brauchte einen Augenblick, um zu begreifen, was sie gesagt hatte.

Ich schüttelte den Kopf, beinahe unfähig zu antworten. »Auf dem Heimweg«, murmelte ich, »vom Markt.«

Ich merkte, wie sie meine Worte mit den Lippen nachformten und augenscheinlich die gleiche Schwierigkeit hatten wie ich. Offenbar war meine Muttersprache nicht auch zugleich die ihre.

Der Älteste von ihnen wandte sich einer anderen Person zu und hob die Hände zum Himmel. »Und was machen wir jetzt, Alice?«

»Wie, zum Geier, soll ich das wissen, Martin!« rief die Frau namens Alice. »Wenn das auf den Monitoren erscheint, dann reißen sie uns den Arsch auf!«

»Wie heißt du, mein Junge?« fragte Martin. Er trug sein graues Haar zurückgekämmt und fast so kurz wie jenes der Frau.

»Ich bin Havoc, der Sohn des Müllers«, murmelte ich. Es war der Name, an den ich seit meiner Kindheit bei Martin im Stall gewöhnt war. Ich hatte weder Zeit noch Grund, einen neuen zu erfinden.

»Verdammt«, sagte er wieder und warf Teile seiner Geräte in Kisten. »Jaybee, hast du genügend Filmmaterial beisammen? Fertig, Bill? Wir haben nur noch ein paar Minuten!«

Der Mann, den er mit Bill angesprochen hatte, wandte mir das Gesicht zu und grinste schief. Er war kleiner als ich, nicht größer als ein Kind, und sein Haar hatte die Farbe reifer Aprikosen; er trug die gleiche Art Beinkleid und weiches Unterhemd wie die anderen. »Fertig«, sagte er und starrte mich mit einem Blick an, der irgendwie mitleidig wirkte.

Ich wußte nicht, was das Wort ›Filmmaterial‹ bedeuten sollte.

»Janice?«

Die andere Frau blickte in das Auge einer der Vorrichtungen und nickte. »Reichlich«, sagte sie mit einer kalten Stimme. Ihr Haar war so weiß wie Schnee, aber sie selbst war nicht alt. Als sie das Gesicht hob und mich ansah, kamen mir Vogelaugen in den Sinn, so hart und schwarz waren die ihren.

»Was macht ihr hier?« wollte ich wissen.

Die weißhaarige Frau lachte auf, ein kurzes Bellen nur. »Eine Dokumentation, Junge. Wir dokumentieren das Dahinschwinden von Englands Zauber – nicht nur Englands, sondern auch der übrigen Welt. So, weißt du jetzt mehr als zuvor?«

»Das stimmt doch nicht«, sagte ich und schüttelte den Kopf. »Nein.«

»Noch nicht«, lächelte sie. »Aber bald.«

Derjenige, den sie Jaybee nannten, hatte die Augen nicht von mir abgewandt, seit ich hinter dem Gebüsch hervorgetreten war. Seine Kiefer mahlten ohne Unterlaß wie die eines wilden Ebers, und ich beschloß, möglichst nicht in seine Nähe zu kommen, denn Hauer oder nicht, er hatte diesen gewissen Ausdruck im Gesicht, der mir verriet, daß für ihn alle Schweine Bachen waren. »Wir müssen den Jungen loswerden«, sagte er und stierte mich durchdringend an. »Ich erledige das.«

»Nein!« schrie die Frau namens Alice. »Wenn du ihn umbringst, sieht man's auf dem Monitor! Hör auf! Wir haben bloß noch eine Minute!«

Jaybee grinste sie spöttisch an und packte mich an der Schulter. Als er daran riß, flog mir die Mütze vom Kopf, und mein Haar fiel herab. Er schrie auf, lachte dann und hob mich von hinten hoch; seine großen Hände umklammerten meine Arme dicht unter der Schulter und hielten mich fest, während er mich auf dieses große Ding zustieß, das neben den Leuten stand und aussah wie ein großes Faß mit einer Tür darin. Grumpkin saß fauchend auf meiner Schulter und fuhr Jaybee mit den Krallen ins Gesicht, aber der kümmerte sich gar nicht darum. Im nächsten Moment wurden wir beide durch die Tür geschleudert, und die anderen purzelten hinterher, wobei sie Jaybee schrill kreischend aufforderten, mich wieder hinauszuwerfen, und er sie sich alle vom Leibe hielt, ohne mich loszulassen.

Alice taumelte zu einer Stelle in dem Faß, wo Knöpfchen und Rädchen zu sehen waren und kleine Lichter ständig flackerten. Ungehalten murrend beugte sie sich darüber. Und dann drehte sich unser Inneres nach außen. Meines jedenfalls, und ich nehme an, auch das der anderen, denn Janice schrie auf und fluchte, und Grumpkin quiekte erschrocken los. Genau wie ich. Es fühlte sich an, als würden Ratten mich langsam von innen heraus zerreißen.

[Wie bei mir auch, denn ich hielt mich an dem Ding fest, in dem sie sich befand, um mit ihr zu gehen. Ich versuchte es zumindest. Doch eine Barriere erstreckte sich vom unteren Rand der Welt bis zum oberen, von einer Seite zur anderen. Undurchdringlich. Sie saugte alle meine übernatürlichen Fähigkeiten auf wie ein Schwamm. Ich konnte sie nicht von der Stelle rücken. Ich konnte nicht hindurchgelangen, sondern wurde von ihr ausgesaugt, ausgelaugt, erledigt. Ich spürte, wie Beauty mich verließ, und konnte nichts dagegen tun. Und dann war sie dahin, und was sie in sich trug, war zusammen mit ihr dahin. All unsere Hoffnungen dahin. Als Israfel mich fand, saß ich immer noch auf dem kleinen Hügel und weinte – ich, die ich nicht geweint hatte, seit die Quellen der Tiefe versiegt waren.]

Dann hörte es plötzlich auf. Stille kehrte ein. Der Schmerz verging. Die anderen begannen sich zu rühren, zu strecken, zu murmeln. Und dann öffnete der kleine Mann, Bill war es, die Tür zum einundzwanzigsten Jahrhundert.

12

Mein Leben
in den späteren Jahrhunderten

»Ich will sie nun mal haben!« sagte Jaybee. »Sie gehört mir.« Seine Finger bohrten Löcher in meine Arme.

»Nein!« schrie Alice ihn an; ihre Stimme klang wie ein Peitschenknall. »Du hast uns schon genug Schwierigkeiten eingehandelt. Warst ein verdammter Idiot, sie mitzuschleppen! Wo sie dich ohnedies schon im Visier haben! Setz dein eigenes Leben aufs Spiel, solange du willst, aber nicht das meine! Hau sofort ab von hier! Laß dir was einfallen, um die Wachen beim Ausgang abzulenken, vielleicht merken sie dann nicht, daß wir eine überzählige Person dabeihaben!«

»Laß Bill sie rausbringen«, sagte Martin. »Keiner wird Bill beachten. Um die Wachen kümmere ich mich.« Er schubste mich zu dem kleinen Mann hinüber und schritt dann hinter dem grollenden Jaybee her, wobei er wild gestikulierte und mit lauter Stimme daherredete, so daß alle Leute sich nach ihm umdrehten.

Bill hielt mich an einem Handgelenk fest. Er gab mir keine Gelegenheit, mich eingehender umzusehen. Ich bekam nur den flüchtigen Eindruck von Grau in Grau, von runden Stäben, die wie Lanzenschäfte an einer Wand hingen; alle Geräusche riefen ein Echo hervor, das endlos nachzuhallen schien, wenn sie sich entfernten – wie in einem großen Gewölbe aus Stein. Außerdem erinnere ich mich an ein lärmendes Gewirr von Stimmen. Einiges davon stammte von uns, einiges vom Echo, aber es waren auch fremde Stimmen darunter. Eine der Frauen zischte: »Sieh zu, daß dieses Vieh verschwindet! Und versteck ihr Haar!«

Ich würgte eine Verwünschung hinunter, steckte Grumpkin unter mein Wams und hielt ihn dort fest; ich spürte seinen aufgeregten Atem an meiner Brust und seine Krallen in meiner Haut. Bill drehte mir das Haar nach oben und drückte meine Mütze darauf; er mußte sie aufgehoben haben, als sie mir vom Kopf gefallen war.

»Jetzt! Die Wachen schauen nicht her! Bring sie raus! Mach schon!«

Mit erstaunlicher Kraft zerrte Bill mich mit sich fort. Der kleine Mann war nicht viel größer als Papas Hofnarr, aber er war sehr stark. Er zog mich eine Treppe hoch, auf der jeder unserer Schritte einen lauten, metallischen Klang erzeugte wie Schwerter auf einer Rüstung.

Die Frauen waren hinter uns. Eine von ihnen sagte: »O Gott! ein Pol-Trupp!« Ich verstand es als ein Wort, das sich anhörte wie ›Poltrup‹, und sah mich danach um, denn ich dachte, es müßte sich um irgendein gefährliches Tier handeln. Aber ich sah nichts als Köpfe und Beine, Menschen, die in allen Himmelsrichtungen durcheinanderrannten, nach oben, nach unten und kreuz und quer. Alle waren sie gleich gekleidet und sahen auch gleich aus. Der Boden unter unseren Füßen hatte unzählige kleine Löcher, und genauso war die Decke über uns beschaffen. Ich hörte Füße weiter oben, Tausende Füße, die auf uns heruntertrampelten, und unter uns waren die Köpfe von Menschen, die sich rasch oder langsam fortbewegten, Tausende Köpfe, darunter Arme und Leiber und Füße, und wieder darunter weitere Köpfe und Arme und Leiber. Auf allen Seiten waren Menschen, so viele, daß ich am liebsten geschrien hätte. Auch Bettler gab es darunter, glaube ich, denn einige der Leute klapperten mit Blechbüchsen unter unseren Nasen herum und riefen immerzu: »Alesat! Alesat!«

»Raus hier!« zischte eine der Frauen dicht hinter Bill und mir.

Bill riß mich zur Seite. Wir rannten einen Korridor entlang, der sich unter unseren Füßen weiterbewegte, und drängten uns an Leuten vorbei, die nicht so rasch vorwärtshasteten wie wir. Ich stolperte, als der Korridor plötzlich stillstand und endete, nur um weitergeschleppt und auf den nächsten gezerrt zu werden. So kamen wir durch etliche andere Korridore, die sich teils langsam, teils schneller voranbewegten, und überall starrten die Leute mich neugierig an. Einmal verlor ich das Gleichgewicht und fiel hin, doch mein heftig keuchender Begleiter riß mich umgehend wieder hoch und stellte mich auf die Beine. Und dann befanden wir uns mit einemmal auf einem stillstehenden Untergrund vor einer Tür. Bill legte seine flache Hand auf eine gekennzeichnete Stelle neben der Tür, und die Tür öffnete sich. Wir traten ein. Sobald sich hinter uns die Tür wieder geschlossen hatte, war der Lärm zwar großteils verstummt, doch das Rumpeln unter meinen Füßen konnte ich weiterhin spüren. Ich fühlte, daß ich kurz davor stand, in hysterisches Geschrei auszubrechen.

»Trautes Heim, Glück allein«, sagte Bill. Sehr oft konnte ich mir auf das, was er sagte, keinen Reim machen, und ohne Zweifel verstand ich vom Rest vieles falsch, aber ich weiß, daß er ›Trautes Heim, Glück allein‹ sagte, weil er das immer sagte, wenn er eintrat.

»Wie war doch gleich dein Name?« fragte er.

Ich schluckte das hysterische Geschrei hinunter und schickte mich schon an, ›Havoc‹ zu antworten, doch dann fiel mir ein, daß er wußte, ich war ein Mädchen. »Beauty«, sagte ich undeutlich murmelnd und hätte am liebsten in alle Richtungen zugleich geblickt. Also, ich hätte es nicht trautes Heim genannt. Es war winzig klein, nicht halb so groß wie mein Turmkämmerchen, dafür aber angeräumt mit vertrackt aussehenden Dingen. An den Wänden hingen wiederum diese Taue – sehr gerade, wie Lanzen. Als ich sie streifte, war ein hohles Dröhnen zu vernehmen.

»Gib acht auf die Rohrleitungen«, sagte Bill. »Sonst geht noch ein Dampfventil kaputt, und was machen wir dann?«

Ich sah ihn an und schüttelte den Kopf, um ihm zu verstehen zu geben, daß ich weder wußte, was wir dann machen würden, noch, was eine Rohrleitung war oder ein Dampfventil. Ich sah wohl ziemlich verängstigt drein, denn mit einemmal verschwand der vergnügte Ausdruck aus seinem Gesicht, und er bemühte sich, mich zu beschwichtigen. »Es ist schon gut«, murmelte er. »Setz dich einfach hin und beruhige dich. Setz dich. Ist schon gut.«

Grumpkin begriff das noch vor mir und schoß in einer einzigen Bewegung aus meinem Wams hervor zu meinen Füßen, wo er sich hinhockte und jaulte.

»Er hat Hunger«, sagte ich. Ich wußte es, weil ich selbst auch Hunger hatte. Während dieser ganzen schmerzlichen Zeit in Westfaire hatten wir keinen Bissen gegessen. Und nun – nun war das schon lange her, fand ich.

»Was fressen sie?« fragte Bill und zeigte auf den Kater.

Ich konnte mir nicht vorstellen, daß es jemanden auf dieser Welt gab, der nicht wußte, was Katzen fressen. »Milch«, sagte ich. »Fleisch. Eier. Was eben jedes Tier frißt.«

»Milch?« wiederholte er und lachte auf. »Fleisch. Eier. Ha, ha. Ha.«

Es klang gar nicht heiter, es war ein bitteres Lachen, so ähnlich, wie Papas Hofnarr manchmal lachte, wenn er sich an seine Frau erinnerte, die ihm mit den Kindern davongerannt war. »Hast du nichts davon im Haus?« erkundigte ich mich.

»Nichts davon. Hab es noch nie im Leben zu Gesicht bekommen. Würde es nicht mal erkennen, wenn man es mir unter die Nase hält.«

»Und was gebt ihr euren Tieren zu fressen? Was eßt ihr denn selbst?« fragte ich voll Verwunderung.

»Wir haben keine Tiere. Wir können nicht beides haben, Tiere und Alesat. Wir essen Orange Eins und Zwo. Grün Eins bis Vier. Rot Eins bis Fünf, wobei ich auf Drei verzichten könnte. Und dann natürlich noch die weiße Originalserie, alle zehn.« Er drehte sich um, öffnete eine Tür in der Wand und nahm eine Schüssel heraus. Darin befanden sich Dinge. Waffeln. Kleine, flache Küchlein. Aprikosenfarbene, mattgrüne und weiße und solche, die rot waren wie gebrannter Ton. Alle trugen dazu noch Nummern. Bill hielt mir die Schüssel hin und deutete auf ihren Inhalt. »Ich brauche nicht viel, um satt zu werden. Darum habe ich mehr, als ich runterkriegen kann. ›Enthält eine ausgewogene Mischung aus Proteinen und Ballaststoffen mit einem Zusatz aller lebenswichtigen Vitamine und Mineralstoffe‹, verstehst du.«

Ich wußte nicht, was er damit meinte, aber ich nahm eines der grünen Küchlein und begann daran zu knabbern. Es schmeckte nach gar nichts, doch wenn ich ehrlich sein soll, kann ich auch nicht sagen, daß es garstig schmeckte. Ich hätte nie gedacht, daß es sich dabei um etwas Eßbares handelt, aber man konnte deutlich merken, daß es den Hunger stillte. Ich gab Grumpkin ein

Stückchen davon, und er roch daran, zerbiß es und miaute kläglich.

»Sie rutschen besser runter«, sagte Bill, »wenn du einen Schluck Wasser dazu trinkst. Außerdem haben Weiß Eins und Zwei sogar Geschmack.«

»Ich würde Bier oder Wein vorziehen«, sagte ich.

»Ha«, stieß er hervor. »Ha, ha. Ha.«

»Ihr habt weder Bier noch Wein?« mutmaßte ich, argwöhnisch geworden. Nur Narren trinken Wasser! Man kann krank werden, wenn man Wasser trinkt.

»Keinen Wein. Kein Bier. Nichts, was auf Kosten der Nahrungsproduktion ginge. Alles, was genießbar ist, muß ohne Ausnahme Alesat zugeführt werden.«

Ein Gott? dachte ich. Eine Art heiliges Wesen? Vielleicht ein Drache oder ein menschenfressendes Ungeheuer, denen Opfer dargebracht werden müssen? War ich unter die Heiden geraten? Oder waren es trotz allem immer noch Christenmenschen? Ich hatte das Gefühl, es könnte sich als gefährlich erweisen, diese Frage zu stellen.

»Und ihr habt kein Fleisch und keine Milch?«

»Auch das würde Getreide kosten, und Getreide muß direkt an Alesat abgeliefert werden.« Er sah mich an. »Wie alt bist du eigentlich?«

»Sechzehn«, erwiderte ich, mehr oder weniger der Wahrheit entsprechend. Mit dem heutigen Tag war ich wohl sechzehn. Nur war heute eben nicht heute.

»O Gott!« seufzte er. »Eine Halbwüchsige, das auch noch!«

»Nein, nein«, widersprach ich beleidigt, »ich bin schon ausgewachsen. Größer werde ich nicht mehr.« Nun, das stimmte vielleicht nicht ganz. Aber wenn er solchen Wert darauf legte…

»Damit will ich sagen, daß du noch nicht achtzehn bist«, erläuterte er. »In unserer Gesellschaftsordnung ist man erst ein vollwertiger Bürger, wenn man achtzehn ist.«

»Und was bin dann ich?« fragte ich.

Er hob die Schultern. »Eine Person, von der wir nicht wollen, daß sie die Aufmerksamkeit der Pol-Trupps erregt, das weiß ich einmal sicher. Wenn sie dich finden, merken sie sofort, daß du kein Implantat hast. Als nächstes fragen sie sich dann, wie irgend jemand ohne Implantat hier herumrennen kann. Dann folgt die Einvernahme mit der Wahrheitsmaschine, sie finden heraus, wie du hierhergekommen bist, und dann geht's uns an den Kragen. An meinen und an den der anderen Mitglieder des Teams. Sie werden behaupten, Janice hat schlampig recherchiert oder einer von uns hat Mist gebaut, und dann heißt es ab in die Müllschlucker mit uns allen! Es hätte niemand in der Nähe sein dürfen, während wir filmten. Wir dürfen nicht gesehen werden, nicht so weit in der Vergangenheit, sonst laufen wir Gefahr, die Geschichte durcheinanderzubringen, sie zu verändern! Niemand hätte uns sehen dürfen.«

Wenn ich in den geplanten Hergang des Bannfluches nicht eingegriffen hätte, wäre auch niemand in der Nähe gewesen! dachte ich. Und wenn jetzt irgend jemand an der mißlichen Lage, in der ich mich befand, Schuld trug, dann ich selbst! »Erläutere mir gütigst noch mal, weshalb niemand euch hätte sehen dürfen«, bat ich.

Er erklärte es mir in allen Einzelheiten und unterstrich seine Darlegungen mit weitausholenden Gebärden; dazu schritt er in dem winzigen Zimmerchen auf und ab. Es hatte mit dem Ablauf der Weltgeschichte zu tun, mit dem Verändern von Dingen, die bereits vorgefallen waren, was wiederum andere Dinge, die jetzt erst vor sich gehen, verändert. Er verwendete Wörter, die ich nicht kannte. Permutationen des Möglichen. Koppelung von Ereignissen. Das Herstellen einer geschlossenen Schleife, die abknickt. Ich verstand nicht viel von dem, was er sagte. Plötzlich starrte er mich böse an und schrie: »Ich weiß nicht, was ich mit dir anfangen soll! Jaybee und Martin erwarten von mir, daß ich dich den Müllschlucker runterjage, aber das will ich nicht! Wir müssen alles besprechen und dann entscheiden, was wir tun.«

»Ich denke, du solltest mich dorthin zurückbringen, wo ich herkomme«, sagte ich und bemühte mich, ruhig zu bleiben. »Hier gefällt es mir ohnehin nicht.«

»Ha«, knurrte er, »ha, ha.« Er fuhr fort, auf und ab zu rennen, zu reden, zu knurren, mit den Armen zu fuchteln. Nach einer Weile übermannte mich die Müdigkeit, und die Augen fielen mir zu. Es war schon so lange her, seit wir, Grumpkin und ich, zum letztenmal geschlafen hatten. Ich lauschte dem kleinen Mann, aber er sprach wie durch einen Schleier hindurch, wie aus weiter Ferne.

Und dann spürte ich seine Hände auf mir, ganz sanft. Er zog mir die Schuhe von den Füßen und die Mütze vom Kopf und legte mir eine Hand auf die Brust.

Ich richtete mich abrupt auf, wobei mir das Haar über den Rücken fiel.

»Du bist ein sehr hübsches Mädchen«, sagte er vorwurfsvoll und legte mir die Hand wieder auf die Brust, um sich zu vergewissern, daß ich tatsächlich ein Mädchen war. »Wir haben kaum mehr etwas Hübsches, und das macht dich so auffallend, und dadurch wird alles noch schwieriger.«

Gekränkt rückte ich von ihm weg. »In Wahrheit«, erklärte ich ihm durch einen Nebel von Müdigkeit, »bin ich die Tochter eines Herzogs.« Ich weiß nicht, weshalb ich ihm das sagte. Vielleicht, weil ich aus dem Halbschlaf gerissen wurde. Vielleicht auch, um mir selbst zu versichern, daß ich wirklich noch ich selbst war.

Er vergrub das Gesicht in den Händen. »Dieses Monster, Jaybee, er ist krank. Was er alles tut, wie er denkt! Nicht, daß Alice so völlig anders wäre. Sie ist auch die einzige, die mit ihm umgehen kann. Man sollte sie beide den Müllschlucker runterjagen, aber er ist ein Genie, also tut es keiner, hat's noch keiner getan. Doch jetzt hat er dich mitgenommen, und jetzt werden sie uns alle den Müllschlucker runterjagen. Was soll ich nur tun?«

»Bring mich zurück«, schlug ich ihm erneut vor. »Ich werde es niemandem erzählen. Es würde mir ohnedies niemand glauben.«

»Das kann ich nicht«, sagte er. »Ich habe keinen Ermächtigungscode. Ohne einen Ermächtigungscode kann man die Maschine nicht benutzen. Und selbst wenn ich es könnte, wäre ich nicht in der Lage, dich an jenen Punkt zurückzuversetzen, an dem du deine Zeit verlassen hast. Die Abweichungen sind zu hoch. Wenn wir eine geschlossene Schleife herstellen, wird sie abknicken, und alles bricht zusammen!«

Eine Weile rang er die Hände, dann sagte er: »Komm schon, geh schlafen. Ich muß nachdenken. Ich muß wirklich nachdenken.«

Ich legte mich auf dem Bett, auf dem ich die ganze Zeit über gesessen hatte, flach und drehte mich zur Seite. Es war ein wirklich schmales Bett, aber nicht härter als jenes, in dem ich auf Burg Westfaire geschlafen hatte. Grumpkin kuschelte sich neben mich und kaute mit einem Ausdruck zurückhaltender Verachtung auf dem ungewohnten Backwerk herum. Ich brach ein

Eckchen davon ab, steckte es in den Mund und ließ es dort zergehen. Es schenkte Sättigung, aber kein Vergnügen. Vermutlich konnte man davon leben, aber wenn das alles war, was es hier zu essen gab, dachte ich, wer weiß, ob das Leben dann überhaupt lebenswert wäre.

13

Am Tag nach meiner Ankunft ging Bill weg, und als er zurückkehrte, wirkte er sehr seltsam in seinem Benehmen. »Alles umsonst!« schrie er mich an, als wäre irgend etwas allein meine Schuld. »Warum hast du uns die Sache nicht zu Ende führen lassen?« Er stapfte eine Weile in der engen Kammer im Kreis, und dann ging er wieder aus, nicht ohne mich zuvor mit einem durchdringenden, fragenden Blick zu bedenken. Als er zurückkam, kicherte er und stand ein wenig unsicher auf den Beinen, war aber aus irgendeinem Grund wieder fröhlicher. Er schien vergessen zu haben, was ihn zuvor geärgert hatte, und ich hütete mich zu fragen, was es gewesen war.

In den Tagen, die folgten, sollte ich den nicht vorhandenen Geschmack der harten kleinen Kuchen und die engen Grenzen des winzigen Zimmers noch besser kennenlernen. Vieles darin ließ sich ausklappen: ein ausklappbarer Waschplatz, ein ausklappbarer Ort zum Verrichten der Notdurft, etliche ausklappbare Kästchen, in denen man Dinge verstauen konnte. Das Bett glitt in einen Behälter, der Tisch in einen zweiten, und alles und jedes wurde zu etwas anderem. Bill ging jeden Tag weg, nachdem er mir erklärt hatte, ich dürfe mich draußen nicht blicken lassen. Er versperrte die Tür hinter sich, wenn er ging, und sperrte sie auf, wenn er wiederkam. Fenster gab es keines. Ich beklagte mich deswegen, und er begründete es damit, daß das Zimmer sich tief im Inneren eines gewaltigen Wohnblocks befand; Fenster hätten sich bloß ins Nachbarzimmer geöffnet. Nirgendwo gebe es Fenster, sagte er, denn da sei nichts zu sehen als nur Zimmer und immer mehr Zimmer. Statt dessen erklärte er mir die Benutzung des Bildschirms und gab mir einen Stoß von ›Dokumentationen‹, an deren Herstellung er mitgearbeitet hatte. Ich bekam Kopfweh davon, aber ich sah sie mir trotzdem an. Es war ein Zeitvertreib. So lernte ich, die Sprache besser zu verstehen, während ich den Bildern auf dem Schirm zusah, wie sie dahinglitten und tanzten. Es war zwar meine eigene Sprache, jedoch sonderbar verändert. Oft war es einfacher, die geschriebenen Wörter zu verstehen, die unter den Bildern dahinflitzten, als die gesprochenen.

Und es gab auch noch andere Filme. Manche von den ›Romantiporns‹ konnte ich mir ansehen, aber die ›Horroporns‹ hielt ich einfach nicht aus. Jaybee hatte einige davon gefilmt. Ich warf sie in den Müllschlucker, aber alle paar Tage kamen neue durch den Versorgungsschacht. Sie gingen wohl nie zur Neige, und jeder davon war voll Blut und Qualen. Sehr bald schon merkte ich, daß es an diesem Ort nichts Schönes gab. Selbst die Dinge, an denen man sich hier erbaute, waren nicht schön. Es herrschte auch kein Kontrast zwischen Schönheit und Häßlichkeit. Es gab nur Häßlichkeit.

Vermutlich war es so praktischer für alle. Wäre Schönheit vorhanden gewesen, hätten wohl alle nur davon haben wollen. So hingegen wußten sie nicht, daß so etwas wie Schönheit überhaupt existierte, und daher fehlte es ihnen auch nicht. Ich hingegen wußte es, und die Sehnsucht danach peinigte mich unausgesetzt. In meiner Brust brannte es, als müßte ich daran sterben.

Grumpkin lernte, sein Geschäft auf Papier zu verrichten, welches ich in dieses Müllschluckerding warf, wohin auch meine eigenen Ausscheidungen wanderten. Alles, was abgenutzt oder verbraucht war, landete im Müllschlucker, sagte Bill. Sein richtiger Name war William, William Picte. »P-i-c-t-e«, buchstabierte er für mich. Er war Verfasser von Drehbüchern, wie er es nannte; ich erfuhr, daß es sich hiebei um Geschichten für Filme handelt, die man auf diesem Bildschirm betrachten konnte. Er war ein Mann in reiferen Jahren, dreißig zumindest, und reichte mir gerade bis zur Schulter. Sein Haar hatte die Farbe von Aprikosen, und seine Haut war sehr bleich und über und über mit Sommersprossen bedeckt. Die Härchen auf seinem Körper hatten die gleiche Farbe wie die auf seinem Kopf. Ich sah es, wenn er sich wusch. Er konnte ja nirgendwo sonst hingehen, um sich zu waschen. Der Raum, in dem wir uns immer aufhielten, war der einzige, den er hatte. Wir schliefen auch zusammen auf dem schmalen Bett, jedoch mit den Köpfen an den gegenüberliegenden Enden. Er versuchte nie, mir irgendwie nahezutreten, und dafür war ich sehr dankbar.

»Nimm mich doch mit!« bettelte ich eines Tages, als er sich anschickte wegzugehen. »Ich möchte endlich etwas anderes sehen als dies hier!«

»Es gibt nichts anderes«, erklärte er. »Es ist alles wie das hier. Ausgenommen die Alesatfarmen, aber dort darf niemand hin, nur die Leute, die dort arbeiten.«

»Ich möchte zum Ozean!« bestürmte ich ihn. »Zum Meer!« Ich hatte noch nie das Meer gesehen. Papa schon, mehrere Male.

»Es gibt kein Meer«, sagte Bill. »Nur Alesatfarmen.«

»Dann in den Wald!« drängte ich verzweifelt. Manchmal dachte ich: Wenn ich noch einen einzigen Tag in diesem Gelaß verbringen muß, dann sterbe ich! »Dann führe mich in den Wald!«

Er schüttelte den Kopf. »Du scheinst mich nicht zu

verstehen. Es gibt keinen Wald mehr. Keinen Wald, keine Prärie, keine Berge, keinen Dschungel, keine Sümpfe, keine Tiere, weder Vögel noch Fische. Das ist alles längst an Alesat gegangen. Etwas anderes als dies hier gibt es nicht: Räume wie diesen, voller Leute wie ich.«

Ich ließ nicht locker. »Und wohin gehst du, wenn du weggehst?«

»Zur örtlichen Versorgungsstelle, um mir die tägliche Ration Nahrungswaffeln zu holen!« knurrte er mich an. »Ich bekomme das gleiche wie eine normal große Person, und darum ist auch für dich ausreichend da! Dann gehe ich zur örtlichen Arbeitsbehörde, um täglich meine Lochkarte einzuschieben, damit man weiß, daß ich noch lebe und somit mein Raum bewohnt ist. Dann gehe ich zur örtlichen Wasserbehörde, steche bei der Kontrolle ein, damit man weiß, daß ich noch lebe und Wasser verbrauche. Dann besuche ich die obligatorische weiterbildende Schulung, welche ein Witz ist, weil es nichts von Bedeutung mehr zu lernen gibt. Es gibt keine Bücher; sie nehmen zuviel Platz ein. Es gibt keine Lehrer. Es gibt eine technische Universität, aber nur diejenigen, die alles verwalten und leiten, können ihre Kinder dorthin schicken, damit alles weiterhin verwaltet und geleitet werden kann.«

»Und das machst du jeden Tag?«

»Außer am Sabbat. Am Sabbat gehe ich zur obligatorischen religiösen Feier meiner Wahl. Wir sind sehr religiös, hast du das noch nicht bemerkt? Ha. Ha. Ha.«

Nichts von alledem ergab einen Sinn, also nahm ich an, daß er log. Und so öffnete ich eines Tages die Tür und trat hinaus. Überall waren Menschen, kleine Menschen. Bei meiner Ankunft war es mir gar nicht aufgefallen, aber fast alle Leute hier waren klein gewachsen. Wie auch immer, jedenfalls füllten sie die dahingleitenden Korridore und alle Treppen. Die meisten von ihnen trugen ganz ähnliche Kleidung, und es fiel mir schwer, Männer von Frauen zu unterscheiden. Einige sahen mich vor der Tür und blieben stehen, um mich anzustarren; dabei murmelten sie vor sich hin, und das Gesumme steigerte sich wie bei einem aufgeschreckten Bienenstock. Ich hatte Angst, der Lärm würde irgendeinen Aufseher anlocken, der nachschauen wollte, was ihn verursachte. Also trat ich hastig wieder ins Zimmer und wagte mich hinterher nicht mehr vor die Tür.

Und immerzu glühte dieses Ding in mir weiter, als wollte es sich einen Weg nach draußen brennen. Es war nicht Schmerz – nicht diese Art von Brennen; es war ein hartnäckiger Druck, ein dauerndes Zerren, und ich fühlte mich schon so dünn wie ein Stück Pergament, das sich um eine Flamme spannt, die es umhüllen möchte und dabei heißer und heißer wird.

Obwohl er gesagt hatte, daß es keinen Wein gäbe, kam Bill eines Abends fröhlich kichernd nach Hause und machte ganz den Eindruck, als hätte er getrunken. Wenn es nicht vom Wein kam, dann kam es von etwas anderem, denn sein Gesicht war gerötet, und die Pupillen seiner Augen waren so winzigklein wie Pünktchen. Er gluckste mich an wie ein beschwipstes Baby, wackelte mit dem Finger und holte eine flache Truhe aus einem der verborgenen Schränke. In der Truhe lagen Frauenkleider, und er zog sie über. Die Strümpfe waren so fein wie Spinnweben, aber voller Löcher. Dann gab es noch ein seidig weiches schwarzes Hemdchen, einen rot-schwarz gestreiften Rock und ein schmales Unterkleid ohne Ärmel. Um die Schultern legte er sich ein Vlies, ein Schaffell, das er mit der Wolle nach außen trug wie einen Pelz. Und dann torkelte er in hochhackigen roten Schuhen durchs Zimmer. Alle Sachen waren alt und fleckig, genau wie die

Kleider, die ich immer von den Tanten bekommen hatte.

Ich sagte ihm, daß diese Dinge nicht sehr hübsch aussahen.

»Ich weiß«, seufzte er. »Oh, ich weiß. Aber heutzutage tragen die Frauen solche Sachen nicht mehr. Wir ziehen uns alle gleich an. Männer und Frauen. Es gibt nichts Zartes, Weiches mehr. Keine Spitzen und Schleifen. Bloß das hier«, und er packte eine Handvoll des Beinkleides, das er fallen gelassen hatte, wobei sich das grobe, zerknitterte Gewebe in seinen Fingern zu harten Zacken zusammenschob. »Diese Seidenkleider habe ich von einer Zeitreise zurückgebracht, vor langer Zeit schon. Als wir eine Bildserie über Wale machten.«

Der Gedanke kam mir, daß ihm das Leben auf Burg Westfaire wahrscheinlich behagen würde. Mein Vater trug solch weiche Dinge, Samt und Seiden. »Bitte bring mich nach Hause!« flehte ich Bill an. »Du kannst bei mir bleiben! Wir haben viele schöne Stoffe zu Hause! Die Roben der Damen würden dir bestimmt gefallen!«

»Beauty«, sagte er zu mir, schob mich aufs Bett und hockte sich wie eine große Kröte vor mich auf den Boden. Die schwarze Seide lag in schmutzigen Falten auf seiner flachen Brust. »Hör mir zu. Ich bin Mitglied eines Arbeitstrupps. Dieser Arbeitstrupp hat die Aufgabe, eine bestimmte Art von Filmen herzustellen, wie diejenigen, die du dir angesehen hast. Wir sind zu fünft. Alice Fremont ist die Reisetechnikerin. Sie bringt uns an die jeweiligen Orte, wo wir unsere Filme drehen. Martin Duboise ist der Regisseur; er sagt dem Kameramann – Jaybee Veolante –, was er aufnehmen soll. Für gewöhnlich bespricht er das auch mit mir, denn ich schreibe das Drehbuch, die Worte, verstehst du?«

Ich wußte, daß er das tat. Ich hatte ihm schon bei der Arbeit zugesehen, die er an einem ausklappbaren Ding mit einem Bildschirm erledigte, auf dem man die Worte sehen konnte, ehe sie sich von selbst auf das Papier schrieben.

Er sagte: »Janice Saintjohn ist die Rechercheurin.«

Ich fragte ihn, was das sei.

»Rechercheure sind dafür zuständig, alles mögliche herauszufinden. Sie informieren sich über andere Leute, andere Orte, andere Zeiten. Der Rechercheur sagt uns, wo wir gute Szenen drehen können. Der Regisseur entscheidet, ob wir es machen oder nicht. Ich schreibe das Drehbuch. Alice bringt uns hin, Jaybee macht die Aufnahmen. Wir drehen etwa drei Filme im Jahr, und so verdienen wir unseren Lebensunterhalt. Und ehe man uns eine neue Sache zuteilt, können wir nicht an diese Maschine herankommen. Ich wüßte aber ohnedies nicht, wie man sie bedient. Alice müßte das machen.«

»Dann bitte Alice, sie zu bedienen«, schlug ich vor. »Du sagst doch immer, ich wäre hier eine Gefahr für dich. Also bin ich auch eine Gefahr für sie. Bitte sie, die Maschine zu bedienen und mich dorthin zurückzubringen, wohin ich gehöre.«

Hin und wieder dachte ich, wenn ich noch eine einzige dieser Waffeln essen oder einen einzigen Tag eingeschlossen in diesem Verlies namens Trautes Heim verbringen müßte, würde ich verrückt werden. Ich glühte und schwitzte und bemühte mich, nicht zu schreien. Eines Morgens, nachdem mich die halbe ruhelose Nacht lang Alpträume geplagt hatten, wachte ich mit einer Idee auf. Ich weiß nicht, weshalb ich nicht schon früher daran gedacht hatte. Sobald Bill gegangen war, kramte ich das Schaffell hervor, das er um die Schultern getragen hatte, dazu eine Schere, mit der er seine Schriftstücke zurechtschnitt, und zerschnitt das Vlies, um mir daraus Stiefel zu machen.

Ich wußte, wie man das anstellte, denn ich hatte dem Schuhmacher im Dorf oft dabei zugesehen. Ich wußte, wie man die Sohle zuschnitt und das Oberteil und die beiden Teile zusammennähte. Härteres Leder wäre wohl besser geeignet gewesen, aber härteres Leder hätte ich wiederum ohne die richtigen Werkzeuge nur schwer nähen können. Das Schaffell war sehr weich. Ich wendete die Wollseite nach innen und benutzte die dicke Nadel und den starken braunen Faden aus dem Kästchen, das Mama mir hinterlassen hat. In der Nacht war mir eingefallen, was es mit dem Faden auf sich hatte: es war Schusterzwirn, daher war er wohl für Siebenmeilenstiefel vorgesehen! Das mußte es sein! Siebenmeilenstiefel, die mich zurückbringen würden in meine eigene Zeit!

Als sie fertig waren, zog ich sie an, und dazu meinen Mantel mit allen meinen Sachen in einer Tasche und Grumpkin in der anderen. Dann öffnete ich die Tür und trat hinaus. »Bringt mich zu meiner Mutter!« sagte ich zu den Stiefeln, schloß die Augen und wartete, daß sie taten wie verlangt.

Als ich die Augen wieder öffnete, standen Menschen um mich herum und starrten mich an. Die Stiefel funktionierten nicht. Der Mantel funktionierte nicht! Sie konnten mich alle sehen!

Ich machte kehrt, ließ mich auf das schmale, harte Bett fallen und weinte. Ich lag immer noch da und weinte, als Bill nach Hause kam.

Er brachte mich soweit, daß ich ihm erzählte, was ich vorgehabt hatte.

»Kleines Dummchen«, sagte er und verzog einen Mundwinkel, »es gibt heute keinen Zauber, keine magischen Dinge mehr! Es ist nichts Wunderbares auf dieser Erde zurückgeblieben, und auch die Feen sind verschwunden! Räum diese Sachen weg und versuch nie wieder etwas so Unsinniges. Hätte eine Aufsicht dich zu Gesicht bekommen, dann wärst du jetzt schon den Müllschlucker runter!«

Wir lagen auf dem Bett, Kopf an Fuß, und ich lauschte dem Klang der Welt – einem unaufhörlichen Gerassel und Getöse, einem ewigen Klappern von Metall, das aus der Ferne zu kommen schien und mich dennoch von allen Seiten dicht umschloß. Ich fühlte mich wie in einem Gong, der andauernd von einem launenhaften Wind angeschlagen wurde, denn der verebbende Nachhall kam und ging unvorhersagbar und ohne jeden Rhythmus. Und dahinter lag der Klang von Stimmen, ein Summen, ein Sausen, wie in einem riesigen Bienenstock. Und über allem das Geräusch von Füßen, rennend, scharrend, stampfend, niemals in richtiger Aufeinanderfolge, niemals gemächlich gehend, sondern immerzu hastig treppauf, treppab, durch alle Korridore dieser Welt. Man horchte und horchte und wartete dauernd auf irgend etwas Bedeutsames in diesem Lärm. Eine Stimme, die einem vertraut war. Ein Geräusch, das man kannte. Doch nichts war zu hören außer dem unaufhörlichen Dröhnen von allem und jedem, was näher kam und immer näher. Ich wickelte mir die Decke um die Ohren und weinte, während Grumpkin mir die Wangen leckte.

Ich weinte so sehr und so lang, daß Bill schließlich sagte, er würde Alice mitbringen, damit sie mit mir reden konnte. Das nächste Mal, als er wegging, wartete ich ungeduldig auf seine Rückkehr; ich lief währenddessen auf und ab, auf und ab, wie der Löwe, den einer von Papas Freunden aus dem Heiligen Land mitgebracht hatte, auf und ab in meinem Käfig, wie der Löwe in seinem auf und ab gelaufen war, wie es sein Körper offenbar von ihm verlangt hatte, als die Hoffnungslosigkeit ihn übermannte, auf und ab, bis er schließlich starb, die Beine ausgestreckt und die Pranken durchgewetzt bis aufs Blut, als hätte er sich zu Tode gelaufen in dem vergeblichen Versuch, nach Hause zu kommen.

Endlich hörte ich Stimmen von der Tür. Ich versteckte mich in einem kleinen Schrank, bis ich sicher sein konnte, daß es Bill war. Die Frau namens Alice war bei ihm. Und Jaybee Veolante. Er glotzte mich an, und mir fiel augenblicklich ein, daß mein Haar lose herabhing und daß das Hemd, das ich nun am Leibe trug, enger war als das zerlumpte Wams, das ich angehabt hatte, als er mich zum erstenmal sah. Er grunzte, und ich dachte wieder an einen Eber.

»Also«, grinste er, während seine Blicke mich verschlangen, »sag schon, was hast du mit ihr angestellt, Billy-Boy?«

Ich griff nach meinem Wams und zog es über. Die Art, wie er mich ansah, machte mir Angst. Als wollte er mich fressen. Gar nicht so unähnlich der Art, wie die Frau mich ansah.

»Du erinnerst dich an Alice?« fragte Bill mich. »Alice Fremont?«

Ich hielt sie für ein wenig älter als ihn. Ihr Gesicht war blaß und schmal, wie das aus Holz geschnitzte Gesicht eines Heiligen, der diesen Zustand der Vollkommenheit durch zahllose Härten und Entbehrungen erlangt hatte und dabei dennoch sehr lebenshungrig geblieben war. Sie starrte mich auch sehr hungrig an, und ich begann unruhig zu werden.

»Ich habe Alice deinen Vorschlag unterbreitet«, sagte Bill zu mir. »Daß sie dich zurückbringen soll. Uns alle.«

»Uns alle!« schnarrte Jaybee bösartig, »uns alle oder keinen!«

»Jaybee, äh, hat gehört, daß wir darüber redeten«, erklärte Bill. »Er möchte auch dabeisein.« Er wirkte nervös und fahrig und beobachtete Jaybee aus dem Augenwinkel.

»Dabeisein, ganz recht.« Jaybees Kiefer bewegten sich, als würde er etwas Zähes kauen. Seine Zähne knirschten hörbar.

Alice setzte sich auf das Bett; Bill zog einen Sitz aus der Wand und ließ sich ihr gegenüber darauf nieder. Jaybee lehnte sich breitbeinig gegen die Tür, als wollte er verhindern, daß irgend jemand die Flucht ergriff. Ich blieb, wo ich war, mit Grumpkin hinter meinen Beinen und seinem Kopf zwischen meinen Fesseln.

»Bevor wir Techniker zusammen mit dem ganzen Team eine Reise antreten«, führte Alice aus, »wird ein Probelauf angesetzt, um sicherzugehen, daß die Maschine fehlerlos arbeitet. Dieser Probetrip umfaßt immer hundert Jahre – ein paar mehr, ein paar weniger. Während dieses Probelaufes darf nur der Tech an Bord sein. Das ist einer der Gründe, weshalb wir nur hundert Jahre zurückgehen, denn wenn mit der Maschine irgend etwas nicht stimmt, dann geht nur der Tech verloren, und der Zeitraum liegt noch nicht so weit zurück, daß sich eine Person nicht zurechtfinden könnte.«

Bill ließ sich auf seinem Stühlchen zusammensinken. »Was willst du damit sagen, Alice? Komm schon, worauf willst du hinaus?«

»Ich sage damit, daß jeder Tech jederzeit den Komplex betreten kann, um einen Probetrip zu machen. Wenn es mir gelingt, euch zusammen mit mir einzuschmuggeln, könnte ich euch mitnehmen.«

»Hundert Jahre zurück?« fragte ich. »Das reicht

nicht aus! Ich will nach Hause! Das wären – wie viele? Siebenhundert Jahre mindestens, nicht wahr?«

»Siebenhundertzweiundvierzig«, sagte sie. »Keine Chance. Für Reisen über hundert wird die Maschine ausschließlich bei Erhalt einer Besichtigungsnummer seitens der maßgeblichen Regierungsstellen mit der nötigen Energieladung versehen; in Bereitschaft steht sie aber dauernd, das heißt, ausreichend geladen für hundert Jahre – etwa. Null bis ein Tag – das erfordert eine Menge Energie. Wir nennen es den Gegenwartshorizont. Er benötigt deshalb soviel Energie, weil noch nichts endgültig feststeht. Keiner weiß doch, was, zum Geier, in der Gegenwart vorgeht! Manche Vorgänge bleiben ohne jegliche Folgen und werden fast augenblicklich wieder vergessen. Manche Dinge, die nie stattfanden, werden für tatsächliche Geschehnisse gehalten. Sie werden irgendwo verzeichnet und haben sogar Auswirkungen, und mit einemmal denken die Leute, sie können sich daran erinnern. Die Gegenwart ist ein fließender Zustand; sie muß erst zur Ruhe kommen und schließlich feststehen, ehe man darin reisen kann.

Von einem Tag bis zu achtundneunzig Komma irgendwas Jahre kostet es praktisch keine Energie, und so halten sie die Maschine immer warm. Wir nennen es die Jüngste Vergangenheit, aber damit spielen wir auch nicht herum, denn wir könnten in die Vergangenheit noch lebender Personen geraten. Jedenfalls kommt es billiger, die Maschine für die Jüngste Vergangenheit in Bereitschaft zu halten, als sie zwischen den Trips abzuschalten und damit jeweils für den enormen Energieverbrauch über den Gegenwartshorizont hinaus laden zu müssen.«

»Du sagst also, wir könnten zurück ins zwanzigste Jahrhundert?« warf Jaybee ein.

»Redet mit Janice darüber«, riet Alice. »Es gehen

Gerüchte um, daß schon eine Menge Leute zurückgegangen sind. Wir wissen, daß es etlichen gelungen sein muß, weil wir selbst auf unseren Reisen mit einigen von ihnen gesprochen haben.«

»Einmal traf ich eine«, sagte Bill, »als wir die ersten Aufnahmen von den Walen machten. Sie sagte mir selbst, daß sie zurückgegangen sei.«

Alice nickte. »Ich habe gehört, daß die Rechercheure behaupten, es wäre die letzte schöne Zeit gewesen. Diese letzten Jahre vor Alesat.«

Bill blickte mich durchdringend an. »Es wäre jedenfalls besser als hier.«

»Klar«, murrte Jaybee, »falls wir es bis dahin schaffen. Aber falls wir es nicht schaffen, sind wir tot. Der ganze Komplex wird schwer bewacht. Alice mag zwar einen Passierschein haben, aber ich werde sicher keinen bekommen.«

»Ich sagte, es würde funktionieren, *falls* ich es schaffe, euch einzuschmuggeln«, erklärte Alice. »Ich will keinen zu irgend etwas überreden. Bill fragte *mich,* nicht ich *ihn!*«

»Du würdest dortbleiben?« fragte ich sie. »Du würdest für immer bleiben?«

»Darauf kannst du wetten!« sagte sie und bohrte ihren Blick in meine Augen, als wäre sie entschlossen, dort irgend etwas zu finden, von dem ich nicht wußte, daß es da war. »*Falls* mir etwas einfällt, wie ich uns da reinschmuggeln kann!«

»Janice ist dafür zuständig, alles mögliche herauszufinden«, sagte ich. »Das weiß ich von Bill. Bittet sie darum herauszufinden, wer dorthin gehen darf, wo die Maschine ist.«

»Janice?« überlegte Alice laut.

Bill fuhr hoch. »Dann will sie vielleicht auch mitkommen!«

»Und zieht Martin mit rein.«

»Nein«, sagte Bill. »Aus diesem Grund will sie möglicherweise weg. Sie haben vor kurzem Schluß gemacht. Er behauptete, sie würde verrückt spielen, und stellte einen Antrag auf getrennte Unterkunft. Habt ihr nicht bemerkt, wie sie sich in letzter Zeit benimmt? Sie ist recht sonderbar und sehr religiös geworden.«

»Dann wird sie vermutlich mitkommen wollen.« Alice schüttelte den Kopf und fuhr sich mit den Fingern durch das kurze Haar. »Möglicherweise. Wer fragt sie also?«

»Ich«, sagte Bill.

Die anderen sprachen noch ein paar Worte miteinander und gingen dann. Als er zur Tür ging, drehte Jaybee sich um und warf mir einen letzten Blick zu, einen langen, gierigen Blick, als wollte er mich schlagen. Oder verschlingen.

Später dann brachte Bill Janice in das Traute Heim. Ich schlief schon, als sie kamen. Sie unterhielten sich flüsternd, und ich wachte gar nicht richtig auf. Ich träumte von Westfaire, und ich wollte auch gar nicht aufwachen, denn ich wußte, wenn ich aufwachte, würde Westfaire für alle Zeit dahin sein. Also ließ ich Bill und Janice reden, ohne meine Traumvision loszulassen, und als Janice ging, wußte ich, daß die beiden zu irgendeiner Übereinkunft gelangt waren. Als ich schließlich aufwachte, erinnerte ich mich ganz deutlich daran, aber es war niemand da, dem ich es hätte erzählen können, außer Grumpkin. Und Grumpkin sah krank aus. Sein Fell war stumpf. Seine Augen wirkten trübe. Er brauchte Auslauf! Genau wie ich! Meine Beine zuckten andauernd, und ich hatte einen fleckigen Ausschlag auf der Haut. Ich träumte von Bäumen. Und das Brennen in meiner

Brust wurde so schlimm, daß ich dachte, ich würde mich jeden Moment in glühende Kohlen verwandeln und sterben.

Ein paar Tage später kam Bill mit zwei Kleidungsstücken aus steifem grünen Gewebe, die man vorne mit fusseligen Streifen verschloß, nach Hause. Ich mußte eines davon anziehen. Dann sagte Bill, Grumpkin würde zu große Aufmerksamkeit erregen, also müßte ich ihn den Müllschlucker runterjagen. Ich antwortete, wenn er noch mal so etwas zu mir sagte, würde ich ihn umbringen. Wir einigten uns, Grumpkin zusammen mit meinem Mantel und den anderen Dingen in den Sack zu stecken. Bill wollte seine Frauenkleider nicht zurücklassen, aber ich sagte, dort, wo wir hingingen, könne er alle Frauenkleider dieser Welt kaufen, und ich würde ihm sogar einen neuen Pelz beschaffen, um den Verlust des alten Schaffelles, das ich zerschnitten hatte, wiedergutzumachen. Ich besaß ja immer noch die Smaragde, also würde sich die Anschaffung eines Schaffelles wohl nicht als besonders schwierig erweisen. Ich schnitt für Grumpkins Nase ein Loch in den Sack. Er fauchte zwar ein wenig, ließ aber alles mit sich geschehen. Ich glaube, er wußte, daß ich versuchte, uns heimzubringen.

Als wir gingen, waren nicht so viele Leute unterwegs wie sonst. Bill sagte, es wäre gerade kein Schichtwechsel. Irgendwo gesellte sich plötzlich Jaybee zu uns. Wir gingen über Treppen und um unzählige Ecken. Ich erkannte nichts und niemanden wieder, aber es sahen ja auch alle gleich aus. Fast alle waren gleich groß, sie hatten die gleichen Kleider an, sie trugen das Haar gleich lang geschnitten, und ihre Gesichter zeigten den gleichen leeren, leblosen Ausdruck. Wir kamen an ein Tor, vor dem zwei Männer standen, die ein wenig anders gekleidet waren, nämlich in

Wämser mit Knöpfen bis unters Kinn und Hüten mit Metallbesatz.

»Reinigungstrupp«, sagte Jaybee in diesem gelangweilten Tonfall, den alle hier verwendeten.

»Seid früh dran«, bemerkte einer der beiden Männer.

»Wir sind spät dran!« sagte Bill. »Hätten schon zur letzten Schicht hier sein sollen. Aber hinten an den Neunhunderten ist ein Rollweg ausgefallen, und alles steckt fest.«

Der Mann nickte, ohne Bill wirklich zuzuhören, und ließ uns eintreten. Innen ging es weiter mit Korridoren und Treppen, und dann kam plötzlich Alice aus einer Tür und schloß sich uns an. Sie trug eine kleine Tasche.

»Janice ist schon unten im Kontrollraum«, sagte sie.

Janice war genauso gekleidet wie wir. Sie nickte uns zu, und dann gingen wir alle gemeinsam hinaus in den riesigen hohen Raum, wo die Maschine stand. Ich hatte sie damals nicht richtig betrachtet. Sie sah aus wie aus Stein gemacht, wie eine große graue Wanne, die man aus einem Felsen herausgehauen hatte. Wir stiegen ein, und die Tür klappte scheppernd hinter uns zu. Alice machte sich an ein paar Knöpfchen zu schaffen. Meine Innereien wollten sich alle zugleich einen Weg durch meine Nase ins Freie bahnen, änderten dann jedoch ihre Absicht und ließen sich zurückfallen.

»Rasch!« rief Alice. »Wir haben nur ein paar Sekunden!«

Bill öffnete die Tür, und wir kippten alle zugleich hinaus. Als wir uns umwandten, begann die Maschine bereits merkwürdig zu schimmern und war im nächsten Moment verschwunden. An ihrer Stelle stand ein Wegweiser, der zehn Meilen zu einem Ort anzeigte, von dem ich noch nie gehört hatte.

»Neunzehnneunzig und ein bißchen was«, murmelte Janice. »Dort, wo früher die Staaten von Amerika waren. Und Gott möge uns allen beistehen.«

[Wir haben sie gefunden! Wir fürchteten schon, sie wäre uns ein für allemal verlorengegangen, allerdings spürten wir immer noch das, was in ihr ist, leise pochen, wie ein weit entferntes Herz, das immer noch schlägt. Wir wußten, daß sie am Leben war, denn ich konnte ihr Leben fühlen, genauso wie ich fühlte, daß dieses Leben am Erlöschen war. Wir konnten nichts anderes tun als an den Grenzen jener Zeit zu lauern und zu hoffen, sie möge wieder herauskommen. Ach, welch eine Qual, an einem Ort zu leben, wo kein Zauber mehr existiert! Selbst Menschen brauchen doch ein klein wenig davon! Der Allerhöchste, Er sei gepriesen, wußte das. Vermutlich ist das der Grund dafür, daß Er überhaupt beide unsere Rassen ins Leben gerufen hat.

Wie dem auch sei, wir haben sie gefunden! Wir wissen, wo sie ist. Sie befindet sich in einer Zeit geringen Zaubers, aber es könnte reichen. Wir können sie erreichen, langsam, ganz langsam, indem wir unseren Köder auslegen, unsere Haken bereithalten. Wir werden sie zu uns zurückziehen!]

14

Juli 1991

Wir haben uns den Obdachlosen angeschlossen, von denen viele aus dem einundzwanzigsten Jahrhundert und selbst späteren Zeiten kommen. Janice meinte, es sei merkwürdig, daß die Behörden der achtziger Jahre des zwanzigsten Jahrhunderts nie die Ursache für den Umstand durchschauten, daß die Obdachlosen ziemlich unvorhergesehen immer mehr wurden. Das Prinzip der Zeitreise wurde im Jahr 2080 perfektioniert, und das Hundert-Jahre-Limit bedeutet, daß die Obdachlosen von 1980 an vermehrt auftauchten. Viele von ihnen hatten Verständigungsschwierigkeiten, und das vertuschten sie, indem sie vorgaben, verrückt zu sein. Wir Zeitreisende verwenden ein geheimes Handzeichen, mit dem wir einander zu verstehen geben, daß wir ›Rückkehrer‹ sind, wie wir es nennen. Doch außer uns gibt es genug echte Obdachlose, so daß wir Rückkehrer keine Schwierigkeiten haben, uns zwischen ihnen zu verbergen.

Offenbar haben sich die Menschen in dieser Zeit dazu entschlossen, all die elenden Hütten der Armen niederzureißen, weil sie nicht gut genug waren, und dazu alle Narrentürme für die Verrückten zu schließen, weil auch sie nicht vollkommen schienen. Doch die Leute, die in den Hütten und den Irrenanstalten gelebt hatten, konnten nirgendwo anders hin, und so wohnen sie jetzt unter Brücken und in anderen Winkeln. Ich glaube, wir im vierzehnten Jahrhundert haben das besser gemacht. Zumindest haben wir keine

Hütten niedergerissen, nur weil sie nicht dem allgemeinen Standard genügten. Ich finde, unser Standard ist noch besser als nichts.

Jedenfalls haben Bill und wir anderen uns die Situation zunutze gemacht und in einem Obdachlosenheim, einem Armenhaus also, Unterschlupf gefunden, das von der Kirche erhalten wird, was mich keineswegs überraschte. Einigermaßen überrascht war ich jedoch, als ich zum ersten Mal der Messe beiwohnte, denn die ganze Zeit über hatte der Priester das Gesicht uns zugewandt und sprach noch dazu englisch, wie man die Sprache jetzt nennt. Augenscheinlich verwendet niemand mehr Latein. Ich entsann mich all der Lektionen bei Pater Raymond und hätte am liebsten geweint.

Jaybee, Alice und Janice hatten einen lautstarken Streit, woraufhin Jaybee und Alice uns verließen, um in eine große, große Stadt zu gehen, wo sie beide in der Menschenmasse untertauchen können. Ich war so froh, als Jaybee verschwand! Zu wissen, daß er weg ist, war wie der Duft des Regens nach einer langen Trockenzeit. Bill und Janice haben sich zum berufsbildenden Kurs angemeldet. Das muß man tun, sonst darf man nicht im Obdachlosenheim bleiben. In einigen Wochen, während derer mir Bill das Rechnen und Janice Geographie und die Geschichte der Gegenwart beibringen wollen (worüber ich absolut nichts weiß, aber Bill schüttelt ohnedies immer nur den Kopf und sagt mir, ich sollte nicht die Hälfte von dem glauben, was Janice mir einredet), werde ich zur Schule gehen.

1. August 1991

Heute sind die beiden weggegangen, um Arbeit zu suchen. Ich blieb allein im Armenhaus zurück, nur ein paar Leute waren da, die entweder gerade erst eingelangt oder zu krank waren, um auszugehen. Zu den Neuankömmlingen von heute nacht gehörten eine Frau und ein Kind. Sie waren beide sehr blaß, sehr dünn, und das kleine Mädchen schien mir sehr traurig zu sein.

Ich ging in ihre Schlafkammer, um mit den beiden zu sprechen und das kleine Mädchen vielleicht ein wenig aufzuheitern. Sie saßen nebeneinander auf dem Bett und regten sich kaum. Auf dem Tisch stand ein unberührter Teller mit Essen, das ihnen jemand gebracht hatte; Messer und Gabel lagen noch unbenutzt daneben, und davor stand ein halbvolles Glas Wasser. Ich brachte die Kleine dazu, mit mir zu spielen; zumindest setzte sie sich auf meinen Schoß, und ich erzählte ihr Märchen. Sie lehnte sich an mich, als würde sie die Wärme brauchen, dann legte sie den Kopf an meine Brust und lächelte ein ganz klein wenig. Ich fragte mich, ob sie wohl dieses Brennen in mir spürte. Seit wir uns im zwanzigsten Jahrhundert befanden, war es nicht mehr ganz so schlimm, aber ich fühlte es immer noch, also fühlte sie es vielleicht auch.

Ich erzählte ihr von dem armen Mägdelein und dem Prinzen, und endete mit: »So lebten sie glücklich miteinander bis ans Ende ihrer Tage.«

»Bis ans Ende ihrer Tage«, wiederholte die Frau. »Miteinander.«

Bisher hatte sie kein Wort gesprochen. Ihre Stimme klang furchtbar, wie ein tonloses Echo, in dem nichts Lebendiges mehr mitschwingt.

»Wir liebten uns so sehr«, fuhr sie fort. »Wir sagten, wir würden glücklich miteinander leben, bis ans Ende unserer Tage. Miteinander.«

»Von wem spricht sie?« flüsterte ich dem Kind ins Ohr.

»Von Papi«, flüsterte die Kleine zurück. Sie legte die Wange wieder an meine Brust und lächelte, als hätte sie da drinnen etwas vernommen.

»Aber die Müllschlucker waren voll«, sagte ihre Mutter mit dieser kalten, toten Stimme. »Wir wollten gemeinsam aus dem Leben gehen, aber die Müllschlucker waren voll. Voll bis an den Rand. Die Verbrennungsöfen waren ausgegangen. Steckten zu viele Leichen drin. Halb verwest. Stanken. Knochen ragten raus …«

»Papi und Mami und ich wollten gemeinsam den Müllschlucker runter«, sagte das Kind mit weit aufgerissenen Augen. »Ins Land der Glückseligkeit.«

Entsetzt sah ich die Frau an. Ihre Gesichtszüge waren sehr ruhig, die Augen waren ruhig. Nur der Mund bewegte sich, und die Worte kamen heraus, aber da war kein Gefühl dahinter, nichts. Es kam mir so vor, als wäre sie tot und die Worte wären Fledermäuse, die aus ihrem Sarg davonflatterten.

»Aber wir konnten nicht gehen, konnten nicht, konnten nicht«, flüsterte sie in ihrem tonlosen Singsang, »und so liefen wir weg. Über die Korridore, wo alles stillstand. Durch die Passagen, wo sich faulender Dreck türmte. Die Treppen hinab, von denen der Gestank dick wie Kleister aufstieg und sich in unseren Lungen festklebte. Immer weiter hinab bis zu dem Raum, wo die Maschine war. Summte vor sich hin, die kleine Maschine …«

»Sie war wirklich sehr winzig«, sagte das Mädchen. »Nur groß genug für Mami und mich. Papi wußte, daß sie dort war. Er schaltete den großen Motor ein, der ihr Energie gab für mehr als hundert Jahre, und dann schob er uns hinein und schloß die Tür. Und als wir die Tür wieder öffneten, waren wir hier.«

»Runter, runter, runter«, stöhnte die Frau. »Ins Land der Glückseligkeit.«

Ich forderte die Kleine auf, mit mir zu kommen, und nach einer Weile tat sie es. Sie hieß Elaine. Sie hatte ein allerliebstes Lächeln. Ich fragte sie, in welchem Jahr sie geboren wurde, und sie sagte, 2108. Sie wußte nicht, in welchem Jahr sie und ihre Mutter die winzige Maschine bestiegen hatten, aber ich schätzte sie auf etwa sechs Jahre, und das hätte 2114 ergeben. Wir blieben auf dem Flur, spielten Ball und Verstecken.

Das letzte Mal, als sie sich versteckte, konnte ich sie nicht finden. Schließlich ging ich in ihre Schlafkammer, um nachzusehen, ob sie vielleicht dorthin gegangen war, und das war sie auch: Sie lag neben ihrer Mutter auf dem Bett. Die Hand der Frau umschloß noch das Messer, das naß war von Elaines Blut. Todesworte drangen aus dem Mund der Frau, ein gräßlicher Singsang. »Runter… runter… runter… ins Land der Glückseligkeit.«

Ich begann zu schreien, blieb stehen und schrie und schrie, bis es weh tat. Die Leute, die das Heim leiten, kamen und brachten die Frau weg. Sie wickelten das kleine Mädchen in schwarzen Stoff und trugen es davon. Jemand gab mir eine weiße Pille und ein Glas Wasser. Sie sagten, die Frau sei verrückt. Daß man sie vor langem schon hätte einsperren müssen.

Ich sagte ihnen nicht, daß die Frau schon ihr ganzes Leben lang eingesperrt gewesen war; daß in jener Zeit, aus der sie kam, jedermann eingesperrt war – für immer.

12. August 1991

Bill hatte in der Maschine eine Reihe seiner Dokumentationen mitgebracht, um gegebenenfalls Proben seiner Arbeiten zu haben. Um sie bei seiner Arbeitssuche vorlegen zu können, mußte er natürlich behaupten, es handle sich dabei zum Teil um selbsterfundene Geschichten, aber offenbar sind es gute Beweise für sein Talent, denn es dauerte gar nicht lange, da fand er eine Anstellung bei einer Fernsehstation. Auch Janice hat Arbeit gefunden, in einer Bibliothek, und so konnten wir drei uns ein Haus an der Ecke Wisdom Street und Seventh Avenue mieten. Das Haus hat ungefähr die Größe eines Hühnerstalles in Westfaire.

Aber es hat Toiletten mit Wasserspülung, die mir sehr zusagen, und einen Abfallzerkleinerer. Auch Haartrockner und Tampons sagen mir sehr zu. Was mir nicht zusagt, sind Leute, die einem am Telefon allerlei verkaufen wollen, und die Art und Weise, wie jedermann seinem Hund gestattet, sich zu erleichtern, wo immer es ihm beliebt. In meiner Zeit besaßen die einfachen Leute keine Hunde – sie hätten sie nicht ernähren können und hätten sie wahrscheinlich früher oder später selbst aufgegessen. Und der Lärm, den die Menschen hier mit ihren Radios erzeugen dürfen, sagt mir auch nicht zu. Außerdem hört es sich nicht an wie Musik. Es hört sich an wie das Gebrüll wilder Tiere und bringt die Ohren zum Klingeln, und hinterher kann man nur schwer verstehen, was die Leute zu einem sagen.

Ich habe ein eigenes Zimmer, mit meinen Sachen darin. Den Mantel und die Stiefel und Mamas Kästchen habe ich in den hintersten Winkel des Schrankes gelegt. Grumpkin schläft auf meinem Bett. Ich mag auch den vielen Beton nicht und daß es keine Bäume gibt. Aber ich mag Hamburger und Pommes und Pepsi, und diese Hühnchen, die sie jetzt haben, mit dem vielen Fleisch daran. Im vierzehnten Jahrhundert hatten die Hühnchen nicht viel mehr als Haut über den Knochen und waren zäh. Außerdem hasse ich es, wie die Welt jetzt riecht. Wenn ich die Wahl hätte, würde ich sofort zurückgehen, aber da die Stiefel nicht funktionieren, habe ich diese Wahl nicht. Also suche ich nach den guten Seiten der Zeit, in der ich mich befinde.

Aus einer Fernsehshow habe ich erfahren, daß Leute wie Bill Transvestiten heißen und daß Janice vermutlich frigid ist (oder bloß eine religiöse Fanatikerin) und daß Jaybee wahrscheinlich ein Psychopath ist. Die Tanten würden tot umfallen, wenn sie die Dinge sehen könnten, über die im Fernsehen gesprochen wird, aber ich finde, daß es gut ist, wenn man Worte hat für all diese Dinge.

Soweit ist alles in Ordnung, nur habe ich immer wieder Träume von dem kleinen Mädchen im Obdachlosenheim. Ich träume, ich bin mit den beiden im zweiundzwanzigsten Jahrhundert. Ich träume, ich versuche einen Müllschlucker zu finden, der nicht bis obenhin voll mit Leichen steckt. Ich träume, ich singe: runter, runter, runter ins Land der Glückseligkeit. Und dann wache ich auf, und es würgt mich in der Kehle.

15. August 1991

Ich habe ein Mädchen aus der Nachbarschaft kennengelernt, das so alt ist wie ich. Sie besucht den letzten Jahrgang der George-Washington-High, jener Schule, in die ich ab nächstem Monat auch gehen werde. Sie heißt Candace Maclear, und alle sagen Candy zu ihr. Sie ist sehr freundlich. Sie sagt, ich wäre wirklich cool, was gut ist, und gab mir Coke (zum Schnupfen) und brachte den ganzen Tag damit zu, mir zu zeigen, wie ich mein Haar frisieren soll. Sie sagt, ich würde spaßig reden. Ich bemühe mich, so zu klingen wie sie.

17. August 1991

Ich habe Bill erzählt, daß Candy mir Drogen angeboten hat, und er riet mir davon ab, wenn ich in zwei Wochen in die Schule gehe. Jeder verwendet sie hier, sagte er, und es fällt schwer, nicht mitzutun. Er sprach über den ›Druck, es den anderen gleichzutun‹, was anscheinend heißt, unser Leben von anderen lenken und leiten zu lassen. Davon hatte ich in Westfaire schon genug gehabt!

20. August 1991

Candys Bruder erzählte mir, daß ihr Freund ganz wild sei auf Mädchen mit langem Haar und daß Candy Angst habe, er könnte Gefallen an mir finden. Ich habe Candys Freund gesehen, und ehrlich, da hat sie nichts zu befürchten. Sein Haar steht ihm in Zacken vom Kopf ab, und er hat Pickel. Wenn ich ihn ansehe, muß ich an Giles denken. Bei jedem Jungen, den ich hier ansehe, muß ich an Giles denken. Ich frage mich, ob die Jungen hier wohl alle so sind.

21. August 1991

Alles hier im zwanzigsten Jahrhundert scheint so vergänglich zu sein. Nichts ist von Dauer. Freundschaften sind nicht von Dauer. Liebesromanzen sind nicht von Dauer. Ehen sind nicht von Dauer. Ich habe hier schon Männer zu Gesicht bekommen, von denen man mir sagte, sie seien bereits zum vierten oder fünften Mal verheiratet, und dabei sind ihre früheren Frauen noch gar nicht tot! Die Menschen wechseln sogar das Geschlecht, und immer kommen Leute an die Tür, die wollen, daß ich meine Religion wechsle und wiedergeboren werde, obwohl ich mich noch gar nicht recht an das erste Mal gewöhnt habe! Würde denn wiedergeboren zu werden nicht heißen, ich habe kein Vertrauen zu Gott und darauf, daß ich ihm beim ersten Mal richtig gelungen bin?

Obwohl ich zuletzt sehr ärgerlich auf ihn war, wünsche ich mir jetzt, Pater Raymond wäre hier. Janice ist wiedergeboren worden, letzte Woche schon, und es ist nicht auszuhalten mit ihr. Schließlich mußte ich ihr sagen, ich bin katholischen Glaubens, und laß mich bitte in Ruhe. Sie wurde sehr wütend. Sie steht mir mißbilligend gegenüber, und sie steht Bill mißbilligend gegenüber. Sie sagt, es wäre Sünde, sich so herauszuputzen, wie er es tut, obwohl ich nicht wüßte, warum. Er tut damit doch niemandem etwas zuleide! Aber Janice sagt, Gott hat gewollt, daß Männer Hosen tragen und Frauen Kleider. Ich sehe mir Bilder von Schotten und Alten Griechen an und von Aborigines und Jesus, und ich komme nicht drauf, woher sie das weiß.

6. September 1991

So, jetzt bin ich also in der Schule. Ich weiß, wer Crack verkauft und wer wen vögelt und welche Lehrer Homos sind und wer Aids hat. Niemand fragt mich je nach Mathematik und Geographie, das war also Zeitverschwendung. Ich habe mir die Fächer Literatur, Biologie und Spanisch gewählt. Bill und Janice sind zu dem Entschluß gekommen, dies wären die sichersten Fächer für mich.

Bill nahm sich eine ganze Stunde Zeit, mich über Geschlechtskrankheiten zu informieren, und vielleicht ist es ganz gut, daß er das getan hat, obzwar ich nicht recht glaube, daß ich je Gefahr laufen könnte, eine ihrer Krankheiten zu bekommen, nachdem ich einmal beim Mittagessen die Jungen unauffällig bei ihren Gesprächen belauscht habe. Sie redeten über das Mädchen, das sie betrunken oder high gemacht und mit dem sie es dann der Reihe nach getrieben hatten, während die anderen zusahen. Sie lachten über die Art und Weise, wie dieser oder jener an die Sache herangegangen war, und machten Bemerkungen, wie lange der eine oder der andere dazu gebraucht hatte. Es erinnerte mich sehr an die Stallknechte daheim, wenn sie über die Koppel glotzten, um zuzusehen, wie die Hengste die Stuten decken, und dazu kicherten und mit dem Finger zeigten. Ich frage mich, ob das etwas zu tun hat mit hehrer Männerkameradschaft.

Im vierzehnten Jahrhundert träumten wir von ritterlicher Minne und Kavalierstugenden; ich erinnere mich an die Schwüre ewiger Treue, welche die jungen Ritter ihren Damen zu Füßen legten, und sie waren nicht älter als diese Bürschchen hier, die so gar nichts bieten. Es scheint fast, als stellten diese Frauen, die sie sich willfährig machen, Opfergaben an irgendeinen Gott dar, den nur Jungen anbeten. Die meisten von ihnen erinnern mich noch dazu an Jaybee, ich weiß nicht, warum.

Im zwanzigsten Jahrhundert fühle ich mich sehr einsam. Hier ist nicht mein Platz. Wenn ich mich entsinne, wie schön Westfaire ist – war –, wenn ich mich an Giles erinnere, dann möchte ich am liebsten weinen. Ich beginne zu schluchzen, in meiner Brust brennt es, ich bekomme Schluckauf und muß mich hinlegen. Doch als das schlimmste am Leben hier erscheint mir, daß nichts mehr schön ist. Andererseits muß es doch auch im zwanzigsten Jahrhundert irgend etwas Schönes geben! Vielleicht habe ich es noch nicht gesehen, aber so wie die Leute sich benehmen, ist das alles, was es gibt. Zauber funktioniert nicht. Es gibt keinen Ausweg. An manchen Tagen möchte ich nichts anderes tun als weinen.

[An manchen Tagen möchte ich nichts anderes tun als weinen! Wir versuchen andauernd, sie zu uns zu locken, und sie ignoriert uns beharrlich. Ich habe schon daran gedacht, Puck zu schicken. Er sagt, er wäre in der Lage, dorthin zu gelangen. Das Problem ist, wenn er das tut, könnte er Aufmerksamkeit auf sie lenken, denn möglicherweise läßt der Herr der Finsternis die Bogles nicht aus den Augen. Wir wissen nie, wen er gerade beobachtet! Und wenn Puck sich dorthin begibt, dann fällt ihm das vielleicht genauso auf wie ein Meteor, der über den Nachthimmel glüht. Israfel sagt immer: »Geduld, Carabosse.« Geduld! Ich glaube nicht, daß ihm die Ironie bewußt wird, die darin liegt.]

14. Oktober 1991

Ich glaube, heute bin ich hinter das Geheimnis von Alesat gekommen. Im Sozialkundeunterricht führte der Lehrer aus, daß die jüngsten Hungersnöte in Afrika erst den Anfang einer möglicherweise weltweiten Nahrungsknappheit unterschiedlichen Ausmaßes bilden könnten. Dann führte er uns einen Film über schwarze Menschen in Afrika vor, die in Massen verhungern, und einen zweiten über das Ozonloch. (Pater Raymond wäre zutiefst fasziniert!) Der Lehrer erklärte, daß die Erde sich sehr bald erwärmen und trockener werden könnte und daß es in diesem Fall schwierig wäre, für ausreichende Nahrungsproduktion zu sorgen. »Wir wären dann nicht mehr in der Lage, die

Armen alesat zu bekommen, denn es gäbe Millionen und immer mehr Millionen von ihnen!«

Alesat! Alle satt! So, wie er es sagte, klang es genauso wie von den Bettlern im einundzwanzigsten Jahrhundert. Ich bat Bill, es mir zu erklären, und er erzählte mir vom Bevölkerungswachstum und von der katholischen Kirche und vom sauren Regen und vom Abholzen der Regenwälder, um Platz für den Nahrungsmittelanbau zu schaffen. Alle streiten herum, seufzte Bill; Wirtschaftsfachleute und Industrie sagen, es wird alles gut gehen; Ökologen und Bevölkerungsexperten sagen, das Ende ist nahe. Und während sie streiten, geht alles weiter wie bisher, die Dinge spitzen sich zu, und dann ist auf einmal, irgendwann in den nächsten hundert Jahren, der kritische Punkt überschritten, und es gibt kein Zurück. Danach existiert keine freie Natur mehr, denn jeder Quadratzentimeter Land wird gebraucht, um darauf Nahrung zu produzieren, und das ist der Grund dafür, daß im einundzwanzigsten Jahrhundert alle Menschen in hohen, zur Hälfte unterirdischen Türmen eingesperrt werden mußten, damit sie nicht herumrennen und den Alesatfarmen ins Gehege kommen konnten.

Ich meinte – nicht ohne Berechtigung, wie mir schien –, Gott habe dem Menschen die Pflicht auferlegt, die Erde pfleglich zu behandeln, und keinen Freibrief dafür gegeben, sie zuschanden zu machen; aber Bill lachte nur auf seine Art: ha, ha, ha.

Die Rückkehrer sagen alle, der endgültige Zusammenbruch würde irgendwann im ausgehenden einundzwanzigsten Jahrhundert beginnen, wenn die Alesatfarmen erschöpft sind und die Menschen zu Hunderttausenden auf einmal durch die Müllschlucker gejagt werden, worauf in der Folge alle Maschinen heißlaufen und steckenbleiben. Möglicherweise war Elaine der letzte Mensch, der zurückkehren konnte, und sie kam aus dem Jahr 2114.

Bill sagt, das Menetekel stünde bereits an der Wand und wir wären alle dem Untergang geweiht. Janice meint, er sollte nicht vom Untergang reden, wo doch so viele Menschen am Leben bleiben und mit Nahrung versorgt werden würden, also fragte er sie, weshalb sie das einundzwanzigste Jahrhundert verlassen habe, wenn alles so großartig dort war, und da war sie dann böse auf ihn. Die ganze Seite ist voller Tränen, und ich kann noch immer nicht aufhören.

7. Oktober 1991

Ich habe aufgehört, über Alesat nachzugrübeln. Man kann nicht immerzu an solche Dinge denken. Der Körper läßt es einfach nicht zu. Jedesmal, wenn ich deswegen zu weinen beginne, brennt meine Brust lichterloh. Es wurde so schlimm, daß ich Angst hatte, überhaupt noch daran zu denken. Also bemühte ich mich, an andere Dinge zu denken, daran, zum Beispiel, ob ich mich in der Schule bei der Clique von Mädchen mitmachen sollte, die bei den Sportveranstaltungen die Jungen anfeuern (was mir reichlich dumm erscheint, aber alle hübschen Mädchen tun es), oder ob ich Footballspiele und ähnliches besuchen sollte. Wie Pater Raymond mir immer geraten hatte, bemühe ich mich, auch die guten Seiten zu sehen. Alles wäre nicht so schlimm, würde Janice nur endlich aufhören, über Religion zu reden und mich in Ruhe lassen. Ich wünschte, ich könnte freundlicher zu ihr sein, wenn sie darüber spricht, aber ihre Religion ist so häßlich! So verabscheuenswürdig!

[Unablässig versuchen wir, ihr die Dringlichkeit dieser Angelegenheit zu übermitteln, aber sie wird übertönt von der Lautstärke der nicht endenwollenden Musik an dem Ort, wo Beauty sich jetzt befindet; und vom Verkehrslärm. Es gibt so viele Zerstreuungen im zwanzigsten Jahrhundert, daß sie uns nicht hört. Würde sie nur beschließen, ins Kloster zu gehen! Ich denke, an eine Nonne könnten wir möglicherweise herankommen!]

15. November 1991

Gestern hatten wir eine besondere Veranstaltung in der Schule. Die Veranstaltung nannte sich ›Karriere-Tag‹, und man hatte Menschen aus allerlei Berufen und Tätigkeitsgebieten eingeladen, die zu uns über ihre Arbeit sprachen. Einer der Männer war der Autor Barrymore Gryme, ein Bruder unseres Lehrers; er sagte, wir dürften ihn Barry nennen. Ich habe seine Bücher schon in der Schulbibliothek gesehen, aber noch nie eines davon gelesen. Nach dem Gespräch mit ihm, als alle Schüler die Klasse verließen, fragte er mich nach meinem Namen. Ich sagte Dorothy, denn das ist der Name, für den Bill und Janice und ich uns entschieden hatten, nach meiner alten Freundin Doll. Es war uns klar, daß ich nicht Beauty heißen konnte – nicht im zwanzigsten Jahrhundert.

»Du hast nicht immer in Kansas gelebt, oder?« fragte er mich mit einem merkwürdigen Lächeln.

Ich wußte nicht, was ich sagen sollte, also lächelte ich zurück.

»Nein, du bist durch und durch die smaragdene Stadt«, sagte er. Da merkte ich, daß er über diesen Film mit dem singenden Mädchen und der strohköpfigen Vogelscheuche sprach. Mit der gelben Backsteinstraße.

Den hatte ich schon im einundzwanzigsten Jahrhundert gesehen, ungefähr fünfzehnmal.

»Nicht diese Dorothy!« erklärte ich. »Ich wurde nach einer alten Freundin benannt!«

»Und wo wohnst du, alte Freundin Dorothy?« erkundigte er sich. Ich wollte nicht unhöflich sein, also sagte ich es ihm. Als ich an diesem Abend nach Hause kam, standen Blumen auf dem Tisch im Wohnzimmer, von ihm. Bill war verwundert, aber Janice raste vor Wut.

»Was machst du eigentlich, wenn du in der Schule sein solltest?« brüllte sie mich an. »Was hast du getrieben?«

Ich glaube, mir blieb der Mund offen stehen, denn Bill sagte ihr, sie solle aufhören zu schreien. Als ich den Namen auf dem Kärtchen las, das in den Blumen steckte, war ich ebenso verwundert wie Bill.

»Ich habe nur ein paar Worte mit ihm geredet!« sagte ich. »Und außerdem waren doch so viele andere Leute da.«

»Wo, da?« fragte Janice.

Ich erklärte es ihr, beim Karriere-Tag in der Schule, und sagte, daß er der Bruder unseres Lehrers war, und nach einer Weile glaubte sie es. Als ich ihr seinen ganzen Namen nannte, war auch sie so verwundert wie Bill.

Bill nickte mit nachdenklich geschürzten Lippen. Dann holte er mich an seinen Schreibtisch und diktierte mir ein nettes Brieflein an den Mann, in dem ich mich für die Blumen bedankte, die ich an ein Krankenhaus weitergegeben hätte, weil mir nicht erlaubt sei, von älteren Herren Geschenke anzunehmen. Bill hielt das für ›angebracht‹.

17. November 1991

Ich erzählte Candy von den Blumen, die ich von Barrymore Gryme bekommen hatte. Ich sagte, ich könne nicht verstehen, weshalb er so etwas tat, und sie wurde ganz rot im Gesicht und meinte: »Also ehrlich, Dory, du bist so ahnungslos, das ist einfach unglaublich!« Und als ich fragte, wieso, da sagte sie, geh und schau dich in den Spiegel, herrgottnoch mal.

Nun, ich weiß ja nun schon eine ganze Weile, daß ich schön bin, aber das erklärt doch nicht alles! Er ist zu alt für mich, und ich bin ganz gewiß zu jung für ihn! Candy hingegen denkt, ich sollte etwas anfangen mit Barry Gryme.

Ich sagte ihr, sie sei verrückt.

Sie sagte, hör mal zu.

Ihre Tante hat ihr klargemacht, daß Jungfräulichkeit sich immer mehr als Last erweist, je älter man wird. Du kommst schließlich so weit, erklärte sie Candy, daß du dich nicht mehr fragst, ob du jemanden genügend liebst, um mit ihm ins Bett zu fallen, sondern nur mehr, ob er gut genug ist, um für ihn deine Jungfräulichkeit aufzugeben. »Tante Becky sagt, daß man aufhört, sich zu fragen, wann, und anfängt, sich zu fragen, ob überhaupt«, fügte Candy hinzu.

Soll ich Candys Tante wegen eine Affäre beginnen?

[Als ob Israfel und ich nicht schon genügend Sorgen hätten!

Wir standen am Teich und gaben uns alle Mühe, ins zwanzigste Jahrhundert vorzudringen, als Israfel sinnierte, daß im selben Maß, in dem unsere Zauberkräfte abnehmen, die Macht des Herrn der Finsternis wächst. Das wußte ich natürlich, nur war ich diesem Gedanken stets beharrlich aus dem Weg gegangen. Unser hinabgefahrener Bruder nahm Schmerz und Angst als seine Pfründe mit. Das ist immer

Teil dessen gewesen, was wir tun. Zauberkraft ist eine gefährliche Sache; sie hat ihre furchterregenden und grausigen Aspekte, aber wir haben stets mit diesen Aspekten und zuweilen um sie herum gearbeitet und sie nie in den Brennpunkt unserer Kunst gerückt. Der Herr der Finsternis hingegen hat sie – und nur sie – an sich gerissen. Er malt in Leid und Lüsternheit, in Todesqualen und Tod, wobei er all das verästelt und verzweigt, bis es seine ganze Leinwand bedeckt. Doch immer noch unzufrieden mit seinen eigenen Leistungen erwählt er sich Büttel unter den Menschen, die diese Themen weiter ausbauen. Ist Jaybee einer von ihnen? Barrymore Grymes?

Hat man diesen Mann auf Beauty angesetzt wie einen Jagdhund auf ein Karnickel? Wir waren so vorsichtig! Wir haben nichts getan, was Aufmerksamkeit auf sie lenken könnte, haben es stets so aussehen lassen, als habe sie sich für alles aus eigenem Antrieb entschieden, aus eigenem Wunsch. Sie hat keine Zauberspur hinterlassen, auffallend wie die Spur einer Schnecke, die es einem feindlich gesinnten Wesen ermöglichen würde, ihr zu folgen. Er kann es doch nicht wissen!

Das sage ich zu Israfel und er zu mir, und so versuchen wir, uns selbst davon zu überzeugen.]

20. November 1991

Ich habe mir einen Barry-Gryme-Band aus der Schulbibliothek geholt und versucht, ihn zu lesen. Ich las zweihundert Seiten, dann mußte ich aufhören, denn das alles erschreckte mich zu Tode. Alles in dem Buch war hoffnungslos und furchtbar. Die Menschen darin wurden entweder verstümmelt oder gefressen oder zerstört. Dazu war es voller Sex, aber ohne jegliches Vergnügen für die Leute. Es war … es war fast wie die

Horroporn-Filme im einundzwanzigsten Jahrhundert. Wenn viele Menschen Dinge wie dies lesen, dann muß irgend etwas fürchterlich, ganz fürchterlich schiefgegangen sein…

Am Morgen des Weihnachtsfestes 1991

Bill und Janice schlafen noch. Könnte ich daheim sein, wäre ich jetzt in der Kirche und würde Pater Raymond dabei zusehen, wie er sich am Altar zu schaffen macht, würde den Weihrauch riechen, seine Stimme auf lateinisch deklamieren hören, das Flackern der Kerzen beobachten. Ich habe Heimweh. Dagegen kann ich gar nichts tun, also sehe ich mir eine von Bills Dokumentationen an.

Wasser, grau und kalt, kleine Lichter darin wie aufsteigende Bläschen, Umrisse in der unendlichen Weite des Wassers; unaufhörlich bewegt und verschiebt sich alles, daher gibt es kein Oben und kein Unten. Dann das Singen im Wasser. Tiefe Orgeltöne – einer, dann zwei gemeinsam, dann ein dritter. Weiche, schmerzliche Töne.

Bills Stimme – seine tiefe Stimme, die er benutzt, wenn er den Kommentar spricht: »Das sind die letzten Wale, und das ist ihr letzter Gesang. Sie selbst wissen es nicht, aber diese Herde ist die letzte der Meeresgiganten, welche die Ozeane unserer Erde noch beherbergen. Es wurde zwar dafür gesorgt, daß die Zellen dieser riesigen Säugetiere für eine ferne Zukunft erhalten bleiben, was ihre Wiedergeburt ermöglichen soll, doch nach dem heutigen Stand der Dinge sind die Aussichten dafür eher als gering einzuschätzen.«

Wiederum diese Orgelstimmen. Unglaublich traurig. Jaybees Kamera richtet sich auf ein Auge, das von tiefen Furchen umgeben ist. Das Auge blickt mich an. Es blickt mich wissend an. O ja, sie wissen es! Sie wissen, daß sie die letzten sind. Und diese Meereswogen, das sind ihre Tränen, sie haben sie alle geweint! Alle Meere dieser Erde sind Ozeane aus Tränen – Waltränen, Elefantentränen, Waldestränen, Blumentränen, die Tränen von allem Schönen, geweint, um Ozeane daraus zu machen.

Wir steigen hoch. Wir schießen durch die Wogen nach oben, sprengen die Oberfläche des Wassers, daß die Tröpfchen in alle Richtungen spritzen, und fliegen über die Wellen wie Speere durch die Luft, auf die Farmen zu, die wie Skelette am Horizont liegen; riesige Propellerflügel drehen sich über ihnen, und die Sonnenkollektoren blenden wie weißglühende Feuerwände.

»Alesatfarmen«, sagt Bills Stimme. »Hier, beinahe frei schwebend über den Tiefen des Meeres, befinden sich die mächtigen wind- und sonnenbetriebenen Pumpen, welche die Ernte der See einbringen. An der Oberfläche angelangt, wird sie getrocknet, gemahlen und im Anschluß daran zu den großen Alesatfabriken auf dem Festland verschifft.«

Schiffe kommen und gehen, werden beladen, legen ab, während andere leer in die Verladedocks zischen – eines nach dem anderen, zu Hunderten. Wie Asseln. Wie Bohrasseln. Die alles fressen, alles, bis nichts mehr übrig ist.

Zurück über das Wasser, wieder hinab zu den Walen, diesmal langsam, so daß man sie sehen kann. Die Haut spannt sich über ihren Knochen, die Augen sind tief eingesunken. Ohne Hoffnung saugt das Kalb an der Mutter; sie gibt keine Milch mehr. Sie sind kurz vor dem Verhungern. Alesat ist zu gefräßig.

Ich weine. Janice ruft mich zum Frühstück, aber ich

bin nicht hungrig. Es ist Weihnachten, aber das Schöne stirbt. Wir fressen die Welt auf. Ich möchte nie wieder hungrig sein.

Juni 1992

Abschlußfeier in der Schule. Erst dachte ich, ich würde nicht hingehen, aber dann ging ich doch. Auch Bill und Janice kamen mit. Wir trugen alle diese dummen Hüte und die geliehenen Roben und marschierten auf, um ein Stück Papier zu erhalten, das nicht einmal das echte Diplom ist. Das bekommen wir später mit der Post zugesandt, sobald die Direktion festgestellt hat, daß wir weder Geld noch Bibliotheksgebühren mehr schuldig sind. Na gut, dachte ich, das ist auch vorbei. Und was werde ich jetzt tun?

Ich bekam einen Anruf von Barry Gryme. Er wollte wissen, ob ich jetzt schon alt genug wäre, und ich sagte nein, ich bin erst siebzehn und außerdem gehe ich nicht mit verheirateten Männern aus (Janice hat herausgefunden, daß er verheiratet ist), und er sagte, er sei geschieden.

Juli 1992

Ich habe noch eines von Barrys Büchern gekauft, um festzustellen, ob ich es nicht doch zu Ende lesen kann. Nach etwa hundert Seiten mußte ich wieder aufhören.

Ich habe schon Menschen sterben sehen. Ich habe den Goldschmied gesehen, den Papa ins Verlies werfen ließ, als er fast tot war. Er war mein Freund gewesen, und ich sah ihn, als sie ihn herausbrachten, sah seine Knochen hervorstehen und sah die offenen Wunden an seinem Körper, wo die Ratten ihn angenagt hatten. Einmal sah ich auch, wie ein Dieb zu Tode geprügelt wurde. Ich habe zugesehen, wie Männer gehängt wurden. Es ist schauderhaft, bei solchen Dingen zusehen zu müssen, aber nicht so schauderhaft wie dieses Buch, denn in diesem Buch wird von einem erwartet, daß man *gern* zusieht, daß man *gern* liest, was den Leuten alles zustößt. So, wie es geschrieben ist, wird von einem offensichtlich erwartet, daß man es geradezu gierig aufleckt, wie etwas ganz besonders Würziges.

[Wir haben es wieder versucht. Sie war so niedergeschlagen, daß wir dachten, sie würde uns hören, aber sie hörte uns nicht. Ich erwäge, Puck zu ihr hinüberzuschicken. Sie kennt ihn, und möglicherweise könnte sie seine Ankunft akzeptieren, ohne daß dies zu Schlagzeilen führt wie: AUSSERIRDISCHER VON JUNGER KALIFORNIERIN GESICHTET*!*

Israfel sagt, ich sollte mich noch ein wenig gedulden. Langsam habe ich Israfel satt!]

Weihnachten 1992

Ein Brief kam für mich. Von Jaybee. Es war mir fast schon gelungen, Jaybee zu vergessen. Der Brief bestand nur aus Geschwätz, aber es lagen ihm einige Photos vor.

Zu Beginn sagten mir die Photos überhaupt nichts. Die Dinge darauf sahen aus wie abstrakte Kunst, interessante Kompositionen aus Dunkel und Hell, aus Weiß mit roten Bändern. Dann erkannte ich, daß die dunklen Teile Schatten waren, das Hell eine Frauenbrust und das rote Band ... nun, das war Blut, nicht wahr? Man konnte das Messer erkennen, die Klinge, die sich gegen die Brustwarze abhob. Da wurde mir klar, was diese Photographien darstellten – Fleisch, gepeinigtes Fleisch, in Fesseln gelegtes Fleisch, ein halbgeschlossenes Auge, das ungläubig in die Kamera starrt, aufgeworfene Lippen, die scheinbar sinnlich offenstanden, bis man sah, daß sie fast durchgebissen waren.

Wenn man sie verkehrt herum hinlegte, waren es faszinierende abstrakte Bilder; erst wenn man sie genauer betrachtete, sah man, was wirklich darauf vorging. Es handelte sich in erster Linie um Aufnahmen einer einzigen Frau, nur auf einigen wenigen waren mehrere Gestalten zu erkennen. Nun, ich wußte über diese Dinge Bescheid. Ich hatte in der Schule einen Psychologielehrgang besucht. Doch darüber Bescheid zu wissen machte die Angelegenheit nicht weniger ekelhaft und abscheulich. Ich verbrannte die Bilder. Ich wußte nicht, was ich sonst hätte tun können.

In gewisser Weise ließen mich die Photos an Barry Gryme denken. Vorigen Monat hatte er mich angerufen, um mich zu fragen, ob ich jetzt, da ich aufs College ging, alt genug wäre, um mit ihm auszugehen. Ich sagte, daß ich dazu vermutlich nie alt genug sein würde, und er lachte. Er sagte, er müßte unbedingt wissen, was ich damit meinte, und ob ich wohl mit ihm Kaffee oder ein Bier trinken würde? Also sagte ich, na gut, ein Bier in der Unterrichtspause am nächsten Tag.

Er kam tatsächlich, was mich irgendwie überraschte. Als ich ihn da sitzen sah, bemühte ich mich umzuschalten, bemühte mich, nicht bloß irgendein Collegemädchen zu sein, sondern ich selbst, Beauty, jemand, der Dinge wußte, von denen er nie eine Ahnung haben würde. Er sieht nicht schlecht aus. Er ist ein charmanter, witziger Mann voller kleiner Scherze und unterhaltsamer Geschichten. Schließlich fragte er mich, was ich gegen Horrorschriftsteller hätte.

Ich sagte, es gebe genug echten Horror auf der Welt. Krankheiten und Hunger und Folter. Ich sagte, wir müßten Abscheu vor diesen Sachen verspüren, es müßte uns auf den Nägeln brennen, etwas dagegen zu unternehmen – und gegen alle Armut, alle Qual, alle Ungerechtigkeit auf dieser Erde; seine Bücher hingegen würden uns nur an den Horror als Entspannungslektüre gewöhnen.

Doch er hörte nicht zu. Er musterte mein Gesicht, meine Figur, hielt den Kopf dazu schief und lächelte ein klein wenig in sich hinein. Er dachte daran, wie es wäre, mich ins Bett zu kriegen.

Ich hörte auf zu reden. Nach einem kurzen Schweigen sagte er, nun ja, seine Bücher wären beliebt; sie brächten eine Menge Geld, womit man eine Menge hübscher Dinge kaufen könne. Und die Leute liebten es, zu Tode erschreckt zu werden. Warum also nicht?

In diesem Moment kam einer der Lehrer vorbei und grüßte ihn und nannte ihn mit Namen. Barry stand auf, um mit ihm über irgendein Seminar, das er abhielt, zu sprechen.

Ich saß währenddessen da und fragte mich: warum eigentlich wirklich nicht? Ich wußte, es müßte einen Grund geben, aber ich konnte ihn nicht nennen – vielleicht deshalb, weil ich wußte, daß das Ende der Welt kurz bevorstand, während er es nicht wußte. All sein Horror würde sich bewahrheiten. Hier und jetzt waren die Menschen eifrig dabei, von den drohenden Gefahren zu reden und Komitees zu gründen und Bestrebungen in Gang zu setzen zur Rettung der Wale, Rettung der Urwälder, Rettung der Feuchtbiotope, Rettung des Kondors. Wie konnten *diese* Menschen zu jenen werden, die ich gesehen hatte? Keine Frage, sie konnten.

Sie brauchten sich nur an den Horror zu gewöhnen.

Sie würden ihm in jedem Buch begegnen, in jedem Film, sie würden ihn in sich aufsaugen, damit er sie gegen das Entsetzen rundum abstumpfte und ihnen half, am Leben zu bleiben. Sie würden sich mit einer Art geistigem Aussatz anstecken, mit der Unfähigkeit, etwas zu fühlen. Und ich habe davon schon einiges zu Gesicht bekommen. So etwas Entsetzliches gab es hier bereits, es heißt Holocaust, und weil die Menschen sich fest vorgenommen haben, daß sich dies niemals wiederholen darf, reiten sie ohne Unterlaß auf dem Thema herum, bis die Leute einfach nicht mehr hinhören. Je öfter man darüber redet, je öfter man es zu Gesicht bekommt, desto mehr verliert es seine Kraft, uns zu schockieren, uns mit Abscheu zu erfüllen.

Und schließlich wird die Menschheit, werden wir alle unfähig, noch Entsetzen zu empfinden, runter, runter, runter ins Land der Glückseligkeit.

»Vielen Dank für das Bier«, sagte ich, als er sich wieder zu mir an den Tisch setzte. »Tut mir leid, daß ich nicht besser erklären kann, was ich meine, aber ich glaube nicht, daß Sie wissen, was Horror ist.«

Ein neckisches Lächeln legte sich über seine Züge, und er griff nach meiner Hand. Ich riß sie zurück, wie ich sie vor dem Tod selbst zurückgerissen hätte. Barry Gryme sah mir überrascht ins Gesicht und wurde ganz bleich, als er verstand, was darin geschrieben stand. Es überraschte mich, daß er bei alledem, was er schreibt, anscheinend noch niemals echtes Entsetzen gesehen hat.

[Jaybee Veolante. Barrymore Gryme. Genau wie ich starrt auch Israfel hinab und liest aus dem, was er sieht, um sich dann angeekelt abzuwenden. Wir haben Puck bereits abgesandt, mit dem Auftrag, sich nicht zu zeigen. Wir zwingen uns, nicht in Panik zu geraten, zwingen uns, die Möglich-

keit in Betracht zu ziehen, daß es sich bei diesen Männern bloß um gewöhnliche Menschen handelt und nicht um Kreaturen des Herrn der Finsternis, daß sie sich einfach von Beautys körperlicher Schönheit angezogen fühlen. Israfel hat aufgehört, mich zur Geduld zu mahnen.]

Neujahr,
1. Januar 1993

Draußen vor dem Fenster singt jemand. Ein Betrunkener, denke ich, der auf dem Heimweg von einem Vierundzwanzigstundenfest ist. Ich gehe nicht ans Fenster, um nachzusehen. Ich fürchte mich, zum Fenster zu gehen. Statt dessen sitze ich hier in dem Haus an der Wisdom Street, Pater Raymonds Buch vor mir auf dem Tisch, das ich mit einer blutigen Hand festhalte, während die andere abwechselnd die Feder hält und das Taschentuch an meine Nase preßt, um den Blutfluß zu stoppen. Ich glaube, die Nase ist gebrochen.

Ich schreibe, um nicht zu schreien.

Bill ist tot. Ich weiß nicht genau, wo Janice ist, sie sagte, sie wolle über die Feiertage irgendwelche Freunde besuchen. Sie kommt erst wieder übermorgen nach Hause.

Bill hatte … hatte irgendwo eine Pistole. Ich ging sie suchen und stieß statt dessen auf meinen Mantel und die Stiefel und dieses Buch. Aber für die Pistole wäre es ohnedies zu spät gewesen.

Nach einer kurzen Unterbrechung, um etwas von dem Blut abzuwaschen. Das ist alles so sinnlos und furchtbar …

Bill und ich verbrachten einen ruhigen Silvesterabend. Kurz vor Mitternacht klopfte es an der Tür,

Bill ging hin und machte auf. Jaybee kam herein, sah mich an und sagte: »Ich komm' dich holen, Schätzchen.«

Er war sichtlich betrunken. Bill stellte sich vor mich hin und sagte: »Hör zu, Jaybee, laß uns erstmal darüber reden.« Er hatte keine Zeit, mehr zu sagen.

Jaybee packte ihn und … es knackte. Einmal, kurz. Dann lag Bill am Boden. Jaybee verzog keine Miene. Er schleuderte mich zu Boden, riß mir die Kleider vom Leib und vergewaltigte mich. Er drehte mich immer wieder herum, stürzte sich von vorn auf mich und von hinten. Schließlich verlor ich das Bewußtsein. Zumindest kann ich mich eine Zeitlang an nichts erinnern. Dann ging er. Er nahm Bills Leichnam mit, eingeschlagen in eine Decke wie Schmutzwäsche. Als er ging, waren seine letzten Worte: »Und bedank dich schön artig bei mir, daß ich hier wieder sauber gemacht habe, Schätzchen! Morgen früh komme ich zurück.«

[Puck muß jetzt doch schon angekommen sein! Warum haben wir nur so lange gewartet! Er muß doch schon dort sein! Er muß einfach!]

Der liebe, freundliche Bill. Dieser sanfte kleine Mann. Es hat ihm so gefallen hier, wo er sich in Samt und Seide und Spitzen und Satin kleiden konnte! Er legte eine Schallplatte auf und tanzte dazu auf seinen hohen Hacken, angetan mit dünnen Strümpfen und weicher, feiner Unterwäsche. Ich habe ihm zu Weihnachten ein Spitzentrikot geschenkt. Ein Spitzentrikot und Spitzenhöschen und einen Strumpfhalter. Er war so gut zu mir. Wenn ich weinte, weil ich mich einsam fühlte, erzählte er mir Geschichten, um mich zum Lachen zu bringen. Wenn ich verzagt war wegen der Zukunft dieser Welt, dann sagte er, nichts sei sicher, nicht einmal der Tod, und man solle nie die Hoffnung aufgeben.

Er war nicht größer als ein Kind. Er hatte zarte, schmale Handgelenke und Fesseln und einen dünnen, kurzen Hals wie eine Zwergin. Er war kräftig für seine Größe, aber er war winzig. Mit einem einzigen Schlag seiner großen, ungeschlachten Hand brach Jaybee ihm das Genick, brach es ihm und lachte dazu, und dann trat er nach ihm, als er schon am Boden lag.

Ich entsinne mich nicht genau, was ich machte, gleich nachdem Jaybee gegangen war. Ich suchte fieberhaft nach der Waffe, das habe ich schon gesagt. Dann fand ich das Buch, und Mamas Kästchen und meinen Mantel. Die Quittung von den Geldverleihern in London war da, und der Smaragdschmuck auch. Das Kästchen und der Mantel hüpften mir direkt in die Hände, als hätte sie mir jemand zugeworfen.

Dann überkam mich lodernde Wut, plötzlich, wie ein Fieber. Sie ließ mich erzittern und erbeben, und ich suhlte mich darin, saugte sie in mich auf, brauchte nichts anderes. Mein einziger Wunsch ist, ihn zu töten.

Ich kam erst zu mir, als ich bereits über dieses Buch gebeugt saß. Der Zorn wird warten müssen. Ich fühle mich zu krank und geschwächt, um an Rache zu denken, geschweige denn an ihre Ausführung. Meine Nase ist zerschlagen, und ich habe Blutergüsse im ganzen Gesicht. Ich glaube, eine oder zwei Rippen sind gebrochen. Und der Schmerz in meinem Unterleib fühlt sich an, als hätte er mir ein Messer hineingestoßen. Außerdem blute ich da unten an zwei Stellen.

Ich muß wieder auf den Damm kommen. Ich muß mich beruhigen. Um mich zu beruhigen, muß ich nach Hause. Wirklich nach Hause. Ich brauche Stille, um nachzudenken.

Irgend etwas hat meine Gedanken auf zu Hause gelenkt, so, als hätte mir jemand süße Erinnerungen ins Ohr geflüstert. Vielleicht hat mich die Unumgänglichkeit einer Flucht darauf gebracht. Jaybee sagte, er würde zurückkommen, und ich weiß, er wird. Wenn ich hierbleibe, wird er mich finden. Ich kann ihm nicht entkommen.

Also kann ich nicht hierbleiben.

Später

Plötzlich waren die Stiefel in meiner Hand. Ich erinnere mich nicht, sie aufgenommen zu haben, aber da waren sie. Vorher hatten sie nicht funktioniert – und jetzt? Aber es war nicht ›vorher‹, oder? Es war in der Zukunft, nicht in der Vergangenheit! Und jetzt? Das wußte ich nicht. Ich dachte, vielleicht funktionieren sie jetzt, und zog sie an. Ich zog auch den Mantel an und steckte dieses Buch und Mamas Kästchen in eine der Taschen.

Ich ging zum Fenster und preßte ein Auge an den Schlitz zwischen den Vorhängen. Draußen war ziemlich viel los, die Menschen wankten ziellos umher und sangen ihre betrunkenen Lieder. Jaybee stand an der Ecke und beobachtete meine Fenster, einen amüsierten Ausdruck im Gesicht. Ich konnte in diesem Gesicht lesen. Er war entschlossen, es wieder zu tun. Sobald sich die Leute verzogen hatten, würde er hierher zurückkommen.

Ich rannte los und holte Grumpkin. Im oberen Fach meines Schrankes befanden sich die zerlumpten Jungenkleider, in denen ich angekommen war. Ich steckte sie zu den anderen Dingen in die eine Manteltasche und Grumpkin in die andere. Er hockte da drinnen, ließ Kopf und Vorderpfoten heraushängen und wunderte sich, was mit ihm geschah; als er meine Verstimmtheit spürte, fauchte er ein wenig. So wie wir gemeinsam hier angekommen waren, würden wir uns auch gemeinsam aus dem Staub machen.

Ich war gerade fertig mit den Vorbereitungen, als das Klopfen anfing, ein leises, gleichmäßig aufreizendes Hämmern an der Tür. Ich stand wie gelähmt in einem Winkel. Er rief mich. »Beauty?« Sanft, einschmeichelnd. »Beauty!«

Übelkeit und Angst stiegen mir in die Kehle, und Grumpkin stieß ein drohendes Geräusch aus, das fast wie ein Knurren klang. »Schsch!« flüsterte ich. »Sei still, Grumpkin, mein Katerchen!«

»Beauty?« rief Jaybee von neuem. »Laß mich rein, oder ich trete die Tür ein!« Er lachte, und es war ein öliger, blubbernder Laut wie von flüssiger Lava, flüssigem Blei – alles versengend in seiner widerwärtigen Hitze. »Ich schnaube, ich puste, ich blas' dein Haus um!«

Das würde er gewiß tun. Ich wußte, daß er es tun würde, aber ich konnte mich nicht rühren. Er würde schnauben, er würde pusten, er würde mein Haus umblasen. Er würde alle Sicherheit, die mich umgab, wegreißen. So etwas genoß er. Ich beugte mich hinab und berührte die Stiefel, aber ich wartete immer noch, fast als müßte ich erst *sehen,* daß er es tat. Nein, ich wartete, weil ich so sehr befürchtete, die Stiefel würden nicht funktionieren, und solange ich sie noch nicht ausprobiert und einen Fehlschlag erlitten hatte, konnte ich immer noch hoffen. Hatte ich sie erst einmal ausprobiert und einen Fehlschlag erlitten, gab es keine Hoffnung mehr.

Unter Splittern und Krachen zertrümmerte er das Türblatt. Seine Hand kam durch das Loch und zog den Riegel zurück. Und dann stand er im Haus, grinste und wisperte: »Beauty? Beauty?«

»Los!« sagte eine Stimme in meinem Ohr.

Er sah mich nicht! Er ging an mir vorbei und sah mich nicht! Er stampfte durch das Wohnzimmer in meine Kammer, und ich hörte, wie die Schranktür gegen die Wand krachte. Er rief: »Beauty, Beauty, Beauty!«, als würde er einen Hund oder eine Katze rufen. »Mach Jaybee nicht böse!« sang er, und es klang wie eine Beschwörung, wie eine Zauberformel. Aber er konnte mich nicht finden, also wurde er wütend und immer wütender bei seiner vergeblichen Suche.

»Los!« sagte die Stimme wieder.

Auf Zehenspitzen schlich ich mich an die zerschmetterte Tür heran. Hinter mir vernahm ich Poltern und das Brechen von Glas. Alles, was mir lieb und teuer war, würde er jetzt zerstören. Ich konnte das Bersten hören und dazwischen das Gebrüll wildgewordener Raserei.

Ich trat hinaus vor die Tür und auf den Rasen. Jemand mußte den Lärm gehört und die Polizei gerufen haben, denn vom anderen Ende der Straße her näherten sich bereits Sirenen.

»Stiefel!« flüsterte ich und hoffte inständig, ich schätzte sie nicht falsch ein, »bringt mich nach Hause!«

Ich machte einen Schritt. Ein Wirbelwind erfaßte mich, als Jaybee gerade an mir vorbeirannte. Die Welt begann sich schwindelerregend schnell um mich zu drehen. Und dann stand ich an einer Straßenecke, die ich kannte, keinen Häuserblock von unserem Häuschen entfernt. Neben mir befand sich ein Kiosk, und die ausgehängten Zeitungen trugen das Datum 13. August 1981. Nur zehn Jahre. Ich begann zu zittern. Wahrscheinlich würde Jaybee mich hier nicht finden, aber es war weit von jener Zeit entfernt, in der ich sein wollte. Grumpkin miaute in der Manteltasche. Die Menschen, die an mir vorbeigingen, sahen mich an, wandten sich ab und sahen mich wieder an, so als würden sie mich zwar sehen, aber eben doch nicht ganz. Jaybee hatte mich nicht gesehen, weil es dunkel gewesen war im Haus; im hellen Tageslicht hätte er mich ausgemacht.

»Los!« raunte die Stimme eindringlich.

»Stiefel!« flüsterte ich erneut und machte einen Schritt.

Wiederum befand ich mich an einer Straßenecke, inmitten einer riesigen Menschenmenge. Auf der Fahrbahn marschierten Kolonnen von Soldaten. Die Leute rundum brüllten und kreischten und warfen Papierschnitzel in die Luft. »Was für ein Jahr haben wir?« fragte ich einen Mann von hinten und hoffte, er würde sich nicht nach mir umdrehen. Er gab mir die Antwort über die Schulter.

»Neunzehnhundertfünfundvierzig!« schrie er. »Neunzehnhundertfünfundvierzig!«

»Stiefel«, seufzte ich.

Der nächste Halt kam in den Anfangsjahren des Jahrhunderts, dann im Jahrhundert davor. Jedesmal zerrten die Stiefel heftiger an meinen Füßen, und ich merkte, daß ihr Schwung stärker und stärker wurde, je weiter zurück es mit uns ging. Absolut nichts davon war im einundzwanzigsten Jahrhundert vorhanden gewesen, und nur wenig im zwanzigsten, doch als ich das siebzehnte erreicht hatte, war ihre Kraft stark genug, um mich mit einem einzigen Schritt bis nach Hause zu tragen. Als ich »Stiefel!« sagte, spürte ich nur wilden Wind und gebeugte Zeit und das gellende Kreischen von Geistern, die mir den Atem aus dem Körper sogen. Ich schnappte nach Luft, aber es gab nichts, was ich hätte schnappen können. Alles wurde finster und blutrot hinter meinen Augen, und dann war es nur noch finster.

[Und dann nur noch finster, Gott sei Dank. Wir standen da und blickten auf sie hinab; gerade fing sie wieder an zu atmen.

»Fehlt ihr auch nichts?« fragte Israfel, beugte sich über sie und legte ihr die Hand auf die Brust. Kann er spüren, was dort drinnen ist? »Sie sieht … sie sieht sehr durchsichtig aus.«

»Wir müssen sie nach Chinanga bringen«, sagte ich zu ihm. »An den sicheren Ort, den wir für sie vorgesehen haben. Sie wird ihre Mutter suchen und finden, und alles wird gut werden. Falls ihre Mutter noch dort ist!«

»Oh, sicher, Elladine ist noch in Chinanga«, sagte Israfel. »Aus ihrer Sicht ist kaum Zeit vergangen! Aber ich wünschte, Beauty würde nicht so abgespannt aussehen.«

»Sie ist durch die Hölle gegangen!« schnauzte ich ihn an. Ich beugte mich hinab und strich ihr das Haar aus der Stirn. Beauty. Meine Schöne. Mein armes Kind.]

15

Am Tage der heiligen Seraphina,
im Jahre Unseres Herrn 1350

Die letzten Seiten habe ich geschriebem, nachdem ich im ersten Morgenlicht auf einer überwucherten Landstraße aufgewacht und mein Blick auf die Rosenhecke gefallen war, die nun eine Höhe von sechzig oder achtzig Fuß erreicht hat. Als ich mich aufsetzte, fühlte ich mich benommen und schwach, aber das ging vorbei, und so holte ich das Buch hervor und schrieb rasch nieder, solange die Erinnerung daran noch frisch war, wie Jaybee unser Häuschen kurz und klein geschlagen hatte und ich ihm entkommen konnte. Das gab mir außerdem etwas zu tun und hielt mich davon ab, laut zu schreien oder davonzurennen oder sonst etwas zu tun, was laut und närrisch gewesen wäre. Ich schrieb, bis ich zu müde wurde, um weiterzuschreiben, und legte mich dann ein Weilchen hin, den Mantel fest um mich gewickelt. Erst als die Sonne schon halb am Himmel stand, wachte ich wieder auf, nachdem ich geträumt hatte, jemand würde kommen, mir das Haar aus der Stirn streichen und mir sagen, ich sähe abgespannt aus. Vielleicht war es meine Mama.

Als ich zum zweitenmal erwachte, sah ich, daß der ›Katzenkopfstein‹ ganz in der Nähe war, nämlich ein Stückchen weiter unten an der Straße. Hinter diesem Felsen lag der Hang, wo wir immer Blumen gepflückt hatten, als ich noch ein Kind war, und wo ich Bill und die anderen zum erstenmal getroffen hatte. Zu meiner Linken befand sich der alte Brunnen, den wir Hirtenbrunnen nannten, weil die Hirten dort die Herden tränkten, die sie zum Markt in East Sawley trieben. Nichts sah so aus wie früher, und doch war mir alles vertraut – so merkwürdig vertraut, als hätte ich es nur falsch in Erinnerung gehabt. Der Felsstock erschien mir zu klein, der Hügel dahinter zu niedrig. Die Bäume waren zu riesig, zu ausladend. Bäume wie diese gab es nicht, nirgendwo, zu keinem Zeitpunkt. Ich lehnte mich gegen einen dieser Stämme und spürte die harte, rauhe Rinde durch meine Kleider. O doch, es hatte einst Bäume wie diese hier gegeben; ich hatte nur seit langem keinen mehr zu Gesicht bekommen.

Ich schlüpfte aus den Stiefeln und stand auf, wobei ich mich an der Hecke festhalten wollte, um leichter hochzukommen; sofort zog ich meine Hand mit einem Aufschrei wieder zurück. Die Rosenwand war übersät mit Dornen, großen und kleinen – einem dichten Pelz aus nadelspitzen Dornen. Die vierblättrigen rosa Blüten dufteten süß, wenngleich zart – es war mehr ein Geruch, an den man sich erinnerte, als ein tatsächlich vorhandener, wie der eines Duftkissens, das man in einer Wäschelade vergessen hat. Als ich mich umwandte, stand da ein altes Pferd und graste friedlich, jedoch nicht ohne ein wachsames Auge auf mich zu richten. Ich machte einen Schritt, und der Hengst wandte den Kopf und starrte mich an, die Ohren nach vorn gerichtet, doch nicht ausreichend überrascht oder geängstigt, um sich zu trollen.

Ich veranstaltete mittlerweile Spiele in meinem Kopf, indem ich mir Worte vorsagte, um herauszufinden, ob ich wußte, was sie bedeuteten. Retournieren. Realisieren. Reduzieren. Resümieren. Das Pferd wieherte mich an und kam auf mich zu, den Hals gestreckt, die Nüstern gebläht. Ich legte ihm einen Arm um den Nacken, und nebeneinander gingen wir davon. Als ich zurückblickte, konnte ich den oberen Rand der Hecke nicht sehen. Sie schien sich in der Höhe nach innen, zur Burg hin zu wölben, und je weiter ich mich davon entfernte, desto höher zum Himmel erstreckte sich das grüne Dickicht.

Unter dem Katzenkopfstein suchte ich nach meinem Schatz. Blumen sprossen zwischen den Steinen hervor, und ein silberblättriger Strauch hatte seine Wurzeln tief unter die Brocken gebohrt, die ich dazu benutzt hatte, das Versteck zu verschließen. Es wurde mir klar, daß zwischen meinem Weggang und meiner Wiederkehr eine ganze Weile liegen mußte. Die Steinbrocken ließen sich nur mit einem toten Ast als Hebel lockern, und immer noch hingen sie von Wurzeln umwachsen fest aneinander. Im Inneren der kleinen Höhle lagen die Goldmünzen und Schmuckstücke verstreut herum, und von dem Lederbeutel, in den ich sie getan hatte, war keine Spur zu sehen. Eine Maus, dachte ich – und von ihr fanden sich Spuren. Von einer ganzen Kompanie Mäuse! Ich hob Goldstücke und Juwelen auf, verstaute sie in meinem Sack und tastete nach dem Schuldschein, der sich auch hier befinden mußte. Aber er hatte aus Pergament bestanden – für eine Maus etwas ebenso Köstliches zwischen den Zähnchen wie ein Lederbeutel! Doch dann plötzlich raschelte es unter meiner Hand, und ich zog das Pergament hervor, trocken und ganz, nicht allzu fleckig und nur an den Rändern ein wenig angenagt. Vielleicht hatte den kleinen Tierchen der Geschmack der Tinte nicht behagt.

Nachdem ich meine Habseligkeiten wieder aufgenommen hatte, trottete ich den Blumenhang hinauf und drehte mich, oben angekommen, in jene Richtung, aus der man Burg Westfaire überblicken konnte, wie ich es schon hundertmal zuvor getan hatte. Aber es gab kein Westfaire. Es gab keine Türme. Keine schlanken Fahnen, die der Wind peitschte. Nichts als eine Anhäufung von Grün, einen riesigen Walbuckel aus Vegetation, einen überwachsenen Höcker, ein undurchdringliches Stachelgrab aus Rosen. Wenn man nicht wußte, was darunter lag, hätte man es jederzeit für einen von Dornengebüsch überwucherten Hügel halten können, der nicht die Kratzer wert war, die man sich beim näheren Ansehen holen würde.

Etwas stubste mich von hinten. Ich drehte mich um und merkte, daß das alte Pferd mit der Nase an meinen Sack stieß. Es sah mich an und wieherte. Ich strich ihm über die weichen Nüstern, und es bohrte die Nase in meine Schultern.

»Ich habe keinen Hafer. Möchtest du geritten werden? Mit Sattel oder ohne?« Ich packte eine Handvoll von seiner Mähne und zog den Hengst zu einem Stein, auf den ich stieg, um mich probeweise über ihn zu lehnen. Er gab einen fast freudig klingenden Ton von sich. Also legte ich ein Bein über seinen Rücken. Er stand still und wartete. Langsam ließ ich mein ganzes Gewicht auf ihn niedersinken, wobei ich jederzeit damit rechnete, auf dem steinigen Boden zu landen. Doch der Hengst drehte sich nur nach mir um, als wollte er fragen: »Und wohin jetzt?«

»Weiter flußabwärts am Welling liegt ein kleiner Flecken namens Sawley Minor«, sagte ich laut, um zu hören, wie die Worte klangen, denn ich bemühte mich, Ausdrücke und Tonfall dieser Zeit wiederaufzunehmen. »Wo der Müller wohnt. Dorthin wollen wir uns begeben.« Immer wenn ich Havoc, den Sohn des Müllers, gespielt hatte, war Sawley Minor jener Ort gewesen, in dem ich mir vorstellte zu wohnen. Und wenn man mich bei der Mühle am Bach nicht willkommen hieß, dann war es von dort nicht weit zur Abtei, noch ein Stück weiter unten am Fluß Welling, und danach kam immer noch East Sawley. East Sawley war ein Ort von einiger Größe, in dem Holzfäller und Säger lebten, und dort würde ich ganz gewiß eine Unterkunft finden. Ich stieß den Hengst leicht in die Flanken, um ihm die Richtung zu weisen, und er setzte sich langsam hangabwärts in Bewegung.

Bei jedem Schritt des Pferdes verspürte ich wiederum wie einen Dolch den Schmerz in meinem Unterleib. Jaybee hatte mir dort etwas aufgerissen. Ich spürte wunde Stellen und jetzt wieder die warme, klebrige Feuchtigkeit an der Innenseite meiner Schenkel. Das Aufsitzen auf das Pferd hatte alles wieder zum Bluten gebracht. Ich bebte vor Angst, Wut und Einsamkeit, und der Hengst drehte den Kopf und fixierte mich mit seinen runden, leidenschaftslosen Augen. »Mein Feind ist nicht hier!« redete ich mir ein. »Er hat keine Stiefel wie die meinen, also kann er ohne die Maschine nicht hierhergelangen, und um an die Maschine heranzukommen, müßte er erst wieder ins einundzwanzigste Jahrhundert zurück. Und das würde er wohl nicht wagen, selbst wenn er könnte. Außerdem kann er ja nicht wissen, daß ich hierher zurückgekehrt bin. Niemand weiß, daß ich die Mittel und Wege dazu habe.«

Grumpkin streckte sich in der Manteltasche an meiner Hüfte, und es fühlte sich an wie eine Hand, die mich streichelt. Das erinnerte mich an Bill, und ich spürte, wie mir das Blut aus dem Gesicht wich. Bill wußte es. Nein. Bill wußte nicht, daß ich zurückkehren konnte – oder, besser, er *glaubte* nicht, daß ich es konnte. Ich betete zu Gott, daß er nichts davon Jaybee gegenüber erwähnen würde.

Dann fiel mir ein, daß Bill ja tot war. Jaybee hatte ihn umgebracht. Bill würde niemandem gegenüber noch irgend etwas erwähnen.

»Mein Feind ist nicht hier«, wisperte ich noch mal und blinzelte heftig, um die Tränen zu verscheuchen. Ich zwang meine Stimme dazu, unbewegt und kalt zu bleiben. »Nicht in dieser Zeit. Nicht an diesem Ort. Und jetzt bring mich irgendwohin, mein braves Pferdchen, wo wir uns ausruhen können.«

Gemächlich bewegten wir uns auf der Landstraße dahin, während die Sonne sich dem Zenit näherte. Das Blut trocknete an der Innenseite meiner Hosenbeine, und der Stoff klebte an der Haut fest. Zu Mittag erreichten wir die Stelle, wo der Bach, welcher Sedgebrook heißt, in den Welling einmündet und wo sich neben einem Steinhaufen die moosbewachsenen Überreste eines großen Mühlrades unter die Schleuse ducken. Rundum unter den Bäumen verstreut lagen die Schornsteine alter Kamine und durchweichte Überreste von Dachstroh. Sawley Minor gab es nicht mehr. Keine Menschenseele weit und breit, und nichts ließ darauf schließen, wohin alle verschwunden waren.

Grumpkin kauerte sich ans Wasser und streckte eine Pfote aus, offenbar, um zu fangen, was immer da drinnen schwamm. Das Pferd knabberte an dem hohen Gras neben einem umgestürzten Schornstein. Ich zog mich aus und wusch mich und meine Hose; dann schlüpfte ich in frische Unterwäsche und legte mir einen zusammengefalteten Socken aus dem zwanzigsten Jahrhundert zwischen die Beine, damit das Blut nicht wieder durch meine Oberkleider sickern konnte. Im vierzehnten Jahrhundert gibt es keine Binden, fix und fertig in einer Schachtel. Und auch keine Tampons. Bei meinem nächsten ›Erblühen‹ (Tante Levisticas Wortschöpfung) werde ich wieder zu Leinenlappen greifen müssen, die getragen, in kaltem Wasser ausgewaschen, getrocknet und wieder getragen werden. Wie Doll es mir erklärt hat.

Das Pferd und ich tranken ausgiebig an der Schleuse, während ich überlegte, was ich als nächstes tun sollte. Obwohl die Mühle verfallen war, sah man, daß die Landstraße, die an den Ruinen vorbeilief, weiterhin benutzt wurde; Hufspuren im matschigen Untergrund und das von den hungrigen Tieren abgerupfte Gras am Straßenrand zeugten davon. Die Straße führte zur Abtei und weiter nach East Sawley, und irgend jemand, ja viele Jemande würden sich dort wohl zeigen! Also machten wir uns auf den Weg, das Pferd, die Katze und ich, und schaukelten langsam im Schatten des dichten Blattwerks dahin.

Nach jeder Biegung der Straße hielt ich Ausschau nach der Abtei. Ich war bereits einige Male dort gewesen, zusammen mit Papa und Tante Drachen, und obwohl ich damals noch ein Kind gewesen war, war mir die Reise dorthin nicht besonders lang vorgekommen. Doch als die Abtei nun endlich auftauchte, erkannte ich sie kaum wieder.

Leere Mauern am Ufer des Sees. Ein paar kunstvoll behauene Säulen mit ausladenden Kapitellen, die an steingewordene Bäume denken ließen. Stufen, die hochführten zu einem mit verkohltem, geborstenem Gebälk übersäten Fußboden und zu einem rußgeschwärzten Altar. Dies war einst die Kapelle gewesen. Die verkohlten Balken ließen auf ein Feuer schließen, das in seinem Verlauf die Decke zum Einsturz gebracht hatte. Rund um dieses ausgebrannte Gerippe befanden sich leere Hallen, in denen einst Männer gearbeitet und gebetet hatten, und unkrautüberwucherte Felder, die von ihnen bestellt worden waren. Außerhalb der Überreste der Kapelle, auf dem Friedhof der Abtei, standen nun Reihen um Reihen von Kreuzen, darunter wohl hundert neue hinter einigen Dutzend alter.

Ich ließ mich vom Rücken des Pferdes hinabgleiten und ging langsam zwischen den herabgefallenen Steinen einer umgestürzten Mauer hindurch. Rosen blühten am Rande der Steinhaufen. Hier hatte sich einst der Garten des Abtes befunden. Papa und Tante Drachen und ich hatten bei Wein und Kuchen neben den Stufen unter den Säulen gesessen, um die sich jetzt wilde Rosen rankten. Inmitten des Gartens war ein Fischteich, in dem früher Wasserlilien geblüht hatten, deren Wurzelstöcke aus einem fernen Land stammten, von wo sie ein Kreuzfahrer mitgebracht hatte. So hatte es uns jedenfalls der Abt erzählt. Der Teich war jetzt ein Schlammloch, faulig vom letzten Regen und wild überwachsen von üppigen Ranken.

Ich hörte ein Geräusch, drehte mich um und sah gerade noch, wie eine Gestalt hinter einem Steinhaufen davonflitzte, den sie als Deckung benutzt hatte. »He!« schrie ich. »Was ist denn hier passiert?«

Keine Antwort. Ich blieb stehen und wartete, und nach einer Weile lugte ein altes Antlitz um eine Ecke. Ich schickte mich an, ihm entgegenzugehen, wurde aber mit einer Handbewegung zurückgescheucht.

»Bleib mir vom Leib!« kreischte der Alte. »Bleib mir vom Leib! Bring mir nicht den Tod! Bleib weg!«

Ich rührte mich nicht. »Was ist hier passiert?« fragte ich erneut. »Ist das Kloster abgebrannt?«

»Tot!« gackerte er, heftig in meine Richtung blinzelnd. »Tot, alle, bis auf ein halbes Dutzend. Und sodann das Feuer! Alles in Schutt und Asche! Und dann zogen alle, die noch übrig waren, nach Wellingford weg, alle, bis auf mich. Ich würde hier verweilen, so sagte ich ihnen. Zurückbleiben, um die Abtei zu bewachen.«

»Tot?«

»Woher kommst du, Bursche, daß du nicht weißt,

was tot heißt? Wo doch der Schwarze Tod über uns dahingetrampelt ist wie die Winzer auf den Trauben, auf uns niedergesaust ist wie Dreschflegel auf das Stroh? Kein Saft mehr in den Trauben, kein Körnchen mehr in der Spreu. Tot, alle tot, auch der Abt. Zum Bersten geschwollen und brüllend und tot.« Er kam hinter der Ecke hervor, ein dürrer alter Mönch in zerlumpter Kutte, hüpfend wie eine Ziege und einen dünnen, wimmernden Laut einsamen Schmerzes in der Kehle.

Ich wußte vom Schwarzen Tod. Natürlich! Ich hatte davon gelesen, davon gehört, jedoch das Wissen unterdrückt, weil ich nicht im Traum daran gedacht hätte, daß irgend jemand, den ich kannte, davon berührt worden war. Und nun war er hierhergekommen! Und wohin noch?

»Gab es auch in den Nachbarorten viele Tote?« erkundigte ich mich. »In den Dörfern und Weilern?«

»Überall!« kreischte er und hüpfte auf und ab in seiner Angst, seiner hilflosen Wut. »Überall! Die halbe Welt ist daran gestorben! Bleib weg von den Ansiedlungen, Junge. Versteck dich in den Wäldern. Versteck dich tief drinnen, wo niemand dich aufspürt. Sonst fährst du auch in die Grube zu den anderen …« Hinter den Bäumen ertönte ein Laut, und der Mönch fuhr hoch wie ein erschrecktes Wild und sauste davon. Als ich mich aus der Richtung, aus der der Laut gekommen war, wieder umwandte, war keine Spur mehr von ihm zu sehen, und ich war allein mit meinen unbeantworteten Fragen.

Ich hatte keine Zeit, ihnen nachzuhängen. Der Laut, den wir gehört hatten, stammte von einem Horn, und was unter den Bäumen hervorkam, war eine Jagdgesellschaft – zwei Lords, ein paar Weidmänner und eine Meute gefleckter Jagdhunde. Die Männer trugen Wildschweinspeere, also wußte ich, worauf sie es abgesehen hatten – oben bei Trottenham, sehr wahrscheinlich. Ich trat zur Seite, unterwürfig und lammfromm, und wartete, daß sie näher kamen.

Der erste, der vor mir stand, war ein kräftig gebauter Mann mit einem Umfang wie ein alter Baumstamm. »Holla, Bursche!« sagte er zu mir mit einem drohenden Unterton in der Stimme. »Wie bist du auf dieses Roß gestoßen?«

Ich beugte den Kopf, wie es die gemeinen Leute tun. »Nicht ich bin darauf gestoßen, Herr«, sagte ich, »es ist auf mich gestoßen. Ich wanderte die Straße entlang, und es kam näher und stieß mit der Nase gegen den Sack auf meiner Schulter. Als ich ihm versicherte, ich hätte keinen Hafer, bot es mir gleichwohl an, mich aufsitzen zu lassen.«

»Das ist das Pferd des Sedgebrook-Müllers!« stellte einer der Treiber fest. »Der Müller ist seit mehr als einem Jahr schon tot.«

»Er und all die Seinen«, nickte ein anderer. »Bis auf einen Sohn, der einst davonzog.«

Ich vermerkte, daß der Müller einen Sohn hatte, der davongezogen war. Vermutlich hieß er Havoc. »Bis auf mich«, sagte ich. »Und ich bin nun zurückgekehrt.«

»Wird wohl so sein, daß das Roß sich frei herumtrieb«, sagte der erste Weidmann. »Fühlte sich wahrscheinlich einsam und verlassen.«

»Es schien mir in der Tat einsam zu wirken, Herr«, sagte ich mit gesenktem Blick.

»Hat dir niemand beigebracht, vor Höhergestellten die Mütze vom Kopf zu ziehen?« fragte der Lord. »Und was ist mit deinem Gesicht geschehen?«

»Jawohl, H... H... Herr«, stotterte ich, »aber ich trage mein Vesperbrot unter der Mütze, und ein Mann hat mich verprügelt, Herr, und mich ausgeraubt!« Was sogar einigermaßen der Wahrheit entsprach. Er hatte mir meine Jungfräulichkeit geraubt und meinen besten Freund und all meinen Seelenfrieden. Er hatte mich wirklich ausgeraubt.

Obwohl ich gesprochen hatte ohne nachzudenken, mußte ich weinen, und sie lachten. Ich tat ihnen zwar leid, aber sie amüsierten sich trotzdem über mich.

»Dann steig auf das Roß des alten Sedgebrook und komm mit uns«, sagte der Lord. »Du kannst zur Vesper einen Happen haben, der besser ist als das, was du unter der Mütze trägst, und ein Plätzchen zum Schlafen, bis du wieder genesen bist.«

Ich deutete auf das verlassene Kloster. »Der Alte dort trug mir auf, mich von den Menschen fernzuhalten, Herr. Sonst müßte ich sterben.«

Der Lord nickte. »Ah, und wie recht er gehabt hätte, Bursche, letztes Jahr oder das Jahr davor. In den letzten Monaten jedoch hatten wir nur wenige Tote zu beklagen, und es ist zu hoffen, daß das Unheil nun ein Ende hat.«

»Der Schwarze Tod, so sagte er?« Ich wollte Gewißheit.

Sie musterten mich mit seltsamen Blicken, und ich dachte, besser weniger reden und mehr zuhören. Offenbar handelte es sich um ein so alltägliches Thema, daß man kein weiteres Wort darüber verlor.

»Er scheint überall zugeschlagen zu haben!« fügte ich eilends hinzu.

Sie nickten, daß dem, weiß Gott, so war, und luden mich erneut ein, mit ihnen zu reiten, was ich auch tat, wenngleich in einigem Abstand hinter den anderen, wie es sich geziemte. Wenn ich meine Verkleidung als Junge weiterhin beeinhalten wollte, würde ich mein Haar kürzer schneiden oder zu einem Zopf flechten und sehr fest hochstecken müssen. Die Männer trugen das ihre fast schulterlang, doch ohne die Mütze wäre das meine so weit über den Rücken gefallen, daß ich darauf sitzen konnte – womit ich mich auch damals an Jaybee verraten hatte. Wenn sie das sahen, würden die Männer mich nicht mehr lang als Jungen akzeptieren!

Der Ort, an den sie mich mitnahmen, war Wellingford House, ein stattlicher Herrensitz in einiger Entfernung vom Dorf Wellingford und ohne Mauern rundum. Papa hatte die Herren von Wellingford immer törichte Narren genannt, weil sie sich mit keinerlei Schutz umgaben, aber was ich während des Rittes so hörte, hatten sie den Schwarzen Tod besser überlebt als die meisten anderen Orte. Als ich das Haus sah, war mir klar, warum. Jedermann im zwanzigsten Jahrhundert wußte, daß Ratten und Mäuse und Flöhe Krankheiten übertragen, etwas, das in meiner Zeit nicht bekannt war. Und Wellingford House war wohl das sauberste Haus, das ich in dieser Zeit je zu Gesicht bekommen hatte. Da es keine Mauern gab, die sie zwangen, dicht an das Hauptgebäude heranzurücken, standen die Ställe, Hundezwinger und Scheunen in einiger Entfernung davon, und dazwischen befanden sich gepflegte Gartenanlagen. Im Haus selbst gab es keine Binsen auf dem Boden, und die Mägde waren Tag und Nacht damit beschäftigt, zu wischen und zu scheuern. In den herrschaftlichsten Häusern, ja selbst in manchen Teilen von Westfaire, setzte man den Fuß auf Misthaufen aus alten Strohmatten, Knochen, Hundekot, Verschüttetem und anderen, noch unappetitlicheren Dingen. Janet hingegen, die Herrin von Wellingford House, duldete all das nicht; so kam mir auch die ganze Zeit, die ich dort verbrachte, nur eine einzige Ratte unter, und das war bei der Kornkammer.

Ebenso unerbittlich kämpfte Janet gegen die Flöhe an, mit häufigem Ausklopfen und Lüften von Kleidern und viel Flohkraut in den Wäschekammern. Als Folge all dieser Sauberkeit hatte es in Wellingford House nur wenige Todesfälle gegeben. Denen jedoch, die übriggeblieben waren, wurde ich natürlich nicht vorgestellt, sondern man schickte mich umgehend in die Küche, was dieselben Auswirkungen hat wie eine Vorstellung. Noch nie hat es eine Köchin gegeben, die nicht gern redete, so hörte ich es zumindest von unserer Köchin in Westfaire. Und in der Küche von Wellingford hörte ich daher auch eine ganze Menge über die anderen Bewohner, ganz besonders nachdem die Frauen dort mein zerschrammtes Gesicht gesehen und mich in ihr mitleidiges Herz geschlossen hatten.

Der Lord hieß Robert von Wellingford und war der älteste Sohn des alten Grafen, der einige Zeit zuvor gestorben war. Janet war seine Lady, und sie hatten vier überlebende Kinder, von denen das jüngste erst drei Jahre alt war. Die beiden jüngeren Brüder von Robert lebten auch auf dem Anwesen – der jüngste, Richard, im Herrenhaus selbst, und der mittlere, Edward, im Dower House, das auf der anderen Seite des Parks stand. Es spielte sich viel Kopfschütteln und pikiertes Lippengekräusel ab, wenn die Rede auf Edward kam. Den ›schlimmen Ned‹ nannten sie ihn, der es ›auf die Damen abgesehen‹ habe, der immer nur ›den Leuten ein schlechtes Beispiel‹ abgab. Janet war es gewesen, die ihn aus dem Herrenhaus ins Dower House verfrachtet hatte, damit er sich ungesehen und ungestört seine Metzen halten konnte.

Ich nickte und schlürfte meine Suppe und tunkte mein Brot darin ein und bettelte um ein Stückchen Fleisch für Grumpkin und um ein wenig Heu für das alte Roß, das ja wirklich mir gehörte, wenn ich der Sohn des Müllers war, und stellte Fragen über die Gegend. Das Dorf Wellingford, so schien es, existierte immer noch, desgleichen East Sawley, obgleich die

Einwohnerschaft des letzteren durch die Pest stark dezimiert worden war. Überall in der Gegend lagen ganze Ortschaften in Trümmern, und es war keiner mehr da, der sie wiederaufgebaut hätte.

»Über ein Jahr ist es jetzt her, daß Sir Robert auf der Suche nach Steinmetzen und Baumeistern ist, um wenigstens die Abtei wieder instandzusetzen, aber es gibt keine Männer. Und in den Städten ist es noch schlimmer! Dort gibt es überhaupt niemanden mehr, der irgendeine Arbeit verrichtet! Wir hier haben gerade genug Leute, um die Felder bestellen und die Herden versorgen zu können, aber in manchen Orten reichen sie nicht einmal aus, um die Saat in die Krume zu bekommen! Und zur Erntezeit werden alle Hunger leiden, das sag ich dir!« Drall wie ein Täubchen flatterte sie um das Feuer, und wenn man ihr zusah, konnte man fast seine Zweifel haben, ob es überhaupt irgendwo auf dieser Welt Hunger gab. Doch wenn sie recht hatte, wenn es tatsächlich nicht mehr genügend Leute gab, um das Korn zu säen, dann würde der Hunger kommen. Mich schauderte, und ich nahm noch einen Mundvoll Suppe.

»Sir Robert hat in diesem Jahr mehr als sonst anbauen lassen, damit genug für Almosen im Haus ist«, sagte sie mit sorgenvoller Stimme, »aber es wird trotzdem nicht reichen. Nichts wird reichen. Als die Menschen starben, machte sich das Vieh selbständig und wanderte unbeaufsichtigt durch das Land, wie das Pferd, das du gefunden hast. Von all den Tieren ist gewiß noch einiges vorhanden, aber viele wurden von den Notleidenden gefangen und aufgegessen. Also selbst wenn wir genügend Männer hätten, um mehr Felder zu bestellen, gäbe es nicht genug Ochsen, um sie zu pflügen. Und die Leute, die heimatlos umherziehen, die suchen Unterschlupf in den leerstehenden Häusern, sie machen

Feuer und brennen alles nieder. Nicht absichtlich, einfach aus Fahrlässigkeit. Die Mühle – genauso ist es mit der Mühle gewesen! Und die Abtei. Und nichts mehr schmeckt so, wie es soll!« Sie stemmte die Hände in ihre ausladenden Hüften und funkelte mich an, als wäre ich es gewesen, die aus purer Unachtsamkeit die Pest verursacht hatte. »Das ganze Jahr schon gibt es keine Gewürze! Denn die Händler sind auch gestorben, wie so viele andere. Und wir sind noch gut dran, denn wir haben wenigstens noch einen Priester, der sich um unser Seelenheil kümmert. In manchen Gegenden findet sich weit und breit keiner mehr!«

Ich dachte an Pater Raymond, der in Westfaire schlief. Doch das war kein Zeitpunkt, um an Westfaire zu denken.

»Welches Jahr haben wir eigentlich?« fragte ich, ungebildeter Landtölpel, der ich war. »Ich vergess' es immer.«

»Es ist das Jahr Unseres Herrn dreizehnhundertfünfzig«, sagte sie. »So sagt jedenfalls unser gelehrsamer Pfarrer. Und noch keinen Schwarzen Tod bis jetzt, das macht es zu einem guten Jahr, Junge, was auch sonst geschieht!« Sie gab mir noch etwas Suppe und einen kleinen Klaps auf den Kopf.

Ich hatte eineinhalb Jahre im zwanzigsten Jahrhundert verbracht, und hier waren in meiner Abwesenheit drei Jahre vergangen! So viel Tod und Verderben in drei kurzen Jahren!

»Wenn es niemanden mehr gibt, der zupackt, vielleicht findet sich dann Arbeit für mich?« fragte ich. »Ich sehe zwar mager aus, aber ich bin kräftig. Ich verstehe was von Pferden. Hab' im Stall gearbeitet, seit ich acht war.«

»Ich werde Sir Robert sagen, daß du mit ihm reden möchtest«, versprach sie.

Und sie hielt Wort. Am nächsten Morgen sprach der Lord mit mir und gab mir Unterkunft in den Stallungen und sogar eine winzige Summe als Lohn für meine Arbeit. Alles in allem schien es mir ein gutes Plätzchen zum Verweilen. Grumpkin fand das auch. Der Geruch nach Pferden und Heu erinnerte ihn an daheim. Er machte sich ein Nestchen auf dem Heuboden, und dort lag er einen Großteil des Tages wie ein Löwe, der sich träge in seiner vergangenen und zukünftigen Herrlichkeit als Eroberer sonnt. Während ich die Pferde striegelte, die Ställe ausmistete und das Lederzeug mit Öl einrieb, so wie ich es vor langer Zeit getan hatte, bei Martin. Er hatte es mir gut beigebracht, denn niemand fand an meiner Arbeit je etwas auszusetzen.

Es war eine seltsame Zeit. Ungeachtet all des Jammers, den der Tod rundum angerichtet hatte, fühlte ich mich sicher. Obwohl das ganze Land in Trümmern lag, fühlte ich mich zu Hause. Wenngleich ich mein Haar und meinen Körper verstecken mußte – damals, mit diesen losen Wämsern und formlosen Hosen war das viel einfacher, als es im zwanzigsten Jahrhundert gewesen wäre! –, war ich ich selbst. Langsam wurde ich meine Wut los und vermochte mich damit abzufinden, was geschehen war. Es war nun einmal geschehen, sagte ich mir. Man hatte mich besudelt und mir Gewalt angetan, aber ich war immer noch am Leben und hatte keine dauernden Schäden davongetragen, weder am Leib noch an der Seele. Meine körperlichen Wunden waren verheilt. Rache – o ja, die hatte ich mir zwar geschworen, aber damit hatte es keine Eile. Ich konnte mir damit Zeit lassen und bis dahin einfach nur Havoc, der Sohn des Müllers sein. Ich wäre schon seit geraumer Zeit weg gewesen, sagte ich, als sie mich danach fragten; bevor ich zur Mühle gekommen sei, hätte ich keine Ahnung gehabt, daß meine ganze Familie ausgerottet war.

»Ich wußte gar nicht, daß der Müller außer den drei Söhnen, die starben, noch einen gehabt hat«, sagte Lady Janet.

»Doch, doch!« entgegnete jemand. »Da war noch ein Sohn, aber ich entsinne mich nicht, was es mit dem Jungen auf sich hatte.«

»Er sandte mich zu seiner Schwester, als ich noch ganz klein war«, erklärte ich. »Und dort blieb ich auch bis vor kurzem.« Wer wollte schon sagen, daß ich log? Ich ließ sie denken, was sie ohnehin dachten, daß nämlich Havoc nicht der ehelichen Bettstatt entstammte, daß er zwar der Sohn des Müllers war, aber nicht jener der Müllerin.

Jeder Tag begann mit einem Bissen Brot und einem kräftigen Schluck Bier in der Küche – dank der Köchin, welche meinte, ich sei immer noch im Wachsen. Das übrige Gesinde und die Leibeigenen bekamen erst später eine Mahlzeit. Dann führte ich die Pferde auf die Weide, wobei ich darauf achtete, daß sie weit weg blieben von den Schafen und Kühen, weil sonst die Schäferhunde mit heraushängenden Zungen herübergerannt kamen und die Pferde schreckten und auseinandertrieben. Danach war das Striegeln und Füttern und Pflegen der Sättel und des Zaumzeugs dran. Das Leder wies stellenweise Goldprägungen auf, die sich ablösten, wenn sie mit dem Öl in Berührung kamen, also war das heikle Arbeit mit einem Tuch und einem kleinen Pinsel. Die anderen Stallknechte haßten es, weil ihre großen Hände mit den zarten Werkzeugen nicht zurechtkamen, also machte ich das zumeist allein. Es war still. Niemand störte mich.

Zu Mittag gab es wieder Brot und Bier, dazu eingesalzenes Gemüse oder ein Stück Obst und manchmal einen Bissen zähes Lammfleisch oder gekochtes Federvieh, das manchmal saftig war und manchmal staubtrocken, weil es zu lange in der Suppe gelegen hatte. Das schmeckte dann wie die ferne Erinnerung an ein Huhn. Hinterher war das Heu vom Wagen in den Heuschober zu laden, und dann ging es ans Ausmisten. Gelegentlich brachte Grumpkin mir Mäuse, wobei er sie auf dem Stallboden hübsch ordentlich nebeneinander aufreihte, wie Spielzeugsoldaten aus dem zwanzigsten Jahrhundert. Er lernte wieder, seine Pflichten als echter Stallkater wahrzunehmen.

Das Abendbrot gab es in der Halle, und alle außer dem Küchengesinde nahmen daran teil. Ich hatte natürlich meinen Platz am untersten Ende des untersten Tisches, aber ich war es ganz zufrieden, dort sitzen zu dürfen. Obwohl ich Läuse hatte. Nichts zu machen dagegen. Keine Chance für einen Stalljungen, den anderen Stalljungen aus dem Weg gehen zu können; keine Chance für einen Stalljungen, im Waschhaus neben der Küche zu einem heißen Bad mit reichlich Seife zu kommen; keine Chance für mich, mein Haar lose herabhängen zu lassen, ehe alle schliefen und ich allein war auf meinem Heuboden. Ich kratzte mich ohne Unterlaß, aber ich war dennoch glücklich, dort sein zu dürfen. Ich lauschte dem Gesang, wenn ein fahrender Spielmann durchkam, und ich lauschte auch den Lords und Ladies, wenn sie sich in ihrem gestelzten Französisch unterhielten, das mit Englisch gesprenkelt war wie Pudding mit Rosinen, während wir, das Fußvolk, in demselben Englisch dahinpolterten, das wohl bald unser aller Sprache werden sollte – das war zumindest anzunehmen, denn etwas recht Ähnliches hatten sie ja im zwanzigsten Jahrhundert gesprochen, also schien mir klar, daß dies die Sprache war, die hier überleben würde.

In den Stallungen hatte ich Lord Richard und Lord Edward – den schlimmen Ned – kennengelernt. Von den beiden war Ned der interessantere. Robert und Richard waren steife Langweiler – nette Langweiler, aber zweifellos Langweiler –, trocken und dürr; beide hatten die Angewohnheit, sich mit krachendem Gebein zu strecken, wann immer sie vom Pferd stiegen, wobei jeder Knochen sein eigenes Klagelied zu singen pflegte. Ned hingegen war voll Saft und Kraft und Lebenslust, wild und unbekümmert, mit Lippen, von denen Honigseim floß, selbst im Stall bei den Knechten. Es waren keine Lügen, die über ihn kursierten; er hatte so seine Damen, die eine besser, die andere schlechter, wie sie eben kommen, sagte die Köchin, aber eine neue alle paar Tage oder Wochen. Es waren nicht wirklich Metzen; es waren in erster Linien Witwen, Frauen mit einer gewissen Klasse, die sich nur Liebhaber aus besseren Kreisen nahmen und anstelle von Bezahlung gelegentlich ›Geschenke‹ annahmen und so von Einladung zu Einladung lebten.

Alle wußten um Roberts Forderung, daß Ned sich baldigst verehelichen müsse. Ned sagte nein, Robert sagte ja, und so ging es schon eine ganze Weile. Selbst Lady Janet lag ihm in den Ohren, daß zur Bewirtschaftung des Landes dringend Leute benötigt würden und daß niemand sich der Verpflichtung entziehen könne, Kinder in die Welt zu setzen.

Aber Ned lachte nur. Er stellte sich auf den Viehhof vor den Ställen, erzählte dem Aufseher davon und lachte, er würde seine Saat ohnedies in der Gegend verstreuen, und es sei nicht seine Schuld, wenn sie nicht auf fruchtbaren Boden falle. Verstreuen unter das Unkraut, murrte der Kaplan und trug ihm lange Bußgebete auf, wenn er zur Beichte ging. Ich sah es, wenn ich draußen im Freien betete. Ich konnte nicht zur

Beichte, denn ich vertraute dem Priester nicht so, wie ich Pater Raymond vertraut hatte. Vielleicht würde er mich verraten.

Ich erkundigte mich nach Giles. Ja, gewiß, er war zurückgekehrt – einer der Ritter kannte ihn persönlich –, aber er war wieder davongezogen, als er sah, daß Westfaire von Rosen überwuchert und offensichtlich unbewohnt war. In jener Nacht weinte ich und fragte mich, wo er sich wohl aufhielt und wie ich ihn je wiederfinden sollte und ob ich es riskieren durfte, mich von den Stiefeln zu ihm tragen zu lassen. Er konnte an jedem Winkel der Erde sein. Er konnte verheiratet sein. Ich hatte Angst, es herauszufinden.

Es war eine Zeit, ein paar närrische Wochen nur, in denen ich zurückkehrte in die Geborgenheit meiner Kinderjahre.

Damit hatte es abrupt ein Ende, als die Köchin mich eines Tages im Waschhaus fragte: »Havoc, wie lange bist du jetzt schon hier bei uns? Fünf Wochen? Länger? Und du hast noch keinen Fuß in die Kapelle gesetzt, warst nicht bei der Messe, bist nicht zur Beichte gegangen ...«

Fünf Wochen. Nein, nicht wirklich! Und doch, als ich nachrechnete, stimmte es. Ich war seit fünf Wochen hier. Mir blieb der Mund offenstehen, als es mir wie Schuppen von den Augen fiel.

Zum letztenmal war ich zwei Wochen, bevor Jaybee mir Gewalt angetan hatte, ›erblüht‹, um Tante Leviticas Wort zu gebrauchen. Seither war ich nicht mehr ›erblüht‹. So sprach Tante Levistica natürlich nur, wenn sie einen kleinen Schwips hatte. Was, wenn man es recht bedenkt, besser war als bei den anderen Tanten, die überhaupt nicht darüber sprachen. Doch nun war das ohnedies bedeutungslos, denn was ich über diese Dinge damals nicht im Stall oder von Doll erfahren hatte, das hatte ich im zwanzigsten Jahrhundert in der Schule gelernt.

Über diese Dinge. Über Dinge, wie zum Beispiel schwanger zu sein. Mir war plötzlich zum Heulen zumute, aber ich konnte nicht heulen, nicht in Gegenwart der Köchin, die in diesem dampfgefüllten, nach heißem Seifenwasser und Fett und Sauerteig riechenden Raum herumfuhrwerkte. Ich brauchte ein Plätzchen zum Heulen für mich ganz allein.

Der Abend entschwand und ich mit ihm – auf dem Rücken meines alten Freundes, des Pferdes, und mit Grumpkin auf der Schulter. Im Licht des Mondes ritt ich zurück nach Westfaire, fest entschlossen, mir einen Weg durch dieses Dickicht aus Heckenrosen zu bahnen. Ich entsann mich der Schleuse, über die das Seewasser in den Burggraben floß. Ich erinnerte mich daran, daß Martin mit ein paar Männern einmal hinuntergestiegen war, um sie zu reinigen, und Havoc hinterhergetrottet war. Sie waren unter der Steinbrücke am Seeufer hindurchgestiegen und durch ein Schleusentor in den Graben selbst gelangt. Rosen, so dachte ich nun, wachsen nicht auf dem Wasser.

Im Mondschein watete ich hinaus ins Wasser des Sees. Mein Hemd schlug mir leise plätschernd um die Hüften, während ich Grumpkin festhielt, der auf dem zusammengefalteten Mantel auf meinem Kopf saß. Nichts als Rosenhecken am Ufer, die sich zu Zinnen und Türmen, Wällen und Brustwehren auftürmten – Rosen und Rosen und Rosen. Doch nichts davon im Wasser. Ich sah den Umriß der Brücke, umrankt von dornigem Grün. Unter ihr hingen die Ranken hinab bis an die Wasseroberfläche, aber dahinter war eine klaffende Lücke, durch die das Wasser in den Graben gelangte. Ich watete hinüber, zog mir die Ärmel über die

Hände und drückte die Ranken zur Seite. Unter der Brücke war nur Wasser, das mit leisem Lop-lop-lop gegen die moosbewachsenen Steine schlug. Die innere Öffnung der Brücke wurde von einem massiven Eisengitter verschlossen, das aussah wie das Fallgitter am Burgtor. Das sollte die Leute davon abhalten, vom See aus mit Booten in den Burggraben zu gelangen. Ich hatte keinen Schlüssel für das Gitter, aber der Abstand zwischen den Stäben war groß genug, daß ich hindurchschlüpfen konnte.

Was ich auch tat, wobei ich mir an dem rostigen Eisen einige Kratzer holte und Grumpkin ein wenig aus dem Gleichgewicht brachte. Ich strich ihm über das Fell, als er murrte und sich an mich klammerte wie an einen Baumstamm. Glitschige Stufen führten hinauf zu der kleinen Tür in einer Ecke der Burgmauer. Ich stieg hinauf, trat durch die Tür und stand tropfnaß in Westfaire.

Was für ein seltsamer Ort! Umhüllt von Finsternis. Offen nur an einer Stelle ganz hoch oben, wo der Mond hereinschien und die Steinmauern versilberte. Innerhalb der Rosenhecken hatte sich nichts verändert. Alle schliefen genauso wie damals, als ich sie verlassen hatte. Ich setzte mich hin und heulte, hielt mich an meinem Kater fest, weinte mir das Herz aus dem Leib und ließ die Steine an meinem Kummer teilhaben. Niemand sonst konnte es hören.

»Mutter!« rief ich. »Mutter, ich bin schwanger!«

Kein Windhauch als Antwort, kein Lied eines Vogels. Nicht einmal das Quieken einer Fledermaus von irgendwo da oben in diesem mondbeschienenen Tunnel durch die Finsternis. Stille und Schlaf. Und ich stand da und schluchzte inmitten von Schatten, die mir dabei zusahen.

[Wir standen in der Dunkelheit, Israfel und ich, und sahen ihr dabei zu. Ich glaube, ich weinte auch, ich, die ich nur ein einzigesmal Tränen vergossen hatte, seit die Brunnen der Tiefe versiegt waren.

»Sie sollte doch von hier aus direkt in ihr Versteck gehen!« sagte ich. »Nach Chinanga, wo niemand ihr ein Leid zufügen kann!«

»Ja«, nickte Israfel. »Aber vorher braucht sie ein wenig Ruhe.«

»Vielleicht könnten wir es aus ihr herausholen und anderswo verstecken«, schlug ich vor.

»Das würde sie töten«, sagte Israfel. »Es ist in ihr gewachsen und durchdringt sie jetzt. Man kann es nicht aus ihr herausreißen, ohne sie zu töten.«

»Ist der Herr der Finsternis schon auf der Suche danach?«

»Er ist auf der Suche danach, seit er geboren wurde. Er weiß nur einfach nicht, was es ist.«

»Und er hat es noch nicht gefunden.«

Israfel schüttelte den Kopf, um mir zu sagen, nein, der Herr der Finsternis hat es noch nicht gefunden.

Ich glaube, die Menschen witterten es in ihr. Ich glaube, Jaybee und Barrymore Gryme witterten es, ohne zu wissen, was es war. Vielleicht hat es auch der Herr der Finsternis gewittert und es nur noch nicht entdeckt.

»Können wir warten, bis das Kind auf der Welt ist?« fragte ich.

»Wir müssen«, erklärte Israfel. »Da es von jemandem gezeugt wurde, der sich als feiler Diener des Herrn der Finsternis entpuppen könnte, kann niemand vorhersehen, wie oder was das Kind sein wird. Sie kann es nicht in Chinanga bekommen, dort würde sie ewig schwanger bleiben. Sie könnte es in Feery bekommen, aber alle würden darüber reden, und die Neugier des Herrn der Finsternis wäre geweckt. Besser, sie bekommt es hier, wo das keinerlei sonderli-

che Aufmerksamkeit erregt, wo es bloß als die Geburt eines weiteren Lebens unter diesen fruchtbaren Menschen gilt. Sollte es ein Monster werden, können wir sie davor schützen.«

»Armes Kind«, seufzte ich. Das hatte ich in letzter Zeit schon mehrmals gesagt. Ich stellte mir eine Frage: wenn ich sie schon gekannt hätte, ehe wir das taten, was wir getan haben – hätte ich mich dann auch dazu entschlossen?

»Ja«, las Israfel in meinen Gedanken. »das hättest du.«

Ich erhielt keine Antwort auf meinen verzweifelten Schrei. Ich versuchte es noch mal. »Was soll ich nur tun?« Immer noch keine Antwort. Die Schatten sahen aus wie Gestalten in langen Gewändern und schienen mich zu beobachten. Beinahe erwartete ich, daß sie das Wort an mich richteten, aber das taten sie denn doch nicht. Statt dessen wankten sie ein wenig, als hätte ein Windstoß sie getroffen, und waren wieder bloß Schatten.

Was konnte ich tun? Zurückgehen ins zwanzigste Jahrhundert. Bleiben, wo ich war. Irgendwo anders hingehen. O Gott, o Gott, wo war nur Pater Raymond? Wo war Doll? Sie schliefen, sie schliefen tief und fest.

Im zwanzigsten Jahrhundert wäre das keine große Sache. Immerzu bekamen Frauen Kinder, ob sie nun verheiratet waren oder nicht. Wie Candy sagen würde, nichts, worüber man auch nur eine Träne vergießt. Nur war Jaybee dort. Würde er das nicht famos finden, mich geschwängert zu haben? Da könnte er auf und ab stolzieren wie der Hahn im Korb, der Hahn auf dem Mist! Da würde er mir heiß ins Ohr flüstern, um mich herumstreichen wie eine Katze, Beauty, Beauty, komm mit, Beauty, sonst… Und was würde er wohl mit einem Kind anstellen?

Das konnte ich nicht tun. Eher wollte ich sterben –

keine hohlen Worte, sondern die Wahrheit. Wäre der Tod meine einzige Alternative gewesen, dann hätte ich ihm ins Auge geblickt. Hätte mich im See ertränkt. Wäre hinausgeschwommen, bis ich nicht mehr weiterkonnte, und hätte mich hinuntersinken lassen in ungewisse Tiefen, gurgelnd nach nicht vorhandener Luft schnappend – ganz kurz nur, dann wäre es vorbei.

Aber nicht zu wissen, wie alles ausgehen würde? Nicht zu erfahren, wo Mama steckte? Nicht zu wissen, ob es ein Mädchen wurde oder ein Junge? Oder keins von beiden!

Das war eine Idee! Eine Abtreibung! Ich konnte zurückgehen und eine Abtreibung vornehmen lassen! Irgendwo anders. New York, New York, die herrliche Stadt! Chicago. Es müßte ja gar nicht Amerika sein, es könnte auch London sein! Ich mußte es nicht bekommen. Ich konnte es mir auch aus dem Leib reißen lassen.

Ich heulte.

Ich wollte es mir nicht aus dem Leib reißen lassen. Bekommen wollte ich es auch nicht, aber herausreißen …

Das wollte ich auch nicht.

Dann laß es eben, sagte ich mir. Mach gar nichts. Nimm dir nichts vor. Du bist zu müde und zu aufgeregt. Geh hinauf in deine Kammer und schlafe, hier in Westfaire. In deinen Mantel gewickelt bist du sicher. Schlafe.

Und das tat ich auch. Ich stieg die Wendeltreppe zu meinem Turmstübchen hoch und fand es wunderbarerweise völlig makellos vor; alle Spuren des Feuers waren verflogen. Ich wollte mich auf das Bett legen, aber sieh da, ich lag schon darin! Irgend jemand mußte Herzchen aus dem Saal unten, wo ich sie zurückgelassen hatte, heraufgebracht haben. Irgend jemand hatte sie in den Turm gebracht, wo sie nach allen Vorstellungen von verzauberten und verwunschenen Dingen auch sein sollte. Vermutlich waren es die Feentanten gewesen. Ich hätte es jedenfalls getan, wäre ich eine ganze Fee gewesen. Auf der Kommode neben Herzchen machte mein mysteriöses Ding seine üblichen leisen Geräusche, und ich sah es lange an: je länger ich es ansah, desto mehr war ich überzeugt davon, daß sich der fein ziselierte Pfeil weiterbewegt hatte. Nicht viel, aber doch. Er stand nun genau in der Mitte zwischen der Vierzehn und der Fünfzehn.

»Ach, was soll's«, sagte ich, drehte mich um und stapfte die Treppe wieder hinunter, um Tante Lavendulas Kemenate aufzusuchen. Sie lag schlafend auf dem Fußboden. Daher war ihr Bett leer und staubfrei unter dem Überwurf und duftete süß nach dem Kräutlein, nach dem sie benannt war. Also legten Grumpkin und ich uns hinein, den Mantel fest um uns beide geschlagen, und schliefen tief und traumlos bis zum Morgen.

Doch der Morgen war so seltsam, wie die Nacht gewesen war. Alles verlor sich in einem grünen Nebel. Erst zu Mittag, als die Sonne ihren höchsten Stand erreichte, fiel durch den hohen Schacht, den die Rosenhecken aufgebaut hatten, etwas Licht herein. Wenn ich dort die Augen zum Himmel hob, sah ich Wolken ziehen und Vögel fliegen. »Mama!« rief ich wieder, denn ich war auf den Gedanken gekommen, daß sie sich möglicherweise in der Nähe aufhielt und daß sie es gewesen war, die mitgeholfen hatte, Herzchen nach oben zu transportieren. »Mama, ich bin schwanger!«

Keine Antwort. Vielleicht hatte Tante Joyeause Herzchen hinaufgeschleppt. Vielleicht waren sie alle miteinander auf Tauben reitend angeflogen gekommen, hatten den Turm instand gesetzt und alles zurechtgerückt wie auf einer Bühne und waren dann wieder verschwunden, irgendwohin, weit weg, wohin ich ihnen nicht folgen konnte, weil ich den Weg nicht wußte.

Grumpkin miaute und teilte mir mit, daß er hungrig war. Im Kuhstall melkte ich eine schlafende Kuh, und wir teilten uns die Milch. Dann entdeckte ich in der Küche eine Fleischpastete, und wir teilten uns auch diese. Sie war auch verzaubert und schmeckte daher nicht so, als hätte sie seit drei Jahren auf dem Tisch gestanden.

Alles roch noch so wie früher und verströmte dieselbe Atmosphäre. Ich hatte meinen Mantel an und schlief daher nicht ein. Eine Ecke davon hatte ich auch über Grumpkin gelegt, während er fraß, und so schlief auch er nicht ein. Doch dann kam mir der Gedanke, den Mantel einfach auszuziehen, mich hinzulegen an diesem vertrauten Plätzchen und so etwa hundert Jährchen zu schlafen.

Was wollte ich nur?

Ins zwanzigste Jahrhundert wollte ich nicht zurück. Dort fühlte ich mich nicht wohl, es war alles zu garstig und bedrohlich.

Ich wollte hier bleiben, wo ich war.

Aber ich wollte keinen Bastard in die Welt setzen. Bastarde haben es schwer im Leben, selbst wenn sie nicht so genannt werden. Sogar im zwanzigsten Jahrhundert hatten sie es schwer.

Nun gut. Dann brauchte ich also einen Ehemann. Einen wohlhabenden, vorzugsweise. Vorzugsweise einen liebenswürdigen. Vorzugsweise …

»Ich habe über unsere Zukunft entschieden«, teilte ich Grumpkin schließlich mit. »Wir kehren wieder zurück nach Wellingford und verführen den Schlimmen Ned.«

16

Ich bin keine geübte Verführerin. Ich bin überhaupt keine Verführerin. Mit keinem Wort hätte je ein Mann in Westfaire solche Dinge mir gegenüber erwähnt, und noch weniger hätte er es gewagt, eine zweideutige Geste zu machen. Im zwanzigsten Jahrhundert hatte es reichlich Worte und Gesten gegeben, doch ich war ihnen allen ausgewichen, denn ich fürchtete mich zu sehr vor Krankheiten, um mich mit irgend jemandem einzulassen; oder vielleicht interessierte mich einfach auch keiner von ihnen. Dennoch wußte ich recht gut, wie Babys gemacht werden. Und was ich nicht in den Ställen von Westfaire oder im zwanzigsten Jahrhundert in der Schule gelernt hatte, das war mir durch Jaybees Vergewaltigung klargeworden. Wenn ich also den Schlimmen Ned davon überzeugen wollte, daß mein Kind auch das seine war, dann würde ich ihn so rasch wie möglich dazu bringen müssen, mit mir ins Bett zu gehen.

Und nur ins Bett würde nicht reichen. Er müßte mich auch heiraten wollen. Dummerweise gab es keinen Grund unter Gottes Sonne, daß er wünschen sollte, Havoc, den Sohn des Müllers, zu heiraten. Havoc, der nach Stall roch. Havoc mit seinen Läusen und dem ungewaschenen Gesicht und den dreckigen Hosen.

Ich überlegte, mir irgendwie Frauenkleider zusammenzustehlen. Die Mägde hängten Lady Janets Wäsche häufig an die frische Luft, und es wäre mir sicher nicht schwergefallen, mir das eine oder andere Stück anzueignen und zur Sicherheit ein, zwei Unterröcke über die Hecke zu werfen, damit alle glaubten, der Wind hätte die Sachen davongeweht. Doch an Lady Janet war doppelt soviel dran wie an mir, und dazu war sie kleiner als ich. Aber selbst wenn ich die Unterwäsche nahm, würde ich immer noch ein Kleid brauchen. In Wellingford gab es niemanden, der ungefähr meine Maße hatte, und die Mädchen im nahen Dorf besaßen keine Kleider, die mir schön genug waren. Ich konnte mir nicht einmal selbst ein Kleid machen, denn wie sollte ich es vor meinen Stallkollegen verstecken, solange ich daran arbeitete?

Nach einer Weile kam ich zu der auf der Hand liegenden Lösung meines Problemes: In Westfaire gab es Damenroben in rauhen Mengen! Und wenn mir eines der Kleider meiner Mutter gepaßt hatte, dann würden mir alle passen. Ich begab mich auf eine weitere mitternächtliche Expedition und brachte ein paar mit – drei Stück von dem Dutzend Roben, die in der Dachkammer hingen. Ich versteckte sie in einem winzigen Kämmerchen über dem Stall, eingeschlagen in das Laken, in dem ich sie transportiert hatte. Nichts davon hätte ich tun können ohne das Pferd, das gewiß Gott mir gesandt hatte, also dankte ich Ihm dafür, indem ich das Tier Engelchen nannte.

Nun war es an der Zeit, fand ich, in Erfahrung zu bringen, welche Art Frauen der Schlimme Ned bevorzugte. Ein Dutzend aufeinanderfolgende Nächte ging ich, in meinen Mantel gehüllt und daher unsichtbar, hinüber zum Dower House, um es herauszufinden. Während dieser zwölf Tage gaben ihm vier Damen die Ehre. Eine verschwand nach der ersten Nacht, in der ich auf der Lauer lag. Dann kam eine und blieb drei Tage. Dann kam eine und blieb sieben Tage. Und eine war noch da, als ich meine Beobachtungen einstellte. Am Ende war ich nicht klüger als am Anfang, denn die Damen besaßen untereinander keinerlei Ähnlichkeiten. Eine war blond, zwei waren dunkelhaarig, und eine hatte Haar in der Farbe von Karotten. Eine war schlank, eine dürr wie eine Bohnenstange, und zwei waren recht üppig. Ebenso unterschiedlich waren Augen, Mund und der Farbton der Haut. Ich verdrängte meine Scham und sah genau hin, was sie im Bett und außerhalb desselben trieben, neben dem Bett und auf dem Weg dahin. Es war nichts dabei, was nicht zwei Akrobaten besser und minder schwitzend hätten vollbringen können – jedoch möglicherweise mit weniger Lust am Geschehen. Aber nun, da ich daran denke, fällt mir auf: als so überaus lustvoll schien auch der Schlimme Ned das alles nicht empfunden zu haben! Er war zwar lebhaft bei der Sache, doch wenn ich seinen Gesichtsausdruck richtig deutete, machte er einen leicht desinteressierten Eindruck.

Diese eine Frau, die sieben Tage geblieben war: er hatte sie weniger oft ins Bett gezogen als die anderen, und dennoch war sie am längsten mit ihm zusammen gewesen. Obwohl nicht außergewöhnlich klug, war sie die witzigste, die amüsanteste von allen. Diese Feststellung erweckte einen Hoffnungsschimmer in mir.

Wie erwartet kam der Zeitpunkt, als die aktuelle Dame von der Bildfläche verschwand und noch keine neue in Sicht war, um ihren Platz einzunehmen. Eine neue war deshalb nicht in Sicht, weil bestimmte Botschaften abgefangen oder fälschlicherweise Leuten zugestellt worden waren, die nichts damit anzufangen wußten. Havoc war emsig am Werk gewesen und hatte diskret dafür gesorgt, daß das eine oder andere Brieflein sich auf seinem Weg verirrte.

Als die letzte Dame abgetreten war, erklärte Havoc sich freiwillig bereit, im Morgengrauen aufzustehen, um das heiße Wasser vorzubereiten, das später für das

Wäschewaschen gebraucht wurde. Das geschah im Waschhaus, in demselben Raum und in derselben Wanne, in der die Leute badeten, wenn sie badeten. Und nun war es Beauty, die in dem Wasser badete, während es aufgeheizt wurde, lange bevor es hell wurde, als niemand es merkte. Ich wusch auch mein Haar und kämmte die Nissen aus, ehe ich es in Tücher schlug, denn in diesem Jahrhundert gibt es keine Lockenwickel. Darüber stülpte ich meine Kappe und schmierte mir Schmutz ins Gesicht, denn plötzliche Sauberkeit hätte Argwohn erregen können. Gesichter sind leicht zu waschen.

Als es Abend wurde, wusch ich mir das Gesicht wieder, kämmte das mittlerweile trockene Haar aus, so daß es mir in einer schimmernden goldenen Wolke über den Rücken floß, schlüpfte in eines von Mamas Kleidern und in meinen Mantel und rannte über den Rasen davon. Am Dower House angekommen, zog ich den Mantel aus, legte ihn sorgfältig über das Terrassengeländer, wo ich ihn jederzeit rasch zur Hand hatte, und ging ans Ende der Terrasse bis vor jenes Zimmer, in dem der Schlimme Ned nach dem Abendmahl zu sitzen pflegte. Ich klopfte ans Fenster. Er kam selbst an die Tür und ließ mich ein, sein Gesichtsausdruck die Überraschung selbst.

»Guten Abend, Edward«, sagte ich. »Ich bin Beauty, die Tochter des Herzogs von Westfaire. Ich bin gekommen, um Euch Gesellschaft zu leisten und Euch Geschichten zu erzählen, die Eure Langeweile mildern sollten.«

Dann setzte ich mich ans Feuer und erzählte ihm von der Zukunft der Welt. Ich war amüsant. Ich war witzig. Ich lachte artig und beugte jeglichem Annäherungsversuch vor. Ich trank nur ein wenig Wein und behielt klaren Kopf. Als die Glocke drüben in der Wellingforder Kapelle zur Frühmette läutete, bat ich unvermittelt, mich zu entschuldigen, verließ ihn durch die Terrassentür und schlüpfte rasch in meinen Mantel. In der nächsten Sekunde kam er hinter mir her, suchte nach mir und rief meinen Namen, während ich über die lange Terrasse und das nasse Gras wieder heimwärts lief – früh genug, um mein Kleid verschwinden zu lassen, meine Jungensachen anzuziehen und mich für ein paar kurze Stunden im Heu aufs Ohr zu legen.

Besser, so sagte ich mir zufrieden, hätte ich es eigentlich gar nicht machen können. Als ich gemerkt hatte, welchen Gefallen er an der amüsanten Dame fand, war mir ein Buch in den Sinn gekommen, das ich im zwanzigsten Jahrhundert in der Schule gelesen hatte. Es hieß Tausendundeine Nacht und berichtete von Scheherazade, die tausend und eine Nacht lang Geschichten erzählte, um so dem Tod zu entgehen. Ich hatte nicht annähernd so lange Zeit. Wenn ich ihn nicht früher in meinen Bann ziehen konnte, dann war das ganze Vorhaben ohnedies hoffnungslos. Doch ihn bloß ins Bett zu kriegen würde nicht das zustande bringen, was mir vorschwebte; das hatte er wieder und wieder mit vielen Frauen getan, ohne daß er den Wunsch gehabt hätte, eine von ihnen zu heiraten. Und obwohl er etliche Male aus reiner Gewohnheit versucht hatte, mich zu unterbrechen, indem er unschickliche Andeutungen machte, hatte ich ihn stets in die Schranken gewiesen, um mit meinen Erzählungen fortzufahren. Ich dachte, möglicherweise würde ihn das Geheimnisvolle bezwingen, wenn schon die Fleischeslust das nicht zuwege brachte.

Als Havoc konnte ich am Morgen beobachten, wie Edward sich umgehend auf den Weg nach Westfaire machte, von dem die meisten Einheimischen wußten, daß es unter einem Zauberbann lag. Ich hörte Edward mit seinen Männern darüber reden, als sie wegritten. »Ein Zauberbann aus Rosen«, nannte er es, und es klang ziemlich aufgeregt. Als er am Abend zurückkehrte, sah er zerkratzt und um seine Hoffnungen betrogen aus. Einer der Männer, die ihn begleitet hatten, erzählte dem Aufseher, daß es Lord Edward nicht gelungen sei, das Rosendickicht um Westfaire zu durchdringen, obwohl er es zu wiederholten Malen versucht habe. Ich betrachtete das als gutes Zeichen.

An diesem Abend zog ich das zweite Kleid an – ich hatte ja nur drei aus Westfaire mitgebracht – und machte mich abermals auf den Weg hinüber zum Dower House. Wieder erzählte ich ihm Geschichten bis zur Frühmette, und wieder rannte er mir nach, als ich ihn verließ.

In der dritten Nacht nahm ich den Mantel mit ins Haus und legte ihn neben mich auf die Armlehne des Sessels. Mitten in einer Geschichte seufzte ich plötzlich tief und unterbrach meinen Vortrag. Als er mich nach dem Grund fragte, sagte ich, ein Zauberbann würde auf mir liegen und bevor ich einem Mann angetraut wäre, der mir keine Fragen stellt, könne ich einzig im Dunkel der Nacht zum Vorschein kommen, und die Dornenbarriere um Westfaire würde bestehen bleiben. Ich sagte es zweimal, um sicherzugehen, daß er mich verstanden hatte, bevor ich seine Aufmerksamkeit auf einen imaginären Späher vor dem Fenster lenkte und von der Bildfläche verschwand, während er das Gesicht abgewandt hatte. Er sah sich verblüfft um, fluchte und rief meinen Namen. Wiederum hätte ich es nicht besser machen können, dachte ich hinterher, als ich mich müde auf den Heimweg über den Rasen machte.

In der vierten Nacht ging ich nicht hinüber, ebensowenig in der fünften.

In der sechsten kam ich wieder, gekleidet in die Robe, in der er mich kennengelernt hatte. Er stapfte auf der Terrasse vor den Fenstern auf und ab, ballte die Hände abwechselnd zu Fäusten und ächzte und murmelte vor sich hin. Das war ein gutes Zeichen. Ich legte den Mantel ab und seufzte laut. Im selben Moment, als er mich erblickte, fiel er vor mir auf ein Knie und bat mich, ihn zu heiraten. Ich wandte mich ab und streckte abwehrend eine Hand aus, als hätte man mich in meiner mädchenhaften Züchtigkeit mit diesem Ansinnen geradezu überrumpelt. Er bettelte. Ich sah meine Hände an und fing an, sie pathetisch zu ringen. Er bettelte noch mehr. Und schließlich, nach einem langen, dahingehauchten Seufzer, sagte ich ja. Ich würde mich drei Tage später nach Einbruch der Dunkelheit in der Kapelle von Wellingford einfinden und mich dort mit ihm vermählen.

Er würde Zeit haben, es noch mal zu überdenken, wenn er wollte. Genau wie ich, wenn ich wach genug war, um überhaupt zu denken. Lord Robert ließ ein Donnerwetter los, als er mich beim Schlafen in einem Winkel des Stalles ertappte. Lady Janet hieß mich aufwachen, als ich an die Flanke des Pferdes gelehnt hinwegdöste, während sie aufsaß. In erster Linie überdachte ich selbst den Umstand, daß ich gar nicht heiraten wollte. Wäre Giles dagewesen, um mich zu heiraten, so hätte es mir nichts ausgemacht, aber ich wollte nicht Ned heiraten. Was ich wirklich wollte und was ich mir vorgenommen hatte, war, meine Mutter zu finden. Ich sehnte mich nach einer Mutter; nach jemandem, der sich meine Sorgen anhörte, an dessen Schulter ich mich ausweinen konnte, dessen Hand sich mitfühlend auf meine Stirn legte, dessen Stimme sagte: ›Ist schon gut, Liebes, ist schon gut, wir werden einen Weg finden.‹ Ich dachte daran, die Stiefel zu benutzen, weil ich annahm, sie würden mich zu ihr tragen – aber die Vorstellung, mich schwanger bei meiner Mama einzufinden! Sie hatte mir aufgetragen, sofort zu ihr zu kommen, bevor ich älter wurde. Sie in meinem gegenwärtigen Zustand aufzusuchen, erschien mir nicht schicklich. Es wäre mir, als würde ich in Schande zu ihr flüchten. Trotz meiner verdrießlichen Lage schlief ich in dieser Nacht wie eine Tote, und als ich am Morgen erwachte, hörte ich bereits die Neuigkeit, die in jedermanns Munde war: Lord Edward würde in drei Tagen heiraten, aber er wollte nicht verraten, wen.

In der folgenden Nacht machte ich mich in meinem Mantel auf, um ihn ein wenig zu überwachen. Doch es fand sich keine Dame beim Dower House ein, und auch nicht in der nächsten Nacht. Es sah so aus, als hätte er tatsächlich vor, die Sache durchzuziehen.

Die Kapelle von Wellingford ist ziemlich klein, gerade groß genug für die Familie und die Dienerschaft. Der Hausgeistliche hält die täglichen Messen ab und führt Taufen und Begräbnisse durch. Dazu hatte man drei Mönche im Haus aufgenommen, als die Abtei zerstört wurde, und ihnen obliegt es, die Glocken zu den Gottesdiensten zu läuten. Die Kapelle steht mitten im Friedhof, auf dem unzählige Wellingfords begraben liegen. Sie riecht ein bißchen nach Frömmigkeit und Staub und Moder sowie nach Weihrauch und Talg.

Ich ging nicht offen hin. Ich ging in meinen Mantel gehüllt, bereit, jederzeit zu verschwinden, falls irgend etwas nicht stimmte, und blieb auch ein Weilchen vor der Tür stehen, um die Leute in der Kapelle zu betrachten. Der Pfarrer war schon da; er sah mißgelaunt aus, wie übrigens etliche Mitglieder der Familie, die irritiert die Köpfe drehten, um nicht den ersten Blick auf die unbekannte Braut zu versäumen. Ned war auch da, zerfahren und nervös; alle zwei, drei Sekunden richtete er die Augen auf die Tür. Der Kaplan legte seinen mißmutigen Gesichtsausdruck ab, um zu gähnen. Normalerweise hätten Ned und ich vor der Kirche einander unsere jeweiligen Besitztümer zum Unterpfand geboten und die Ringe getauscht. Aber ich hatte keine Besitztümer – zumindest keine, die ich als Mitgift verwenden wollte. Ned mußte mich schon so nehmen, wie ich war.

Ich legte den Mantel unter dem Vordach der Kapelle ab und schritt langsam den Mittelgang entlang zum Altar. Alle starrten mich an und begannen zu flüstern. Ich gab vor, die bewundernden Blicke der Herren und selbst einiger Damen nicht zu bemerken; ich hatte ja auch getan, was ich konnte, um gut auszusehen. In mein Haar hatte ich Sommerblumen geflochten; ich war wiederum nach Westfaire geritten, um mir ein Kleid zu holen, diesmal die blaßrote Robe, die ich auf dem Festbankett am Vorabend der geplanten Hochzeit zwischen Papa und Kaninchen-Wiesel getragen hatte. Als der Priester mich nach meinem Namen fragte, antwortete ich mit klarer und lauter Stimme, so daß alle es hören konnten: »Beauty, Tochter der Elladine von Ylles und des Herzogs von Westfaire, welche mit einem Zauberbann belegt ist, den nur die Eheschließung mit einem Mann brechen kann, der keine Fragen stellt.«

Ned blickte mir in die Augen und schwor, mich zu ehren und für mich zu sorgen. Er flüsterte mir ins Ohr, er würde keine Fragen stellen. Er sei nicht neugierig. Er zitterte, als er meine Hand nahm. Ich starrte sein Kinn an und gelobte, ihm ein pflichtbewußtes Weib zu sein, und dachte zwischendurch daran, was Pater Raymond wohl zu alledem gesagt hätte. Pater Raymond hatte seine fest umrissene Einstellung zum Sakrament der Ehe gehabt, und ich kam zu dem Schluß, daß er wohl alles in allem enttäuscht wäre von mir. Der Pfarrer brabbelte einen Haufen behagliches Latein, und wir nahmen gemeinsam das Sakrament ein. Dann küßte Ned mich so zart, als könnte ich zerbrechen. Ich knickste vor seinem älteren Bruder, vor Janet, vor seinem jüngeren Bruder und vor anderen Mitgliedern der Familie. Janet umarmte mich, sehr kurz, als hätte sie Angst, daß mein Zauberbann auf sie abfärben könnte. Dann verließen wir die Kapelle und gingen hinüber ins Herrschaftshaus, wo die Küchen seit Mittag schon in Vorbereitung des Festmahles dampften.

»Es war keine Zeit, ein elegantes Bankett vorzubereiten«, sagte Janet, »oder ein dem Anlaß entsprechendes Präsent auszuwählen.«

»Oh, ich habe schon ein Präsent erhalten«, sagte ich mit einem Unterton in der Stimme, von dem ich innig hoffte, er möge mysteriös klingen. »Als ich auf dem Weg zur Kapelle war, trat ein junger Bursche an mich heran und erklärte, er wolle mir seinen liebsten Besitz zum Hochzeitsgeschenk machen, einen Kater namens Grumpkin. Er müßte sich irgendwo in den Stallungen herumtreiben, und ich möchte, daß er hergebracht wird.«

Man schickte einen Diener aus, um Grumpkin zu holen, und er kam ziemlich mitgenommen zurück, einen Sack in der Hand, in dem sich mein armer Kater befand. Ich schalt mich selbst für meine Dummheit, jemand anderen an meiner Stelle gehen zu lassen, befreite Grumpkin und tröstete ihn mit einem Tellerchen kleingeschnittenem Geflügelfleisch zu meinen Füßen.

»Aber den Jungen konnten wir nicht finden, Madame«, hörte ich einen der Diener zu Janet sagen.

»Ach ja, er gab mir zu verstehen, daß er weggehen wollte«, sagte ich so laut, daß meine Worte über dem Geklapper der Teller zu vernehmen waren. »Er würde von hier verschwinden und nie mehr in diese Gegend zurückkehren, meinte er.«

Und das war, was mich betraf, die Wahrheit. Denn was sollte die Ehefrau von Edward Wellingford schon anfangen mit Havoc, dem Sohn des Müllers?

Eingedenk all dessen, was ich als Voyeurin im Dower House gesehen hatte, gab ich mir keinerlei Mühe, an Einfallsreichtum oder sportlicher Ausdauer mit den Frauen zu konkurrieren, mit denen Edward sich in der Vergangenheit abgegeben hatte. Meine Unberührtheit war keine Heuchelei. Meine scheue Zurückhaltung war keine Heuchelei. Ich fühlte sie beide. Als Edward mich schließlich am vierten Abend nach der Hochzeit nahm (aus echtem Widerwillen, den ich letztlich nur mit Hilfe einer zielbewußt in mich hineingeschütteten Unmenge Wein überwinden konnte, hatte ich ihn so lange hingehalten), verspürte ich kaum etwas außer Unbehagen und Erleichterung, als es vorbei war. Jaybee hatte mich offensichtlich unfähig gemacht, die Freuden des Fleisches zu genießen, obwohl es später, da ich wußte, was ich von Edward zu erwarten hatte, erträglicher wurde. Ich wußte, daß es eine angenehme Sache sein sollte. Aus Neugier (und aus nichts anderem) hatte ich im zwanzigsten Jahrhundert nachgelesen, wie es eine Frau anstellen kann, daß es ein angenehmes Erlebnis für sie wird, aber ich verspürte keinen Ansporn, mit Edward darüber zu reden oder das zu versuchen, was man im zwanzigsten Jahrhundert ›Aufbau einer Beziehung‹ nannte. Es wäre eine Lüge gewesen. Ich wollte keine Beziehung zu ihm aufbauen, weil ich ihn nicht liebte. Mit der Zeit gelang es mir, ihn ganz gern zu mögen, aber ich stellte in mir nicht einmal soviel Zuneigung ihm gegenüber fest, wie ich sie Bill gegenüber verspürt hatte – und Grumpkin gegenüber immer noch verspürte. Edward kannte mich nicht und würde mich nie kennen. Unsere Beziehung war auf einem Märchen aufgebaut. Sie war ohne jede Tiefe und, wie ich fürchtete, ohne Dauer, denn ich konnte mir kaum vorstellen, daß ich lange nach der Geburt des Kindes in Wellingford blieb. Und das Kind selbst konnte ich mir überhaupt nicht vorstellen.

Dennoch war ich sorgsam darauf bedacht, sanftmütig und freundlich in meinem Wesen zu sein und zugänglich in meinem Verhalten. Schließlich verdankte ich dem Mann so viel! Und so nahm ich auch meine Ehegelöbnisse für die kurze Zeit, die dieser Ehe vergönnt sein würde, sehr ernst. Er liebte es, mich hübsch herausgeputzt zu sehen, also legte ich großen Wert auf mein Äußeres. Und selbst als ich – allzu rasch – rund wie eine Melone wurde, duftete ich süß wie ein Blumenstrauß und trug lose fließende Sachen, die bei jeder Bewegung leise raschelten.

Wir ritten viel. Er bestand darauf, daß ich im Damensitz ritt, was ich haßte. Die Erfindung meines Großvaters hatte es beim benachbarten Landadel wohl zu einigem Ansehen gebracht! Wir lasen gemeinsam, wobei es ihm allerhöchstes Entzücken bereitete, daß ich des Lesens und Schreibens kundig war – wenn man es recht betrachtete, besser als er. Ich erzählte ihm Geschichten – von Dingen, die ich erlebt hatte, von Dingen, die ich gehört hatte –, und er amüsierte sich königlich und wunderte sich, wie in aller Welt ich einen solchen Schatz an Erzählungen zusammengetragen hatte. Ich phantasierte etwas vom Hofnarren meines Vaters zusammen, welcher ein weitgereister Mensch mit ausgezeichnetem Gedächtnis gewesen sei und mich seit meiner frühesten Kindheit mit Schilderungen und Anekdoten gefüttert habe. Das war sogar mehr oder weniger die Wahrheit. Der Hofnarr hatte mich zwar mit Schilderungen traktiert, doch handelte es sich hierbei weniger um die erbauliche Sorte, sondern um solche, in denen zumeist Frauenspersonen die Zielscheibe seines bösartigen Spottes abgaben.

Als wir etwa vier Monate verheiratet waren, kam Edward eines Tages von einem Ausritt nach Hause und berichtete, daß Westfaire immer noch unter Rosenhecken begraben und somit der Zauberbann nach wie vor wirksam sei. Er sah gekränkt drein.

Darauf war ich gefaßt. Ich erklärte ihm, wir wüßten ja wohl, daß die Hälfte des Bannes bereits zurückgenommen war, denn ich konnte mich nun auch im hellen Tageslicht frei bewegen; doch da ein völliges Fehlen von Wißbegierde die *conditio sine qua non* darstellte, müsse in ihm, Edward, noch ein winziges Körnchen Neugier schlummern, das verhinderte, daß der Zauber komplett gebrochen wurde. Er errötete, und da wußte ich, daß ich vor jeder weiteren Erörterung dieses Themas sicher war.

Die Zeit verging, und aus dem Winter wurde Frühling. Das Baby wurde geboren. Es kam natürlich viel zu früh. Ich machte deswegen ein rechtes Getue, als die Wehen begannen, und rief nein, nein, unmöglich, es ist noch nicht soweit! Ich hätte mir die Mühe sparen können. In diesen Zeiten kamen die Babys häufig zu früh und waren zu klein, um lebensfähig zu sein. Sie starben oft. Und ich dachte auch, ich würde sterben, wünschte mir zu sterben, wünschte, ich wäre im zwanzigsten Jahrhundert geblieben, wo es Medikamente gab für solche Qualen, und war nahe daran, brüllend nach meinen Stiefeln zu verlangen, um mich von ihnen dorthin tragen zu lassen. Doch die Ermahnungen und das gute Zureden der Hebammen, zu atmen, fest zu atmen, zu drücken, fest zu drücken, hielten mich in Trab, und so brüllte ich und atmete und drückte. Plötzlich ein quäkender Schrei, gefolgt von geschäftigem Hin und Her, und dann wurde mir das kleine windelverpackte Wesen in den Arm gelegt, während jemand sich zwischen meinen Beinen zu schaffen machte und mich sauber wischte. Viel Zungenschnalzen und Rätselraten gab es über der Nachgeburt, aus der die Hebammen angeblich Vorzeichen und Hinweise sowohl auf Gut als auch auf Böse herauslasen, aber sie ließen bald davon ab und widmeten sich Wichtigerem. Ich dachte an Tante Levvy, während sie den Raum mit Lavendelöl besprenkelten und süßes Harz in die Kerzenflammen legten, um den abgestandenen Geruch einer Entbindung zu vertreiben. Als Edward eingelassen wurde, war alles wieder sauber und duftend, und er sah uns beide an wie himmlische Erscheinungen.

»Wie wollen wir sie nennen?« fragte er flüsternd, eine Hand auf meinem Arm.

»Nach meiner Mutter«, sagte ich. »Elladine. Das war der Name meiner Mutter.« Ich wollte dieses Kind lieben. Ich wollte stets daran denken, daß Kinder die Liebe einer Mutter brauchen.

Edward hängte noch eine Reihe von Namen an, die der Familientradition Genüge taten, und ein, zwei Tage später wurde meine Tochter von Janet zur Taufe in die Kapelle gebracht. Sie war zwar zu einem Viertel Fee, aber davon machte ich keine Erwähnung, denn es war meine eigene Taufe gewesen, die einst das ganze Schlamassel in Gang gesetzt hatte. Ich hielt es für besser, wenn das Baby die Sache so unauffällig wie möglich hinter sich brachte, mit Robert und Lady Jane als Taufpaten und dem Segen der Heiligen Mutter Kirche, die es allesamt sicher durch sein künftiges Leben geleiten mochten.

Danach schien die Zeit beinahe stillzustehen. Ich

bemühte mich, sie selbst zu stillen, und lehnte die Amme aus dem Dorf ab. Ich hatte das Gefühl recht gern, hatte es gern, sie so nahe bei mir zu haben. Der Anblick des kleinen, flaumbedeckten Köpfchens, das sich fest an mich preßte, die winzigen sternförmigen Händchen, die sich wie Katzenpfoten gegen mich stemmten, der zahnlose rosa Mund, aufgerissen wie der Schnabel eines kleinen Vogels, das alles fand ich faszinierend. Doch eines Morgens, als sie etwa zwei Wochen alt war – eigentlich war es schon Vormittag, und die Sonne warf ihre Strahlen an den schweren Vorhängen entlang in westlicher Richtung durch den Raum –, öffnete sie beim Trinken die Augen und sah mich an. Es war Jaybees Blick, lüstern und grausam. Ihr Mund klappte zu, und es war, als hätten harte Finger mich gekniffen. Auf der Brustwarze war Blut. Ich schrie auf, und die Mägde kamen angerannt. Ich befahl ihnen, die Amme zu holen, erklärte, meine Brüste würden nicht mehr ausreichen für das Kind, und hielt meine Stimme im Zaum, obwohl es in mir brodelte vor Hysterie. Auch er hatte mich da gebissen. Auch damals war Blut geflossen.

[»Jetzt!«, drängte ich Israfel.
»Warte noch ein wenig«, sagte er. »Sie schafft es aus eigener Kraft.«]

Danach brachten sie sie mir ein-, zweimal am Tag, damit ich sie ansehen konnte. Alles an ihr war winzig, niedlich, kostbar. Sie war zart und süß. Und doch sahen mich aus diesem Puppengesicht seine Augen an, als würde er in diesem Püppchen auf der Lauer liegen und auf seine Gelegenheit warten. Nach diesem Vorfall konnte ich sie nicht anrühren, ohne eine instinktive Abneigung zu empfinden, einen heimlichen Ekel. Die

Amme stillte sie; das Kindermädchen wickelte sie; und Edward betete sie an. Der Anblick seines Gesichtes über dem des Kindes war wie das Aufgehen der Frühlingssonne über den Feldern. Er war so voll Liebe, daß sie wie Strahlen von ihm ausging.

Auch mich umflatterte Edward liebevoll, doch wie es in jener Zeit üblich war, lud er mich während der vierzig Tage, die ich bei zugezogenen Vorhängen im Bett verbrachte, ohne Sonne oder Mond zu sehen, nicht ein, das eheliche Lager mit ihm zu teilen. Dann kam der Zeitpunkt der Aussegnung. Pater Raymond hatte immer behauptet, die Aussegnung einer Frau sei eine feierliche Danksagung für eine gute Niederkunft, doch in Wellingford schien das etwas ganz anderes zu sein. Hier, so sagten die Hebammen, betrachte man eine Frau auf Grund des Blutes, das sie beim Gebären des Kindes absondert, als unrein und gottlos, und nur die Worte des Priesters, die über sie gesprochen werden, können sie wieder in den Zustand der Gnade zurückführen. Zwar gab es etliche in Wellingford, die nicht an einen solchen Unsinn glauben wollten, doch Lady Janet glaubte aus ganzem Herzen daran. Daher wurde mir von den frommen Hebammen Lady Janets Einstellung aufgezwungen, ob ich nun wollte oder nicht. An einem anderen Ort oder zu einer anderen Zeit hätte ich mich dagegen vermutlich lautstark aufgelehnt, aber Edward und seine Familie waren freundlich und mir gegenüber ganz allgemein wohlgesinnt, also hatte es keinen Sinn, sie in Verlegenheit zu bringen.

Am Ende des ›Wochenbettes‹ ging ich also in die Kapelle, dick eingewickelt in die traditionellen Schleier, fiel auf meinem Platz nahe des Altares auf die Knie und ließ mich vom Kaplan mit Psalmen berieseln, als Wiedergutmachung, daß ich Gott damit erzürnt hatte, im heiligen Stand der Ehe ein Kind zu gebären. Der ›Kirchengeruch‹ an diesem Tag war sehr stark, genau wie an jenem Abend, als Ned und ich getraut wurden. Und immer noch konnte ich den Geruch nicht genau identifizieren. Als der Priester geendet hatte, war ich also wieder befreit von jedem Makel und durfte wieder die Sonne und die Sterne ansehen. Ich sagte niemandem, daß ich mich jede Nacht aus dem Bett ans Fenster geschlichen hatte, wo ich sitzenblieb und den Mond betrachtete und mich nach etwas sehnte, was sich nicht in Worte fassen ließ. Vermutlich war es die Sehnsucht nach meiner eigenen Mutter. Nach irgend jemandem von den Meinen, der mir hätte erklären können, was ich fühlte. Ungeachtet all meiner guten Absichten konnte ich mein eigenes Kind nicht lieben. Es entsetzte mich, daß ich nur Jaybees Bösartigkeit in diesem winzigen Gesichtchen sah, denn zur Hälfte stammte sie ja von mir! Meine Hälfte sollte doch auch etwas zählen! Und wie oft ich mir das auch vorsagte – sobald ich sie erblickte, sobald sie ihre dunklen Augen öffnete und mich anstarrte, dann sah ich nur Angst und Schrecken und verspürte nichts als kaum vergessenen Schmerz.

Zu Lady Janets Ängsten betreffend frisch entbundene Frauen kam die Angst hinzu, das Baby könnte von bösen Feen entführt werden, und so saßen die Mägde Tag und Nacht über die Wiege gebeugt, um es zu bewachen. Janet erzählte Geschichten von geraubten Babys, an deren Stelle man Wechselbälger zurückgelassen hatte. Keiner sagte dazu, weshalb Feen Menschenkinder ihren eigenen vorziehen sollten, und mir erschien die Sache unwahrscheinlich. Ich hatte eines von der Sorte gesehen, von der Janet sprach, und es handelte sich keineswegs um einen Wechselbalg, sondern um einen armen Idioten, ein Kind mit Down-Syndrom, wie man im zwanzigsten Jahrhundert gesagt hätte, das von einer nahezu Vierundvierzigjährigen geboren worden war. Doch es hatte keinen Sinn, darüber mit Janet zu streiten. Außerdem würde es der kleinen Elly nicht schaden, von liebevoll sorgenden Leuten umgeben zu sein, egal aus welchem Grund.

Obwohl ich persönlich sie auf Distanz hielt, gab es keinen Mangel an fürsorglichen Händen, die sich um sie kümmerten, und zärtlichen Armen, die sie festhielten. Ned spielte mit ihr wie mit einem neuen Spielzeug, machte guck-guck-guck und patsch-patsch-patsch, bis sie alle beide vor Lachen nicht mehr weiterkonnten. Und mehr als einmal entdeckte ich auf seinem Gesicht einen Ausdruck dankbarer Verwunderung, als wäre etwas dran am Vatersein, das er weder erwartet noch zu hoffen gewagt hatte. Was mich betraf, so schwankte ich zwischen Verbitterung, weil das Kind nicht von jemandem stammte, den ich liebte, und Dankbarkeit, weil sie zumindest zu Hoffnungen auf künftige Schönheit berechtigte und nicht befürchten ließ, als Jaybees Kind dereinst mit affenartigem Aussehen gestraft zu werden.

Ich rief mir alles ins Gedächtnis zurück, was ich im zwanzigsten Jahrhundert gelernt hatte, und traf alle möglichen Vorkehrungen, um es zu keiner weiteren Empfängnis mehr kommen zu lassen. Entweder war das Glück oder Gott auf meiner Seite, jedenfalls verging fast ein Jahr, ohne daß ich schwanger wurde. Da ich mich sehr genau daran erinnerte, wie Ned vor unserer Ehe ausgelassen davon geredet hatte, wie er seine Saat in der ganzen Gegend verstreut habe, ohne daß sie auf fruchtbaren Boden gefallen wäre, begann ich anzunehmen, daß er steril war. Ich wünschte mir, dessen sicher sein zu können, denn dann hätte ich das Zählen von Tagen und die vorgetäuschten Kopfschmerzen aufgeben können, wenn ich ihn mir zu bestimmten Zeiten vom Leibe halten wollte. Dennoch gab mir der Gedanke einigermaßen Hoffnung, daß Elly unser einziges Kind bleiben würde.

Um mir ein wenig Bewegung zu verschaffen und vom Haus wegzukommen, verlegte ich mich auf häufige Ausritte – zumeist allein, denn das war mir lieber, als von einer Meute keuchender Stalljungen verfolgt zu werden, die sich mühsam auf dem Rücken fetter Karrengäule festhielten, weil der Stallmeister ihnen nichts Besseres geben wollte, andererseits aber keine erwachsenen Männer entbehren konnte, die ein Auge auf mich haben sollten. Eines Morgens war ich früh aufgebrochen und in die hügelige Gegend geritten, wo ich schließlich auf einer Anhöhe anlangte, von der aus man weit über das Land blicken konnte. Man sah die ausgebrannte Abtei, den See und am anderen Ufer des Sees den Buckel aus Heckenrosen, unter dem Westfaire schlief.

Ich bemerkte den Mann erst, als ich abgesessen war. Er machte eine plötzliche Bewegung, und ich erschrak.

»Mylady«, sagte er. »Fürchtet Euch nicht.«

O Gott, ich kannte diese Stimme! Ich starrte ihn an und ging auf ihn zu, und er starrte mir entgegen, erst interessiert und dann fast entsetzt.

»Beauty!« schrie er.

»Giles!« schrie ich zurück. Oh, er war es, er war es! Er schien überhaupt nicht gealtert: dasselbe braune Haar, jedoch kurz geschnitten, wie es unter einem Helm getragen wurde, und dieselben Augen, die in die meinen blickten.

»Ihr könnt es nicht sein«, sagte er mit fester Stimme, wie ein Mann, der sich enttäuscht von einer Geistererscheinung abwendet. »Nein, Ihr könnt es nicht sein.«

»Doch, ich bin es!« rief ich. »Ich bin es wirklich! Es

war nicht ich, die verzaubert wurde, Giles! Ich war nicht dort!«

Er nahm meine Hände. Er zog mich an sich, und ich spürte das Donnern seines Herzens. Es war das erste Mal, daß er mich so festhielt, und alles in mir erwärmte sich und schmolz dahin, und, o ja, ich lechzte nach ihm, ich wollte ihn hier und jetzt, auf der Stelle – auf diesem Flecken Gras unter diesem Baum! Ich legte die Arme um seinen Nacken und küßte ihn, und das Küssen brannte wie Feuer. Wir küßten einander, drehten die Köpfe nach links und nach rechts, so als könnten wir durch das Herausfinden der richtigen Haltung unsere Getrenntheit überwinden und eins werden, verschmolzen an den Lippen.

»Nein, nein!« schnappte er schließlich nach Luft und hielt mich auf Armeslänge von sich weg. »Das schickt sich nicht! Du bist ein unberührtes Mädchen …«

Ich lachte. Ich riß ihn an mich, preßte mich an ihn und sagte, das sei ich nicht mehr. Ich sei verheiratet und Mutter, plapperte ich, Ehefrau von Edward von Wellingford. Ich klammerte mich fest an ihn wie eine Katze an einen Stamm. Und er wurde weiß im Gesicht. Er löste meine Hände von seinem Körper und trat einen Schritt zurück.

»Verheiratet«, flüsterte er. Mir war, als hätte er gesagt: ›Tot.‹

Ich hörte auf zu reden und sah ihm in die Augen. Nicht, daß sie nicht immer noch übergegangen wären vor Liebe, doch ich wußte, in dem Moment, als ich ihm gesagt hatte, ich wäre verheiratet, hatte ich ihn verloren. Giles war ein Ehrenmann. Er war ein religiöser Mann. Er war ein Mann der ritterlichen Tugenden. Und ich hatte so lange im zwanzigsten Jahrhundert gelebt, daß mir die Existenz von Ehre und ritterlicher Tugend ganz entfallen war. Doch bei Giles existierten sie!

Und nicht nur in Worten, auch in Taten! Er würde einen anderen Mann ebensowenig zum Hahnrei machen wie einen Gegner hinterrücks erledigen, denn das eine war so wenig tugendhaft wie das andere, und ihn verlangte nach Tugend. Hätte er sonst Pater Raymond gehorcht und mich verlassen?

»Giles ...«, flüsterte ich. »O Giles, verlaß mich nicht! Ich brauche dich!«

Er wehrte mich ab, wie er einen Fluch abgewehrt hätte. »ich liebe und verehre Beauty, die einzige Frau, die ich je lieben werde«, sagte er. »Aber sie, die ich liebte, war ein Mägdelein, das ich das Recht hatte zu lieben.« Er machte noch ein paar Schritte weg von mir, drehte sich um und rannte zu seinem Pferd. Ich glaube, ich hörte ihn dabei schluchzen.

Ich schrie seinen Namen. Ich stand da, schrie seinen Namen, und die Tränen rannen mir über das Gesicht. Ich warf mich zu Boden und weinte, und als ich das nächstemal aufblickte, war er verschwunden. Erst dachte ich, ich hätte einen Wachtraum gehabt, aber dann sah ich ihn weit unten auf seinem Pferd über eine Lichtung hetzen, weg von mir, immer weiter weg.

Sobald ich konnte, kehrte ich nach Wellingford zurück, zu Elly, zu Ned, zu meinem Leben. Ich hatte das Gefühl, als wäre ich gestorben, und nur meine leere Hülle wandelte noch unter den Lebenden.

Je größer Elly wurde, desto mehr wuchs auch Neds Liebe zu ihr. Er liebte auch mich, aber eher wie ein Schmuckstück, wie etwas Zartes, Schönes, das man mit geschwellter Brust herzeigte, das aber kaum von praktischem Nutzen war. Er besaß ein Ölkännchen aus Bergkristall, das ihm irgendein Kreuzritter aus dem Heiligen Land mitgebracht hatte, und er sprach von diesem Kännchen ganz ähnlich wie von mir: Welch eine Schönheit! Was für eine unvergleichliche Schönheit! Und dann: »Mutter meines Herzchens ...«

Als er das sagte, da ging plötzlich irgend etwas in Brüche, und Wut sprudelte in mir hoch wie Blut aus einer frischen Wunde. So war ich also die Mutter seines Herzchens! Ich hatte wohl immer irgend etwas zu tun mit dem Herzchen eines anderen – Edwards Herzchen oder meines Vaters Herzchen. Und Giles, mein Herzchen, wollte mich nicht, weil ich die Mutter von Edwards Herzchen war! Ich zog mich in mein Bett zurück und weinte, und das Verlangen, weit weg zu gehen, fing an, in mir zu wachsen. Die Sehnsucht nach jemandem, der so war wie ich, übermannte mich.

Ich dachte daran, daß im zwanzigsten Jahrhundert eineinhalb Jahre vergangen waren, während meiner Abwesenheit von hier jedoch drei im vierzehnten. So wußte ich nicht genau, wie alt ich war. Siebzehn? Oder neunzehn? Mama hatte mir aufgetragen, zu ihr zu kommen, ehe ich noch älter wurde, doch nun war ich bereits älter! Aber wenn ich eine Weile damit zubrachte, nach Mama zu suchen, konnte es sein, daß dies für Elly und Edward nur ein winziges Weilchen bedeutete, denn die Zeit lief unterschiedlich schnell ab an unterschiedlichen Orten.

Ich kämpfte mit meinem Gewissen wie Jakob mit dem Engel Gottes und quälte mich so ab, daß ich nicht einschlafen konnte. Ich wanderte die ganze Nacht umher, die Hälfte davon immer wieder zur Kapelle und zurück. Ich ging durch die Vorratskammern, zählte die Liköre, die Marmeladen, und als ich fertig war, zählte ich noch mal. Durch den Weinkeller, wo ich die Flaschen zählte. Durch die Wäschekammern. Als ich die Wäsche zählte, wurde es mir zuviel. Ich schloß die Wäschekammer ab und ging ins Kinderzimmer.

Sie schlief in ihrer Wiege am Feuer. Die Wärme hatte

ihre Wangen rosig gemacht. In dunklen Löckchen ringelte sich ihr Haar auf dem Kissen. Sie hatte den Daumen im Mund, und ihre Augen waren geschlossen, doch ich wußte, wenn sie sie aufmachte, würden es Jaybees Augen sein.

[»Jetzt!« sagte ich. »Jetzt kommt sie!«
»Tatsächlich«, nickte Israfel. »Höchste Zeit.«]

Ich trug nur ein einfaches Gewand. Jetzt schnappte ich mir meinen Mantel, holte die Stiefel aus der Tasche und ließ statt dessen den Schlüssel zur Wäschekammer hineinfallen. Ich zog die Schuhe aus, die ich anhatte, schob auch sie in die Manteltasche und schlüpfte in die Stiefel. Als ich das Haus verließ, nahm ich im Vorbeigehen noch den Sonnenschirm mit, den einer von Edwards kunstfertigen Männern für mich gemacht hatte; er würde mir nützlich sein, um mir Regen, Sonnenschein und bissige Hunde vom Leib zu halten. Als ich vor der Tür stand, sagte ich: »Stiefel, tragt mich zu meiner Mama!«

Die schwindelerregende Finsternis umfing mich, hob mich hoch und trug mich davon. Aus weiter Ferne hörte ich Elly weinen, einen kurzen, gequälten Schrei nur, und dann hörte ich gar nichts mehr.

17

*Chinanga: Zeit unbekannt,
vielleicht irrelevant*

Als die Finsternis sich schließlich hob und die Stiefel sich nicht mehr regten, stand ich auf einer sandigen Landzunge, die wie ein Finger in eine weite Wasserfläche hineinzeigte. Auf den ersten Blick schien das Wasser fast so endlos zu sein wie der Himmel. Es war heller Tag, und eine heiße Sonne verbarg sich noch ein wenig hinter aufsteigendem Dunst. Hinter mir ragten dunkle, von Lärm und Kletterpflanzen überquellende Bäume aus dem Wasser und bildeten eine funkelnde Wand. Zu meinen Füßen liefen die Wellen mit aufblitzenden Lichtern dahin und kräuselten sich träge am Ufer. Auf der anderen Seite des Wassers standen weitere, ebenso mit Ranken behängte Bäume, aus denen ähnlicher, nur gedämpfterer Lärm herüberdrang. Die Wellen umspülten die säulenartigen Stämme und beleuchteten sie mit dem tanzenden Widerschein des grünlichen Lichts. In einiger Entfernung zu meiner Linken und Rechten verlief die Wildnis am anderen Ufer in einer weiten Krümmung und vermischte sich mit dem Dschungel hinter meinem Rücken. Die Krümmung ließ mich darauf schließen, daß ich mich am inneren Ufer der Biegung eines breiten Flusses befand.

Die Bäume in meiner Nähe waren allesamt mit Orchideen geschmückt, deren schwerer Geruch mit dem Duft nach Zitronen und Nelken gewürzt war. Ungeachtet des verlockenden Wohlgeruches wirkte weder der Dschungel einladend, noch das Wasser. Die

Szenerie war nicht da, um betreten, sondern um betrachtet zu werden wie der prachtvolle Hintergrund für ein noch ungespieltes Theaterstück. Auf diese Weise gesehen und von den durch die hochsteigenden Nebelschleier gefilterten Sonnenstrahlen beleuchtet, war dies ein Anblick von melancholischer Lieblichkeit, von tiefer Schwermut, von wehmütiger Erinnerung, als hätte ich – oder jeder andere – diesen Ort bereits kennengelernt – in der Jugend, im Traum, in wundersamen Phantasien.

Ich hatte den Stiefeln aufgetragen, mich zu meiner Mutter zu bringen. Falls sie sich irgendwo in der Nähe befand, dann hielt sie sich vor mir verborgen. Da ich die Stiefel immer noch an den Füßen trug, hätte ich natürlich fortfahren können, mit Riesenschritten nach ihr zu suchen, aber alle Richtungen erschienen mir gleich verlockend und geheimnisvoll, und zusammen mit dem schwülen Duft der Orchideen und Gewürzaromen drang mir auch der Gestank von Sümpfen in die Nase – ein Geruch, der zur Vorsicht gemahnte.

Die Zeit an diesem Ort entsprach nicht der normalen Zeit. Eile hatte wenig Bedeutung. Ungeduld gar keine. Und so entschloß ich mich abzuwarten. Der Mantel verbarg mich so gut, daß ich keine Angst haben mußte vor Raubtieren; auf der sandigen Landzunge war es trocken und warm; ich hatte mich nicht lange nach dem Abendessen auf die Reise gemacht und war satt. Also setzte ich mich hin und wartete, brachte mein Buch auf den neuesten Stand und ließ mich dann von dem langsamen Branden der Wellen einlullen und döste den ganzen Tag vor mich hin, nur aufgeschreckt von einem Stamm streitsüchtiger Affen, die von den Bäumen kamen, um zu trinken. Das Wasser war sehr still. *Altissima quaeque flumina minimo sono labi,* hatte Pater Raymond so gern gesagt: die stillsten Wasser sind die tiefsten. Er sagte es für gewöhnlich, wenn die Tanten zuviel schnatterten. Oder ich. Dieses Wasser hier war jedenfalls still genug, um sehr tief zu sein.

Als schließlich doch eine Veränderung eintrat, begann ich sie nach und nach als ferne Dissonanz zu fühlen, die sich anfangs kaum hörbar dem Geschrei der Vögel und Affen zugesellte. Es war ein klatschendes, spritzendes Geräusch, ein gedämpftes Klappern. Etwas auf dem Wasser – oder darin. Etwas, das weit entfernt rechts hinter mir war, in der Richtung, in die das Wasser floß; offenbar kam etwas flußaufwärts, das noch von der hohen Wand der Bäume vor meinen Blicken abgeschirmt wurde.

Sollte ich sichtbar werden oder unsichtbar bleiben? Sollte ich wie durch ein Wunder aus dem Nichts erscheinen? Ohne mich zu bewegen, zog ich allerlei Möglichkeiten in Betracht, während der Bug eines großen Flußbootes hinter dem Dschungel hervorkam – eines hohen Dampfers mit mehreren Decks und zwei riesigen Rädern an den beiden Seiten. Auf den Decks drängten sich die Passagiere, während das Boot sich unerschütterlich gegen die Strömung vorankämpfte. Hier würde meine Unsichtbarkeit keine Hilfe sein, also schlüpfte ich aus Mantel und Stiefeln, ehe ich in meinem einfachen Kittel ein paar Schritte vorlief und Aufmerksamkeit zu erregen versuchte, indem ich mit dem aufgespannten Sonnenschirm winkte.

Eine Zeitlang bemerkte mich niemand, und dann sahen mich alle zugleich. Der Dampfer erzitterte, als er seine Richtung änderte. Eine Pfeife schrillte, und ich preßte mir eilig die Hände über die Ohren. Ein kleines Ruderboot wurde seitlich herabgelassen und kam pfeilschnell wie eine Wasserwanze auf mich zu. Die beiden Ruderer brachten ihr Boot auf dem Sand zum Stillstand, blieben aber sitzen und starrten mich an wie ein exotisches Tier – dabei war ich auf meine Art gewiß nicht ungewöhnlicher anzusehen als die beiden auf ihre, denn es waren zwergenhafte und dunkelhäutige Männchen mit schmalen Ohren.

»Mein Name ist Beauty, Lady Wellingford«, sagte ich. »Man hat mich hier ausgesetzt, und ich benötige ein Transportmittel in die nächste Stadt oder den nächsten Ort.«

Sie murmelten miteinander. Ich verstand sie ganz gut, denn sie sprachen eine Art verfälschtes Spanisch mit ziemlich viel Latein dazwischen. Schließlich stieg einer von ihnen aus dem Boot und trug sich an, mein Gepäck zu tragen; mit einem anmutigen Lächeln ließ ich es zu – ganz erstaunt zu entdecken, daß ich welches hatte! Wir stiegen in das Boot, die beiden stießen mit den Rudern ab, und wir flogen über das Wasser auf den Flußdampfer zu, der langsam stampfend auf der Stelle trat.

Das Unterdeck ragte längsschiffs über die oberen Decks hinaus, was letzteren das Aussehen der oberen Schichten eines Hochzeitskuchens gab, die man aus praktischen Erwägungen auf einem dunklen, festen Untergrund aufgebaut hatte – auf Pumpernickel etwa. Im Unterdeck befand sich Fracht. Auf den oberen Decks befanden sich Passagiere. Soviel war mir klar, als ich die Gesichter sah, die mir an jeder Reling entgegenblickten.

Über eine Leiter kletterte ich auf das zweite Deck und hatte kaum Zeit, mir die Röcke glattzustreichen, ehe ich bereits dem Kapitän gegenüberstand, einem goldbetreßten, untersetzten, löwenköpfigen Mann, der, was seine Besorgnis um mich betraf, genausogut hätte aus Holz geschnitzt sein können.

»Madame!« grollte er mit einem drohenden Unterton in der Stimme.

Erneut stellte ich mich vor, diesmal in einer selbstverfaßten Hilfssprache aus all dem Spanisch, das mir von der Schule her in den Sinn kommen wollte, plus Latein, etwas Angelsächsisch und ein klein wenig mittelalterliches Französisch. Während er mir zuhörte, durchbohrte er mit seinen Blicken die Sandbank, als hätte sie mich aus eigenem Antrieb und purer Bosheit hervorgebracht.

»Noch nie zuvor!« erklärte er mit Bestimmtheit. »Befördere Passagiere, jung und alt, so viele Jahre, daß ich aufgehört habe, sie zu zählen. Hatte noch nie zuvor unterwegs jemand an Bord zu nehmen!«

»Ich verfüge über ausreichende Mittel, falls es eine Frage der Bezahlung ist«, versicherte ich ihm.

Er schüttelte seinen großen Schädel, zog die Brauen zusammen und überlegte, welch tiefere Bedeutung meiner Bemerkung zugrunde liegen könnte. Schließlich sagte er: »Nicht erforderlich. Reisende in Nöten sind Grund genug anzuhalten. Habe eine freie Kabine, macht also nichts aus.« Geheimnisvolle Verwünschungen auf – wie ich zu hören glaubte – hebräisch und griechisch brummend, unter heftigem Kopfschütteln und mit seinen stummelartigen Beinen so hart gegen die Schiffsplanken tretend, als wollte er sie durchstoßen, stapfte er davon. Ungeachtet seiner Worte fühlte ich mich nicht sehr willkommen.

Auf die anderen Passagiere konnte ich nur einen flüchtigen Blick werfen. Diejenigen von ihnen, die sich hinter einer Barrikade aufhielten, waren klein und stämmig, braunhäutig und dunkelhaarig und in, wie mir schien, phantasievolle ethnische Gewänder gekleidet; die anderen, die sich frei auf Deck bewegen durften, hatten Uniformen oder einfache Kleider an. Es handelte sich offensichtlich um eine Gruppe aus den Kolonien: die Herrscher und die Beherrschten.

Während diejenigen hinter der Barrikade herüberstarrten und mit den Fingern auf mich zeigten, führte mich einer der Bootsleute zu der freien Kabine, einem kleinen, kühlen Raum mit einem Kleiderschrank und einem Frisiertisch an der inneren Wand, einem schmalen, mit einem Moskitonetz verhangenen Bett und Fenstern, die auf das Deck hinausgingen und sich im Augenblick hinter Jalousien verbargen. Und hier gesellte sich der Kapitän wieder zu mir, als er Zeit gefunden hatte, seine Fassung wiederzufinden und meine Errettung aus einem freundlicheren Blickwinkel zu betrachten. Die Zwischenzeit hatte ich dazu genutzt, mir eine Geschichte über Entführung und hilfloses Ausgesetztwerden zurechtzulegen. Ich war aus meinem Haus geholt worden, ich wußte nicht, von wem. Man hatte mich auf diese Sandbank gebracht und dort alleingelassen. Einiges davon war die Wahrheit, und der Rest konnte nicht widerlegt werden.

Zu alledem schüttelte der Kapitän unausgesetzt den Kopf, während er mir versicherte, er sei hocherfreut, mir zu Diensten stehen zu dürfen. Sein Name sei Karon, sagte er, und das Boot heiße *Stugos Queen* und sei unterwegs nach der Stadt Nacifia in Chinanga, dem Land, das uns umgab. Er fragte mich, ob mir diese geographischen Begriffe geläufig wären, und ich konnte ehrlicherweise nur verneinen. Ich hatte erwartet, in Ylles zu sein. Ich hatte erwartet, in Feery zu sein. Vielleicht war dies hier Feery. Ylles war es ganz gewiß nicht.

»Liegt das Land Ylles in der Nähe von Chinanga?« fragte ich.

»Du heiliger Frosch!« rief er aus. »Haben sie jetzt schon ihr eigenes Land?«

Im Zweifel, ob ich die Ausrufung, die er gebrauchte, wirklich korrekt vernommen hatte, verfolgte ich die

Sache nicht weiter. Offenbar hatte er noch nie etwas von Ylles gehört. Er führte mich hinaus an Deck und stellte mich einigen anderen Passagieren vor, ehe er mich auf einen Rundgang zwecks Besichtigung des Schiffes einlud. Die Passagiere waren sichtlich recht interessiert an mir, und ich bekam mehr und mehr den Eindruck, als ob das Leben in Chinanga nicht besonders amüsant wäre. Eine sehr alte, verschrumpelte Dame hielt meine Hand lang in der ihren und legte den Kopf schief, um mich genauestens in Augenschein zu nehmen. »Ach ja, Beauty, die Schöne«, vermeinte ich sie murmeln zu hören. Doch ›Beauty‹ konnte sie nicht gesagt haben, denn ich war ihnen allen als Lady Wellingford vorgestellt worden. Sie lächelte mir gewinnend zu, aber ich fand ihr Benehmen ein wenig abschreckend, denn es erschien mir so auf mich konzentriert, daß es fast aufdringlich wirkte. Sie war natürlich eine Fremde für mich, und dennoch hatte sie irgend etwas Vertrautes an sich, so etwa, als würde sie in Stimme oder Aussehen jemandem ähneln, den ich kannte. Jemandem, den ich gut kannte.

Die vorderen Frachträume, sagte der Kapitän, seien voll beladen mit Rohgummi aus den Pflanzungen am Unterlauf des Flusses. Und achtern bestand die Ladung aus Säcken mit Kokablättern und Kaffee und Bündeln von Pisangstielen, die von Fliegen umschwärmt wurden. Weit flußaufwärts, kurz vor dem Ende ihrer Fahrt, würde die *Stugos Queen* exotische Früchte und Weine von den Plantagen in den sonnigen Bergen von Baskarone an Bord nehmen.

»Baskarone?« fragte ich. Das Wort verursachte einen merkwürdigen Widerhall in mir – jenes Beinahe-Wiedererkennen, das ich beim Anblick der alten Frau verspürt hatte. »Baskarone?«

»Unser Nachbarland«, sagte er. »Dort droben.« Mit

einer sonderbaren Gebärde zeigte er nach oben. Ich nahm an, er meinte damit eine höhergelegene Gegend, aber die Nebel über dem Fluß verhinderten eine Sicht auf Berge, wie nahe diese auch sein mochten.

Wir standen nebeneinander an der Reling. Der Stugos führe Hochwasser, erklärte er, wie die meiste Zeit. Doch selbst für Hochwasser seien die reißenden Strömungen launischer als sonst, voller heimtückischer Strudel und wirbelnder Blasen, die violette Nebel ausstießen. Die Besatzung, so sagte er, verbringe schon ihre halbe Freizeit vor dem Flußaltar an der Heckreling, um sich die zahlreichen Wasserteufel wohlgesonnen zu machen oder St. Frosch um seinen Schutz zu bitten.

»St. Frosch?« wiederholte ich, wiederum im Zweifel, ob ich ihn recht verstanden hatte.

Er nickte. »Letztes Jahr in Nacifia haben wir der Kathedrale zu den Hilfreichen Amphibien Reliquien von St. Frosch abgekauft.« Gedankenverloren kratzte er sich am Hintern, während er laut überlegte, ob es nicht den Versuch wert wäre, eine Fahrt einen bestimmten Nebenfluß hinauf zu unternehmen, wo man bei den mächtigen Wasserfällen an der Grenze von Chinanga im Schrein Unserer Kröte von den sporadischen Sturzbächen oder vielleicht demjenigen der heiligen Schlange von den Sandbänken eine Opfergabe darbringen könnte.

Mir fiel mein Vater ein. »Hält man denn eine solche Wallfahrt für wirksam?« fragte ich gequält; wie oft ich Papa diese Frage gestellt hatte ...

Trübsinnig schüttelte er den Kopf. »Weiß nicht«, antwortete er. »Manche sagen ja, manche sagen nein.«

Vermutlich hätte er es mir näher erklärt, aber er wurde von einem Mitglied der Besatzung gerufen und verließ mich, um auf das Unterdeck hinabzusteigen, wo er das Ohr an einen der Lukendeckel legte – zweifellos, um zu hören, was das Gummi oder die Kokablätter zu diesem Thema zu sagen hatten. Da wurde mir klar, daß er mich belogen hatte, was die Ladung unter Deck betraf.

Ich blieb an der Reling stehen und fragte mich, ob ich nicht doch die Stiefel anziehen und mich auf die Suche nach Mama machen sollte. Die alte Frau stand plötzlich neben mir, wie sie es noch oft in den darauffolgenden Tagen tun sollte.

»Sind Sie hergekommen, um mit jemandem zusammenzutreffen?« fragte sie – ein wenig zu meiner Überraschung, denn Chinanga war doch wohl nicht der Treffpunkt der großen weiten Welt.

»Ich bin hergekommen, um meine Mutter zu treffen«, sagte ich. »Aber ich habe keine Ahnung, wo sie ist.«

»In drei Tagen kommen wir in Nacifia an«, sagte die alte Frau. »Und in Nacifia wird es Ihnen sicher gelingen herauszufinden, wo sie ist. Irgend jemand dort wird es wissen.«

Ich dankte ihr, und sie lächelte – ein Lächeln voll inniger Freude. Nichts in unserem Gespräch war eine Erklärung für ihren Gesichtsausdruck, und als ich in meine Kabine ging, hielt ich sie für noch seltsamer, als ich es zuvor schon getan hatte.

Seltsam oder nicht, sie hatte mir die Wahrheit gesagt. Am dritten Tag, kurz vor Sonnenaufgang, zeichnete sich die Kathedrale zu den Hilfreichen Amphibien gegen die verblassenden Sterne am Himmel ab. Der Zeitpunkt unserer Ankunft – vielleicht absichtlich so gewählt – erlaubte den Gebrauch der Schiffspfeife mit höchstmöglicher Wirkung. Während ich, die Hände fest auf die Ohren gepreßt, von der Reling aus zusah, wie die *Stugos Queen* sich dem Ufer näherte, zog Kapitän Karon wie wild am Zugseil der Pfeife. Den Kopf hielt er fest zwischen den Schultern eingeklemmt, um so zu vermeiden, daß die Schwingungen seinen Schädel zum Rattern brachten. Das Heulen der Pfeife hätte auch Tote zum Leben erweckt. Es war unvermeidlich, daß er damit die ganze Stadt auf die Beine brachte.

Nachdem er noch einige Male am Seil gerissen und ganze Wolken von Tauben von der Kuppel der Kathedrale himmelwärts gescheucht hatte, wo sie vom Licht der aufgehenden Sonne in fliegende Rosenblätter verwandelt wurden, hatte er anscheinend den Eindruck, genug Dampf abgelassen zu haben. Als wir schließlich anlegten, ging es in der Stadt zu wie in einem aufgeschreckten Ameisenhaufen, und ich bemerkte mehr als nur ein paar rüde Gesten in unsere Richtung. Doch der Kapitän grinste nur, streckte seinen runden Bauch über den Hosengürtel und strich mit einer Hand sachte darüber wie über den Rücken eines nicht völlig gezähmten Tieres, während er die andere zu einem ironischen Salut in meine Richtung hob.

Ich ging aufs Unterdeck und sah mich mit größtem Interesse um. Die Passagiere waren ein kunterbuntes Gemisch, und ihre individuellen Wunderlichkeiten stachen durch die unmittelbare Nachbarschaft zu denen der anderen noch mehr ins Auge. Und ihre Habe, die sie in großen Weidenkörben mit sich führten, war noch wunderlicher. Vergoldete, mit kostbaren Edelsteinen geschmückte Gürteltiere; Hühner in allen Schattierungen von hellem Smaragd bis Aquamarin; Schildkröten mit in Tränen schwimmenden Augen. Und auf dem Kai waren noch seltsamere Gestalten zu sehen: wild umherhüpfende Männer und Frauen mit bemalten Gesichtern, die inmitten der dichtgedrängten Menge ihre Kapriolen schlugen. Ich machte die alte Frau darauf aufmerksam; wie üblich stand sie neben mir, als wollte sie mich nicht aus den Augen verlieren.

»Aus dem Narrenturm«, bemerkte sie, deutete mit einem Zeigefinger auf ein bunt bemaltes Gebäude am Fluß und klopfte sich mit dem anderen vielsagend auf die Stirn. »Dann und wann reißen sie aus.«

»Kennen Sie Nacifia gut, Madame?« fragte ich sie.

»Ich habe mir die Stadt gründlich angesehen«, antwortete sie, »bevor ich mich vorübergehend hier niederließ. Ich besitze ein kleines Haus auf diesem Hügel dort oben, in der Straße der Reinen Absichten. Vielleicht werden Sie mich dort aufsuchen?«

»Vielleicht, Madame«, murmelte ich.

»Kapitän! Ho, Kapitän!« Der Ruf erscholl vom Kai aus, von einer Stelle unter uns und etwas zur Rechten. Kapitän Karon verrenkte sich den Hals, um die Person zu sehen, die ihm mit ihrem geblümten Schirm zuwinkte. Ich hatte sie nicht kommen sehen, obgleich sie es wohl wert war, eingehend betrachtet zu werden: eine üppige Frau mit hellem Haar und elfenbeinfarbener Haut im Schatten ihres hochgewölbten Sonnenschirmes. Ihre Stimme klang weich und rund – ein sinnliches Muhen, ein so perfekt geglätteter, volltönender Klang, daß er sich dem offenen Ohr des Kapitäns zuzuschlängeln schien, um sich dort schmeichelnd und erregend Einlaß zu verschaffen.

»Mrs. Gallimar!« schrie er zurück, nahm die goldbetreßte Kappe ab und stapfte auf die Gangway zu, vor der sich die Passagiere bereits drängten wie Ameisen auf einer Mangofrucht und darauf warteten, das Schiff verlassen zu können. Kapitän Karon schlüpfte unter der Absperrung hindurch und schritt die Gangway hinab, um die Dame auf dem Kai zu begrüßen – unzweifelhaft jene Dame, die er mir und auch allen anderen gegenüber während der Reise so häufig erwähnt hatte.

Sie sprach mit klarer Stimme und machte nicht den leisesten Versuch zu vermeiden, daß andere das Gespräch mithören konnten. »Oh, mein lieber Kapitän Karney! Da sind Sie ja! Aber so spät!« Sie tippte ihm mit einem ausgestreckten Zeigefinger auf die Brust, wobei sich der Finger rückwärts bog wie der einer javanischen Tänzerin, so biegsam wie Draht. Mit einem Ausdruck bewundernder Koketterie blickte sie ihn durch einen dichten Vorhang von Wimpern an. »Ich habe Sie schon vor Wochen erwartet!« Ihre Stimme senkte sich wie die einer verliebten Kuh; sie wand sich um ihn wie eine Schlange – eine Stimme also wie eine Kombination aus Rindvieh und Python.

Der Kapitän wurde rot und hampelte von einem Fuß auf den anderen, als würde er sich einer plötzlichen Wärme in gewissen Teilen seiner Anatomie gewahr werden. Ich wettete beiläufig mit mir selbst, daß Mrs. Gallimar mit ihrer glatten Haut und ihrem Duft nach einem ganzen Garten voll Blumen wohl auf die meisten Männer diesen Effekt ausübte. »Wir sind pünktlich angekommen!« protestierte er. »Keinen Tag später als geplant!«

»Ach, ich war wohl zu ungeduldig!« Sie tippte ihm erneut auf die Brust und lächelte ihn mit weitaufgerissenen, unschuldigen Augen an. Candy hatte solche Augen gehabt. Solche Augen waren wohlgeübt darin zu flirten, ohne die Reaktion der Männer darauf zu bemerken. Das war Mittel und Weg für den Wink, sich nicht zu erdreisten, auf das Vorhandensein dessen zu bauen, was selbst Lenden aus Eis für unmißverständliche sexuelle Signale halten mußten. Dieses widersprüchliche Verhalten führte bei den meisten Männern wohl zum selben Effekt wie beim guten alten ›Karney‹ jetzt – zu einem hilflosen Öffnen und Schließen der Fäuste und einer deutlich erkennbaren Kurzatmigkeit.

Mrs. Gallimar war, um es nicht vulgär auszudrücken, ein Vögelchen, das alles verspricht und nichts hält. Solche Weibchen kannte ich aus dem zwanzigsten Jahrhundert. Ich hob die Hand an den Mund, um ein wissendes Lächeln dahinter zu verstecken, als sie gurrte: »Wenn Sie diesmal ablegen, komme ich mit Ihnen!«

Er stand da, wie vom Donner gerührt. Doch die Zweifel, die in seinem Gesicht zu lesen waren, wichen langsam, als die Dame langsam und nachdrücklich nickte und ihm damit zu verstehen gab, daß er sie nicht im mindesten mißverstanden hatte. »Ich muß flußaufwärts reisen, Kapitän. Nach Novabella.«

»Novabella?« Es gelang ihm nicht, die Grimasse zu verhindern, zu der sich sein Gesicht verzog, ebensowenig wie mir, mein überraschtes Zusammenzucken bei der Erwähnung dieser Stadt zu unterdrücken. Soviel ich gehört hatte, war dies kein Ort für Leute wie Mrs. Gallimar; Novabella war, nach Meinung der Schiffsbesatzung, überhaupt kein Ort für irgend jemanden.

»Der Vizekönig sendet mich hin«, vertraute Mrs. Gallimar ihm an. »Anscheinend treibt dort ein Gallivant sein Unwesen und frißt die Leute auf. Ich soll eine befristete Lizenz erhalten.«

»Eine Lizenz!« hauchte er, als könnte er es nicht glauben.

»Ich weiß, es ist schwer, mir das zuzutrauen, doch ich werde eine Lizenz erhalten.« Sie nickte, die Lippen auf eine ernste, kindhafte Weise geschürzt und in den Augen einen Ausdruck, als wollten sie sagen, auch wenn niemand es glaubt, ist es die Wahrheit.

»Eine Lizenz«, wiederholte er und ließ dabei die Beschaffenheit des Wortes auf der Zunge zergehen, um zu analysieren, ob sie rechtens und damit glaubhaft war. Während der viele Tage dauernden Reise war das

Thema Lizenzen mehr als einmal angeschnitten worden. Lizenzen, so hatte ich vernommen, waren etwas Mystisches, noch seltener als Gallivante. Wegen des Fehlens von Lizenzen kam es in Chinanga gelegentlich schon vor, daß selbst Leichname über Generationen hinweg unbeerdigt blieben. Es gab uneheliche Enkel von Leuten sonder Zahl, die einst gehofft hatten zu heiraten, denen dies aber durch das Fehlen einer Lizenz letztendlich verwehrt war. Eine Lizenz zu erhalten! Ach, was mußte da geschehen sein, um das zu bewirken?

»Wie viele Menschen hat denn der Gallivant gefressen?« erkundigte sich der Kapitän.

Mrs. Gallimar kramte in ihrer winzigen Handtasche, grub einen Maulwurftunnel durch ihren Inhalt und zog schließlich ein kleines ledergebundenes Notizbuch hervor, an dessen Rücken ein Perlmuttbleistift steckte. Sie blätterte es nachdenklich durch, um die Eintragung zu finden, nach der sie suchte. »Zwei Kinder«, stellte sie dann betrübt fest. »Und zumindest einen Erwachsenen. Und er hat einer Frau, die mit einer gewichtigen Persönlichkeit verheiratet ist, die linke Hinterbacke und einen Teil einer Brust abgebissen.« Sie schüttelte den Kopf, offenbar immer noch verwundert über dies ungewöhnliche Vorkommnis, als sie ihr Büchlein wieder einsteckte.

»Aber eine Lizenz!« wandte der Kapitän ehrfürchtig ein.

»Ich weiß.« Sie nickte, offenbar in Anerkenntnis der ungeheuerlichen Bedeutsamkeit dieser Sache und mit dem Gedankengang, daß eine Lizenz abstrakt betrachtet bereits etwas Unvorstellbares darstellte, ganz zu schweigen davon, daß man sich plötzlich in konkretem Zustand mit ihr zu befassen hatte.

»Also werden Sie mitkommen!« Der Kapitän wagte kaum zu atmen.

»Ich werde mitkommen. Zusammen mit Oberst Esquivar, der gerade erst aus dem Dschungel zurückgekehrt ist und den Gallivant jagen wird. Und natürlich mit Mirabeau, dem Tugendwächter.«

»Aha«, sagte der Kapitän. »*Das* ist es! Man hat endlich eine gefunden!«

Mrs. Gallimar nickte. »Das denke ich auch. Was sonst würde den Vizekönig dazu bewegen können, eine Lizenz auszustellen? Man muß eine gefunden haben.«

Ich veränderte meine Haltung ein wenig, um nicht in die Sonne blicken zu müssen, und beschloß in diesem Moment, Mrs. Gallimar vorgestellt zu werden. Mit der alten Frau dicht an meinen Fersen ging ich zur Gangway und schlüpfte mit einem kaum hörbaren ›Verzeihung‹ unter der Absperrung hindurch, wie vorhin Kapitän Karon.

»Nun, wir werden morgen wieder ablegen«, sagte der Kapitän, gerade als ich näher kam. »Oder vielleicht übermorgen. Jedenfalls sofort nachdem unsere Fracht gelöscht ist.«

Ich lächelte ihm zu, und er verbeugte sich in meine Richtung. Als ich nah genug war, bat ich, der liebenswürdigen Dame vorgestellt zu werden, über die ich bereits so viel Interessantes gehört hatte. Eine Sekunde lang lag Mrs. Gallimars Hand in der meinen, während der Kapitän murmelte: »Mrs. Gallimar – Lady Wellingford. Lady Wellingford – Mrs. Gallimar.« Die Alte hinter mir machte: »Ahmmm«, und der Kapitän fing von neuem an: »Mrs. Gallimar – Señora Carabosse. Señora Carabosse – Mrs. Gallimar.«

Der Name der Alten ließ mich zusammenzucken. Ganz gewiß hatte ich ihn schon gehört! Ganz gewiß hatte ich diesen Namen bereits irgendwo gelesen!

Doch mir war keine Zeit vergönnt, darüber nachzudenken. Mrs. Gallimar brachte zum Ausdruck, daß das Kennenlernen meiner Person zu den aufregendsten Ereignissen ihres Lebens gehörte; ihre Augen fraßen mich mit unzähligen kleinen Blicken auf, ihre Ohren knabberten an jedem meiner Worte – ja sie schien sie geradezu zu spitzen wie ein Hündchen, sobald ich etwas sagte. Sie fragte mich, ob ich schon gefrühstückt hätte, und als ich verneinte, lud sie mich ein, sie in ihr Haus zu begleiten, denn wenn die *Stugos Queen* so bald wieder auf Fahrt ging, müßte sie ohnedies umgehend packen. Mit einem letzten erregenden Entlanggleiten ihrer Finger auf seinem Arm verließ sie den Kapitän, und wir schlenderten die mit Kopfsteinen gepflasterte Straße hoch, auf der sie zum Kai herabgekommen war. Das kleine rosafarbene Haus stand hinter einer schützenden Mauer auf der Südseite der Straße der Reinen Absichten. Die Alte folgte uns trübsinnig wie ein Fisch, der eine unerreichbare Fliege nicht aus den Augen ließ. Als Mrs. Gallimar und ich in Mrs. Gallimars Haus traten, fuhr Señora Carabosse fort, die Straße hochzustapfen, und warf mir nur einen langen Blick über die Schulter zu.

Während das Frühstück bereitet wurde, tranken wir Saft aus Passionsfrüchten, und Mrs. Gallimar spielte mit einem zahmen Ozelot. Der Ozelot war ein Geschenk von Oberst Esquivar persönlich, bemerkte Mrs. Gallimar, anscheinend an die Adresse des Ozelots. Der Oberst hatte sich erst kürzlich von einer Vergiftung erholt, die auf das Konto seiner Frau, der fürchterlichen Malisunde, der Schwester des Vizekönigs, ging, welche eine berüchtigt erfolglose Giftmischerin war. So hieß es auch, daß der Oberst mehr von seiner Mätresse, der Frau des Vizekönigs, der abscheulich fruchtbaren Flatulina, zu befürchten hatte, die bereits gedroht hatte, ihn zu erschlagen, und die bei diesem

Versuch gewiß auf die Unterstützung des älteren Halbdutzends der zahlreichen Bastarde des Obersten zählen durfte. Solch ein Schicksal zeichnete sich schon lange ab; es würde kaum jemanden überraschen, am wenigsten wohl den Oberst selbst. Dachte ich nicht auch, daß ein solches Ende sehr wahrscheinlich wäre?

Unvorbereitet darauf, daß ich plötzlich in die Konversation einbezogen wurde, die sie mit ihrem Schoßtierchen hatte, benötigte ich ein paar Sekunden, um ihr zu antworten, daß ich mich mit dieser Frage noch nicht ausreichend beschäftigt hatte.

Sie berichtete mir weiter, daß vom Palast des Vizekönigs jeden Moment die offizielle Ankündigung der Jagd auf den Gallivanten zu erwarten war. Dann würde jedermann sich wie der Kapitän die Frage stellen, wieso der Vizekönig überhaupt eine Lizenz ausgestellt hatte. Und sobald die Nacht anbrach, würde es in ganz Nacifia keine Seele geben, die nicht darauf tippte, daß die Einwohner von Novabella die Jungfrau gefunden hatten. Diejenige, nach der alle so eifrig gesucht hatten. Das alles erzählte Mrs. Gallimar dem Ozelot, während der Ozelot mich beobachtete und ich sie beide beobachtete und zuhörte.

»Die Jungfrau?« fragte ich. In meinem Inneren begann etwas zu zittern wie ein Glas, das in Resonanz mit einer fernen Glocke zu vibrieren beginnt.

»Die Jungfrau mit dem kleinen Unterschied«, antwortete sie beinahe flüsternd. »Seit sehr langer Zeit ist der Vizekönig schon auf der Suche nach einer solchen.«

»Eine Jungfrau mit dem kleinen Unterschied? Und was für ein Unterschied soll das sein?«

»Das fragt man sich, nicht wahr? Und man kommt auf allerlei merkwürdige Ideen.«

Ihre leise geäußerten Überlegungen wurden von der

Ankunft des Frühstücks unterbrochen, das von den beiden Zofen Dulce und Delice auf einem vierrädrigen Tischchen hereingerollt und vor den Erkerfenstern abgestellt wurde, von wo aus man den Garten überblickte. Ich roch Teekuchen, und das Wasser lief mir im Mund zusammen. Wir setzten uns einander gegenüber an das Tischchen und machten uns über den Teller mit winzigen köstlichen Würstchen her und über das Frühstücksgebäck, das überquoll vor Fruchtgelee.

Als wir saßen, fragte ich: »Leben Sie schon lange in Nacifia?«

»Solange man eben hier lebt«, erwiderte sie. »Und manchmal scheint das wirklich lang zu sein.« Sie goß mir Tee ein.

»Dann kennen Sie fast jeden hier, nehme ich an.«

»Ach, meine liebe Lady Wellingford, nicht fast, sondern wahrhaftig jeden! Manche besser als andere, natürlich, aber ja doch, jeden. Jedes einzelne Neugeborene, jeden Alten, der auf das Grab zuwankt. Wie auch nicht? Hatte ich nicht Zeit genug, sie alle kennenzulernen?« Sie reichte mir das Buttergebäck, und ich nahm ein paar Stückchen.

»Sagt Ihnen der Name Elladine etwas? Elladine von Ylles?« Die Brötchen waren mit süßer Butter bestrichen, die sich an die Zunge heftete wie ein Kuß des Geliebten. Wieso dachte ich jetzt nur an den Kuß eines Geliebten?

Sie sah mich aufmerksam an, und ihre Stirn furchte sich allerliebst. »Welches Alter sollte diese Person haben? Sprechen wir von einer jüngeren Frau?«

Ich nickte. Elladine würde gewiß eine junge Frau sein. Wurden Feen jemals alt?

»Und ihr Aussehen?«

»Ach ja«, murmelte ich. »Schön. Sehr, sehr schön. Um die Augen herum ein wenig wie ich.«

Sie betrachtete meine Augen eingehend und schüttelte dann den Kopf. »Nein, meine liebe Lady Wellingford. In ganz Nacifia gibt es niemanden, der ein wenig wie Sie ist, um die Augen herum. Da irre ich mich ganz bestimmt nicht.«

Ich seufzte. Sie reichte mir die Marmelade, und wir sprachen von anderen Dingen. Sie empfahl mir, unbedingt die Kathedrale zu besichtigen, den Marktplatz und den Narrenturm, wenn ich schon einmal in Nacifia war.

Unsere vergnügliche Unterhaltung wurde von einem heftigen Klopfen an der Tür unterbrochen, und der Besucher wurde angekündigt: Roland Mirabeau, Tugendwächter Erster Klasse vom Amt für Öffentliche Moral.

Mrs. Gallimar ordnete ihre Gesichtszüge zu einem Ausdruck würdevoller Freude und erhob sich, um ihren Gast zu begrüßen. Mit einer tiefen Verbeugung trat er ein, und als er sich aufrichtete, ließ er ein Antlitz sehen, das selbst einer klassischen Skulptur nicht zur Schande gereicht hätte. Er hatte Format und sicheres Auftreten, einen schwungvollen Schnurrbart und ein Glitzern in den Augen. Ich wurde ihm vorgestellt, und er verbeugte sich wieder. Dann ergriff er Mrs. Gallimars Hand und versicherte sie seiner Wertschätzung. Doch Mrs. Gallimar schien wenig begeistert über dieses Zusammentreffen, und ich fragte mich, weshalb.

Sie bedeutete Delice, einen weiteren Stuhl zum Tisch zu bringen und ein drittes Gedeck aufzulegen.

»Señor Mirabeau«, begann sie.

»Roland«, korrigierte er mit feinem Lächeln, das nur einen geringfügig herrischen Zug trug. Er griff nach seiner Teetasse. »Wir haben uns zwar eine ganze Weile nicht gesehen, liebwerte Mrs. Gallimar, doch immerhin kennen wir uns recht gut.«

»Roland«, begann sie erneut und erwiderte sein Lächeln mit ihrem eigenen. Ich kannte dieses Lächeln. Der Kapitän hatte es beschrieben, dieses kokette Lächeln, welches bekanntermaßen imstande war, ganze Regimenter im Zuge eines einfachen Defilées zu erobern.

Der amtlich beauftragte Tugendwächter setzte eine hingerissene Miene auf, doch die routinierte Schablonenhaftigkeit dieses Vorganges war für mich ebenso augenscheinlich wie für Mrs. Gallimar. Obwohl seine Gesichtszüge eine Serie wohlkalkulierter Veränderungen durchmachten, welche höchste Verzauberung anzeigen sollten, war ihr Eigentümer in Wahrheit keineswegs verzaubert. Und Mrs. Gallimar erkannte diese Tatsache genauso rasch wie ich. Ihre Laune sank und damit ihre Freundlichkeit. Das kokette Lächeln wurde bis auf weiteres vertagt. »Dieser Gallivant«, fuhr sie mit sachlicher Stimme fort, »scheint ziemlich viel Unheil anzurichten.«

Der Tugendwächter lehnte sich zurück und sagte: »So sieht es aus.«

»Es muß für die Leute sehr schwierig gewesen sein, auch nur diese befristete Lizenz zu erhalten.«

»Die Einwohner von Novabella konnten mit einem ausreichenden Beweggrund aufwarten«, antwortete der Tugendwächter und nahm sich eines der angebotenen Kuskumberbrötchen. »Was wohl für uns beide außer Frage steht, Mrs. Gallimar. Wir wollen kein Spielchen miteinander treiben. Ich bin gekommen, um mich zu erkundigen, welche Rolle Ihnen bei dieser Sache zukommt.«

»Ich soll die Lizenz nach Novabella überbringen«, sagte sie. »Ehe ich sie dem Gallivant-Komitee aushändige, werde ich mich davon überzeugen, daß sich alles so verhält wie dargelegt. Der Vizekönig wünscht, daß ich das tue.«

»Bestehen etwa Zweifel daran, daß der Gallivant tatsächlich die Kinder gefressen hat?« fragte er mit Unschuldsmiene. »Und wenn ja, wie wollen Sie ausfindig machen, ob sie gefressen oder auf irgendeine andere Weise vom Schicksal ereilt wurden?«

»Es gibt keine Zweifel, was die Existenz der Bestie betrifft«, sagte sie. »Und was die andere Sache angeht, so werde ich Fragen stellen. Der Vizekönig traut mir zu, daß ich die Wahrheit ergründe, und auch ich verlasse mich auf meine Fähigkeiten in dieser Hinsicht. Sie dürfen dennoch erwarten, daß man Ihnen die entsprechende Gebühr bezahlt.«

»Oh«, meinte er beiläufig und biß in ein Stück braunes Brot, »die Gebühr ist das geringste Problem. Es kränkt mich nur, daß der Vizekönig mich offenbar nicht für fähig hält, mich einer Sache zu vergewissern, welche festzustellen ganz gewiß Ihr zweiter Auftrag ist, Mrs. Gallimar. Er möchte doppelt sicher gehen, daß sie eine wirkliche Jungfrau ist, nicht wahr?«

Mrs. Gallimar errötete, ganz leicht nur. »Vielleicht ist der Vizekönig der Meinung, daß … nun, daß eine Frau dazu besser qualifiziert wäre.«

»Unsinn«, entgegnete er spitz. »Jeder Absolvent des Amtlichen Institutes für Tugendwächter ist in der Lage, auf den ersten Blick festzustellen, ob er eine vor sich hat oder nicht!«

»Vielleicht sendet er mich mit, liebster Roland, damit ich ihr auf der Rückreise Gesellschaft leiste.« Mrs. Gallimar machte ein reizendes Schmollmündchen und schlug den Blick zu Boden, wo er auf ihre winzigen Schühchen traf. Ein kurzes, unbehagliches Schweigen folgte.

»Darf man fragen«, erkundigte ich mich, »welche Art von kleinem Unterschied diese Jungfrau an sich haben soll?«

Rolands perfekt geschwungene Lippen hoben sich etwas von seinen weißen Zähnen. »Unterschied, liebste Lady Wellingford. Wie soll man Unterschied definieren? Die Jungfrau muß ihn jedenfalls an den Tag legen, sonst entspricht sie nicht den Anforderungen. Und wäre sie so lieblich wie der junge Morgen und so rein wie der Frühlingsregen, hätte sie dennoch nichts an sich, was mich interessieren könnte, wenn da nicht auch noch der kleine *Unterschied* wäre.«

Diese Worte setzten wieder einmal dieses nun schon vertraute Nachschwingen in mir in Gang. Etwas, das ich bereits gehört hatte. Etwas, das ich gesehen hatte. Wo war ich, ich selbst, schon auf die Erwähnung einer Jungfrau mit dem kleinen Unterschied gestoßen?

Ich war so in Gedanken versunken, daß mir fast Mrs. Gallimars verdrießliche Antwort auf eine Bemerkung des Beschützers entging. »Das ist mir völlig klar«, sagte sie.

Und ich hatte das Gefühl, daß auch mir langsam einiges klar wurde. Frauen – normale Frauen, mit Ausnahme einer ganz bestimmten außergewöhnlichen Frau – ließen Roland Mirabeau völlig kalt. Das wußte Mrs. Gallimar natürlich, und sie hatte ihr gewohntes Verhalten nur deshalb an den Tag gelegt, weil ihr diese Tatsache einen Augenblick lang entfallen war. Roland war in der Tat nicht zu umgarnen und daher von geringem Interesse für sie.

Er nahm noch einen Bissen braunes Brot. »Wir können nur hoffen, daß sie den Schilderungen entspricht, Mrs. Gallimar. Wenn ja, dann werde ich es sofort wissen.« Mit einem Klicken der Zähne schnappte er nach dem letzten Bissen Brot und leckte sich kurz die Lippen. »Da unsere Abreise unmittelbar bevorsteht, werde ich mich jetzt zurückziehen, liebste Mrs. Gallimar, denn ich muß noch mein Gepäck ordnen und beim Verladen den sorgfältigen Umgang damit beaufsichtigen.«

Er buckelte sich weg von uns und in Richtung Tür, wobei er murmelte: »Lady Wellingford, es war mir ein Vergnügen …«, während Mrs. Gallimar ohne die Spur eines Lächelns im Gesicht dasaß und sichtlich verärgert war. Als ich selbst mich von ihr verabschiedete, dachte ich, daß für eine Frau von Mrs. Gallimars Veranlagung Roland Mirabeau wohl kein besonders amüsanter Begleiter auf einer längeren Reise sein würde.

[»Ich hatte gehofft, sie besser kennenzulernen«, sagte ich zu Israfel. Wir saßen einander gegenüber, beim Tee in meinem Haus in der Straße der Reinen Absichten.

»Sie sieht dich an und fürchtet sich«, erwiderte er. »Sie spürt dein Interesse an ihr, und das stößt sie ab. Ihr kennt euch noch zu kurz. Es war zu früh, ihr deine Freundschaft anzutragen.«

»Ich lasse nicht locker«, erklärte ich ernst. »Zu früh oder nicht, sie wird mich brauchen.«]

18

Wieder zurück an Bord der *Stugos Queen* legte ich meinen Mantel an und ging nach Nacifia hinein, um all die Dinge anzusehen, die Mrs. Gallimar mir ans Herz gelegt hatte. Falls wir wirklich am nächsten Morgen die Reise wiederaufnehmen würden, dann war dies die einzige Gelegenheit, die Stadt in Augenschein zu nehmen.

Als erstes besichtigte ich die Kathedrale zu den Hilfreichen Amphibien, die innen ebenso schön war wie außen. Obwohl die Materialien, aus denen sie gebaut war, nicht zu jener Art gehörten, die Gaudi verwendet haben könnte, erinnerte mich der Bau dennoch an Bilder einer Gaudi-Kathedrale, die ich im zwanzigsten Jahrhundert gesehen hatte. Ich setzte mich neben eine der Säulen aus Kristall, der das Messer des Steinschneiders die Form eines Wasserstrahles verliehen hatte, der zum Himmel spritzt. Das Innere der Kathedrale war ein einziger steingewordener Springbrunnen, durch die hohen Fenster in ein grünliches, wäßriges Licht getaucht; in den Seitenkapellen befanden sich Statuen der hilfreichen Tiere, die auf dem Boden standen oder hockten oder die Wände hochkletterten, jedes auf seine Weise.

Ich zog den Mantel aus, als ich mich hinsetzte, weil mir zu warm war. Und nicht lange danach wurde ich ein wenig erschreckt von einer Stimme, die hinter mir sagte: »Kann ich etwas für dich tun, meine Tochter, oder bist du nur gekommen, um den Dom zu besichtigen?«

»Ah … Hochwürden«, murmelte ich und wandte

den Kopf, um ihm ins Gesicht zu sehen, »ich besichtige den Dom, ja.«

»Sie sind die Dame, die man von der Sandbank gerettet hat«, lächelte er, als er näher trat, um sich neben mich zu setzen. »Was halten Sie von unserer Kathedrale?«

»Sie ist wunderschön«, sagte ich und meinte es ganz ehrlich.

Er nickte wohlgefällig und strahlte die Säulen an.

»Daheim«, sagte ich und bemühte mich um die einfache Wahrheit, ohne die Kompliziertheit meiner Situation zu streifen, »daheim würden wir es seltsam finden, eine Kathedrale ... äh ... den Amphibien zu weihen.«

Das schien ihn zu überraschen. »Und wem würde man bei Ihnen eine Kathedrale weihen?«

»Einem Märtyrer vielleicht«, vermutete ich, »oder einem Engel.«

»Wurden sie vom Schöpfer erschaffen?« fragte er.

Ich nickte; das waren sie wohl.

»Nun, diese hier auch«, bemerkte er einigermaßen schroff und zeigte um sich. »Sind in Ihrem Heimatland einige Teile der Schöpfung mehr wert als die anderen?«

Ich sagte ja, und daß in meinem Heimatland (womit ich das zwanzigste und einundzwanzigste Jahrhundert meinte) nur der Mensch etwas wert sei; alles andere seien Wegwerfartikel.

Sprachlos schüttelte er den Kopf, und sein altes Gesicht verzerrte sich plötzlich vor Entsetzen. Er machte eine Handbewegung in meine Richtung, die ich als Abscheu, als Furcht deutete.

»Ich sagte doch nicht, daß auch ich so denke!« rief ich.

Aber er wiederholte nur diese Handbewegung und

wackelte in eine Seitenkapelle davon, wo ich ihn am Altar von St. Frosch niederknien sah und hörte, wie er ganz gebrochen vor sich hinmurmelte. Ich schlüpfte wieder in meinen Mantel, traurig über die Zurückweisung.

Als nächstes unterbrach ich meinen Rundgang beim Narrenhaus, wo ich ungesehen durch die langen Korridore wanderte und den Bewohnern bei ihrer Arbeit oder ihrem Spiel, oder was es auch immer war, zusah. Einer der Narren verpackte Küchenschaben, und zwar jeweils hundert in einen Beutel. Ich glaube nicht, daß die Tiere tot waren, aber sie sahen jedenfalls recht still aus. Ein anderer Insasse arbeitete an einer großen Büste des Vizekönigs – das behauptete zumindest das darunter angebrachte Schildchen –, welche aus einem Material bestand, das roch und aussah wie Dung. Eine Insassin war dabei, mit Hilfe einer hohen Leiter ihre Autobiographie an die Wände des Treppenhauses zu schreiben. Vier Stockwerke hatte sie bereits vollgeschrieben, und sie stand kurz vor Beendigung der Empfangshalle, wo schon zwei Wände mit Obszönitäten bedeckt waren. Ich verfolgte ihre Geschichte von unten nach oben bis zu einer Tür zum Dach, wo eine Gruppe Aufseher Kaffee tranken. Selbst rückwärts gelesen war es ein Anschauungsroman aus Gewalt, Mißbrauch, Inzest und Horror.

Ich blieb eine Weile auf dem Dach stehen und lauschte den Gesprächen der Aufseher, die sich in erster Linie um die Feinheiten der jüngsten Fußballmeisterschaften drehten. Als ich die Treppe wieder hinabstieg, waren die Wände sauber. Ein anderer Bewohner des Narrenturmes machte sich soeben mit Eimer und Besen über den letzten Rest her, während er eine schmachtende Liebesklage zum Besten gab. Der Insasse mit den Küchenschaben hatte die Beutel an einen anderen weitergegeben, der die Insekten wieder freiließ. Der Bildhauer schlief im Schatten seines gigantischen Werkes, während sechs oder sieben andere es nach und nach in Schubkarren luden und wegschafften. Jede Verrücktheit war wieder rückgängig gemacht worden.

Als nächstes machte ich mich auf den Weg zu den luftigen Höhen des Mont Osso Negro, auf dem die Zitadelle stand. Ich hatte vor, mir den Vizekönig dieser Gegend anzusehen und fand ihn in den hohen Gängen, die er auf der Suche nach seiner Tochter Constanzia durchschritt; aus seinen lautstarken, mit Wutausbrüchen gewürzten Beschuldigungen zu schließen, hatte er letztere im Verdacht, mit den jungen Männern der Garnison zu schäkern. Vor den eisenbeschlagenen Stiefeln des Vizekönigs stoben ganze Legionen von Scheuerweibern schnatternd wie aufgescheuchte Hühner auseinander, mit Ausnahme einer alten Vettel, die auf allen vieren neben seinen Füßen einherhastete und sich bemühte, Seifenwasser auf seinen Weg zu schwappen und dabei unausgesetzt murmelte: »Bestie. Scheußliche Bestie. Unmenschlicher Hund. Undankbarer!« – Verleumdungen, von denen der Vizekönig keinerlei Notiz nahm. Sein langes weißes Gesicht war zu einer Maske eigensinniger Verdrießlichkeit erstarrt – der einen seiner beiden üblicherweise zur Schau getragenen Mienen, wie ich im Lauf der Zeit merken sollte; die andere bestand in einem ausdruckslosen Starren in die Leere unheilbarer Langeweile.

Als seine Beschimpfungen sich eintönig zu wiederholen begannen, hörte ich auf ihm zu folgen und machte mich auf die Suche nach Constanzia selbst, ein Vorhaben, das mir von meinen Stiefeln sehr leicht gemacht wurde. Sie verbarg sich in einer Ecke der langen, gewölbten Empore über der Bibliothek und las in einem ledergebundenen Buch, auf dessen Einband mit verblaßter Tinte gestempelt stand: VERBOTEN! Das Buch war mit Schimmelflecken und Fliegendreck übersät und das Papier vergilbt. Doch immer noch glänzte das Blattgold auf dem Einband tapfer in den schwachen Strahlen der Sonne, die sich durch die kleinen runden Fenster in den Giebeln der Empore hereinverirrten: *Die Tagebücher des Ambrosius Pomposus, Gründer des Staates Chinanga.*

Constanzia mußte das Lesen häufig unterbrechen, um im Lexikon nach Wörtern zu suchen, die ihr nicht geläufig waren. Und ich ging mit ihr hin und her, während sie in verschiedenen in einer Vielzahl von Sprachen verfaßten Werken nachschlug, eine Vorgangsweise, die viel Zeit verschlang. Sie befand sich erst auf Seite einhundertzweiundvierzig der *Tagebücher,* dabei hörte ich, wie sie in sich hineinmurrte, daß es sie nun schon die dritte Regenzeit gekostet habe, so weit zu kommen. Sie strahlte wilde Entschlossenheit aus, was man so deutlich spürte wie die Hitze, welche von der Sonne ausgestrahlt wird.

Als ich genug hatte vom Lesen, fing ich an, den übrigen Teil des Schlosses zu erforschen. Dabei entdeckte ich den Vizekönig in der Badewanne, ein dampfendes Tuch um den Kopf gewunden und nur die Nase an der Luft, die aus dem Wasser ragte wie die Schnauze eines Tapirs; eine endlose Prozession von Wasserträgern schöpfte das sich abkühlende Naß aus der Wanne, während andere kannenweise heißes Wasser aus den Küchen im unteren Stockwerk heranschleppten. Offenbar waren die Leitungen defekt, und gewisse Gerüche, die sich aus den unteren Regionen nach oben zogen, ließen darauf schließen, daß auch die Abflüsse nicht so funktionierten, wie sie sollten.

Hauptmann Jemez (wie ihn der Vizekönig angesprochen hatte), saß auf einem Stuhl am Fenster, las in den *Nacifia Noticias* und ließ gelegentlich eine Bemerkung fallen, ihren Inhalt betreffend, worauf der Vizekönig unter dem Tuch hervor seinerseits einen Kommentar abgab. Nach einer Weile schien der Vizekönig einzuschlafen, und Hauptmann Jemez stand auf und blickte zum Fenster hinaus.

Ich lugte über seine Schultern. Unten auf dem Marktplatz häuften sich Berge von bunten Früchten auf den Tischen der Händler – Mangos und Pollarellen, Bananen und Kuskumbern und Chinangarees. Drüben auf den Hügeln hinter der Stadt spielten die Ziegenhirten auf ihren Flöten, und die Töne vermischten sich mit dem Meckern der Herden und wurden weitergetragen von den sanften, warmen Lüften, die aus Baskarone herabwehten.

»Ah, Baskarone! Heiteres, sonniges Baskarone der tausend Freuden!« murmelte der Hauptmann und begann mit kraftvoller Tenorstimme zu singen: »Ich ließ mein Herz … in Baskarone.«

Er durchquerte den Raum und blickte von dort aus hinaus auf den Fluß; man sah weit hinab bis zu den überschwemmten Baumbeständen, von wo aus das Land wieder anstieg, um die Kette der Dschungelberge zu bilden. Nach dem Regen würde der Fluß wieder zurückfallen in sein normales, schmäleres Bett und zehntausend kleine Teiche und Pfützen zurücklassen, in denen sich Blumen spiegelten und Frösche tummelten.

Der Hauptmann hatte ähnliche Gedanken. »Gesegnet seien die Frösche und alle anderen hilfreichen Amphibien«, intonierte er einen Choralgesang, wobei er auf Bariton überwechselte.

»Hauptmann!« sagte eine feste Stimme hinter uns.

»Madame!« Errötend verbeugte er sich. Ich huschte zur Seite, um mir nicht von der Besucherin auf die

Zehen steigen zu lassen. Es schien sich um Flatulina zu handeln, die nun ins Badezimmer gekommen und stehengeblieben war, um die reglose daliegende Gestalt ihres Gatten zu betrachten, während der Dampf von ihm hochstieg.

»Wie lange ist er schon da drinnen?« fragte sie, die Arme in die Seiten gestemmt. Ihre breiten Schultern waren erwartungsvoll vorgebeugt, und sie hielt den massigen Kopf mit den groben Gesichtszügen schief. Eine Mähne schwarzen Haares wogte als unkontrollierbarer Schwall über ihren Rücken.

»Den größten Teil des Vormittages, Madame.«

»Holen Sie ihn raus. Sonst ist er voller Runzeln.« Angeekelt verzogen sich Flatulinas volle Lippen nach unten.

»Madame ...«

»Holen Sie ihn raus! Ein Botschafter ist da. Botschafter Israfel von Baskarone. Sagen Sie ihm, ich hab's Ihnen aufgetragen.« Schon war sie wieder weg und ließ den Hauptmann mit fieberhaften Überlegungen allein, wie er es am besten anstellen konnte, den Vizekönig aufzuscheuchen, ohne sich den Zorn desselben zuzuziehen.

Ich hingegen folgte der Frau, weil es mich brennend interessierte, Botschafter Israfel von Baskarone kennenzulernen.

Obwohl ich den Mantel fest um mich gewickelt hatte, hob Israfel den Blick und lächelte mir entgegen, als ich den Raum betrat, in dem er wartete. Er war nur unwesentlich wundervoller als jeder andere Mann, den ich mir irgendwann oder irgendwo hätte vorstellen können. Als ich ihn ansah, spürte ich, wie ich für alle Zeit verändert wurde. Aus dem Ding, das in mir glühte, schoß eine Flamme hoch – eine schlanke weiße Flamme.

Und er fuhr fort mich anzulächeln; er sah mich, obwohl mein Mantel mich völlig einhüllte, und er sah auch die Flamme und nickte beifällig, ehe er sich abwandte und dem Vizekönig seinen Gruß entbot. In höchster Verwirrung lehnte ich mich an eine Säule, und sobald ich mich wieder rühren konnte, kehrte ich zur *Stugos Queen* zurück.

Ich lag auf meinem Bett und fragte mich, was ich gesehen hatte, was ich gefühlt hatte. Ich liebte – und liebe – Giles doch immer noch! Das ist jedoch eine menschliche Zuneigung, eine Liebe, die begehrt, die wenigstens zu einem Teil nach körperlicher Erfüllung strebt – nach einer Berührung, einem Blick, nach irgend etwas, das von Körper zu Körper spricht, von Herz zu Herz. Selbst wenn wir sehr alt wären, Giles und ich, würden wir danach streben. Wir würden das Bedürfnis haben, uns in der Abenddämmerung aneinanderzulehnen, Wange an Wange, Hand in Hand, und unser Innerstes dem anderen sagen zu lassen, daß wir einander liebten. So wäre das, glaube ich. Wenn ich mich jetzt an ihn erinnere, so glaube ich, daß das so wäre.

Was ich jedoch in Gegenwart des Botschafters fühlte, war etwas ganz anderes, ein Gefühl, das ich aus Westfaire kannte, wenn zu gewissen Zeiten die Sonnenstrahlen unter dicken Wolken hervor auf die Fenster und den Rasen fielen und alles in geheimnisvollem, wunderbarem Glanz erstrahlen ließen – in Farben, die so rein waren, daß es in den Augen weh tat; oder wenn der Regen in einem feinen Gespinst aus Tröpfchen und Nebelschwaden herabfiel und die schlanke, erhabene Silhouette der Burg halb verbarg und halb entblößte. Das ist ein so inbrünstiges Sehnen, eine so ehrfürchtige Bewunderung ...

Ich habe so etwas auch im zwanzigsten Jahrhundert manchmal gefühlt. Ich war in der Oper und hörte die Stimme einer Frau wie eine Fülle perlenden Wassers und dahinter das Orchester in einem wilden Schwall aus Tönen. Da habe ich es gefühlt. Ein wenig fühlte ich es auch, als ich die Dschungel von Chinanga zum erstenmal erblickte – eine Art Vollkommenheit, die im Inneren vibriert.

Es ist beides Liebe. Wäre Pater Raymond hier, würde er sagen, daß dies eine andere Art von Gottesliebe ist. Aber ich dachte nicht an Gott, als ich es in Westfaire fühlte, und auch nicht, als die Frau sang. Und als ich Israfel erblickte. Ich glaube jedenfalls nicht, daß ich dabei an Ihn dachte.

Die Nacht kam nach Nacifia. Am Flußufer erblühten hell die Fackeln. Der Tag war lang und heiß gewesen und prall gefüllt mit Sehenswürdigkeiten, Geräuschen und Gerüchen. Ich hatte nicht den Wunsch nach Konversation oder das Bedürfnis, noch jemandem vorgestellt zu werden. So streifte ich nach dem Abendessen meinen Mantel über und bewegte mich wie ein Schatten über den Kai, blickte hierhin, lauschte dorthin. Kapitän Karon und seine Besatzung verschwanden in den Tavernen am Ufer; und die Einwohner von Nacifia verschwanden ebenso. Constanzia tauchte auf und trat mit einem Knicks vor den Kapitän hin. Sie überbrachte eine Bitte ihrer Mama, welcher zu Ohren gekommen sei, daß der Kapitän bestimmte, ganz besondere Luxusgüter an Bord mitführe. Ob er wohl die Güte haben würde, sie zur Schau zu stellen?

Seine Waren heute nacht zur Schau stellen? Die Miene des Kapitäns drückte gut gespielte Ungläubigkeit aus. Wer würde denn schon nach Sonnenuntergang seine armseligen Dinge sehen wollen?

Gewisse Personen, so sagte sie, hätten zu verstehen gegeben, daß sie nicht abgeneigt wären.

Der Kapitän zögerte. Ein Mißverständnis, ganz sicher.

Es gäbe so wenig Zerstreuungen in Nacifia, beharrte sie mit einem Schmollmündchen, einem langen Blick von der Seite und einem mädchenhaften Kichern.

So lange, bis der Kapitän schließlich ein Dutzend Fackeln holen und vor der *Stugos Queen* aufstecken ließ, während drei seiner Männer die Luken des kleinen Frachtraumes im Bug des Bootes öffneten und herauszuschleppen begannen, was sich darin befand.

Käfige mit silbernen Pfauen und ballenweise glänzende Seide. Weihrauch und mit Schnitzereien verzierte Kästchen aus Sandelholz. Eine halblebensgroße mechanische Ballerina, die auf den Zehenspitzen tanzte, klick, klick, klick, wie eine Grille, bis sie an den Rand ihrer Bühne kam, die winzigen Hände in mechanischem Schrecken hob und sich umdrehte, um ihren Tanz von neuem zu beginnen. Töpfchen mit parfümierten Salben und mundgeblasene Flaschen mit Duftwasser. Äffchen mit goldenen Halsbändern und Iguanas an edelsteinbesetzten Ketten. Spitzen aus dem Konvent zum heiligen Maulwurf und Konfekt aus dem Kloster zur heiligen Wolke. Wie so viele Dinge aus einem so kleinen Frachtraum kommen konnten, war allen unerklärlich, nicht zuletzt auch mir. Und jeder einzelne Gegenstand, der herausgebracht wurde, verströmte dazu noch diesen geheimnisvollen alten Geruch, dessen Ursprung ich nie hatte feststellen können: den Kirchengeruch, den Geruch von Westfaire.

Münzen wechselten den Besitzer. Die Frau des Vizekönigs eilte mit Ballen funkelnder Gewebe nach Hause. Andere Damen gaben sich mit der Meterware zufrieden, die Flatulina entgangen war. Ihre Töchter schnüffelten an ihren Achselhöhlen, wo duftende Tröpfchen in seidenen Falten versickerten. Die robuste Malisunde trug einen Affen in einem Käfig davon – als Ersatz für einen Gatten, der nie daheim war, sagte jemand, der nicht wollte, daß man es hörte. Und tatsächlich hörten es nur die flackernden Schatten und ich, und nur wir lachten darüber.

Im Halbdunkel am Rande des Fackelscheines stand ein junger Leutnant mit Constanzia zusammen und murmelte: »Seine Exzellenz, Ihr Vater, wirkt in jüngster Zeit irgendwie erregt.«

»Finden Sie?« fragte Constanzia. »Ich hatte den Eindruck, als sei er in letzter Zeit weniger reizbar als sonst. Diese Sache in Novabella hat ihn glücklich gestimmt. Seit mehr als einer Woche hat er nicht mehr versucht, nach Großmama zu treten, selbst als sie es schaffte, ihm letzten Freitag in der langen Galerie Seife unter die Füße zu schütten und er daraufhin der Länge nach hinfiel. Und er sendet Mrs. Gallimar als Generalbevollmächtigte aus. Mit einer befristeten Lizenz!«

Der Leutnant stimmte ihr insoweit zu, als die Ausstellung selbst einer befristeten Lizenz alle Ansätze einer versuchsweisen Neueinführung, ja möglicherweise sogar einer permanenten Veränderung in sich barg. Dabei starrte er Constanzia an wie ein Wunderwesen, aber sie schien es nicht zu bemerken.

Nachdenklich nickte sie. »Ich glaube, die Einwohner von Novabella haben ihm eine Jungfrau mit dem kleinen Unterschied versprochen. Er hat bereits alle Zutaten, bis auf die eine. Stellen Sie sich vor, was es bedeuten würde, wenn sie wahrhaftig ist, was man von ihr behauptet!« Sie lächelte den jungen Mann an, worauf er so rot wurde wie eine Rose. Doch dann, gerade als er seine Hand ausstreckte, um die ihre zu berühren, wandte sie sich zum Gehen und wanderte die Straße hoch, die zur Zitadelle führte. Verwirrt wandte er sich ab. Armer Junge.

Ich stand schläfrig an der Gangway der *Queen*, als sich der Platz langsam leerte und die Nacht einfiel. Nur ein paar Leute waren noch unterwegs, als ich einigermaßen überrascht Constanzia bemerkte, die nicht weit vom Platz entfernt um eine Hausecke lugte. Zum wiederholten Mal im Laufe des Abends fiel mir auf, wie wunderhübsch sie war. Ihre Gesichtszüge verrieten Lebhaftigkeit und Spontaneität. Sie wirkte sehr dunkel. Sehr attraktiv. Und im Moment sehr schlau und sehr darauf bedacht, nicht gesehen oder gehört zu werden. Sie überquerte die Straße, einen Korb am Arm, in dem der Umschlag des Buches mit dem Wort ›Verboten‹ zu erkennen war. Sie kam näher, huschte die unbewachte Gangway der *Queen* hoch, öffnete einen Lukendeckel und entschwand darunter. Offenbar hatte sie vor, an Bord zu sein, wenn das Schiff am nächsten Morgen ablegte.

Ich hörte den Kapitän mit schweren Schritten über den Kai stapfen und folgte ihm ans Flußufer, wo Mrs. Gallimar immer noch so dasaß wie schon den ganzen Abend; sie hatte sich auch nicht für das Warenangebot interessiert. Sie sah nur verträumt dem Wasser zu, das im flackernden Fackelschein dahinfloß. Und dem Kapitän war es nicht recht, sie so allein dasitzen zu lassen. Er trug eine Flasche aus Rubinglas in der Hand, in der sich, so hörte ich ihn sagen, ein Rebensaft befand, der den Neid eines jeden Meisterwinzers erregen könnte.

Mrs. Gallimar war so gerührt von diesem Geschenk, daß sie vorschlug, die Flasche auf der Stelle gemeinsam zu leeren. Und so saßen sie in der flammenerhellten Nacht, betrachteten die Spiegelungen der Fackeln auf dem Stugos, die als Straßen goldenen Lichts von ihnen weg in unvorstellbare Finsternis hinabführten, wo die Fluten sich leise in der Nacht bewegten. Während sie in die Betrachtung der unruhigen Lichter versunken waren und ihre Gläser unbeaufsichtigt ließen, trank ich den Wein aus. Ein prachtvoller Jahrgang. Einer der Weine, wie es schien, aus Baskarone.

»Wir befinden uns im Mittelpunkt des Universums«, schnurrte Mrs. Gallimar. »Sehen Sie nur, wie uns die Lichtstrahlen von allen Seiten treffen!«

Heimlich stimmte ich ihr zu; bei Tageslicht schienen sich alle Dinge am Horizont zu vereinigen und dort zu verschwinden. Hier in der flammenerleuchteten Dunkelheit zeigten alle Strahlen auf uns, kamen über das Wasser und endeten zu unseren Füßen – ein Fächer aus Licht, mit uns als Zentrum. Alle Dinge wandten sich dem Betrachter zu. Ich war die Achse eines Rades aus Licht. Es schien mir mit einemmal wichtig, diesen Augenblick nicht zu vergessen, in dem sich das Universum um mich herum drehte, den Augenblick, in dem ich festgenagelt war auf einem Fächer aus Licht.

»Denk daran«, sagte eine Stimme. Es war die Stimme des Botschafters von Baskarone. »Denk daran. Alle Dinge enden hier mit dir, Beauty. Denk daran, meine Schöne.«

»Denk daran«, flüsterte die Stimme einer alten Frau. Señora Carabosse. Ich sah mich um, aber sie war nicht da.

Es war eine Einbildung, kein Zweifel, hervorgerufen von der Dunkelheit und dem Wein. Dennoch würde ich daran denken.

»Wir sind«, sagte der Kapitän mit erstickter Stimme, »der Mittelpunkt von allem.«

»Bis jetzt«, seufzte Mrs. Gallimar mit leicht verliebtem Unterton, »habe ich dieser Reise mit wenig Vorfreude entgegengesehen.«

»Genau wie ich«, krächzte der Kapitän in rauher Ehrlichkeit. »Bis jetzt.«

Ich ließ die beiden allein. Meine Lippen waren süß vom Wein, meine Seele voll der wundersamen Pfade des Lichts im Wasser, die sich gerade aufzulösen begannen, als ich in meine kühle Kabine auf der *Stugos Queen* zurückkehrte, um diese Nacht niemals zu vergessen. Die alte Frau stand an der Reling, direkt vor meiner Tür. »Gute Nacht, du liebe Schönheit«, glaubte ich sie sagen hören, aber der Wein war mir ein wenig zu Kopf gestiegen, und ich verstand sie wohl nicht richtig.

»Gute Nacht, Señora Carabosse«, erwiderte ich. Obwohl wieder die Affen im überfluteten Dschungel kreischten, wußte ich, daß ich in dieser Nacht schlafen würde.

19

Unter Drohungen, wütendem Gebrüll und der vorübergehenden Zuhilfenahme einiger herumlungernder Tagediebe gelang es Kapitän Karon, kurz nach Sonnenaufgang den letzten Rest seiner offiziellen Fracht zu löschen. Drei Insassen des Narrenhauses tauchten auf, um das Boot beim Ablegen zu begleiten, was die Sache ein wenig verzögerte, weil sie sich nicht davon abbringen ließen, den Passagieren mit dem Gepäck zur Hand zu gehen.

Die Heizer standen gebeugt an den Dampfkesseln, die Pfeife begann zu plärren, und die Passagiere kamen nach und nach an die Reling, um das Ablegen zu verfolgen. Der amtlich beauftragte Tugendwächter erschien an Deck, um mit einer schlaffen Hand den Zurückgebliebenen am Ufer zuzuwinken. Oberst Esquivar, ein hochgewachsener Mann mit scharfen, zusammengekniffenen Augen, einem enormen Schnurrbart und sehr brauner Haut – die offenbar zu lange schon den Elementen ausgesetzt und daher ledrig und rauh war – hatte sich erst spät nachts an Bord begeben, und nun schwankte er triefäugig aus seiner Kabine, verbeugte sich vor Mrs. Gallimar und bedachte den Tugendwächter mit einem verächtlichen Seitenblick und den Kapitän mit einer milden Beleidigung, ehe er wieder in seine Kabine zurückstolperte und die Tür hinter sich zuknallte. Mit einem letzten Tuten wandte sich die *Queen* hinaus in die Fluten und stemmte sich mit ohrenbetäubendem Geklapper der beiden riesigen Räder gegen die Strömung, während die Insassen des Narrenturms radschlagend und mit weiten Sätzen am

Ufer entlangrasten und erst aufhörten, dem Schiff zu folgen, als es sich gegenüber den Sümpfen an der Einmündung des Rio Apenado befand.

Im Speisesaal der ersten Klasse begannen die Stewards die Tische zu decken. Die Köche waren schon dabei, Eintopf für die Passagiere der zweiten Klasse, die Besatzung und jenen Teil der Fracht, die mittags zu füttern war, auszuteilen. (War ich die einzige, die bemerkte, daß zweimal täglich Futter in die Laderäume gebracht wurde? Nein, die Alte bemerkte es auch. Sie warf mir einen bedeutsamen Blick zu und zwinkerte. Wer ist sie? Was will sie mir sagen?) Der Lunch der ersten Klasse würde später serviert werden, wodurch den Küchenjungen Zeit blieb, den Desserttisch mit einer runzeligen, aus Eis geschnittenen Eidechse zu dekorieren, die sie mit Mohnblumen aus blutroten Chinangareehälften umrandeten.

Ich gewöhnte mich bald an den immer gleichen Tagesablauf der Reise. Jeden Morgen kam ich vor Roland Mirabeau in den Speisesaal, der – von seinem Diener rasiert, angekleidet und sorgfältig frisiert – ihn kurz nach mir betrat, um ein Glas Kuskumbersaft zu trinken, ehe er sich zu mir setzte, in der Hand eine dampfende Tasse Kaffee oder Tee oder Cou, die in allen Variationen angeboten wurden.

Da ich stimmungsmäßig nicht an einem Liebhaber interessiert war und nicht die Absicht hatte, nach einem solchen Ausschau zu halten – was ich wiederholt und unmißverständlich zum Ausdruck brachte –, akzeptierte Roland mich und nahm sich mir gegenüber kein Blatt vor den Mund. Ich hörte zu und trug nur selten etwas zur Konversation bei, das einer Beantwortung bedurft hätte. Die alte Frau, Señora Carabosse, tauchte üblicherweise erst etwas später aus ihrer Kabine auf und setzte sich mit ihrem Tee an einen Nachbartisch, wo sie mit einem Ohr unseren Gesprächen lauschte und zwinkernd in sich hineinmurmelte. Arme Alte. Ich schämte mich für meine kritischen Bemerkungen. Sie war doch ohnedies ganz harmlos.

[Also wirklich!]

Nach geraumer Zeit kam dann Mrs. Gallimar zum Frühstück, für gewöhnlich in Begleitung des Kapitäns oder Oberst Esquivars. Man vernahm ein Rascheln von duftenden Bändern und Volants, ein trillerndes Lachen und eine weiche, melodiöse Stimme, die allen einen guten Morgen wünschte, indessen Roland sich auf ein geziemendes Verhalten vorbereitete – auf höfliches Lächeln und elegante Verbeugungen, auf bewundernde Blicke und aufmerksames Nicken, mit einem Wort, auf alles, was Mrs. Gallimar von ihm erwartete. Eines Morgens gestand er mir, daß er das Gefühl hatte, seine Reaktionen würden etwas ganz Wesentliches vermissen lassen. Er spürte das Fehlen wie jemand, der das Fehlen eines bestimmten Gewürzes in einer Geschmackskomposition spürt, welche nicht wie gewohnt den Mund erfüllt, sondern wie in Erwartung einer Vervollkommnung auf der Zunge liegenbleibt. Roland also verspürte im Kern seiner Bekanntschaft mit Mrs. Gallimar einen Mangel an Aufrichtigkeit. Genaugenommen begehrte er sie auch nicht, obwohl er von einer intellektuellen Warte aus ihre begehrenswerten Qualitäten durchaus anerkannte. Sie ließ ihn kalt und unbeeindruckt, und ihre einladende Sinnlichkeit ließ sein Fleisch starr und hart wie Talg und konnte es nicht wärmen. So formulierte er es und setzte offenbar voraus, daß ich ihn verstand. Was eine wenig schmeichelhafte Annahme war, obwohl ich mich dahingehend nicht äußerte, sondern nur lächelte und den Kopf schief legte, um ihn zu weiteren Geständnissen zu veranlassen. Hinter mir lachte Señora Carabosse leise in sich hinein.

Wäre dies eine nie zuvor wahrgenommene Empfindung gewesen, fuhr Roland fort, hätte sie ihn möglicherweise beunruhigt. Doch eigentlich war dies sein übliches Gefühl, was Frauen betraf. Blumen konnten an seine Seele rühren. Sonnenuntergänge trieben ihm Tränen in die Augen. Der Anblick windgebeugter Bäume im Morgengrauen brachte ihn zu einer Schwelgerei in sinnlichen Genüssen, doch Frauen konnten nichts bei ihm bewirken. Sie hatten etwas an sich, eine angeborene Fleischlichkeit, ein gewisses Übermaß an Körperlichkeit, das ihn zu Eis erstarren ließ. Und dazu noch ihr Geruch, ob er sich nun unter Parfums versteckte oder unverhüllt in der Luft lag – dieser Gestank nach Fruchtbarkeit und Fäule, diese erdigen Aromen, von denen sie zusammen mit der Frauwerdung befallen wurden!

(Ich beugte mich näher zu ihm und war neugierig, ob er mein Aroma aufnehmen würde. Anscheinend tat er das nicht. In diesem Moment, denke ich, habe ich angefangen, die Welt, in der ich mich befand, zu verstehen. Ich fing an, einen gewissen Mangel an Konsistenz festzustellen, als würden hier die Naturgesetze nur zum Teil zur Anwendung kommen.)

Kleine Mädchen rochen ganz anders, meinte Roland. Kleine Mädchen hatte er recht gern. Er mochte ihre brüstelosen kleinen Körper und die winzigen Hinterbäckchen, die aussahen wie zwei Eier, die nebeneinander im Nest lagen. Er mochte ihre elfenhaften Hüften, die Grübchen in den Knien und die hellrosa Fußsohlen, doch all diese Schwärmerei begann und endete in seinen Augen; sie war nicht begleitet von sinnlicher Begierde. Er verehrte sie nur, wie er die

Eierikonen im Heiligtum von St. Frosch verehrte, nämlich um dessentwillen, was sie symbolisierten, und nicht, was sie waren. Reinheit. Ach, Roland verehrte die Reinheit! Reinheit und Schönheit. Das war letztendlich der Grund, weswegen er amtlich beauftragter Tugendwächter geworden war: damit er diese Dinge unausgesetzt verehren durfte. Ihnen dienen durfte. Sie behüten durfte. Und obwohl es viel Schönheit gab in Chinanga, so sagte er, gab es doch wenig Reinheit.

»Manchmal frage ich mich«, bekannte er mir gegenüber bei seiner zweiten Tasse Cou, »was wir wären, hätte man uns nicht dazu verurteilt, hier in Chinanga zu leben. Was wäre wohl aus uns geworden, hätte man uns gestattet, uns im anbetungswürdigen Baskarone niederzulassen?«

Zufällig kam Kapitän Karon vorbei, der das aufschnappte, verächtlich schnaubte und sagte: »Sie sollten lieber fragen, was aus Baskarone geworden wäre, hätten wir uns dort niedergelassen! Können Sie sich den Vizekönig als Herrscher über Baskarone vorstellen?« Doch dann wurde der Kapitän rot und sah sich rasch um, wer mitgehört haben konnte. »Mit allem Respekt«, fügte er rasch hinzu und suchte Rolands Blick, »mit allem Respekt, Tugendwächter.«

»Schon gut«, sagte Roland nachdenklich, »an sich liegen Sie vielleicht ganz richtig mit Ihrer Frage, Herr Kapitän. Sind wir das, was unsere Umwelt aus uns macht? Oder machen wir unsere Umwelt zu dem, was wir sind? In diesem Fall könnte man sich fragen, wer wirklich in Baskarone lebt. Nennen wir es nicht ›gesegnetes Baskarone‹? Sprechen wir von Joyafleur nicht als einer himmlischen Stadt?«

Es war das erste Mal, daß ich diese Wörter gehört hatte. Sie verursachten mir ein Vibrieren, ein innerliches Summen, als hätte man mir eine große Stimmgabel an den Rücken gelegt. Eine anbetungswürdige Stadt. Ein gesegnetes Land. Und die Botschafter aus dieser Gegend – ach, was waren dann sie? Ich schloß aus dem Gehörten, was sie waren, und fühlte mich erröten, als ich merkte, daß mich nach Engeln verlangte. War der Botschafter von Baskarone ein Engel gewesen?

Der Kapitän machte ein Gesicht, als wollte er ausspucken, überlegte es sich dann aber. »Nun, Sir, wenn wir schon so offen reden, dann frage ich Sie, wie, um aller heiligen Schlangen willen, ich das wissen sollte? Wo ich doch noch nie dort war! Wir schauen aus diesen verschwitzten Niederungen auf und sehen es dort oben ausgebreitet wie einen großen gefiederten Flügel, voller Farbe und von herrlichem Entwurf – aber wer ist schon dort gewesen? Niemand von uns, das ist gewiß. Die Grenzwächter lassen es ja nicht zu, daß Touristen aus Chinanga hinaufgehen, um einen Blick hinüberzuwerfen, oder?«

Ich fing Señora Carabosses Blick auf. Sie hörte mit schamloser Offenheit zu, und ihr Mund stand etwas offen, als würde sie jeden Moment darauf warten, nach einer Ankündigung zu schnappen, die sie mit allen Fasern herbeisehnte.

Roland murmelte: »Aber wir bekommen Besuch von dort.«

»Botschafter, o ja. Gelegentlich kommen welche. Und sind so verschwiegen wie Schildkröten. Ich habe einmal einen kennengelernt, bei Mrs. Gallimar.«

»Tatsächlich? Einen Botschafter von Baskarone?«

»Einen hochgewachsenen, braungebrannten Kerl mit einem sonnigen Lächeln, immer zu einem Scherz aufgelegt. Kein Federchen in seinen Flügeln, das aus der Reihe tanzte. Aus ihm konnte man ungefähr so viele Informationen herausholen wie gute Absichten aus einem Holzwurm.«

War das derselbe Botschafter von Baskarone gewesen? Hatte er Flügel gehabt? Ich konnte mich nicht erinnern.

»Was wollte er denn hier?« fragte Roland.

»Ach, er war nur auf einen Sprung herabgekommen, um sich zu erkundigen, wie viele Kisten Wein wir aus Joyafleur beziehen wollten. Um zu hören, was wir im Tauschhandel zu bieten hatten. Um herauszufinden, ob irgendwelche Schmuggelgüter durchkämen. Ob mir Piraten das Leben schwer machten. Fragte mich, ob Chinanga politisch stabil sei, ob man unbesorgt etwas für ein Weilchen hierlassen könne. Beklagte sich ein wenig über ein paar Jäger, die die Mauer erklommen hatten und herabgefallen waren. Es heiße, so sagte er, das ruiniere die Trampelpfade, die hinführen, und da man wisse, daß die Mauer unbezwingbar ist, würde das nur zu Torheiten führen. Solche Dinge. Nichts als Fragen von seiner Seite. Wenn Sie meine Meinung wissen wollen, dann war er hier, um zu spionieren, um möglichst viel über uns herauszufinden. Und über Chinanga.«

»Stellten Sie ihm auch direkte Fragen über Baskarone?«

»Nun, Sie wissen, wie das so ist, bei Dinnerpartys. ›Wie läuft's denn so in Baskarone, Exzellenz?‹ ›Gibt es in letzter Zeit Interessantes aus Baskarone zu berichten, Exzellenz?‹ ›Und wie ist das Wetter in Baskarone, Exzellenz?‹ Diese Art Fragen eben.«

»Und was antwortete er darauf?«

»Überhaupt nichts«, erwiderte der Kapitän. »Soweit ich feststellen konnte, geschieht in Baskarone nie auch nur das Geringste. Er sagte etwa sechs Worte auf meine Fragen.«

»Ich wünschte, ich wäre dort gewesen«, sinnierte Roland. »Ich hätte ihn ohne viele Umschweife aufgefordert: ›Erzählen Sie mir alles von Baskarone.‹«

»Das hätten Sie ganz sicher nicht«, widersprach der Kapitän. »Sie glauben vielleicht, daß Sie das getan hätten, aber ich sage Ihnen, das hätten Sie nicht.«

»Vermutlich haben Sie recht«, seufzte Roland mit einem Seitenblick auf mich. Er nippte an der Tasse mit dem kalt werdenden Cou, während er über die wogenden Fluten starrte und zuließ, daß sich Schweigen herabsenkte über sie beide.

An den folgenden Tagen dachte ich oft über die Worte des Kapitäns nach. Passen wir uns an unsere Umwelt an oder verändern wir sie so, daß sie sich uns anpaßt? In diesem Fall – wer waren wir, die wir im zwanzigsten Jahrhundert gelebt hatten? Und in diesem Fall – wer waren diejenigen, die in Baskarone lebten?

Spät abends machte die *Stugos Queen* an dem fest, was einst das Flußufer gewesen war – und was es auch wieder sein würde, sobald die Fluten in ihr normales Bett zurückgekehrt waren. Und dort, unter den reglosen Ästen großer Dschungelbäume, ging Kapitän Karon ein paar Stunden lang still und heimlich seinen Geschäften nach. Alle Passagiere – mit Ausnahme von mir selbst – schliefen schon lange, als Kapitän und Maat die Lukendeckel zum vorderen Frachtraum öffneten und eine Anzahl Käfige heraushoben. Schon während der frühen Abendstunden hatten sich auffallend viele kleine Ruderboote, deren Besatzungen angeblich aus Tartarus und Tophet, aus Eblis und Gehenna stammte, in der Nähe der *Queen* herumgetrieben, und nun umringten sie das Schiff. Die Einheimischen kamen nacheinander in kleinen Gruppen an

Bord, um Sendungen in Empfang zu nehmen oder um Kapitän Karon Angebote für seine Waren zu machen. In einige der wartenden Ruderboote wurden Käfige hinabgelassen; die erfolglosen Bewerber erhielten einen Händedruck von Kapitän Karon und die Aussicht auf mehr Glück beim nächsten Mal. Als die ersten Finger der Morgenröte über den Himmel strichen, zog das letzte Boot davon; es flog über das Wasser wie eine Schwalbe, schlüpfte in den überfluteten Urwald und bog in einen der Nebenflüsse ein, in den Rio Lamentarse oder den Rio Abrasador. Der Käfig, der an seinem Rumpf festgebunden war, hüpfte infolge der lebhaften Unruhe der darin Eingeschlossenen auf und ab.

»Ist das alles?« fragte der Kapitän den Maat.

»Alles. Siebenunddreißig große Käfige und dreizehn kleine. Was wir noch haben, befindet sich im hinteren Frachtraum, ein Dutzend, das weiter stromaufwärts abzuliefern ist, in Erebus, wenn ich mich recht entsinne. Ach ja, und dann ist noch die kleine Kiste für Abaddon, oben am Rio Desmemoriarse. Was machen die Einheimischen eigentlich mit ihnen?«

»Keine Ahnung. Solange sie es nicht öffentlich machen, ist es mir egal. Ich werde bezahlt, um sie zu befördern, und ich befördere sie. Ich nehme sie an der Grenzlinie an Bord und bringe sie an ihren Bestimmungsort, wenn sie einen haben. Verkaufe den Rest. Was wir nicht verkaufen, versenken wir im Großen Sumpf, aber ich erhalte in jedem Fall mein Geld.« Der Kapitän holte tief Atem und seufzte. »Sie haben doch einen Blick in den vorderen Frachtraum geworfen, um sich zu vergewissern, daß nichts aus den Käfigen entkommen ist?«

»Das mache ich immer.«

»Wäre unangenehm, wenn eins davon plötzlich auf

der *Queen* herumspaziert, nicht wahr? Häßliche Dinger. Würden Mrs. Gallimar zu Tode erschrecken.«

Ich hatte alles gesehen, was sich in den Käfigen befand, und ich hatte es nicht als häßlich empfunden. Als erbärmlich. Als zornig. Als hoffnungslos. Aber nicht als häßlich.

Der Maat antwortete: »Nein, nichts ist entkommen. Aber ich habe etwas anderes da unten gefunden.«

Der Kapitän fuhr herum und fixierte ihn mit strengem Blick. »Sie haben … was gefunden?«

»Das hier«, sagte der Maat und winkte einem der Matrosen auf dem unteren Deck zu; der Mann kletterte die Leiter hinauf, wobei er ein um sich schlagendes weibliches Wesen hinter sich herzog. Es war die Tochter des Vizekönigs, Constanzia. Ich hatte mich schon gefragt, wann sie wohl aufkreuzen würde.

»Ein blinder Passagier«, sagte der Maat. »Und noch dazu die Tochter des Vizekönigs.« Falls er vorgehabt hatte, für Überraschung zu sorgen, dann war ihm das gelungen. Der Kapitän starrte das junge Mädchen an, als würde er seinen Augen nicht trauen.

»Was um alles …?«

Sie schüttelte sich, warf sich die wilde Haarmähne aus der breiten, niederen Stirn, glättete ihren Rock und richtete sich kerzengerade auf. »Ich habe genug Geld dabei, um für die Reise zu bezahlen«, sagte sie und funkelte den Kapitän an. »Der einzige Grund, weshalb ich mich unten im Frachtraum versteckte, war der, daß niemand sehen durfte, wie ich an Bord ging.«

»Ihr Vater wird sehr ärgerlich auf mich sein«, erklärte der Kapitän mit kehliger Stimme. Ich wußte, er dachte an Dinge wie Enthaupten oder Vierteilen oder vielleicht beides. »Er war schon letztesmal ärgerlich auf mich, und er wird es wieder sein.«

»Wenn Sie nicht irgend etwas Törichtes tun, Herr

Kapitän, dann wird Papa nie erfahren, daß ich überhaupt weg war. Ich bin hier, weil ich die Jungfrau mit dem kleinen Unterschied sehen will, wie schon etliche Male, wenn ich mich recht entsinne. Doch diesmal könnte es tatsächlich einen Unterschied geben, was bisher noch nie der Fall war. Ich dachte, ich könnte sie vielleicht auf der Rückreise ein wenig kennenlernen. Und sobald wir wieder in Nacifia sind, werde ich mich heimlich von Bord schleichen, und Papa wird denken, ich wäre ihm bloß eine Weile aus dem Weg gegangen, was ich des öfteren tue.«

Kapitän Karon schüttelte den Kopf, nickte, schüttelte ihn wieder und ließ damit die Verwirrung erkennen, die in seinem Kopf herrschte. »Wir sind voll besetzt«, murrte er dann. »Wir haben keinen Kabinenplatz frei.«

»Aber ja, Herr Kapitän«, widersprach ich leise, nachdem ich meinen Mantel ausgezogen und ihn mir gefaltet über den Arm gelegt hatte, »die junge Dame ist herzlich willkommen, meine Kabine mit mir zu teilen!«

Was es mir ermöglichte, in den Tagebüchern des Ambrosius Pomposus weiterzulesen.

[»Sie fühlt sich zu stark persönlich beteiligt!« rief ich aus. »Sie denkt zuviel nach! Wie kann das ein sicheres Versteck sein, wenn sie anfängt, es zu analysieren? Sie wird es in tausend Stücke zerreißen!«

»Pst!« sagte Israfel. »Imaginäre Länder sind nicht leicht zu zerstören!«

»Aber es ist leicht, den Glauben an sie zu verlieren«, entgegnete ich. »Sie liest, studiert ...«

»Das hat sie im zwanzigsten Jahrhundert gelernt«, sagte er, »davon kannst du sie nicht mehr abbringen.«

»Wir müssen vielleicht mit ihr reden«, überlegte ich. »Es ihr sagen.«

»Warte noch eine Weile», riet er. »Wir wollen sehen, was geschieht.«]

»Sie haben Sklaven unten in den Frachträumen«, schluchzte Constanzia sehr spät in dieser Nacht, als wir uns zum Schlafengehen zurechtmachten. Die Tränen rannen ihr über die olivenfarbigen Wangen. »Sklaven!«

Ich nickte verständnisvoll; ich hatte sie gesehen.

»Auch Frauen und Kinder!« weinte sie. »Und Männer, junge und ganz, ganz alte! Es ist entsetzlich.«

»Entsetzlich«, stimmte ich ihr zu, aber es gab nichts, was sie oder ich hätten tun können. Offenbar war sie zu einer sinngemäßen Auslegung des Buches, das sie mit sich führte, nicht in der Lage.

Herzensgutes Kind. Sie weinte sich in den Schlaf.

Ich ging noch mal hinaus an Deck. Die alte Frau, Señora Carabosse, stand wieder einmal vor mir, und ich nickte grüßend und lächelte ihr zu. Im Salon schlug eine Uhr. Und plötzlich überwältigte mich eine Erinnerung wie ein körperlicher Schlag, und ich wußte, woher ich den Namen kannte! Carabosse! Das war der Name, der auf meiner Uhr stand! Sie war die böse Fee, die mich mit dem Zauberbann belegt hatte!

»Ach, du bist es!« zischte ich und hob den Arm – abwehrend, oder um sie zu schlagen, ich weiß es nicht. Ich weiß auch nicht, ob ich sie geschlagen hätte; Lust dazu verspürte ich jedenfalls. Doch mit erhobener Hand gebot sie mir Einhalt.

»Sch!« sagte sie. Auf einen Wink ihrer Finger fiel mein Arm herab. »Was du auch über mich zu wissen glaubst, es ist vermutlich falsch, also laß das sein.«

»Du hast mich verflucht!« sagte ich.

»Wenn du das einen Fluch nennen willst. Doch so gesehen habe ich diesen Fluch doch über deine Halbschwester Mary Blossom gelegt!« sagte die Alte. »Was ich auch von Anfang an beabsichtigt!«

»Aber warum nur!« rief ich.

»Um dich wegzuholen, ohne daß jemand es merkte«, erklärte sie. »Weg von Westfaire, weg aus England, weg aus dem Mittelalter. Um dich an einem sicheren Ort zu verstecken.«

»Hier?« Ich blickte um mich und wies auf das stampfende Flußboot. »Hier?« lachte ich.

»Niemand weiß, daß du hier bist«, flüsterte sie mir zu. »Jaybee weiß es nicht. Der Herr der Finsternis weiß es nicht.«

»Der Herr der Finsternis?«

»Sch! Männer wie Jaybee wachsen nicht plötzlich aus dem Boden wie Frühlingsspinat! Der Herr der Finsternis hilft ihnen ins Dasein. Die Kraft des Bösen. Der Teufel. Er, der sich seinen Anteil an Grauen und Pein genommen hat. Derselbe.«

»Und du willst mich hier vor ihm verstecken?«

Geduldig wiederholte sie, was sie zuvor schon gesagt hatte. »Niemand weiß, daß du hier bist. Niemand weiß, daß *hier* hier ist!«

Ich starrte in ihre alten Augen und glaubte ihr. Ich hatte Pomposus' Tagebücher gelesen, wie Constanzia auch. Der Unterschied war nur, daß ich verstanden hatte, was sie ausdrücken wollten, und Constanzia nicht. Ich wußte, daß Chinanga eine imaginäre Welt war. Alle Leute darin waren imaginäre Leute. Ambrosius Pomposus – oder ein anderes Wesen oder eine Person, die sich Ambrosius Pomposus nannte – hatte sie zusammenphantasiert und sie mit allerlei seltsamen Dingen und Gestalten vollgepackt. Er hatte Anleihen an Mythen und Legenden und anderen Welten genommen.

Wie könnte irgend jemand außer Ambrosius selbst

etwas über diese Welt wissen? Und er, so dachte ich, war möglicherweise schon lange tot.

Als hätte sie meine Gedanken gelesen, sagte Carabosse: »Ich habe die Geheimnisse der Zeit dazu benutzt, um diesen Ort zu finden und zu erforschen. Niemand sonst kann ihn finden, auch nicht in zehn Millionen Jahren. All meine Mühen und Sorgen waren nur auf das Ziel gerichtet, dich hierherzubringen. Glaub mir, Beauty, hier bist du sicher.« Sie tätschelte meine Hand.

Sicher? Weshalb sollte Carabosse an meiner Sicherheit liegen? Ich öffnete den Mund, um ihr diese und andere Fragen zu stellen.

Doch sie schüttelte den Kopf, ganz so, wie die Tanten es getan hatten, wenn ich anhob, Fragen über geschlechtliche Dinge zu stellen. Nein, nein, nein, sagte Carabosses Miene. Es muß auch gehen, ohne daß du es weißt. Sie entfernte sich langsam von mir und ließ mich mit meinen Gedanken über das, was sie gesagt hatte, allein.

Ich glaubte ihr, daß ich in Sicherheit war. Ich glaubte ihr, daß sie sehr um meine Sicherheit besorgt war, obwohl ich nicht wußte, weshalb. Außerdem glaubte ich, daß es noch etwas gab, was sie mir nicht gesagt hatte. Was ich nicht glaubte, woran ich nicht glauben konnte, das war die Identität desjenigen, von dem sie behauptete, ich wäre sicher vor ihm: Was sollte der Herr der Finsternis – unter jedem beliebigem Namen – von mir schon wollen?

Die *Queen* kam um die Mittagszeit in Novabella an. Unter jenen, die sich für die Ankunft des Dampfers zusammengefunden hatten, befand sich auch ein stämmiges, dunkelhäutiges Paar namens Emilia und Domenico Sandifor, welches die Aufgabe hatte, die Bevollmächtigte des Vizekönigs, den Tugendwächter und natürlich den Kapitän willkommen zu heißen. Auch wir beide, Constanzia und ich, gehörten zu der kleinen Gruppe der Willkommengeheißenen, und zwar kraft des Umstandes, daß es offenbar niemand für angebracht hielt, uns dieses Privileg vorzuenthalten. Hätte es doch jemand getan, so bin ich sicher, Constanzia wäre der Situation gewachsen gewesen.

»Ich hoffe, Sie willigen ein, bei uns zu wohnen«, sprudelte Emilia an Mrs. Gallimar gewandt heraus. »Don Masimiliano, der Präfekt unserer Provinz, bittet Sie zwar um die Ehre Ihrer Gesellschaft im Schloß – um die Ihre und die des Tugendwächters, natürlich –, aber ich dachte, Sie möchten vielleicht der Bequemlichkeit halber hier in der Stadt bleiben.«

»Ich werde nicht einmal die Zeit für ein Dinner mit Don Masimiliano erübrigen können«, bemerkte Roland mit Schärfe in der Stimme. »Man wird mich umgehend für einen ersten Augenschein zu der in Frage stehenden Person bringen.«

»Sie wohnt bei uns«, gestand Emilia. »Jorge rührt sich keinen Augenblick von seiner Matte vor ihrer Tür weg.«

»Fenster?« fauchte Roland. »Was ist mit den Fenstern?«

»Sie haben sehr starke Gitter, Señor Mirabeau. Absolut unüberwindlich, das versichere ich Ihnen.«

»Señora, wenn Sie gesehen hätten, was ich schon gesehen habe!« Düster schüttelte er den Kopf, um uns zu verstehen zu geben, daß er mit allen Abscheulichkeiten vertraut war, die das Leben in Chinanga hervorbringen mochte.

»Nun, machen wir uns doch gleich auf den Weg dorthin!« schlug Domenico vor.

Langsam schritten wir über das Kopfsteinpflaster

zum Haus der Sandifors, die offizielle Delegation voran und wir inoffiziellen Anhängsel dicht dahinter. Ein hohes eisernes Gittertor öffnete sich zu einem großen Garten mit Orangenbäumen und Orchideen. Behäbig duckte sich das Haus unter sein Ziegeldach; eine Außentreppe fuhrte uns zu einem Obergeschoß, wo wir auf Jorge, den Diener, stießen, der in seligem Schlummer eingerollt vor einer eisenbeschlagenen Tür lag. Seine untersetzte Gestalt begann sich zu rühren, als Emilia einen großen schwarzen Schlüssel hervorholte, und er erwachte gerade so weit, daß er zur Seite rückte, als sie den Schlüssel ins Schloß steckte. Noch ehe sie ihn drehen konnte, legte sich die Hand des Tugendwächters auf die ihre und schob sie beiseite.

»Wenn Sie gestatten«, lächelte Roland, »ist das von jetzt an meine Sache.«

»Nicht ganz«, lächelte auch Mrs. Gallimar. »Richtiger wäre wohl ›unsere Sache‹. *Quis custodiet ipsos custodes?*«

»Also wirklich!« Der Tugendwächter war außer sich. »Ich bin Beauftragter des Amtes für Öffentliche Moral!«

»Und ich bin die persönliche Repräsentantin des Vizekönigs. Wollen wir gemeinsam eintreten?«

Was sie nach den Austausch eines längeren eisigen Blicks auch taten.

Auf dem Korridor ausgesperrt, sahen die Sandifors einander mit großen Augen an. »Was war das, was sie zu ihm gesagt hat?« fragte Domenico.

»Keine Ahnung«, antwortete seine Ehefrau.

»Ein Zitat«, murmelte ich ihnen von hinten ins Ohr. »Eine Frage, die vor langer Zeit einmal unter ähnlichen Umständen gestellt wurde. ›Wer wird die Wächter bewachen?‹«

»Aha«, nickte er. »Glaubst du, wir sollen hier draußen warten?«

Emilia schüttelte den Kopf. »Ich möchte sehen, was geschieht.«

Sie hatte unser aller Gedanken in Worte gefaßt. Also traten wir lautlos ins Zimmer. Mrs. Gallimar und Roland standen mit dem Rücken zu uns nebeneinander. Vor ihnen saß auf einem der üppig gepolsterten Fenstersitze eine junge Frau und las. Sie sah auf, als die beiden langsam auf sie zugingen.

Ich war verblüfft. So verblüfft, daß ich mich nicht von der Stelle rühren konnte. Mir war, als hätte ich in einen Spiegel geblickt, der leicht verzerrend wirkte. Mein Haar. Meine Augen. Sie war mir nicht ganz so aus dem Gesicht geschnitten wie Herzchen, doch sie ähnelte mir in einer Weise, wie es Herzchen nicht getan hatte. Ich wußte, wer sie war. Sie war diejenige, die ich gesucht hatte. Elladine von Ylles. Wer sollte sie sonst sein?

Roland sank vor ihr auf die Knie. Ich machte einen Schritt zur Seite, damit ich sein Gesicht sehen konnte. Er musterte ihr Haar, ihre Füße, das zarte Rosa ihrer Wangen. Ihre Augen. Die Wölbung ihrer Brüste, die wie Blütenblätter im Frühjahrswind wogten. Ich sah, wie seine Lider zu flattern begannen. Ihr Geruch! Ich sah, wie sich seine Nasenflügel weiteten.

»Sie müssen die Jungfrau sein«, lächelte Mrs. Gallimar mit einem leicht skeptischen Unterton in der Stimme.

Eine Sekunde lang konnte oder wollte die junge Frau nicht antworten. Dann murmelte sie: »Allerdings. Im Moment muß ich das wohl sein. Sind Sie beide die Repräsentanten des Vizekönigs?«

»Ich bin die Repräsentantin des Vizekönigs. Dieser Herr hier ist Roland Mirabeau, Beauftragter des

Amtes für Öffentliche Moral, Tugendwächter Erster Klasse.«

Die junge Frau lächelte kurz und nickte einmal, ohne zu sprechen. Meine Güte, war sie schön! Aber das war ich ja auch.

»Nun«, Mrs. Gallimar lächelte wieder, diesmal ziemlich anmaßend, »müssen wir feststellen, ob Sie dem entsprechen, was in den Berichten stand ...«

»Nein«, verkündete Roland mit fester Stimme, »es ist nicht nötig, irgend etwas festzustellen. Diese junge Dame *entspricht* dem, was in den Berichten stand. Als amtlicher Tugendwächter kann ich das mit Sicherheit sagen.«

Ungläubig starrte Mrs. Gallimar ihn an. Er packte sie am Arm und zog sie mit sich zur Seite. »Ich kann es erkennen, Mrs. Gallimar. Schon am Geruch. Sie riecht wie eine Sechsjährige nach einem Bad!«

Mrs. Gallimar schnüffelte. »Vielleicht hat sie tatsächlich gerade ein Bad genommen!«

»Ich versichere Ihnen, man kann mich nicht täuschen.«

»Möglicherweise hat sie sich parfümiert!«

»Solch ein Parfum gibt es nicht. Sie ist so, wie sie ist, Mrs. Gallimar. Ich weiß es!« Und er wandte sich wieder um zu der jungen Frau, die dasaß wie zuvor und ihn mit lebhaftem, eindeutigem Interesse betrachtete. »Meine Nase kann man nicht täuschen!« Ganz offensichtlich glaubte er an das, was er sagte, und doch sah ihn diese junge Person mit eindeutig sexuell gefärbtem Interesse an. »Sie ist eine Jungfrau, und zwar mit dem kleinen Unterschied«, murmelte er geistesabwesend, drehte sich um und sah mir mit einem Ausdruck ängstlichen Zweifels unverwandt ins Gesicht. Ich wußte, er fragte sich, ob er wirklich die geeignete Person war, um diese Jungfräulichkeit auf dem ganzen Weg zurück nach Nacifia zu beschützen.

»Erzählen Sie mir von ihr«, forderte er Emilia und Domenico auf, als wir uns alle im Garten der Sandifors niedergelassen hatten.

»Sie behauptet, sie wäre früher einmal mit einem Herzog verheiratet gewesen. Doch eines Tages hätte sie genug davon gehabt und ihn verlassen, um nach Hause zurückzukehren. Irgend etwas hat dann zu irgendeinem Zeitpunkt ihre Reise unterbrochen, und sie landete im Dschungel. Sie sagt, sie hätte das Gefühl, sehr lange dort festgesessen zu haben. Die Einheimischen haben sie aufgelesen und hierhergebracht. Das ist alles, was wir von ihr wissen.«

Roland starrte Emilia ungläubig an. »Das ist alles, was Sie wissen? Aber Sie haben sie doch schon seit Tagen hier!«

»Sie redet ziemlich viel. Ich kann Ihnen alles vom Herzog, seinen Schwestern und der Burg, in der sie lebten, erzählen. Sie würzt ihre Erzählungen mit einer Menge Einzelheiten.«

»Und Sie haben nicht versucht, sie ein wenig zur Eile anzutreiben?« fragte Mrs. Gallimar.

»Madame. Señor Mirabeau«, unterbrach Domenico. »Vielleicht sind die Dinge anders in Nacifia. Vielleicht gibt es in Nacifia viele interessante Ereignisse. Hier nicht. Es ist langweilig in Novabella. Durch unsere Teleskope betrachten wir das, was wir von Baskarone sehen können. Wir essen. Wir machen ein Nachmittagsschläfchen. Wir gehen hinunter zum Fluß, starren ins Wasser und fragen uns, ob es steigen oder fallen wird. Wir sehen die kleinen Boote aus Abaddon, und wir hoffen inständig, sie machen einen Bogen um uns oder versuchen schlimmstenfalls, uns Früchte oder

Affen aus dem Urwald zu verkaufen. Wir essen wiederum. Wir warten, daß Kapitän Karon mit etwas völlig Neuartigem in seinen Laderäumen auftaucht. Wir spielen Karten. Man wird hier erschreckend … Wie soll ich es ausdrücken? *Pococurante.* Sie verstehen, was ich sagen will?«

»Teilnahmslos«, murmelte Roland, der mir ja schon zuvor einmal gestanden hatte, daß die Langeweile für ihn eine alte Bekannte war.

»Genau. Etwas Neues, eine neue Geschichte, ein neuer Scherz, ein neuer Streich, ein neues Kleid – alles, was neu ist, ist für uns höchst genußreich. Warum sollten wir uns damit beeilen? Wir haben ihr alle Zeit gelassen, die sie wollte, um uns ihre Geschichte auf ihre eigene Art und Weise zu erzählen.«

Ich fragte mich, an wieviel sich meine Mutter wohl erinnerte. Wie war es dazu gekommen, daß sie sich im Dschungel von Chinanga verirrte? Wieviel Zeit hatte sie dort verbracht?

»Sie kennen das Ende ihrer Geschichte noch gar nicht?« fragte ich.

Domenico schüttelte den Kopf. »Möglicherweise hat sie gar kein Ende. Es wäre auch besser, uns bliebe ein Bissen, an dem wir noch genießerisch herumkauen können, wenn sie uns längst verlassen hat.«

Während die anderen weiterplauderten, gingen Constanzia und ich zurück ins Haus, um die Jungfrau aufzusuchen. Sie empfing uns, wie sie wohl jeden halbwegs interessanten Fremdling empfangen hätte. Wenn ich in ihr Gesicht blickte, das um einiges jünger aussah als das meine, kamen mir ängstliche Bedenken, ob sie mich nicht zurückweisen würde, wenn ich ihr sagte, wer ich war.

»Seit meiner Ankunft hier«, vertraute sie uns an, »frage ich die Leute, in welchem Land ich mich befinde. Doch sie legen ein bemerkenswert ausweichendes Verhalten an den Tag, und außer dem Namen des Landes habe ich noch nichts erfahren. Was hat Chinanga an sich, das Anlaß gibt für eine solche Zurückhaltung?«

»Sie schämen sich alle ihrer Herkunft«, sagte Constanza und errötete.

Meine Mutter musterte sie mit größter Aufmerksamkeit. Ohne zu überlegen, erklärte ich, ich wäre der Meinung, keinerlei Herkunft, egal wie bescheiden, sollte einer Bevölkerung für länger als ein, zwei Generationen zur Schande gereichen. Doch Constanzia schüttelte den Kopf.

»Es gibt nur eine Generation, Lady Wellingford. Ich glaube, Ambrosius Pomposus, der Vater von Chinanga, war ein Hexenmeister, der viele weit entfernte und erstaunliche Orte bereiste, ehe er schließlich dem Zauber seiner eigenen Erinnerungen erlag – seiner Erinnerungen an tropische Länder voll schwüler Pracht und verschwenderischer Vegetation, voll inzestuöser Verstrickungen und erotischer Wünsche, an Orte, wo die Zeit in ihrem Ablauf gedrosselt schien. Da entschloß er sich, solch einen Ort selbst zu schaffen, und so erhob er Anspruch auf dieses Land an den ewigen Flüssen und machte daraus Chinanga!« Sie machte eine weitausholende Gebärde, eine Gebärde, die alles und jedes in sich einschloß und erst an den Spitzen ihrer ausgestreckten Finger endete.

»Wie wollen Sie das wissen?« erkundigte sich Elladine.

»Sie hat es im Buch des Pomposus gelesen«, antwortete ich zu Constanzias Erstaunen. Sie hatte es tatsächlich dort gelesen, obwohl sie das Gelesene immer noch nicht verstand. »Doch Pomposus war möglicherweise nur ein Schriftsteller und kein Hexenmeister. Auch Schriftsteller können solche Orte erschaffen.«

»Ich verstehe«, hauchte Mama.

»Constanzia hat gewiß auch gelesen«, fuhr ich fort, »daß Chinanga solange unverändert bleiben soll, bis der Vizekönig – in Gesellschaft einer Jungfrau mit dem kleinen Unterschied und nach der Durchführung eines gewissen Rituals, das Constanzia immer noch nicht deuten kann – anders entscheidet.«

»Ich verstehe«, wiederholte Elladine, die tatsächlich verstand, und wandte sich dem Mädchen zu. »Ihr Vater hat vor, das Land zu verändern? Durch einen Umsturz vielleicht?«

»Eher durch einen friedlichen Übergang«, flüsterte Constanzia und trat vom Fenster weg, als hätte sie plötzlich kleine Ohren entdeckt, die sich lauschend an die Scheibe preßten. »Er strebt die Herrschaft über Baskarone an. Er spricht davon stets in Gleichnissen – als das Erklettern des Balkons der Geliebten etwa, und er behauptet, er würde es liebevoll tun.«

»Das kann zu höchstem Entzücken führen«, stellte Elladine leidenschaftslos fest, »oder zur Vergewaltigung.«

Constanzia nickte. »Ich weiß. Über die Jahrhunderte hinweg ist Vater gleichgültig und stur geworden. Er wünscht sich eine große Apotheose.«

»Ich hingegen «, sagte Elladine, »wünsche mir nur, wieder daheim in Ylles zu sein.«

»Ylles«, echote Constanzia sinnend, »Ylles. Ich habe schon von Ylles gehört. In den *Tagebüchern* wird es erwähnt. Es liegt hier im Kontinuum als Teil einer höheren Schöpfung, gar nicht weit weg.«

»Roland sagte mir, Ylles liege in unerreichbarer Ferne. Er würde mich doch gewiß nicht belügen?«

»Unsinn. Ein Tugendwächter würde auch dann nicht die Wahrheit erkennen, wenn sie ihm mit den Flügeln ins Gesicht schlägt!« Constanzia tätschelte ihr die Schulter. »Keine Angst. Ich werde Ylles für Sie suchen. Sobald wir wieder zu Hause sind, schlage ich in der großen Enzyklopädie nach. Sie müssen mir nur sagen, wie man es buchstabiert.«

»Ypsilon«, sagte ich, *»Doppel-El, E, Es.«*

»Wieso wissen Sie das?« fragte mich Mama.

»Einige unserer Familiendokumente bezogen sich auf Ylles«, erwiderte ich hinterlistig. »In Westfaire. Meinem Zuhause.«

»Westfaire ...«, grübelte Elladine. »Westfaire. Ich erinnere mich an Westfaire. Dann mußt du ... dann bist du ...«

»Deine Tochter«, ergänzte ich mit leiser Stimme und sah sie abwartend an.

Sie musterte mich mit einem langen Blick, einem beunruhigenden Blick. Als könnte sie nicht glauben, wer ich war. Doch schließlich öffneten sich ihre Lippen leicht bebend, und ihre Augen leuchteten auf vor ... war es Liebe? War es etwas anderes?

»Beauty!« rief sie aus. »Du hast meinen Brief gefunden!«

Constanzia sah uns verblüfft zu, als wir uns umarmten. Die Umarmung selbst war nicht das, was ich mir erhofft hatte. Sie wirkte unbeholfen, ein wenig verlegen. Mutter hängte sich nicht an mich; sie drückte mich kurz, ja flüchtig an sich und machte dann einen Schritt weg von mir, ehe sie mich einer eingehenden Betrachtung unterzog, ganz so, als versuchte sie, an mir irgendeine Ähnlichkeit zu entdecken, die sie erwartet hatte. Vielleicht wäre unser erstes Zusammentreffen natürlicher verlaufen, wenn Mama nur ein wenig älter ausgesehen hätte. Und Constanzia verstärkte fast augenblicklich meine Verlegenheit, indem sie eine Bemerkung über Mamas jugendliches Aussehen fallenließ.

»Sie ist eine Fee«, erklärte ich Constanzia. »Ich nehme an, sie wird immer so aussehen. Ich hingegen bin nur zur Hälfte Fee, und so bin ich jetzt schon älter als sie.« Ich lächelte Mama liebevoll zu. Zumindest begann es als ein liebevolles Lächeln. Doch als Reaktion darauf wandte Mama sich mit einem Seufzen ab. Irgend etwas lief nicht so ab, wie ich es geplant oder erhofft hatte, aber ich wollte in diesem Augenblick nicht darüber nachdenken, worum es sich handeln könnte.

»Sie sehen wunderhübsch aus«, sagte Constanzia zu mir und tätschelte mir die Wange. »Selbst mit zwei- oder dreiundzwanzig könnten Sie nicht entzückender sein.«

Da ich mich für neunzehn oder zwanzig hielt – zumindest wenn die abgelaufene Zeit das war, was zählte –, bedeuteten ihre Worte keinen großen Trost für mich. Denn obwohl ich selbst mir nur neunzehn oder zwanzig Jahre gab, fanden sich um meine Augen unmißverständliche Hinweise darauf, daß ich in Wirklichkeit um einiges älter sein könnte – was mich plötzlich an das erinnerte, was Mama in ihrem Brief an mich geschrieben hatte. Die Bemerkung, mich mit dem Kommen zu beeilen, ehe ich noch älter wurde.

Mutter streckte eine Hand aus, um mich zu berühren, drückte mit ihrer Fingerspitze leicht gegen meine Brust und zog die Hand zurück, als hätte sie sich verbrannt. Vielleicht hatte sie das geheimnisvolle Feuer in mir gespürt. Vielleicht konnte sie mir sagen, worum es sich handelte!

Doch noch ehe ich sie fragen konnte, wandte sie sich ziemlich schroff an Constanzia. »Ich kann mir einfach nicht vorstellen, was ich hier soll! Ich war bereits nach

Ylles zurückgekehrt, das weiß ich ganz sicher. Dann lag irgend etwas an, ich glaube, ein unumgänglicher letzter Besuch in Westfaire. Zusammen mit Tante Joyeause, wie ich mich dunkel erinnere. Wir kehrten wieder nach Ylles zurück, und plötzlich wurde ich wie von einem Wirbelwind erfaßt und auf einem kleinen Flecken mitten im Urwald ausgesetzt.«

Ich hob an, ihr zu sagen, weshalb sie nach Westfaire zurückgegangen war, dachte aber sogleich daran, daß dies längerer Erklärungen bedürfen würde; eine Sekunde lang war ich unschlüssig, ehe Constanzia mich einer Entscheidung enthob.

»Das wird Vater gewesen sein, der Sie hier eingefangen hat«, sagte sie. »Seit Jahren schon setzt er schwarze Magie ein, um zu einer Jungfrau mit dem kleinen Unterschied zu kommen. Vielleicht ist er auf etwas gestoßen, was tatsächlich funktioniert!«

Ich hielt dies für extrem unwahrscheinlich. Der Vizekönig hatte auf mich nicht den Eindruck eines kompetenten Zauberers gemacht. Carabosse hatte den Bann gelegt, um meine Mutter hier festzuhalten, bis ich zu ihr kam, bis ich in Sicherheit war! Doch warum war meine Sicherheit so wichtig?

»Aber warum? Weshalb diese fixe Idee …?« fragte meine Mutter.

Das war ein gefahrloseres Thema als das andere, und auch ich hatte über diese Sache nachgedacht, seit wir Nacifia verlassen hatten. Ich war zu gewissen Schlußfolgerungen gelangt, und um nicht an andere Dinge zu denken, teilte ich sie Constanzia und meiner Mutter mit.

»Ambrosius Pomposus hatte nur den Umfang seiner eigenen Vorstellungskraft, den er in seine Schöpfung einbringen konnte. Jedes Wesen, das er hier in Chinanga schuf, hatte etwas von seiner Empfindsamkeit und seinen Gefühlen an sich und ist daher jedem anderen ähnlich – und wenn schon nicht ähnlich, so doch völlig verständlich. Es gibt keine fremden Gedanken, keine fremdartigen Einflüsse von außerhalb. Das Geheimnisvolle des Exotischen fehlt. Der Reiz des Eigenartigen, des Unbekannten, des Unerklärlichen, er ist nicht vorhanden.

Selbst im Narrenturm, den ich während des Aufenthaltes in Nacifia besichtigte, sind die Patienten nicht wirklich verrückt innerhalb des Ganzen, das Chinanga darstellt. Die Handlungen des einen werden durch die Handlungen des nächsten kompensiert; was einer erschafft, vernichtet ein anderer, genau wie man im eigenen Kopf irregehende, exzentrische Gedankengänge durch andere Gedankengänge korrigiert, bis das Ergebnis zu einer Persönlichkeit führt, die zwar absolut einzigartig, sich selbst aber dennoch bis ins kleinste vertraut ist. Mir ist schon in den Sinn gekommen, daß nach längerer Zeit ganz Chinanga das Gefühl haben muß, sich selbst nur allzu gut zu kennen, daß es als eine Einheit existiert, daß es von einer unsichtbaren und unerbittlichen Bande der Intimität umgeben ist – allein, ohne die Möglichkeit, sich von etwas anderem abzuheben, einen Kontrast zu bilden, in Einzelhaft für endlose Zeit.«

»Jahre des Alleinseins«, murmelte Constanzia und nickte zustimmend. »Mutter hat sich schon oft darüber beklagt. Endlose Einsamkeit.«

»Zum erstenmal fiel mir das auf«, fuhr ich fort, »als ich sah, wie erfreut Mrs. Gallimar war, mich kennenzulernen – und wie wenig irgend etwas sonst sie überraschen konnte. Alles, was in Chinanga geschehen kann, muß bereits irgendwann zuvor geschehen sein.« Ich schwieg eine Weile, weil mir eingefallen war, daß Mama und ich – und Carabosse und der Botschafter –

gegenwärtig die einzigen Geschöpfe in Chinanga sein mochten, die nicht von Ambrosius stammten. Doch das wollte ich vor Constanzia nicht aussprechen. Offenbar war ihr bisher ihre eigene Realität – oder vielmehr deren Fehlen – noch gar nicht zu Bewußtsein gekommen, und ich wollte sie nicht aus der Fassung bringen.

Und so beendete ich den Schwung meiner Rede mit einem lahmen: »Obwohl es ein äußerst liebliches Land ist, bleibt Chinanga also eine seltsam eingeengte Schöpfung.«

Meine Mutter blickte mich verwundert an. »Wie du nur sprichst!«

Ich nahm das als liebevolles Kompliment und lächelte bescheiden. »Ich habe das College besucht und hatte als Hauptfach Literatur.«

»Was ist Literatur?« fragte sie.

Dies war nicht der Zeitpunkt, um solche Dinge auszuwälzen, also faßte ich mich bei meiner Erklärung kurz.

»Wenn ich dich«, gähnte sie, als ich geendet hatte, »also richtig verstanden habe – was mir ziemlich schwer fällt, Liebes, wenn du all diese sonderbaren Wörter verwendest –, dann könnte das der Grund dafür sein, weshalb Constanzias Vater mich zu sich geholt hat. Der arme Vizekönig kommt fast um vor Langeweile!«

»Es ist mir noch nicht gelungen, die Rituale zu deuten, die in den *Tagebüchern* erwähnt werden«, murmelte Constanzia. »Aber ich glaube, Vater hat es geschafft. Er steht nicht allein da, was Langeweile betrifft. Mutter langweilt sich auch. Colonel Esquivar langweilt sich. Selbst Roland Mirabeau langweilt sich. Und obwohl ich es nicht wahrhaben will, langweile auch ich mich. Worauf können wir uns hier schon freuen außer auf Dinge, von denen wir zwar wissen, daß sie geschehen werden, die aber weniger häufig geschehen als andere? Die *Stugos Queen* erscheint in größeren zeitlichen Abständen als die jahreszeitlichen Feste, daher ist ihre Ankunft stets Anlaß für größere Aufregung. Der Fluß steigt weniger oft an als die *Queen* auftaucht, und daher ist das Ansteigen des Wassers Grund zum Feiern. Ein Gallivant auf Raubzug erscheint nur alle heiligen Zeiten, und so zählt er fast in die Kategorie der Überraschungen. Ich bin wirklich erstaunt, daß die Leute hier in Novabella den Gallivant zur Strecke gebracht sehen wollen, denn selbst die Frau, deren Hinterbacke er auffraß, gibt zu, daß es sich um eine interessante Abwechslung gehandelt hat.«

[Das haben wir nicht vorhergesehen. Ich hätte nie gedacht, daß diese Gegend so langweilig ist. So viel Leben und Farbe und exotische Pracht sollten nicht langweilig sein. Doch vermutlich wird auf Dauer wohl alles langweilig.

»Wir hätten es wissen müssen!« sagte Israfel. »Von allen Lebewesen hätten wir es wissen müssen!«]

Constanzia verstummte. Beinahe verdrießlich schüttelte sie den Kopf, bat, sie zu entschuldigen und verließ uns, wobei ihre leicht gerunzelte Stirn auf tiefgründige Gedanken schließen ließ. Vielleicht begann sie sich darüber klar zu werden, daß Chinanga ein imaginäres Land war, und was das zu bedeuten hatte. Ich machte mir im geheimen Vorwürfe, in ihrer Anwesenheit irgend etwas über Chinanga gesagt zu haben. Ich wollte vor Mama mit meiner Intelligenz brillieren, und alles, was ich damit erreicht hatte, war, Constanzia zu beunruhigen. Nun hielt ich es für besser für Mama und mich, Novabella augenblicklich zu verlassen, ehe ich noch mehr Porzellan zerschlagen konnte.

Da ich die Siebenmeilenstiefel bei mir hatte, schlug ich Mama vor, uns ohne viel Aufhebens gemeinsam aus dem Staub zu machen. Sie meinte, es wäre einen Versuch wert, also zog ich sie an. »Stiefel«, sagte ich, während ich Mama fest um die Taille packte und mich weigerte zu bemerken, daß sie vor meiner Umarmung etwas zurückzuckte, »bringt uns nach Ylles.«

[Israfel und ich hielten den Atem an. Das war nicht beabsichtigt! Sie sollte doch nicht versuchen, Chinanga zu verlassen! So murmelten wir Zaubersprüche und hielten sie fest.]

Sofort wollten die Stiefel sich mit meinen Füßen darin davonmachen, doch Mama blieb wie angewurzelt an der Stelle. Mir war, als würde ich einen der großen Urwaldbäume an mich pressen, einen mächtigen König des Dschungels, der aus den Sümpfen von Chinanga wuchs und fest verwurzelt war in der ewig unvergänglichen Substanz, die darunter lag. Mama konnte sich nicht weiter von der Stelle rühren als ein solcher Baum, ich hingegen wurde hin und her gepeitscht wie eine Fahne an einem starren Mast und spürte, wie die Kraft der Zauberstiefel meine Umklammerung langsam zu lockern begann.

»Stiefel«, schrie ich mit erstickter Stimme, »hört auf!« Ich fiel zu Boden, weil plötzlich die Beine unter mir nachgaben und sich anfühlten, als bestünden sie aus Wasser.

»Das hat keinen Sinn«, murmelte Mama in mein Ohr. »Der Zauberbann, der mich hier in Chinanga getroffen hat, läßt mich nicht los. Wir müssen herausfinden, wie er lautet, ehe wir versuchen, ihn zu brechen.«

Ich glaubte nicht, daß der Vizekönig dafür verantwortlich war. Ich dachte immer noch, er wäre eher Carabosse zuzuschreiben, und entschloß mich, ein ernstes Wort mit ihr zu sprechen, wenn ich sie das nächste Mal traf, und herauszufinden, was sie mit mir anstellte und weshalb.

Jedenfalls schien es ganz so, als müßten wir unseren Abgang auf später verschieben. Wir konnten auch nicht direkt nach Nacifia zurück, wir hatten nur die Wahl, mit der *Stugos Queen* die Reise stromaufwärts bis an die Mauer von Baskarone zu vollenden oder in Novabella auf ihre Rückkehr zu warten. Da uns jedermann versicherte, daß nichts in Novabella unser Interesse verdiente – ausgenommen vielleicht die Jagd auf den gefräßigen Gallivanten, die Oberst Esquivar zu diesem Zeitpunkt bereits aufgenommen hatte, an der wir als Nichtjäger jedoch kaum teilnehmen konnten –, entschlossen Mama, Constanzia und ich uns, zusammen mit dem Kapitän und den restlichen Passagieren die Fahrt stromaufwärts mitzumachen.

Wir teilten uns eine große Kabine. Roland und Mrs. Gallimar begleiteten uns auf der Reise, und wann immer Mama die Kabine verließ, folgten ihr einer oder alle beide auf dem Fuß. Señora Carabosse hingegen, von der ich sicher war, daß sie sich auf dem Schiff befunden hatte, als wir in Novabella ankamen, war nicht an Bord, als wir von dort ablegten.

[Ich hatte mich nach Hause begeben und versuchte herauszufinden, was wir falsch machten!]

Ein Stück oberhalb von Novabella begann sich das Aussehen der Landschaft zu verändern. Der Fluß wurde reißender und schmäler; die Ufer stiegen steiler an. Die Bäume, die an seinem Rand aus dem Wasser wuchsen, wurden weniger, und an ihre Stelle traten hohe Felsen, die nach und nach, wenn sich der

Nebel etwas lichtete, als steinerne Säulen, Zinnen und senkrechte Wände erkennbar wurden. Während der ganzen Reise verließ Constanzia kaum je die Reling oder das Fenster, und jede Biegung des Flusses entlockte ihr einen überraschten Aufschrei.

»Dann gibt es also doch neue Dinge in Chinanga!« neckte ich sie und fragte mich, ob ich mich wohl geirrt hatte, was die Realität des Landes betraf. »Diese Gegend hier haben Sie noch nie gesehen!«

»O doch, doch!« erwiderte sie. »Es hat schon früher Berichte von Jungfrauen mit dem kleinen Unterschied gegeben, obwohl sie sich hinterher dann als unecht herausstellten. Und auch ich war schon früher als blinder Passagier unterwegs. Bevor ich wußte, daß es nichts sonst gibt, bereiste ich ganz Chinanga. Doch diese Reisen sind so lange her, daß ich sie fast vergessen habe.«

Einmal spät abends blickten wir zum Himmel und sahen, daß ein riesiger Schatten die Sterne verdeckte, dessen Rand von einer Lichterkette gesäumt wurde. Da wußten wir, daß wir den unglaublichen Höhen von Baskarone gegenüberstanden.

»Dort möchte ich hin!« hauchte Constanzia. »Ich kann an nichts anderes mehr denken. Seit ich zum erstenmal einen Botschafter aus Baskarone sah, wünsche ich mir, dorthin zu gelangen. Deshalb habe ich auch angefangen, die *Tagebücher* zu lesen; um Mittel und Wege dorthin zu finden.«

Mama schüttelte den Kopf und biß sich auf die Unterlippe. »Ich fürchte, das ist unmöglich, Kind.«

»Sie verstehen nicht! Wenn Sie je einen von ihnen gesehen hätten ...«

»Habe ich ja«, unterbrach Mama sie mit bebenden Nasenflügeln und einem grimmigen Zug um den Mund. »Und nicht nur einen, sondern schon mehrere.

Was Sie sagen, ist richtig. Sobald man sie einmal erblickt hat, wünscht man sich nur mehr, nach Baskarone zu gehen, doch wir dürfen nicht hin, so sehr uns auch danach verlangt. Sie lassen uns nicht ein.« Sie wandte sich schroff ab und ging in die Kabine. Constanzia und ich blieben zurück und starrten ihr nach, verblüfft von ihrem Tonfall.

Doch ihr Tonfall verblüffte mich oft. Wenn ich ehrlich zu mir selbst war, dann hatte ich erwartet, daß eine Mutter – meine Mutter – so sein mußte wie Mutter Blossom; ein bißchen streng, aber unbeirrbar liebevoll auf eine freundliche, verständnisvolle Art und Weise. Mama hingegen war nicht so. Manchmal fiel es mir sogar schwer zu glauben, daß sie die Frau war, die den Brief geschrieben hatte. Oh, es war nichts, worauf man den Finger hätte legen können. Wir plauderten miteinander, tranken Tee miteinander, vertrauten einander ganz persönliche Dinge an. Ich erzählte ihr von Giles. Ihre Augen füllten sich mit Tränen, und wir weinten beide über diese Geschichte. Sie verstand mich. Sie sagte, solche Gefühle hatte sie einst meinem Vater gegenüber gehegt. Ich hielt ihre Hand und war glücklich. Und dann, gerade wenn ich glaubte, sie langsam kennenzulernen, legte sich ein Ausdruck distanzierter Unantastbarkeit über ihr Gesicht. Sie sah durch mich hindurch, als wäre ich nicht vorhanden. Und dann, ein paar Stunden später, war sie wieder meine liebevolle Mama.

Das geschah öfter als einmal auf unserer Reise. Ich konnte es mir nicht erklären. Immer wieder fürchtete ich, daß ihr gelegentlich etwas, das ich getan oder, noch wahrscheinlicher, nicht getan hatte, durch den Kopf ging und die Gefühle beeinträchtigte, die sie für mich hatte. Oder ich fürchtete, daß etwas an mir sie abstieß. Wobei ich nicht wußte, was das sein könnte.

Wenn sie meine Mama war, dann fühlte ich mich so sicher wie ein Kind in liebenden Armen; wenn sie durch mich hindurchblickte, spürte ich, wie ich zu schwanken und flackern begann wie eine Kerzenflamme, deren Existenz auf dem Spiel stand. Ich war so weit, daß ich mir Carabosse herbeiwünschte, um sie fragen zu können, ob sie wußte, was das zu bedeuten hatte.

In einer anderen Nacht, als die *Queen* am Ufer festgemacht hatte, sah ich, daß die letzten Käfige abgeholt wurden. Des öfteren auf dieser Reise hatte ich spät nachts Mama und Constanzia verlassen, sobald sie eingeschlafen waren, und mich zu den Frachträumen geschlichen, um lange Gespräche mit denen zu führen, die sich in den Käfigen befanden. Ambrosius war ein weitgereister, belesener Mann gewesen. Er hatte sich für alle Religionen dieser Welt interessiert. Und so war jeder dieser Käfige für eine eigene Hölle bestimmt – angefüllt mit Geschöpfen, denen man, wie Ambrosius annahm, beigebracht hatte, sich vor eben dieser ganz bestimmten Hölle zu fürchten, ob die nun aus Feuer oder Eis oder immerwährender Einsamkeit bestand oder bloß aus dem zeitweiligen Absitzen einer Strafe vor der späteren Versöhnung mit demjenigen, dem wir die Verantwortung zuschieben für unser persönliches Schicksal. Viele waren darunter, die einem fundamentalistischen christlichen Glauben anhingen und die alle von der Liebe Gottes daherplapperten, während sie unter ihren Schuldgefühlen zitterten und bebten. Ich gab ihnen zu verstehen, daß sie sich möglicherweise aus ihrer Gefangenschaft befreien könnten, wenn sie sich dazu entschlossen, ihrem Glauben zu entsagen; ein paar von ihnen müssen meinem Rat gefolgt sein, denn etliche Empfänger aus Erebus klagten bei der Übernahme der Fracht über das geringe Gewicht der Käfige.

Als ich nach dem letzten derartigen Disput an Deck kam, stand der Kapitän an der Reling. Ich war gekommen, ohne meinen Mantel anzuziehen. Er nickte mir zu und grinste schief. »Können Sie sich vorstellen, daß ich sie früher einmal alle mit dem Ruderboot übersetzte?« fragte er. »Selbstverständlich bevor ich nach Chinanga kam. Aber wahrscheinlich ist es jetzt interessanter.«

»Wo hat Ambrosius Sie ausgeliehen?« erkundigte ich mich.

»Von den Griechen«, sagte er. »Ich bin ihr Fährmann.«

»Ach ja, natürlich!« rief ich aus, denn ich erinnerte mich, darüber gelesen zu haben. »Sie ruderten ein Boot über den Styx!«

»Und bekam dafür die Münzen von den Augen der Toten«, nickte er. »Die Arbeit ist nicht viel anders geworden.«

»Und woher kommen die Seelen in den Käfigen?« wollte ich wissen.

»Woher kommen die Bäume«, lächelte er, »und die Schlangen und die Orchideen?«

Ich nickte gedankenvoll; ich wußte, worauf er hinauswollte. »Langweilen Sie sich?« fragte ich. »Hier in Chinanga reden alle über die Langeweile.«

»O ja«, antwortete er verdrießlich. »Ich langweile mich. So sehr, daß ich mich manchmal nach den einfacheren Zeiten zurücksehne.«

Zwei Tage später erreichten wir den Wasserfall, der von Baskarone herabschoß, und machten außerhalb der Gischt, die er versprühte, am Flußufer fest. Das obere Ende des Wasserfalles war nicht zu sehen; die aufsteigenden Schleier aus winzigen Tröpfchen entzogen ihn jeder Beurteilung hinsichtlich seiner enormen Höhe.

Auf einer Lichtung in einiger Entfernung vom Ufer fand der Kapitän, wie erwartet, Stapel von Fässern und Kisten vor, die, so nahm ich an, mittels irgendeiner phantastischen Winde von dort oben herabgelassen worden waren. Während die Besatzung mit dem Laden beschäftigt war, machten sich einige Passagiere davon, schweigsame Personen, denen ihr Vorhaben deutlich ins Gesicht geschrieben stand. Der Kapitän sah ihnen nach, als sie entschlossen auf die große Mauer zuschritten, und schüttelte den Kopf.

»Wollen es versuchen«, verriet er mir. »Wollen versuchen raufzuklettern. Jedesmal, wenn ich hier oben anlege, versuchen es ein paar. Dummköpfe. Selbst wenn man die Mauer erklimmen könnte – was man nicht kann –, werden die da oben in Baskarone doch nicht zulassen, daß jemand darüberklettert!«

Kopfschüttelnd pflichtete ich ihm bei. Arme, unstete Geschöpfe des Ambrosius Pomposus – dazu bestimmt, sinn- und zwecklos so hoch zu klettern!

Während die Fracht an Bord gebracht wurde, wanderten Mama und ich zu einem kleinen Hügel, von wo aus wir hofften, den Wasserfall in seiner ganzen Höhe zu überblicken. Doch selbst aus dieser Entfernung konnte ich nur die untere Hälfte erkennen; Mama hingegen sah mit ihren Feenaugen weit mehr als ich. Sie hatte eine Salbe in der Tasche, eines der Dinge, so sagte sie, die sie immer bei sich trug. Sie bestrich mir die Augen damit, forderte mich auf, ein paarmal zu blinzeln und abzuwarten, bis die Tränen versiegten. Es stach zwar, aber nur sehr kurz. Als ich wieder hochblickte, verschlug es mir fast den Atem vor Erstaunen.

Die Wand war von zahllosen Regenbogen bekränzt, nicht von kümmerlichen kleinen Schnörkseln, wie man sie manchmal nach einem Regenguß sieht, sondern von großen Kreisen und Halbkreisen, einer im anderen, die die intensive Strahlkraft von Schmetterlingsflügeln besaßen oder von Vogelfedern, an deren Widerhäkchen und Schüppchen sich das Licht bricht und eine herrliche Aureole bildet. Der Wasserfall hingegen war ein silbernes Wunder, das in einem Sprühregen aus Myriaden berstender Tröpfchen, von denen jedes einzelne das Licht einfing, herabrauschte. Oben, auf dem höchsten Punkt der Wand, konnte ich Bäume und Türme erkennen und farbige Stellen, wo auf weiten Flächen Blumen blühten, obwohl der Winkel falsch war und ich dort oben eigentlich gar nichts hätte sehen dürfen. Es war, als würde das Licht gebeugt wie bei seinem Weg um die Sterne, um mir eine Ahnung von dem zu geben, was da oben lag.

Doch dieser Anblick war mehr Schmecken als Sehen. Wenn ich die Augen abwandte, dann verlangte es sie sofort wieder danach zurückzublicken, so wie die Zunge nach einer Fortsetzung des Geschmacks verlangt. Jeder Baum dort oben war der Inbegriff eines Baumes. Jeder Turm die Quintessenz dessen, was ein Turm sein konnte. Jeder Gegenstand dort schien jene Vorlage zu sein, nach der alles, was auf der Erde existiert, gefertigt ist. Und ich wurde mir bewußt, daß das Brennen in meiner Brust aufgehört hatte. Ich spürte es nicht mehr.

Wiederum das Stechen in den Augen – vielleicht von der Salbe, aber sehr viel wahrscheinlicher von meinen Tränen; als ich zurückblickte, war die Vision verschwunden.

»Die Salbe ist schon zu alt«, sagte Mama ärgerlich. »Ich habe in diesem Dschungel viel zu lange auf Rettung gewartet. Mach dir nichts draus, Liebes. Wenn wir nach Ylles kommen, wirst du sehen, daß es dort genauso schön ist wie in Baskarone.« Ihre Worte klangen zuversichtlich, aber als ich mich umdrehte, um sie anzusehen, wirkte ihr Lächeln gezwungen.

Ich glaubte ihr zwar, aber die Tränen flossen, bis wir wieder zurückgingen zur *Stugos Queen*. Wir waren nicht allein. Etliche Passagiere waren an Land gegangen, um sich ein wenig in der Gegend umzusehen, und auch sie schienen nun traurig und deprimiert zu sein. Es erschien uns als pure Böswilligkeit, uns den Blick auf das zu erlauben, was dort oben lag, und uns zugleich den Zutritt dorthin zu verwehren. Doch als ich Constanzia gegenüber eine entsprechende Bemerkung machte, wurde ich energisch zurechtgewiesen.

»Das trifft überhaupt nicht zu! Nur aus solchen Visionen und Lockungen entstehen phantastische Wunschgebilde! Tausend Welten entstehen aus solchen Visionen. In Nacifia sagt man, daß es besser ist, von den Mauern von Baskarone in den Tod zu stürzen, als König zu sein in jedem anderen Land.« Sie klang nicht vollständig überzeugt; vielleicht stammte das Zitat aus keiner besonders verläßlichen Quelle. »In jedem anderen Land«, wiederholte sie, wie um sich selbst zu überzeugen.

»Feery ausgenommen«, fügte ich an Mama gewandt halblaut hinzu.

»Feery ausgenommen«, nickte sie. »O ja, Liebes, natürlich.«

Als die Ladung an Bord gebracht war, drehte die *Queen* sich stromabwärts, und nun ging es mit der Strömung flott dahin. So legten wir in zwei Tagen jene Strecke zurück, für die wir stromaufwärts zehn oder zwölf gebraucht hatten. Die Geschwindigkeit war schwindelerregend. Ehe wir es uns versahen, waren wir schon wieder in Novabella, eingeladen zum Dinner bei Don Masimiliano (*sopa de limon, filetes des pesces del rio, ensalada de los helechos tropicales, plantain tostarse, quarto trasero de gallivant asado* – von der erfolgreichen Jagd des Obersten –, *pastelillos de frutas* mit *patito-chuleta* als Nachspeise, gefolgt von Kaffee und Likör), und gleich darauf ging die Fahrt weiter flußabwärts.

Mama fühlte sich nicht wohl nach dem Genuß des Gallivantbratens. Sie flüsterte mir zu, daß die Fauna imaginärer Gegenden auf die Geschöpfe des Reiches, aus dem sie stammte, ohne Ausnahme übelkeitserregend wirke. Sie verursache nicht unbedingt ein Völlegefühl wie zuviel Feenfrucht oder die granatapfelartige Saat der Hölle, sondern erweise sich einfach nur als nicht verträglich. Ich hatte keinerlei Beschwerden in dieser Richtung und schloß daraus, daß mein Verdauungssystem wohl zur Gänze menschlich war. Als ich dies Mama gegenüber erwähnte, meinte sie etwas spitz, ich hätte eine ganze Weile gebraucht, um zu dieser Erkenntnis zu kommen. Erst in diesem Augenblick fiel mir auf, daß Mama, seit sie an Bord gekommen war, noch kein einziges Mal das gewisse Örtchen, das sich am Heck des Schiffes befand, aufgesucht hatte.

»In vielen imaginären Ländern wie diesem hier«, erklärte sie mir, »wird geschissen und gepißt. Wie sonst auf der Erde auch, nur nicht so reichlich. Doch in Ylles nicht, und, soviel ich weiß, in Baskarone auch nicht. Denk nicht mehr daran, Liebes. Wenn du erst einmal Elfenfrüchte ißt, wirst auch du verschont sein von solch banalen Widerwärtigkeiten.«

Bis zu diesem Zeitpunkt hatte ich diese Widerwärtigkeiten gar nicht als solche empfunden, doch danach schien mir, als würde ich der Sache übertriebene Aufmerksamkeit schenken. Zweifellos war dies einer der Unterschiede, die Roland in Mama gespürt hatte. Die Bedeutung all dessen war enorm; wie erfrischend etwa, alle Freuden der Liebe (dies im geistigen Sinn, da mir jede praktische Erfahrung fehlt) zu genießen, ohne Bekanntschaft zu machen mit der anatomischen Nachbarschaft, welche die Menschen einerseits unglücklich gewählt, andererseits jedoch so aufreizend reizvoll finden. Ich kam also zu dem Schluß, daß es in Ylles wohl keine Perversionen gab.

Spät nachts kamen wir in Nacifia an und machten ohne den leisesten Ton aus der Schiffspfeife am Kai fest. Ich dachte, der Kapitän hätte dies aus Rücksichtnahme für die Bevölkerung unterlassen, bis ich ihn und Mrs. Gallimar têtê-à-têtê im Speisesaal sah und mir klar wurde, daß er einfach ihren letzten gemeinsamen Abend nicht hatte unterbrechen wollen. Den letzten Abend für eine längere Zeit, nicht für immer, denn alles in Chinanga wiederholt sich früher oder später. Constanzia war bereits an Land gegangen. Es war einer jener Abende, an denen Mama und ich uns eng verbunden und vertraut fühlten, was mich stets so tief berührte, daß mir am Ende Tränen in den Augenwinkeln hingen. Wir standen – mit Roland dicht hinter uns – an der Reling und blickten auf die schlafende Stadt, während wir einander alles zuflüsterten, was wir über sie wußten, dachten oder vermuteten. Auf dem Pier hatte sich eine Gruppe Flüchtlinge aus dem Narrenturm dazu entschlossen, zu unserer Erbauung lebende Bilder darzustellen, und zwar Szenerien, welche verschiedene offenbar von historischen Persönlichkeiten unternommene Versuche einer Erklimmung der Mauer von Baskarone schilderten. Jedes neue Bild verursachte bei den Betrachtern einen Schauder der Überraschung. Wenn man sich nicht ohne Unterlaß die Ursprünge von Chinanga vor Augen hielt, dann hatte man andauernd kleine Schocks zu gewärtigen, nur um sich eine Sekunde später zu sagen: »Aber was sollte man sonst von Chinanga erwarten?« Lebende Bilder natürlich.

»Beauty«, sagte Mama mit ernster Stimme zu mir, »wenn wir morgen in den Palast des Vizekönigs gebracht werden, bleib in meiner Nähe und laß dich von nichts aus der Ruhe bringen, was ich auch sage oder tue.«

[»Sie wird sicher irgend etwas Dummes tun«, sagte ich zu Israfel.

»Wer?« fragte er, »Beauty?«

»Nein, Elladine. Sie wird irgend etwas Dummes tun. Ich spüre es.«]

Ich küßte Mama auf ihre schöne Wange und versprach ihr, ich würde ruhig bleiben. Dann gingen wir in die Kabine und zu Bett.

20

Bis zum Morgen, als die Schiffspfeife uns alle, sowie jedes andere Lebewesen in Hörweite, mit so großer Verspätung weckte, hatte ich keine weiteren Gedanken. Bald nach dem Frühstück sandte der Vizekönig Mama einen zweirädrigen Wagen, der mit fransenbesetztem Samt ausgeschlagen war und dessen Vorhänge von einem wackeligen Gefüge aus vergoldeten Stäben hochgehalten wurden. Ich vermutete, daß der Wagen bereits bei vielen Gelegenheiten an feierlichen Prozessionen teilgenommen hatte, und mein Verdacht bestätigte sich, als ich den Priester aus der Kathedrale händeringend unter den Zuschauern entdeckte. Mama war einfach an die Stelle von St. Frosch getreten, insofern, als jetzt sie über die gepflasterten Straßen gezogen wurde, gefolgt von einer Schar Gläubigen, unter ihnen viele Insassen des Narrenturms, welche sich anscheinend in einem Zustand ungewöhnlicher Erregung befanden.

Ich ging zu Fuß neben dem Wagen her, direkt hinter Mrs. Gallimar, die sich mit damenhaften kleinen Schritten vorwärtsbewegte und die Beifallsrufe der versammelten Bürgerschaft anmutig entgegennahm. Nicht weit von ihr entfernt sah ich Señora Carabosse, die ich im Auge behalten wollte, bis sich die Möglichkeit bot, ein paar Worte mit ihr zu wechseln. Auf der anderen Seite des Wagens schritt Roland Mirabeau, die feinen Gesichtszüge zu einem Ausdruck höchster Konzentration und Entschlossenheit gemeißelt. Hinter uns kam ein zweiter Wagen mit dem Kopf des Gallivanten, den man für diese Gelegenheit in einem Faß baskaronischen Wein eingelegt hatte. Neben diesem Karren schritt Oberst Esquivar, den Schnurrbart zu spiraliger Pracht gewachst und ein paar seiner verwilderten Sprößlinge an den Fersen. Dem Oberst folgten der Kapitän und seine Besatzung und danach der Pöbel und die übrige Einwohnerschaft der Stadt. Vor den Toren der Zitadelle gab es eine kurze Unterbrechung unseres Vorwärtskommens, bis sich die großen Tore unter dem Ertönen von Fanfaren und Trommelwirbeln öffneten. Vom Tor weg führte ein blutroter Teppich die ausladende Steintreppe hinauf bis zum Portal, vor dem der Vizekönig uns erwartete.

Zur Feier des Tages hatte er sich in Goldgewänder gehüllt, die mit Diamanten bestickt waren. Flatulina war nicht weniger prachtvoll herausgeputzt, und eine Auswahl der Vizekönigskinder stand hier und dort herum und verfolgte unsere Ankunft mit kaum verhüllter Ungläubigkeit. Es überraschte mich nicht, Constanzia zwischen zweien von ihnen zu sehen; sie stand still und aufmerksam da, ganz so, als hätte sie keinen Augenblick ihren Platz im Palast verlassen. Am Fuß der Treppe blieb unser Zug stehen.

»Señorita«, begann der Vizekönig und schwang seinen Hut in einer Geste, die aussah wie der Anfang einer äußerst komplizierten Verneigung.

»Eigentlich Señora«, sagte Mama.

Der Vizekönig richtete sich kerzengerade auf. Er fixierte Roland Mirabeau mit einem lodernden Blick, und der Tugendwächter hob die Schultern mit vollendeter Eleganz.

»Sie ist eine Jungfrau«, entschied er. »Ganz egal, wie sie selbst sich nennt.«

»Mit dem kleinen Unterschied?« zischte der Vizekönig und kam seitlich wie eine Krabbe die Treppe herab, eine Hand in einer Drohgebärde vor sich hergestreckt.

Hinter ihm schob sich Flatulina Stufe um Stufe hinab, den Kopf leicht vorgebeugt wie eine Schlange, die zum Stoß ansetzt.

»Wie Sie bemerken werden«, sagte Roland mit ruhiger Stimme und deutete mit einer leichten Seitwärtsbewegung des Kopfes auf Mama, die gelassen dasaß und darauf wartete, daß der Vizekönig näher trat. Als er nahe genug war, hielt sie ihm die Hand zum Kuß hin. Er beugte sich darüber, und ich sah, wie seine Nasenflügel erbebten. Vielleicht spürte er den Geruch dessen, was Roland wahrgenommen hatte, was immer es auch war. Über den Kopf des Vizekönigs hinweg blickte Mama mich an, einen Ausdruck spöttischer Skepsis im Gesicht, doch als er sich wieder aufrichtete, lag wie zuvor sanfte Lieblichkeit über ihrem Antlitz.

»Man hat mich davon unterrichtet, daß Sie meine Unterstützung wünschen«, sagte sie. »Es wäre mir eine große Freude, helfen zu dürfen.«

Ich hörte sie kaum. Am oberen Ende der Treppe trat der Botschafter von Baskarone aus den hohen Türen, und meine Augen sogen sich an ihm fest. Ich konnte sie nicht abwenden. Welche Angelegenheit hatte ihn so lange hier festgehalten? Welche Angelegenheit hatte ihn überhaupt hergebracht? Weshalb er auch gekommen war, sein Aufenthalt hier hatte ihn nicht verändert. Der Gedanke fuhr mir durch den Kopf, daß die Botschafter von Baskarone möglicherweise zu jenen zeitlosen Dingen gehören, die sich niemals verändern.

Er bemerkte, daß ich ihn anstarrte, und lächelte mir zu wie einem Freund, den er nach kurzer Trennung wiedersah. Ich spürte, wie mir die Röte ins Gesicht stieg, und schlug die Augen nieder, doch dieses Lächeln bewirkte, daß ich wieder auf den Boden der Wirklichkeit zurückfand. Entschlossen wendete ich meinen Blick Mama und dem Vizekönig zu. Dort würden jene Dinge vor sich gehen, die mich betrafen, und Mama konnte jeden Augenblick meiner Hilfe bedürfen. Als ich eine Sekunde später wieder aufsah, war der Botschafter verschwunden, vielleicht war er weggegangen, vielleicht zurückgekehrt ins Schloß – wer konnte das schon sagen. Mein Herz setzte für ein paar Schläge aus, doch dann nahm es sein gleichmäßiges Pochen wieder auf.

Unter zahllosen Fanfarenstößen und lautem Hurra aus der Bevölkerung verlieh der Vizekönig Oberst Esquivar einen Orden. Der Kopf des Gallivanten wurde seitens der Jägerschaft von Chinanga Repräsentanten der Firma Pelasges y Plumas, *rellenadores acclamados* übergeben. Der Kopf würde im vizeköniglichen Speisesaal an der Wand hängen, versprach der Vizekönig, doch angesichts des nassen, schmutzigen Zustandes des Kopfes und des immer noch vorhandenen wilden Blickes in den glasigen Augen würden die *rellenadores* schwer zu schaffen haben.

Mrs. Gallimar und der Tugendwächter bekamen ihre Belohnung und wurden gnädigst entlassen. Kapitän Karon erhielt bestimmte ergiebige Pfründe zuerkannt. Jene Insassen des Narrenturmes, die sich gerade auf der Straße herumtrieben, wurden mit Almosen bedacht, und man streute Süßigkeiten unter die Menge. Daraufhin erfolgte der allgemeine Aufbruch, und wir blieben als eine relativ ruhige Gesellschaft aus zwei Familien zurück: die zahlreiche des Vizekönigs und dazu Mama und ich. Der Vizekönig rieb sich die Hände und setzte eine völlig neue Miene auf, als er seiner Gemahlin zuzwinkerte. »Ich habe alles vorbereitet«, frohlockte er. »Es war immer schon alles bereit, wartet seit einer Ewigkeit, wißt ihr.« In seinen Augen glitzerte es hektisch vor kaum zu beherrschender Vorfreude. Er war nicht mehr derselbe wie zuvor.

Leidenschaft hatte ihn gepackt und einen anderen aus ihm gemacht.

[»Mir gefällt das alles nicht«, sagte ich. »Das sollte nicht geschehen!«

»Carabosse, es wird geschehen, ob es uns gefällt oder nicht«, seufzte Israfel. »Von dem Augenblick an, als Elladine dort ankam, war es unausbleiblich und unvermeidlich. Diese Welt erscheint in keiner Zukunft, in die wir blicken können; wir haben diese Tatsache falsch interpretiert, das ist alles. Wir hatten keine Möglichkeit, dies vorauszusehen.«

»Ich hätte alle Tagebücher lesen sollen«, nahm ich die Schuld auf mich, »ich hätte sorgfältiger vorgehen sollen!«

»Schsch!« machte Israfel. »Bereiten wir uns lieber darauf vor, zu retten, was zu retten ist ...«]

Ich blickte hinüber zu Constanzia, und sie hob die Schultern; offenbar war ihr Vater beim Lesen der *Tagebücher* weiter gekommen als sie selbst. Wir folgten seinen ungeduldigen Handbewegungen und traten ins Schloß, marschierten einen langen, mit Steinplatten belegten Korridor entlang, auf dem links und rechts uniformierte Gardisten Spalier standen, stiegen etliche Steintreppen hoch, die sich in dem weitläufigen Gebäude in alle Richtungen wanden, und kamen schießlich in ein Turmzimmer, das offenbar dem Studium der Astrologie, der Alchimie oder irgendeiner noch esoterischeren Wissenschaft diente. Ich beugte mich zu einem großen Messingteleskop, an dem wir vorbeigingen, und sah, daß es auf die Höhen von Baskarone gerichtet war. Seine Optik konnte sich nicht mit Mamas Salbe messen, aber man erkannte deutlich den strahlenden Glanz, der über dem Land lag.

»Endlich!« rief der Vizekönig, zündete Kerzen an und brachte den Inhalt von Destillierkolben zum Brodeln. »Endlich!« Er schob ein Schwert durch einen Ring und hängte beides über einem Stuhl auf. »Endlich!« Geschäftig schlug er Bücher an den ordnungsgemäßen Seiten auf, verteilte nicht zu klassifizierende Dinge auf einem steinernen Drudenfuß und bedeutete Mama schließlich, sich auf den Stuhl zu setzen. Sie warf ein argwöhnisches Auge auf das darüber hängende Schwert, setzte sich jedoch, aber nicht ohne mich zu sich zu winken und nach meiner Hand zu greifen.

»Wenn ich mich nicht irre«, murmelte sie, »dann geht jetzt der Vizekönig daran, die Innenseite seines Universums nach außen zu kehren.«

[»Diese Welt besteht nun schon jahrhundertelang!« seufzte ich. »Ach, Israfel, warum? Warum gerade dann, wenn sich herausstellt, daß wir sie brauchen?«

Israfel antwortete nicht. Er hatte keine Zeit dazu.]

Einige Mitglieder der vizeköniglichen Familie hatten bei dem Ritual eine ganz bestimmte Rolle zu spielen, die offenbar bereits geprobt worden war. Auch dem Teleskop schien eine Rolle zuzukommen, denn es wurde mit Flüssigkeit aus den Destillierkolben besprenkelt, in herb duftende Rauchwolken gehüllt, und Mama wurde ersucht, die Augen darauf zu richten, während die letzten Worte der Beschwörungsformel erklangen. Die Worte stammten aus einer Sprache, die ich nicht kannte. Auch nicht annähernd hätte ich die Töne wiedergeben können, die sich in gutturalen Befehlen der Kehle des Vizekönigs entrangen.

Stille.

Irgendwo erhob sich ein Wind. Mama packte meine Hand fester. Eine Stimme hinter uns sagte: »Darf ich die Damen irgendwohin bringen?« Ich drehte mich um und erblickte den Botschafter von Baskarone, der uns lächelnd ansah. Señora Carabosse stand an seiner Seite; sie erinnerte mich an einen Reiter, dessen Gaul überraschend unter ihm zusammengebrochen war; ihre Gesichtszüge waren eine Mischung von Verdruß und aus der Not geborener Entschlossenheit. Ich wandte mich zum Vizekönig, nur um zu entdecken, daß er verschwunden war; an der Stelle, wo er gestanden hatte, befand sich nun nichts als flimmernde, windbewegte Luft. Das gleiche war mit Flatulina und den Kindern geschehen. Constanzia wirbelte vorbei, ihr Haar ein Rad aus Licht und Schatten, und verschwand, während sie die Hand nach mir ausstreckte und mich flehentlich ansah.

»Constanzia!« rief ich.

Der Botschafter schüttelte den Kopf. »Ambrosius Pomposus hatte nicht vor, seine imaginäre Welt bis in alle Ewigkeit bestehen zu lassen. Er baute in seine Schöpfung ein Verfahren ein, das es den Bewohnern ermöglichen sollte, das Ritual der Auflösung durchzuführen, sobald ihnen die Langeweile unerträglich wird. Alle Schöpfungen kennen solche Rituale, Beauty. Auch Feery. Die ganze übrige Welt. Es ist ein Unglück für uns, daß gerade jetzt unsere eigenen Handlungen dazu beigetragen haben, diese Welt hier von der Existenz in die Nicht-Existenz zu befördern.«

Er nahm mit einer Hand Mama am Arm, mit der anderen mich und begann über die Wolken zu schreiten, die sich plötzlich unter uns befanden. Señora Carabosse lief mühelos neben uns her, und mir kam der Gedanke, daß sie nicht so alt sein konnte, wie ich gedacht hatte, wenn sie so leichtfüßig dahinschwebte. Die Haut an meinem Arm kribbelte, wo die Finger des Botschafters sie berührten. Wie aus weiter Ferne vernahm ich Mrs. Gallimars Stimme, die zu jemandem sagte: »Was für ein lieblicher Wein! Was für ein lieblicher, unendlich lieblicher Wein!«, und dann folgte das verklingende Heulen der Schiffspfeife der *Stugos Queen.* Unter uns öffneten sich die Wolken und gaben den Blick auf einen großen Fluß frei, wo ein einsamer Mann in einem Boot die Ruder losließ und uns winkte. Chinanga hatte aufgehört zu existieren, aber der Fluß war immer noch da.

»In der Phantasie war der Styx schon vor Chinanga vorhanden«, sagte der Botschafter. »Er wird noch viele Schöpfungen überleben.«

»Ylles, Israfel, wenn ich bitten dürfte«, sagte Mama in angespanntem, höflichem Tonfall.

»Immer gern zu Diensten, Elladine«, erwiderte er. Seine Stimme hatte einen überdrüssigen, ironischen Beiklang.

Wir befanden uns in sehr großer Höhe. Einen Augenblick lang sah ich die herrlichen Gipfel von Baskarone, klar wie der Tag. Dann waren sie verschwunden, und mit ihnen der Botschafter.

21

Wenn ich behaupte, daß Ylles ein Beinahe-Baskarone ist, dann schreibe ich die Wahrheit. Wenn man Feenfrucht ißt, wirkt es wunderschön, herrlich, absolut unvergleichlich. Da ich jedoch vor meiner Ankunft dort keine Feenfrucht gegessen hatte, war der erste Anblick für mich enttäuschend. Es sah eher aus wie ödes, brachliegendes Moorland, auf dem hie und da ein paar versprengte Schweineställe und elende Hütten standen. Gleich als wir ankamen, flitzte Mama in die Büsche, und Carabosse, die mit einem Ausdruck tiefen Schmerzes auf ihrem alten Antlitz neben mir stand, beugte sich zu mir und sagte: »Komm mich besuchen, sobald du kannst, Beauty. Sag Puck, er soll dich zu mir führen.« Bevor ich noch fragen konnte, wer Puck war, machte sie zwei, drei Schritte auf dem Pfad, der zu einem Stall führte, schwankte ein wenig nach rechts und war verschwunden. Das war eine Methode des Kommens und Gehens, der ich in Feery noch oft begegnen würde.

Mama kam mit einer Handvoll Beeren aus dem Gebüsch, die sie mir aufdrängte mit der Aufforderung, sie alle so rasch wie möglich zu essen. Während ich ihren Auftrag ausführte, sammelte sie noch mehr davon für sich selbst. Sie kaute sie so hastig, als wäre sie halb verhungert, wobei sie die Augen rollte und ihre Kiefer wie wild arbeiteten. Das war ein verblüffender Anblick, und ich konnte minutenlang den Blick nicht von ihr abwenden. Als es mir gelang und ich meine Aufmerksamkeit wieder der Umgebung widmete, entdeckte ich, daß ich mich wahrhaftig in Ylles befand. Das Heidemoor war durch parkartige Anlagen ersetzt; Schlösser standen, wo sich vorher Hütten befunden hatten, und über allem spannte sich ein Himmel aus abendlichem Blau, durchsetzt mit frühen Sternen. Auch das Gras war durchsetzt mit winzigen fünfblättrigen silbernen Blumen, Dolden aus goldenen Blüten und klingelnden blauen Glöckchen. Obwohl ich das alles ganz deutlich sah, gab Mama sich nicht zufrieden, ehe sie nicht auch ein niedriges Pflänzchen mit behaartem Stengel ausgerissen und mir den Saft aus seiner Wurzel in die Augen gerieben hatte. Es stach und brannte entsetzlich, doch als nach einer Weile der Schmerz verging, war meine Sehkraft vergleichbar mit der eines Falken.

»Elfenwurz«, erklärte sie. »Wächst nur in Feery, nirgendwo sonst. Sie verleiht einem die Fähigkeit, alle unsere Wunder zu sehen.«

»Ylles liegt in Feery?« fragte ich törichterweise und schnupperte nach einem Geruch, der sich in meiner Nase verfangen hatte, einem vertrauten Geruch.

»Es ist eine Provinz davon«, nickte sie. »Eine von vielen. Es reicht von diesen niedrigen Bergen dort oben«, sie zeigte hin, »bis zu dem Ozean dort drüben«, sie zeigte in die andere Richtung. »Ich herrsche über das Land, wenn ich hier bin. Wenn ich nicht hier bin, dann übernimmt das ein anderer von den Theena Shee.«

Ich verstand das Wort nicht, das sie gebrauchte. Sie wiederholte es, glättete ein Stückchen Boden zu unseren Füßen und schrieb es mit dem Finger auf, in Irisch, offenbar der einzigen menschlichen Sprache, in der das Wort in geschriebenem Zustand existierte. »Daoine Sidhe«, sagte sie. »*Theena Shee.* Mein Volk. Das Volk des wahren Feery. Einer von ihnen übernimmt die Herrschaft über meine Provinz, wenn ich weg bin. Hier, ich werde dir jetzt ihre Grenzen zeigen.«

Sie nahm mich an den Schultern und drehte mich in die Richtung, die ich als Norden empfand und wo eine Kette düsterer, unwirklicher Berge aufragte, deren Gipfel sich zackenförmig gegen die Sterne abhoben. Zu Füßen der Berge lagen dunkel bewaldete Täler. Mama drehte mich ein Stück herum, und ich sah, wo das Land sich hinabsenkte und überging in eine sternenglitzernde See, deren Brecher in endloser Folge auf uns zu rollten. Sie drehte mich ein Stück weiter, und vor mir lag niedrig bewachsenes Heideland, das sich so weit erstreckte, wie mein Blick reichte. Eine letzte Drehung, und ich schaute ins Land, wo viele phantastische Paläste zu sehen waren, von denen jedoch zu meiner Überraschung keiner so anmutig war wie Westfaire. In welche Richtung ich mich auch drehte, der vertraute Geruch wehte mir auf dem Wind entgegen, als würde er von überallher kommen.

»Die gehören Oberon und Mab«, sagte Mama und zeigte auf die beiden nächsten Schlösser. »Und meines, und noch ein Dutzend mehr. Es ist ganz unerheblich, welcher Teil wem gehört. Oberons Reich liegt neben dem meinen, und wenn ich weg bin, dann kümmert er sich um alles.«

Wir standen an einem kleinen Wäldchen, das sich mehr oder weniger im Zentrum all dessen befand: hohe Bäume, silbrig durchbrochen, die leise rauschten.

»Warum man wohl je von hier weggeht …?« fragte ich und sah mich überwältigt um. Der Anblick war wahrhaft atemberaubend.

»Ach«, antwortete sie gleichgültig, »manchmal braucht man eben Abwechslung.«

Jeder Ausschnitt der Landschaft war ein Bild, für das ein Maler seine Pinsel verkauft hätte. Jeder Blick in jede Richtung begeisterte aufs neue. Jedes Bauwerk bot aus jedem Sichtwinkel ein vollkommenes Bild. Der Duft der Blumen allein konnte einen schon trunken machen, und dennoch konnte er jenen anderen Geruch nicht übertönen …

»Mama, was ist das für ein Geruch?« fragte ich.

»Geruch?« Sie schnupperte zart. »Die Blumen?«

»Nein, der Geruch auf dem Wind.«

Sie schnupperte wieder, wobei sich ihre elfenbeinfarbenen Nasenflügel weiteten, um möglichst viel von der Brise aufzufangen. »Nicht das Meer? Nicht die Nadelbäume im Wald?«

»Nein. Der Geruch … der Geruch, der von überallher kommt!«

Sie lachte fröhlich. »Das ist der Geruch von Feery, Dummes! Der Duft des Zaubers!«

Als ich das Thema weiterverfolgen wollte, wurden wir vom metallischen Klang von Hörnern unterbrochen, von winzigen Hörnern, deren Tonlage so hoch war wie das Summen einer Wespe. Mama deutete über meine Schulter, und ich drehte mich um und sah einen seltsamen Trupp vorbeiziehen – kleine Männchen, die auf Mäusen ritten, und schmetterlingsflügelige Mägdelein auf Igeln, die mit Rosenblättern gesattelt waren. Elladine rief, und sie antworteten mit Stimmen, die klangen wie Silberglöckchen, riefen ihren Gruß herüber und winkten mit winzigen Händchen, ohne jedoch ihre prozessionsartige Wanderung zu unterbrechen.

»Wanderelfen«, erklärte Mama mit nachsichtigem Lächeln.

»Wohin wandern sie?«

»Nirgendwohin. Überallhin. Sie wandern einfach. Sie schlagen auf dem Moos ihr Lager auf und tanzen. Dann ziehen sie weiter. Es sind keine ernstzunehmenden Geschöpfe. Sie besitzen nur geringe Zauberkräfte, so winzig wie sie selbst. Manchmal sind sie in der Menschenwelt zu sehen. Manchmal sind sie auch zu hören. Gelegentlich findet man ihre Tanzflächen.«

»Das, was die Menschen Feenringe nennen?«

Sie nickte. »Es sind die einzigen Elfen mit Schmetterlingsflügeln, die einzigen Elfen, die in Menschengärten leben. Einst, vor langer Zeit, waren sie so groß wie wir; einst wurden sie als Götter und Göttinnen verehrt – vor langer, langer, ach so langer Zeit... Damals hatten sie machtvolle Namen: Pomona. Aurora. Najade. Dryade. Im Lauf der Zeit sind sie geschrumpft. Mit jedem Jahrhundert, das vergeht, werden sie kleiner. Am Ende werden sie wohl eins werden mit der Atmosphäre, denke ich, und wir werden sie nur mehr gelegentlich summen hören wie kleine Mücken, ehe sie ganz verschwunden sind.« Ihre Stimme hatte einen ungerührten, distanzierten Unterton – einen Beiklang, der mir bereits früher aufgefallen war, einen Beiklang, vor dem mir schauderte.

»Wirst du sie nicht vermissen?« fragte ich und wollte sie ja sagen hören, ja, ja, sie würde die Elfen vermissen, weil sie wunderbar und eigenartig waren.

Doch sie beantwortete die Frage nicht, die ich ihr gestellt hatte. »Wir Sidhe brauchen keine Flügel und auch keine Mäuse als Rösser. Wir haben unsere eigenen Bräuche.« Sie klang lebhaft und eifrig, fast begierig in ihrem Wunsch, mir das alles mitzuteilen. Doch ihre Stimme hatte etwas Unangenehmes an sich, etwas, das an den Rand eines Grashalmes gemahnte, der scheinbar so weich ist und dennoch tiefe Schnitte verursacht, in denen das Blut ein Weilchen braucht, bis es zum Vorschein kommt, wobei man gar nicht weiß, daß man sich geschnitten hat, bis es plötzlich hervorquillt. Ich hielt den Atem an und wartete darauf, daß die Wunde aufklaffte, aber Mama schlenderte über die grüne Wiese davon, und ich folgte ihr wie die Schnur dem Drachen und fragte mich, was mit ihr geschehen war. Selbst in Chinanga war sie mir … menschlicher vorgekommen. Chinanga jedoch, so sagte ich mir, war schließlich ein menschliches Phantasiegebilde gewesen – im Unterschied zu Feery.

Wir waren erst ein kurzes Stück gegangen, als wir schon die Sidhe auf uns zukommen sahen, eine ganze Heerschar auf Pferden, wobei der erste Reiter zwei Rösser an den Zügeln neben sich herführte. Was für herrliche Tiere! Alle Pferde, die ich in meiner Kindheit zu Gesicht bekommen hatte, waren nichts gegen diese hier, und all das Zaumzeug, das ich einst gepflegt hatte, war drittklassig gegen das, was diese Tiere trugen. Schneeweiße Rösser, beschlagen mit Silber und aufgezäumt in Gold, mit edelsteinbesetztem Stirnschmuck und glitzernden Riemen quer über der Brust. Die Satteltaschen waren goldgerändert und mit Blumenmustern und Blättern aus Juwelen besetzt. Was für ausladende Brustkörbe diese Pferde hatten, was für edle Nüstern! Und ihre Augen blitzten, als würden sie Funken sprühen.

Die Reiter trugen grüne, goldbesetzte Umhänge und Helme mit grünen Federnbuschen. Alle hielten goldene Speere hoch, von denen lange, schmale Banner flatterten und sich über den Himmel schlängelten wie die Schrift auf den ledernen Gegenständen, die Papas Vater einst aus dem Heiligen Land nach Westfaire mitgebracht hatte – die schnörkelige, gewundene Schrift der Heiden.

»Lies die Banner«, forderte Mama mich auf, legte mir die Hand über die Augen, und im selben Moment konnte ich verstehen, was die Banner besagten, denn sie bildeten Worte und Sätze, die nun so leicht in mein

Hirn glitten wie eine Hand in einen alten Handschuh. Es war die Sprache der Dschin, die Bannersprache der sanften Windungen, welche alle in Feery beherrschen. Die Worte verrieten mir, daß es der König jener Gegend war, der kam, um Mama willkommen zu heißen, und mit ihm eine Unzahl Angehöriger anderer Elfenvölker, die alle ihre Banner kräuselten, um ihren Namen zu bilden: Elladine.

Hinter diesen männlichen Elfen ritten die weiblichen, gekleidet in glänzende Seide in Farben und Mustern, wie ich sie noch nie gesehen hatte. Ihr Haar war in Diademe aus Eichenblättern eingeflochten und mit Efeu zusammengehalten; Efeublätter hingen ihnen seitlich an den weißen Stirnen herab. Die meisten von ihnen hatten goldenes Haar – offenbar die bevorzugte Farbe hier. Daneben gab es noch ein kleineres, dunkleres Völkchen aus Männlein und Weiblein, die außerhalb und am Ende der Prozession mitritten und von denen die Goldhaarigen kaum Notiz nahmen. Der König trug eine hohe Krone, deren diamantene Spitzen wie Tautropfen glitzerten und mit einem inneren Licht leuchteten.

Mama verbeugte sich, als er näher kam, und zog mich mit sich hinab zu einer ähnlichen Geste der Ehrerbietung. Der König stieg vom Pferd und verbeugte sich seinerseits. Eifriges Gerede erhob sich unter den Anwesenden, als ich vorgestellt wurde: Beauty, Tochter von Elladine. Nur halb Fee, aber ganz auf der Linie ihrer Mutter. Aufgeregtes Gemurmel unter den Damen. »Elladines Kind? Aber so alt!« Ich bemühte mich, mein Erschrecken nicht zu zeigen, als ich diese Bemerkung wegsteckte, um später darüber nachzudenken. Bei den Männern war das eine oder andere Glitzern in den Augen zu erkennen. »Elladines Tochter? Immer noch jung genug!« Niemand erklärte es mir, aber ich sollte bald herausfinden, woher dieser Unterschied in der Auffassung kam.

Wir stiegen auf die weißen Rösser, die man uns mitgebracht hatte. Noch nie zuvor hatte ich ein Pferd wie dieses geritten. Seine Hufe fielen wie Federn auf das Gras. Seine Mähne flatterte wie silbern schimmernde Seide im Wind. Sein Gang war weich, sicher und völlig gleichmäßig, und seine Augen funkelten klug. Ich mußte nichts beitragen zu meinem Ritt; das Tier trug mich einfach dahin. Mama berührte mich, und mit einemmal war ich gekleidet wie die anderen – in ein seidenes Gewand, einen grünen Umhang und einen Haarkranz aus Blättern. Wir ritten auf das nächste Dschin-Schloß zu, eines, dessen Türme unvorstellbar schmal und hoch aufragten und kegelförmige Dächer mit Bannern an der Spitze hatten, die nach den Sternen griffen.

Eine Fee brachte ihr Pferd neben das meine, und eine zweite ritt auf der anderen Seite neben mir her. »Willkommen, Beauty«, riefen sie mir zu. »Wir sind deine Großtanten. Wir waren bei deiner Taufe anwesend.« Sie winkten mir und ritten weiter, wobei sie mir über die Schulter hinweg merkwürdige Blicke zuwarfen; ihr Gesichtsausdruck erinnerte mich an jenen von Mama, als sie mich zum erstenmal erblickt hatte: dieses leichte Zusammenziehen der Brauen, diese kaum merkliche Enttäuschung.

Eine andere Fee zeigte sich an meiner Seite. »Ich bin deine Großtante Joyeause«, stellte sie sich vor. »Als deine Mutter und ich deine schlafende Gestalt in den Turm trugen, hatte ich keine Ahnung, daß der Zauberbann nur so kurz wirken würde!«

»Der Bann …« Ich stockte. Soviel ich wußte, hielt die Wirkung des Zauberbannes immer noch an. Mama und Joyeause waren also nach Westfaire zurückgekehrt, um mich in das Turmzimmer zu bringen, und dann, als sie wieder in Ylles eintraf, geschah es, daß Mama von Carabosses Bann überrascht wurde. Aber es war nicht meine Person gewesen, die sie den Turm von Westfaire hochgetragen hatten, und es gab mir einen Stich, als ich mir eingestehen mußte, daß sie den Unterschied nicht bemerkt hatten.

Ich wandte mich ab und versuchte, nicht mehr daran zu denken. »Ist es Morgen oder Abend?« fragte ich Mama und deutete zum Himmel.

»Es ist, wie es ist«, sagte sie. »Wie es immer ist in Feery. Der Himmel prachtvoll tiefblau. Die Sterne gerade zu erkennen. Die Blumen deutlich sichtbar, die Luft von ihrem sanften Duft erfüllt. Das Gras abendkühl. Die Luft ist noch warm vom Tag, und die Blätter der Bäume verströmen ihren Wohlgeruch. Wie es immer ist in Feery.«

Was war das für eine Gefühlsregung in ihrer Stimme? Ich vermochte sie gar nicht zu deuten. Nicht Traurigkeit – zumindest nicht richtig. Was dann? Ich war verloren unter diesen Leuten, ich konnte nie feststellen, welche Gefühle sie gerade hegten und warum!

»Schau, dort!« rief Tante Joyeause.

Ein Flüstern durchlief die Menge. »Mab! Königin Mab! Sie ist gekommen, um Elladine zu begrüßen.«

Eine einzelne Reiterin kam uns entgegen, gekleidet in Silber, eine Perlenkrone auf dem Kopf. Weit hinter ihrem weißen Pferd folgte ein weiteres, geritten von einem dunkelhaarigen jungen Mann. Auch er war in Silber gekleidet, aber er war nicht ihr Sohn oder ihr Bruder oder ihr Liebhaber. Es hatte den Anschein, als wären sie gleichen Alters, aber eben nur den Anschein. In Wahrheit war sie so alt wie die Berge, und dazu lieblich wie der junge Morgen, und er war nichts dergleichen.

»Jung Tom-lin von Ercildoune!« flüsterten sie. »Schau an, sie hat Jung Tom-lin mitgebracht!«

»Er fiel bei der Jagd vom Pferd«, wisperte Mama mir zu. »Gerade rechtzeitig, um Mab vorbeireiten zu sehen. Er grüßte sie, und sie packte ihn und hob ihn zu sich aufs Pferd. Sie brachte ihn hierher nach Feery, und seither lebt er hier, fast sieben Feeryjahre schon. Sie begehrt ihn, doch obwohl er ihr sonst jede Ehre erweist, will er nichts von ihr wissen!« Mamas Nasenflügel bebten, offenbar aus Abscheu vor soviel Undankbarkeit und Impertinenz.

»Vielleicht sehnt er sich nach seiner Heimat«, bemerkte ich.

»Seine Heimat hat gewiß nichts, was sich mit dem hier vergleichen kann«, sagte Mama.

»Weshalb nennen sie ihn Tom-lin?« erkundigte ich mich.

»Weil er aufgehört hat, Tom zu sein«, sagte sie. »Aber wenn er von sich selbst spricht, nennt er sich immer noch Thomas der Reimer, und er schreibt Verse auf jedes Stückchen Papier, das ihm unterkommt.«

Mama begrüßte Königin Mab, anscheinend eine höherrangige Königin als sie. Mab war die Freundlichkeit selbst, als sie zu mir sprach und mich in Feery willkommen hieß.

»Du warst lange weg«, sagte sie zu Mama.

»Hundert Menschenjahre, wie es aussieht«, sagte Mama fröhlich. »Sonst wäre meine Tochter nicht bei mir.«

So hatte also Mama nicht den Unterschied zwischen mir und Herzchen bemerkt. Na und? Ich hatte geschlafen. Oder, besser, Herzchen hatte geschlafen. Und Mama hatte mich nicht gesehen, seit ich ein Baby war! Wie hätte sie da wissen können, daß nicht ich es war? Doch in meinem Inneren bohrte eine hartnäckige Stimme: »Irgendwie hätte sie es wissen müssen!«

Königin Mab kehrte um und ritt zusammen mit uns zum Palast; auch Tom-lin kehrte um und folgte uns. Ich fing seinen Blick auf, diesen Blick in seiner ganzen Kraft, hungrig und fordernd. Ich nahm mich sehr in acht, nicht zurückzustarren, denn ich fürchtete, Königin Mab könnte etwas dagegen haben. Doch irgend etwas in mir reagierte auf diesen Blick. Etwas zutiefst Menschliches, Mitfühlendes.

Im Schloß hatte man ein Fest vorbereitet. Wir aßen und tranken. Der Wein war herrlich an Geschmack und Duft – und man wurde nicht betrunken davon! Die Speisen waren herrlich zubereitet – und man wurde nicht voll davon! Man konnte bis in alle Ewigkeit essen und trinken, wenn man wollte. Wonach den Gaumen gelüstete, wie Tante Basilia gesagt hätte, ohne einen Gedanken an den verdorbenen Magen am nächsten Tag verlieren zu müssen.

Als alle genug hatten vom Essen, wanderten wir nach draußen – ich nahm an, um in den Gärten spazierenzugehen, Musik zu hören oder sogar zu tanzen, aber nein. Auf den Waldlichtungen hinter dem Schloß mündeten Flüßchen in silbrige Teiche, die unter dem Sternenhimmel dampften, so warm war das Wasser. Mein Erstaunen darüber hatte sich noch nicht gelegt, als das Volk von Feery bereits in die Teiche glitt. Splitternackt. Mama mitten darunter.

Sie rief mit glockenheller Stimme nach mir. Ich setzte mich auf einen Stein, fummelte an meinen Schuhen herum und bemühte mich, nicht hinzusehen. Doch ich sah sie, Männlein und Weiblein, schlank, ihre Scham haarlos, ihre Körper wie kleine Puppenkörper aus Elfenbein, die Brüste der Frauen kaum auszumachen. Dazu besaßen die Männer eine Art Futteral, wie es Hunde haben oder Ziegen, das zwischen ihren Beinen und etwas oberhalb am Bauch saß und dicht bedeckt war mit goldenen Härchen. Nichts hing herab. Nichts stand vor. Nichts wirkte peinlich oder erotisch. Ihre glatten Hinterbacken trafen sich in einer einfachen, glatten Falte. Mama hatte die Wahrheit gesagt. In Feery pißte man weder, noch schiß man.

Aber ich war nicht so gebaut wie sie. Ich hatte Brüste. Ich hatte Haare an gewissen Stellen. Wenn ich mich vornüberbeugte, so wie einige von ihnen es soeben taten, würde man meine Geschlechtsteile sehen. Scham überwältigte mich, und ich spürte, wie ich errötete.

Doch jedes Auge hing an mir, hitzig und lüstern. Aus den kleinen Hundefutteralen schnellten kleine Penisse hervor wie flinke rote Zünglein. Aus jeder weiblichen Miene schimmerte laszives Interesse, und ich sah, wie sie die Hände ausstreckten und einander vertraulich über die Körper strichen.

Ich stand auf und ging weg.

Mama war an meiner Seite. »Wenn unsere Feenkinder hier aufwachsen, dann finden sie unsere Sitten nicht ungewöhnlich«, sagte sie mit einem kleinen Lachen in der Stimme, das mich jedoch nicht darüber hinwegtäuschen konnte, wie bekümmert sie in Wirklichkeit war. Sie sprach mit demselben Tonfall wie gelegentlich in Chinanga, wenn sie hinterher unnahbar und schweigsam wurde. »Erwachsene Kinder hingegen haben zuviel von der restlichen Welt in sich. Doch vielleicht, mit der Zeit ...« Sie tätschelte mir den Arm und eilte davon; ich blieb allein zurück und ging zwischen den Blumen spazieren.

Auch Thomas spazierte hier umher, von der nackten Zügellosigkeit Feerys sichtlich ebenso aus der Fassung gebracht wie ich. Er warf mir einen Seitenblick zu, machte aber keine Anstalten, ein Gespräch mit mir zu beginnen. Nach einer Weile kam das Elfenvölkchen, um uns zu holen, und wir zogen uns alle in den Palast zurück, in unsere jeweiligen Zimmer, wo wir auf Betten schliefen, auf denen anstelle von Matratzen weiches Moos wuchs, und wo Decken aus Rosenblättern uns vor jeglichem kühlen Lufthauch beschützten. Wenn es einen kühlen Lufthauch gegeben hätte, was nicht der Fall war. Springbrunnen plätscherten draußen, und ihre Musik klang wie eine unendliche Melodie. Ich war froh, allein zu sein.

Das Blau des Himmels schien sich zu vertiefen, ein wenig nur, wie in Berücksichtigung des Umstandes, daß die meisten von uns schliefen. Die Sterne funkelten und glitzerten, als würden sie miteinander sprechen. Ich lag wach, von Staunen erfüllt. Kurze Zeit später hörte ich ein leises Kratzen an der Tür. Ich schlich lautlos hin und öffnete sie; Thomas der Reimer stand vor mir. Er legte mir einen Finger auf den Arm.

»Ich habe draußen im Garten nicht gewagt, mit dir zu sprechen«, flüsterte er verhalten, doch es lag große Wehmut in der Art, wie er es sagte. Er starrte mich unverwandt an. »Es ist wahr, du bist ein Menschenwesen!«

Ich ließ ihn ein und schloß die Tür hinter ihm. Ich war in ein weites seidenes Gewand gehüllt. Hier brauchte ich mir nur vorzustellen, was ich anhaben wollte, und schon war es da und schmiegte sich an mich. Das Gewand hatte Ärmel, die so weit waren an den Handgelenken, daß sie den Boden streiften – lange wehende Schleier, dünn wie Spinnweben. »Nur zur Hälfte, zur anderen bin ich Fee«, erklärte ich. »Elladine ist meine Mama, mein Vater ist ein Mensch.«

Er nickte. »Ich habe dieses Feerygelichter drüben am Teich beobachtet, wie sie nach dir gierten! Du verströmst einen feinen Geruch, von der Sorte, die ihre sinnliche Begierde weckt. Du riechst nach Fruchtbarkeit, und sie sind fast steril. Sie haben nur mehr selten eigene Kinder. Sie müssen Kinder aus den Wiegen der Menschen stehlen oder sich an Sterbliche heranmachen, um welche zu empfangen.«

»Wie kommt das?«

»Das weiß ich auch nicht. Es hat etwas mit der Art und Weise zu tun, wie sie gemacht wurden, damals, am Anfang aller Zeiten.«

»Meine Mama ist enttäuscht von mir.« Es tat weh, das zu sagen, aber ich war mir dessen ganz sicher.

Er nickte ernsthaft. »Das hast du schon bemerkt, nicht wahr? Nun, das kommt daher, daß du älter bist als die Kinder, die die Sidhe sich üblicherweise beschaffen. Die meisten Halbsterblichen werden als Kinder gestohlen oder sogar hier geboren; mit der Zeit können sie so werden wie die Sidhe, ihnen fast völlig gleich. Aber für dich ist es zu spät dazu. Du wirst nie eine von ihnen sein, und Elladine weiß das. Obwohl sie dich gern innig lieben würde, wird sie ihre Zuneigung für dich im Zaum halten. Es gelüstet diese Leute nach den Sterblichen, aber sie hüten sich davor, ihnen außer Verlangen noch sehr viel Liebe entgegenzubringen.«

»Nicht einmal ihrer eigenen Tochter?« rief ich voll Verzweiflung.

»Nicht einmal ihren eigenen Kindern, nein. Vor langer, langer Zeit, am Anbeginn der Welt, war das ganz anders. Damals waren sie würdevoll und mächtig. Sie besaßen noch den Seelenadel, Liebesleid in Kauf zu nehmen. Doch jetzt stehen die Dinge ganz anders.«

»Weshalb!« rief ich. »Weshalb nur?«

»Weil sie nicht mehr über ihre einstige Größe verfügen. Wenn schon nicht das, dann sind sie zumindest verändert. Sie selbst gestehen das natürlich nicht ein, doch wenn man ihnen genau zuhört, was sie aussprechen und was nicht, dann wird es einem klar.«

»Ich dachte, nur die Wanderelfen wären so klein geworden?«

»Bis jetzt. Später werden diese hier auch so stark schrumpfen. Einst waren sie so groß wie Götter, aber Feery schwindet mehr und mehr dahin, selbst jetzt, in diesem Moment. Wenn es klein genug wäre, könnte ich vielleicht mit einem Schritt hinaustreten, aber dann wird es zu spät sein für mich.«

Er klang gequält. Tränen standen in seinen Augen. Ich wollte gerade dazu ansetzen, mich nach der Ursache dieses Abstieges der Sidhe zu erkundigen, als von draußen durch das Fenster ein Geräusch hereindrang. Thomas huschte zur Tür hinaus und schloß sie leise hinter sich. Ich hörte Mabs Stimme, die ihn fragte, wo er gewesen sei, und er antwortete, er habe im Garten einen Spaziergang gemacht.

»Im Garten, Tom-lin?« Ihre Stimme war Seide und Honig, Feuer und Galle.

»Mit Eurer Erlaubnis, Majestät.«

»Du weißt, was ich erlauben würde, Tom-lin.«

»Das kann ich nicht, Majestät. Eine solche Ehre darf ich mir nicht herausnehmen.«

»Ich könnte dich mit einem Zauber belegen, Tom, so daß du denkst, es wäre deine Janet, die du mit deiner Liebe beglückst.«

Seine Stimme klang krächzend, als er sagte: »Dann wäre es wohl meine Janet, die ich mit meiner Liebe beglücke, Majestät. In meinem Herzen.«

Ich lugte aus dem Fenster. Sie stand da in ihrer ganzen Lieblichkeit, herrlich schön wie eine Göttin. Falls sie an Körpergröße verloren hatte, dann merkte man es nicht, jedenfalls nicht in diesem Augenblick.

»Wenn ich nicht dein Herz und deinen Samen haben kann, Tom-lin, dann kannst du auch nicht deine Janet haben.« Sie drehte sich um und ging davon, und er blieb mit bebenden Schultern allein in der Dunkelheit zurück.

Ich ließ mich auf das Bett fallen, aufgewühlt von dem, was ich gehört hatte, überzeugt davon, daß ich nicht schlafen würde. Doch im nächsten Moment war es schon Morgen – oder zumindest soviel Morgen, wie es in diesem Land je wurde. Mama und ich tranken etwas Warmes, Süßes aus kleinen Gläsern, das nach Honig duftete. Dann ritten wir in einem langen Zug hinüber, um an einer Sitzung am Hof des Königs teilzunehmen.

»Hat der König auch einen Namen?« fragte ich Mama.

»Manche nennen ihn Oberon«, antwortete sie. »Andere Finvarra. Manche nennen ihn den König der goldenen Hallen, andere König der Bergbewohner. Manche König des Guten Volkes oder der Vornehmen. Wir nennen ihn ›Er, der nie vergehet‹, und wir wissen, wenn er vergeht, dann vergehen auch wir.« Wiederum vernahm ich aus ihrer Stimme diese leise Distanziertheit, die ich aus Chinanga kannte, doch nun, da ich mit Thomas gesprochen hatte, glaubte ich, sie zu verstehen.

Als wir am Hof des Königs ankamen, empfing uns bereits die Neuigkeit, daß demnächst eine Delegation eines anderen Volkes eintreffen würde, das einerseits, wie man hörte, nicht aus Feery stammte, andererseits aber doch.

»Es stammt weder vom Himmel noch von der Erde«, sagte Mama geheimnisvoll, »und auch nicht aus irgendeiner Hölle, also muß es aus Feery sein. Doch Sidhe sind es auch nicht.« Mehr wollte sie dazu nicht sagen, sondern lachte nur. Keiner der Anwesenden schien diese Delegation ernst zu nehmen, doch als es Zeit war, sich in der großen Halle zu versammeln und die Worte jener zu hören, die als Abgesandte kommen sollten, waren alle still und gesetzt und trugen artige Mienen zur Schau. Über uns allen lag ein Zauber, so dick, daß ich ihn beinahe riechen konnte. Mama befand sich mitten unter den Fürstlichkeiten auf der Estrade, und ich stand in Samt und Gold gekleidet an der Seite, um dem Einzug der Abgesandten zuzusehen.

Ach, war das ein gräßlicher Haufen! Haarig und verkrümmt von Gestalt, mit Reißzähnen und Doppelkinnen und Hautlappen versehen. Manche von ihnen sahen etwas besser aus, sie waren nahezu gerade gewachsen, doch ganz allgemein machten sie den Eindruck halbfertiger Wesen. Einer hatte so lange Zehennägel, daß sie auf dem Marmorfußboden kratzten. Einem anderen wuchs ein Auge mitten auf der Stirn. Einige hatten Fledermausflügel und andere Rattenzähne.

»Wer soll denn das sein?« flüsterte ich meinem Nachbar zu, wobei ich mich bemühte, das Zittern in meiner Stimme zu unterdrücken.

»Die Bogles«, erwiderte er. Ich erkannte die Stimme und wandte mich überrascht um, denn Thomas der Reimer stand dicht hinter mir. »Hat dich deine Mutter gelehrt, die Macht der Sehkraft zu nutzen?« flüsterte er, als er die Furcht in meinem Blick bemerkte.

Ich schüttelte den Kopf.

»Kneif die Augen zusammen und wünsch dir, sie so zu sehen, wie sie in Wahrheit sind«, sagte er. Ich befolgte seinen Rat, kniff die Augen zu Schlitzen zusammen und konzentrierte mich auf den Wunsch. Im selben Moment sah ich sie verändert, zwar kleinere und gedrungenere Gestalten als jene der Sidhe, aber ganz gewiß nicht abstoßend häßlich. Entfernt ähnlich jenen, die tags zuvor am Ende der Prozession geritten waren, doch mit offeneren Gesichtszügen.

»Sie geben sich den Anschein der Häßlichkeit, um sich die Menschen vom Leib zu halten«, sagte Thomas. »Im Gegensatz zu den Sidhe, die mit ihrer Schönheit die Menschen umgarnen. Zum ewigen Schaden der Menschheit.« Obwohl nur ein Flüstern, hörte ich aus seiner Stimme die Bitterkeit heraus; dann verstummte er, um zuzuhören, was vorne gesprochen wurde.

Mein erster Blick auf diese Geschöpfe war also aus Menschensicht erfolgt, und nun, da ich sie gesehen hatte, wie sie wirklich waren, konnte ich mir ihr früheres Erscheinungsbild kaum mehr vergegenwärtigen. Doch zu meiner großen Überraschung merkte ich, daß ich ihren Anführer früher bereits zu Gesicht bekommen hatte, hin und wieder, als ich noch ein Kind war. Es handelte sich um meinen alten Freund, den Jungen mit den spitzen Ohren! Natürlich! Puck!

»Ihr habt seit sieben Jahren einen in eurer Mitte, Königin Mab«, begann er seine Kampfansage, »den ihr dem Menschengeschlecht geraubt habt. Die Zeit für den Zehent ist bald da, und ihr habt ihn immer noch. Wir sind gekommen, um nachzusehen, ob der Pakt eingehalten wird.«

»Was ich tue, geht dich nichts an«, erwiderte die Königin mit seidenweicher Stimme. »Kehr zurück zu deinen Sumpftänzen, Puck. Wir hatten diese Unterhaltung schon einmal.« Ich wußte zwar nicht, was ein Zehent war, aber seine Stimme machte es zu einer ernsten Angelegenheit.

»Außerdem ist eine Neue gekommen«, fuhr er unbeeindruckt fort, »und sie ist keine von euch.« Er drehte sich um und sah mich mit einem schiefen Lächeln an, als wollte er sagen: »Sieh mal einer an, du bist auch da?«

Auf der Estrade richtete Mama sich hoch auf und bedeutete mir vorzutreten. Zögernd machte ich einen Schritt vorwärts. Puck sah mir dabei mit seinen grünen Augen zu, die schimmerten wie Wasser über moosbewachsenen Steinen. Er hatte ein braunes Gesicht mit dichten, buschigen Augenbrauen und einem breiten Mund. Mein alter Bekannter. Ich holte Luft, um ihn zu begrüßen, aber dann warnte mich etwas in seinen Augen, und ich ließ es sein. Dennoch war ich so in Anspruch genommen von seinem vertrauten Gesicht, daß ich fast überhörte, was Mama sagte. »Sie gehört zu uns, Puck. Meine Tochter. Beauty. Mir und einem Edelmann aus dem Menschengeschlecht geboren und hierher nach Feery gekommen, um ihre Mutter zu suchen.«

Das schien ihn traurig zu stimmen, aber warum wohl? Er wußte doch, wer ich war, hatte es immer gewußt! Wer hatte ihn damals nach Westfaire gesandt, um über mich zu wachen? Ich hatte stets angenommen, es wäre Martin gewesen oder vielleicht Mama. Das stimmte anscheinend nicht, also wer sonst? Carabosse? Er schüttelte leicht den Kopf in meine Richtung und wandte sich an all jene, die auf der Estrade standen. Ich machte wieder einen Schritt zurück und spürte, wie Thomas' Hand sich sanft auf meine Schulter legte.

Puck versuchte es erneut. »Nun gut, so bedauerlich es sein mag, sie ist aus freien Stücken hier, Mab. Thomas der Reimer hingegen ist nicht aus freien Stücken hier. Noch hat er keinen dauernden Schaden erlitten, aber welchen Nutzen soll er dir bringen?«

»Ich sage es noch mal, Puck. Nimm deine Bogles

und verzieh dich mit ihnen in die Sümpfe und Bäche. Kehrt dorthin zurück, woher ihr gekommen seid. Schick deine Heinzelmännchen zurück ans Fegen, deine Wichtel ans Schustern, deine Kobolde in ihre Bergwerke. Dort draußen hast du genügend Menschen zum Verhätscheln, also kümmere dich nicht um die meinen!«

»Er gehört nicht dir!« Pucks Geduld wurde sichtlich auf eine harte Probe gestellt. »Königin Mab …«

»Alles, was mir gehört, gehört mir!« leierte sie eigensinnig. »Und alles, was dir gehört, gehört mir auch! Wenn ich Wert darauf lege.«

»Ich bitte dich, lege keinen Wert darauf!« rief er und streckte ihr seine knochigen, quadratischen Hände entgegen. Es klang beschwörend und eindringlich, aber sie lachte nur, und dann lachten alle, die um sie herumstanden, mit ihr, während die Bogles die Sache untereinander besprachen. Plötzlich warf Puck die Arme hoch, drehte sich um und ging. Die anderen folgten ihm. Mit Ausnahme eines sehr kleinen, einfachen Kerlchens, das eine Sense über der Schulter trug und aus ihren Reihen schlüpfte, um mich an der Hand zu nehmen.

»Ich bin Fenoderee«, wisperte er. »Wenn du einen Freund brauchst, so ruf mich!« Und dann war auch er weg.

Thomas sprach dicht an meinem Ohr: »Wenn du nicht willst, daß der kleine Fenoderee umkommt, dann sag niemandem, daß er dir seine Freundschaft angeboten hat!«

»Ich sage es nur Mama«, versicherte ich ihm.

»Dann ist er schon tot«, sagte Thomas.

Ich wandte mich ärgerlich zu ihm um, aber er war bereits in der Menge verschwunden. Als ich dann jedoch hinüberblickte zu Mama, wo sie auf der Estrade mit Königin Mab lachte, kam ich zu der Einsicht, daß es nicht unbedingt nötig war, ihr von Fenoderee zu erzählen. Ich war nicht auf der Suche nach einem Freund gewesen, und das Angebot des kleinen Bogles mußte nicht unbedingt erwähnt werden.

Die Audienz schien vorüber zu sein. Sorglos miteinander plaudernd kamen die hohen Herrschaften von der Estrade herab. Neugier war sicher nicht unangebracht, also erkundigte ich mich bei Mama, worum es sich bei dem ganzen Vorgang eigentlich gehandelt hatte.

»Puck und seine Gefolgsleute neigen zu übertriebener Diensteifrigkeit«, sagte sie mit ihrem unnahbaren, gleichmütigen Gesichtsausdruck. »Sie lassen es sich nicht nehmen, als Beschützer der Menschheit aufzutreten.«

»Ich dachte immer, Engel wären die Beschützer der Menschheit«, meinte ich verwirrt, weil ich mich dessen entsann, was Pater Raymond mich gelehrt hatte.

»Um so besser«, lachte sie; ihre Belustigung hatte einen gehässigen Unterton. »Puck hat es sich ohnedies in den Kopf gesetzt, ein Engel zu werden! Das ist ein altes Thema, das weit zurückreicht in die Vergangenheit.«

Ich hoffte, sie würde mir mehr darüber sagen, doch gerade jetzt kam Oberon hinzu, und wir verstummten und erwiesen ihm unsere Reverenz. Er lud uns ein, uns seiner Jagdgesellschaft zuzugesellen, und wir gingen hinaus, um Pferde zu besteigen, die schon fertig gesattelt vor dem Tor standen. Das entsprach genau einer Erfahrung, die ich in Feery bereits einige Male gemacht hatte: Speisen standen immer bereit, wenn man Hunger hatte. Pferde waren gesattelt, wenn man auf die Jagd gehen wollte. Wasser war heiß, wenn man vorhatte zu baden. Als reinste Hexerei erschien es mir jedoch, daß man in Feery niemals herumstehen und darauf warten mußte, daß andere etwas taten, ehe wir selbst uns anschicken konnten, das zu tun, wonach uns gerade der Sinn stand.

Die Hufe der Rösser klangen wie ein gedämpfter, gleichmäßiger Trommelwirbel, als wir wegritten, die Brücke überquerten und auf die mit samtweichem Sand bedeckte Straße kamen. Der Gedanke kam mir, daß der Boden in diesem Land überall weich sein mußte, weil sonst den silbernen Hufeisen der Pferde kein langes Leben bestimmt wäre. Da dirigierte Mama ihr Pferd an meine Seite und zischte: »Reitkleider, Mädchen! Wo bleiben deine Manieren?«

Ich blickte auf und sah, daß alle Reitkleider und hohe Stiefel trugen; die Damen waren mit weit fließenden Röcken angetan und hatten das Haar unter engen Kappen festgesteckt, von denen Schleier hinter ihnen herwehten. Kaum hatte ich das alles erblickt, war ich schon genauso gekleidet wie alle anderen, aber dazu hatte es meiner Wahrnehmung bedurft – die Verwandlung war von mir selbst ausgegangen, und das schenkte mir ein plötzliches triumphierendes Glücksgefühl, auf das jedoch umgehend ein Schaudern der Furcht folgte. Wäre ich als Kind hierhergekommen, hätte ich das alles wohl getan, ohne darüber nachzudenken. Was alles konnte ich noch tun, indem ich bloß daran dachte?

An diesem Tag jagten wir weiße Hirsche. Wir erlegten eine Kuh und ein männliches Tier. Sie flohen vor uns wie der Wind, und wir trieben sie vor uns her wie der Sturm. Sie flohen wie der Habicht, und wir stießen zu wie der Adler. Sie zuckten davon wie Kerzenflammen, und wir brannten mit der Kraft des Feuers in der Esse. Schließlich ermüdeten sie, und wir waren zur Stelle. Oberon brachte sie beide mit hell glänzenden

Pfeilen zur Strecke, und die Weidmänner gingen daran, ihnen die Köpfe abzuschneiden. In dem Moment, als die Hälse durchtrennt wurden, hatte ich plötzlich eine kurze Vision von etwas Grauenvollem, Furchtbarem. Ich drehte mich um und sah, daß Thomas die Augen auf mich gerichtet hatte; in seinem Blick lag eine Warnung. Die Weidmänner warfen die Kadaver über den Rücken eines der Pferde, und wir kehrten zum Schloß zurück. Jemand schlug die Laute, alle sangen, und die Rösser schnaubten fröhlich. Ich ließ mein Pferd ein wenig zurückfallen, und Thomas dirigierte das seine an meine Seite. »Iß nicht von dem Hirschbraten, der heute abend serviert wird!« sagte er.

Ich wollte ihn nach dem Grund fragen, aber er ritt weiter, immer schneller, bis er an Königin Mabs Seite war. Sie wandte ihm das Gesicht zu und lächelte; er lächelte zurück. Ein tieftrauriges, hoffnungsloses Lächeln.

Die meisten Mitglieder der Jagdgesellschaft zog es zu den heißen Quellen, wo sie badeten. Ich ging in mein Zimmer. Als ich die Tür sorgfältig hinter mir geschlossen hatte, setzte ich mich auf das Bett und rief: »Fenoderee! Ich brauche einen Freund!«

Und im selben Augenblick stand er bereits neben mir.

Ich sagte: »Da war irgend etwas Schreckliches, ich kann mich nicht erinnern, was!«

»Tja, Mädchen«, meinte er, »du hast eben den Dreh mit dem *Sehen* noch nicht kapiert! Es verträgt sich nicht mit deiner menschlichen Sicht der Dinge. Das waren nicht bloß Hirsche, denen sie die Köpfe abgehackt haben, dort im Wald! Das waren ein Mann und eine Frau, die sie erlegt haben, ein Mann und eine Frau, die sich geweigert hatten, Königin Mab ihr Kind zu geben, als die es wollte!«

»Und sie wollen sie *essen?*« rief ich aus, unfähig, das zu glauben.

»Ach, wo denkst du hin, Mädchen? Sie werden Hirschbraten essen! Nie würden sie Menschen töten oder essen, das würde doch das feierliche Bündnis brechen! Nein, sie verzaubern erst Menschen in Hirsche. Und was ist es, was sie dann essen? Hm? Brechen sie das Bündnis damit, wie? Sie werden dir sagen, es ist Hirschbraten, und damit sagen sie die Wahrheit. Aber du weißt, was du gesehen hast, nicht wahr?«

»Thomas hat mir geraten, es nicht zu essen.«

»Dann hat Thomas dir gut geraten.«

»Also hat er es auch gesehen?« Das, was ich gesehen hatte, diese Schicht Menschenfleisch, wo die Hälse durchtrennt worden waren.

»O ja, Mädchen, der sieht das! Ein Mann, so angsterfüllt wie er, der sieht die Wahrheit.«

»Und wovor hat er solche Angst, Fenoderee?«

Fenoderee drehte sich um die eigene Achse wie ein Hund, der sich ein Plätzchen zum Niederlegen sucht. »Er hat Angst, daß Oberon ihn zu etwas Verbotenem benutzen will.«

»Und wozu?« Ich konnte mir nicht vorstellen, was in einem Land verboten sein sollte, in dem Kannibalismus anscheinend zu den Selbstverständlichkeiten gehörte.

»Vor langer Zeit«, erklärte Fenoderee, »als der Mensch geschaffen wurde, hat der Allerhöchste uns hier in Feery gebeten, den Menschen beizustehen, denn damals waren sie nichts als ahnungslose, einfältige Würmer, kaum imstande, auf den eigenen zwei Beinen zu stehen. Von den Sidhe wären einige einverstanden gewesen, ein paar nur. Doch Oberon war damals wie heute König, und er trug ihnen auf, den

Mund zu halten, und sagte, die Sidhe würden es nur tun, wenn der Allerhöchste es befahl.

›Nein‹, sagte der Allerhöchste, ›ich könnte es zwar befehlen, das ist richtig, aber das will ich nicht. Ich habe nicht dieses Universum in all seiner unvorhersehbaren Pracht geschaffen, um seinen Lauf dann mit grundlosen Befehlen und willkürlichen Wundern zu stören. Wenn ihr meiner Bitte nachkommen wollt, dann tut ihr es aus eigenem Willen, aus Gefälligkeit, aus Dankbarkeit für das, was euch gegeben wurde.‹«

»Und was sagte Oberon darauf?«

»Er sagte nein, wie gehabt. Also fuhr der Allerhöchste fort: ›Ich werde nichts befehlen, aber ich kann immer noch einen Teil meiner Schöpfung zerstören, wenn dieser einen anderen bedroht. Daher werde ich einen Vertrag mit den Sidhe schließen. Ich bin es, der die Sidhe unsterblich gemacht hat, und das dürfen sie nur bleiben, solange kein Mensch durch ihre Hand einen bleibenden Schaden erleidet.‹ Und das akzeptierte Oberon.«

»Wer waren diejenigen, die sagten, sie würden den Menschen beistehen?«

»Israfel und seine Leute. Ach ja, und Carabosse. Oberon schenkte ihnen keine Beachtung. Sie blieben auch nicht in Feery, sondern lebten von da an in Baskarone. Seit damals nennen wir Bogles sie unsere fernen oder lang verlorenen Brüder. Oberon nennt sie anders, aber er ist nicht einer von denen, die leicht vergeben.«

»Aber die Hirsche!« rief ich, »die verzauberten Hirsche! Das war doch gewiß ein bleibender Schaden, der dem Mann und seiner Frau zugefügt wurde!«

»Hinterlistig sind die Sidhe geworden«, stellte Fenoderee fest, »hinterhältig und schlau. Es waren ja nicht der Mann und seine Frau, die sie umgebracht haben, verstehst du? Es war doch bloß Wild! Und solche Arglist und Falschheit gibt es schon seit einer ganzen Weile. Der Sinn des Vertrages ist ihnen völlig gleichgültig, sie halten sich ausschließlich an den Buchstaben des Bündnisses.«

»Und warum?«

»Weil sie ein eitler Haufen sind, Mädchen. Die Erschaffung der Menschen war ein furchtbarer Schlag für sie. Das hätte es nicht sein müssen, wenn sie sich bemüht hätten, die Menschen zu verstehen, anstatt ihnen nur zu grollen. Und dann, als der Herr der Finsternis sich davongemacht und sich sein eigenes Plätzchen eingerichtet hatte, schickte er den Sidhe ein paar Zuträger, die ihnen die Ohren vollbliesen mit ihren Einflüsterungen, wie sehr ihr Stolz angeblich verletzt worden war. Und so schloß Oberon wiederum einen Vertrag, diesmal mit dem Herrn der Finsternis, welcher gelobte, Oberon darin zu unterweisen, wie er sich den Allerhöchsten vom Leib halten könnte – obwohl sich der Herr der Finsternis selbst nicht einmal das Tageslicht vom Leib halten kann, wenn der Allerhöchste es nicht zuläßt. Der Preis, der dafür alle sieben Jahre an den Herrn der Finsternis zu zahlen ist, wird Zehent an die Hölle genannt, denn das ist das Plätzchen, das der Herr der Finsternis für sich eingerichtet hat.«

»*Unsere* Hölle?«

»Ich kenne nur eine«, sagte er.

»Und was ist der Preis?« fragte ich; meine Kehle war plötzlich trocken geworden.

»Der Preis ist eine Person«, sagte er. »Irgendeine Person. Wenn er unser habhaft wird, benutzt Oberon gern uns Bogles als Zehent, aber wir sind ihm auf die Schliche gekommen, und so hat er in letzter Zeit keinen von uns erwischt. Deshalb sind auch so viele zusammen mit Puck an Oberons Hof gezogen, damit wir uns zur Wehr setzen können, falls sie einen von uns in ihre Gewalt bringen wollen. Oberon weiß, wenn er einen Sidhe als Tribut benutzt, dann könnte das einen Aufstand gegen ihn auslösen. Also überlegt er, sich über das Bündnis mit dem Allerhöchsten hinwegzusetzen und einen Menschen zu benutzen. Der einzige Mensch, der sich momentan in Feery aufhält, ist Thomas der Reimer. Außer dir, Beauty.«

»Aber ich bin doch zur Hälfte Fee!« rief ich.

»Gar nicht Fee ist besser als halb Fee. Und halb Fee ist besser als ganz Fee«, sagte er leise. »Und wenn er erst einmal einen Menschen – einen ganzen oder einen halben – benutzt hat, dann ist das Bündnis gebrochen.« Er sah mich an. »Huiii, und weg bin ich!« Und weg war er.

Draußen auf dem Flur konnte ich Mamas Stimme zusammen mit denen der anderen hören. Immer noch lachend über etwas, das Oberon gesagt hatte, kam sie zur Tür herein; ihre Nase zuckte wie die einer Katze, wenn sie eine Maus riecht.

»Da riecht's nach Bogle!« rief sie. »Ist dieser ekelhafte Puck hier gewesen?«

Ich schüttelte den Kopf. »Ich habe Puck seit der Audienz nicht gesehen, Mama«, sagte ich wahrheitsgemäß. Sie sah mir prüfend ins Gesicht, als wollte sie feststellen, ob ich log oder nicht, und sagte dann: »Wir in Feery legen den allergrößten Wert auf Ehrlichkeit, Beauty.«

»Das weiß ich doch, Mama«, nickte ich und dachte nach, was ich alles gesagt hatte, um sicherzugehen, daß mir keine Lügen unterlaufen waren.

Sie setzte sich neben mich auf das Bett. »Begib dich nicht in Gefahr, meine Tochter.«

»In Gefahr, Mama?«

»Wenn du mit den Bogles gemeinsame Sache gegen uns machst, dann wirst du an keinem Ort und zu keiner Zeit sicher sein vor Oberons Rache. Die Bogles streichen immerzu bei den Menschen herum, sie mischen sich mehr unter sie, als ihnen guttut!«

Ich hielt das für eine sonderbare Bemerkung aus ihrem Mund, wo sie doch meinen sterblichen Papa geheiratet hatte! Hieß das nicht, sich unter die Menschen mischen? Oder zumindest bei ihnen herumstreichen? Offenbar fand Mama nichts daran, inkonsequent zu sein. Dieselbe Eigenschaft hatte ich schon bei den Tanten festgestellt; nicht immer glich ein bestimmtes Verhalten, das sie von mir verlangten, jenem, das von anderen erwartet wurde oder das sie selbst zur Schau trugen.

Mama fuhr fort: »Oberon wird dich finden, wenn du ihn beleidigst, wohin du auch gehen magst!«

»Warum sollte ich jemanden von euch beleidigen!« rief ich. »Du bist meine Mutter, und das ist dein Volk!« Warum sollte ich wirklich? Was wußte sie, das ich nicht wußte?

Beim Abendessen nahm ich Obst und Brot und dicke Sahne und nichts von dem Hirschbraten. Ich trank, was überall sonst viel zuviel Wein gewesen wäre. Wohin ich auch blickte, alle aßen das Fleisch mit gutem Appetit. Ich glaube nicht, daß irgend jemand bemerkte, daß ich es nicht anrührte. Ein- oder zweimal sah ich auf und fand Thomas' Blick auf mir oder meinem Teller. Ein- oder zweimal sah ich auf und merkte, daß Königin Mab mich voller Neugier anstarrte. Ich lächelte behutsam zurück und schlug sittsam die Augen nieder. Wenn sie einen Mann und eine Frau verzaubert hatte, weil die beiden ihr ihr Kind nicht überlassen wollten, was würde sie erst mit jemandem tun, der Bogles in seinem Schlafzimmer empfing? Die ganze Zeit dachte ich an die Doktrin der Transsubstantiation, der Umwandlung von Brot und Wein in Leib und Blut Jesu Christi, und fragte mich, ob der Mann und die Frau immer noch in den beiden Hirschen zugegen gewesen waren, obwohl man sie verzaubert hatte.

Nachdem alle zu Bett gegangen waren, vernahm ich wieder das Kratzen an der Tür. Diesmal wußte ich, es war Thomas, und er huschte in mein Zimmer wie ein Schatten. Er war sichtlich nahe daran, den Verstand zu verlieren; seine Hände zitterten, seine Blicke schossen wie Kolibris von einer Stelle zur anderen. »Ich muß weg von hier!« sagte er.

»Ich weiß«, nickte ich und erzählte ihm, woher ich das wußte.

»Königin Mab sagt, sie wird weder gestatten, daß man mich als Tribut verwendet, noch daß ich fortgehe von hier«, berichtete er mit bebender Stimme. »Aber Oberon sagt, er wird mich so verwenden, wie er es für richtig hält. Königin Mab will dich statt meiner verwenden, aber Elladine ist gut angeschrieben beim König, und so wird er das nicht zulassen. O ja, Elladine steht momentan in allerbestem Ruf, weil sie eine halbsterbliche Frau nach Feery gebracht hat, auch wenn du schon so alt bist. Sie überschlagen sich vor Begeisterung deinetwegen.«

»Kannst du nicht einfach weglaufen?«

»Wie denn? In welche Richtung? Sind wir unter dem Meer oder hoch oben in der Luft? Befinden wir uns in der Erde, tief unter einem Hügel, wie manche sagen, oder sind wir in einem Zauberland außerhalb aller irdischen Grenzen? In welche Richtung soll ich gehen? Und wenn ich verschwunden bin, was soll Königin Mab daran hindern, mich in ein Stück Wild zu verwandeln und zur Strecke zu bringen, wie sie es heute mit diesen anderen beiden gemacht hat? Ich kann nur mit menschlicher Hilfe von hier fliehen, und es gibt nur einen Menschen hier: dich.«

»Wann ist der Tribut fällig?« fragte ich.

»Bald«, flüsterte er. »Die Zeit in Feery ist nicht dieselbe wie jene auf der Erde. Manchmal verrinnt sie langsam, manchmal schnell. Manchmal steht sie fast still, wandert dahin wie eine Schildkröte, lange Stunden im Zeitraum eines Atemzuges. Dann schießt sie dahin wie ein Falke, ein Jahr in einem Augenblick. Ich weiß nur, daß es bald ist.«

Er verließ mich so rasch, wie er gekommen war, das Gesicht verzerrt vor Angst. Ich legte mich auf das Bett und sah hinaus in den Garten, über dem der Himmel nun kaum dunkler war als zu Mittag. Blau, mit Sternen übersät. Es mußte eine Möglichkeit geben, ihm zu helfen. Es mußte eine geben.

Mama und ich trafen uns zum Picknick auf dem Rasen. Ich hatte sie darum gebeten, weil ich, wie ich es ausdrückte, Gelegenheit haben wollte, sie besser kennenzulernen.

»Du mußt mir einige Dinge erklären«, drang ich in sie, »du mußt einfach, Mama, denn sonst mache ich am Ende noch die fürchterlichsten Fehler. Du mußt mir sagen, wovon ich vor Königin Mab und König Oberon oder irgend jemand anderem auf keinen Fall sprechen darf.«

»Sprich nicht von Bündnissen oder Verträgen oder Bogles, und alles ist in bester Ordnung«, sagte sie, ohne mir in die Augen zu schauen.

»Kann ich über den Zehent an die Hölle reden?« fragte ich mit Unschuldsmiene.

Sie erbleichte. »Das wäre sehr unklug.«

»Dann mußt du mir verraten, was das ist, damit ich

nicht unwissentlich irgendeinen Aspekt der Sache erwähne.«

»Es ist eine Zahlung«, sagte sie unwillig, »an den Finsteren. Damit er unsere Grenzen bewacht. Damit er ... gewisse Mächte von uns fernhält.«

»Engel?« fragte ich. »Aber seid ihr denn nicht befreundet mit den Engeln?«

Um sich zu vergewissern, daß niemand uns hören konnte, sah sie sich um. »Wenn du damit die Leute aus Baskarone meinst, Beauty, dann sei versichert, daß das keine Engel sind. Sie sind nicht engelhafter als wir: es sind unsere Brüder, die sich von uns trennten, als die Menschen erschaffen wurden, weil sie irgendwelche Ängste hegten, daß wir oder die Menschheit oder alle beide etwas ... nun, irgend etwas Unwiderrufliches tun würden. Torheiten! Sind wir nicht allesamt Feen? Sind wir nicht zu weise dazu? Unsere fernen Brüder leben in Baskarone, aber sie sind keine Engel!«

Obwohl ich dieses Thema sehr gern weiterverfolgt hätte, gab es andere, wichtigere Dinge, auf die ich mich konzentrieren mußte. »Ich habe zugehört, was die Sidhe so reden, Mama. Sie sagen, möglicherweise könnte man mich als Tribut nehmen.«

»Unsinn!« rief sie. »Wer sollte so etwas Schreckliches sagen?« Tränen standen in ihren Augen, die ersten, die Mama für mich hatte. Wie man es daher auch drehen und wenden wollte, sie mochte mich gern. Oder sie hatte Angst. Oder sie weinte aus irgendeinem anderen Grund.

In diesem Moment war ich nah daran, meine bohrenden Fragen einzustellen, denn ich wollte ihr gegenüber nicht unredlich sein, aber irgend etwas zwang mich weiterzumachen. Vielleicht die Verzweiflung, die aus Thomas' Stimme geklungen hatte. Er war so verängstigt gewesen, so schreckerfüllt, so unendlich menschlich! Also sagte ich: »Das dachte ich auch. Sie haben doch in Thomas einen perfekten Zehent, nicht wahr? Und doch, jemand meinte, er könnte fliehen.«

»Er kann nicht fliehen.«

»Wieso weißt du das?«

»Weil ich den Zauberbann kenne, der auf ihm liegt. Es gäbe nur eine Möglichkeit für ihn, zu entkommen: Wenn eine Menschenfrau ihn vorbeireiten sieht, nach ihm verlangt und ihn trotz aller Veränderungen, die Mab an ihm vornehmen könnte, festhält von Mitternacht bis zum Morgengrauen, dann, und nur dann könnte er Mab verlassen und ins Reich der Sterblichen zurückkehren.« Sie sagte es so nachlässig dahin, als ob es gleichgültig wäre, ob ich es wußte oder nicht.

»Das ist nicht sehr wahrscheinlich, oder?« fragte ich mit schwacher Stimme.

»Ganz und gar nicht wahrscheinlich. Das ist der Grund, weshalb Mab es sich ausgedacht hat«, sagte sie. »Du hast also überhaupt nichts zu befürchten. Es ist nicht mehr lange bis Samhain – auf der Erde die Nacht vor Allerheiligen –, wenn der Zehent fällig ist. Sobald er bezahlt ist, sind wir unsere Sorgen wieder für sieben Feery-Jahre los.«

»Mama«, wechselte ich das Thema, »ich denke, es ist an der Zeit, daß ich ein wenig Zauberei lerne. Wozu sonst bin ich denn eine halbe Fee?«

In der darauffolgenden Nacht erzählte ich Tom-lin, was ich von Mama erfahren hatte. »Hast du solch eine Menschenfrau, Thomas?« fragte ich. »Ich könnte es selbst versuchen, aber ich bin nur halb Mensch, und möglicherweise funktioniert es da nicht. Außerdem würden sich dann Mama und meine anderen Verwandten hier so beleidigt fühlen, daß ich nicht in Feery bleiben könnte.«

»Meine Janet«, nickte er, »o ja, meine liebliche Janet

würde mich gewiß festhalten und der ganzen Hölle entreißen!«

»Wo finde ich sie?« flüsterte ich.

»In der Nähe von Ercle's Down liegt ein Wald namens Carterhaugh, benannt nach dem Fuhrmannshaus, welches sich dort befindet. Am Rand dieses Waldes entspringt eine Quelle, bei der Rosen wachsen. Jeden Sonnenuntergang findet Janet sich dort ein, um zu meinem Andenken eine Rose zu pflücken, denn dort war es, wo ich ihr ewige Liebe gelobte und ihr eine Rose zum Unterpfand gab.«

»In welchem Land?« fragte ich.

»In Schottland natürlich!« erwiderte er.

Und so machte ich mich also auf nach Schottland, als es Mitternacht wurde in Feery; nach Ercle's Down ging es, nachdem ich meine Stiefel flüsternd gebeten hatte, mich unauffällig dorthin zu tragen.

Ich kam an einem Spätnachmittag im Sommer an. Einen zufällig vorbeikommenden Hirten fragte ich nach dem Weg, und er wies mir die Richtung zum Wald von Carterhaugh, wo ich kurz darauf einlangte. Die Quelle war schwerer zu finden, denn es gab eine größere Anzahl von Quellen. Doch nur an einer einzigen wuchsen Rosen, an der letzten, die ich in Augenschein nahm, direkt am Waldrand. Ungeduldig wartete ich darauf, daß es Abend wurde, wartete auf das Längerwerden der Schatten und darauf, daß Janet kam. Als es bereits dunkel wurde und ich nahe daran war aufzugeben, spazierte sie über die Wiese auf das Wäldchen zu. Ich schickte mich soeben an, ihr entgegenzugehen, als ich spürte, wie etwas mich am Ärmel zupfte, und da standen Puck und Fenoderee neben mir. »Da du uns schon hergeführt hast, wäre es besser, den Rest uns zu überlassen«, flüsterte Puck.

Ich protestierte.

»Nein, nein, Mädchen, laß das nur uns machen«, winkte Puck ab, »dazu braucht es eine Sprache, die dir fehlt, und in Reimen muß es auch sein.«

»Und warum das?«

»Weil sie sonst nicht glaubt, daß es von ihm kommt.« Einen Augenblick lang drückte er fest meine Hand, und ich konnte die seine noch spüren, als er schon ein Weilchen weg war.

Das Mädchen kam zur Quelle und pflückte eine Rose, und ich hörte Pucks Stimme in einer leidlichen Imitation jener Tom-lins deklamieren:

»In ihr fernes Land entführt hat mich
die Königin der Feen geschwind;
nun hör', wie schlimm die Lage ist,
in welcher ich mich dort befind':
Alle sieben Jahr' man zahlt
dem Herrn der Finsternis Tribut;
als wohlgestalter Menschenmann
gefiel' dem Höllenfürst ich gut.
Doch nachts vor Allerheil'gen sei's,
da du zum letzten Male klagst,
da halt mich fest, bis daß es graut,
mein Lieb, wenn du mich magst!«

So ging es eine Zeitlang weiter, und obwohl ihn das Mädchen alle ein, zwei Zeilen mit Fragen unterbrach, konnte Puck es ihr doch halbwegs klarmachen. Er erklärte ihr auch, wie sie ihn, Thomas, würde erkennen können: die Rechte in einem Handschuh, die Linke unbedeckt, den Hut schräg auf dem Kopf, das Haar lose herabfallend, auf einem Pferd in der Nähe der Stadt reitend. Er sagte ihr, wo sie den Reiter treffen würde (bei Miles Cross, einem Holzkreuz an der Straße beim Dorf Miles), und in welch schreckliche

Dinge er sich wahrscheinlich verwandeln würde, und daß sie ihn nicht loslassen dürfe bis zum Morgengrauen. Als Puck geendet hatte, sahen wir dem Mädchen nach, wie es über die Wiesen davonrannte und ihr Haar lose hinter ihr herwehte. Worauf Puck mich an einer Hand nahm und Fenoderee an der anderen, und ich den Stiefeln befahl, mich zurückzubringen zu Oberons Schloß.

Dort standen wir dann auf der Terrasse, sahen hinaus auf den mitternächtlichen Rasen und lauschten dem Gemurmel des Bächleins und den Geschöpfen der Nacht.

»Das war sehr mutig von dir«, stellte Puck fest, »deinem Mitmenschen zu helfen.«

»Dem Mitmenschen zu helfen heißt zugleich, ein falsches Spiel mit Feery zu spielen«, sagte ich bitter. »Ich gehöre weder zum einen noch zum anderen, Puck. Ich bin völlig durcheinander und wünsche mir innig, etwas anderes zu sein, als ich bin.«

»Ich wollte, wir könnten dir helfen, Beauty. Wär's dir ein Trost zu wissen, daß du auch Feery hilfst?«

»Inwiefern?« fragte ich skeptisch.

»Sie brechen den Vertrag mit dem Allerhöchsten, wenn sie Thomas dem Herrn der Finsternis geben. Und das würde ihnen selbst weitaus mehr Schaden zufügen, als nur Thomas zu verlieren.«

Ich hörte ihm zwar zu, war aber nicht überzeugt, daß er die Wahrheit sprach. »Würdet ihr mich zu Carabosse bringen? Ich möchte sie besuchen.«

»Die Carabosse der Uhren?« fragte Fenoderee. »Die alte Ticktack?«

»Tut ihr das?«

»Ja«, sagte er, »ich komme dich bald holen«, und damit war er verschwunden.

Puck war es, der mich holen kam. Ich war allein.

»Sieh zu, daß du auf ein Pferd kommst«, sagte er. »Reit weg und ruf nach Fenoderee.«

Also ließ ich mir von einem Stallknecht ein hübsches Pferd satteln, ritt ein Stück vom Schloß weg, blieb an einem hohen Felsen stehen und sagte in die Luft: »Fenoderee, ich brauche einen Freund!« Augenblicklich standen er und Puck neben dem Felsen. Fenoderee grinste, und Puck zupfte an einem Zehennagel herum. Er stand gern wie ein Storch auf einem Bein und spielte mit den Zehen des erhobenen Fußes.

»Die Fee Carabosse hat dich zum Tee eingeladen«, ließ er mich wissen.

»Uhrwerk-Carabosse! Uhrwerk-Carabosse!« sang Fenoderee und ließ die Sense kreisen. »Alte Rädchen, alte Schraube!«

»Wer nennt sie so?« fragte ich verwundert.

»Ich hab's gerade getan«, sagte Fenoderee. »Eine Menge anderer Bogles tun's auch!«

»Einige«, korrigierte Puck. »Nicht eine Menge.«

»Und warum?«

»Das wirst du herausfinden, wenn wir hinkommen.«

Puck kletterte hinter mir aufs Pferd und hielt sich an meiner Taille fest. Das erinnerte mich an die vielen Gelegenheiten, bei denen Bill mich im zwanzigsten Jahrhundert festgehalten hatte, wenn ich müde war oder entmutigt oder nicht wußte, was ich tun sollte. Wie er war auch Puck klein, aber drahtig und stark. Fähig. Ich entspannte mich und überließ ihm die Zügel. Fenoderee hüpfte vor uns her wie ein Faun, verschwand hinter Grasbüscheln und tauchte viel weiter vorn wieder auf.

Wir kamen zum Wald, hielten uns an seinem Rand entlang bis zu einem kleinen Bach, folgten dem Bach in den Wald hinein, ritten einen engen Hohlweg hinauf und schließlich auf eine Lichtung, wo ein Häuschen stand, aus dessen Schornstein Rauch aufstieg. Es war ein Märchenhaus. Ich kannte zwar nicht viele Märchen dieser Art, hatte aber im zwanzigsten Jahrhundert einige davon als Zeichentrickfilme gesehen. Dieses Häuschen hätte direkt aus ›Hänsel und Gretel‹ stammen können, aus ›Rotkäppchen‹ oder den ›Sieben Geißlein‹.

»Wir warten hier«, sagte Puck. »Für den Fall, daß du uns brauchst, wenn du wieder herauskommst.«

Ich war ziemlich sicher, daß ich den Rückweg allein finden konnte, aber Gesellschaft auf dem Heimritt würde mir gewiß willkommen sein. Ich stieg ab, ging auf das Häuschen zu und vernahm daraus ein Geräusch, das klang wie das Knacken trockener Blätter, wenn dicke Regentropfen darauffielen. Es wurde immer lauter, je näher ich kam, und als ich unter das Vordach trat, erklang ein Glockenspiel, unmittelbar gefolgt von einem Höllenspektakel aus Glöckchen, Pfeifen, Hämmern, Klingeln und Kuckucksrufen, die alle in blindem Eifer die volle Stunde anzeigten. Nach einem Weilchen erstarb der Lärm und wurde wieder zu einem Gemurmel, welches ich nun als das Ticken zahlloser Uhren erkannte. Ich klopfte energisch an die rissigen Bretter der Tür.

»Herein!« krächzte eine rauhe, alte Stimme.

Sie saß am Feuer, unter ihrem Getöse von Zeitmessern. Von allen Wänden hingen sie, auf jedem Eckchen standen sie und machten einen Lärm wie ein Wolkenbruch, bis sie die Hand hob, und alle Geräusche verstummten. All die kleinen Pendel schwangen hin und her, all die kleinen Zeiger bewegten sich vorwärts, doch das taten sie in absoluter Stille.

»So bist du also gekommen«, sagte sie.

»Ja, ich bin gekommen«, nickte ich. »Ich bin gekommen, weil du die einzige bist, die weiß, was vor sich geht. Und wenn ich das nicht auch weiß, kann ich nicht weiter.«

»Du solltest es nicht wissen«, murmelte sie. »Du solltest damit nicht behelligt werden. Wir wollten nichts anderes, als es sicher in dir zu wissen, bis die Zeit reif ist...« Ihre Stimme wurde leise, bis sie eins war mit der Uhrenstille und den endlosen Bewegungen der Zeiger und der Pendel; sie starrte ins Feuer.

Ich unterbrach sie nicht dabei. Wenn sie mir etwas sagen wollte, würde sie es tun. Wenn nicht, konnte ich es auch nicht ändern.

»Vor langer Zeit«, begann sie schließlich wieder, »als die Menschen erschaffen wurden und lange nach unserer Erschaffung, blickte ich in die Zukunft und sah ein Ende dort. Auch du hast dieses Ende gesehen.«

Das hatte ich. Natürlich hatte ich es gesehen!

»Bei diesem Ende gibt es keinen Zauber mehr«, sagte sie. »Bei diesem Ende hört alles Schöne auf. Mag sein, daß es hinterher noch irgendein Leben gibt. Bakterien vielleicht. Kleine, geist- und gefühllose Dinger, die sich ziellos von Wind und Wasser tragen lassen. Was auch immer.

Ich sah ein Ende. Und diejenigen von uns, die dazu in der Lage waren – nicht viele, denn die meisten haben sich nicht emsig und gewissenhaft genug dafür interessiert, was in diesem Fall zu tun ist –, faßten den Beschluß, daß eine gewisse *Sache* erhalten bleiben soll.«

»In Baskarone«, murmelte ich, mit einemmal völlig sicher.

»*Von* Baskarone, teilweise. Israfel ist einer von denen, die für die Erhaltung zuständig sind. Er und seine Brüder destillierten etwas aus... aus den notwendigen Grundstoffen. Es gelang ihnen. Doch dann mußten wir es verstecken.«

Und da wußte ich es. »Ihr habt es hier versteckt«, sagte ich und legte die Hand auf meine Brust. »Es brennt.«

Sie sah mich mitfühlend an. »Tut es dir weh?«

Ich schüttelte verwundert den Kopf. Nein, es tat mir nicht weh. »Was ist es?«

»Es ist das, was es ist. Es ist etwas, was sich Oberon wünscht, was er aber nie haben kann. Es ist das, wonach den Herrn der Finsternis gelüstet. Wir müssen es vor seinem Zugriff bewahren.«

»Du sprichst in Rätseln, Carabosse!«

»So sprechen wir alten Feen nun mal«, sagte sie und blickte mich unter ihren spärlichen Wimpern hervor an. »Wenn du wüßtest, was geschehen wird, könntest du dich nicht normal benehmen.«

»Diese Sache ... ich nehme an, sie ist wichtig.«

Sie saß da und hielt den Atem an. In diesem Augenblick war es, als würde das Universum stillstehen. Schließlich stieß sie in einem langen Seufzer die Luft aus.

»Wichtig«, flüsterte sie in sich hinein, »ja. Wichtig.« Sie seufzte wieder. »Wir dachten, niemand würde in einem Kind danach suchen. Dann planten wir, dich an irgendeinen Ort zu locken, wo du lange Zeit glücklich leben könntest. Wir wählten Chinanga aus, das Land ohne Zeit. Niemand in Chinanga war je gealtert. Chinanga schwebte im Immerdar, und wir dachten, es würde für alle Zeit so bleiben. Wie lange benötigten wir es denn schon? Nur ein paar hundert Jahre.

Unser Plan war, daß du wünschen würdest, Westfaire zu verlassen, daß du an Stiefel denken und sie nähen und damit nach Chinanga gehen würdest. In der Zwischenzeit würde deine Mama nach Westfaire zurückkehren und das, was sie für deinen schlafenden Körper hielt, in den Turm bringen; auf dem Rückweg nach Feery sollte unser Zauber sie umfangen und auch nach Chinanga bringen. Und zu dem Zeitpunkt, zu dem du deine Reise flußaufwärts beendest, sollte sie dort sein, um dich zu empfangen.

Aber du hattest die Stiefel nicht genäht, und als du aus Westfaire weggingst, kamen gerade diese Leute aus dem einundzwanzigsten Jahrhundert. Wir können nicht einmal hineinsehen ins einundzwanzigste Jahrhundert! Und als sie dich mitnahmen, konnten wir nicht mehr an dich heran. Als du zurückkamst, warst du schwanger. Wir wollten dich aber nicht weggehen lassen, solange du schwanger warst.«

»Doch dann wurde Elly geboren«, warf ich ein.

»Das war die erste gute Gelegenheit für dich, nach Chinanga zu gehen«, murmelte sie. »Aber als du dann tatsächlich nach Chinanga kamst, warst du zu alt für deine Mama, als daß sie sich in deiner Gegenwart hätte unbeschwert fühlen können. Außerdem hatte der Vizekönig bereits von dieser Jungfrau mit dem kleinen Unterschied Wind bekommen. Und so zerstörten sie, der Vizekönig und Elladine, miteinander das ganze Land. Imaginäre Welten scheinen jedoch in meinem Teich der Ewigkeit nicht auf. Elladine neigt von jeher dazu, unvernünftige Dinge zu tun. Und nun bist du hier, an einem Ort, an den du nie hättest kommen sollen, wäre es nach uns gegangen.«

»Warum ich?« fragte ich. »Warum habt ihr mich auserwählt?«

Sie seufzte. »Die Leute verstehen nichts von Zauberei. Es gibt immer gewisse Grenzen und Regeln, die zu beachten sind: bestimmte Symbole müssen ausgerichtet werden; bestimmte Übereinstimmungen sind zu beachten. *Es* war aus dem Zauber geboren, und *es* konnte nicht fortleben, ohne daß *es* von Zauber umgeben war. *Es* war geboren aus Wahrhaftigkeit, also mußte der Ort, an den wir *es* brachten, einen ehrlichen Namen tragen. *Es* mußte sich an einem Ort entwickeln, an dem es keine Häßlichkeit gibt, und das war Westfaire. Wir hätten *es* nicht dem nächstbesten am nächstbesten Ort einpflanzen können.«

»Warum habt ihr nicht einfach mich tief schlafend in Westfaire zurückgelassen? So hättet ihr *es* in Sicherheit gewußt!«

Sie sah mich an und schüttelte den Kopf. »Je seltener eine Sache ist, desto stärker wird darauf Jagd gemacht. Je seltener das Vorhandensein von Zauber wird, desto mehr wird der Herr der Finsternis darauf versessen sein, ihn ausfindig zu machen. Und schließlich würde Westfaire strahlen wie ein Leuchtfeuer – der letzte Hort des Zaubers. Glaubst du, er würde daran vorbeigehen? Nein. Westfaire war als Irreführung geplant, Beauty. Als Vortäuschung falscher Tatsachen. Und selbst wenn er dort sucht, wird er *es* nicht finden. Mary Blossom ist nur ein Ersatz für dich, denn du solltest die ganze Zeit über ja in Chinanga sein.«

»Doch in Wirklichkeit bin ich hier. Und damit hat sich's.«

»Richtig. Eine Zeitlang war ich deshalb zutiefst betrübt, aber Israfel versichert mir, daß noch nicht alles verloren ist. Deine Anwesenheit hier wird als völlig normal angesehen; du bist gekommen, um deine Mama zu besuchen. Warum auch nicht? Elladine ließ dir die Mittel zurück, die es dir ermöglichten, sie besuchen zu können – zumindest glaubt sie das, und so lange sie es glaubt, glauben es auch alle anderen. Und was Westfaire betrifft, so denken sie entweder, der Zauberbann hätte seinen vorgesehenen Lauf genommen und wäre bereits zu Ende, oder sie wissen von

Mary Blossom, doch in jedem Fall ist nichts Unerklärliches dabei. Wir haben uns sehr bemüht, Israfel und ich, alles um dich herum so realistisch wie möglich zu halten. Der Einsatz von Zauberei hinterläßt eine Aura, so wie ein Feuer Rauch hinterläßt; wenn wir also ein wenig Zauberei einsetzten, dann taten wir es offen, für alle sichtbar. Jeder, der den Rauch roch, konnte unser unschuldiges kleines Feuerchen sehen und es wegen Geringfügigkeit sogleich wieder vergessen. Woraus bestand es denn schon? Aus einem Schlafbann, einem Mantel, einem Paar Stiefel. Nichts als Bagatellen. Selbst Elladines Aufenthalt in Chinanga ist erklärbar – sie glaubt, die Hexenkünste des Vizekönigs hätten sie hingebracht. Niemand ahnt irgend etwas Verdächtiges, was dich betrifft. Niemand weiß etwas, außer Israfel und den anderen in Baskarone. Und mir.«

»Puck?«

»Nein. Er ist mein Vertrauter, mein Freund und Diener, aber er weiß nichts. Obwohl er deinetwegen viele Rennereien hatte, weiß er nichts *davon.* Keiner von den Bogles weiß etwas.«

»Was soll ich jetzt also tun?«

»Wir können immer noch das bewahren, was bewahrt werden muß. Wenn du einfach weiter wie bisher vorgibst, das zu sein, was du gewesen wärst, hätten wir einander nicht getroffen. Ich habe gesehen, daß dein Aufenthalt hier in Feery bald enden wird. Du wirst von hier weggehen, auf ganz natürliche Art und Weise. Du wirst wieder in der Welt und du selbst sein, und in der Zwischenzeit werden Israfel und ich nach einem anderen Ort Ausschau halten – nach einem Ort wie Chinanga, nur weniger langweilig.«

Ich sagte weder ja noch nein. Nach einer Weile streckte sie die Hand aus und ergriff die meine. Ihre Hand fühlte sich an wie die einer Mutter, wie Mutter

Blossoms Hand. Ich war nicht ganz davon überzeugt, daß mein Besuch in Feery wirklich bald enden würde, aber ich enthielt mich jeglicher Bemerkung darüber.

»Mutter mag mich nicht«, sagte ich, denn ich brauchte jemanden, der mir einredete, daß es nicht stimmte.

»Das stimmt nicht«, sagte sie. »Menschen bilden einen ganzen Mythos um Mütter und Töchter, Väter und Söhne, und dieser Mythos ist unzerstörbar. Ich selbst habe schon des öfteren darauf gebaut. Doch hin und wieder sind die beiden Generationen einfach nicht gleichgestimmt, nicht kongenial. Ganz besonders, wenn die Kinder der, nun, sagen wir, anderen Seite der Familie nachgeraten.«

Da hatte sie recht. Außer um die Augen herum geriet ich in erster Linie meinem Vater nach. Und ich ähnelte ihm auch in anderer Hinsicht. In dieser gewissen Körperlichkeit. Der Fleischlichkeit. In diesen tausend Rülpsern und Fürzchen, denen das Fleisch unterworfen ist.

»Kannst du weitermachen?« fragte sie mich leise.

»Kannst du *es* herausnehmen?« fragte ich zurück. »Kannst du *es* anderswo unterbringen?«

Sie schüttelte den Kopf. Aber ich wußte es ohnedies. *Es* war eingewachsen in mir, ich konnte seine Wurzeln spüren, die hinabreichten bis in meine Zehen, bis in meine Fingerspitzen. Also sagte ich ihr, ja, ich konnte weitermachen. Was sollte ich sonst tun, außer weitermachen?

Sie tätschelte meine Wange. Sie fühlte sich immer noch so an wie Mutter Blossom.

»Aber ich habe ein Problem.« Ich erzählte ihr von Thomas dem Reimer. »Wenn ich es ihm sage, hintergehe ich das Volk von Feery.«

Sie lächelte, als wüßte sie ohnehin bereits über alles

Bescheid, und sagte, was Puck gesagt hatte. »Wenn du es ihm nicht sagst, dann ist es noch schlimmer für das Volk von Feery.« Plötzlich und überraschenderweise fragte sie mich: »Was würdest du jetzt am liebsten tun? In diesem Moment?«

»Zurückkehren nach Westfaire«, stieß ich hervor. »Nach Hause gehen und Giles dort vorfinden und mit ihm beisammen sein.«

Sie schenkte mir ein mattes kleines Lächeln. »Behalte das im Gedächtnis. Ich werde es auch tun. Und dann sehen wir zu, wie die Dinge sich entwickeln. Bis dahin mach weiter, Beauty, Schöne. Laß alles geschehen, wie es geschieht. Ganz einfach so.«

Puck und Fenoderee warteten immer noch draußen, um mich zu Elladines Palast zurückzubegleiten.

Danach kam eine Zeit in Feery – nicht lang, nicht kurz, aber von beträchtlicher Wichtigkeit –, in der ich lernte, wie man Beschwörungen spricht, einen Zauberbann legt oder Leute verhext. Mama lehrte mich das Weben von magischen Gewändern und das Präparieren von Schwertern oder Juwelen, um sie tauglich zu machen für die große Suche. In Feery wird viel gesucht, es ist ein beliebter Zeitvertreib dort. Dieser oder jener wird mit einem Zauber belegt, der ihn oder sie vergessen läßt, wer er oder sie ist, und sodann auf die Suche nach einem Schwert oder einem Gral oder irgendeinem anderen Kuriosum geschickt. Oder sie machen das gleiche mit Menschen und folgen ihnen dann, um wie bei einem Film zuzusehen, was passiert. Mamas Worten nach bestand König Artus zu neun Zehnteln aus dieser Sucherei; das letzte Zehntel war Politik.

Mab lehrte mich die Magie der Bäume und Höhlen und Waldlichtungen. Sie lehrte mich den Schrumpfbann, mittels dessen man alles und jedes verkleinern kann, und den Großen Bann des Bran, durch den es gelingt, Riesen hervorzuzaubern. Selbst Oberon führte mir zwei-, dreimal vor, wie man jemanden mit einem Bann belegt, um ihn in erster Linie zu verwirren. Leute in Verwirrung zu stürzen ist überhaupt Oberons starke Seite.

Darüber hinaus lud er mich auf sein Sofa ein, ziemlich ungeniert, indem er mir sozusagen eine Ehre erwies. Doch er erwartete keine unmittelbare Zusage, wofür ich sehr dankbar war.

Mama wurde ganz aufgeregt, als ich ihr davon berichtete, wobei sie nicht zuletzt der Gedanke faszinierte, daß ich Oberons Kind empfangen könnte. Doch ich hatte nicht vor, irgend jemandes Kind zu empfangen.

»Das wäre doch keine Privatsache, nicht wahr?« Ich lachte halbherzig, um meine Verlegenheit zu verbergen. Wenn ich mir je vorgestellt hatte, mit meiner Mama über irgend etwas zu reden, dann nicht über so etwas! Und nie hätte ich mir träumen lassen, sie würde mich dazu ermutigen zu gestatten, daß Oberon ... oder erwarten, daß ich zusammen mit Oberon ... oder daß ich sogar Lust verspüre, mit Oberon ...

»Privatsache?« fragte sie. »Wenn du nicht willst, daß jemand dabei zusieht, kannst du es ja sagen. Ich glaube nicht, daß es daran scheitern könnte.«

Beim Abendmahl saß ich neben ihm. Er schnüffelte an mir, an meinen Brüsten, an meinen Achselhöhlen. Er legte mir den Kopf auf den Schoß und roch an mir durch mein Kleid hindurch, fast wie ein Hund. Ich wette, hätte ich ihn nur ein wenig dazu ermuntert, hätte er seine Nase zwischen meine Beine gesteckt. So hingegen rückte ich ein wenig von ihm ab und tat so, als hätte ich nichts bemerkt. Das klingt töricht, nicht wahr, so zu tun, als hätte man nichts bemerkt. Doch die anderen benahmen sich auf so sonderbare Art und Weise, daß sein Verhalten gar nicht so auffallend war, wie es sich anhört. Wie auch immer, Israfel hätte sich nicht so benommen. Vielleicht ist dies etwas von dem, was Thomas meinte, als er sagte, sie wären nicht mehr so groß wie einst, in früheren Zeiten.

Später sagte ich zu Mama: »Ich bin nicht so wie du! Mein Körper ist nicht so gemacht wie deiner. Oberon würde sich davor ekeln! Entweder das, oder er würde das Gedächtnis verlieren, so wie du bei Papa.«

»Er würde nicht das Gedächtnis verlieren«, sagte sie steif. »Nicht hier, nicht in Feery. Und der Umstand, daß dein Körper fleischlicher ist, erdgebundener, daß er nach tierhafter Fruchtbarkeit riecht, ist seinem Interesse nur zuträglich.«

Ich hatte mich geirrt, als ich dachte, in Feery gäbe es keine Perversionen; ihre Perversion war die Sinneslust nach dem Menschenkörper mit all seinem Gestank und dem Beieinanderliegen von Schmutzigem und Erregendem.

»Würde es ihn sehr beleidigen, wenn ich ihn darum bäte, mich erst einmal etwas in Feery einleben zu dürfen?« fragte ich – die einzige Ausrede, die mir im Moment einfiel. »Würdest du ihm gewisse Dinge erklären, wie ... wie ...«

Sie schniefte verächtlich, um mir klarzumachen, daß sie mich für einen Dummkopf hielt. Dennoch erzählte sie Oberon irgend etwas, das ihn hinhielt, ohne ihn zu verärgern. Danach ertappte ich ihn hin und wieder dabei, wie er mich mit einem begehrlichen kleinen Glitzern in den Augen betrachtete.

In Wahrheit befand sich mein Körper in Abwehr. Ich fühlte mich unentwegt müde und schwach. Zwar gelang es mir, dieses Gefühl mit etwas Konzentration zu beherrschen, dennoch merkte ich oft, daß ich einfach nur dasitzen wollte, ohne etwas zu tun, ohne mich zu bewegen. Unwahrscheinlich, daß ich körperliche Liebe auch nur erträglich gefunden hätte, ganz sicher jedoch verspürte ich nicht die geringste Sinneslust. Die Sidhe spazierten häufig praktisch nackt durch die Gegend. Ihre Körper waren hell und prachtvoll anzusehen, und wenn sie sich paarten, dann taten sie es äußerst zwanglos; dennoch verspürte ich keine Lüsternheit, kein sinnliches Begehren bei ihrem Anblick. Manchmal kamen sie mir vor wie Kinder, die sich zur Schau stellen wollten; sie blickten in alle Richtungen, um sich zu vergewissern, daß ihnen jemand zusah, offenbar mehr daran interessiert, daß jemand sie beobachtete, als an dem, was sie gerade taten. Ich erinnerte mich an Roland Mirabeau und fragte mich, ob er mich wohl mit seiner Langeweile, was das Geschlechtliche betraf, angesteckt hatte. Aber er hatte wenigstens für kleine Mädchen geschwärmt, während ich weit davon entfernt war, für irgendeinen Sidhe zu schwärmen. Nichts an ihrem Geruch konnte mich erregen; sie rochen wie Blätter, wie Moos, wie klares Meerwasser, wie Glas.

Eines Abends traf ich draußen beim Spaziergang mit Thomas dem Reimer zusammen. Niemand war in der Nähe, also erzählte ich ihm, daß wir bei seiner großen Liebe Janet gewesen waren und sie darauf vorbereitet hatten, ihn zu erretten. Er mußte einen Handschuh über seine Rechte ziehen, die Linke hingegen unbedeckt tragen, wenn er am Abend vor Allerheiligen losritt. »Die Mütze schräg auf dem Kopf, und das Haar lang«, wies ich ihn an, »das ist es, wonach sie Ausschau halten wird.«

»Du hast sie gesehen?« fragte er atemlos.

»Nur in der Dunkelheit«, sagte ich. Ich hatte sie tatsächlich nicht gut gesehen, dennoch war sie mir älter erschienen, als ich erwartet hatte. Thomas blieb nicht bei mir, um zu plaudern; Hoffnung erhellte seine Züge, als er rasch davonging und mich alleinließ. Ich hingegen betrachtete die Nacht, bis die anderen erwachten.

So verging die Zeit, und plötzlich, eines Morgens, verlautbarte Oberon, daß der Abend vor Allerheiligen bevorstand und wir alle zum Herrn der Finsternis reiten würden, um ihm den Zehent abzuliefern, was ein aufgeregtes Durcheinander zur Folge hatte. Mab bedachte Oberon mit einem bösen Blick, den er vorgab, nicht zu bemerken. Thomas begann zu zittern, was ich sogar von der anderen Seite des Raumes aus sehen konnte. Elladine starrte Oberon an, bis er sich ihr zuwandte und lächelte. Aha. Es war also alles festgelegt. Irgend jemand würde sehr wütend sein, wenn Janet beim Kreuz von Miles wartete …

Ich entsinne mich kaum, was untertags noch geschah. Gegen Abend jedenfalls marschierte ich zusammen mit einer ganzen Gruppe in ein Wäldchen, das wir häufig aufsuchten. Inmitten des Wäldchens befindet sich der Teich der Wonnen, über den sich eine steinerne Brücke spannt; von ihr aus blickt das Volk von Feery gern hinab, um das eigene Spiegelbild im Wasser zu bewundern. Ich erinnere mich, auch hinabgesehen und mir selbst zugelächelt zu haben. Mein Haar war umwunden von einem saphirgeschmückten Netz, und der dünne Musselin, aus dem mein Kleid bestand, war bestickt mit blauen Blüten. Das Gesicht, das mir entgegenblickte, war sehr schön, und so war es auch nicht Freundlichkeit, die mich zum Lächeln brachte, sondern Bewunderung. Mamas Gesicht, nicht weniger lieblich, war neben dem meinen. Das ist das einzige Ereignis im Laufe dieses Tages, an das ich mich erinnern kann.

Am Abend ritten wir weg. Als wir von Feery in die

Außenwelt kamen, wurde der Himmel heller und wandelte sich von Bläulichrosa zu Altrosa und dann zu Violett. Mit einemmal roch die Luft lebendig. Rund um uns waren Geräusche zu vernehmen, die von lebenden und toten Dingen stammten. Wir ritten auf der Straße, und alle Leute, die uns vorbeiziehen sahen, bekreuzigten sich und senkten den Kopf. Oh, waren wir wunderbar anzusehen! Wie Rauch, wie Nebel, wie Visionen himmlischer Herrlichkeit! Und die Rösser waren wie der Gischt des Meeres.

Wir ritten durch das Dorf Miles und weiter Richtung Ercle's Down. Eine Meile vom Dorf entfernt befand sich die Wegkreuzung mit einem hohen Holzkreuz in der Mitte. Die Feenmeute ritt vorbei, ohne die Frau zu bemerken, die am Fuß des Kreuzes kauerte, bis sie aufsprang, auf uns zurannte und die Arme um Thomas' Beine schlang, um ihn vom Pferd zu zerren.

»Thomas! Wahrer Thomas!« rief sie. »Ich werde dich nie mehr loslassen!« Sie war eine Frau mittleren Alters, und graue Strähnen durchzogen ihr Haar. Thomas, der selbst plötzlich nicht mehr jung wirkte, sah ebenso überrascht drein wie alle anderen.

Es gab nichts, was Königin Mab mit größerer Gewißheit zornig gemacht hätte, als Janets Worte. Doch gleich darauf hielt Janet einen Drachen im Arm, einen Wurm, eine Schlange, eine Spinne und ein riesiges, vielarmiges Wesen aus den Tiefen des Meeres. Sie hielt Bären und Tiger fest und menschenfressende Löwen. Sie hielt Hunde und Schweine fest und Adler, die an ihren Augen herumhackten. Hielt sie alle im Arm und rief immerzu: »Ich werde dich nie mehr loslassen! Nie mehr loslassen!«, während die Muskeln in ihren Armen hart wurden wie für die Ewigkeit und häßliche Tränen aus ihren Augen strömten.

Zuviel Zeit verstrich. Oberon schrie wie ein Habicht

und zeigte zum Himmel. Eine goldene Linie zog sich an seinem Rand dahin. Die Nacht rückte rasch näher. »Kommt!« schrie er. »Wir müssen weiterreiten!« Und sie flogen davon und ließen Janet in ihrem Kampf mit den Monstern in ihren Armen allein. Janet und mich. Ich sah zu Boden und erblickte Puck, der die Zügel meines Pferdes festhielt, um es davon abzuhalten, hinter den anderen herzugaloppieren.

»Steig ab, mein Mädchen!« rief er, »sie werden nicht lange brauchen, um zu bemerken, daß du verschwunden bist!«

»Ich sollte bei ihnen sein«, sagte ich wie betäubt. »Mama wird mich vermissen!«

»Und wen werden sie als Tribut verwenden, wenn sie Thomas nicht mehr haben?« fragte Puck. »Dich, Beauty, und wenn deine Mama noch so schön und noch so klug ist und dich sogar ein wenig gern hat. Sie werden lieber dich nehmen, als einen aus ihrer Mitte. Carabosse hat nie die Absicht gehabt, dich weiter als bis hierher reiten zu lassen. Carabosse hat uns hergeschickt und läßt dir bestellen, du sollst nach Hause gehen.«

Zum erstenmal war ich vernünftig genug, um zu merken, wie töricht es gewesen war, überhaupt an diesem Ritt teilzunehmen. »Wie soll ich wegkommen von hier? Mein Mantel, meine Stiefel, alles ist in Feery zurückgeblieben!«

»Alles ist hier«, sagte Fenoderee und hielt mir das Bündel entgegen, damit ich es sehen konnte. Er zog mich aus dem Sattel und gab dem Pferd einen Klaps auf das Hinterteil, um es den anderen nachzuschicken. Dann steckte er meine Füße in die Stiefel und meine Schuhe in die Taschen des Mantels. »Sie wissen nicht, daß du in diese Sache verwickelt bist. Und es ist besser, sie erfahren es nie.«

»Ach Puck, ich danke dir«, fing ich an, ohne mir im klaren darüber zu sein, ob Dankesworte angebracht waren.

»Geh, Beauty«, sagte er. »Wir werden uns wiedersehen.« Er drehte mich weg von sich und flüsterte den Stiefeln zu: »Bringt diese junge Dame nach Hause!«

Ich verspürte den wohlbekannten Wirbelwind und war im nächsten Augenblick weg. Und die beiden auch.

22

Ich stand neben dem Hügel aus Rosen, unter dem Westfaire lag. Wackelig auf den Beinen, sollte ich dazusagen, plötzlich schwindlig, als wäre irgend etwas in meinem Kopf schiefgelaufen. Es war wohl die Peinlichkeit, nahm ich an, des bevorstehenden Wiedersehens mit Edward. Und mit der kleinen Elladine. Sie würde jetzt zwei Jahre alt sein, vielleicht auch drei. Sie würde natürlich nicht wissen, daß ich ihre Mutter war. Sie würde die Amme für ihre Mutter halten oder die Kinderfrau, wenn sie schon entwöhnt war. Ich dachte an meine Tochter, wie ich sie zuletzt gesehen hatte, schlafend in ihrer Wiege am Feuer, auf dem Kissen ausgebreitet ihre dunklen, wilden Locken, die ihr bereits bis an die Schultern reichten und mich an die schwarzen Wirbel eines tiefen Flusses erinnerten. Ein hübsches Kind. Ganz und gar nicht eines, vor dem eine Mutter flüchten müßte.

Obwohl Carabosse ja gesagt hatte, Mütter und Töchter müßten nicht unbedingt gut miteinander auskommen. »Ganz besonders dann nicht, wenn das Kind der anderen Seite der Familie nachgerät.«

Nun ja, aber deswegen war sie doch kein Teufel! Bloß ein Kind, das seinem wirklichen Vater in gewisser Hinsicht ähnelte. Jetzt würde sie schon gehen und sprechen, doch ihre Sprache würde die der Wellingfords sein. Sie konnte unmöglich so klingen wie Jaybee!

Mit diesen Gedanken versuchte ich mich zu beruhigen, als ich am Hirtenbrunnen stand und mich beinahe an ihn anlehnen mußte. Doch dann riß ich mich zusammen, richtete mich mit einem ungewohnten kleinen Schmerz im Rücken auf und blickte an mir hinab, um festzustellen, ob ich gut genug gekleidet war, um direkt nach Wellingford zu gehen. Ich zupfte an einer Falte meines Rockes und starrte ihn verwirrt an; ein Alptraum umfing mich, als ich den Stoff durch meine Hände gleiten ließ…

Wenn man von meinem Mantel und den Siebenmeilenstiefeln absah, war ich in Lumpen gekleidet. Kaum ein Faden, der am nächsten festhielt! In Panik griff ich mir an den Kopf, nur um dort fettige Strähnen und eklige Haarbüschel vorzufinden. Erst heute nachmittag hatte ich mich im Teich der Wonnen betrachtet, und da war mein Haar von einem saphirgeschmückten Netz umwunden gewesen und mein Kleid hatte aus über und über mit Blüten besticktem Musselin bestanden! Wie kam es, daß ich nun so aussah? Und mein Haar so schmutzig war, daß es stank? Es roch nach Rauch und Fett und nach noch unerfreulicheren Dingen. Meine Fingerspitzen stießen auf kleine harte Kügelchen in dem Gewirr: Nissen!

Vor Schreck erstarrt, stand ich minutenlang da und überlegte fieberhaft. Nur ruhig, sagte ich mir. Such später nach dem Grund für dies alles. Schließlich bist du bloß verdreckt, und Dreck kann man abwaschen. Haare kann man waschen und die Eier der Läuse auskämmen. Du hast andere Kleider, die du tragen kannst. Ruhig jetzt und tu, was getan werden muß. Dieser Entschluß brachte mich wieder ins Gleichgewicht, obzwar nicht übermäßig, und so wankte ich hinunter ans Ufer des Sees. Um mir selbst zu einem halbwegs annehmbaren Aussehen zu verhelfen, mußte ich zuvor ins Innere der Burg gelangen, was den Weg durch das Schleusengitter unter der Brücke bedeutete. Als ich am Wasser ankam, machte ich mir gar nicht die

Mühe, mich zu entkleiden. Die Fetzen, die ich am Leib trug, konnte ich mir herunterreißen und wegwerfen, sobald ich untergetaucht war. Die Stiefel wickelte ich in den Mantel und legte mir das Bündel auf den Kopf. Das Wasser war kalt. Im ersten Moment dachte ich, es wäre wohl Winter, doch dann fielen mir die Blumen ein, die rundum wuchsen, und die Bäume, deren Blätter grün waren. Dennoch war das Wasser sehr kalt und sehr tief, und ich hatte viel mehr Mühe, mich hindurchzubewegen, als beim letzten Mal.

Auch die Stufen jenseits des Gitters waren höher und dicker mit Moos bewachsen. Alles war schwieriger als beim letzten Mal. Die Treppe zu den Dachkammern schien endlos, aber um mir ein Kleid zu holen, mußte ich hinauf. Auf dem Weg zurück in die Küche machte ich in Tante Levvys Gemach halt, um einen Spiegel und den feingezahnten Kamm aus Schildpatt mitzunehmen, mit dem sie mich gequält hatte, wenn ich als Kind von meinen Stallbekanntschaften Läuse einfing. Das Badehaus lag neben der Küche – ein kleiner Raum mit Steinboden und einem steinernen Brunnen in einer Ecke, einem großen Holztrog und einem riesigen Kessel, der über der Feuerstelle hing; im Kessel befand sich eine Kupferkelle, mit der das Wasser hinein und heraus geschöpft werden konnte. Außer Papa, meinen Tanten und mir selbst, die sich zur gelegentlichen Benutzung Wannen in die jeweiligen Gemächer bringen ließen, hatte jedermann in Westfaire hier gebadet, manchmal ein halbes Dutzend Personen auf einmal. Eine ähnliche Einrichtung besaß auch Wellingford, doch als ich Havoc, der Müllerssohn, gewesen war, konnte ich aus Furcht, mich zu verraten, keinen Gebrauch davon machen, und als Edwards Frau war es nicht mehr erforderlich. Da hatte ich wieder meine eigene Wanne, gefüllt und geleert von schwitzenden Mägden. Ich nahm zumindest an, daß sie schwitzten, denn ich tat es, als ich endlich den riesigen Kessel mit Wasser vom Brunnen gefüllt hatte.

Ich zündete das vorbereitete Holz an, band mir den Gürtel des Mantels um den Hals, um nicht einzuschlafen, zog den Mantel selbst aus und setzte mich hin, um mir die Haare auszukämmen, während das Wasser heiß wurde. Das Haar auf meinem Kopf war völlig verfilzt. Der Kamm riß daran, und ganze Strähnen blieben darin hängen. Ich zog das Knäuel vom Kamm, warf es ins Feuer und kämmte weiter. Als ich das nächstemal ein Haarbüschel ins Feuer werfen wollte, fing ein Luftzug es ein und blies es mir zurück. Graues Haar. Nicht weißblond. Nicht silberblond. Grau.

Der Spiegel lag mit dem Glas nach unten auf dem Tisch. Ich polierte ihn mit den Lumpenresten meines Ärmels. Ein altes Gesicht sah mich daraus an. Nein ... nein, kein altes Gesicht. Bloß nicht mehr jung. Ein Gesicht von fünfunddreißig, vierzig Jahren. Nicht alt für das zwanzigste Jahrhundert, jedoch alt für das vierzehnte, als die Leute noch nicht so lange lebten. Winzige Fältchen lagen um die Augen, nicht tief, aber sie waren da. Weitere Falten auf der Stirn, zwischen den Brauen, richtige Furchen, als hätte ich lange und eingehend über irgend etwas nachgedacht. Ein Großteil meines Haares war immer noch goldblond, doch an den Schläfen zog sich das Grau in silbernen Flügeln nach oben – und rahmte ein Gesicht ein, das so schmal und kantig war wie das Brustbein eines Huhnes.

So lang war ich doch gar nicht weg gewesen! Ein paar Wochen in Chinanga! Ein paar Wochen in Ylles! Woher kamen dann diese hervorstehenden Knochen, die durch die faltige Haut hindurchschimmerten? Woher kam dieses altersgraue Haar? Der steifhüftige Gang? Dieser schwache Abglanz einstiger Schönheit, vergangener Schönheit, für immer verlorener Schönheit? Ich glaube, ich habe laut aufgeschrien. Mir war, als hätte ich eine Schlange in meinem Bett entdeckt, eine Spinne auf meinem Fuß oder einen gräßlichen Vielfraß, der mir über die Schulter schaute – den Tod, etwas Schrecklicheres als den Tod, denn mit dem Tod ist die Sache aus und vorbei, doch mit dem hier, mit dem mußte ich weiterleben, immer in dem Bewußtsein, wie es einst war.

Panik, Tränen, Geheul. Als ich wieder halbwegs zu mir kam, dampfte der Kessel über dem Feuer, der Deckel klapperte mit einem fröhlichen metallischen Kichern über dem brodelnden Wasser, das mir zurief, du wirst alt, du wirst alt, du bist alt! Na und? Berge sind alt und werden immer älter, das Gestein ist älter als die Berge, und die Sterne sind noch älter als das. Na und?

»Und so ist alles dahin!« rief ich, halb aus Gram, halb aus Wut. »Meine Jugend, meine Schönheit, dahin! Ich habe sie gar nicht ausgelebt, und schon sind sie dahin! Ich hatte keine Zeit, sie zu genießen, keine Zeit, sie zu vertrödeln, keine Zeit, mich darüber zu freuen, und schon ist alles dahin! Und jetzt sitze ich da, mit eingesunkenen Wangen, hängenden Brüsten und einem trübsinnigen Hintern, und alles ist vorbei!«

Ticketi-tacketi machte der Deckel. Du bist doch eine halbe Fee, oder? Du hast gelernt, mit Magie umzugehen, oder? Was hat es schon zu bedeuten, wie alt du bist?

Nun, was hatte es zu bedeuten? Wenn ich mich dazu entschloß, einen Zauber zu benutzen, dann würde es niemand wissen außer mir. Machte es denn einen Unterschied, wenn es ohnedies niemand wußte außer mir? O ja! antwortete ich mir selbst. O ja! Und noch mehr Tränen folgten, noch mehr Geplärre, und schließlich fing ich mich wieder einigermaßen, die Finger in meinem Haargewirr vergraben.

Alt oder nicht, ich konnte den Schmutz nicht ertragen, den ich auf mir hatte. Ich füllte die Wanne und riß mir die restlichen Lumpen vom Leib. Als ich sie in meinen Händen sah, erkannte ich sie wieder: die Überreste des Kleides, das ich getragen hatte, als ich Wellingford verließ! Ein einfacher Kittel aus feiner Wolle. In diesem Gewand hatte ich auf der Sandbank in Chinanga gestanden. In diesem Gewand war ich zur Mauer von Baskarone gereist. In diesem Gewand hatte ich den Botschafter kennengelernt. In diesem Gewand war ich offenbar auch alt geworden. Es war dahin. Nur mehr Fetzen davon übrig.

Ich hörte eine Stimme singen:

»Schönheit und Sack und Asche sind Schwestern,
Sack und Asche sind heute, die Schönheit war gestern!«

Ach, Fenoderee! Wie kannst du nur so widerlich sein! Ich blickte mich nach ihm um, aber er war nicht da.

Auf dem Brett neben der Feuerstelle lagen Seifenstücke. Der Koch hatte das Seifensieden aus Talg und Asche und langem Rühren von irgendeiner teutonischen Bekanntschaft gelernt. Aber die Tanten waren strikt dagegen gewesen, Seife zum Baden zu verwenden, weil sie fanden, sie zieme sich nur zum Waschen verschmutzter Kleidung. Doch mit Wasser und duftenden Ölen allein richtete ich bei meinem Haar überhaupt nichts aus. Ich wusch es, kämmte es durch, wusch es noch mal. Auch der Körper war schmutzig. Nicht ›mein‹ Körper; er sah weder so aus wie mein Körper, noch fühlte er sich so an. Als ich fertig war, zog ich den Stöpsel aus dem Trog, füllte ihn ein zweites Mal mit Wasser aus dem Kessel und aus dem Brunnen, und legte mich flach hinein, um mich davon durchtränken zu lassen, bis ich mich in der Lage fühlte weiterzumachen.

Als ich sauber war, gab ich dem Körper zu essen. Obwohl er mir in keiner Weise vertraut war, befand er sich nicht in so schlechtem Zustand, wie ich befürchtet hatte. Er war nur sehr knochig und unschön, wie auf den Photographien von Verhungerten oder von jenen unglücklichen, an Magersucht leidenden Frauen, die ich im zwanzigsten Jahrhundert gesehen hatte. Was ich auch in Ylles zu mir genommen hatte – oder gedacht hatte, zu mir zu nehmen –, was ich auch in Chinanga gegessen hatte, es war alles nicht ausreichend gewesen für eine Halbsterbliche. Ich legte mir die Hand auf die Brust und spürte die Wärme dort, als würde etwas tief drinnen leise vor sich hin sieden. Halb zu verhungern hatte offenbar dem, was ich in mir trug, nichts anhaben können.

Verdammt! dachte ich, Carabosse hätte es wissen müssen!

Keines von meinen Kleidern wollte passen, aber Tante Lavvy war sehr dünn gewesen, wenn ich mich recht erinnerte. (Oder war es immer noch …) Eingewickelt in ein Laken aus der Wäschekammer neben dem Badehaus, ging ich wieder einmal in Tante Lavendulas Kemenate. Ich fand den Kittel, den sie zum Reiten benutzt hatte, und noch ein paar mehr – alles sehr einfache Sachen, mit weiten Ärmeln, die die engen, geknöpften des Unterkleides sehen ließen. Aber Tante Lavvys Unterkleider hatten alle die Farbe von Erde oder Kot. Mamas Unterkleider hingegen, oben in der Dachkammer, waren hübscher in den Farben: krapprot, indigoblau, sonnengelb und Eibischwurzel, welches ein sehr helles Blau ist. Sie waren dünn und weich genug, daß ihre Weite nichts ausmachte. Bei meinem Beutezug durch all die anderen Schränke nahm ich noch Tante Drachens neue *Cotte hardie* mit, ein schmales, weiches, eng anliegendes Kleid, und Tante Basilias *Surcotte,* einen pelzbesetzten Überwurf, der fast neu war. Ich hatte noch nie Haube und Schleier getragen, aber nun schien ein guter Zeitpunkt, damit zu beginnen. Ganz besonders deshalb, weil durch die Seife mein Haar so wild aussah wie eine Löwenmähne. In Tante Majs Gemach fand ich ein paar saubere Kopfbedeckungen, zusammen mit einer lederbesetzten Reisetruhe, in der ich alles verstauen konnte. Ich dachte kurz daran, mich von den Stiefeln direkt von meinem Standort innerhalb Westfaires aus nach Wellingford bringen zu lassen, aber die Vorstellung, wie mich diese vielen Dornen da draußen so *en passant* zurichten könnten, brachte mich wieder ab von dieser Idee. Möglicherweise trugen mich die Stiefel durch die Rosenhecken, ohne daß mir auch nur ein Haar gekrümmt wurde, aber *sapiens nihil affirmat quod non probat,* wie Pater Raymond zu sagen pflegte, und, bei Gott, ich wußte es wirklich nicht mit Gewißheit. Also watete ich wieder durch das Wasser des Burggrabens hinaus in den See, nackt wie Er mich schuf und die schwankende Truhe auf dem Kopf. Am Ufer angekommen, trocknete ich mich ab und machte mich zurecht, so gut es ging.

Ich hatte nicht vergessen, Spiegel und Kamm mitzunehmen und dazu ein halbes Dutzend Haarnadeln aus Schildpatt, die ich in Tante Lavvys Schränkchen gefunden hatte. Mamas weiches Unterkleid aus Leinen hing mir bis an die Fesseln. Ich hatte das rote gewählt, das jedoch vom häufigen Waschen schon ein wenig ins Rosarote gebleicht war; es hatte Knöpfchen bis zum Hals und an den Handgelenken. Darüber kam Tante

Lavvys Reitkleid aus weicher brauner Wolle mit weitem Halsausschnitt und weiten, kurzen Ärmeln. Haube und Schleier aus lohfarbenem Leinen, und darüber Tante Basilias schwarz-braun gestreifte *Surcotte* mit den gestickten roten Löwen an den Einsätzen auf Brust und Schulterblättern. Als ich fertig war, musterte ich mich so gut es ging in dem kleinen Spiegel; ich sah eine passable Frau mit hagerem Gesicht, die zwar alles in allem viel zu mager war, doch mit zwanzig Pfund mehr auf den Knochen sicher recht gut aussehen würde. Ich schlüpfte in meinen Mantel und die Stiefel und gebot ihnen, mich und meine Truhe nach Wellingford zu bringen.

Ich sagte nicht ›zum Dower House‹. Ich sagte ›Wellingford‹, und dort war es auch, wo die Stiefel mich absetzten. Als ich die Ruinen vor mir sah, dachte ich im ersten Moment, ich hätte meinen früheren Ausflug zur Abtei wiederholt, doch als mein getrübter Blick wieder klar wurde, sah ich, daß es sich tatsächlich um Wellingford Manor handelte, daß einige Mauern eingestürzt waren und andere kaum noch lange stehen würden, daß eine Ecke des Daches teilweise verbrannt war und daß niemand mehr hier wohnte. Oder vielleicht doch? In der zerstörten Eingangshalle sah ich die Glutasche eines Feuers und hörte das ärgerliche Brummeln einer tiefen Stimme, die klang, als würde sie einem männlichen Wesen gehören, das man gerade aus dem Schlummer geweckt hatte.

»Stiefel!« flüsterte ich, »bringt mich zum Dower House!«

Im nächsten Moment befand ich mich schon vor der Tür. Das Dower House stand noch, und obzwar es ganz dringend jemanden benötigte, der sich die Ärmel hochkrempeln und an die Arbeit machen würde, gab es doch Anzeichen, daß es bewohnt wurde. Morsche

Fensterflügel hingen schief in den Angeln, Steinplatten waren geborsten, und Unkraut umwucherte die Eingangstür, aber aus einem der Schornsteine stieg Rauch hoch, und Hühner gackerten im Gemüsegarten. *Deo gratias.* Ich steckte die Stiefel in die Manteltaschen und ersetzte sie durch Tante Majs spitzen Schuhen, dann erst schlüpfte ich aus dem Mantel und klopfte an die Tür.

Im Inneren des Hauses vernahm ich Schreie, doch ich verstand die Worte nicht. Anordnungen an die Dienerschaft vielleicht? Schimpfworte für einen unbotmäßigen Hund? Die Tür ging auf, und vor mir stand eine mürrische Magd in einem schmutzigen Kittel mit einer noch schmutzigeren Schürze davor, die mich mit halb offenem Mund anstarrte. Hinter ihr befand sich die Halle des Hauses, das einst meine Heimat gewesen war. So sah es nun nicht mehr aus. Auf der Treppe wehten Hühnerfedern hin und her.

»Wer ist da?« Es war dieselbe Stimme von vorhin; sie kam von rechts, wo die Küchen lagen. »Wer ist da?«

Wer war ich wirklich? Wer war ich? Nicht Beauty, die Ehefrau von Edward, die Mutter von Elladine. Ich hatte nicht daran gedacht, einen Zauber anzuwenden, und so war ich, was ich war – jemand anderer, alt genug, eine Tante zu sein und auch entsprechend gekleidet. Ich lieh mir den Namen einer der echten Tanten von Edward und fügte der besseren Glaubwürdigkeit wegen noch Papas Adelsnamen hinzu.

»Lady Catherine Monfort, Edward Wellingfords Tante!«

Die schlampige Magd trottete davon. Aus dem Hintergrund des Geschehens kamen weitere Geräusche, darunter möglicherweise das einer Ohrfeige, und dann hörte ich das Zuschlagen einer Tür. Schritte auf der

Treppe; vielleicht jemand, der hinauflief. Nach einiger Zeit kam jemand die Treppe herab, eine Hand auf dem Geländer.

»Lady Catherine Monfort?«

Sie hätte eine sehr hübsche Dame sein können. Irgendwo zwischen dreißig und vierzig – eher gegen Ende als gegen Anfang. Ihr Haar war so flammendrot wie ein Freudenfeuer, und ihr Halsausschnitt so weiß wie Kreide. Beide waren der Alchimie für diese Eigenschaften zu Dank verpflichtet. Beiden hätte es nicht geschadet, gewaschen zu werden. Ungeachtet dessen lag ein offener, interessierter Ausdruck auf ihrem Gesicht.

Ich nickte höflich und fragte mich, wer diese Person wohl war. »Ich bin gekommen, um meinen Neffen Edward aufzusuchen.«

»Habt Ihr es denn noch nicht vernommen?« In ehrlichem Mitgefühl streckte sie mir die Arme entgegen. »Ach, wie schrecklich! Ihr wißt gar nicht, daß Edward dahingegangen ist?«

»Dahingegangen?« fragte ich, wie vor den Kopf gestoßen. Nie wäre es mir in den Sinn gekommen, daß der Schlimme Ned sterben könnte! Nicht so früh jedenfalls. Nicht in so kurzer Zeit. Dieser sanftmütige Mann – tot? Ist das der Lohn für Freundlichkeit und Güte? »Doch nicht tot!«

»Als die Pest wiederkam«, nickte sie, »einundsechzig.«

»Anno Domini«, murmelte ich und streckte die Hand aus, um mich festzuhalten.

»Dreizehnhunderteinundsechzig«, wiederholte sie, »ja. Ich bin Lydia, seine Witwe. Wir waren erst kurz verheiratet, als er starb. Aber das ist nun auch schon fast sechs Jahre her. Wie ist es möglich, daß Ihr nichts davon gehört habt?«

»Ich war weg«, sagte ich und fragte mich, wo die dazwischenliegenden Jahre geblieben waren, »weit weg. In … im Heiligen Land.«

»Eine Pilgerin!« zwitscherte sie aufgeregt. »Bitte, tretet doch ein!« Wir gingen in den kleinen Salon. Dieser Raum hatte einst mir gehört; Sessel standen darin – nicht hölzerne Wandbänke, sondern echte Sessel mit geschnitzten Armlehnen, die man umherschieben konnte; ein Hochzeitsgeschenk von Lord Robert und für mich gemacht von einem Mann, der für ihn gearbeitet hatte. Die Sessel waren immer noch da, und immer noch lagen die Kissen darauf, die ich bestickt hatte, als ich mit Elladine schwanger war. Jammervoll schmutzig und fadenscheinig, diese Kissen. Im Kamin lag die alte Asche hoch. Alles sah schmuddelig und zerlumpt aus. Anscheinend hielt diese Dame genau wie meine Tanten nicht viel von Seife.

»Und seine Tochter?« fragte ich, »die kleine Elly …?«

»Elladine? Oh, sie hat die Pest überlebt, allerdings, das hat sie. Ein sehr gesundes, kräftiges Kind war sie. Ist sie, sollte ich besser sagen, aber sie ist ja nun kein Kind mehr.«

»Wie alt …?«

»Elladine müßte jetzt … wie alt sein? Sechzehn? Siebzehn? Mir fällt es schon bei meinen eigenen schwer, auf dem laufenden zu bleiben. Die Schar ist ja nicht gerade klein.«

»Eure eigenen?«

»Gloriana, das ist die Älteste. Dann kommt Harold, mein ältester Sohn. Dann Bertram, der zweite Sohn. Dann Griselda. Dann kommt Elladine. Dann die beiden, die Edward und ich zusammen hatten, Zwillinge, Catherine und der kleine Edward. Euer Neffe Edward hat die Namen ausgesucht. Da fällt mir gerade ein, Catherine hat er wohl nach Euch benannt!«

Ich nickte wieder; ich fühlte mich ein wenig verloren. Vermutlich hatte Edward seine zweite Tochter wirklich nach seiner Tante benannt. Und vermutlich waren die Zwillinge überhaupt nicht seine Kinder. »Ihr wart verwitwet, bevor Ihr Edwards Frau wurdet?«

Sie warf die Arme hoch und mimte höchste Betrübnis. »Nun schon zum zweitenmal! Ach, es ist eine schwere Last. Sehr schwer, Lady Catherine. Damals, in jenem Jahr, starben erst Lord Robert und dann Lady Janet und die Kinder. Dann der jüngste Bruder, Richard. Und dann, bald nachdem wir vermählt waren, schließlich Edward. Ganz Wellingford ist mir zugefallen. Die ganze Last der Sorge um den Besitz liegt auf mir, und niemand ist da, der mir hilft!«

Wenn zwei ihrer Söhne älter waren als Elladine, dann sollte sie doch über einige Hilfe verfügen! »Eure Söhne«, erinnerte ich sie mit schwacher Stimme.

»Fast noch Kinder.« Mit einer Handbewegung gab sie mir zu verstehen, daß dies nicht in Betracht gezogen werden konnte. »Bürschchen. Haben nichts im Sinn außer Kampfspiel und Jagd. Knaben eben. Nichts als liebenswerte Knaben.«

»Und Eure Töchter?« beharrte ich, diesmal etwas energischer.

»So talentiert!« versicherte sie mir. »So musikalisch! Und was für anmutige Mägdlein. Ein wenig hochgewachsen vielleicht, aber das ist auch die biegsame Weide, und nichts ist eleganter anzusehen als die Weide, wenn sie sich im Wind bewegt.« Sie mimte den Wind mit den Armen und bog sich hierhin und dahin. »Aber wie unachtsam von mir! Ihr müßt doch hungrig sein? Durstig? Müde? Ich habe Eure Kutsche nicht gesehen?«

»Ich bin hergeritten«, sagte ich. »Habe ein Pferd gemietet, in … in …«

»East Sawley?« half sie mir weiter.

Ich nickte. »Zwei Pferde und einen Mann, der meine Truhe trug. Habe sie schon zurückgeschickt.«

Sie war bestürzt. »Dann habt Ihr vor hierzubleiben? Nicht, daß Ihr nicht willkommen wärt! Oh, Ihr seid sehr willkommen! Es ist nur ... so kurzfristig ...«

Ich machte eine unbestimmte Handbewegung, mit der ich ihr zu verstehen gab, daß ich gewiß keine Umstände machen würde. »Ihr werdet doch gewiß ein leerstehendes Kämmerchen haben.«

»Ein sehr kleines«, pflichtete sie mir bei. »Über der Küche.«

Das war der wärmste Raum im Haus. Ich hatte ihn nach Ellys Geburt als Kinderzimmer verwendet. Ein schmales Bett stand darin, an das ich mich erinnerte. Doch nach sechzehn Jahren ...

Ich hob meine Truhe auf und trug sie selbst ins Haus. Anscheinend gab es niemanden sonst, der sie hätte tragen können. Das Bett stand immer noch in der Kammer, es war voller Mäuse. Das ganze Zimmer war sehr schmutzig. Wieso durchliefen schmutzige Zimmer, die man mir zum Wohnen gab, wie ein roter Faden meine ganze Lebensgeschichte? »Wenn Ihr mir vielleicht eine oder zwei Dienstmägde heraufschicken wollt ...?«

»Dienstmägde?« wiederholte sie sinnierend, als würde sie sich die Bedeutung des Wortes erst ins Gedächtnis zurückrufen müssen. »Dienstmägde?«

»Frauen. Scheuerfrauen, die Zimmer saubermachen. Die Fußböden schrubben.«

»Oh! Ja. Ja, gewiß!«

Als wir über den Flur gegangen waren, hatte ich bemerkt, daß die kleine Wäschekammer genauso verschlossen wirkte wie damals, als ich den Schlüssel zu der Tür in die Tasche gesteckt und das Haus verlassen hatte. Der Schlüssel befand sich immer noch in den

Tiefen meiner Manteltasche. Obwohl es aussah wie eine vergebliche Hoffnung, ging ich zurück zu der Kammer und steckte den Schlüssel ins Schloß. Er paßte. In der Kammer lagen Laken und Deckenbezüge und zwei saubere, leere Strohsäcke, dazu Kissenbezüge und die neuen Kissen, die ich gemacht hatte, nachdem wir im letzten Herbst, den ich im Dower House verbrachte, die Gänse geschlachtet und gerupft hatten. Die Mäuse waren seit damals nicht am Werk gewesen, und wenn, dann hatte sie die Nieswurz vertrieben oder vergiftet, die zwischen den Wäschestapeln auf den Schrankbrettern lag. Das Kämmerchen war in all den Jahren nicht geöffnet worden! Möglicherweise war kein Schlosser verfügbar gewesen. Doch hatte auch niemand versucht, es aufzubrechen. Vielleicht war Lydia einfach zu faul gewesen, um einen Gedanken daran zu verschwenden. Unter meiner Nase duftete das Linnen immer noch schwach nach Lavendel, als ich Laken und Kissen und einen der Strohsackbezüge ins Kinderzimmer zurücktrug, gerade rechtzeitig, um vor der Tür auf die beiden Mägde zu treffen; eine der beiden war diejenige, die mir die Tür geöffnet hatte, die zweite eine ältere Version der ersten. Schlampige Weiber, alle beide. Sie standen da, ohne sich zu rühren, und musterten mich anmaßend, während sie die Kiefer bewegten wie Kühe beim Wiederkäuen.

»Ihr macht dieses Zimmer sauber«, sagte ich mit ruhiger Stimme. »Und zwar mit Seifenwasser. Ihr schrubbt den Fußboden. Fegt die Spinnweben aus allen Winkeln und von der Decke. Schafft den Strohsack weg und bringt mir frisches Stroh für einen neuen.«

Sie sahen einander an, dann wieder mich; mit provozierenden Blicken warteten sie darauf, daß ich die

Beherrschung verlor und sie anschrie, sich in Bewegung zu setzen. Aha. Da konnten sie lange warten.

»Sonst«, lächelte ich, »rufe ich einen Drachen herbei, der euch beide frißt!« Ich schnalzte mit den Fingern und ließ ihnen ein paar Feuerstöße ins Gesicht fahren, so daß sie aufschrien. Es waren ordentliche, feste Flammenbündel, was mir verriet, daß ich mich in einer Zeit befand, die vor Zauberkraft und Hexerei geradezu überquoll.

Sie hatten vom Saubermachen ebensoviel Ahnung wie vom Fliegen. Ich sah immer wieder ins Zimmer und ließ sie alles noch mal machen, wobei ich immer ärgerlicher wurde und die beiden immer hysterischer, wenn die Flammen nach ihnen schnappten. Das ganze Haus legte Zeugnis ab von ihrer und Lydias Nachlässigkeit. Was Lydia betraf, so hatte sie sich zurückgezogen, um sich zusammen mit ihren älteren Töchtern und den Zwillingen auf ihrer unordentlichen Bettstatt auszuruhen; dort schlugen sie die Laute (unmelodiös) und sangen dazu (nicht ganz so wohlklingend wie Grumpkin, wenn er geheult hatte) und sprachen von der Zukunft. Ich schlüpfte zwecks näherer Erkundungen in meinen Mantel und lauschte draußen auf dem Flur ihren Plänen. Anscheinend hatten sie vor, Wellingford zu veräußern und nach London zu ziehen, um dort von den Früchten dieses Verkaufes zu leben. Einen Augenblick lang hatte ich mit dieser Vorstellung meine liebe Not, denn ich war sicher, daß Elladine nach dem Tod aller Wellingford-Brüder die rechtmäßige Erbin war, doch natürlich stimmte das nicht. Jung Edward war der Erbe: das sechsjährige Scheusal, das ich dabei ertappt hatte, wie es im Stall einen Hund quälte, und dessen Hosenboden ich in Flammen hatte aufgehen lassen, um ihm bessere Manieren beizubringen. Er sah überhaupt nicht wie Edward aus. Nicht im entferntesten. Edward, mein armer, lieber Fisch, hast zweimal nach dem gleichen Haken geschnappt!

Und wo war Elladine? Bei einem unbeschreiblich schlechten Abendessen fragte ich wieder nach meiner ›Großnichte‹.

»Die arme Elladine«, murmelte Lydia. »Was für ein unseliger Name für ein Kind. Bestimmt kein christlicher Name.«

»Aber wo ist sie?«

»Sie treibt sich herum. Manchmal zu Pferde. Manchmal zu Fuß. Wir wissen nie genau, wo sie gerade ist. Armes Kind. Erst mutterlos, dann vaterlos. Ich bin sicher, sie wird sich freuen, endlich überhaupt eine Verwandte zu haben.«

»Ihr habt Euch mit Edward … in welchem Jahr vermählt?« fragte ich.

»Im Jahr des zweiten Schwarzen Todes. Fast unmittelbar nachdem Robert und Janet dahingegangen waren«, sagte sie, »zusammen mit Roberts jüngstem Bruder und allen ihren Söhnen. Edward war der Erbe, und er fand, daß er jemanden brauchte, der ihn bei der Verwaltung des Vermögens unterstützte. Meine Witwenschaft andererseits brachte es mit sich, daß ich selbst auch eine helfende Hand benötigte. Vier vaterlose Kinder aufzuziehen, während rundum die Menschen sterben, das ist kein Honiglecken, noch dazu, wenn man ganz allein ist, glaubt mir. Mehr als alles andere jedoch ging es Edward darum, jemanden zu haben, der sich um Ella kümmerte. Ich erklärte mich bereit, für seine Tochter zu sorgen, falls er sich bereit erklären würde, für mich zu sorgen. Es handelte sich nicht um einen echten Liebesbund, obwohl ich Edward sehr gern hatte.«

Der arme Edward. Vom Schicksal dazu bestimmt,

stets der Ehemann in einer Vernunftheirat zu sein. »Wie habt Ihr Edward kennengelernt?«

»Janet war meine Kusine. Ich befand mich zu Besuch hier, als der Schwarze Tod zuschlug. Oh, damals gab es viele Besucher in Wellingford. Robert und Janet hatten die halbe Bevölkerung der Umgebung aufgenommen, alle, die kein Zuhause hatten. Ich erinnere mich, wie Janet unausgesetzt darüber klagte, nicht in der Lage zu sein, das Haus sauberzuhalten.«

Und genau das war der Grund, warum die Pest Wellingford heimsuchte, dachte ich. Die arme Janet. So voller Nächstenliebe. Hatte alle, die zu ihr kamen, zusammen mit ihren Flöhen unter ihr Dach aufgenommen…

»Als das große Sterben eine Zeitlang zum Stillstand kam, waren von allen Wellingfords nur mehr Edward und Ella am Leben«, fuhr Lydia fort und führte mich in das angrenzende Zimmer, während wir hörten, wie hinter uns die Mägde die Steingutschüsseln fallen ließen. Dann ging sie geradezu genießerisch zu den Einzelheiten des Sterbens über, um sich plötzlich zu unterbrechen: »Ah, da ist sie ja!«

Ein hinreißend schönes Mädchen kam zur Tür herein. Sechzehn oder siebzehn, wildes, dunkles Haar, wilde, dunkle Augen. Eine Wange blaugeschlagen. Die Hände rot und zerkratzt und schwarz um die Nägel.

»Elladine, das ist Catherine, die Tante deines Vaters«, sagte Lydia in herzlichem Tonfall, der jedoch mit einer gewissen Erregung durchsetzt war, deren Ursprung mir verborgen blieb.

»Was will sie denn hier, Madame? Ist noch etwas übrig?« fragte das Mädchen mit der gleichen frechen Überheblichkeit, mit der Candy im zwanzigsten Jahrhundert gesagt hätte: »Na und?« oder: »Auch schon was!«

Lydia zuckte zusammen und warf mir einen entschuldigenden Blick zu. Eine sichere Hand in der Kindererziehung war auch nicht Lydias starke Seite. Die Ärmste. Ich war immer noch auf der Suche, worin Lydias starke Seite bestand. Gewiß mußte sie irgend etwas an sich haben, was sie einst für Edward anziehend gemacht hatte. Oder war er so außer sich gewesen über all das Sterben rundum, daß er nach ihr gefaßt hatte wie ein Ertrinkender nach einem Strohhalm? Egal. Wenn jedenfalls die Kindererziehung nicht ihre Stärke war, dann waren gute Manieren nicht die meiner Tochter.

»Elly, Liebes«, sagte ich und küßte mein Kind auf das abweisende Gesicht. »Ich bin deine Großtante aus Ylles und gekommen, um dir einen Besuch abzustatten.«

Sie warf mir einen Blick zu, der mir versichern sollte, wie gleichgültig ich ihr war. Es war Jaybees Gesicht in weiblicher, weicherer Ausfertigung, doch dahinter steckte das geborstene Glas. Ihre Hand, als sie mich von sich schob, war so hart, wie die seine gewesen war. Elladine blieb noch eine Zeitlang bei uns, solange wir sie in ein widerwilliges Gespräch verwickeln konnten. Dann verschwand sie, so rasch sie konnte, und ich starrte ihr nach und überlegte, wie diese Situation erträglicher zu machen wäre.

Ihr Mund ist breit und sinnlich, dachte ich. Sie hat mißtrauische Augen. Ihre Gestalt ist so anmutig und schlank wie früher die meine. Ihre Brüste wölben sich wie Segel im Wind, und ihre Wangen sind weich und rosig. Sie ist schön, nicht so schön, wie ich einst war, aber dennoch schön. Ich kann nicht sagen, ob sie intelligent ist. Doch sie ist hart wie Stein.

Ich fragte mich: Wieviel von dieser Härte ist meine Schuld? Wieviel von diesem unerbittlichen Groll hat seine Wurzeln in fehlender Mutterliebe?

Doch ich hatte keine Zeit, mich mit Schuldzuweisungen aufzureiben. Jemand mußte sich ihrer annehmen, mußte sich aller Dinge hier annehmen, und es war wohl klar, daß Lydia nicht einmal fähig war, sich eines kochenden Eies anzunehmen. Obwohl Elladine ihre Mutter dringend gebraucht hätte, konnte ich mich ihr schlecht als solche vorstellen. Ich hatte keine Ahnung, ob Edward vor seinem Tod in irgendeiner Weise für sie vorgesorgt hatte. Ohne eine Mitgift würde ihre Zukunft aber nicht sehr vielversprechend aussehen. Und alles, was ich unter diesen Umständen tun konnte, war, ihr eine gute Tante zu sein, an ihrer Seite zu bleiben und zu versuchen, ihre Lage zu erleichtern.

Später

Im Laufe des gestrigen Tages lernte ich noch Lydias andere vier Kinder kennen. Die beiden Töchter sind ungelenke, linkische Mädchen, beide umgeben von einer Aura kompromißloser Ungepflegtheit. Die jüngere, die etwa achtzehn ist, würde eigentlich gar nicht so schlecht aussehen, wenn sie sauberer wäre, einen aufrechteren Gang hätte und sich das Haar kämmen würde. Die ältere hingegen, Gloriana, eine Jungfer von etwa zwanzig Jahren, ist größer als jede Frau, die ich je gesehen habe. Sie hat ein Gesicht wie aus Stein gehauen und Hände so groß wie die eines großgewachsenen Mannes. Ich wußte augenblicklich, wer für Ellys blaugeschlagene Wange verantwortlich war. Glorianas Finger zucken, rucken und verknoten sich ineinander wie eigenständige Wesen, wann immer sie Elly ansieht. Sie ist so voll Groll wie Elladine, jedoch aus anderem Grund: ein häßliches Mädchen, das alle Mädchen haßt, die nicht häßlich sind. Als ich ihre

Stimme zum erstenmal vernahm, überraschte es mich nicht, daß sie klang wie die Schneide eines Messers auf spiegelblankem Metall. Daß beide Mädchen von Kopf bis Fuß schlampig aussehen, vervollständigt nur das Bild. Ihre Mieder wurden seit undenklicher Zeit nicht gewaschen, unter ihren Nägeln ist schwarzer Schmutz, und ihr Haar, das kann ich beschwören, ist so voller Läuse wie das meine, als ich drüben in Westfaire aufwachte.

Die Jungen, Harry und Bert, sahen etwas weniger schmutzig aus, als ich ihnen das erste Mal gegenüberstand. Ich nehme an, ihre relative Sauberkeit kommt daher, daß sie bei ihren Jagdzügen wohl des öfteren vom Regen überrascht werden. Es sind beides vierschrötige Jungen mit roten Gesichtern, großen Zähnen, kleinen Augen und dicken Nasen. Sie sind noch größer als Gloriana. Da Lydia nur mittelgroß gewachsen ist, muß wohl ihr erster Ehemann ein Riese gewesen sein, damit die beiden diese Ungeheuer hervorbringen konnten.

Über die Zwillinge wäre es besser, überhaupt kein Wort zu verlieren. Sie sind so verzogen, daß sie nach Faulheit stinken. Nie in ihrem Leben mußten die beiden etwas tun, das sie oder er nicht tun wollten. Sie besitzen zweierlei Stimmen, ein Quengeln und ein Brüllen, und absolut keine angenehmen Eigenschaften.

Nun gut, wenn also die Familie wenig wert ist, wie steht es dann mit dem Gesinde? Es gibt ein paar Dienstmägde im Haus, aber ich erkenne keine von ihnen wieder. Außer den beiden, die es schließlich doch schafften, meine Kammer sauberzumachen, stieß ich auf ein paar weitere, alles in allem eine ausreichende Anzahl, um die Schmutzwäsche zu waschen, den Unrat aus der Halle zu kehren, Feuerholz ins Haus zu tragen, den Kessel heiß zu machen und die Wannen zu füllen. Lydias Töchter hätten baden können. Ihre Kleider hätten gewaschen werden können. Ich frage mich, warum sie es vorziehen, schmutzstarrend in schmuddeligen Sachen herumzurennen. Nun, sie konnten das halten, wie sie wollten, aber das Dower House mußte nicht ihrem Beispiel folgen.

Ich verbrachte die Nacht in einer sauberen Kammer. Heute morgen stand ich bei Tagesanbruch auf, fand die Mägde noch schlafend vor, jagte sie aus ihren Betten und an die Arbeit. Sie murrten ausgiebig, als ich ihnen auftrug, den Kamin in Ellys Kammer sauberzumachen, und sagten, sie würde das immer selbst machen.

»Elly«, erklärte ich ihnen sanftmütig, »ist die Tochter meines Neffen. Sie fegt keine Fußböden, leert keine Nachttöpfe aus und putzt keine Feuerstellen. Ihr macht das. Ihr macht es ordentlich und ohne aufzubegehren, oder die Drachen kommen und fressen euch bei lebendigem Leibe!« Ich ließ meinen wild funkelnden Blick von einer zur anderen wandern, und sie duckten sich.

Elly platzte mitten in meine Mißfallenskundgebung hinein, einen Eimer mit Asche in der Hand. Sie schüttelte ärgerlich den Kopf. »Das hat gar keinen Sinn«, grinste sie spöttisch. »Stiefmama wird sie nicht mehr auf Trab halten, sobald du wieder weg bist. Es sind faule Luder, alle miteinander.« Wieder bemerkte ich, daß ihre Nägel schwarz waren.

»Und solange du ihre Arbeit machst, wird sich daran auch nichts ändern«, wies ich sie zurecht. »Geh und wasch dir die Hände.«

Eine der Mägde begann hinter unserem Rücken zu kichern. Ich schickte ihr einen Kobold auf den Leib mit dem Auftrag, sie grün und blau zu zwicken, und ihr darauffolgendes Gebrüll konnte man eine halbe Meile weit hören. Das hatte eine heilsame Wirkung auf die anderen. Ich lächelte Elly zu, die mich mit erwachendem Interesse ansah.

»Weißt du, wie mich diese Schlampen nennen?« sagte sie zu mir. »Aschenbrödel. Nur weil ich die Asche hinaustrage, damit ich wieder Feuer machen kann in meinem Kamin. Die anderen sind so faul, daß sie lieber erfrieren würden. Sie werfen sich alle zusammen auf ein Bett, um sich gegenseitig zu wärmen. Wie die Schweine.«

»Warum macht Lydia nicht ein wenig mehr Druck?« erkundigte ich mich; ich wollte die Situation aus Ellys Blickwinkel kennenlernen.

»Sie will Wellingford nicht behalten. Sie will alles verkaufen. Deshalb kümmert sie sich um nichts. Früher einmal war hier alles so schön. Und jetzt ist es häßlich.«

»Ob sie es nun behalten will oder nicht, es gibt so etwas wie Selbstachtung«, sagte ich. »Nur diejenigen, die keine Selbstachtung haben, sind schmutzig und faul. Vielleicht muß ihr das einmal klar werden.«

»Ja, wenn Schweinen Flügel wachsen«, entgegnete Elly mit einem unschönen verächtlichen Schnauben und ließ mich stehen.

Erst später fiel mir wieder ein, was sie gesagt hatte. Aschenbrödel.

»Puck!« rief ich.

Er war schon da und sah mich von der Seite an.

»Was soll denn das?« rief ich ein wenig hysterisch. »Ich bin im zwanzigsten Jahrhundert gewesen, Puck, ich habe dort Märchen gelesen, ich habe die Disneyfilme gesehen. Du lieber Himmel, ich kenne die Geschichte mit dem Aschenbrödel! Was hat das hier zu suchen?«

»Dachtest du vielleicht, die Märchen sind reine Erfindung?« fragte er. »Dachtest du, es hätte nie ein Dornröschen gegeben, kein wirkliches Aschenbrödel, kein Goldlöckchen, kein Schneeweißchen und kein Rosenrot?«

»Aber warum ich? Warum meine Tochter?« unterbrach ich ihn.

Er zuckte die Achseln. »Hast du im zwanzigsten Jahrhundert nie bemerkt, wie sich um manche Menschen herum nach und nach Legenden bilden? Das fängt einmal an mit der wahren Person; zu dieser ersten Wahrheit gesellen sich erst Halbwahrheiten und sodann Mythen. Eine legendäre Person ist regelrecht dazu vorbestimmt, legendäre Kinder zu haben. Kraft zieht Kräfte an, und so kommt es zu einer Anhäufung von Kräften. Das ist eine der grundlegenden Wahrheiten der Zauberkunst.«

»Ist dann zu erwarten, daß demnächst ein Königssohn auftaucht?«

Er zuckte wieder die Achseln. »Das hängt davon ab, welches Märchen du im zwanzigsten Jahrhundert gehört hast. War es die wahre Geschichte oder die Halbwahrheit oder der Mythos? Weißt du das?«

Ich wußte es nicht, aber zu wissen, daß Elly zur Grundidee eines Märchens gehörte, ließ mich für ihre Zukunft zumindest noch einige Hoffnung hegen.

Am Tage der heiligen Maria Magdalena,
im Juli des Jahres Unseres Herrn 1367

Meine Tochter ist jetzt genauso alt wie ich, als ich begann, diese meine Lebensgeschichte aufzuschreiben. Sie gleicht mir nicht sehr, so wie ich mich an mich selbst erinnere. Sie ist übellaunig, kampflustig und immer bereit zuzuschlagen. Sie verfolgt ihre Stiefschwestern und -brüder mit bitterem, kaltem Haß. Sie streut ihnen Nußschalen ins Essen, schrumpft ihre Wollsachen in kochendem Wasser auf Puppengröße, gießt Öl vor ihre Zimmertüren, damit sie hinfallen. Sie verabscheuen Elly, und Elly sonnt sich in ihrer Abneigung; ihre Feindseligkeit gegenüber den anderen und die Trägheit der anderen scheinen Elly am Leben erhalten zu haben. Wäre einer oder eine der anderen zu einer entschlossenen und tauglichen Handlung fähig gewesen, hätte er oder sie Elly längst umgebracht. Ich sehe sie an und wundere mich. Wie sie ihrem Vater gleicht! Leidenschaftlicher Haß ist ihr lieber als lauwarme Zuneigung.

»Was starrst du mich denn an?« knurrte sie mürrisch.

»Ich sehe die unbezähmbaren menschlichen Lebensgeister«, antwortete ich.

»Geh und such sie anderswo!« gab sie zurück. »Ich habe es satt, dauernd von dir angestarrt zu werden!«

Vermutlich hätte auch ich es bald satt gehabt, von jemandem dauernd angestarrt zu werden.

»Wie war es denn, als dein Vater noch am Leben war?« fragte ich sie.

Schmerz stand in ihrem Gesicht geschrieben, unverkennbarer Schmerz, der jedoch sogleich wieder verschwand. »Er war … er war sehr gut zu mir«, sagte sie. »Ich glaube, er hat mich sehr geliebt.«

»Ich weiß, daß er dich geliebt hat«, lächelte ich, »er hat es mir gesagt.«

»Sie behauptet, daß es nicht so war.« Sie deutete mit dem Kopf auf die Fenster, hinter denen ihre Stiefmutter wohnte. »Sie behauptet, er hat nur so getan, weil ich keine Mutter hatte. Sie sagt, niemand kann jemanden lieben, der so aufbrausend und mißlaunig ist wie ich. Er hat nur so getan. Weil er dachte, er wäre es mir schuldig.«

»Das ist nicht wahr. Er liebte dich. Sehr. Ich entsinne mich, als du noch ein kleines Baby warst, ein paar Monate alt, da beugte er sich über deine Wiege und sagte dir, wie unendlich lieb er dich habe, und das tat er nicht deshalb, weil er glaubte, dir etwas zu schulden. Das war die Wahrheit.«

Sie saß ganz still da, wie ein Kätzchen, das fürchtet, sich zu bewegen, aus Angst, ich könnte ein Wort davon zurücknehmen. Ihre Haltung ließ mich an einen alten Freund denken.

»Früher einmal gab es einen Kater hier, er hieß Grumpkin«, sagte ich. »Er war mein erklärter Liebling. Aber er muß schon lange tot sein. Das ist immerhin schon sechzehn Jahre her.«

»Er ist eingegangen«, nickte sie. »Er gehörte meiner Mutter, und Papa sagte, sie habe ihn mir hinterlassen, als der Zauberbann sie uns fortnahm.«

Ich schluckte. Das also hatte Edward ihr erzählt! Der Ärmste. Er hatte Neugier verspürt und war sich dessen bewußt gewesen. Und hatte die Schuld bei sich gesucht.

»Manchmal schlief Grumpkin auf meinem Bett. Er wurde sehr alt. Als er starb, habe ich geweint. Aber er hat eine Menge Nachkommen gezeugt, und ich habe immer noch einen seiner Söhne. Papa nannte ihn Grumpkin der Zweite, als wäre er ein König.« Ihre Stimme hatte sich verändert. Alle Feindseligkeit war daraus verschwunden. Diese Minute lang klang sie so offen und mitteilsam wie die eines Kindes.

»Warum hat ein Zauberbann deine Mutter von euch weggeholt?« fragte ich, weil ich wissen wollte, ob ich recht vermutete.

»Weil Papa neugierig wurde, was Mama betraf«,

sagte sie. »Er war der Meinung, alles wäre seine Schuld gewesen.«

Ach Edward, Edward. »Komm, laß uns Grumpkins Sohn suchen«, schlug ich vor und erhob mich von meinem Stuhl.

»Ich muß erst die Asche hinaustragen«, sagte sie ohne zu denken, einfach nur als Ausdruck ihres üblichen Widerspruchsgeistes.

»Nein«, wies ich sie zurecht. »Nicht mehr. So lange ich hier bin, werde ich dafür sorgen, daß es die Mägde tun.«

Wieder ganz sie selbst, verzog sie den Mund zum gewohnten spöttischen Lächeln. »Wie kommt es, daß du den Mägden sagen kannst, was sie zu tun und zu lassen haben?« fragte sie. »Du bist nicht die Herrin von Wellingford. Du bist bloß eine Tante!«

Am Morgen hatte ich mir bereits überlegt, wer ich war. Selbst ich, die noch nie etwas für Kindermärchen übrig gehabt hatte, konnte nicht umhin zu bemerken, welche Rolle ich spielte. Im zwanzigsten Jahrhundert hatte ich schließlich etliche Disneyfilme gesehen. Obwohl Elly und ich nicht die Ehre hatten, von singenden Mäusen bedient zu werden, überraschte es mich nicht sonderlich, daß dieser Abschnitt meines Lebens eine Pseudo-Unsterblichkeit erlangt hatte, ein blankpoliertes, übersimplifiziertes, unechtes Halb-Leben.

Ich schüttelte den Kopf und bemühte mich angestrengt, sie mit meinem Lächeln anzustecken. »Nein, mein Kind. Du darfst es niemandem sagen, aber ich bin deine Patin und eine Fee.«

Sie lachte darüber, hielt es für einen Scherz. Es war ein echtes, belustigtes Lachen.

*Am Tage der heiligen Martha,
im Juli des Jahres Unseres Herrn 1367*

So habe ich meinen Grumpkin wieder. Mit Ausnahme einer weißen Pfote ist der Sohn ein Ebenbild seines Vaters. Als ich ihn hochnahm, schien es fast, als würde er mich kennen, denn er streckte die Pfote aus und berührte mich sanft an der Wange, wie der andere Grumpkin es getan hatte. Wenn ich schreibe, liegt er schnurrend neben mir und öffnet hin und wieder ein Auge, um sich zu vergewissern, daß ich noch da bin. Obwohl Elly ihn schätzt, kümmert sie sich nicht um ihn. Ich sah auch, wie sie ihm einen festen Klaps versetzte, aus keinem anderen Grund als dem, ihn zusammenzucken zu sehen. Seltsam. Ihr genügt es offenbar, zu besitzen. Sie benutzt etwas oder mißachtet es. Sie sorgt nicht dafür. In dieser Hinsicht ist sie Lydia ähnlicher, als ihr lieb wäre.

Lydia ist zwar zu träge, um selbst die Leitung und Aufsicht über Wellingford zu übernehmen, doch es scheint sie nicht zu stören, wenn ich es tue. Jedenfalls habe ich sie nicht um Erlaubnis gefragt. Während der vergangenen Tage haben die Mägde ihr Murren eingestellt; sie, die Haushaltswäsche und Küche und Keller sind sauber. Elladine hat etliche Male gebadet (wie ich selbst auch), die Fußböden sind geschrubbt, und die Köchin hat Anweisung erhalten, uns etwas anderes vorzusetzen als Haferbrei und Fleischpasteten. Es gibt ausreichend Lebensmittel – es ist immerhin sechs Jahre her, seit die Pest kam und wieder verschwand –, doch um sich aus Küchen- und Obstgarten, aus Ställen und Hühnerhaus und Schafherden mit dem täglichen Bedarf zu versorgen, braucht es ein Minimum an gutem Willen und gesundem Menschenverstand, und Lydia scheint weder über das eine noch über das andere zu verfügen. Die kleinen, gut versteckten Vorräte von Münzen, die ich einst angelegt hatte, sind großteils immer noch vorhanden, und ich habe einiges davon verwendet, um das Nötigste anzuschaffen. Außerdem habe ich die Quittung der Londoner Geldverleiher an derselben Stelle wiedergefunden, an der ich sie zurückgelassen hatte, aber ich will sie mir für spätere Notfälle aufheben.

Ich habe bereits ein paar Pfund zugenommen und sehe nicht mehr ganz so aus wie ein Skelett. Ellys Hände sind ganz sauber geworden. Ihre blauen Flecken sind verblaßt. Ich habe Gloriana einen kleinen Zauber verpaßt, der ihr immer, wenn sie versucht, Elly zu zwicken, schmerzhafte Krämpfe verursacht. Ihres gewohnten Opfers beraubt, hat sie sich anderswo umgesehen und beschuldigt nun eine hübsche junge Frau aus dem Dorf der Hexerei. Darum werde ich mich auch kümmern müssen. Ich habe mich noch nicht entschieden, was ich tun werde, um Elly aus ihrer gegenwärtigen problematischen Lage zu befreien, aber zumindest hat sich die Situation bis auf weiteres stabilisiert, wie man im zwanzigsten Jahrhundert sagen würde.

Bevor ich Feery verließ, hat Carabosse mich gefragt, ob ich nicht weitermachen könnte, indem ich einfach ich wäre. Hier, in diesem Haus bin ich nur ich. Das Ding brennt hinter meinem Brustbein, aber es ist mir nicht fremder als mein Herzschlag oder das Geräusch meines eigenen Atems. Es ist fast so, als wäre ich noch in Chinanga. Dort wußte niemand, wer ich bin, und hier weiß es auch niemand. Ich bin jemand anderer. Niemand weiß, daß ich hier bin.

Am Tage des heiligen Stephan,
im September des Jahres Unseres Herrn 1367

Es überraschte mich nicht, als gestern ein Herold mit einer Ankündigung an die Tür kam. Ich hatte etwas Derartiges erwartet.

Alle Bewohner von Wellingford im Alter von sechzehn bis fünfundzwanzig Jahren werden zu drei aufeinanderfolgenden abendlichen Lustbarkeiten gebeten, die zu Ehren Seiner Königlichen Hoheit, des Prinzen Soundso, stattfinden sollen und zu der seine Eltern einladen, das im Exil lebende Herrscherpaar irgendeines winzigen Königreiches, von dem ich noch nie etwas gehört hatte.

Was mich jedoch überraschte, war die Stimme des Herolds. Sie hatte einen irgendwie vertrauten Klang. Einen Klang, der mir Gänsehaut verursachte und in meinem Herzen widerhallte. Ich ging mit einem Becher Wein hinaus vor die Tür und bot ihn dem Mann an. Als ich ihn erblickte, wußte ich, wer es war.

»Euer Name ist Giles, nicht wahr?« fragte ich und hatte Mühe, meine Stimme nicht erbeben zu lassen. Ich wollte die Arme um ihn werfen. Ich wollte an seiner Schulter weinen. »Ihr standet einst in den Diensten des Herzogs von Monfort und Westfaire.« Jetzt zitterte meine Stimme, als ich das sagte.

»Madame«, fragte er, sprang vom Pferd und verbeugte sich vor mir, »kennen wir uns denn?« Er sah genauso aus wie früher. Älter, natürlich, aber sonst genauso. Seine Brauen zuckten genauso wie damals. Seine Mundwinkel zogen sich immer noch in dieser kleinen Krümmung aufwärts, die ich so gern betrachtet hatte. Seitlich an der Stirn hatte er eine neue Narbe. »Ich entsinne mich nicht …«

Ich hob die Hand. »Es ist schon viele Jahre her«,

sagte ich, »ich erinnere mich nicht mehr an die Gelegenheit, aber Eure Stimme kam mir bekannt vor.« Nicht nur die Stimme. Er stand vor mir wie in meiner Erinnerung, aufrecht und hochgewachsen, die Füße nebeneinander, einer davon leicht nach außen gedreht. Als würde er zum Tanzen ansetzen.

»Sieh mal einer an, so ist aus Euch ein Herold geworden!« rief ich aus. »Weshalb habt Ihr Westfaire verlassen?«

Seine Augen schlossen sich kurz, als hätte er mit einem alten Schmerz zu kämpfen. »Der Pfarrer dort hatte mich auf Reisen geschickt«, antwortete er. »Es handelte sich um eine Art Pilgerreise, das war es wohl. Um eine Reihe heiliger Reliquien für die Kapelle von Westfaire zu besorgen. Es war eine lange, beschwerliche Reise, und als ich zurückkehrte …«

»Der Zauberbann«, murmelte ich.

»Der Zauberbann«, nickte er und schloß wieder die Augen. »Ich glaube … ich glaube, sie sind alle dort drinnen«, flüsterte er. »Alle. Eine von ihnen hat es geschafft, dem Bann für eine Weile zu entfliehen, aber sie mußte zurück. Jetzt wäre sie Witwe.«

Nun, das mußte er selbstverständlich annehmen, schließlich war es das, was auch Edward angenommen hatte, was Edward allen erzählt hatte. Nicht von meiner Witwenschaft, natürlich, sondern daß ich aus Westfaire entkommen wäre. »Jemand, an dem Euch lag?« fragte ich.

»O ja, Madame, allerdings. Jemand, an dem mir sehr viel liegt.«

Ich holte tief Atem, denn ich hatte bemerkt, daß er in der Gegenwartsform sprach. »Was habt Ihr also getan, als Ihr zurückgekehrt wart?«

»Ich entschloß mich, in der Nähe zu bleiben, aber ich mußte mir eine neue Stellung suchen. Ihr wißt, die

Pest ging um, so schien es mir am klügsten, um die Städte einen Bogen zu machen. Ich lebte so anspruchslos, wie ein Mann nur leben kann. Ich schlug mich als Bauer kümmerlich durch, aber das hieß zumindest, zu beißen zu haben. Und dann, als diese kleine Königsfamilie das Land bei der Mühle von East Sawley übernahm, bot sie mir guten Lohn für meine Dienste im Gefolge. Als bewaffneter Begleiter, in erster Linie. Und als Herold.«

»Herold!« sagte ich mit einem zittrigen Lachen.

Er lachte mit mir. »Ich habe eine feste, laute Stimme vom Antreiben der Ochsen, Madame, und ich kann mir die Dinge gut merken.«

Ach ja, das konnte er. Und ich konnte es auch. »Und habt Ihr Euch auch den Grund für diese großzügige Einladung gemerkt?« zog ich ihn auf, wobei etwas von meiner alten kindischen Neckerei seinen Weg in meine Stimme fand.

Er legte den Kopf schief und lächelte; wenn schon nicht der Hintergrund, so kam ihm doch der Tonfall dieser Koketterie bekannt vor. »Diese kleinen Hoheiten, man hat sie zwar aus ihrem kleinwinzigen Ländchen vertrieben, das drüben bei Frankreich liegt oder irgendwo dort in der Nähe, wie ich gehört habe, aber als sie hierherkamen, da brachten sie ein großes Vermögen mit. Sie kauften das Land um die Mühle von East Sawley und bauten das große Haus dort oben wieder auf, aber sie kennen niemanden hier in der Gegend, Madame. Mit all der Pestilenz und den unsicheren Zeiten seither ist es freilich ein Wunder, daß überhaupt noch jemand hier lebt. Und so trugen sie mir auf, zu all den vornehmen Häusern in der Umgebung zu reiten und die Einladung auszusprechen. Es können nicht mehr als sieben, acht große Häuser übrig sein, wenn überhaupt. Wellingford ist nicht wirklich ein großes Haus, nicht mehr jedenfalls, aber ich dachte, ich mache auch hier halt.« Er errötete, weil ihm einfiel, daß ich an seinen Worten Anstoß nehmen könnte, aber ich gab ihm mit einem leichten Nicken zu verstehen, daß ich seine Ansicht teilte.

»Wird ein Ball stattfinden?« fragte ich zögernd.

»Das wird's wohl werden. Die Hoheiten haben bereits die Musikanten verpflichtet, und die Köche sind emsig am Werk, um Festmähler für drei Tage vorzubereiten. Der junge Mann wird mündig, Madame, und seine Mama möchte ihm eine große Feier ausrichten. Sie meint, sie hätten in letzter Zeit genug trübe Tage erlebt.«

Er gab mir den Weinbecher zurück. Mit Tränen in den Augen und sehnsüchtigem Verlangen im Herzen – oder wo immer sehnsüchtiges Verlangen wohnt – sah ich ihn weggehen. Ich spürte es im Bauch, also vielleicht wohnt es dort. Ich hätte ihm so gern gesagt, wer ich war, und der einzige Grund, weshalb ich es nicht tat, war, daß er mich nicht erkannt hatte. Doch wenn ich in den Spiegel blickte, fiel es mir selbst schwer, mich wiederzuerkennen, und ich hatte Angst, er könnte das, was aus mir geworden war, nicht mehr lieben.

Ich ging in die Küche, wo Harry seine Schwestern zum besten hielt. »Es ist genau der!« versicherte er ihnen soeben. »Der Prinz, der die Festbarkeit gibt, ist derselbe, der unlängst vorbeigeritten kam! Es war der Prinz!«

Gloriana sagte: »Ach, Harry, das war er nicht. Wie könnte er das gewesen sein?«

»Und ich sage dir, er war es. Der Junge mit dem strohfarbenem Haar!« Harry packte Griselda, riß sie mit einem mächtigen Arm an sich und stapfte mit ihr wie in einem schwerfälligen Tanz durch die Küche, wobei er ihr unentwegt auf die Zehen trat. Seine Hände waren genauso groß wie die von Gloriana, und selbst an ihm sahen sie geradezu unförmig aus. Er hatte bereits Hängebacken, bläulich schimmernd wie Stahl, und einen deutlich hervortretenden Bauch. Kein sehr einnehmender Tanzpartner. »Der mit dem strohfarbenen Haar war der Prinz!« bellte er heiser.

»Sein Haar war nicht strohfarben«, sagte Elly, »es war goldblond.« Sie saß in der Ecke neben dem Schornstein, wie so oft, und sie sagte es so leise, daß niemand es hörte. Doch selbst wenn es jemand gehört hätte, hätte man ihr keine Beachtung geschenkt. Das war mir schon aufgefallen. Niemand schenkte Elly viel Beachtung. Außer mir, natürlich. Immer wieder suchte ich in ihr etwas von Edward. Seine Geduld. Seine Hingabe. Und immer wieder mußte ich mir überrascht vergegenwärtigen, daß er nicht ihr wirklicher Vater gewesen war. Und dennoch hatte er ihr so viel geschenkt. Das alles wieder von ihr genommen wurde, ausgelöscht, als sein Leben ausgelöscht wurde.

»Du hast den Königssohn auch gesehen?« fragte ich sie halblaut.

Sie nickte, preßte Kiefer und Lippen zusammen und machte ein finsteres Gesicht. Sie hat mir noch kein einziges Lächeln geschenkt – ausgenommen als Reaktion auf eine Verlegenheit meinerseits, und dann lächelt sie nicht, sondern lacht.

»Sah er gut aus?« fragte ich.

Sie holte tief Atem. Eine Antwort brauchte es nicht; ihre Augen waren Antwort genug. Dann sah sie mich, im Bewußtsein, sich verraten zu haben, voll Abscheu an.

»Werden wir zu dem Ball gehen?« fragte Harold seine Mutter. »Wir brauchen neue Kleider!«

»Ihr alle?« fragte Lydia unentschlossen. »Nun,

Harry, ich weiß nicht. Ich bin gar nicht sicher, ob wir überhaupt jemanden finden, der Kleider macht!«

»Wir müssen hin!« entgegnete er vielsagend. »Müssen die Mädchen herzeigen. Du weißt, was er will, nicht wahr? Er schaut sich nach einer Braut um. Darum sind alle jungen Leute eingeladen.«

»Es sind aber auch die jungen Herren eingeladen!« warf Griselda ein.

»Mit wem würden die jungen Damen denn sonst tanzen?«

»Mutter, glaubst du, daß er *wirklich …?*« fragte Gloriana, das Gesicht plötzlich puterrot und in den Augen heiße Hoffnung. Ach, du armes Kind, dachte ich, vergiß deine Wunschträume. Das Geschick ist gegen dich, du armes, häßliches Ding. Ihre Haut war so rauh wie ihre Hände, ihr Haar eine verworrene, verfilzte Masse, und sie roch nach jahrelang gereiftem Dreck. Mir schwoll das Herz vor Mitleid mit ihr und mit Griselda und mit allen anderen Gänsen im Stall, die gern fliegen könnten.

»Vielleicht kann ich eine Näherin finden«, sagte ich. »Früher einmal kannte ich mich in der Nachbarschaft recht gut aus.«

»Es geht nicht nur um die Näherin!« regte Lydia sich auf, »Sondern viel eher noch um die Stoffe! Seit der Schwarze Tod zum zweitenmal umging, gibt es die Kaufleute von früher nicht mehr!«

»Ich werde mich bemühen«, sagte ich. Edward hatte einst einen Vorrat von allerlei Stoffen für mich angeschafft, auch in Erwartung des Tages, an dem Elladine Kleider benötigen würde. Er hatte sie aus London kommen lassen oder direkt von fahrenden Händlern erworben. Außerdem liebte er es, mich in Seide aus dem Orient zu sehen, in Damast und Samt aus Florenz. In den Dachkammern befanden sich Kisten voll sorgsam gefalteten, in Leinwand eingeschlagenen Geweben, die man mit Nieswurz gegen Mäuse und mit Wermut, Stabwurz, Lavendel und Rosmarin gegen Motten gewappnet hatte. Die Burschen mischen die Asche von Stabwurz mit Öl und schmieren sich damit das Gesicht ein, um den Bart rascher wachsen zu lassen. Knabenhoffnung und Jungfernpech, so wird es genannt. Daran erinnerte ich mich, als ich die Leinwand aufschlug, erinnerte mich daran, daß Janet es mir gesagt hatte. Sie war ein richtiges Kräuterweiblein, Janet, weit mehr noch als meine Tanten, und dabei hatte sie einen ganz gewöhnlichen Namen.

Was vorhanden ist, ist eine ziemliche Länge senffarbener Seide, die für eine Robe für Gloriana ausreichen würde, und genug blaugrüner Damast für Griselda. Beide Stücke hat Edward von einem Tuchhändler erworben, der sie aus Italien mitgebracht hatte. Dazu gibt es genug Florentiner Damast, um daraus kurze Gewänder für die Jungen zu machen, und Samt für Wämser. Orientalische Seide ist da, die für Unterkleider reichen sollte, und große Spulen feinen Seidenfadens zum Stricken von Strümpfen, wenn wir Zeit hätten zum Strümpfestricken. Doch es sieht so aus, als würde die Zeit dazu oder für bestickte Ärmel zu knapp, aber die Stoffe selbst sind verschwenderisch verziert und von ausreichender Schönheit. In all den Kisten habe ich hingegen nichts für Elladine gefunden. Sie braucht etwas Leichtes, etwas Helles, das mit ihrem dunklen Haar harmoniert. Etwas Weißes. Es muß weiß sein, mit kurzen, fülligen Ärmeln und einem geschlitzten Saum, der ein helles, bodenlanges Unterkleid sehen läßt. Und die Ärmel *werden* mit Blüten bestickt sein, und wenn ich einen von Pucks Leuten bestechen muß, das zu erledigen.

Am Tage des heiligen Omer,
im September des Jahres Unseres Herrn 1367

Die Siebenmeilenstiefel machten es zu einem kurzen Ausflug nach London. Ich reiste spät nachts hin, blieb einen halben Tag und kehrte mit weißem Satin und einigen Paar weißer Seidenstrümpfe, die aus Spanien stammen, zurück. Vor den anderen tat ich so, als hätte ich alles in einem Dachkämmerchen entdeckt.

»Mama, laß Elly zu Hause, sonst verdirbt sie uns alles!« hörte ich Gloriana sagen.

»Ich glaube nicht, daß Elly mitkommen sollte«, sagte Lydia später zu mir und Elly.

»Oh, das ist auch meine Meinung«, antwortete ich, »sie ist noch viel zu jung.«

»Ich bin nicht zu jung!« brüllte mir Elly – noch später – ins Gesicht.

»Natürlich nicht, Kind. Aber willst du denn, daß Gloriana dich in der Zwischenzeit grün und blau kneift? Und das wird sie, wenn sie glaubt, du gehst auch zum Ball. Sie könnte dir sogar einen Arm oder ein Bein brechen oder dir das Haar ausreißen. Also schmolle und halt den Mund.«

Sie schmollte und hielt den Mund. Ich riet Lydia, schon eine Woche vor dem Fest damit anzufangen, ihre Töchter zu baden, um nach und nach den angesammelten Dreck und Speck zu lockern, aber sie gähnte nur, sagte, das wäre nicht schlecht und tat nichts dergleichen. Ich begann, mich mit Ellys Haar zu beschäftigen, bürstete es jeden Abend und rollte es auf kleine Lappen, wobei ich insgeheim Candy für die Geduld Dank sagte, mit der sie mir all dies beigebracht hatte. Doch eigentlich hatte Ellys Haar all diese Bemühungen gar nicht nötig, denn es war ein kostbarer Schatz, eine ebenholzfarbene Kaskade aus lichtloser Üppigkeit. Die Vorfreude auf die Festlichkeiten machte ihre Augen verträumt, und ihre schwellenden Lippen wölbten sich zu unsichtbaren Küssen.

Während sich Frauen aus dem Dorf mit den Kleidern für Lydias Kinder herumschlugen, holte ich Hilfe für mein eigenes Kind herbei. Spät nachts, als ich auf der Bettkante saß, sagte ich: »Fenoderee, ich brauche einen Freund!«, sah zu Boden, und er war zur Stelle.

»Du siehst älter aus«, stellte er unverschämt fest.

»Ihr wußtet doch, wie alt ich aussehen würde«, sagte ich, »du und Puck, als ihr mich zurücksandtet! Und euer Spottlied habe ich auch noch im Ohr: Schönheit und Sack und Asche ... also, wirklich!«

»Du kannst so jung aussehen, wie du willst«, verriet er mir.

»So wie Elladine?« erkundigte ich mich. »Wie Mab?«

Plötzlich aus der Fassung gebracht, starrte er seine Füße an.

»Fenoderee?« fragte ich.

»Laß ihn in Ruhe«, sagte eine Stimme, und Puck trat aus dem Wandteppich hervor. »Er hat Angst, es dir zu sagen.«

»Mir was zu sagen?« stammelte ich.

»Daß Königin Mab einen Wutanfall bekam, als Thomas ihr durchgegangen war und du nicht aufzufinden warst, und deine Mama als Zehent verwendet hat.«

Es folgte ein Augenblick völliger Stille, und dann kam ich wieder zu mir; ich lag flach am Boden, und die beiden beugten sich über mich, während Fenoderee zu Puck sagte: »Herrjemine, das brauchte sie doch nicht zu wissen, du Idiot!«

»O doch!« entgegnete Puck. »Damit sie sich nicht von ihren Stiefeln nach Feery zurücktragen läßt, weil sie glaubt, Elladine dort vorzufinden! Damit sie nicht etwas Unbedachtes sagt, wo Oberon sie hören könnte!

Bis jetzt gibt er uns Bogles dafür die Schuld, daß Thomas sich aus dem Staub machen konnte. Bis jetzt weiß er nicht, daß Beauty darin verwickelt ist. Niemand weiß das, nur Carabosse.«

»Was ... ist Mama tot?« fragte ich.

Puck schüttelte den Kopf. »Uns aus Feery bringt man nicht so leicht um, Beauty. Außerdem ist sie mit dem Herrn der Finsternis sogar verwandt. Er haßt Feery, aber es ist nicht Feery, was er zerstören will. Carabosse hat uns aufgetragen, dir zu sagen, daß er wahrscheinlich mit Elladine eine Zeitlang spielen und sie dann freilassen wird. Das tut er für gewöhnlich mit Dingen, an denen er seinen Spaß hat.«

Sie halfen mir, mich aufzusetzen, und Puck gab mir ein wenig Wein aus der Flasche im Schrank. Er griff danach, als wüßte er ganz genau, wo sie sich befand. Als wäre er zuvor schon dagewesen.

»Es gibt nichts, was du in diesem Fall tun könntest«, beschwor er mich. »Carabosse sagt, du sollst dich nicht aufregen oder daran denken, *irgend etwas* zu tun. Sie sagt, du wirst verstehen, was sie meint.«

Ich verstand. Wenn ich hätte wählen müssen zwischen Thomas, der ein Mensch war wie ich, und Elladine, die zwar meine Mutter war, der dieser Umstand jedoch ziemlich gleichgültig schien, so hatte ich meine Zweifel, wie ich mich entscheiden würde. Jedenfalls hatte Carabosse recht: Ich konnte absolut nichts tun. Falls ich etwas unternahm, würde ich damit nur die Aufmerksamkeit auf mich lenken.

»Du wolltest etwas von uns, sonst hättest du uns nicht gerufen«, stellte Puck fest.

Es erschien mir mit einemmal die reinste Torheit, aber ich sagte ihnen, was ich wollte. Jemanden, der ein paar Kleider nähte für Elladines Namensschwester, meine Tochter. Ich hatte schon daran gedacht, das selbst zu übernehmen, da ich ja in Feery schon Kleider gefertigt hatte, aber der Gedanke daran wollte mir nicht recht gefallen. »Ich möchte jemanden haben, der das schon oft getan hat«, erklärte ich Puck. Ein gewisser Blick wurde zwischen den beiden gewechselt, und Puck sagte, er würde jemanden vorbeisenden. Als er sich anschickte zu gehen, fragte ich: »Als ich noch ein Kind war und dich im Wald sah, hatte Carabosse dich da zu mir gesandt?«

Er blickte mich frech an. »Mich?« fragte er zurück. »Warum sollte ich mich in *deinem* Wald herumtreiben? Ich schicke dir eine Näherin.«

Sie kam. Eine Bogle-Näherin, um Ellys Ballkleider zu nähen. Drei strahlend weiße Kleider: eines bestickt mit Maßliebchen über einem gelben Unterkleid; eines mit Immergrün über einem blauen; eines mit Rosen über einem roten. Der Händler hatte erklärt, die rote Seide würde aus dem Orient stammen, weit hinter dem Heiligen Land – dem einzigen Ort, wo die Färber dieses Rot zustandebrachten. Es war um so vieles strahlender als Krapprot. Vermutlich stammte es von Schnecken. Und aus China, dachte ich bei mir, denn selbst im zwanzigsten Jahrhundert kamen die allerfeinsten Seiden immer noch aus China. Die Näherin machte auch drei spinnwebfeine Schleier für Ellys Haar. Einen mit Perlen, einen mit Saphiren, einen mit Rubinen. Ich habe alles versteckt; es soll eine Überraschung werden.

Am Tage des heiligen Lambert,
im September

Als der Morgen des ersten Festes da war, entschlossen Gloriana und ihre Schwester sich zu einem Bad. Obwohl ich mich in größtmöglicher Entfernung aufhielt, mußte ich das Kreischen mit anhören, als verfilztes Haar sich gegen das Auskämmen wehrte und eine fest verankerte Schmutzschicht sich nicht von der Haut trennen wollte. Elly hockte in einem Winkel meines Zimmers und lächelte gedankenverloren, so, als wäre sie schon weit weg und tanzte mit ihrem Prinzen. Ich sprach zu ihr, beschwor sie, ihr hitziges Temperament im Zaum zu halten und die gerunzelte Stirn zu glätten. Ich erklärte ihr, daß Männer Mädchen vorzögen, die sanft und zurückhaltend in ihren Worten sind. Sie lächelte nur, als würde nichts von dem, was ich sagte, sie selbst betreffen. Es war, als wäre ihr Geschick bereits festgelegt und sie wüßte es. Ein eiskalter Hauch lief mir über den Rücken. Was konnte ich tun?

Am Abend ritten Harry und Bert mit ihren Schwestern zum Schlößchen der Königsfamilie davon, das etwa sieben oder acht Meilen entfernt ist. Ich sagte Lydia, daß auch Elly und ich ausreiten wollten, doch statt dessen verzogen wir uns in einen der Ställe, wo ich bereits bestimmte Utensilien vorbereitet hatte: einen Kürbis; einen Käfig voller Mäuse; sechs Eidechsen; eine fette Kröte. Sogar einen Zauberstab hatte ich zurechtgelegt, um der Sache zusätzliche Spannung zu verleihen, obwohl er, um ehrlich zu sein, völlig unnötig war: mit alledem, was Mama und Oberon mir beigebracht hatten, hätte ich die Angelegenheit mit verbundenen Augen und auf dem Rücken gefesselten Händen erledigen können.

Aus den Mäusen wurden Rösser, tänzelnde Pferde im gleichen Grauton und mit beträchtlichem Temperament. Der Kürbis wurde zu einer goldenen Kutsche, wie sie noch keines Menschen Auge zuvor erblickt hatte – oder in den nächsten Jahrhunderten erblicken würde. Dazu war sie hervorragend gefedert, und im vierzehnten Jahrhundert hatte noch niemand eine Ahnung von Federungen. Aus der Kröte wurde der Kutscher, und aus den sechs Eidechsen die Lakaien – die Lakaien in grünen Livreen und der Kutscher in einer braunen. Die Livreen kosteten mich beinahe das letzte bißchen Zauberkraft, das ich in mir hatte, und ich war ein wenig außer Atem, als ich ernsthaft mit Elly sprach.

»Nun hör mir zu. Diese Equipage wird dich unter großem Aufsehen dorthin bringen. Der einzige Grund, warum wir all diesen Aufwand treiben, besteht darin, den Prinzen dazu zu bringen, dich zu bemerken. Ich habe dich mit einem Zauber belegt, der ihn in deinen Bann schlagen und Gloriana und ihre Geschwister davon abhalten soll, dich zu erkennen. Jedoch wird nichts davon bis zum Morgen anhalten. Mit den meisten Zauberdingen ist das so. In der Nähe des Schlößchens befindet sich eine Abtei, und wenn die Klosterglocke zur Frühmette läutet, mußt du das Fest verlassen, sonst bist du nicht rechtzeitig vor Sonnenaufgang zu Hause.« Das erinnerte mich daran, wie ich immer auf das Gebimmel der Kapellenglocke gewartet hatte, als ich damals Ned für mich gewinnen wollte, ihren Vater, der nicht wirklich ihr Vater war. Die Frühmette sollte bald nach Mitternacht gesungen werden, doch meiner Erfahrung nach waren die Mönche immer ein wenig verspätet dran damit.

»Es sind doch nur etwa zwei Stunden von dort hierher!« protestierte sie.

»Ohne Zwischenfall, ja. Aber wenn dein Kutscher ein Rad zu flicken hat, könnte es länger dauern. Du mußt eine große Sicherheitsspanne einrechnen.«

»Ich könnte zu Fuß nach Hause gehen.« Sie hob die Schultern und bedachte mich mit einem von Jaybees starrsinnigen, widerborstigen Blicken.

»Natürlich könntest du das, wenn du morgen nicht

mehr dabeisein willst. Es sind nur etwa acht Meilen. Aber wenn du morgen wieder hinfahren willst, dann sei bei Sonnenaufgang zu Hause. Ich muß das, was wir hier haben, wieder verwenden.« Bei Dingen, die schon einmal verzaubert gewesen waren, kostet es weniger Anstrengung, sie erneut zu verzaubern. Außerdem hatte ich Tage gebraucht, um sechs Eidechsen zu fangen. Ich war nicht mehr so beweglich wie als Kind, und unseligerweise kann man sie erst verzaubern, wenn man sie in der Hand hält. Ich gab Elly das Kleid mit den gestickten Maßliebchen (welches sie einer kritischen Betrachtung unterzog, ehe sie es für brauchbar erklärte), kämmte ihr das Haar und schickte sie auf den Weg.

»Barfuß?« fragte sie. »Eine feine Fee und Patentante bist du mir! Sie werden lachen, bis sie Bauchweh haben!«

An Schuhe hatte ich nicht gedacht. Ich hatte mich bei allem anderen bis zum äußersten angestrengt, aber an Schuhe hatte ich nicht gedacht! Um drei Paare aus dem Nichts hervorzubringen, dazu hatte ich nicht mehr genug Zauberkraft. Eines würde genügen müssen. Eines, das zu allen Kleidern paßte. Ich wollte sie weiß machen, aber ich war müde. Sie kamen transparent heraus, durchsichtig wie Glas. Das hätte mich nicht überraschen sollen, tat es aber dennoch. In Zukunft würde die Geschichte nach und nach hundert verschiedene falsche Einzelheiten enthalten, aber die verdammten Glasschühchen gehörten wirklich dazu.

Ich fand sie schrecklich. Blöde Dinger, die aussahen wie aus Plastik. Elly hatte noch nie Plastik gesehen, also war sie begeistert davon. »Gläserne Schuhe!« rief sie. »Jetzt glaube ich fast wirklich, daß du eine gute Fee bist!«

Ich hatte eine Kröte in einen Kutscher verwandelt,

Mäuse in Pferde, hatte eine Kutschenfederung Jahrhunderte vor ihrer tatsächlichen Erfindung beigesteuert, aber Glasschuhe waren vonnöten, daß sie mir endgültig glaubte! Ich sah müde zu, wie sie wegfuhr, und nach einer Weile streifte ich meine Siebenmeilenstiefel über und ließ mich dorthin bringen, wo sie hinging. Ich wollte nichts anderes, so redete ich mir ein, als ihr zusehen, wie sie sich amüsierte. In Wahrheit ging es mir wohl um das Loswerden von Schuldgefühlen. Ich hätte ihr gewiß einen besseren Dienst erwiesen, wenn ich mit ihr ein ernsthaftes Gespräch über die Realitäten des Lebens geführt hätte, aber wer war ich denn schon, um über Realität zu sprechen? Sie war zu einem Viertel Fee, und ich zur Hälfte. Vielleicht hätte ich sie sogar in einigen Dingen unterweisen können, die Mama mich gelehrt hatte.

Lieber nicht, sagte mein Gewissen. Lieber nicht. Mein Gewissen klang sehr nach Pater Raymond. Elly würde eine solche Fähigkeit nicht weise einsetzen. Oder auch nur wohlmeinend. Nicht, bevor sie einige Jahre älter war, wenn überhaupt je.

Das Fest des Königssohnes war eine recht stümperhafte Angelegenheit. Ein Dutzend Musikanten aus der Umgebung kratzten und bliesen vor sich hin, und jeder von ihnen hätte wohl einem Schwein, das gerade geschlachtet wird, wohltönendere Laute entlockt. Dennoch lag über dem Ganzen eine gewisse kunstlose Vitalität, die teils direkt aus den Weinfässern stammte, teils aus dem unbekümmerten Mißachten der Musiknoten und teils aus der Entschlossenheit offenbar jedes einzelnen Anwesenden, sich königlich zu unterhalten. Die Melodien, die gespielt wurden, waren allen wohlbekannt; die Musikanten hätten sich auch an nichts anderes heranwagen können. Und als ich ihnen meine Stimme lieh, hielten sie diese für eine Auswirkung der fortschreitenden Trunkenheit und spielten eher besser als zuvor.

Der Prinz war strohblond und ein hübscher Junge, auf eine anmutige, fast mädchenhafte Art. Er hatte eine ebenmäßige Nase, einen schön geschwungenen, zarten Mund, dunkle Augen und dramatisch gezeichnete Augenbrauen. Er war etwas größer als Elladine, aber doch mehr als einen Kopf kleiner als die arme Gloriana. Der Kosename, mit dem seine Mutter ihn bedacht hatte, war ›Prinz Liebenswert‹ (oder ›Charmant‹, wie wir ihn im zwanzigsten Jahrhundert genannt hätten), und der Name paßte ausgezeichnet zu ihm. Seine Mama war dick und freundlich und vernarrt in ihren Sohn. Sein Vater, der König oder Exkönig oder was auch immer, war schweigsam und bekümmert. Wenn die Mama den Papa nicht auf den Boden der Tatsachen zurückrief, saß er auf seinem goldenen Stuhl und starrte in ferne Gefilde, in die ich ihm nicht folgen konnte. Der Verlust eines Königreiches, und sei es auch nur eines sehr kleinen, kann wohl schwer auf einem lasten, nehme ich an.

Der junge Prinz tanzte pflichtschuldigst mit allen Damen, auch mit den sehr häßlichen, unter denen Gloriana die Spitze hielt, Griselda jedoch nur um Haaresbreite schlug. Es gab drei oder vier recht hübsche Mädchen, und der Rest war so, wie man es erwarten konnte, wenn man zusammentrieb, was in der Gegend so heranwuchs. Elladine traf zwei Stunden vor Mitternacht ein; sie ließ die Kutsche direkt an der Terrasse vor dem Ballsaal vorfahren, genau wie ich ihr aufgetragen hatte, so daß ihre Ankunft niemandem entging. Ich hatte sie davon überzeugt, daß dies nur beitragen konnte zu dem geheimnisvollen Flair, das sie umgeben und noch begehrenswerter machen würde. Nicht, daß sie zusätzliche Reize benötigt hätte; was ich ihr verliehen hatte, war völlig ausreichend – mehr noch: jetzt, wo ich daran zurückdenke, finde ich, daß selbst das, was sie ohne mein Zutun mitgebracht hätte, wohl völlig ausreichend gewesen wäre! Sie und der Prinz tanzten, tanzten noch einmal und tanzten wiederum. Etliche der jungen Damen bedachten ihre Tanzpartner und die Konkurrenz mit finsteren Blicken. Gloriana sah ziemlich rot im Gesicht aus und wirkte einigermaßen verdrießlich. Rasch behexte ich die jungen Männer, die am Rand der Geschehnisse standen und zusahen, um sie für Gloriana zu entflammen, aber es nutzte nichts; Gloriana hatte nur Augen für den Königssohn.

Nach einiger Zeit wurde ich des Zusehens müde. Ich ging hinaus auf die Terrasse, zog den Mantel aus und setzte mich auf eine Bank, um durch die Fenster die Vorgänge im Saal im Auge zu behalten. Der Abend war windstill und warm. Ich hörte das Lied einer Nachtigall unter den Bäumen.

»Würdet Ihr mir diesen Tanz schenken, Madame?« sagte eine Stimme an meiner Schulter.

Ich blickte auf. Es war Giles. Worte waren überflüssig. Ich stand einfach auf, überließ ihm meine Hand, und wir tanzten wie die Leute im Saal, verbeugten und drehten uns im Kreis und achteten darauf, daß nur unsere Hände einander berührten. Er sah mich an, lächelte, und in seinen Augen gloste etwas, das beinahe Wiedererkennen war.

»Ich habe Euch schon einmal getroffen«, flüsterte er. »Ich wollte, ich könnte mich entsinnen, wo.«

»Auf Burg Westfaire«, nickte ich. »Bei irgendeiner Gelegenheit. Vielleicht bei einem der Hochzeitsbankette.«

Er schüttelte lachend den Kopf. »Ach, Madame!«

»Catherine«, sagte ich, »mein Name ist Catherine.«

»Ach, Catherine!« Er verbeugte sich und führte mich in einem Kreis um sich herum, eine Hand in die Hüfte gestemmt. Seine weichen Schuhe verursachten ein leises Geräusch auf den Steinplatten. »Ich erinnere mich nur zu gut an diese Bankette! An Lady Sibylla mit ihrem verkniffenen Gesicht. An Beauty, die Tochter des Herzogs, eine kaum erblühte Rose. An all die Tanten. Wenn ich Euch dort gesehen hätte, würde ich mich dessen entsinnen!«

Als er ›Beauty, die Tochter des Herzogs‹ sagte, war seine Stimme ganz sanft und voller Sehnsucht. Ich konnte nicht anders, ich ließ die Verzauberung geschehen. Nicht viel. Nicht, um wieder sechzehn zu sein. Nur, um schön zu sein.

Er lächelte mich an, und sein Gesicht wurde jünger. Wir tanzten. »Ihr seht aus wie sie!« stellte er fest. »Wie Beauty! Seid Ihr verwandt mit den Herrschaften von Westfaire?«

»O ja«, antwortete ich. »Edward von Wellingfords Ehefrau war mit den Herren von Westfaire verwandt. Er war Ellys Vater. Und ich bin ihre Tante.«

»Ich wußte nicht, daß es damals außer Beauty noch jemandem gelungen ist, aus Westfaire herauszukommen«, sagte er leise. »Und sie mußte wieder zurück. Ich dachte, es wären noch alle dort.«

»Manche Familienmitglieder waren damals nicht zugegen«, erklärte ich. »Elly war noch gar nicht geboren. Und ich befand mich auswärts.«

Seine Finger schlossen sich enger um die meinen. Seine Blicke wollten sich nicht von meinem Gesicht lösen, und die meinen hingen an dem seinen. Wir tanzten, und mit jeder Stunde, die verging, zog er mich näher an sich.

Im nahen Kloster läutete die Glocke zur Frühmette. Widerwillig entzog ich mich Giles' Arm.

»Morgen abend?« fragte er mich.

Ich nickte lächelnd. O ja, morgen abend!

Ich wandte mich zum Fenster und erblickte Elly; lauschend hatte sie den Kopf schiefgelegt. Sie schwankte, denn sie wußte, wenn sie ging, würde der Prinz mit den anderen Mädchen weitertanzen. Aber sie wußte auch, daß sie am folgenden Abend nicht würde kommen können, wenn sie blieb. Die Besonnenheit gewann Oberhand, und sie schlüpfte aus dem Ballsaal und lief über die Terrasse zu dem Platz, wo die Pferde warteten. Die Kutsche befand sich bereits auf halbem Weg zur Landstraße, als der Prinz merkte, daß sie nicht zurückkommen würde. Mittlerweile saß sie bereits in die Kissen der schaukelnden Kutsche gelehnt und träumte mit einem sinnlichen Lächeln auf den Lippen vor sich hin, während ich ihr unsichtbar gegenübersaß, sie beobachtete und mir wünschte, ich würde noch mit Giles auf der Terrasse tanzen.

Wir waren rechtzeitig zu Hause. Ich entzauberte meine Helfer, verstaute Mäuse und Eidechsen in kleinen Käfigen in einer leeren Krippe und schickte Elly ins Haus schlafen. Sie wollte nicht ins Bett, also gab ich ihr zu bedenken, sie würde häßlich und müde aussehen, wenn sie noch länger aufblieb, und das wirkte. Auch ich legte mich ein Weilchen aufs Ohr. Gegen Mittag zog ich mir die Stiefel an und kehrte in das Schlößchen des Königssohnes zurück, weil ich erfahren wollte, wie es um seine Gedanken und Gefühle stand und, was vielleicht noch wichtiger war, um die Gedanken und Gefühle seiner Eltern. In der vergangenen Nacht hatte ich seinen Papa dabei ertappt, wie er Gloriana anstarrte, und mir war klar geworden, daß es möglicherweise Erwägungen geben könnte, von denen ich nichts wußte.

Es gab sie. Der Prinz war in voller Fahrt und japste

mit hoher, bebender Stimme: »Sie ist häßlich! Sie ist abscheulich! Sie ist schrecklich groß!«

»Aber ihr jüngerer Bruder ist Erbe eines riesigen Vermögens. Er würde ihr einen hübschen Batzen davon in die Ehe mitgeben!«

»Er kann ihr den Mond und alle Sterne in die Ehe mitgeben, ich will sie trotzdem nicht!«

»Man muß Pflicht und Vergnügen trennen. Wenn wir je wieder den Thron besteigen wollen ...«

»Den Thron! Solange das Volk Onkel Richard nicht davonjagt, gibt es keinen Thron zu besteigen! Und selbst wenn wir einen Thron hätten, wollt ihr mich verheiraten ohne Aussicht auf einen Erben? Ich schwöre euch, ich würde eher einer Sau im Stall beiwohnen als diesem Weib, und wollte man mich dazu zwingen, würde ich mich zuvor entleiben!« Es klang düster und leidenschaftlich.

»Aber wir haben doch keine Ahnung, wer diese andere Jungfer ist! Nicht die geringste Ahnung!«

Das stimmte; sie wußten nicht, wer sie war. Und sie würden es auch nicht erfahren, bis Elly vor Glorianas Rache sicher sein konnte. Ich hatte den Eindruck, die Sache stünde recht gut für uns, und machte mich auf den Heimweg, um weiterzuschlafen.

An diesem Abend trug Elly Blau. Sie bat flehentlich, bleiben zu dürfen, bis im Morgengrauen zu den Laudes geläutet wurde. Das kam mir eigentlich schon zu nahe an den Sonnenaufgang heran, aber ich erlaubte es. Wie konnte ich widerstehen, wenn sie so inbrünstig darum bat? Wie konnte ich widerstehen, wo ich doch selbst länger bleiben wollte? Als sie beim Ball eintraf, waren ihre Augen noch verträumter als am Vorabend und ihre Bewegungen noch lüsterner, noch erregender. Der junge Hahn war zwar liebreizend wie ein Mädchen, aber er hatte es in sich, das Feuer dieses kleinen Hühnchens zu schüren. Ich beneidete sie. Ach, wie ich sie beneidete! Eine Anziehungskraft dieser Art hatten auf mich nur Giles und der Botschafter von Baskarone ausgeübt. Selbst in Ylles, wo rund um mich ohne Unterlaß das stattfand, was für Liebe gehalten wurde, hatte es in mir kein Verlangen geweckt. Ganz anders Elly. Wenn man sie berührte, erglühte sie. Ich beneidete sie um ihre Lust, um die lüstern-prallen Wogen, auf denen sie schwamm, um den Sinnenkitzel, den sie auskostete.

Ich beneidete sie und eiferte ihr nach. Auf der Terrasse wartete Giles auf mich, und wir tanzten wieder. Ich brachte ihm einen neuen Tanz bei, einen, den ich im zwanzigsten Jahrhundert gelernt hatte und bei dem man nicht auf Armeslänge voneinander entfernt dahinschreitet, sondern sich eng an den Partner preßt. Und wiederum schlug ich uns in einen Zauberbann, der uns beide umfing. Ich war jung, und er war es auch. Wir waren zusammen. Nichts trennte uns außer der sanften Bewegung der Musik, und sogar die Musik war verzaubert. Ich hielt ihm die Lippen hin und ertrank in seinen Küssen. Wir steckten die Hände in die weiten Ärmel des anderen, und nichts war zwischen unserer nackten Haut als die eine hauchdünne Schicht Seide unserer Unterkleider. Wir preßten die Schenkel aneinander, preßten die Knie zwischen die des anderen und ließen die Stunden in einer Leidenschaft dahingleiten, die immer glutvoller wurde und dennoch unerfüllt blieb.

Das Läuten zur Morgenmette; wir ignorierten es. Das Läuten zu den Laudes. Ich riß mich von ihm los, bemerkte den benommenen Ausdruck auf seinem Gesicht und wußte, ich sah genauso drein.

»Morgen!« sagte ich. »O ja, morgen!«

Elly rannte bereits die Stufen zur Kutsche hinab, als

ich in meinen Mantel gehüllt aus der Dunkelheit trat. Ich erblickte den Prinzen, der ihr nachlief, und ließ ihn stolpern und hinfallen. Wir schafften es gerade noch bis nach Hause, bevor die Sonne aufging, und wäre ich nicht in meinen Stiefeln neben der Kutsche hergejagt, um die Pferde anzutreiben, hätte Elly sich verspätet.

Es war früh am Nachmittag, als sie erwachte. »Heute abend muß ich nicht früher weg«, sagte sie zu mir. »Es ist die letzte Nacht. Ich gehe hinterher zu Fuß nach Hause.«

»Wenn du bei Sonnenaufgang noch im Ballsaal bist«, warnte ich sie, »trennen sich alle Nähte der guten Feen auf. Der Stoff, aus dem Kleid und Schleier gemacht sind, fällt zu Boden, und du stehst nackt da. Alle werden dich auslachen. Verlaß ihn lieber zu den Laudes, so wie letzte Nacht, und laß mich Heiratsvermittlerin für dich spielen.«

»Ganz früh am Morgen!« bettelte sie. »Wenn die Glocke zur Prim läutet!«

»Zur Prim geht die Sonne schon auf!« rief ich. Sie tat mir leid, und ich beneidete sie. »Wenn es zu den Laudes läutet, weißt du, daß der Morgen graut. Dann mußt du laufen, oder du sitzt in der Falle! Ich bin sicher, die Eltern des Prinzen möchten nicht, daß er ein Mädchen heiratet, das im Ballsaal die Kleider fallenläßt.«

Sie versprach es mir. Ich hörte ihr kaum zu, denn ich dachte bereits an meinen eigenen Liebsten. Und so begleitete ich sie ein letztes Mal und sah ihr durchs Fenster hindurch kurz nach, ehe Giles eintraf. Der armen Gloriana blieb keine Hoffnung mehr, und jetzt wußte sie es auch, denn der Prinz tanzte mit keiner außer Elly.

Und Giles und ich lagen im Gras unter der Terrasse, verborgen von meinem Mantel.

»Beauty!« seufzte er, und ich korrigierte ihn nicht. Ich war es ja. Und er war er. Wir waren wir. Unsere Körper bewegten sich und berührten einander, und nun befand sich gar nichts mehr zwischen uns. Wir griffen nach den Sternen, einmal, zweimal, dreimal und fielen schließlich erschöpft zurück in die Wärme unseres Nestes. Mein Wams lag irgendwo im Gras. Mein Unterkleid schlang sich um meinen Hals. Giles hatte nur sein Hemd am Leib. Unser Fleisch war noch naß und wollte sich nicht von dem des anderen lösen.

Eine Glocke läutete.

»Frühmette«, murmelte ich träge.

»Laudes«, entgegnete er genauso träge. »Die Frühmette war schon vor Stunden.«

Über mir auf der Terrasse hörte ich ein Geräusch und blickte hoch, um Elly in den Armen des Prinzen zu sehen.

Die kleine Närrin würde sich um ihre Kleider bringen und nackt da oben stehen, wenn sie noch lange dablieb und ihn anflehte, sie auf der Stelle zu nehmen, was ihm gewiß nicht schwergefallen wäre. Aber ich konnte ihr keinen Vorwurf machen – wie hätte ausgerechnet ich ihr einen Vorwurf machen können? Dennoch, ihre Chancen, ihn zu heiraten, wären ein für allemal dahin. Seine Eltern würden eine solche Ungehörigkeit nicht vergeben. Königssöhne hatten jungfräuliche Bräute heimzuführen, damit kein Schatten des Zweifels auf die Rechtmäßigkeit ihrer Erben fallen konnte. Und so setzte ich mich mit einer Kraft in Bewegung, über die ich eigentlich gar nicht verfügte, entwand mich Giles' Armen, warf den Mantel um mich, lenkte den Prinzen mit einem weit entfernten Hahnenschrei ab, riß Elly unter dem Mantel an mich und trug sie davon.

Sie wehrte sich. Sie war ein kräftiges Mädchen, und

so konnte ich sie erst zur Kutsche schaffen, als diese sich bereits aufzulösen begann. Im nächsten Moment rollte der Kürbis an ihrer Stelle über den Kies, zerplatzte und verspritzte seine Kerne. Mäuse liefen in alle Richtungen davon, während die Kröte mit einem ernüchternden Quaken in ein Gebüsch hüpfte. Glücklicherweise blickte niemand herüber, denn alle starrten aus den Fenstern auf die Terrasse, wo der Prinz wie ein Verrückter im Kreis lief. Irgendwie zog ich mir die Stiefel über, belegte Elly mit einem Bann, der sie stumm und fügsam machte, nahm sie wieder in die Arme und sagte: »Stiefel, tragt uns zu den Stallungen beim Dower House.« Während der Reise hörte ich die Glocke zur Prim schlagen.

Als ich sie hinstellte, fielen ihr die Kleider vom Leib und blieben zu ihren Füßen liegen, wie ich ihr vorausgesagt hatte. Ihre Brüste waren noch rosig vor Verlangen, die Warzen kleine Rubine. Sie faßte sich mit einer Hand zwischen die Beine, als würde etwas dort schmerzen, und vergaß sie dort, während sie mich mit einem langen, haßerfüllten Blick bedachte. »Warum hast du das getan?« fragte sie, und ihre Hand bewegte sich langsam vor und zurück.

Ich packte die Hand, riß sie zwischen ihren Beinen hervor und schüttelte Elly. »Willst du ihn für eine Nacht? Ist das alles? Für eine einzige Nacht, ehe er eine andere heiratet?«

Ihre Augen verschwammen und sahen durch mich hindurch, also schlug ich zu. Nun hatte ich ihre Aufmerksamkeit, und so fragte ich sie noch einmal, was sie wollte.

»Ich will ins Bett gehen mit ihm«, sagte sie mit einer Stimme wie warmer Honig. »Immer wieder, immer wieder.«

»Dann mußt du ihn heiraten.«

Sie machte einen Schritt zurück und strauchelte. Sie trug immer noch einen der gläsernen Schuhe, den anderen hatte sie bei unserer Flucht verloren.

»Sie sind nicht unsichtbar geworden«, sagte sie. »Einer davon hat sich auf der Treppe verfangen.«

In dem Augenblick, als sie es ausgesprochen hatte, war mir alles klar. Sie waren aus Glas. Das Material, aus dem sie bestanden, war nicht sichtbar. Also konnten sie auch nicht unsichtbar werden. Sie mochten sich nach und nach in Luft auflösen, aber sie würden nicht plötzlich verschwinden. Was der Grund dafür war, daß sie überhaupt in dem Märchen vorkamen.

»Geh zu Bett«, sagte ich matt. »Ich muß nachdenken.«

»Er wird mich heiraten«, entschied sie, als wäre sie Gott und das Geschick der Menschheit läge in ihren Händen. »Er wird es tun. Er muß. Er kann nicht ohne mich leben. Das hat er mir gesagt.«

Ich verriet ihr nicht, daß Männer oft solche Dinge sagen. Selbst anmutige Prinzen sagen solche Dinge. Selbst Giles hatte solche Dinge schon gesagt. Ich ging in meine Kammer, um zu überlegen. Um zu überlegen, und um mich anzukleiden. Das Haar hing mir wirr über den Rücken, und ich hatte nichts an außer einem fleckigen Unterkleid. Ich sah aus wie eine Frau, die die ganze Nacht lang auf dem Gras der Liebe gefrönt hatte. An Giles durfte ich gar nicht denken, denn dann begann ich sogleich zu zittern und zu beben.

Während ich so mit mir selbst beschäftigt war, nahmen die Ereignisse ohne mein Zutun ihren Lauf. Zum erstenmal fiel mir das auf, als ich draußen einen Laut hörte, aufstand und ans Fenster trat. Im Freien vor dem Haus stand Giles, schwenkte ein Pergament und tat so, als würde er davon ablesen, während er die darin enthaltene, bereits auswendig gelernte Botschaft deklamierte.

»Höret, Ihr Leute, was Euch verkündet wird: Prinz Soundso von Marvella gibt hiemit seine Absicht bekannt, sich mit demjenigen Mägdelein zu verehelichen, dessen Fuß in jenen Schuh paßt, welcher am gestrigen Abend auf der Treppe seines Schlosses gefunden wurde. Der Prinz wird in Kürze eintreffen, um allen Jungfrauen dieses Hauses Gelegenheit zu geben, den Schuh anzuprobieren.« Während ich hinabsah, bekam Giles einen Becher Wein von Lydia und erzählte ihr die ganze Geschichte, wobei er sich unausgesetzt umsah; er hielt wohl nach mir Ausschau. Ich beeilte mich mit dem Ankleiden und dachte zwischendurch, daß die Aufgabe des Heiratsvermittlers bereits von jemand anderem wahrgenommen wurde. Diese öffentliche Bekanntmachung galt beinahe ebensoviel wie eine offizielle Verlobung. Der Prinz war also entschlossen, seinen Kopf durchzusetzen, aber Elly verfügte, soviel ich wußte, über keine Mitgift, und die Eltern des Prinzen würden wohl noch das eine oder andere Wörtchen mitzureden haben.

Als ich endlich mein Haar geflochten hatte und hinunterlief, war Giles bereits weggeritten. Lydia traf ich im Garten an; sie war völlig aus dem Häuschen. Nachdem sie die Geschichte drei- oder viermal – mit Ausschmückungen – wiederholt hatte, fragte ich sie, was Edward an Heiratsgut für Elladine bestimmt hatte, ehe er starb.

Sie errötete. »Ich bin überzeugt davon, daß er daran gedacht hätte«, sagte sie, »aber er hatte ja nicht vor, so früh von uns zu gehen.«

»Ihr meint, er hat nicht für ihre Zukunft vorgesorgt?!« rief ich kämpferisch und mit starkem Zweifel in der Stimme. »Dann habt Ihr gewiß vor, seinen Mangel an Vorsorge wettzumachen!«

Sie schürzte die Lippen. »Ich habe mich mit diesem Gedanken bereits beschäftigt«, sagte sie, ohne mir in die Augen zu schauen, »aber die Entscheidung hängt wohl einzig und allein von Jung-Edward ab. Ich bin sicher, er wird in der Sache etwas unternehmen, sobald er mündig ist. Natürlich werden bis zu seiner Großjährigkeit noch eine Reihe von Jahren vergehen.«

»Fünfzehn Jahre«, stellte ich trocken fest. »Dann wird Elladine schon ein wenig ältlich sein. Etwas mehr als dreißig. Eine eingefleischte alte Jungfer!«

»Sie könnte in ein Kloster eintreten!« schlug Lydia eifrig vor. »Ich hatte ohnedies schon die Absicht, ihr diesen Vorschlag zu machen.«

Dummerweise vergaß ich, Lydia den Rat zu geben, diese Absicht noch mal zu überdenken und in jedem Fall vorher mit mir zu sprechen, ehe sie mit diesem Ansinnen an Elly herantrat. Und so marschierte Lydia, während ich noch über Mittel und Wege nachdachte, dies zu vermeiden, stracks zu Elly und schlug ihr ernsthaft vor, Nonne zu werden. Ich vernahm Ellys wütenden Aufschrei und kam gerade noch zurecht, um sie davon abzuhalten, ihre Stiefmutter umzubringen; um den tätlichen Angriff zu verhindern, dazu reichte es jedoch nicht. Den Ausdruck auf Ellys Gesicht hätte ich lieber nie gesehen; es waren Jaybees Züge, wie ich sie zuletzt erblickt hatte, erfüllt von lodernder Wut und unbeugsamer Entschlossenheit. Sie hätte Lydia mit Freuden erwürgt, und irgendwie fürchtete ich, sie könnte das noch nachholen oder etwas tun, was noch schrecklicher wäre.

Am Nachmittag traf der Prinz mit dem Schuh ein. Gloriana war die erste beim Anprobieren, aber alles, was darin Platz hatte, war ihre große Zehe. In Tränen aufgelöst zog sie ab, während Griselda ihr Glück versuchte. Ich stand daneben, zusammen mit Lydia. Auch der Prinz war zugegen, in Begleitung zweier seiner Männer, aber ohne Giles. Beiläufig fragte ich nach ihm und hörte, daß er von seiner Runde noch nicht zurückgekehrt war, was dem Prinzen reichlich merkwürdig vorkam. Es folgte ein höfliches Geplauder, während Griselda ihre Versuche aufgab.

Ich sagte: »Es lebt noch eine Jungfrau im Haus, die den Schuh anprobieren sollte.«

Lydia warf mir einen stechenden Blick zu, schickte aber doch eine Dienstmagd nach Elly, deren Stimme aus der Küche zu kommen schien.

Wir warteten auf Elly, als wir den Schrei hörten. Gloriana. Lydia und ich liefen hinaus. Wir fanden Gloriana in der Küche, wo sie das große Fleischerbeil noch in der Hand hielt; ihr Fuß war beinahe bis zur Hälfte durchgeschnitten, und das Blut sprudelte in alle Richtungen. In einer Ecke stand Elly und sah sie mit einem kaum wahrnehmbaren Lächeln an.

»Was hast du getan?« zischte ich ihr zu.

»Ich habe ihr nur gesagt, daß ihre Füße zu groß sind«, sagte Elly teilnahmslos, »und daß sie vielleicht in den Schuh passen, wenn sie die Hälfte davon abschneidet.« Sie holte den zweiten gläsernen Schuh aus der Tasche ihres Kittels und ging hinaus zu den wartenden Herren, während wir einen bitteren Kampf mit Gloriana ausfochten, um an die Wunde herankommen und das Blut stillen zu können. Doch dieses riesengroße Mädchen war einfach zu stark für uns. Sie wehrte sich, bis sie so viel Blut verloren hatte, daß nichts und niemand ihr mehr helfen konnte. Und während Elly draußen im Garten in die Arme ihres Königssohnes sank, standen Lydia und ich und die anderen in der Küche um Gloriana herum und weinten.

Gloriana war kein erfreuliches Geschöpf gewesen. Sie war eine große Kuh von einem Mädchen gewesen, mit dem dumpfen, stumpfen Hunger einer Kuh und mit vergleichbarer Intelligenz. Doch um die Art und Weise, wie sie zu Tode gekommen war, lag eine ungeheuerliche Tragik, auch insofern, als mir dadurch bewußt wurde, was für eine Tochter ich habe. Von den beiden war Elly gewiß die seelenlosere.

Am Tage des heiligen Helfrid,
im Oktober des Jahres Unseres Herrn 1367

Gloriana wurde im Kirchhof der Kapelle von Wellingford zu Grabe getragen. Elly lag in ihrem Zimmer auf dem Bett und gab sich lasziven Träumen hin. Der Königssohn hatte einen Wutanfall in seinen Gemächern, was keinen Eindruck auf seine Eltern machte, die unerbittlich ihre Erlaubnis zu einer Hochzeit mit einem Mädchen ohne Mitgift verweigerten. Genau das hatte ich erwartet. Also holte ich die Quittung aus dem Loch, in dem ich sie versteckt hatte, und machte mich damit auf nach London, wo ich den Mann aufsuchen wollte, der sie unterschrieben hatte, einen jüdischen Geldverleiher namens Yeshua ben Levi. Yeshua war an der Pest gestorben, doch ich fand seine Söhne. Das Haus Levi hatte das Geld, das ihm von Papa anvertraut worden war, noch vor der ersten großen Pestepidemie in den Ankauf von Korn investiert. Während der Pestzeit war der Preis für Getreide ins Unermeßliche gestiegen, und die beiden Quittungen waren nun so viel wert, daß Papa alle seine Schulden hätte begleichen können, ohne sich um Kaninchen-Wiesel bemühen zu müssen. Ich trug dem Haus Levi auf, die zweite Verpflichtung an meine Familie in den Büchern zu belassen, denn, so sagte ich, irgendeiner meiner Erben würde kommen und das Geld zurückfordern, vielleicht erst in Hunderten von Jahren. Sie starrten mich zwar ein wenig komisch an, aber einer der vollbärtigen Söhne Yeshua ben Levis machte einen entsprechenden Vermerk in seinen Unterlagen.

Als ich nach Wellingford zurückkehrte, brachte ich ein mehr als angemessenes Vermögen als Ellys Mitgift mit. Ich stattete den Eltern des Prinzen einen Besuch ab und unterschrieb als Ellys nächste Verwandte und somit Vormund die Dokumente, die notwendig waren, um die Interessen meines Mündels zu schützen. Ich traf auch alle Vorkehrungen für die Hochzeit, und das alles, ohne sie zuvor aufzusuchen und ihr auch nur ein Sterbenswörtchen davon zu sagen. Der Vater des Prinzen verhandelte mit mir, sein abwägender, tiefschürfender Geist immer einen Schritt hinter dem meinen. Er war zwar nicht sehr wendig, doch gab es nichts, was ihm entging. Ich fühlte mich, als hätte sich ein Bär auf meine Spur gesetzt. Dennoch breitete ich nicht alles vor ihm aus; einiges behielt ich für mich.

Ich bescheinigte ihm, daß Elly eine Jungfrau von vornehmer Geburt war. Zwar würde sie nicht lange Jungfrau bleiben, doch technisch gesehen war sie immer noch eine. Und dennoch log ich. Ich wünschte mir, ich könnte sagen: »Ich fürchte, sie ist ein Monster! Ihr Vater war ein Monster, und sie ist wie er! Sie ist wollüstig und grausam, eine Buhlteufelin, die sich um deinen Sohn winden und ihn aussaugen und ihn den Tag verwünschen lassen wird, an dem er sie zum ersten Mal sah!« Ich sagte nichts davon. Und trotz seiner sonstigen Gründlichkeit fragte er auch nicht danach. Ihm ging es nur um das Geld, Ellys Unberührtheit und ihre vornehme Herkunft.

Ich hätte dem allen irgendwie Einhalt gebieten sollen. Und doch, war es nicht vom Schicksal so bestimmt? Wurde das Märchen nicht Hunderte von Jahren so erzählt? Sollte meine Tochter nicht ihren Königssohn bekommen und glücklich und zufrieden bis an ihr Ende leben?

Während ich dort war, erkundigte ich mich nach Giles, den ich, wie ich erklärte, schon seit vielen Jahren kannte. Er war verschwunden, sagte man mir. Nachdem er die Sache mit dem gläsernen Schuh ausgerufen hatte, war er nicht mehr zurückgekommen.

Ich weiß nicht, was mit ihm passiert sein könnte. Ich weiß nicht, wo er ist. Mehr als alles andere möchte ich mich aufmachen und nach ihm suchen, aber gerade das kann ich jetzt nicht tun! Zuerst muß ich diese Hochzeit hinter mich bringen. Sobald sie vorbei ist, werde ich ihn finden. Dann werden wir beide nach Wellingford zurückkehren. Felder müssen abgeerntet und Gänse gerupft werden. Äpfel müssen eingelagert und Most muß gepreßt werden. Ich kann mich nicht entschließen, was ich als nächstes tun soll. Ein alter Schmerz brennt in mir, und eine neue Liebe. Und ich kann mich nicht entscheiden, was ich tun soll.

War es das, was Carabosse meinte, als sie von mir verlangte, mich einfach ganz normal zu verhalten? Ist Muttersein je etwas Normales? Ist die Sorge um unsere Kinder je etwas Normales? Ist das immer etwas so Schmerzliches?

Am Fest der Unschuldigen Kinder,
im Dezember des Jahres Unseres Herrn 1367

Noch vor der Hochzeit wurde Elly schwanger. Ich hatte nicht daran gedacht, mit ihr darüber zu reden. Auch sonst niemand. Und nun, nachdem ihr klar wurde, daß sie nicht zu ändern sind, hat sie sich in dumpfem Widerwillen mit den Tatsachen des Lebens abgefunden.

»Ich will es nicht haben!« murrte sie. »Ich wollte bloß das andere. Dies hier nicht.«

Ich sagte, ich würde sie verstehen. Und ich verstand sie tatsächlich, denn auch ich hatte sie nicht gewollt. Doch zumindest hatte sie ihre Schwängerung genossen.

Ihre Augen nahmen einen träumerischen Ausdruck an. »Das andere gefällt mir«, sagte sie. »Ich mag es sehr. Noch mehr als er.«

Ich glaube, ich errötete. In ihrem Tonfall liegt etwas unverhüllt Wollüstiges, wenn sie so spricht, eine unersättliche Begierde, die sich auch nicht um den mindesten Anstrich von Zuneigung oder Scherzhaftigkeit schert. Ich versuchte, das Thema zu wechseln.

»Es wird dir sicher Spaß machen, ein Kind zu haben. Wenn es ein Mädchen ist, wird es wahrscheinlich aussehen wie du.«

»Das wird es nicht«, erklärte Elly rundweg. »Ich werde es nicht zulassen. Niemand hat so auszusehen wie ich. Es kann aussehen wie jemand anderer. Wie irgendeine bleiche Seele.«

»Sie wird dein dunkles Haar haben.«

»Seine bleiche Haut. Seine roten Lippen. So kann das Baby aussehen.«

»Ja, so«, nickte ich. Ich verspürte Übelkeit. Bei den verschiedensten Gelegenheiten habe ich schon versucht, mit ihr über andere Dinge zu sprechen: über Religion, über die Gartenarbeit, über Haustiere. Das ist ihr alles gleichgültig. Sie hegt eine mäßige Zuneigung für Grumpkin, doch das ist etwas äußerst Passives. Sie verschließt sich gegenüber allem, was ihrem Körper nicht unmittelbares Vergnügen bereitet. Sie liebt die

Wärme, häufiges gutes Essen und mehr als alles andere den Beischlaf. Sie liest nicht, denkt nicht, hat keine Interessen. Zur Befriedigung ihrer Lüste würde sie zwanzig Meilen in schlechtem Wetter reiten, aber keine zwanzig Schritt über einen Flur gehen, um jemandem eine Freundlichkeit zu erweisen. Und wenn sie früher ihre Asche selbst wegschaffte, so war es nicht ihr Sinn für Reinlichkeit, der sie dazu trieb, sondern einzig und allein der Wunsch nach einem Feuer, um es warm zu haben. Wenn sie etwas haben will, würde sie töten, um es zu bekommen, und wenn sie etwas nicht haben will, so existiert es nicht für sie.

Natürlich gebe ich mir selbst die Schuld an ihrem Naturell, dennoch komme ich immer wieder auf die wahre Ursache zurück. Sie ist nicht wie ich. Sie ist wie Jaybee. Elly hätte nie geboren werden dürfen, und wäre er nicht gewesen, würde es auch sie nicht geben. Er und der Umstand, daß ich mich damals nur allzugut an die Dinge erinnerte, die Pater Raymond mir eingetrichtert hatte, und so redete ich mir ein, es wäre Gottes Wille, wo es sich doch um nichts dergleichen handelte. Es war lediglich menschliche Dummheit.

Und Jaybees Schuld, in erster Linie. Ich stelle mir die Frage, ob ich mir Jaybees Tod wünsche. Nein, nicht seinen Tod. Nicht unbedingt. Ich möchte einfach … einfach, daß er nie mehr die Möglichkeit bekommt, jemand anderem das anzutun, was er mir angetan hat. Je mehr ich von Elly zu Gesicht bekomme, desto mehr komme ich zu der Überzeugung, daß er nie wieder ein Kind zeugen darf!

Sie läßt mich rufen. Jeden Tag läßt sie mich rufen, und wenn ich zu ihr komme, ergreift sie meine Hand und hält sie fest wie ein Seil, das sie vor dem Ertrinken retten soll. Und dann starrt sie in nacktem Entsetzen ihren anschwellenden Leib an.

Nun ja, ich weiß. Sie hat das gehört, was auch alle anderen Frauen in jenen Zeiten zu hören bekommen: daß Babys nicht leicht auf diese Welt kommen, und daß die ganze Sache nicht ungefährlich ist. Frauen sterben bei der Entbindung, und nicht wenige. Zu dieser Zeit kommt das Leben durch die Pforte des Todes, und Elly hat eine Heidenangst vor dem Tod. Also schickt sie nach mir, und ich sitze neben ihr und halte ihre Hand. Nach einer Weile wird sie ruhiger, und ihre Augen verschwimmen, und ihr Mund lockert sich. Sie beginnt an den Prinzen zu denken, und dann schickt sie mich wieder weg.

Ich möchte mich auf die Suche nach Giles machen und kann nicht. Nicht, solange sie mich braucht.

Untertags gehe ich meinen selbstauferlegten Pflichten in Wellingford nach. Harry und Bert sind nach London gezogen. Vor einigen Wochen habe ich Griselda geraten, sich das Nonnenkloster einmal anzusehen, in dem die Tanten Rainfarn und Beinwell – ›zwei alte Bekannte von mir, die längst tot sind‹ – so viele schöne Jahre verbracht hatten. Sie befolgte meinen Rat, und es gefiel ihr. Dort braucht sie sich um Männer, Kleider und ihre eigene Häßlichkeit keine Sorgen mehr machen, nur baden wird sie müssen. Lydia zauberte eine Mitgift für sie herbei – sehr rasch noch dazu, wenn man in Betracht zieht, daß Edward noch unmündig ist –, und Griselda verließ uns auch. So sind also nur mehr Lydia, die beiden kleineren Kinder und ich im Haus. Ich tue für die Kinder, was ich kann; bei dem Jungen scheint jede Mühe vergebens, aber das kleine Mädchen, Catherine, beginnt bereits auf meine feste und dennoch liebevolle Hand zu reagieren, wie eine Blüte, die der Sonne entgegenwächst.

Am Tage des heiligen Benedikt,
im März 1368

Die kleine Catherine ist tot. Meine sogenannte ›Namensschwester‹. Die liebe kleine Catherine. Der Winter kam und mit ihm die Krankheiten, die ihn stets begleiten, und so starb sie und wurde neben ihrer Halbschwester begraben.

Von Zeit zu Zeit stehe ich an Edwards Grab und spreche mit ihm, sage ihm, wie leid mir alles tut. Ich hätte ihn und Elly nicht verlassen sollen. Es wäre meine Pflicht gewesen, zu bleiben. Doch im selben Moment, in dem ich es ausspreche, weiß ich, daß das nicht stimmt. Nichts, was ich hätte tun oder lassen können, hätte etwas geändert. Was aus Ellys Augen blickt und von dort aus die Welt betrachtet, wäre auch darin gewesen, wenn ich jede Sekunde ihres Lebens an ihrer Seite verbracht hätte. Es ist ihr angeboren, und ihr Naturell hätte sich durchgesetzt. Liebe und gute Absichten können einfach nicht jedes Problem beheben.

Am Tage der heiligen Julia,
im Mai 1368

Vergangene Nacht erwachte ich im Dower House mit dem Gefühl, jemand hätte meinen Namen gerufen. Ellys Stimme. Ich zog die Stiefel an und ließ mich zu ihr bringen. Sie lag in einem von einem lodernden Feuer völlig überhitzten Zimmer, und die Hebammen standen händeringend um sie herum. Sie schrie, wie ich es getan hatte, als sie geboren wurde, wie es alle Frauen in diesem Augenblick tun. Die Augen traten beinahe aus ihren Höhlen, und sie schrie: »Mutter!« Sie hatte nie eine Mutter gekannt, aber nun schrie sie nach einer. Ich gab ihr meine Hände und hätte ihr auch mein Leben gegeben, aber es war bereits zu spät, als ich eintraf. Sie hatte zu lange zugewartet, ehe sie meinen Namen rief. Keuchend klammerte sie sich an mich.

»Weiß wie Schnee«, röchelte sie, die Augen auf mich gerichtet. »Rot wie Blut. Schwarz wie der Tod.« Sie zeigte auf das Kind, das die Hebammen hielten, und starb in meinen Armen, schluchzend wie damals, als sie noch ein Baby war und wir sie schlafen legten, wenn sie es nicht wollte. In einer Woge schoß das Blut aus ihrem Körper.

Das kleine Mädchen war zu früh geboren worden; seine weiße Haut war blutbedeckt. Sie wollte überhaupt nicht leben, aber die Hebammen gaben ihre hartnäckigen Versuche nicht auf, und schließlich tat sie einen Schrei. Sie wuschen das Baby und legten es mir in den Arm. So blaß wie eine weiße Rose und mit Ellys dunklem, wildem Haar.

Als ich in den Vorraum kam, stand dort Ellys junger Ehemann und weinte, doch aus seinen Augen sprach neben der Trauer noch etwas anderes – war es Erleichterung? War es Freude? Er machte den Eindruck eines Mannes, der mehr mitgemacht hatte, als ihm zuträglich war.

Ich wußte, was er fühlte. Auf dem College hatte ich die viktorianischen Dichter gelesen, von denen mir Swinburne besonders ans Herz gewachsen war. Er hatte von ebendiesem Gefühl gesprochen, von der ›Glückseligkeit, welche die Begierde besiegt‹, und ›der Begierde, welche die Glückseligkeit unter sich begräbt‹. Ellys Begierde hatte die Glückseligkeit der beiden unter sich begraben. Der Prinz fragte mich mit keinem Wort, wie es kam, daß ich da war, nur seine Mutter bedachte mich mit einem abwägenden Blick.

»Eine Rückgabe der Mitgift kommt nicht in Frage!« erklärte sie mir unumwunden.

»Deshalb bin ich nicht gekommen«, erwiderte ich.

»Weshalb dann?« fragte sie.

Weshalb war ich gekommen? »Sie rief nach mir. Ich möchte, daß Elly neben ihrem Vater begraben wird«, sagte ich. »Er liebte sie sehr. Wäre er noch am Leben, wäre sie vielleicht… wäre vielleicht alles anders gekommen.«

Rote Flecken erschienen auf ihren Wangen. »Ich bin froh, daß sie tot ist«, zischelte sie. »Sie war auf dem besten Weg, meinen Sohn umzubringen. Sie saugte ihm das Leben aus wie ein böser Geist.« Es sprudelte heraus aus ihr und klang, als müßte sie es mir beichten, um meine Absolution zu erringen.

Ich verschaffte ihr die Absolution, die sie sich wünschte. »Ich weiß«, sagte ich, »es war eine Gier, mit der sie schon geboren wurde.«

»Und ihre Tochter…«

»In ihrer Tochter schlummert nichts davon«, beruhigte ich sie. »Ihre Tochter ist die Tochter Eures Sohnes. Ihr könnt Euch auf meine Worte verlassen.« Ich wußte, daß es so war, wie ich sagte. Ich konnte an dem Kind nichts Böses spüren – nichts als neugeborene Sanftheit, so unschuldig wie die Morgenröte.

Sie überließen mir Ellys Leichnam. Ich habe einen Priester gefunden, der sie im Kirchhof von Wellingford neben ihrem Vater begraben wird.

Am Tag der heiligen Märtyrer
Donatian und Rogatian

Nur der Prinz kam zu Ellys Beisetzung; er stand trockenen Auges dabei, als das Grab zugeschaufelt wurde. Als es vorbei war, weinte er, dann lachte er.

»Wir kehren nach Hause zurück!« sagte er zu mir. »Das Volk hat sich erhoben und den Thronprätendenten umgebracht. Er hieß Richard und war mein Stiefonkel, und ich bin froh, daß er tot ist. Man hat uns gebeten, wieder zurückzukommen.« Seine Worte verrieten eine kindliche Naivität, und zum erstenmal sah ich ihn bewußt an. Treuherzig und ohne Falschheit begegnete er meinem Blick; hinter dieser Stirn lag kein großer Intellekt. Er hatte nichts von der grüblerischen Nachdenklichkeit seines Vaters geerbt.

»Und das Kind kommt mit?« fragte ich.

»O ja!« sagte er. »Meine Tochter. Mama hat sie sehr gern. Ich habe sie natürlich auch sehr gern. Macht Euch keine Sorgen ihretwegen.«

»Hat sie schon einen Namen?« erkundigte ich mich.

In dem offensichtlichen Versuch, sich an den Namen zu erinnern, starrte er mich geistesabwesend an. »Mama hat den Namen ausgesucht«, gestand er schließlich. »Er klingt nach Winter und Kälte. Im Augenblick will er mir nicht einfallen. Aber sie ist natürlich noch nicht getauft.«

Er seufzte. Mit einem unwillkürlichen Lächeln sagte er dann: »Wir hatten vor kurzem einen Mann in unseren Diensten, dem, glaube ich, Euer Interesse gilt. Vater sagte, Ihr hättet nach ihm gefragt.«

»Giles«, sagte ich atemlos.

»Er wurde getötet. Irgend jemand hat den Überfall mitangesehen und meinen Vater davon benachrichtigt. Eine Räuberbande hat ihn überfallen, als er damals an jenem Tag in unserem Auftrag von Haus zu Haus ritt.« Er errötete, als er sich an jenen Tag damals erinnerte. »Vater sagte, Ihr würdet das wissen wollen.«

Giles. Tot. Elly. Tot. Edward. Tot. O Gott im Himmel! Alle tot! Alle, die ich geliebt hatte. Alle, die ich versucht habe zu lieben …

»Wo?« hauchte ich. »Wo ist er begraben?«

»Dort drüben«, sagte er und deutete unbestimmt Richtung Osten. »Wo sie ihn erschlagen haben.«

Er verließ mich und ritt mit seinen Gefolgsleuten davon, immer noch ein schwaches Lächeln auf den Lippen, während ich weinte, bis keine Tränen mehr kamen. Ich hatte Blumen für Edwards und Ellys Gräber mitgebracht, Rosen, die sie beide gemocht hatten, und nun krampften sich meine Hände um den Strauß, bis die Dornen sich tief in meine Handflächen gruben, denn ich wußte, es war Giles' Grab, auf dem meine Blumen liegen sollten.

Ich kehrte ins Dower House zurück und holte meine Stiefel hervor. »Bringt mich an den Ort, an dem Giles überfallen wurde«, sagte ich.

Und schon war ich dort, am Rand einer unkrautbewachsenen Senke an einer unbekannten Straße. Ein roh behauenes Kreuz stand da unten. In einem nahen Feld war ein Bauer bei der Arbeit, und nun kam er zum Wegrand und starrte mich neugierig an.

»Hab' Euch gar nicht kommen sehen«, sagte er. »Sucht Ihr nach dem Platz, wo dieser Mann umkam?«

Ich nickte.

Er zeigte auf das Kreuz in der Senke. »Hab' ihn da begraben. Arbeitete gerade am anderen Ende des Ackers, dort drüben, als ich ihn auf seinem Pferd näher kommen sah. Da oben stürmten sie aus dem Wald und stürzten sich auf ihn. Acht oder zehn waren's. Ungefähr. Jedenfalls zu viele, als daß ich ihm hätte beistehen können. Sah, wie sein Pferd davonrannte. Lief ins Dorf, um Hilfe zu holen. Als wir zurückkamen, stand das Pferd wieder da und graste. Und der tote Mann lag da. Schrecklich zugerichtet sah er aus. Erkannten ihn nur an seinem Pferd, denn das trug das Wappen des Königs am Sattel.«

Ich dankte ihm, und er machte sich wieder an seine Arbeit. Auf das Grab legte ich die Blumen, die mein Blut an den Dornen hatten. Ich blieb lange neben dem Grab sitzen, und als der Abend kam, ließ ich mich von den Stiefeln nach Hause tragen.

Vielleicht kann ich früher oder später einen Steinmetz finden, der mir ein Grabmal für Giles macht. Aber wozu? Früher oder später wird ja auch das Grabmal verschwinden. Ich dachte an das einundzwanzigste Jahrhundert und erschauerte. Wozu Grabmäler? Wozu schöne Dinge schaffen? Wozu irgend etwas aufbauen, wo doch letzten Endes alles von den Alesat-Milliarden niedergerissen wird?

Ich weiß nicht. In mir sind keinerlei Gefühle mehr außer einer dumpfen Wut, die in mir dahinbrodelt und immer mehr Druck erzeugt. Ich wollte Vergeltung üben an der Ursache für all diese Qualen. Wäre ich nicht schwanger gewesen, als ich zurückkam, hätte ich Edward nicht geheiratet und Elly nie gehabt. Wäre ich nicht Edwards Frau geworden, hätte ich Giles haben können. Wir hätten heiraten und zusammen das ganz gewöhnliche Leben gelebt, das Carabosse für mich vorgesehen hatte.

Hätte ich Edward nicht geheiratet, dann hätte er Elly nicht gehabt, und vielleicht wäre er nicht gestorben. Ganz gewiß hätte er Lydia nicht geheiratet. Mein Gott, was Jaybee angerichtet hatte, als er mir Gewalt antat, war mehr, als selbst er vorgehabt hatte!

Als ich das zwanzigste Jahrhundert verließ – wie

lange das wohl her ist? –, hatte Jaybee vor Wut getobt, weil er mich nirgends finden konnte, um alles noch mal mit mir zu machen. Wenn ich ihn dort lasse, dann *wird* er es noch mal machen – mit jemand anderem. Er wird diese Qualen noch mal verursachen, Generationen von Qualen, und Leid erzeugen, wie eine Wolke Regen erzeugt. Es wäre zutiefst unrecht, wenn ihm das erneut gelingen könnte. Ich kann nichts mehr für Elly tun. Ich kann nichts mehr Giles tun. Edward ist tot. Alle Menschen, die mir etwas bedeutet haben, sind tot.

Und Jaybee lebt weiter, um noch mehr Leid zu erzeugen.

Schönheit kann um ihre Kinder betrogen werden. Der Umstand, eine Frau zu sein, findet seine schlechteste Seite in der Tatsache, daß man uns Dinge aufzwingen kann, die wir nicht wollen, über die wir keine Kontrolle haben, mit denen wir nicht fertigwerden. Wir schwellen an und müssen eine Frucht tragen, die unheilvolle Umstände gegen unseren Willen in uns eingepflanzt haben, und wenn wir diese Frucht ausspeien, dann speien wir eine Tragödie aus. Doch all das Unheil, alle Tragik, selbst wenn sie uns aufgezwungen wurde, ist ungeachtet dessen ein Teil von uns. Inwieweit? fragen wir uns. Wieviel davon war ich? Was hätte ich ändern können?

Carabosse sagt, ich würde Bedeutsames in mir tragen. Ein Körnchen von etwas Unvergänglichem, Unverdorbenem, ohne Zweifel. Ein Samenkorn. Jedoch eines, das man mir ohne meine Einwilligung aufgezwungen hat. Kann Carabosse ihrer Ernte sicher sein? Kann dieses Samenkorn bittere Früchte tragen? Kann es verdorben und faulig werden wie die Frucht, die schon einmal in meinem Leib heranwuchs?

Vielleicht ist es das, was der Herr der Finsternis will? Was Jaybee wollte, ob es ihm bewußt war oder nicht: Grauen und Scheußlichkeit auf dem Boden der Unschuld zu säen? Eine solche Frucht darf nicht mehr heranreifen. Das darf nicht mehr zugelassen werden. Ich darf es nie mehr geschehen lassen – niemandem mehr geschehen lassen!

Mein ganzer Zorn konzentriert sich auf Jaybee. Zwar ist das zwanzigste Jahrhundert nahezu ohne jeden Zauber, aber meine magischen Kräfte werden dennoch funktionieren, denke ich. Und auch wenn sie schwächer wirken als hier, werden sie vermutlich reichen.

Grumpkin ist hier. Und mein Mantel. Und meine Stiefel.

[»Was macht sie denn?« fragte ich Israfel.

»Sie geht zurück. Zurück ins zwanzigste Jahrhundert.«

»Beauty! Das darfst du nicht! Bitte …!«]

23

4. Januar 1993,
in der Wisdom Street, der ›Straße der Weisheit‹

Es ist weder die Göttliche Weisheit noch die Hagia Sophia, nach denen die Wisdom Street benannt ist, sondern einfach William W. Wisdom, der in den vierziger Jahren dieses Jahrhunderts leitender Direktor des Amtes für Öffentliche Arbeiten war. Dennoch habe ich den Namen der Straße immer geliebt, und als ich ihn nun auf dem Schild an der Ecke erblickte, wo die Stiefel mich ein paar Schritte von unserer Haustür entfernt absetzten, vermittelte er mir das Gefühl eines Willkommensgrußes. Unsere Haustür. Die Haustür von Bill, Janice und mir.

Wie aufgeregt Bill gewesen war, als wir das Häuschen mieteten! Für ihn stellte es alles das dar, wovon er je geträumt hatte: unvorstellbare Geräumigkeit, Sicherheit, Wärme, Wohlgefühl und genug Privatsphäre, um sich seinen harmlosen Absonderlichkeiten hinzugeben – alles Dinge, die das einundzwanzigste Jahrhundert so schmerzlich vermissen ließ. Auf mich, die ich an die überwölbten Hallen und die großzügige Architektur von Westfaire gewöhnt war, hatte das Häuschen anfangs den Eindruck einer armseligen kleinen Hütte gemacht, obwohl ich natürlich einräumen mußte, daß es weitaus besser war als alles, was ich im einundzwanzigsten Jahrhundert kennengelernt hatte.

Es war – ist – ein kleines, mit Schindeln verschaltes Holzhaus mit blauen Fensterläden und einem blauen Dach und steht auf einem Eckgrundstück mit einem weißen Bretterzaun. Wenn man durch die Vordertür eintritt, kommt man in eine schmale Diele, die zur Küche an der Rückseite des Hauses führt. Links von der Diele liegt das Wohn- und Eßzimmer, rechts davon befinden sich zwei kleine Schlafzimmer und das Bad. Irgendein früherer Eigentümer des Häuschens hat im Keller ein weiteres Zimmer mit einem angrenzenden winzigen Bad eingerichtet, und das hatte Bill für sich beansprucht. Dort hatte er seinen Schrank mit Seidenkleidern und Spitzenwäsche, seine hochhackigen Schuhe und rüschenbesetzten Regenschirme, seinen mannshohen Spiegel und sein eigenes Telefon. Obwohl er in seinen Frauenkleidern nie ausging, trug er sie doch, wenn er am Telefon endlose schrille Gespräche führte, die durchsetzt waren mit exaltiertem Kichern und koketten kleinen Bemerkungen.

Obwohl er sich mit dem Keller zufriedengab, war er mit seiner Zeit und seiner Arbeitskraft nicht geizig gewesen, was den Rest des Hauses betraf. Er und ich hatten die Kücheneinrichtung vollständig renoviert und endlose Stunden dazu aufgewendet – mehr, als die billige Möblierung wert war. Er hatte über dem winzigen Stück Rasen geschwitzt, immerzu auf der Jagd nach Unkraut, und ihn zweimal pro Woche gemäht. Er hatte die Wacholderbüsche gepflanzt und die zartrosa Rosen links und rechts der Tür, die im Sommer eine fast weiße Wolke bildeten. Jetzt hingegen streckten sich die braunen Äste wie alte, knöcherne Finger durch die dünne Schneedecke. Ich klopfte, und Janice öffnete die Tür, als hätte sie dahinter gestanden und auf das Eintreffen einer bestimmten Person gewartet. Sie sagte »Ja?« in einem Tonfall, der mir verriet, daß sie mich nicht wiedererkannte. Nun, wie sollte sie auch?

»Ich komme wegen Bill«, stammelte ich. »Darf ich eintreten?«

Eher widerwillig trat sie einen Schritt zurück, um mich vorbeizulassen. Sie legte den Kopf schief, und ihre Vogelaugen fixierten mich, als wäre ich ein Käfer. Ich hatte den unwiderstehlichen Drang, ihr zu sagen, wer ich war, aber dann beherrschte ich mich doch. Es hätte gezwungenermaßen zu viele Erklärungen nach sich ziehen müssen, und ich hatte keine Gewähr, daß sie auch nur eine einzige davon glaubte. Außerdem konnte ich mich nicht auf ihre Gutwilligkeit verlassen; ihr Verhältnis zu mir und Bill war stets ein gespanntes gewesen. Ich klammerte mich wohl zu fest an Grumpkin, denn er protestierte, und ich setzte ihn am Boden ab, wo er sich sofort für alle Ecken der Diele zu interessieren begann.

»Das ist Dorothys Kater«, sagte Janice. »Wie kommen Sie zu Dorothys Kater?« Nachdem wir übereingekommen waren, daß ich ›Dorothy‹ heißen sollte, hatte Janice nie mehr einen anderen Namen für mich gebraucht. Bill hingegen nannte mich stets Beauty, wenn wir allein waren.

»Ich bin eine Freundin von ihr«, sagte ich. »Sie bat mich herzukommen und Ihnen zu berichten, was geschehen ist.« Ich machte das Handzeichen der Rückkehrer, denn obwohl sie sonst niemandem traute, würde ein Rückkehrer bei Janice jederzeit vollstes Vertrauen finden. Sie sah zwar ziemlich überrascht drein, machte aber das Antwortzeichen.

»Wo ist sie?« wollte Janice wissen. »Und wo ist Bill?«

»Sie ist davongelaufen«, sagte ich und holte tief Atem. Es gab keine einfache, beschönigende Art, ihr zu sagen, was geschehen war. »Jaybee hat sich hier Eintritt verschafft, während Sie weg waren. Er sagte zu Dorothy, er komme sie sich holen, Bill trat dazwischen, und Jaybee tötete ihn, ehe er sich auf Dorothy stürzte. Er tat ihr weh, er vergewaltigte sie. Daraufhin ist sie weggelaufen.«

Ungläubig starrte sie mich an. »Wie können Sie ...? Ich verstehe nicht, wie Sie ...«

»Ich habe es mitansehen müssen«, sagte ich. »Ich war hier, als es geschah.«

Sie ließ sich auf den Stuhl fallen, der gleich hinter der Eingangstür stand, und sah mich mit offenem Mund an. »Jaybee? Bill?« flüsterte sie dann, und ihre Augen füllten sich mit Tränen. »Ich hätte es wissen müssen. O Gott, ich hätte Bill nie allein lassen dürfen!«

Ihre Gefühle schienen echt zu sein, obwohl sie meiner Erinnerung nach Bill und mich die ganze Zeit über gerade eben geduldet hatte.

»Er war wie ein Sohn für mich!« schluchzte sie, und die Tränen zogen nasse Spuren über ihre Wangen. »Wie mein Sohn, den ich zu Gott führen sollte! Ich liebte ihn so sehr!«

Ich wollte schon sagen: »Das haben Sie ihm aber nie zu verstehen gegeben!«, als ich mich gerade noch rechtzeitig daran erinnerte, daß ich nicht Beauty war, nicht Dorothy, nicht die, die ich war. Ich war älter. Viel älter. Ich warf einen Blick in den Spiegel der Diele und sah mich an, eine Frau über sechzig, mit grauen Haaren, einer Haut wie Kreppapier auf den Armen und braunen Flecken auf den Handrücken. Die Zeit. Ich hatte sie aufgebraucht durch das ewige Hin und Her zwischen den Jahrhunderten. Aufgebraucht. Und so fing ich auch an zu weinen, teils um Bill, teils um mich selbst. Seit kurzem schien ich nichts anderes mehr zu tun als zu trauern. Grumpkin kam zu mir, streckte mir eine Pfote hin und machte »prrr«. Wieso war er kaum gealtert? Ich hob ihn hoch und hielt ihn in den Armen; ich brauchte seine Wärme, ich brauchte irgend etwas, das ich festhalten konnte.

»Wer sind Sie?« fragte Janice. »Haben wir uns schon einmal kennengelernt?«

»Mein Name ist Catherine Monfort«, sagte ich durch meine Tränen hindurch. »Ich bin gekommen, weil Dorothy mich darum bat und weil sie dachte, Sie würden mich vielleicht hier wohnen lassen.«

Sie hob abwehrend die Hände und schüttelte den Kopf, doch dann fiel ihr auf, welch einen ungastlichen Eindruck das machen mußte, und Janice haßte es, einen schlechten Eindruck zu machen, zumindest dann, wenn sie nicht allein war. Schließlich nickte sie und zeigte auf das vordere Schlafzimmer, während die Tränen weiterflossen. »Gestern war er noch da und fragte nach Beauty! Er fragte sogar nach Bill! Dieses Schwein! Er hat sich über mich lustig gemacht. Gott wird ihn bestrafen! O ja, Gott wird ihn bestrafen!«

»Jaybee?« fragte ich, obwohl ich es bereits wußte. Ja. Jaybee. Immer noch hinter Beauty her. Er hatte noch nicht aufgegeben.

Janice faltete die Hände unter dem Kinn, schloß die Augen und fing an, die Lippen zu bewegen. Während sie weinte und betete, ging ich in das Zimmer. Mein Zimmer. Alle meine Sachen waren noch da, ausgenommen das wenige, was ich mitgenommen hatte, als ich davonlief. Meine Kleider – junge Kleider, passend für ein Mädchen im Collegealter. Nun, wenigstens die Nachthemden konnte ich tragen. Die Höschen. Vielleicht sogar die Jeans. Die Schuhe. Die Büstenhalter nicht – ich hatte nicht viel zu halten. Mein Busen war flach geworden, nicht schlaff, bloß flach, wie jener der Feen in Feery. Das kam wohl von meinem Feenblut. Sylphidenblut. Besser als ein Hängebusen, dachte ich. Irgendwo mußte ich mir Kleider besorgen, die zu meinem Alter paßten.

Ich hängte meinen Mantel auf, stellte die Stiefel in den Schrank und räumte mein Buch und Mamas Kästchen in die Lade des Nachttisches. Grumpkin machte einen Satz auf das Bett, stapfte im Kreis, um sich ein Plätzchen festzutreten, und legte sich mit halbgeschlossenen Augen hin, genau wie einst sein Papa. Als ich mich umdrehte, stand Janice in der Tür und starrte mich an.

»Haben Sie Arbeit?« fragte sie. Offenbar war ihr plötzlich eingefallen, daß sie mich möglicherweise durchfüttern mußte, und so etwas lag Janice fern.

Ich schüttelte den Kopf.

»Was für Kenntnisse haben Sie denn?«

»Ich kann mit Pferden umgehen«, sagte ich.

»In Ihrem Alter wird Sie wohl niemand dafür einstellen!« Die Worte trieften vor Hohn. Janice klang wieder so, wie es von ihr zu erwarten.

Ich nickte nur und sagte, das wüßte ich, während ich an Wellingford dachte. »Ich habe eine Zeitlang einer Familie den Haushalt geführt.«

»Es wäre sehr von Nutzen, wenn Sie Zeugnisse bekommen könnten.«

»Ich habe Dorothy auf dem College kennengelernt, wir besuchten zum Teil dieselben Vorlesungen. Ich bin ganz gut in Latein.«

»Vielleicht können wir etwas Wissenschaftliches für Sie finden. Über das Netz.«

Sie meinte das Netzwerk der Rückkehrer, das für gefälschte Sozialversicherungskarten, Geburtsurkunden und Zeugnisse sorgte, und, soweit nötig, sogar für Jobs. Doch das einzige, was ich wollte, war, Jaybee finden, um ihm auf Schritt und Tritt zu folgen, bis ich seine Gewohnheiten kannte und wußte, wo er verwundbar war. Das mußte offensichtlich warten.

Janice weinte immer noch; sie wischte sich die Tränen aus dem Gesicht und fragte: »Was ist mit Bill weiter geschehen? Mit seinem Leichnam?«

Ich bemühte mich, es ihr zu erzählen, und erstickte fast daran. Mir war, als hätte sich das alles gestern erst zugetragen und nicht vor ein, zwei Jahren. Schließlich brachte ich die Worte über die Lippen und berichtete ihr, wie Jaybee Bill weggeschleppt hatte.

»Dieses Schwein!« flüsterte sie wieder. »Dieses verfluchte Schwein!« Dann trocknete sie sich die Augen und sagte mit fester Stimme: »Der Tag des Jüngsten Gerichts wird kommen, und dann fährt er zur Hölle!« Sie ging hinaus, schloß die Tür hinter sich und ließ mich allein.

Ich legte mich neben dem Kater auf das Bett; ich war so müde, daß ich kaum denken, mich kaum rühren konnte. Ich war alt. Komisch, ich wußte nicht, wo meine Jugend geblieben war, aber jetzt war ich jedenfalls alt. Wenn ich in den Spiegel blickte, so erwartete ich, jemand anderen darin zu sehen, ein jüngeres Gesicht mit dieser faltenlosen Haut, dieser glatten Stirn. Mama war doch auch jung! Also mußte ich auch jung sein! Doch anstelle einer jungen sah mich eine alte, leicht runzelige Frau mit flatternden Haaren an, die ganz nah an den Spiegel heranrücken mußte, um darin etwas zu erkennen, weil sie schon schlecht sah. Ich setzte mich auf und starrte noch mal in den Spiegel, wobei ich die Augen zusammenkniff, wie Thomas der Reimer es mich gelehrt hatte, während ich mir wünschte, die Wahrheit zu sehen.

Das erinnerte mich an eines der Lieder, die an Oberons Hof in Feery gesungen wurden: »Die liebliche Jugend entflieht so geschwind, bleib bei mir in Feery, mein goldhaarig Kind ...!«

Und das wieder erinnerte mich an Puck und Fenoderee, meine alten Freunde. Ich sprach ihre Namen aus und wünschte mir, sie wären bei mir.

»Ja?« sagte Puck. Er kam direkt aus der Wand – oder war es der Bücherschrank? Grumpkin öffnete kurz die Augen, gähnte und schlief weiter. Er ließ sich nicht beeindrucken von halbnackten Bogles, die aus der Wand hüpften. Puck sagte: »Ich komme, um dir zu sagen, daß Elladine wieder in Feery ist.«

Ich spürte mein Herz klopfen wie einen müden Hammer. »Ist sie böse auf mich?«

»Weshalb sollte sie böse auf dich sein?«

»Weil ich ihr davongelaufen bin.« Ich hatte ein schlechtes Gewissen deswegen, hatte immer ein schlechtes Gewissen deswegen gehabt.

»Ich habe dich dazu gebracht«, sagte er. »Elladine stammt aus Feery. Sie ist alt an Jahren. Und das Alter ist ein mächtiger Schutz gegen solche wie den Herrn der Finsternis. Außerdem ist er nicht wirklich an den Leuten aus Feery interessiert, also ließ er sie ziehen. Dich hätte er nicht ziehen lassen.«

»Trotzdem ...«, begann ich, und wieder einmal stiegen mir Tränen in die Augen.

»Trotzdem gar nichts. Sie hat dein Leben aufs Spiel gesetzt, als sie dich auf diesen Allerheiligenritt mitnahm. Und ein Gutteil Hochmut war auch dabei. Elladine ist hochmütig im Umgang mit den Menschen. Wie alle diese Leute.«

Vermutlich hatte er recht. »Sie kommt nie zu mir, obwohl sie es kann, das weiß ich!« rief ich aus. »Sie kam auch nie zu mir, als ich noch ein Kind war. Sie kam ein einziges Mal, als der Zauberbann angefangen hatte zu wirken, um mich in den Turm zu bringen, und das war nicht mal ich!«

Was ich jetzt verspürte, war die gleiche Sehnsucht, die ich seit meiner Kindheit verspürt hatte. Ich brauchte jemanden, der mich gern hatte. Ich konnte nicht aufhören, hartnäckig nach Liebe zu suchen. Und ich wollte, daß Elladine mich liebte.

»Beauty, du bist ein solcher Kindskopf!« grinste Puck. »Warum nimmst du nicht die Zuneigung von denen an, die sie dir freudigen Herzens entgegenbringen? Von mir, zum Beispiel?« Er warf mir einen schmachtenden Blick zu, der mich zum Lachen brachte.

»Elladine sagte mir, du möchtest gern ein Schutzengel sein«, sagte ich. »Kamst du deshalb hierher, um auf mich aufzupassen? Und wieso bist du nicht gekommen, als ich das letzte Mal hier war?«

Er lachte kläglich in sich hinein. »Ich war ja hier. Als Carabosse mir die Erlaubnis dazu gab, kam ich gleich hierher. Wer, glaubst du, hat dir die Stiefel in die Hand gedrückt, als dieser Mensch sich auf dich stürzen wollte?«

»Ich habe dich nicht gesehen!«

Er hob die Schultern. »Ich weiß. Carabosse dachte, es wäre zu gefährlich für mich, so offen hier aufzutauchen – in Fleisch und Blut, sozusagen. Damals wußtest du noch nichts von Feery, und sie fürchtete, du könntest überschnappen.«

»Keine Ursache!« entgegnete ich entrüstet. »Wenn ich es ohne überzuschnappen verkraftet habe, vom vierzehnten ins einundzwanzigste Jahrhundert versetzt zu werden und dann zurück hierher, wenn ich die ganze Sache mit Jaybee ausgehalten habe, ohne überzuschnappen, warum sollte ich dann überschnappen, wenn ich dich sehe?«

»Zauber jedweder Art ist hier dünn gesät«, sagte er. »Sie dachte, vielleicht hättest du aufgehört, daran zu glauben.«

Ich sog die Luft durch die Nase ein, um das zu überprüfen. »Ich kann kaum etwas davon riechen!« sagte ich. »Wenn ich da im hellen Tageslicht meinen Mantel trage, können die Leute mich beinahe sehen!«

»Dann trage ihn nicht.«

»Ich brauche ihn aber«, beharrte ich eigensinnig.

»Wozu?«

»Ich muß dafür sorgen, daß Jaybee keiner Frau mehr etwas zuleide tut«, sagte ich.

Er verzog das Gesicht.

»Ich weiß, du denkst, ich will nur Rache üben!« zischte ich ärgerlich. »Aber das ist es nicht! Es ist keine Rache, wenn man eine Giftschlange tötet, um zu verhindern, daß sie ein Kind beißt, das im Garten spielt. Ich muß dafür sorgen, daß er niemandem mehr weh tut, daß er keine Kinder wie Elly zeugt. Was ich danach tun werde, weiß ich noch nicht. Vielleicht suche ich mir ein nettes Kloster, in das ich eintrete.« Was sollte ich sonst tun? Was sich zwischen Giles und mir zugetragen hatte, war absolut vollkommen gewesen; ich konnte nie wieder jemanden auf diese Weise lieben.

»Du solltest die Entscheidung über Jaybee dem Schicksal überlassen, Beauty. Das wäre ungefährlicher. Ehrlich. Hör mir zu: Du hast doch eine Enkeltochter im vierzehnten Jahrhundert. Du könntest in jener Zeit leben, mit ihr zusammen sein.«

Ich schüttelte den Kopf. »Sie wissen nicht, daß ich ihre Großmutter bin, Puck. Sie glauben, ich bin eine einigermaßen entfernte Verwandte. Ich würde nur ein Eindringling sein. Sie hat ja schon eine Großmama, einen Großpapa, einen Vater. Außerdem ist sie eine Prinzessin.« Ich schüttelte noch einmal entschieden den Kopf. »Wirst du hier bei mir bleiben?«

»Ich werde von Zeit zu Zeit vorbeischauen, aber bleiben kann ich nicht. Wir versuchen immer noch,

Feery zu bekehren, bevor sie alle dahinschwinden, aber es ist ein bornierter Haufen. Nun ja, das sind wir Bogles auch.«

»Erzähl mir mehr davon«, bat ich und rollte mich auf dem Bett zusammen, wie ich es als junges Mädchen so gern getan hatte. Meine Knochen protestierten zwar, aber ich blieb standhaft, denn ich sehnte mich nach diesem Gefühl, alle Zeit der Welt zur Verfügung zu haben, um nichts anderes zu tun als zu sitzen und über irgend etwas zu plaudern, während Kissen die Härten des Lebens dämpften und eine Tasse heiße Schokolade es versüßte. Dieses Gefühl, ich säße in einem sicheren Nest, wo mir nichts zustoßen konnte. Wie damals, noch früher, als ich mich in mein Himmelbett im Turmstübchen kuschelte. Grumpkin öffnete halb die Augen, krabbelte näher an mich heran, stemmte die Pfoten gegen mein Bein und begann mich sanft zu treten, als er weiterträumte.

»Was wollt ihr – du und Fenoderee und die anderen – denn erreichen?«

Er drehte mir ein Ohr zu, wie es Pferde oder Hunde manchmal tun. »Wir möchten, daß Feery den Kampf gegen den Herrn der Finsternis aufnimmt. Zum Nutzen der Menschheit und zum eigenen.«

Ich lachte. »Ich sehe direkt Oberons Gesicht vor mir!«

Puck grinste. »Nun ja, bisher ist er nicht sehr zugänglich.«

»Warum wollt ihr, daß Feery gegen den Herrn der Finsternis kämpft, Puck?«

Er ließ sich neben mir auf dem Bett nieder. »Ich halte dir jetzt meinen Vortrag, wie ich ihn den Bogles immer und immer wieder halte. Ich habe ihn auch den Sidhe gehalten, aber sie hören nicht auf mich. Also paß auf. Falte die Hände im Schoß und gib acht.

Wenn Feery einen Blick auf den Menschen wirft, dann sieht es ihn als ziemlich tierhaft, keineswegs unsterblich und weit davon entfernt, vollkommen zu sein. Da die Einwohner von Feery hingegen unsterblich sind, leuchtet wohl ein, daß sie die Menschheit bemitleiden, nicht wahr? Diese armen, kleinen, sündigen, kurzlebigen Dinger!«

Ich nickte. Ich hatte mir oft genug selbst leid getan.

»Doch da ist diese unerwartete Seite an den Menschen: Sie sind steigerungsfähig. Nicht alle natürlich, keineswegs alle, denn sonst wäre mit ihnen ein Zusammenleben ebensowenig möglich wie mit den Engeln. Aber gelegentlich findet man einen, der es ist.« Puck schlug die Beine unter, lehnte sich an den Bettpfosten, kratzte sich einen braunen Knöchel und runzelte die Stirn. »Und wenn ein Mann oder eine Frau über sich selbst hinauswachsen, Beauty, dann können er oder sie so hoch oder noch höher aufsteigen wie die Engel.«

»Die Heiligen«, nickte ich, weil ich dachte, ich wüßte, wovon er sprach.

»Heilige!« Puck verdrehte die Augen. »Pfff! Heilige! Märtyrer und Jungfrauen und was weiß ich noch! Reliquien in Kirchen, beide so tot und kalt wie Eisen! Nein. Ich werde dir sagen, wer über sich hinauswächst. Bauern. Gärtner. Und Maler. Und Dichter. Leute, die schöne Dinge hervorbringen, ohne dabei etwas zu zerstören. Wie diejenigen, die Burg Westfaire anlegten. Leute, die mit Tieren leben und sie so gut kennen, daß sie jedes Zucken eines Ohres oder einer Schwanzspitze deuten können. Und diejenigen, die den Lauf der Sterne studieren und den Lauf der Atome. Diejenigen, die den Allerhöchsten kennenlernen wollen, indem sie im Buch Seiner Natur und Seiner Schöpfung lesen. Das sind diejenigen, die über sich hinauswachsen.«

»Wieso weißt du das?« fragte ich. »Wieso weißt du, daß diese Leute über sich hinauswachsen?«

»Na ja«, sagte er und rieb sich die Stirn. »Du kennst doch sicher die Sache mit dem Weinglas im Schrank: Wenn du einen bestimmten Ton singst, dann antwortet es mit dem gleichen?«

Ich nickte.

»Nun, manchmal nennt man den Namen eines Mannes oder einer Frau, und plötzlich kommt er mit einem Singen aus der Luft zu einem zurück, und dann weiß man, daß dieser Mann oder diese Frau irgendwo ganz weit oben steht.«

»Tot oder lebendig?« fragte ich.

»Sowohl als auch«, antwortete er. »Vielleicht können nur wir Bogles es hören, aber wenn du das nächste Mal in Feery bist, dann versuch es. Sag den Namen derer, die Westfaire gebaut haben, und horch, ob er zu dir zurückkehrt.«

Ich kannte ihren Namen nicht, jammerschade. »Und wie, glaubst du, kommt das?«

»Weil der Allerhöchste es so gewollt hat, verstehst du das nicht? Der Allerhöchste erschuf die Welt schön und mannigfaltig und kompliziert, und sie ist so, weil Er sie so haben wollte. Er spielte nicht herum, machte keine Spielzeugwelt, die weit entfernt war von der realen Welt. Nein, nein, das hier ist alles! Jeder, der Augen im Kopf hat, kann das erkennen. Der Allerhöchste wollte, daß der Mensch die Schöpfung versteht, damit er seinerseits etwas erschaffen kann, denn der Mensch ist der einzige von uns allen, der etwas erschaffen kann. Engel etwa können das nicht! Sie brennen mit makelloser Flamme wie Sterne, aber sie sind nicht fähig, etwas zu erschaffen. Genau wie alles in Feery. Es wächst und erblüht, ohne viel darüber nachzudenken, aber es erschafft nichts.«

»Feery ist einfach schön.«

Er kratzte sich am Kopf und sah mich mit betrübten Augen an. »Ach nein, du weißt es besser, Beauty. Es ist alles nur falscher Glanz in Feery. Alles optische Täuschung. Wie Träume. Es ist nicht real. Ohne Elfenwurz und Feenfrucht würden wir keine Paläste sehen. In Feery ist alles nur im Auge, nichts im Herzen, nichts im Geist. Du weißt das.«

»Und wo ist der Unterschied?« bohrte ich dickköpfig weiter. »Es ist trotzdem schön!«

»Der Unterschied liegt darin, daß niemand es erschaffen hat. Es existiert nicht. Wenn wir es verlassen, dann löst es sich in Luft auf. Du kannst es keinem Sterblichen zeigen, außer du schmierst ihm Elfenwurz in die Augen, und wenn du das tust, dann kann er nie wieder irgend etwas anderes sehen. Du kannst kein Bild davon aufnehmen. Manchmal frage ich mich, ob selbst der Allerhöchste es sehen kann.«

»Du meinst, wenn man einem Normalsterblichen Elfenwurz in die Augen tut, dann kann er zwar Feery sehen, aber nichts sonst?«

»Es ist nur dein Feenblut, Beauty, das dich Feery sehen läßt, und diese Welt hier dazu. Deine Enkeltochter hat nicht genug Feenblut in sich, um sich seiner gefahrlos zu bedienen. Wenn sie nach Feery geht, dann muß sie für immer dort bleiben. Sie ist nur zu einem Achtel Fee, und das reicht nicht aus, um ungefährdet hin und her zu hüpfen. Wenn du daran denkst, sie nach Feery mitzunehmen, dann vergiß es!«

Ich hatte nicht an meine Enkelin gedacht. Ich hatte an gar niemand im besonderen gedacht, doch jetzt dachte ich plötzlich an Jaybee und fragte mich, was der Anblick von Feery bei ihm wohl bewirken würde.

»Und warum willst du, daß Oberon gegen den Herrn der Finsternis kämpft, Puck?«

»Weil es auf das hinauskäme, worum der Allerhöchste Feery von Anfang an gebeten hat: der Menschheit zu helfen! Ihr zu helfen, statt sie zu benutzen oder zu mißachten, wie es bisher üblich war. Gemeinsame Sache machen mit ihr! Sich mit ihr verbünden!

Dabei ist es so logisch!« fuhr er fort. »Die Menschheit stirbt, weil sie zu zahlreich ist. Feery stirbt, weil seine Bewohner immer weniger werden. Wir müssen uns mehr vermischen, wir müssen den Wert unserer Kinder besser einschätzen. Die Menschen haben zu viele, bei ihnen sind sie wenig wert. Die Sidhe haben zu wenige, sie jagen nach ihnen wie nach einem Schatz. Der Mensch braucht, was Feery ihm geben kann. Weniger Kinder. Ein längeres Leben. Weniger Hast. Mehr Gedanken. Geheimnisvolles und Wunderbares, sozusagen überzuckert, vom Zauber der langsamen Erschaffung phantastischer Dinge. Weniger Eile, weniger Zerstörung. Mehr Würdigung dessen, was uns gegeben ist. Dann wären die Menschheit und Feery wie zwei Hälften einer Sache. Und sobald der Herr der Finsternis besiegt ist, könnten sie zu einem Ganzen werden.«

»Und warum hören die Sidhe nicht auf dich? Sie sind ohnedies ganz lüstern auf die Menschen!«

»O ja, das sind sie! Aber da haben wir wieder diesen dummen Stolz, Beauty. Die Sidhe sagten einst dem Allerhöchsten nein – glaubst du, sie würden einem Bogle ja sagen? Und außerdem – ein kleiner Gestank der Fleischeslust hin und wieder ist zwar recht aufregend, aber ihn tagtäglich um die Nase zu haben, das würden sie nicht akzeptieren! Das wäre gewöhnlich. So sehen sie sich nicht.«

»Also werden sie nicht auf dich hören.«

»Eben. Vielleicht ist es der Verfall, das Dahinschwinden unseres Zaubers. Und unsere Zahl wird immer geringer, dort einer weniger, hier einer weniger. Ein Wald wird gerodet, und die Feen, die darin geboren wurden, sind dahin. Einst, vor langer Zeit, wäre der Zauber stark genug gewesen, um den Wald zu schützen, aber jetzt nicht mehr.«

»Und was ist die Ursache dafür, Puck? Was ist schuld an diesem Verfall?«

»Manche meinen, es wäre der Herr der Finsternis mit allen seinen Untaten, der dafür verantwortlich ist. Jedesmal, wenn er eine Greueltat begeht, verbraucht er Unmengen von Magie, die alle in diesem neuen Horror steckt, wie Gold, das man aus der Erde holt und hortet. Andere wiederum sagen, es wären die Menschenpriester, die uns unsere Zauberkräfte aussaugen, um sie in ihrer Religion zu verwenden, indem sie Wein in Blut verwandeln und Beschwörungen aufsagen, mit denen Sünden vergeben werden. Manche glauben, daß Zauber in der Natur seinen Ursprung hat, und so, wie der Mensch links und rechts die Natur zerstört, ist nicht mehr genug davon übrig. Egal, was die Ursache dafür ist, der Zauber wird jedenfalls seit ein paar tausend Jahren immer weniger. Die einzigen, die daran festhalten, sind wir Bogles. Wir ertragen die Menschen besser als die meisten anderen, vielleicht weil wir nie auf falschen Glanz aus waren wie die Sidhe. Wir können auch in der Wüste existieren, im Gegensatz zu den Einwohnern von Feery. Aber auch für uns sind die Zeiten hart. Wir müssen dem Verfall zusehen, und Oberon vergißt alles, was er einst wußte, vergißt seine Erhabenheit, seine Würde, und bespringt alles, was ihm in den Weg läuft, lacht dazu und bildet sich ein, alles sei in bester Ordnung. Als würde die Zeit kein Ende haben.«

»Aber du sagst doch, daß sie unsterblich sind!«

»Das heißt nur, daß sie nicht sterben. Es heißt nicht,

daß sie nicht langsam dahinschwinden können. Sie sind an den Wald gebunden, Beauty. An die Moore. Gebunden an das Meer und die Flüsse. Sie sind aus der Natur entstanden und werden untergehen, wenn sie untergeht. Sie verschwinden, wenn ihre Wälder verschwinden. Schwinden dahin, wie Schnee, wenn er schmilzt.«

Sein Gesicht verzerrte sich zu einer tragischen Maske, die Mundwinkel waren kummervoll nach unten gezogen. Ich nahm seine Hand und streichelte sie.

»In diesem Augenblick«, murmelte er, »wenn ich *in dieser Zeit* nach Feery gehen wollte, wäre beinahe nichts mehr dort. Nur Schatten und Geister. Keine Paläste. Keine verzauberten Orte. Was noch übrig ist, darin hat *er* sich ausgebreitet. Um das Feery zu erreichen, das du kennst, muß ich Hunderte von Jahren zurückgehen und es von dort aus betreten.«

Ich nickte traurig. »Das war es, was Bill und seine Leute photographierten, als ich sie zum erstenmal traf. Das Ende von Feery. Die letzten verzauberten Orte. Sie machten Aufnahmen von Westfaire, als die Rosen hochwuchsen.«

Er seufzte. Ich suchte in meinen Gedanken nach etwas, das tröstlich klingen konnte, als es an der Tür klopfte. Erschrocken blickte ich hin, wandte mich wieder um, und Puck war verschwunden.

»Ja?« sagte ich.

Janice öffnete die Tür. »Ich habe Tee gemacht. Der würde uns jetzt beiden gut tun, denke ich.«

Ich nickte und bemühte mich zu lächeln, als ich meine schmerzenden alten Knochen aufraffte und vom Bett stieg, um Tee zu trinken. Ich fühlte mich jetzt zwar weniger einsam, aber weitaus verlorener als noch vor einer halben Stunde. Grumpkin schnurrte und blieb, wo er war. Das Ende der Welt konnte doch einen Kater nicht aus der Ruhe bringen!

Janice wischte sich über die Augen und begann ein unverbindliches Geplauder. Wie lange ich bereits zurück war, hier, im zwanzigsten Jahrhundert? Wie ich wohl zurechtkam mit dem Leben, so ohne Job?

»Oh, bis vor kurzem hatte ich ja einen Job«, sagte ich. »Als Pferdepflegerin. Doch dann plötzlich wurde ich alt. Bis vor ein, zwei Jahren war ich nicht ... fühlte ich mich noch gar nicht alt.«

Sie nahm ein Schlückchen Tee und nickte. »So ergeht es uns wohl allen früher oder später, denke ich. Plötzlich ist man nicht mehr jung, und man weiß nicht, wo die Jahre geblieben sind. Und dann sagt uns jemand, er liebt uns nicht mehr, weil wir zu alt sind. Manche wehren sich verbissen dagegen, doch den anderen wird rechtzeitig klar, daß es Gottes Wille ist.« Ihre Augen leuchteten auf, als sie mich ansah.

»Also«, fuhr ich rasch fort, um einer Abhandlung über den Willen Gottes zuvorzukommen, »ging ich zurück zur Schule, und dort traf ich Ihre Nichte.«

»Sie sagten, Sie wären zugegen gewesen, als Jaybee kam?« Sie preßte die Lippen zusammen, aber ihre Augen bekamen einen gierigen Ausdruck.

Ich mußte mein Garn weiterspinnen, während ich sprach. »Dorothy und ich hatten ein gemeinsames Neujahrsessen geplant. Als ich hier ankam, suchte ich noch rasch die Toilette auf. Die Tür war nur angelehnt, als ich mir die Hände wusch, und so hörte ich den Mann ins Haus kommen. Ich hörte alles, hatte aber Angst, er würde mich bemerken und umbringen. Ich konnte überhaupt nichts tun. Hinterher lud er sich den toten Bill auf die Schulter und machte sich davon. Ich half Dorothy, sich wieder ein wenig zu beruhigen, und dann faßte sie den Entschluß wegzulaufen, irgendwohin, wo er sie nicht mehr finden konnte. Selbst ich weiß nicht, wo sie jetzt ist.« Das mußte ich sagen. Sonst würde Janice mir zusetzen, um die Adresse zu erfahren. Ihre Lippen waren immer noch zusammengepreßt, die Mundwinkel nach unten gezogen. War sie wütend, weil Dorothy ihr das alles nicht selbst gesagt hatte? Oder machte es sie wütend, daß Dorothy davongekommen war?

»Sie hätte mich anrufen sollen«, sagte sie ungehalten. »Ich habe Dorothy sehr, sehr gern.« Der Tonfall strafte die Worte Lügen.

»In diesem Moment dachte sie vermutlich nicht daran.« Außerdem glaubte ich ihr nicht; Janice hatte mich nie akzeptiert, geschweige denn gern gehabt. Ich versuchte, sie zu beschwichtigen. »Ich bin sicher, sie wird sich noch bei Ihnen melden. Bevor sie ging, schlug sie mir noch vor hierherzukommen, um Ihnen Gesellschaft zu leisten, wenn Sie das möchten. Sie dachte, Sie würden nicht gern allein sein.«

»Wo haben Sie denn bis jetzt gewohnt?« fragte sie mich argwöhnisch. Ich wußte, sie verdächtigte mich, die ganze Tragödie nur erfunden zu haben, um zu einer Gratisunterkunft zu kommen.

»In einer Wohnung im Zentrum«, improvisierte ich. »Das Haus wurde verkauft, und alle Mieter mußten ausziehen.«

Das reichte offenbar als Erklärung. Janice vergaß ihr Mißtrauen und kehrte zu ihrem Gram zurück. »Dieses Schwein!« flüsterte sie, während die Tränen wieder flossen. »Dieser grauenhafte Mensch! Was soll ich tun, wenn er zurückkommt?«

»Nichts«, sagte ich. »Nichts, bitte! Ich mußte Dorothy versprechen, nichts zu unternehmen.«

»Gegenwärtig könnte ich ohnedies nichts unternehmen«, sagte sie. »Ich muß für ein paar Tage verreisen. Das Team, mit dem ich früher zusammenarbeitete, kommt aus dem einundzwanzigsten Jahrhundert, um Wale zu photographieren. Sie werden – wir werden hierherkommen, in diese Stadt. Ich gehöre dem Team an. Also darf ich nicht hier sein, nicht in dieser Nähe, wenn sie kommen, sonst entsteht eine Zeitschleife.«

Als ich sie nach Einzelheiten fragte, erzählte sie, das Team wäre am zwölften Januar 1993 aus dem einundzwanzigsten Jahrhundert gekommen, hätte ein Boot namens *Sally Ann* gemietet, seinen Eigentümer als Skipper angeheuert und wäre umgehend in See gestochen, um die Walwanderung zu filmen. Sie erinnerte sich ganz genau und beinahe wehmütig daran. Ihre Gesichtszüge wurden weicher, als würde sie mit dieser Reise eine wundervolle Erinnerung verknüpfen. »Martin wird kommen«, flüsterte sie.

»Und Bill?« flüsterte ich zurück. »Wird Bill auch kommen?«

»O ja. Bill. Und die anderen.« Sie stand auf, ging ins Badezimmer und schloß die Tür hinter sich. Ich hörte sie weinen; es waren laute, schluchzende Geräusche. Ich hatte nicht den Eindruck, als würde sie wegen Bill weinen; sie trauerte um etwas anderes.

Alice hatte immer davon gesprochen, daß man sich von Orten fernhalten müßte, denen man zuvor schon bei Zeitreisen einen Besuch abgestattet hatte. Niemand von diesem Team würde in der Stadt sein wollen, wenn sein früheres Ego aus der Zukunft zurückkehrte. Und keiner von ihnen konnte hier sein; außer mir. Am zwölften Jänner 1993 hatten sie noch nicht einmal gewußt, daß ich existierte.

8. Januar 1993

Janice hatte so viel Vertrauen zu mir gefaßt, daß sie mir die Schlüssel zum Haus zurückließ, außerdem Geld, um einzukaufen, und die Namen von einigen Rückkehrern, bei denen ich mich telefonisch nach einem Job erkundigen soll. Sie sagte, sie würde am achtzehnten wieder da sein.

»Als ihr damals hierherkamt – wenn ihr demnächst kommt –, werdet ihr dann schon darüber informiert sein, daß es Rückkehrer gibt?« fragte ich.

»Ja, allerdings«, antwortete sie mißbilligend. »Wir haben sogar mit einer Rückkehrerin gesprochen. Ich habe sie kaum zu Gesicht bekommen, aber ich entsinne mich, daß sie Bill Damenkleider geschenkt hat.« Sie schniefte; obwohl Bill tot war, erregte sein Hang immer noch ihren Unmut.

12. Januar 1993, abends

Ich habe sie alle gesehen. Jaybee, natürlich jünger, aber mit demselben roten, zerstörerischen Funkeln in den Augen. Janice und Alice. Martin, den Regisseur. Er und Janice waren offensichtlich sehr verliebt, und das war es wohl gewesen, woran sie sich so wehmütig erinnert hatte. Die beiden hatten nur Augen füreinander und für nichts sonst. Janice sah aber auch sehr hübsch aus; sie hatte diese gewisse zerbrechliche Anmut an sich, die sehr rasch altern und verlorengehen kann. Vielleicht war es nur dieser vergängliche Liebreiz, der es Martin angetan hatte.

Und Bill war da. Ein junger Bill. Viel jünger als zu dem Zeitpunkt, als ich ihm zum erstenmal begegnet war.

Den Großteil der vergangenen Tage war ich damit beschäftigt gewesen, jene Kleider zu besorgen, von denen ich mich erinnerte, daß Bill sie einst besessen hatte. Der Schafspelz war das einfachste, den bekam ich in einem Laden, der Schaffelljacken verkaufte. Den Rock entdeckte ich schließlich in einer Verkaufsstelle der Heilsarmee. Ich trennte die Firmenschildchen aus den Sachen, gab alles in einen Papierbeutel und nahm ihn mit, als ich heute früh am Morgen, noch bevor es hell war, zum Hafen eilte und die *Sally Ann* suchte. Als ihr Eigentümer kam, ging er an Bord und öffnete zu allererst einige Schlösser, ehe er sich vorne am Bug zu schaffen machte. Das nützte ich aus und huschte unter Deck. Als blinder Passagier, sozusagen. Wie damals Constanzia.

Ich hörte ihre Stimmen oben und ihre Schritte, als sie an Bord kamen, spürte den plötzlichen Druck, als das Boot ablegte, und kurz darauf das Schlagen der Meereswellen gegen den Schiffsrumpf. Ich betete zum Himmel, daß mir nicht schlecht wurde. Nach einer Weile, als wir schon auf hoher See waren, ging ich nach oben und tat so, als würde es sich um einen unglücklichen Zufall handeln. Ich hätte beim Fischen am Pier einen Migräneanfall erlitten, sagte ich, und mich im Dunkeln ein wenig hinlegen wollen. Und dann wäre ich eingeschlafen. Ich entschuldigte mich tausendmal und sagte, ich würde niemandem im Weg sein.

Bill und Martin tauschten einen Blick aus und zuckten die Achseln. Ihre Kameras aus dem einundzwanzigsten Jahrhundert sahen äußerlich denen aus dem zwanzigsten ziemlich ähnlich, so daß die beiden annahmen, ich würde den Unterschied nicht merken. Die Aufnahmen, die sie machten, sollten am Anfang der Wal-Dokumentation stehen und die noch völlig gesunden Tiere zeigen. Die verhungernde Mutter mit ihrem Kalb, die im Schlußteil vorkamen, würden erst später aufgenommen werden, so gegen das Jahr 2025 oder 2030 zu, nach dem Entstehen der Alesatfarmen, die das Meer von Krill und Plankton leerfischten, um damit die Menschheit zu ernähren.

Bill und Alice und ich unterhielten uns ein wenig. Ich gab mich als Rückkehrerin zu erkennen, und sie fragten, wie ich damit zurechtkäme. Ich sagte, es sei alles weit besser als im einundzwanzigsten Jahrhundert, es wäre die letzte gute Zeit. Als Alice dann zu den anderen ging, zeigte ich Bill die Kleider in dem Papierbeutel – Strümpfe, Seidenbluse, Rock, Unterwäsche. Hochhackige Schuhe, wie ich sie nie trage und nie getragen habe. Sie wären mir viel zu klein gewesen, aber ich entsann mich, sie an Bills winzigen Füßchen gesehen zu haben. Der Schafspelz war auch darin, weich und noch neu, nicht abgeschabt wie später, als ich die Stiefel daraus zugeschnitten hatte. Ich sagte ihm, ich hätte die Papiertasche auf dem Pier gefunden und würde die Dinge nach unserer Rückkehr wegwerfen. Von da an ließ Bill die Tasche nicht mehr aus den Augen. Ich hingegen unterdrückte den Wunsch, Bill zu sagen, wie lieb ich ihn hatte; das hätte ihn wohl zu sehr verwirrt.

Und so verging der Tag. Janice hängte sich an Martin und bemerkte mich nicht einmal. Die Wale bliesen Wasserfontänen, sonnten sich, und Jaybee bediente seine Kameras. Er hatte eine, die unter Wasser funktionierte wie ein kleines U-Boot und von einem Fernsehschirm aus mittels vieler Kontrollknöpfe dirigiert wurde. Der Mann am Ruder blieb an seinem Platz und schenkte uns allen keine Beachtung.

Und ich stritt die ganze Zeit über mit Puck in meinem Kopf herum. Er hatte mich ausgeschimpft, weil mir der Sinn nach Rache stand. Pater Raymond hätte gesagt, daß Gott die Rache für sich beanspruche. Ich hingegen sagte mir, es gehe mir nicht um Rache – um nichts für mich persönlich, sondern für irgend eine andere, unschuldige Person, die Jaybee über den Weg laufen würde. Und dann diskutierte ich noch weiter mit mir selbst. Wäre Jaybee nicht dort gewesen, direkt vor mir, hätte ich mir die Sache vielleicht noch anders überlegt. Doch jedesmal, wenn er mich ansah, dann tat er das mit dieser leblosen, todbringenden Arroganz in den Augen, mit einer Miene, die zu verstehen gab, daß er über jedem Gesetz stand, über jedem Gebot. Und jedesmal, wenn ich gegen den Drang ankämpfte, das zu tun, was ich vorhatte, bestärkte er mich im nächsten Moment erneut in meiner Absicht.

Schließlich konnte ich nicht mehr dagegen ankämpfen. Als das Boot umkehrte, um in den Hafen zurückzukehren, bat ich Bill, mich mit Jaybee bekannt zu machen.

»Jaybee«, sagte Bill, »wir haben hier eine nette Dame, eine Rückkehrerin, die dich kennenlernen möchte. Sie hält dich für äußerst interessant.«

»Das habe ich nicht gesagt«, schränkte ich ein. »Ich sagte nur, ich fände seine Arbeit als Kameramann interessant.«

Jaybee blickte auf zu mir und grinste abfällig. Alte Weiber waren ihm zuwider. Er kniete auf dem Deck und war dabei, seine Kameras einzupacken.

»Sei nett zu ihr, Jaybee«, sagte Martin. Er war ein gut aussehender Mann, ein wenig älter als die anderen, und hatte dieses Talent, über das manche Menschen verfügen, nämlich immer der Mittelpunkt zu sein, egal wer sonst noch in der Nähe ist. Heute trug er Stiefel und eine Jacke mit unzähligen Taschen. »Sei nett.«

»Ich bin beschäftigt«, knurrte Jaybee. »Keine Zeit für Geschwätz.«

»Bill und Martin sagten mir, Sie seien ein großartiger Kameramann«, begann ich.

»Es gibt keinen Besseren«, sagte er, faßte mich ins Auge, sah nichts, was ihn interessieren könnte, und wandte sich umgehend ab. »Ich bin gut. Sehr gut.«

»Dann verwenden Sie wohl Okulumwurzel, nehme ich an.«

»Noch nie gehört!« schnaubte er verächtlich.

»Okulumwurzel?« lachte Bill. »Was ist denn das?«

Ich tat überrascht. »Sie kennen Okulumwurzel nicht? Ehrlich? Und ich dachte, alle großen Photographen würden sie benutzen. Nicht, daß es nicht ein wenig riskant wäre, aber all diese Größen hinter der Kamera scheinen das Risiko in Kauf zu nehmen.«

»Okulumwurzel?« Martin runzelte die Stirn. »Ich glaube, davon habe ich schon gehört.« Das hatte er natürlich nicht, aber so war er eben. Er strich mit dem Handrücken über seinen Stiefel, um ein unsichtbares Staubkorn abzustreifen. Janice nahm seine Hand und blickte ihn schmachtend an.

»Zur Schärfung des Sehvermögens«, erklärte ich. »Sie nennen es auch Habichtsauge. Es heißt, es läßt das menschliche Auge alles auf neue, unverbrauchte Weise sehen.«

»So etwas würde ich liebend gern mal ausprobieren!« lachte Bill. »Doch ich muß zugeben, ich habe noch nie davon gehört.«

»Aber natürlich!« rief ich, wie ungehalten über meine eigene Dummheit. »Natürlich haben Sie alle noch nie davon gehört! Im einundzwanzigsten Jahrhundert gibt es Okulumwurzel ja nicht mehr. Wegen Alesat!«

»Okulumwurzel«, sagte Jaybee.

»Ist jetzt schon ziemlich selten«, nickte ich, stieß mich von der Reling ab, an der ich gelehnt hatte, und schüttelte mir den Staub von den Händen. »Ich habe gehört, es gibt nur mehr ganz wenig davon. Nun ja, mit der Okulumwurzel wären Sie vermutlich einer von den Allergrößten.« Ich ließ Jaybee und seine bohrenden Blicke hinter mir, schlenderte an die gegenüberliegende Reling und blickte über das Wasser.

Wer konnte sagen, ob er sich später einmal noch daran erinnern würde. Wenn nicht, gut und schön. Wenn er sich nicht erinnerte und die Suche nach Beauty aufgab, würde nichts geschehen. Ich würde nach Hause gehen. Das war der Handel, den ich mit mir selbst abgeschlossen hatte. Es hing wirklich alles von ihm ab.

Als wir wieder anlegten, ging ich mit leeren Händen über das Pier davon. Ich hatte Bill im einundzwanzigsten Jahrhundert die Kleider bereits tragen sehen, also wußte ich, er würde sie mitnehmen.

Ich entdeckte ein menschenleeres Gäßchen in der Nähe, wo ich meine Stiefel anziehen konnte, und trug ihnen auf, mich nach Feery zu bringen. Eine wirbelnde Finsternis folgte, die diesmal allzulang anzuhalten schien. Als sie endete und alles wieder hell wurde, befand ich mich in dem Land, das immerzu unter einem Abendhimmel lag. Er sah fast genauso aus, wie ich ihn zuletzt gesehen hatte, dieser blaue Himmel mit den funkelnden Sternen und darunter das blütendurchwirkte Gras. Doch nun war es ein wenig düsterer als früher. Es gab keine Paläste. Keine Leute. Aus den Wäldern unter den fernen Bergen kam ein anhaltendes Heulen, das absolut nichtmenschlich klang und mir Schauder blanken Entsetzens über den Rücken jagte. Ich blieb nur so lange, bis ich zwei dieser Pflänzchen mit den behaarten Stengeln fand, die Mama mir auf die Augen gedrückt hatte. Sie lösten sich ganz leicht aus dem Boden, und an ihren Wurzeln hing ein wenig Erdreich. Ich befahl den Stiefeln, mich zurückzutragen in die Wisdom Street, und die gewohnte wild kreisende Schwärze umfing mich.

Als ich im Haus in der Wisdom Street eintraf, wartete Puck schon auf mich.

»Das war töricht von dir«, flüsterte er.

»Was?« fragte ich dumm.

»Du warst in Feery«, sagte er. »Man braucht nicht viel Zauberkraft, um dort hinzugelangen, Beauty. Jetzt nicht mehr. Es ist kaum mehr etwas übrig von Feery, und das, was noch existiert, ist nicht weit entfernt, weil es uns nicht mehr gehört. Es gehört *ihm,* und er bringt es in die Nähe der Menschen. So nahe, wie er nur kann.«

Mich schauderte.

»Ich habe dir doch erklärt, daß er jetzt das Sagen hat!« erinnerte er mich vorwurfsvoll. »Carabosse ist darüber ganz verzweifelt. Sie sagt, du hast zuviel riskiert. Und wofür? Um zu deiner armseligen kleinen Rache zu kommen! Ich habe dir doch aufgetragen, die Finger davon zu lassen!«

»Aber ich konnte ihn nicht ungeschoren davonkommen lassen!« entgegnete ich, plötzlich so wütend wie noch nie. »Wer seid ihr eigentlich, du und Carabosse, daß ihr mir vorschreiben wollt, wovon ich die Finger zu lassen habe? Du warst es doch nicht, dem er das angetan hat!«

Er seufzte und wurde blaß. Dann sah er zu Boden, auf seine nackten Zehen. Es tat mir schon leid, daß ich so heftig reagiert hatte. »Sag Carabosse, es tut mir leid«, murmelte ich. »Ist ja nichts passiert.«

Er schüttelte den Kopf. »Möglicherweise doch«, sagte er. »Du wurdest gesehen, als du dort warst. Carabosse weiß nicht, von wem, aber du wurdest gesehen. Sie möchte, daß du nach Hause kommst.«

»Ich werde kommen«, sagte ich. »Bald.«

»Jetzt!« drängte er.

»Bald«, beharrte ich. Müde blickte ich auf die Pflanzen in meiner Hand. Offenbar hatte mein Tonfall endgültig geklungen, denn als ich aufsah, war Puck verschwunden.

Ich ging in die Küche, wo ich schon einen Sack Blumenerde und einen Tontopf vorbereitet hatte, und pflanzte die Kräuter ein, goß sie sorgfältig und steckte ein großes weißes Plastikschildchen in das Erdreich. Wenn Jaybee den Versuch aufgegeben hat, Beauty zu finden, wird er die Pflänzchen nie zu Gesicht bekommen, und ich werde nach Hause zurückkehren. Wenn er nicht aufgegeben hat, wird er mit ziemlicher Wahrscheinlichkeit innerhalb der kommenden drei oder vier Tage hier in Janices Haus auftauchen.

17. Januar 1993

Vor ein paar Tagen war ich beim Optiker und kaufte mir Brillen. Mit Bifokalgläsern. Ich hasse sie. Wenn ich esse, befindet sich die Grenzlinie genau dort, wo das Essen ist, und ich schütte mir immerfort alles mögliche über die Bluse. Außerdem war ich beim Friseur, ließ mir die Haare schneiden und eine neue Frisur machen, um anders auszusehen als die Frau, die Jaybee auf dem Boot gesehen hat. Der Haarschnitt läßt mich auch ein bißchen jünger wirken, aber das könnte auch nur das gepflegtere Äußere ganz allgemein sein.

Heute nachmittag tauchte Jaybee auf. Er fuhr einen Wagen, der mit quietschenden Reifen um die Ecke bog, und parkte am Straßenrand vor dem Haus. Ich bearbeitete gerade mit dem Rechen den Rasen – als eine Art Memento für Bill, wenn man so will. Jaybee fragte mich, wo Janice sei, und ich sagte, sie habe die Stadt verlassen müssen. Das wußte er; er selbst war ja auch nicht hiergeblieben. Aus diesem Grund war er auch nicht schon früher gekommen. Er fragte mich nach ›Dorothy‹, und ich sagte, sie wäre weggezogen. Er fragte, wohin, und ich behauptete, ich hätte den Zettel mit der Adresse irgendwo im Haus herumliegen. Er folgte mir in die Küche, wo ich eine ziemliche Schau abzog, indem ich den Zettel überall suchte, nur nicht dort, wo er lag.

Der Blumentopf mit dem großen Schildchen stand auf dem Küchentisch. Er konnte das Schild einfach nicht übersehen; es trug mit schwarzem Filzstift geschriebene Blockbuchstaben auf weißem Grund: OKULUMWURZEL. Ruckartig wie immer flitzten seine Blicke durch die ganze Küche und sahen alles – das Auge des Photographen, immer nach einem Objekt Ausschau haltend. Es blieb an der Pflanze hängen, wanderte weiter und kehrte wieder zurück; fasziniert dachte er an etwas, das vor langer Zeit passiert war, an etwas, das ihm einst jemand gesagt hatte.

Als die Adresse endlich gefunden war und ich ihm den Zettel hinhielt, hielt er den Blick bereits starr auf das Pflänzchen und das Schild mit dem botanischen Namen gerichtet.

»Was ist das?« fragte er und berührte mit dem Finger ein Blatt, wie um sich zu vergewissern, daß die Pflanze echt war.

»Oh, das ist eine sehr seltene Kräuterart«, sagte ich. »Janice hat davon bei ihren Nachforschungen erfahren. Okulum ist furchtbar schwer zu finden. Sie wollte schon seit langem ein Pflänzchen bekommen, und nun hat sie, kurz bevor sie abreiste, einen Mann entdeckt, der es züchtet.«

Ich drückte ihm das Blatt Papier mit der Adresse in die Hand. Er warf einen flüchtigen Blick darauf und sah, daß es sich um die Adresse des Colleges handelte, das ›Dorothy‹ besucht hatte. »Dort war ich schon«, sagte er. »Aber sie ist nach den Ferien nicht zurückgekommen. Sie muß irgendwo anders sein.«

Ich tat so, als würde mir plötzlich ein Einfall kommen. »Janice sagte etwas von einer anderen Adresse! Vielleicht hat sie sie in ihrem Zimmer!« Ich lief in die Diele und um die Ecke in mein eigenes Zimmer und ließ ihn allein in der Küche zurück, während ich auf meinem Bett saß, geistesabwesend über Grumpkins Fell strich und wartete. Eine ganze Weile geschah gar nichts. Lange genug. Dann hörte ich Schritte, die Tür und das Auto vor dem Haus, das davonfuhr. Als ich in die Küche zurückkam, war die Pflanze verschwunden.

Ich habe nichts getan. Ich habe ihn nicht verletzt, habe nicht Gewalt mit Gewalt vergolten. Alles, was ich getan habe, war, etwas an eine Stelle zu plazieren, wo er es stehlen konnte, falls er erneut auf eine Frau Jagd machte, die er bereits einmal mißbraucht hatte. Und nun werde ich wahrscheinlich auch nichts mehr weiter tun müssen.

Habe ich mich gerächt? Es ist sehr sonderbar, aber ich weiß es nicht, denn außer dem Feuer, das in meiner Brust lodert, fühle ich gar nichts.

18. Januar 1993

Janice kam von ihrer Reise mit der Nachricht zurück, eine Stellung für mich gefunden zu haben. Die Universität braucht für die Abendstunden eine Bibliothekskraft, die ausreichend Latein, mittelalterliches Englisch und Französisch beherrscht, um den Studenten zur Hand gehen zu können. Ich dankte ihr, ohne sie darüber in Kenntnis zu setzen, daß ich nicht so lange hier sein würde, um mich damit auseinanderzusetzen. Ich wollte bereits gestern abend verschwinden, aber mein Gespräch mit Puck hatte mich an etwas erinnert, was ich von ihr erfahren wollte.

»Janice«, sagte ich. »Dorothy hat mir erzählt, wie sie Sie und die anderen zum erstenmal traf.«

»Ach ja?« Sie rümpfte die Nase, wieder einmal mißtrauisch geworden.

»Sie erzählte mir, Ihr Team hatte damals an einer Dokumentation über die letzten Feen, die letzten Wunder dieser Welt zu arbeiten, als sie noch über diesen geheimnisvollen Zauber verfügte. Und Sie selbst waren für die Recherchen zuständig, nicht wahr?«

Sie entspannte sich wieder. »Ja, war ich. Hatte mich durch Stapel alter Bücher zu kämpfen, um die Antworten auf all diese Fragen zu finden.«

»Und wo ist all der magische Zauber geblieben, Janice?«

»Das meiste davon hat die Kirche sich angeeignet«, sagte sie und starrte mich auf diese seltsame Art mit weitaufgerissenen Augen an.

»Die Kirche?« wiederholte ich ungläubig. Genau das hatte Puck behauptet, aber irgendwie fand ich es schwer zu begreifen.

»Zum Wirken von Wundern«, erklärte sie. »Alle Sakramente der Kirche gründen sich auf Zauberei. Verwandeln dies in das. Bestehen aus Formeln, mit denen die Sünden vergeben werden. Es wird zwar nicht zugegeben, daß es sich um Zauberei handelt, aber das ist es! ›*Zauberei ist eine magische Handlung, die unter Zuhilfenahme von geheimnisvollen oder übernatürlichen Kräften und Formeln bestimmte Wirkungen hervorrufen soll.‹* Doch von Magie existierte nur eine bestimmte Menge. Erst war alles davon bei den Feen, dann eignete es sich die Kirche an, und nun ist die Kirche dabei, es wiederum an etwas anderes zu verlieren. Die letzten Tage sind angebrochen. Es ist vorausgesagt. Es wurde uns geoffenbart …«

Und schon war sie mitten in der schönsten Tirade über die letzten Tage der Welt, während ich mit offenem Mund dasaß und mich an den Geruch in der Kapelle von Westfaire erinnerte. Es war der Geruch von Magie gewesen. Derselbe Geruch wie in Feery.

Irgend etwas in dem Redeschwall erregte meine Aufmerksamkeit. »Was sagten Sie soeben, Janice?« unterbrach ich sie.

»Wir haben sie nie fertiggestellt«, sagte sie. »Wir haben diese Dokumentation nie fertiggestellt. Später haben wir versucht, weiter daran zu arbeiten, aber man hat es uns nicht gestattet.«

Später

Ein Anruf unterbrach unser Gespräch. Es handelte sich um etwas, das mit dem Netz der Rückkehrer zu tun hatte, und Janice redete eine ganze Weile am Telefon. Ich ging in mein Zimmer und legte mich hin. Als ich Stunden später aufwachte, war es schon Abend, und sie wartete in der Küche auf mich.

»Es gibt etwas von Jaybee zu berichten«, sagte sie.

»Ach ja?«

»Er ist blind. Blind und wahnsinnig. Er kann zwar nichts sehen, ist aber überzeugt davon, etwas zu sehen.«

Ich schüttelte verwundert den Kopf, und Janice verzog das Gesicht zu jenem Ausdruck, den ich heimlich ihre Märtyrermiene nenne.

»Wenigstens können wir diese Gelegenheit dazu benutzen, um uns von jeglichen Haßgefühlen zu reinigen«, sagte sie und starrte mir in die Augen. »Wir erhalten die Chance zu vergeben. Wir müssen uns eine Möglichkeit überlegen, für ihn zu sorgen.«

»Wie? Für ihn sorgen?«

»Wir Rückkehrer müssen ihn in unsere Obhut nehmen. Er ist einer von uns, und wir können es nicht riskieren, daß er anfängt, über uns zu reden.«

»Worüber zu reden?« Ich lachte auf – ein wenig hysterisch und ganz gewiß nicht belustigt. »Wenn er verrückt ist, wird ihm doch ohnehin niemand Glauben schenken!«

»Uns wäre aber lieber, er würde überhaupt nicht reden.« Sie sah mich von der Seite an; es war dieser abschätzende, abwägende Blick, den ich gut kannte. »Als sie mich heute nachmittag anriefen, habe ich gesagt, wir würden ihn fürs erste einmal bei uns aufnehmen.«

Ich traute meinen Ohren nicht! »Er hat Bill getötet! Er hat Dorothy vergewaltigt! Das kann nicht Ihr Ernst sein!«

Sie schürzte die Lippen und faltete die Hände. Wiederum diese fromme, märtyrerhafte, selbstgerechte Pose. »Es ist nur für kurze Zeit. Wir haben ja Bills Zimmer unten im Keller, in dem er wohnen kann. Sie werden abends arbeiten, ich arbeite tagsüber. Das Netz wird Ihnen etwas dafür bezahlen, wenn Sie sich um ihn kümmern, solange ich aus dem Haus bin. Und wenn Sie Ihren Anteil an den Unkosten hier übernehmen wollen, werden Sie ohnedies mehr Geld brauchen, als der Teilzeitjob in der Bibliothek bringt.«

»Ich kann da nicht mitmachen«, sagte ich. »Ich mußte mitansehen, was er getan hat, und ich will damit nichts zu tun haben.«

Janice rang die Hände, verdrehte die Augen zum Himmel und wurde zur heiligen Janice in der Löwengrube oder sonstwo. »Entweder muß sich jemand seiner annehmen, oder wir müssen eine endgültige Lösung finden. Und daran darf ich nicht einmal denken! Ich bin eine religiöse Frau! Ich könnte niemanden töten! Wir müssen ihm vergeben. Wenn er den Verstand verloren hat, dann war er nicht wirklich verantwortlich für das, was er damals tat!«

»Und wie kommen Sie zu der Annahme, ich könnte mit ihm zurechtkommen?« fragte ich. »Er ist ein ganzes Stück größer und kräftiger als ich.«

»Man wird ihn unter Drogen halten«, erklärte sie. »Er bekommt ausreichend Medikamente, die ihn ruhigstellen, bleibt aber in der Lage, halbwegs für sich selbst zu sorgen. Er braucht keine Krankenschwester!«

»Ich verstehe«, sagte ich; mir war ganz übel. Ich konnte nicht in diesem Haus bleiben, wenn Jaybee hierherkommen sollte. Früher oder später würde ich ihn umbringen müssen. Vielleicht war es das, was sie wollte. Ich warf ihr einen Blick zu und verstand sie in diesem Moment beinahe. Ob sie wohl genau wußte, was sie tat? »Lassen Sie es mich ein paar Tage überdenken.«

»Keine Zeit dazu«, bemerkte sie. »Ich glaube, der Wagen ist gerade vorgefahren.«

Und so war es auch. Zwei Männer, Freunde von Janice und Bill, die ich kennengelernt hatte, als ich noch die junge Beauty war, hielten Jaybee zwischen sich festgeklemmt und zerrten ihn zum Haus. Es erinnerte mich daran, wie er den toten Bill weggeschleppt, achtlos in seinen Wagen geworfen und sich aus dem Staub gemacht hatte. Ich war am Boden gehockt, die Kleider in Fetzen und Blut zwischen den Beinen, und hatte ihm durch eine winzige Ecke des Fensters nachgesehen. Und so sah ich ihn jetzt wieder, aus einer winzigen Ecke des Fensters, und nun war er derjenige, der geschleppt wurde. Er hatte eine Binde über den Augen.

Ich ging in mein Zimmer, zog den Mantel an und steckte Grumpkin in die Tasche. Armer alter Kater. Er hatte sich schon beinahe daran gewöhnt. Die anderen Dinge, die ich noch brauchte, steckte ich in die andere Tasche. Dann zog ich die Stiefel über. Ich hörte Janice die Haustür öffnen und mit salbungsvoller, alles verzeihender Stimme sagen: »Der Ärmste! Bringt ihn herein!«

Er wurde hereingebracht; ich ging hinaus.

Puck stöberte mich in dem Hotel auf, in dem ich mir ein Zimmer gemietet hatte. Er war völlig außer Atem und ganz blaß.

Ich fragte ihn, was los sei.

Er fuhr sich mit beiden Händen übers Gesicht. »Es wird immer schwieriger, hierher zu gelangen. Immer schwieriger. Wann kommst du denn nach Hause? Carabosse will es wissen, Beauty. Die Lage wird ernst.«

»Glaubt sie denn, ich wäre hier in Gefahr?« fragte ich. Aus irgendeinem Grund wollte Carabosse mich zur Zeit nicht so recht interessieren. »Ich kann doch immer noch zurück, oder?«

»Du bist nicht in Gefahr. Nicht unmittelbar. Und du kannst zurück. Ein Weilchen noch.«

»Dann sag ihr, ich komme bald.«

April 1993

Es ist ganz leicht, in einen Aufsichtsrat hineinzukommen. Alles, was man dazu braucht, ist Geld. Weniger leicht ist es natürlich, das Geld aus einem Schuldschein einzutreiben, der sechshundert Jahre alt ist.

Das Haus Levi existiert immer noch, merkwürdigerweise, wenngleich als Investmentbank unter einem anderen Namen; und es steht immer noch an derselben Stelle in London, wo ich es zum erstenmal aufsuchte. Um nach London zu kommen, machte ich meine erste Reise in einem Flugzeug. Eingedenk des Umstandes, daß Magie im gegenwärtigen Zeitalter recht dünn gesät ist, entschied ich mich für die konventionelle Art zu reisen. Wenn ich die Stiefel dazu verwende, in der Zeit zurückzureisen, dann wird der Zauber immer stärker, doch mich im zwanzigsten Jahrhundert von einem Ort zum anderen tragen zu lassen, wollte ich nicht riskieren; vielleicht wäre alles glattgegangen, aber genausogut bestand die Möglichkeit, daß sie mich mitten über dem Ozean fallengelassen hätten.

Als ich die Quittung des Hauses Levi bei der Anlagebank vorlegte, sah man sie erst einmal eine Weile ungläubig an, doch niemand bestritt, daß das Geld all diese Jahre und Jahrhunderte hindurch von Levi und seinen Nachfolgern verwaltet worden war. Einer der jungen Männer setzte sich hin und rechnete aus, was die Empfangsbestätigung jetzt wert war: Millionen und Abermillionen von Dollar. Ich mußte den Beweis dafür erbringen, daß ich als direkte Nachfahrin des Herzogs von Monfort und Westfaire ein Anrecht darauf hatte, was mir dank der Siebenmeilenstiefel und ausreichend Gold, um es hier und dort in eine aufgehaltene Hand zu legen, auch gelang. Puck und Fenoderee halfen mir dabei, obgleich nur widerstrebend und ausschließlich in der Vergangenheit, denn dazu mußten sie nicht hierherkommen, und ich bin auch nicht sicher, ob sie es überhaupt geschafft hätten. Aber es reichte, daß sie in der Lage waren, in früheren Jahrhunderten Kirchenbucheintragungen zu fälschen, indem sie Geburten und Eheschließungen registrierten, die nie stattgefunden hatten. Taufen wurden mit blasser Tinte in uralten Wälzern vermerkt, Einsegnungen kamen dazu. Und in erster Linie Testamente, die die Quittung von einer Generation zur nächsten wandern ließen, siebzehn Generationen lang bis zum heutigen Tag. Bis zu Catherine Monfort. Ich bin die Erbin. Des Staunens im Hause Levi war kein Ende, aber man steht dort offenbar zu seiner Unterschrift, ob sie nun sechshundert Jahre alt ist oder nicht.

Ich rief Janice an und machte ihr den Vorschlag, auf meine Kosten jemanden einzustellen, der sich um Jaybee kümmert. Doch Janice war so wütend, daß ihre Stimme bebte, was mich in dem Gefühl bestärkte, daß sie immer schon vorgehabt hatte, die Verantwortung für Jaybee mir aufzubürden. Sie hatte ihre Antipathie gegen Beauty/Dorothy auf diese neue Person – mich – übertragen. In Janices Welt muß es immer eine Sünderin geben, die für ihre Sünden büßt, während Janice zusieht und urteilt. Da sie an Dorothy nicht mehr herankam, wollte sie mich haben. Ich war Dorothys Freundin und daher aller Wahrscheinlichkeit nach irgendeines Vergehens schuldig. Nach den letzten psychoanalytischen Erkenntnissen ist es vermutlich ihre eigene Verfehlung, für die sie bis in alle Ewigkeit sühnen muß. Ich weiß nicht, welche Verfehlung das sein könnte. Sie weiß es sicher auch nicht.

Es stellte sich heraus, daß ich niemanden bezahlen mußte, der ihn betreut, weil Janice innerhalb von Stunden, nachdem ich das Haus in der Wisdom Street verlassen hatte, einen anderen Platz für Jaybee fand.

Ich suchte mir eine Wohnung in New York, und nun gehöre ich dem Verwaltungsrat des Internationalen Krisenkomitees für Umweltprobleme an, einer Gruppe sehr einflußreicher Personen, die das Gefühl haben, mit der Erde ginge es rapide bergab, und dennoch entschlossen sind, sie zu retten. Ich weiß, daß sie recht haben, obwohl ich ihnen nicht sagen kann, wie es kommt, daß ich es weiß. Etliche von ihnen haben Millionen Dollar dafür geopfert – ich eingeschlossen. Ich habe Einblick in alles, was sie unternehmen. Sie bemühen sich um einen Zusammenschluß aller Umweltschutzorganisationen, aller sogenannten liberalen religiösen Körperschaften, deren Sorge mehr dem Leben als dem Geld gilt, und aller anderen Menschen auf der Welt, denen das Leben auf diesem Planeten am Herzen liegt. Wir verbringen endlose Stunden in Zusammenkünften, bei denen es um die Bildung von Vereinigungen und Netzwerken geht und um die Strategien, nach denen politischer Druck ausgeübt wird; wir diskutieren, welche Kandidaten unterstützt werden sollen in ihren Bemühungen. Und ich gehe jeden Abend müde und trotzdem unfähig zu schlafen ins Bett. Grumpkin liegt neben mir und schnurrt, und zumeist hilft mir dieses Geräusch, in tiefste Bewußtlosigkeit zu fallen. Dann träume ich von dem Kind namens Elaine und ihrer Mutter und dem Messer und von der irrlichternden Stimme, die immerzu singt: »Runter, runter runter ...« Und dann wache ich wieder auf.

Januar 1994

Fast dreihundert Arten von Flora und Fauna sind ausgestorben, seit ich dem IKKU meinen ersten Dollar gegeben habe. Auf der Titelseite der heutigen Zeitung findet sich ein Bericht über die Verleihung eines Preises an die ›Mutter des Jahres‹, einer Mutter von elf Kindern. Ich frage mich, was wohl Pater Raymond dazu sagen würde. Ihre elf Kinder können Hamburger essen, deren Fleisch von Kühen stammt, die das kurzlebige Gras fressen, welches hervorsprießt, nachdem der Regenwald gerodet und verbrannt ist. Sie können die bereits verpestete Luft atmen. Sie können sich darauf freuen, eine eigene Wohnung zu erhalten, sobald sie herangewachsen sind, und zwar in den neuen Fertighäusern, deren Teile in Japan hergestellt werden und die jedem Mieter fünfzehn Quadratmeter Raum zugestehen. Der Artikel über die Wohnungen besagt, daß jeglicher Komfort neuzeitlicher Wohnkultur darin vorhanden ist. Bills Wohnung in dem bienenstockartigen Gebäude hatte zehn Quadratmeter. Es ist also nicht mehr weit bis dahin.

März 1994

Puck hat mich schon einige Male besucht; er bittet mich, nach Hause zu kommen, jedesmal hysterischer. Ich hätte seiner Bitte längst folgen können, denn mein Hierbleiben hat überhaupt keinen Sinn. Es hatte nie Sinn. Carabosse muß das gewußt haben. Sie wußte, es war schon zu spät. Aber ich hatte das Gefühl, es versuchen zu müssen.

Doch bei allem und jedem hat Gott uns einen Strich durch die Rechnung gemacht. Nicht der wahre Gott. Ein falscher, den der Mensch sich errichtet hat, um die Zerstörung der Erde beschleunigen zu können. Es ist der gefräßige Gott, dem daran gelegen ist, im Namen einer bis ins letzte selbstsüchtigen Menschheit alles zu verschlingen. Seine zehn Gebote sind: Ich zuerst (ich will so leben, wie es mir paßt), Menschen zuerst (alle anderen Lebewesen können sterben, wenn es mir Nutzen bringt), Sperma zuerst (keine Geburtenkontrolle), Geburten zuerst (keine Abtreibungen), Männer zuerst (keine Rechte für Frauen), meine Kultur/mein Volk/meine Sprache/meine Religion zuerst (Separatismus/Terrorismus), meine Rasse zuerst (keine Menschenrechte), meine politische Anschauung zuerst (widerliche Linke/korrupte Rechte), mein Land zuerst (hoch die Fahne, die Fahne, die Fahne!) und – zuallerallererst – Profit.

Wir verehren die gefräßige Gottheit. In ihrem Namen brennen wir Wälder nieder. In ihrem Namen töten wir Wale und Delphine. In ihrem Namen betonieren wir die Prärie zu. In ihrem Namen bekommen wir geistig behinderte Kinder. In ihrem Namen verkaufen wir Drogen. In ihrem Namen legen wir Bomben. Wir verehren sie immer und überall. Wir geben ihr verschiedene Titel und begehen Blasphemien im Namen der Verehrung.

Einst besaßen wir magische Kräfte, um damit Wunder zu wirken, doch der gefräßige Gott hat uns ausgesaugt. Seine Jünger glauben nicht an Mysterien und Visionen und Wunder. Sie ertragen keine offenen Fragen; sie akzeptieren jede Antwort, wie falsch sie auch immer sein mag, solange sie nur fest ans Kreuz des Mammons genagelt ist. Sie warten voll Ungeduld auf den Ausbruch aller irdischen Freuden, ohne zu wissen, daß sie die Freude für immer abgetötet haben. Alesat ist das, was kommen wird, und das wird der Allerhöchste, Er, der nie vergehet, der Menschheit nicht vergeben.

Ich rief abwechselnd nach Fenoderee und Puck. Ich saß auf der Bettkante und wartete, und keiner von beiden kam. Nach langer, langer Zeit hörte ich eine schwache, weit entfernte Stimme meinen Namen rufen. »Nicht genug!« sagte sie. »Nicht genug Zauber!«

Möglicherweise habe ich mich selbst in eine Falle manövriert. Wenn ich versuchen will zurückzukehren, dann muß ich es jetzt tun. Es gibt nichts, was ich tun könnte, um irgend etwas hier aufzuhalten. Ich habe die letzten paar Tage damit zugebracht, Geld in Gold und Edelsteine umzutauschen – in erster Linie Edelsteine, sie sind leichter – und so viele mittelalterliche Münzen zu erwerben, wie ich bei den Händlern auftreiben konnte. Ich erfand ein (nicht stattfindendes) Kostümfest, um mir zwei wollene Gewänder im Stil des späten vierzehnten Jahrhunderts machen zu lassen – einfache Sachen, aber komplett mit Haube, Schleier und Schuhen. Ich brauchte eine Stunde, um dieses Buch, Mamas Kästchen und meinen Mantel und die Schuhe aus ihren jeweiligen Verstecken in dieser Wohnung hervorzuholen. Die Edelsteine habe ich im Saum des Mantels eingenäht. Und die ganze Zeit bilde ich mir ein, ich höre etwas, jemanden, hier an meiner Seite.

Grumpkin steckt zusammen mit den Münzen in einer Manteltasche. Wir sind bereit, es zu versuchen.

24

Früher. Später.

Ich nahm an, der erste Sprung hätte mich überhaupt nicht von der Stelle bewegt. Ich sah auf die Armbanduhr und wartete, daß die Datumsanzeige zu laufen begann; so dauerte es eine Weile, bis mir klar wurde, daß mich der erste Sprung nur zwei Minuten in die Vergangenheit getragen hatte. Ich sah mich nicht um. Ich stand neben dem Tisch, an dem ein vergangenes Ich saß und schrieb; ich wußte, daß dieses andere Ich dasaß und schrieb, obwohl ich nicht hinzusehen wagte. Ich starrte unverwandt zu Boden und ging ins Nebenzimmer, ehe ich einen neuen Versuch machte. Der zweite Sprung trug mich vier Minuten rückwärts, der dritte etwas mehr als acht. Ich hatte den ganzen Abend lang die Küche nicht betreten, also ging ich dorthin, um nicht mit mir selbst zusammenzustoßen. Der vierte Sprung trug mich eine halbe Stunde in die Vergangenheit, der fünfte etwas mehr als zwei Stunden. Ich hörte auf mitzuzählen, wie viele Sprünge nötig waren, mich ins sechzehnte Jahrhundert zu bringen, wo der Zauber noch stark genug war, um mich in einem Stück bis ins vierzehnte zu schleudern.

Der Hügel, unter dem Burg Westfaire ruht, ragt auf zum Sternenhimmel. Es riecht intensiv nach Magie und Zauber. Der Duft der Bäume wirkt berauschend wie Wein. Ich werde mich, fest eingewickelt in meinen Mantel, hinlegen und schlafen. Ich bin sehr müde, sehr zerschlagen. Ich fühle mich sehr alt.

Später: kurz nach Sonnenaufgang

Ich sehe wirklich sehr alt aus, zumindest meine Hände und Arme. Ein Glück, daß ich mir kurz vor meiner Abreise einen guten Haarschnitt machen ließ, und der scheint mir geblieben zu sein. Genau wie meine fachmännisch manikürten Nägel (ohne Nagellack). Meine neuen Kleider passen perfekt. Wenigstens habe ich nicht wiederum Gewicht verloren. Ich bin nichts weiter als eine nette, gepflegte, ganz alte Frau, meilenweit entfernt von irgendeinem Ort. Ich habe keine Ahnung, welches Jahr wir schreiben. Grumpkin war hungrig, also fing er sich eine Maus oder einen Maulwurf, jedenfalls etwas Kleines, Graues, und fraß es auf. Er bot mir nichts davon an. Aber das ist schon in Ordnung, ich habe Proteinkekse in der Tasche, reichlich für mehrere Tage. Früher oder später muß ja wohl jemand vorbeikommen.

[»Sie ist zurück!« stellte ich unnötigerweise fest.

»Das sehe ich«, antwortete Israfel. Er war so müde wie ich. »Glaubst du, wird sie je wieder dorthin zurückgehen?«

»Nein. Sie hat getan, was sie tun konnte. Du hattest recht. Es ist in sie hineingewachsen, und die beiden sind eins geworden. Als sie darum kämpfte, kämpfte sie um ihr eigenes Leben. Das kann man ihr nicht vorwerfen, ich hätte das gleiche getan.]«1

»Und was machen wir jetzt?«

»Wir lassen sie ein Weilchen allein und versuchen herauszufinden, was als nächstes geschieht.«

»Sie sieht sehr gebrechlich aus. Ich könnte ihr zumindest einen Karren schicken.«

»Tu das. Schick ihr einen Karren.«]

Am Tage des heiligen Cyrill,
im Mai des Jahres Unseres Herrn 1417

Vormittags kam ein wandernder Kesselflicker mit seinem Karren, seiner rotgesichtigen Frau und einigen rotznäsigen Kindern vorbei. Ich bat ihn, mich auf dem Karren mitzunehmen, und ließ einen halben Pfennig sehen, den er hocherfreut annahm. Darüber war ich sehr froh, denn ich wollte nur dann zur Magie Zuflucht nehmen, wenn es sich als unbedingt nötig erwies. Der Kesselflicker verriet mir auch das Jahr. Fünfzig Jahre sind vergangen, seit ich zuletzt hier war, siebzig, seit sich der Bannfluch über Westfaire legte. Wenn man die inzwischen verstrichenen Jahre zählt, dann bin ich sechsundachtzig. Diese Reisen durch die Zeit müssen nach gewissen Regeln ablaufen; es scheinen nicht die gelebten Jahre zu sein, was zählt, sondern irgendeine andere chronologische Maßeinheit. Ich fühle mich jedenfalls nicht wie sechsundachtzig. Oder so, wie ich mir vorstelle, daß Sechsundachtzigjährige sich fühlen.

Ellys Tochter, meine Enkelin, müßte jetzt schon selbst eine Frau mittleren Alters sein, vermutlich mit eigenen Kindern. Ich werde mich als ältliche Tante vorstellen. Als wohlhabende ältliche Tante. Reiche Verwandte sind stets leichter zu verkraften. Das heißt, falls ich Ellys Tochter finde. Falls das kleine Königreich immer noch existiert. Der Kesselflicker sagt, es hätte seit geraumer Zeit keine Pestilenz mehr gegeben. Doch Kriege gibt es andauernd irgendwo. Tatsächlich herrscht Krieg, jener Krieg, der schon geführt wurde, als ich noch ein Mädchen war. Die Engländer gegen die Franzosen. Unser König versucht, dort Land zu erobern oder Land zurückzuerobern oder Land zu verteidigen. Der Franzosenkönig versucht, uns davon abzuhalten oder wegzujagen. Man möchte glauben, daß es irgend jemandem gelingen müßte, dem ein Ende zu machen, doch wenn ich die Hinweise in den Büchern des zwanzigsten Jahrhunderts richtig im Gedächtnis behalten habe, dann wird dieser Krieg noch Jahrzehnte andauern.

Heinrich V. ist König. Er wird nicht lange König bleiben, der arme Junge. Als ich 1350 wegging, war Edward III. König. Ihm folgte sein Enkel Richard II. nach, diesem Vetter Heinrich IV. und diesem wiederum dessen Sohn. Der gegenwärtige Heinrich wird in Frankreich an der Ruhr sterben und sein Sohn im Tower, nachdem letzterer einen geraumen Teil seines Lebens als mehr oder weniger Verrückter verbracht haben wird. Wie auch immer, die Witwe des fünften Heinrichs wird einen Enkel haben, und der wird Heinrich der Siebente, und es ist alles sehr interessant und kompliziert. Ich muß mich sehr zusammennehmen, nichts von alledem zu erwähnen, damit es nicht den Anschein hat, als würde ich Prophezeiungen von mir geben. Wenn man dem Kesselflicker Glauben schenken kann, dann verbrennt man immer noch arme alte Frauen, sobald nur irgendeinen Wichtigtuer die Luft im Bauch drückt und er glaubt, er wäre verhext. Außerdem muß ich darauf achten, nicht für einen Lollard gehalten zu werden. Lollards werden nämlich auch verbrannt. Ich kann mich nicht genau erinnern, was Lollards eigentlich sind. Ich meine, ich weiß, was sie sind, aber ich erinnere mich nicht an die Dinge, die zu sagen man besser vermeidet, wenn man nicht für einen solchen gehalten werden will; andererseits fürchte ich, mir den Anschein ketzerhafter Unkenntnis in religiösen Dingen zu geben, wenn ich mich danach erkundige.

Noch etwas Interessantes hat der Kesselflicker erzählt, nämlich daß die Bauern das Land verlassen haben und auf der Suche nach besserer Bezahlung weggezogen sind. Davon hatte ich gelesen, aber das war mir bei der Lektüre als extrem unwahrscheinlich erschienen. Doch jetzt, nachdem ich hier die brachliegenden Felder sah, kann ich bestätigen, daß es der Tatsache entspricht. Natürlich haben die adeligen Grundherren sich bemüht, den Geschehnissen Einhalt zu gebieten, aber es war vergeblich. Früher einmal konnte ein Mann sein Land nicht verlassen, denn er wäre nirgendwo sonst untergekommen; jeder Lord hatte seine Leibeigenen und kaum Bedarf für mehr. Jetzt hingegen hat der Schwarze Tod so viele Leute dahingerafft, daß es Landstriche gibt, wo man geradezu bettelt um tüchtige Männer. Nun, daran erinnere ich mich nur allzugut von Wellingford, vom Dower House her. Schon damals war es schwierig gewesen, Leute zu finden, die die Arbeit erledigen, und seit damals hat der Schwarze Tod noch einige Male zugeschlagen. Seltsam, nicht wahr? Je weniger Menschen es gibt, desto höher wird der einzelne geachtet. Das habe ich schon damals im zwanzigsten Jahrhundert gesagt, und Puck sagte es auch.

Der Kesselflicker ist ein jüngerer Mann, aber er lebt seit seiner Kindheit auf diesen Straßen. Ganz Wellingford ist jetzt verlassen, sagt er. Er weiß nicht, wohin die Leute verschwunden sind, die einst dort wohnten. Er erinnert sich zwar noch an den König und die Königin, die vor langer Zeit aus ihrem Land jenseits des Meeres vertrieben worden waren, aber er weiß nicht mehr, wo dieses Land wohl gelegen haben mochte. Er wird mich bis in die Nähe der Mühle von East Sawley mitnehmen, die noch existiert. Dort werde ich mich umhören, ob sich noch jemand daran erinnert.

Am Tage des heiligen Justinian des Märtyrers, erster Tag im Juni des Jahres Unseres Herrn 1417

Vor einer Schenke – oder was in dieser Zeit als Schenke gilt – kletterte ich vom Karren. Auf der Bank vor dem Haus saß in aufrechter Haltung ein schmaler alter Mann und plauderte mit einem Freund. Als er mich so allein auf der Straße stehen sah, erhob er sich, kam näher und bot mir seine Hilfe an.

Er sah mich lange an, und mir wurde ganz schwindlig von diesem Blick.

»Catherine?« fragte er. »Du bist doch Catherine, nicht wahr?«

Im ersten Augenblick erkannte ich ihn nicht, doch als es soweit war, erfaßten mich meine Gefühle wie ein Tornado und wirbelten mich im Kreis. »Giles? Oh, Giles! Bist du es wirklich, Giles? Aber du bist doch tot! Man hat mir gesagt, du wärst tot!«

Er hielt mich fest, und in diesem Moment war ich wieder dreißig. Mein Herz schlug so heftig wie früher in dieser Sekunde, die eine Ewigkeit für mich wurde. Giles war nicht tot! Er erkannte mich auf den ersten Blick, obwohl ich nicht hätte sagen können, wie das möglich war. Er nannte mich bei dem Namen, unter dem er mich kennengelernt hatte. Er streckte die Hand aus und berührte mein Gesicht, und er lächelte dazu, als hätte er mit meinem Kommen gerechnet. Und dann sagte er mir, er würde seit fünfzig Jahren auf mich warten, jeden einzelnen Tag davon auf mich warten. Und daß er wüßte, daß ich seine verlorene Beauty wäre, die auf verschlungenen Wegen zu ihm zurückgekehrt war.

Ich weinte, als er das sagte. Ich weine immer, wenn ich darüber nachdenke. Wir sind fast gleich alt; er hält sich immer noch gerade wie ein Speer, obwohl sein

Schritt kürzer geworden ist und er nicht mehr so gut sieht wie früher. Sein Haar ist so weiß wie meines, aber es ist immer noch voll und weich und fällt ihm in die Stirn wie einst. Ich weinte und bat ihn, mir zu berichten, was ihm damals zugestoßen war; er erzählte mir, eine Bande, die es auf kräftige Männer abgesehen hatte, um sie zum Dienst auf Schiffen zu pressen, habe ihm aufgelauert, und in dem darauffolgenden Handgemenge habe er einen seiner Angreifer getötet, ehe die anderen ihn überwältigten und davonschleppten. Dieser Mann war es, der neben der Straße begraben lag.

Ich erzählte Giles, daß ich Blumen auf das Grab gelegt hatte, und er lachte und meinte, ich sei wohl die einzige, die diesem Schurken je eine Träne nachgeweint hat. Doch da das Pferd mit dem Wappen des Königs zurückgeblieben war, hatte der Augenzeuge die Möglichkeit gar nicht in Betracht gezogen, daß es sich bei dem Toten um ein Mitglied der Bande und nicht unbedingt um ihr Opfer handeln könnte.

Die Menschenfängerbande arbeitete für ein Handelsschiff, das in königlichem Auftrag Nachschub für die Truppen in Frankreich transportieren sollte, aber zuwenig Leute hatte, um die Schiffe zu bemannen. Und so hielten sie Giles monatelang fest, bis ihm nach Monaten und zahllosen Überquerungen des Kanals schließlich die Flucht gelang; doch da war ich bereits verschwunden. Seither hatte er in und um East Sawley gelebt, sagte er, und auf meine Rückkehr gewartet; daß ich zurückkehren würde, daran hatte er nie gezweifelt.

»Hätte ich gewußt, daß du hier bist, wäre ich schon viel früher gekommen«, sagte ich. Und das stimmte auch. Ich wäre schon vor langer, langer Zeit gekommen.

»Nach allem, was zwischen uns gewesen war, empfand ich die kleine Wartezeit überhaupt nicht als Ungemach«, lächelte er. »Denn fürderhin bestand mein ganzes Leben ja nur aus der Erinnerung an jene drei Nächte.«

Was kann eine Frau auf so etwas antworten? Ich ging in das Aborthäuschen hinter der Schenke, wischte mir das Gesicht ab und gestand mir ein, wie unendlich dumm es gewesen war, um der Rache willen ins zwanzigste Jahrhundert zu gehen, wenn ich um der Liebe willen hätte bleiben können; wie unendlich dumm, weil ich mir eingebildet hatte, dort irgend etwas bewirken zu können. Aber ich habe ja noch nie behauptet, kein Dummkopf zu sein.

Als ich von ihr sprach, entsann sich Giles der kleinen Königsfamilie, und er erwähnte auch den Namen ihres Reiches: Ponte Marvella, irgendwo in den hohen Bergen, wo Aragonien, Navarra und Frankreich zusammenstoßen. Ich erzählte ihm, daß Elly den Prinzen geheiratet und eine Tochter zur Welt gebracht hatte, meine Enkelin. Giles sagt, er will mit mir auf die Suche nach ihr gehen. Und so werden wir zwei alte – aber immer noch recht rüstige, wie es scheint –, wir zwei alte Esel uns also auf die große Reise übers Meer begeben. Die Stiefel hätten uns in einer Minute dorthin getragen, aber nun, da er bei mir ist, werden wir so reisen wie alle anderen und uns dabei die Gegend ansehen. Außerdem steht Giles den Stiefeln möglicherweise mißtrauisch gegenüber. Erklärungen würden sich zweifellos als kompliziert erweisen und wären darüber hinaus vielleicht riskant. Er liebt mich als die, für die er mich hält. Also werde ich mich bemühen, diejenige zu sein, für die er mich hält.

Giles hat einige meiner kleineren Edelsteine zu Geld gemacht. Er wird uns für die Dreitagereise nach Bristol ein Fuhrwerk mieten. Wenn wir dort angelangt sind, kann ich mir noch ein paar Kleider machen lassen; die Mode hat sich in der Zwischenzeit ein wenig verändert. Außerdem sprechen viel mehr Leute Englisch als damals, obwohl es sich in meinen Ohren sehr sonderbar anhört, wegen der absonderlichsten Akzente, die dabei aufeinanderprallen. Vor den Pestzeiten reisten die Leute nicht so viel herum, jetzt hingegen ist überall ein ständiges Kommen und Gehen, ein ewiges Hin und Her. Und zusammen mit den Sprechern kommen heutzutage auch die Vokale viel herum: ein ›a‹ hört sich manchmal an wie ›au‹, manchmal wie ›oa‹ und manchmal wie ›o‹. Es ist fast einfacher, Lippen zu lesen. Giles erzählte, vor einigen Jahren hätte das Parlament den Versuch gemacht, Englisch zur offiziellen Amtssprache zu erklären, was jedoch auf den Widerstand der Rechtsgelehrten gestoßen wäre, die behaupteten, auf englisch nicht disputieren zu können. Quatsch! Das behaupten sie im zwanzigsten Jahrhundert immer noch! Sie setzen all ihre Arbeitskraft darein, neue Wörter zu erfinden, damit niemand weiß, worüber sie reden! Wenn Anwälte gezwungen wären, sich klar und einfach auszudrücken, wären neun Zehntel von ihnen arbeitslos.

Am Tage des heiligen Bonifatius,
5. Juni des Jahres Unseres Herrn 1417

Bristol. Die einzigen Zimmer, die wir hier auftreiben konnten, befinden sich in der Pilgerherberge. Es gibt keine Schiffe. König Heinrich setzt sie alle dazu ein, seine Heere in die Normandie zu schaffen. Hier im Ort halten sich Pilger auf, die schon seit Wochen auf eine Überfahrt warten und jedesmal wie verrückt herumrennen, wenn ihnen gerüchteweise zu Ohren kommt, daß irgendein Schiff in den Hafen einlaufen soll. Ich dachte an Papa und erwähnte Giles gegenüber meine Zweifel am Nutzen solcher Pilgerreisen. Er brachte mich augenblicklich zum Schweigen. Lollards halten nichts von Wallfahrten, und wenn die Leute hören, daß ich ihrer Meinung bin, könnte man mich für einen Lollard halten. Ich fragte Giles im Flüsterton, was Lollards eigentlich sind, und er erklärte mir, daß es sich bei ihnen ursprünglich um die Anhänger von John Wycliffe handelte, welcher zum Ärger der Geistlichkeit eine Übersetzung der Bibel ins Englische anfertigte, zu der im Laufe der Zeit auch jene von Sir John Oldcastle hinzukamen, der wegen Ketzerei in den Tower geworfen wurde, später jedoch fliehen konnte und einen Anschlag auf das Leben des Königs plante. Seine Gefolgsleute wurden zwar gefaßt und hingerichtet, der Mann selbst jedoch befindet sich immer noch auf freiem Fuß.

Zu meiner Bestürzung mußte ich von Giles erfahren, daß diese Leute ganz ähnlich denken wie ich. Sie bezweifeln die Wirksamkeit der Sakramente, weil es sich dabei um Zauberei handelt, genau wie Puck sagte. Lollards lesen die Heilige Schrift auf englisch, in ihrer eigenen Sprache, was ich seit Jahren tue. Sie betrachten Werke und Taten als genauso wichtig wie den Glauben und halten das Aufsuchen von Reliquienschreinen für eine Verschwendung von gutem Geld, das besser zur Linderung menschlichen Leids benutzt werden sollte. Ganz offensichtlich darf ich nicht über Religion reden, sonst werde ich noch als Ketzerin angesehen. Ich muß den Mund halten und eine fromme Miene aufsetzen. Giles sorgt sich um mich. Das erkenne ich aus der Art, wie er meine Hand streichelt, wenn wir abends vor der Herberge sitzen, ein wenig gewässerten Wein trinken und überlegen, ob morgen wohl ein Schiff kommt.

Ich erinnere mich an die Gefühle, die wir neben

jener Terrasse füreinander hatten, damals, in der letzten Nacht, die wir zusammen verbrachten. Sie sind mir so klar im Gedächtnis geblieben wie das Gebimmel der Glocken aus dem Kloster. Ich erinnere mich an jeden Wonneschauer, an jedes ekstatische Zucken, und doch bleibt mein Körper ganz ruhig dabei. Mein Hirn erregt sich, doch mein Körper bleibt gleichmütig.

Ich erzählte Giles, woran ich mich erinnerte, und fragte ihn, ob er jemals noch diesen Drang in sich verspürte. Er sagte, zuletzt hätte er ihn vor vielen, vielen Jahren verspürt, wenn er an mich dachte. Er erinnere sich immer noch manchmal daran, in seinen Träumen; doch in letzter Zeit überkomme ihn der größte Drang früh am Morgen, wenn er aufwache und rasch aufstehen müsse, um nicht das Bett naß zu machen.

Vielleicht war es die Art und Weise, wie er es sagte, aber wir lachten, bis wir Seitenstechen bekamen.

Fronleichnamstag

Heute zog eine Prozession zu Ehren des Heiligen Sakramentes durch die Straßen. Vor der Herberge bekam eine Verrückte einen hysterischen Anfall, als sie die Monstranz erblickte, und mußte kreischend und japsend weggezerrt werden. Ich erfuhr, daß sie Margery Kempe heißt. Im zwanzigsten Jahrhundert hätte man der armen Haut ein paar Beruhigungspillen gegeben und sie ins Bett gesteckt, doch in dieser Zeit ist sie eine traurige Berühmtheit. Sie befindet sich ohne Unterlaß auf Pilgerreisen und bekommt dabei diese krampfartigen Zustände regelmäßig und offenbar schon seit Jahren. Während es keinen Zweifel daran gibt, daß es sich bei ihr um eine ernsthaft gestörte Persönlichkeit handelt, scheint sie eine glückliche Hand zu haben, wenn es darum geht, dorthin zu kommen, wo sie hinkommen will. Zumindest haben Giles und ich es so gehört. Wenn wir also nach Aquitanien wollen, so wurde uns geraten, sollten wir ein wachsames Auge auf Margery Kempe haben, denn sie wird wahrscheinlich die erste von uns allen sein, die ein Schiff findet. Sie will nach Santiago de Compostela, und das ist nicht weit entfernt von der Gegend, die wir zum Ziel haben.

Später

Ein Schiff aus der Bretagne ist eingelaufen und wird für eine Reise nach Coruna, in Spanien, beladen. Die Verrückte hat sich eine Passage gesichert, und wir haben es ihr alle gleichgetan. Doch jetzt murren die anderen Pilger und haben ein Komplott geschmiedet, um Margery Kempe davon abzuhalten, mit den übrigen an Bord zu gehen, denn allgemein wird behauptet, ihre Anwesenheit würde geradezu eine Einladung für allerlei Katastrophen, wie stürmische See, Schiffbruch und sicheren Untergang bedeuten. Sie beschuldigten die Frau, eine von den Lollards zu sein, und so haben die hiesigen Obrigkeiten Margery Kempe umgehend nach Henbury geschickt, wo sie sich einer bischöflichen Befragung unterziehen muß. Die anderen Pilger hoffen nun, daß inzwischen ein günstiger Wind aufkommt und sie ohne Margery in See stechen können.

Später

Margery befindet sich beim Bischof in seinem Wohnsitz in Henbury. Wie man hört, kannte er ihren Vater. Bisher kein günstiger Wind.

Drei Tage später

Immer noch kein Wind. Die Pilger fangen an, ihre Feindseligkeit gegen Margery zu bereuen. Heute hörte ich einen sagen, ehe Margery Kempe nicht zurückkehrt, würde gewiß kein Wind kommen, und daß Gott wohl mit ihr sein muß, was immer die Pilger auch über sie denken.

Später

Zehn Tage warten wir nun bereits auf Wind. Heute vormittag kam, eskortiert von den Lakaien des Bischofs, Margery Kempe wieder zurück, und zusammen mit ihr kam eine steife Brise. Aber manchen Leuten kann man es nie recht tun, denn nun raunen die Pilger, sie wäre eine Hexe und könnte Sturm herbeirufen, und drohen, sie über Bord zu werfen, falls die See unruhig wird. Ich habe keine Ahnung, über was für übersinnliche Kräfte Margery verfügt oder nicht verfügt, aber nun reicht mir dieser Unsinn. Mama hat mir schließlich beigebracht, wie man mit solchen Dingen fertig wird. Wir werden eine ruhige Schiffsreise haben, egal wie sehr ich mich anstrengen muß, um das sicherzustellen.

Später

Vier Tage sind wir bei gutem Wetter nach Süden gesegelt. Grumpkin findet das Schiff äußerst vergnüglich. Es gibt reichlich Jagdbeute, was bei den Matrosen aufrichtige Anerkennung findet. Die Pilger sind hier in Coruna an Land gegangen, wo ein Teil von ihnen die

Reise nach Compostela auf dem Landweg fortsetzt und die anderen auf kleinere Boote umsteigen, die sie in einen Hafen näher bei Compostela bringen. Dort angekommen, werden sie sich auf den beschwerlichen Weg zur Stadt machen und die große romanische Kathedrale besuchen, wo sie die Statue des heiligen Jakob küssen und damit den Titel ›Pilger zum heiligen Jakob‹ erhalten. Ich weiß alles darüber. Papa beschrieb es uns immer wieder, denn es war Santiago Matamoros, an dem Papa am meisten interessiert war. Sankt Jakob der Mohrentöter. Armer Papa. Er wollte stets etwas Tapferes und Weihevolles gegen die Heiden tun, aber irgendwie wollte es ihm einfach nicht gelingen.

Ich sagte zu Giles, es habe keine Eile mit der Suche nach meiner Enkeltochter, und fragte ihn, ob er auch nach Compostela pilgern wolle, aber er verneinte. Er ist ebensowenig an Leichenteilen – ob nun von Heiligen stammend oder nicht – interessiert wie ich. Angeblich sollen ja die Leichname von Heiligen niemals verwesen, aber Giles sagt, er hätte schon tote Mäuse in Getreidesäcken gefunden, die ebensowenig verwest und nur vertrocknet waren. Wir kichern wie zwei schlimme Kinder. Alte Leute finden die merkwürdigsten Sachen lustig. Er erzählte mir von einer Reise nach Italien, auf die er in der Zeit unserer Trennung geschickt worden war, um eine umfangreiche Sendung zu übernehmen, in der sich auch eine Kiste mit Reliquien befand. Er mußte sich in die Werkstatt begeben, wo sie hergestellt wurden, und dort sah er zu, wie die geheimnisvollen Grabtücher zustandekommen.

»Der Meister beschmierte einen nackten Mann mit Leinsamenöl und dem Bodensatz von der Weingärung«, sagte er, »dann legte sich der Mann auf einen Leinenstreifen, der über ihn geschlagen und sanft an seinen Leib gepreßt wurde, so daß der Abdruck von dem Leinengewebe aufgenommen werden konnte. Dann wurde der Mann vorsichtig hochgehoben, um nichts zu verwischen, und das Tuch kam in die Sonne. Nach einiger Zeit wurde die trockene Weinhefe abgebürstet, und dann sah es aus wie eine Zeichnung.«

»Und wen sollte der Mann darstellen?« erkundigte ich mich.

»Oh«, sagte Giles, »er war alles mögliche. In der Holzkiste, die ich zum Schiff brachte, befand sich ein Grabtuch des heiligen Stephan mit zahllosen Pfeilwunden, die hinterher aufgemalt worden waren, und zumindest ein halbes Dutzend Grabtücher Christi. Jedenfalls genügend, um einen Christenmenschen nachdenklich zu machen.«

Nun, da er also nicht nach Compostela pilgern will, werden wir noch ein paar Tage auf dem Schiff verbringen und ein Stück der Rückreise die südliche Biskaya entlang mitmachen. In Bayonne werden wir von Bord gehen und uns auf die Suche nach Marvella machen. Bayonne, so hört man allerseits, ist so englisch wie Bristol. Mit Ausnahme einer kurzen Zeitspanne, als die Franzosen sie während des langen Krieges zurückerobert hatten, gehört uns die Stadt, seit Eleonore mit König Heinrich dem Zweiten vermählt wurde. Doch obwohl unsere Leute sich in der Gegend bestens auskennen, scheint der Name Ponte Marvella niemandem etwas zu sagen. Keiner weiß, wo das Land liegt. Der Kapitän unseres Schiffes hat zwar angeblich schon davon gehört, war aber noch nie dort, und auch etliche andere Reisende an Bord haben schon davon gehört, waren aber ebenfalls noch nie dort. Doch bestimmt wird in einem der größeren Häfen in der Nähe des Gebirges irgend jemand wissen, wie wir in das Königreich kommen, in dem meine Enkelin lebt, nun gewiß als rundliche, zufriedene Matrone – es sei denn, sie wurde vor langem schon mit irgendeinem belanglosen kleinen König verheiratet! Daran habe ich noch gar nicht gedacht! Möglicherweise befindet sie sich gar nicht in Marvella! Nun, wenn sie sich nicht in Marvella befindet, dann werden wir dort hingehen, wo sie sich aufhält. Hoffentlich zu Pferde oder in einer Kutsche. Sonst müßte ich die Stiefel benutzen, und wir verbringen doch eine so schöne, friedvolle Zeit ohne sie!

Juli

Während wir uns bemühen, jemanden zu finden, der uns nach Marvella führt (bislang ohne Erfolg), macht es mir große Freude, alles zu betrachten, was es in den Läden zu kaufen gibt. Ich habe mir einen warmen Umhang, gewebt aus der feinen Wolle spanischer Schafe, angeschafft sowie das kolorierte Buch einer gewissen Christine de Pisan, *Ein Schatzkästlein aus dem Reich der Damen.* Der Buchhändler hat es mir wärmstens empfohlen. Er sagt, sein Kopist könnte kaum Schritt halten mit der Nachfrage, obwohl es mir schwerfällt, einen Grund dafür zu erkennen, denn das Werk richtet sich ausdrücklich an ›Prinzessinnen‹, worunter die Autorin die Töchter von Königen, Prinzen und Herzögen versteht. Obwohl sie auch ein, zwei Worte für Frauenspersonen von niedrigerem Rang (ja selbst für jene ohne jeglichen Rang!) erübrigt, sollte ihr Publikum in erster Linie unter dem Hochadel zu finden sein. Vielleicht gibt es doch mehr von uns, als es den Anschein hat. Oder vielleicht bewege ich mich nicht in den richtigen Kreisen.

Jedenfalls erinnerten mich Christines Regeln sehr an die Hofetikette des britischen Königshauses. Ich war im zwanzigsten Jahrhundert ganz fasziniert davon gewesen. Christine erklärt in ihrem Werk, wie man sich höflich, liebenswürdig und gütig benimmt, wie man die Welt bei Laune hält und sich selbst in gutem Licht erscheinen läßt. Jammerschade, daß es erst vor einem Dutzend Jahren verfaßt wurde, denn hätte ich dieses Buch im Jahre 1347 schon gehabt, dann wäre ich sofort im Bilde gewesen, was von Kaninchen-Wiesel zu halten war.

Sommer: Unterwegs
nach dem Verlassen von Lourdes

Ich bin nicht mehr auf dem laufenden, welcher Tag heute ist. Nicht, daß dies von Bedeutung wäre, denn die Jahreszeit ist noch nicht so weit fortgeschritten, daß man sich wegen eines möglichen Einsetzens von Schlechtwetter Sorgen machen müßte. Das Land, das wir durchqueren, ist gastfreundlich und gar nicht so verschieden von unserer Heimat. Es gibt Felder, Hecken und warmen Regen, und überall sprießt und grünt es. Wir befinden uns beim Aufstieg den Oberlauf des Flusses Pau entlang, nachdem wir vor kurzem Stadt und Burg Lourdes verlassen haben, um in Richtung eines Berges, den sie den ›Verlorenen‹ nennen, weiterzureisen. (Wenn man in Betracht zieht, was wir alles auf uns nehmen, um Marvella zu finden, ist der Name gar nicht so unpassend. Pico Perdido. Er ist recht hoch, aber wir besteigen ihn Gott sei Dank nicht bis zum Gipfel.)

In Bayonne war uns Skeptizismus, um nicht zu sagen offener Argwohn begegnet, sobald wir Reiseführern oder Kutschern verrieten, daß wir nach Ponte Marvella gebracht werden wollten. Niemand wußte, wie man dorthin kommt; niemand war je dort gewesen. Wir sprachen englisch; wir sprachen französisch.

Schließlich, als wir nach drei oder vier Tagen zäher Bemühungen – und in unserem Alter braucht man Zähigkeit, um sich verbissen mit einem Problem herumzuschlagen – die Hoffnung verloren hatten und aufgeben wollten, meldete sich ein Mann bei uns, der uns mit eigenartigem Akzent erklärte, uns führen zu können. Er ist Baske, sagen die Franzosen. Sein Name lautet Echevaria oder Eskavaria oder so ähnlich. Er spricht eine Sprache, die kein anderer auf der ganzen Welt versteht, außer es handelt sich bei dem anderen auch um einen Basken. Die Sprache leitet sich nicht aus dem Lateinischen her wie die sonstigen in der Gegend. Sie ist weder mit den Sprachen der Heiden verwandt, noch besitzt sie Gemeinsamkeiten mit den europäischen. Eskavaria sagt, es ist die Sprache, die die Engel benutzten, als sie Gott halfen, die Welt zu erschaffen, die Sprache Edens, von wo die Basken direkt auf die Erde kamen. Natürlich machte er sich einen Scherz mit mir, als er das sagte. Ich dachte daran, ihn zu lehren, daß es unklug ist, sich einen Scherz mit einer Halbfee zu erlauben, aber er ist im übrigen ein recht netter Kerl, also wozu sich aufregen. Außerdem ist er ein sehr kleiner Mann, keine vier Fuß groß, und erinnert mich ein wenig an Bill, nur ist er in seiner Art nicht so kindlich wie dieser. Eskavaria ist kein Zwerg wie der Hofnarr meines Vaters, er ist nur einfach sehr klein gewachsen.

Was er überhaupt in Bayonne wollte, davon sagte er nichts. Er erklärte uns nur, wir könnten eine Kutsche mieten, die uns bis nach Lourdes bringen würde, einer in diesem Jahrhundert nicht besonders großen Stadt am Fluß Pau. Von Lourdes stromaufwärts wird der Fluß zu einem wilden Wasser, das von den Höhen der

Berge herabsprudelt; von dort aus würde es zu Pferde weitergehen, den Fluß entlang auf den höchsten Gipfel zu, den ›Verlorenen‹. Den Namen trägt er nur auf spanisch – Perdido –, nicht jedoch auf baskisch. Auf baskisch heißt er anders. Auf halbem Wege zu diesem Berg werden wir in ein Seitental biegen, und in diesem Tal soll das Fürstentum Marvella liegen.

»Kein Königreich?« fragte ich. Ich hatte gedacht, der Vater des Prinzen wäre König gewesen.

»Es ist etwa zehn Meilen lang. Vielleicht drei oder vier Meilen breit«, erwiderte Eskavaria. »Es gibt zwei Dörfer dort und ein Schloß. Es gibt ein paar Kühe, ein paar Schafe, ein paar Ziegen und ein paar Pferde. Ich weiß nicht, ist es ein Königreich oder ein Herzogtum oder irgend etwas sonst. Die Leute nennen es Fürstentum. Wie auch immer, es ist jedenfalls sehr klein.«

»Ihr seid noch nie dort gewesen!« vermutete Giles.

»Ganz richtig«, nickte Eskavaria, »aber in der Nähe.«

»Und weshalb nicht im Fürstentum, wenn Ihr schon in der Nähe wart?« wollte Giles wissen.

Eskavaria schüttelte den Kopf und lächelte schief. »Vielleicht entschließt auch Ihr Euch, von einem Besuch abzusehen, sobald Ihr es aus der Nähe erblickt.« Es klang fast wie eine Empfehlung.

Und bisher haben wir fast alles befolgt, was Eskavaria uns empfohlen hat. Wir nahmen eine Kutsche bis Lourdes. Grumpkin saß die meiste Zeit vorne beim Kutscher. Einen Tag verbrachten wir in der Stadt, um sie uns ein wenig anzusehen. Der Fluß ist sehr beeindruckend, genau wie das neue Schloß, das ihn überblickt. Am nächsten Tag kauften wir fünf Pferde, drei für uns und zwei für Gepäck und Proviant, und tags darauf ging es hinauf in die Berge. Grumpkin sitzt in einem Korb auf dem Rücken eines Packpferdes. Es sind kleingewachsene Tiere, kaum größer als Ponys, aber sehr stämmig. Und weil sie so klein sind, fällt mir das Reiten auch leichter als auf einem großen Pferd, denn meine Beine sind nicht mehr so biegsam wie früher. Darum finde ich den Damensattel jetzt auch angenehmer. Davon abgesehen sind wir guter Dinge, Giles und ich. Wir sind schon ein wenig gebrechlich. Wir haben unsere Wehwehchen. Aber wir halten durch. Am frühen Morgen ist es am schlimmsten. Und nachts, wenn wir in unseren Decken kein bequemes Plätzchen finden können. Eskavaria ist so klein, daß er sich einfach einrollt wie Grumpkin.

Tagsüber reiten wir nur; wir hören die Murmeltiere pfeifen, wir hören die Steinchen zu Tal rattern, wenn Herden von Gemsen vor unseren Pferden die Flucht ergreifen. Die Murmeltiere sind sehr neugierig. Sie stellen sich auf die Hinterbeine und sehen uns mit zuckenden Näschen zu, wie wir vorbeireiten. Grumpkin starrt zurück und gähnt; er hält sie offenbar für zu groß, um Jagd auf sie zu machen, und für zu unverschämt, um sich mit ihnen anzufreunden.

Später

Heute fragte ich Eskavaria, welchen Tag wir haben. Er weiß es nicht. Er kann weder schreiben noch lesen. Er sagt, niemand schreibt in seiner Sprache. Ich erinnere mich zwar, im zwanzigsten Jahrhundert über die Basken gelesen zu haben, habe aber vergessen, ob das auch die Sprache oder nur das Volk betraf. Alles, dessen ich mich entsinne, sind Berichte über eine separatistische Bewegung, für deren Ziel, von Spanien loszukommen, der Terrorismus offenbar eine notwendige Voraussetzung war. Ich fragte Eskavaria, ob er schon einmal in seinem Leben jemanden in die Luft gejagt hätte, und allein die Vorstellung schien ein ziemlicher Schock für ihn zu sein.

Ich habe im *Schatzkästlein* weitergelesen. Christine hätte für meine Liebe zu Giles wohl nur ein Stirnrunzeln übrig. Sie spricht über törichte Liebesaffären und sagt: »So es sich begibt und es einer jungen Prinzessin oder hochwohlgeborenen Dame so sehr an Klugheit oder Standhaftigkeit mangelt, daß sie nicht fähig oder nicht willens sein sollte, dem Flehen eines Mannes zu begegnen, welcher danach strebt, sie mittels allerlei Bekundungen und Gesten zu gewinnen (was freilich Männern nur allzu leicht fallen will) …«

Die einzige Bekundung, die ich von Giles je erhielt, war die Liebe in seinen Augen. Die einzige Bekundung meinerseits bestand darin, zu erröten, wenn er mich ansah, und dafür hat Pater Raymond ihn weggeschickt. Das hätte Christine gefallen. Ich hingegen hätte ihr nicht gefallen, denn sie hat bestimmte Vorstellungen vom Benehmen einer Jungfrau. Als Jungfrau war ich streitlustig und freimütig, was sie mißbilligt; ich aß viel zuviel; und ihrer Ansicht nach hätte ich mich sittsam und still darauf verlassen müssen, daß Papa eine Heirat für mich arrangierte, und das Thema weder Papa gegenüber erwähnen noch mir selbst darüber Gedanken machen sollen. Ihr Bild einer beispielhaften Jungfrau ist ein blutloses, finde ich. Christine de Pisan hatte ganz eindeutig nicht Zustände wie in Feery vor Augen, als sie dieses Buch schrieb, und ganz gewiß auch keinerlei Anflug von Feminismus.

Ich frage mich, was sie wohl getan hätte, wenn eine Uhrenfee und ein mutmaßlicher Engel ihr eine Art glühende Kapsel in die Brust eingepflanzt hätten. Sie hätte es ignoriert, kein Zweifel.

Ach, manchmal wünsche ich mir, das könnte ich auch tun.

Später

Heute am Vormittag erblickten wir Rauch, der über einer Bergkette zu unserer Rechten aufstieg. »Marvella«, sagte Eskavaria und zeigte hinüber.

»Sprecht Ihr die Sprache des Volkes von Marvella?« fragte ich. Mir war plötzlich die Befürchtung gekommen, wir könnten dort keine Möglichkeit haben, uns mit jemandem zu verständigen. Ein dummer Gedanke natürlich, denn ich hatte mich mit ihrem Herrscherpaar bestens verständigen können, als ich es in England getroffen hatte.

Eskavaria bestätigte das. »Sie sprechen französisch«, sagte er, »oder spanisch. Oder englisch. Es ist nicht mein Volk.«

Er verließ uns, als wir auf dem Bergrücken angekommen waren – oder, besser, er blieb zurück, während wir weiterzogen. Er sagte, er würde von dieser Stelle aus nach uns Ausschau halten, um uns wieder zurückzugeleiten. In ein paar Tagen. In fünf. In zehn. So lange wir eben in Marvella bleiben wollten.

Giles fand es seltsam, daß er nicht mit uns kam.

Auf unserem Weg ins Tal roch ich Zauberkraft, und da wußte ich, weshalb Eskavaria uns nicht weiter begleitet hatte. Es mochte ihm vielleicht nicht bewußt sein, aber offenbar fühlte er ihr Vorhandensein. Diese hier verströmte einen heißen, feuchten Geruch, wie glühendes Eisen, das in der Schmiede in Wasser getaucht wird. Und es war auch nicht einfach nur Zauber, sondern etwas viel Schlimmeres.

25

Die Leute in den Feldern hoben den Kopf und sahen uns neugierig an, als wir hinabritten ins Tal. Einige kamen sogar an den Rand der Straße und gingen neben uns her, betasteten unsere Schuhe und starrten den Kater an. Wir erzählten ihnen, wir wären Reisende, über die Berge unterwegs nach Spanien. Sie sprachen eine Mischung aus Französisch, Spanisch und Englisch, welche Giles und ich zwar halbwegs verstanden, die wir selbst jedoch nicht gut genug sprachen, um uns verständlich zu machen. Einige unserer Begleiter rannten zu den anderen zurück, und plötzlich hing eine ganze Meute an unseren Fersen. Bauern, einfache Leute. Ein paar recht gut aussehende Männer darunter. Keine Frauen, die besser als durchschnittlich aussahen. Ein Junge mit einer Gänseschar. Ein Mädchen mit einem Ferkel auf dem Arm. Männer, die vom Heumachen kamen.

Wir erkundigten uns, ob es einen Platz gab, an dem wir für die Nacht Quartier finden könnten, und sie zeigten in eine bestimmte Richtung. Als wir hinsahen, erblickten wir das Schloß hoch oben auf einem Felsen. O nein, sagten wir, wir seien bloß ganz gewöhnliche Reisende. Aber sie lächelten nur und zeigten wiederum auf das Schloß; sie zogen unsere Ponys hinter sich her und trieben sie ein wenig an. Offenbar hatten wir keine andere Wahl, als den Weg zum Schloß einzuschlagen, ob es uns nun lieb war oder nicht. Als ich Giles einen Seitenblick zuwarf, sah ich nichts als freudige Erwartung in seiner Miene. Ich spürte Schweiß auf meiner Stirn, dicht am Haaransatz, aber ich bemühte mich zu lächeln. Als ich mich umwandte und den Weg zurückverfolgte, den wir gekommen waren, merkte ich, daß wir das Schloß schon die ganze Zeit hätten sehen können, wenn wir danach Ausschau gehalten hätten.

Ich beugte mich hinüber und flüsterte Giles zu: »Wenn man uns nach unseren Namen fragt, lieber Freund, dann sei nicht überrascht über das, was ich sage.«

Er sah mich verdutzt an, nickte aber. Ursprünglich hatte ich vorgehabt, mich als Lady Catherine von Monfort vorzustellen, mit dem Namen also, den ich bei den Vorbereitungen zu Ellys Vermählung getragen hatte. Jetzt hingegen sagte mir eine innere Stimme, es wäre vielleicht besser, keine frühere Bekanntschaft mit dem Prinzen oder seiner Tochter zu erwähnen, solange ich nicht wußte, wie die Dinge standen.

Der Anstieg war Schwerarbeit. Die Ponys waren schweißnaß, als wir endlich oben ankamen. Einer unserer Begleiter läutete eine Glocke an dem hohen Holztor, ein anderer küßte mir die Hand, reichte mir eine Blume, und schon zogen sie wieder davon, den steilen Weg hinab, kichernd und schnatternd und stolz darauf, uns sicher abgeliefert zu haben. Das Tor ging auf, und man bat uns einzutreten. Ein Kämmerer geleitete uns, zusammen mit zwei Dienern. Er sprach französisch, und wir auch. Er fragte, ob der Kater in die Stallungen gebracht werden sollte, und ich sagte nein, er würde bei mir bleiben. Darauf erkundigte er sich, ob wir Mann und Frau wären, und als ich verneinte, schniefte er leicht und führte uns in getrennte Zimmer. Die Diener würden uns Badewasser bringen. Die Prinzessin würde uns an der abendlichen Tafel begrüßen.

Da er sich schon abwenden wollte, um zu gehen, legte ich ihm die Hand auf den Arm und sagte: »Einen

Augenblick noch. Ich denke, ich habe die Herrscherfamilie Eures Landes vor langer Zeit einmal kennengelernt.« ›Land‹ erschien mir als ein neutraler Ausdruck, denn ich wußte ja nicht genau, was es nun wirklich war. »Der Prinz ist damals gerade mündig geworden. Es war in England.«

Er hob die Augenbrauen und sah mich an.

»Könnte dies hier dieselbe Familie sein?«

»Prinz Liebenswert?« fragte er.

Ich lächelte.

»Und seine Gemahlin«, sagte der Kämmerer. »Prinzessin Ilene.«

»Und seine Tochter?«

»Er hat keine Tochter«, sagte der Mann.

»Nein? Er hat nie eine Tochter gehabt?«

»Keine Kinder. In zwanzig Jahren keine Kinder«, sagte er. »So lange bin ich bereits hier.«

»Dann muß ich mich wohl irren.« Ich lächelte und hielt die Tränen zurück. »Es handelte sich gewiß um eine andere Familie.« Wie viele Prinzen Liebenswert konnte es indessen geben? Mehr als einen, wie es schien.

Der Kämmerer hielt Wort, und binnen kurzem tauchte ich in die Hitze des Badewassers und ließ es nach und nach die Nachwirkungen des langen Rittes vertreiben. Er schickte auch eine Zofe, die sich unserer Kleider annahm. Ich hatte meinen Mantel und die Stiefel bereits in einem Winkel unter dem Bett versteckt, denn ich wollte vermeiden, daß fremdländische Hausmägde sich daran zu schaffen machten. Als das Abendmahl nahte, sandte der Kämmerer einen Diener, der uns über die Treppe und zum Speisesaal des Schlosses geleitete – nicht in den großen Saal, den wir auf unserem Weg durchquerten, sondern in einen kleineren, einem mit dunklem Holz getäfelten Raum, in dem ein Feuer im Kamin und zahlreiche Kerzen brannten und an den Wänden, im Halbdunkel unter den Querbalken der Decke, Jagdtrophäen hingen. Ein Dutzend Damen und Herren, Grafen von hier und Gräfinnen von dort, stellten sich uns vor und erkundigten sich nach unserer Reise. Die Männer sahen zum Teil wirklich gut aus, die Frauen hingegen waren alle bemerkenswert nichtssagend. Der Kämmerer trat an die Tür und kündigte an: »Seine durchlauchtigste Hoheit, Prinz Liebenswert von Marvella; Ihre durchlauchtigste Hoheit, Prinzessin Ilene.« Selbstverständlich würden wir ihre Namen nicht verwenden, es würde einfach heißen: ›Eure Hoheit, dies‹ und ›Eure Hoheit, jenes‹. Vielleicht ließ sie sich aber auch lieber ›Madame‹ nennen. Langsam durchquerten sie den Raum und kamen auf uns zu; sie blieben bei jedem Gast stehen, um ein paar Worte mit ihm zu wechseln, wobei die Herren sich tief verbeugten und die Damen knicksten.

Der Prinz war unverkennbar, nur zierten jetzt das sanfte, weibliche Gesicht ein Schnurrbart und ein kleiner grauer Spitzbart, wohl um die weichen Lippen zu verbergen, und ein kleines Bäuchlein wölbte sich über den edelsteinverzierten Gürtel. Er war beträchtlich dicker geworden, sah viel schlaffer und wabbeliger aus und viel, viel älter. Die Lider fielen ihm in kleinen, faltigen Beutelchen herab und verbargen fast die Augen.

Sie war größer als er, sehr königlich, sehr gut gewachsen und von einer fremdartigen, exotischen Schönheit wie ein Tiger. Nein. Eher wie eine Schlange. Glatt und geschmeidig. Und tödlich. Ihr Haar war dunkel, in der Mitte gescheitelt und links und rechts in zwei schwungvollen Bögen über der Stirn nach hinten gekämmt; zusammen mit dem spitzen Haaransatz und dem spitzen Kinn ergab das die Konturen einer schmalen Herzform. Dazu trug sie eine eng anliegende Robe aus blutrotem Damast. Nach dem Gesicht zu schließen war sie fünfundzwanzig, dem Körper nach noch jünger; nach den Augen war sie hundert Jahre alt. Königin Mab fiel mir ein, und der Gedanke kam mir, daß nichts von dem, was ich sah, wirklich da war, doch ich schob ihn behutsam und sorgfältig zur Seite und setzte das aufgeregte Lächeln einer Greisin auf, die – ach du meine Güte! – hier bei Tisch mitten unter den hohen Herrschaften sitzen durfte.

Sie waren an uns herangetreten, und ich knickste. Lieber Himmel, wie lange war es schon her, daß ich zum letztenmal geknickst hatte! Meine alten Knochen schafften es kaum. Giles verbeugte sich. Das gelang ihm sehr gut. Aber er hatte eben mehr Übung in diesen Sachen, das sah man. Der Kämmerer stellte uns mit den Namen vor, die wir ihm genannt hatten: Lady Lavendula von Westfaire. Sir Giles von Sawley. Es hat keine Bedeutung mehr, wie die Leute mich nennen – Beauty, Dorothy, Catherine, Lavendula. Als nächstes werde ich mir Tante Rainfarns Namen ausborgen. Obwohl ich dazu keinen konkreten Grund hatte, wollte ich nicht, daß diese Frau wußte, wer ich wirklich war. Oder was ich wirklich war.

»Es ist uns eine Freude, Euch in Marvella willkommen zu heißen«, sagte der Prinz. Er raffte seine Lider und zog sie hoch, und darunter kam seine zarte Seele zum Vorschein – eine zuckende Auster.

»Auch uns ist es eine große Freude, so herzlich empfangen zu werden«, murmelte ich. »Wir hatten eine solche Gastfreundschaft nicht erwartet.«

»Wir bekommen so selten Besuch hier«, schnurrte die Prinzessin. »So wenig Neuigkeiten aus der großen weiten Welt.« Sie musterte mich von oben bis unten und vermerkte die gute Qualität der einfach geschnittenen Robe – eine von denen, die ich vor unserer Abreise in Bristol hatte anfertigen lassen – und die Schmucklosigkeit von Haube und Schleier. Ich wußte, wie ich aussah: harmlos. Ihre Stirn glättete sich. Ich stellte einen annehmbaren Gast dar und nichts, worüber man sich Gedanken machen mußte. Sie warf Giles einen raschen Blick zu und entließ ihn sofort wieder als unerheblich aus ihrer Aufmerksamkeit. Zu alt, sagten ihre Augen. Nicht die Mühe wert.

Ich spürte, wie seine Hand auf meinem Arm zu zittern begann. Er hatte ihren Blick richtig gedeutet und ärgerte sich darüber. Nun, ich ärgerte mich auch darüber.

Wir hatten unseren Platz etwa auf halber Länge der Tafel – Gäste zwar, aber nicht Gäste, denen besondere Ehre zustehen würde. Um so besser. Es hätte mir kein Vergnügen bereitet, mit der Prinzessin Konversation machen zu müssen. Oder mit dem Prinzen. Wir aßen ein Entenragout, frische Früchte, gebratenes Wild, Bananen (aus dem eigenen Gewächshaus, erzählte der Prinz), Salat, Lachs und schließlich eine Suppe aus Hühnerfleisch, Mandeln und Limonen. Ich fragte meinen Tischnachbarn, einen betagten Baron, ob die Suppe in Marvella stets am Ende des Mahles serviert würde, und er nickte. »Zum Schluß immer etwas Warmes und Flüssiges, damit alle noch vorhandenen Löcher gefüllt werden, meine Liebe.« Ich entsann mich eines Mahles, das ich als junge Frau mit Don Masimiliano in Chinanga eingenommen hatte. War jenes damals in irgendeiner Weise weniger real gewesen als dieses hier?

Wir tranken Wein. Ich tat Wasser in den meinen und trat Giles unter dem Tisch gegen das Schienbein, bis er es mir gleichtat. Der Baron zu meiner Linken sah mir aufmerksam zu, und ich murmelte etwas von nicht mehr länger soviel Wein zu vertragen wie in jüngeren Jahren. Er war genauso weißhaarig wie ich, also hatten wir ein Gesprächsthema.

»Ich habe meine ganze Generation überlebt«, stellte er mit leiser Stimme fest. »Der Vater des Prinzen, Prinz William, war ein paar Jahre jünger als ich, aber ich überlebe meinen Halbbruder immer noch.«

Ich hatte zwar seinen Namen und Titel vernommen, aber die Bedeutung war mir entgangen. »Ihr seid also der Onkel Seiner Hoheit«, sagte ich. »Verzeiht, es war mir nicht gewärtig …«

»Keine Ursache. Onkel zählen nicht viel. Im speziellen Halbonkel. Prinz William war mein jüngerer Halbbruder. Unsere Mutter war Witwe, als sie den Großvater von Prinz Liebenswert, Prinz Enrico ehelichte. – Nein, nein!« Er verscheuchte den jungen Edelmann, der ihm nachgießen wollte, mit einer Handbewegung. »Gebt lieber dem Prinzen davon, der hat den Wein nötiger als ich!«

Ich entschloß mich, es zu riskieren. »Ich kannte einst die Eltern seiner Hoheit. Vor Jahren, in England.«

»Während der Usurpation«, nickte er und machte der Betonung nach ein geschichtliches Ereignis ersten Ranges daraus. »Der Thronräuber war mein älterer Bruder Richard. Richard und ich nahmen nie einen Rang in der Thronfolge ein, doch Richard gab gern vor, königlichen Blutes zu sein. Mama verfügte aber nicht über königliches Blut. Alles, worüber sie verfügte, war beträchtlicher Reichtum, als unser Vater starb. Wir waren noch Babys, als Mama sich mit Prinz Enrico vermählte. Dann kam William auf die Welt, und er war der Thronfolger. Richard und ich wuchsen mehr oder weniger zusammen mit William auf. Er war der einzige gesetzliche Erbe, doch nach Prinz Enricos Tod zettelte Richard zusammen mit einer Schar Unzufriedener einen Aufstand an und riß den Thron an sich.

William, seine Frau und der Junge flohen nach England. Doch nach einer Weile – und nachdem Richard angefangen hatte, mit neuen Steuergesetzen um sich zu werfen – wurde den Leuten hier in Marvella klar, worauf sie sich da eingelassen hatten, und so landete Richard am Galgen auf dem Marktplatz. Sie baten William, wieder zurückzukehren, und er folgte ihrem Ruf, zusammen mit seiner Frau, Prinz Liebenswert und dem kleinen Mädchen. Obwohl alle wußten, daß ich Richard stets darauf hingewiesen hatte, was für ein Narr er war, halte ich es dennoch für ein großes persönliches Glück, daß mein eigener Hals durch all die Geschehnisse hindurch unversehrt blieb.«

»Ein kleines Mädchen?« fragte ich, wobei ich mich bemühte, nicht mehr als höfliches Interesse in meine Stimme zu legen, während mein Herz einen Trommelwirbel vollführte.

»Die Tochter des Prinzen, Galantha. Ein hübsches Kind«, seufzte er. »Sie war etwa zehn Jahre alt, als William starb. Prinz Liebenswert folgte ihm natürlich auf dem Thron nach, und alle drängten ihn, sich wieder zu verheiraten und für einen Erben zu sorgen. Er schob es zwei Jahre vor sich her, und dann nahm er schließlich Ilene zur Frau. Bald darauf verirrte sich das kleine Mädchen in den Bergen. Die Leute sagen, sie wurde vermutlich von wilden Tieren gefressen. Niemand darf mehr ihren Namen erwähnen, denn Seine Hoheit gerät stets in schmerzlichste Aufregung, wenn er ihn hört.«

»Und wie lange ist er nun schon mit Ilene verheiratet?« fragte ich. Neben mir lauschte Giles mit größter Aufmerksamkeit unserer Konversation.

»Ach, das muß nun auch schon mehr als dreißig Jahre her sein, denke ich. Er war etwa zwanzig, als seine Familie aus dem Exil zurückkehrte, und zweiunddreißig, als er den Thron bestieg. Er muß jetzt siebzig sein. Ich bin fast neunzig, was für einen Mann ein geradezu ehrwürdiges Alter ist, meine ich.«

»Aber seine Frau sieht recht jung aus«, stellte ich beiläufig fest.

»Sie ist ganz gut erhalten, ja«, nickte er. »Aber wie man hört, ist das bei ihrer ganzen Familie der Fall.«

»Aus einem benachbarten Königreich?« horchte ich ihn aus.

Er schnaubte ein wenig. »Marvella hat keine königlichen Nachbarn, Lady Lavendula. Außer vielleicht Nadenada, und selbst dabei handelt es sich um keinen unmittelbaren Nachbarn. Wir hier sind ein – wie soll ich sagen – ein Überbleibsel aus alten Zeiten, eine Hinterlassenschaft der Vergangenheit. Irgendein Kreuzritter hat einst dem König von Aragon – oder war es der König von Navarra? – einen Gefallen getan, und um welchen von den beiden es sich immer handelte, er belohnte jedenfalls den Kreuzritter dafür, indem er ihn zum Erbprinzen von Kuhdung und Schaflosung machte. Die Hauptstraße über die Berge verläuft dort«, dabei machte er eine Handbewegung nach Westen zu, in eine Richtung, entgegengesetzt jener, aus der wir gekommen waren. »Früher einmal mußten die Reisenden Träger anheuern, um sich in die Schlucht hinab, über den Fluß und auf der anderen Seite wieder hinauf bringen zu lassen. Prinz William verwendete Mamas Geld dafür, eine herrliche Brücke über die Schlucht bauen zu lassen, und nun lebt ganz Marvella von den Mautgebühren. In erster Linie von den Pilgern, die aus Frankreich kommen und nach Santiago wollen.« Er seufzte schwer. »Ich sagte zu Richard, als er den Wirbel begann, wenn er schon seinen Hals riskieren wolle, um sich auf einen Thron zu schwingen, dann hätte er sich zumindest nach einem umsehen sollen, der es wert wäre. Bei Marvella zahlt sich das nicht aus.«

Ich bemerkte, daß Ilene die Augen unverwandt auf meinen betagten Informanten gerichtet hielt, eine winzige, steile Falte zwischen den Augenbrauen. Er redete ihr offenbar zuviel, zu angeregt, und so fing ich an, herzlich und lebhaft zu lachen, als hätte er mir soeben eine ganz besonders erheiternde Anekdoten erzählt. Ihr Blick wanderte weiter wie ein Komet auf seiner Bahn; verglühendes Eis.

Wir tranken Wein. Wir aßen Früchte und Nüsse. Und dann begaben wir uns in einen Salon und spielten eine Zeitlang Karten. Die Spielkarten stammten aus deutschen Landen und waren gedruckt, zum Unterschied von den anderen, die ich aus jener Epoche kannte. Der Prinz schilderte mir mit Begeisterung, wie das funktionierte, wie die hölzernen Druckstöcke bearbeitet und dann mit Tinte bestrichen und auf das Papier gedrückt wurden. Mir kam der Gedanke, ob vielleicht just in diesem Augenblick Gutenberg wie wir beim Kartenspiel saß und von dem unbekannten Drucker der Bilder auf den Spielkarten zu Höherem inspiriert wurde. Die Erfindung des Buchdrucks stand kurz bevor, und eine Sache führt doch stets zur anderen… Energisch verdrängte ich den Gedanken und konzentrierte mich auf mein Blatt.

Wir lernten ein spanisches Spiel, bei dem es darauf ankam, mit Hilfe einer Kombination von sechs Karten ›Figuren‹ zu legen – bestehend aus Kopf, zwei Armen, zwei Beinen und einem Torso – und dann *»Hombre!«* zu rufen, sobald der Mann komplett war. Es besaß eine gewisse Ähnlichkeit mit Rummy, das ich mit Bill im zwanzigsten Jahrhundert gespielt hatte, also lernte ich es ziemlich rasch. Auch Giles begriff es schnell, aber dennoch war ich froh zu bemerken, daß auch ihn eine weise innere Stimme davon abhielt, der Prinzessin ihre Gewinne streitig zu machen.

Was geziemende Umgangsformen hochgestellten Personen gegenüber betraf, so hatte Christine de Pisan sich mit diesem Thema nicht beschäftigt, Tante Lavendula hingegen schon. Eine ihrer Regeln besagte, daß niemand die Gesellschaft verlassen durfte, bevor Prinz und Prinzessin sie verließen, und die beiden schienen entschlossen, die Nacht damit zuzubringen, allen anderen ihr gesamtes Geld abzuknöpfen. Endlich gähnte der Prinz, alle erhoben sich, und das königliche Paar ging. Einer der Grafen rannte aufgeregt hin und her und besorgte die Endabrechnung. Ich bezahlte unsere Verluste – keine große Summe, gerade soviel, um der Höflichkeit Genüge zu tun. Ich sagte meinem Tischnachbarn, dem Baron, gute Nacht; er hing zu diesem Zeitpunkt bereits halb schlafend in seinem Sessel am Feuer. Danach gingen Giles und ich nach oben in unsere Gemächer, wo gähnende Dienstboten zusammen mit dampfenden Wasserkrügen vor dem Feuer auf uns warteten. Ich schickte die Zofe zu Bett, indem ich ihr erklärte, ich würde beim Auskleiden keine Hilfe benötigen, wolle aber zuvor noch meinen Kater hinauslassen. Es gefiel ihr nicht, mich alleinzulassen, doch ich blieb standhaft, und als sie gegangen war, zog ich meinen Mantel über, steckte Grumpkin in die Tasche und schlüpfte durch eine unversperrte Seitentür hinaus ins Freie.

Ich wartete neben den Stallungen darauf, daß Grumpkin ein Plätzchen fand, das ihm zusagte. Als er mit seinem Geschäft fertig war, kam er zurück in die Tasche, und ich sah mich ein wenig um. Kein Fenster war mehr erleuchtet im Schloß, mit Ausnahme eines einzigen in dem vierschrötigen Turm, der so nah an der senkrecht abfallenden Felsklippe stand, daß man den

Eindruck bekam, er würde darüberhängen wie ein Geier, unmittelbar bevor er sich in die Tiefe stürzt. Der Turm grenzte an das flache Dach des Schlosses, und so schlüpfte ich in die Stiefel – wenn ich sie nicht an den Füßen hatte, trug ich sie für gewöhnlich in einer der tiefen Taschen des Mantels bei mir – und schwang mich mit einem Schritt auf das Dach, denn es interessierte mich brennend, wer noch wach war und weshalb.

Eine Flügeltür führte von dem flachen Dach in das Zimmer im Turm. Die Tür stand etwas offen, und so sah ich, daß drinnen an einem Frisiertisch die Prinzessin saß und sich das Haar bürstete. Ihre Zofe hängte indessen die Kleider in den Schrank. Als sie damit fertig war, goß sie ihrer Herrin einen Becher Wein ein und verließ den Raum durch eine schwere Tür, die sie hinter sich schloß. Die Prinzessin stand auf, schob den Riegel vor und setzte sich wieder. Bemerkenswert, dachte ich und fragte mich, welcher Art die Störung wohl sein könnte, die sie verhindern wollte. Von Prinz Liebenswert war gewiß keine zu befürchten. Nichts hatte darauf hingedeutet, daß er geneigt sein könnte, in ihre Intimsphäre einzubrechen; er hatte ihr während des ganzen Abends kaum einen Blick gegönnt.

Nach einer Weile erhob sich die Prinzessin wieder von ihrem Stuhl, ging ans andere Ende des Zimmers und entfernte einen Schleier oder Vorhang von der Wand. Ich sah nur ihre Handbewegung, konnte aber nicht erkennen, was sich hinter dem Schleier verbarg.

Ich lehnte mich fester an die mit Zinnen versehene Brustwehr – das einzige, was mich vom Abgrund trennte –, beugte mich vor und bekam so eine bessere Sicht in das Innere des Raumes. Die Prinzessin stand nackt vor einem hohen Spiegel, dessen geschnitzter Rahmen mit geflügelten Drachen verziert war. Noch nie zuvor hatte ich im vierzehnten oder fünfzehnten

Jahrhundert einen so großen Spiegel zu Gesicht bekommen! Ich wußte gar nicht, daß es in dieser Epoche gelingen konnte, flaches Glas in dieser Größe herzustellen.

Die Prinzessin hob ihre Hände – wunderbare Hände –, strich sich über das Antlitz und begann mit Pathos in der Stimme zu sprechen:

»O Fürst im Spiegel an der Wand,
meine Schönheit ist von Euch gesandt,
meine Lieblichkeit aus Eurer Hand –
sagt, bin ich die Schönste im ganzen Land?«

Ein Gesicht formte sich im Glas. Ein dunkles Gesicht. Nicht dunkel im Sinn von Färbung, sondern dunkel in dem Sinn, als es sich den Blicken zu entziehen schien. Es zeigte sich nicht wirklich. Es deutete nur an, daß es vorhanden war. Ungeachtet dessen erkannte ich es wieder. Es war Jaybees Gesicht. Nicht exakt das seine, sondern die Essenz dessen, was dieses Gesicht in seiner Gesamtheit ausdrückte und bedeutete. Wenn ich es ansah, hätte ich sagen können: ›Dies ist die Vorlage, nach der Jaybees Gesicht gemacht wurde.‹ Als die Stimme ertönte, paßte sie perfekt dazu, unterlegt mit höhnischem, rauhem Gelächter, wie sie war.

»Erst wart Ihr es, dann nicht mehr Ihr,
nun seid Ihr wieder die Schönste hier,
solang sie, deren Schönheit vergessen ward,
bei den Männlein in tiefem Schlaf verharrt –
schneeweiße Haut und schwarz das Haar,
volle Lippen, blutig rot,
seit langem liegt sie stille da,
und alle halten sie für tot!«

Die Prinzessin ließ die Hand an sich entlanggleiten – von der Brust zur Hüfte und zurück – und es gefiel ihr, was sie im Spiegel sah. Sie legte den Kopf schief, um den Schwung ihrer Kehle besser betrachten zu können. »Seit langem liegt sie stille da!« frohlockte sie. »Seit langem, ja! Und sie wird für alle Zeiten so daliegen!«

Das gräßliche Wesen lächelte aus dem Spiegel heraus und warf einen Blick in meine Richtung. Ich schnappte nach Luft. Hinter meinem Brustbein flammte etwas auf, wurde sich der tödlichen Gefahr bewußt. Mein Fuß glitt auf dem Dach aus und verursachte ein Geräusch. Die Prinzessin fuhr herum wie ein großes gejagtes Tier, atemlos und mit aufgerissenen Augen.

»Stiefel!« flüsterte ich. »Bringt mich in mein Zimmer!«

Und schon war ich dort. Ich legte den Mantel unter das Bett und mich selbst und Grumpkin hinein, während ich mir die Haube vom Kopf zog, damit meine alten weißen Locken sichtbar wurden. Außerdem ließ ich die Kerze brennen, damit sie mich deutlich sehen konnte. Ich schloß die Augen in Erwartung, denn ich wußte, sie würde kommen. O ja, sie würde aus ihrem Turm herabkommen, um herauszufinden, wer ihr nachspioniert hatte, und zwar schneller, als irgendeine gewöhnliche alte Frau all diese Stufen hinunterhasten konnte. Und sie würde erwarten, mein Zimmer leer vorzufinden, während ich noch unterwegs war.

Sie kam schnell. Die Tür öffnete sich, und jemand lugte herein. Ich drehte mich in ihre Richtung um und machte schläfrig: »Waaa?«

Die Tür schloß sich, und sie war weg. Sie war der Meinung, daß jemand sich vor ihrem Gemach aufgehalten hatte, aber sie wußte nicht, wer. Ich hörte, wie sie weiter unten auf dem Korridor Giles' Tür öffnete. Und wieder schloß. Im Gegensatz zu mir schlief er tatsächlich. Ich ließ ein Weilchen vergehen, während ich kaum atmete und so tat, als läge ich in tiefem Schlummer, denn möglicherweise beobachtete sie mich, schwebte vielleicht draußen vor meinem Fenster wie eine Eule. Die Kerze brannte zu einer rauchenden Wachspfütze herab und erlosch.

Würde sie es dabei bewenden lassen? Würde sie dieses Ding im Spiegel fragen, wer sie bespitzelte?

Und was noch wichtiger war: konnte es ihr die richtige Auskunft geben?

»Fenoderee!« wisperte ich. »Ich brauche einen Freund!«

Gähnend schlüpfte er neben mir unter die Decke. »Ich dachte schon, du würdest nie nach mir rufen«, sagte er. Seine Sichel fiel scheppernd zu Boden. »Ach ja, du brauchst wirklich einen Freund, Beauty. Hier ist Niedertracht und Tücke. Und die alte Carabosse schnappt fast über vor Sorge um dich.«

»Mehr als nur Sorge«, sagte eine Stimme auf der anderen Seite. Puck.

»Was geht hier vor?« fragte ich. »Wer ist Ilene?«

»Eine Hexe«, antwortete Puck sachlich. »Sie hat einen der üblichen Pakte mit dem Herrn der Finsternis geschlossen – ihren Leib und ihre Seele als Preis für ein paar hundert Jahre Jugend und Schönheit. Natürlich hat er eine Fußangel in die Sache eingebaut. Das tut er ja immer.«

Fenoderee nickte; ich spürte, wie sein Kopf auf dem Kissen auf und ab ruckte. »Ilene bleibt nur so lange schön, als es kein anderes Weib im Königreich gibt, das so schön ist wie sie. Sie fing in einem ziemlich großen Königreich an und mußte sich daher einer stattlichen Anzahl hübscher Mädchen entledigen, was natürlich nicht geheimbleiben konnte. Sie waren mit Heugabeln und Holzpfählen hinter ihr her, auf die Art, wie man in Transsylvanien verfährt, weißt du? Also zog sie weiter in ein kleineres Königreich, und dann in ein noch kleineres. Hier in Marvella gab es von Anfang an nicht allzu viele Schönheiten, mit denen sie es hätte aufnehmen müssen, und die letzte, die sie beseitigen mußte, war schließlich Galantha.«

»Galantha?« fragte ich.

»Ja, Galantha. Die kleine Frühlingsblume, die ihr weißes Köpfchen hängen läßt.«

»Schneeglöckchen?«

»Genau die, ja.«

Was für ein merkwürdiger Name für ein Kind! Genügte ein einziges Märchen denn nicht? Aber natürlich hatte mir die Sache mit dem Spiegel bereits zu denken gegeben. Magie zieht Magie an, hatte Carabosse behauptet. »Meine Enkelin? Schneewittchen?« fragte ich und bemühte mich zugleich, dies zu bezweifeln. Ohne den geringsten Erfolg allerdings.

»Ganz recht«, sagte Fenoderee, »deine Enkelin. Und ihr Name ist Schneeglöckchen.«

»Die gar nicht wirklich tot ist!«

»Nein. Ilene hat es versucht, doch sie konnte Schneeglöckchen nicht töten. Also hat sie einen Jäger ausgeschickt, um Schneeglöckchen zu töten, aber er hat es nicht fertiggebracht. Sie versuchte es mit einem verzauberten Band, einem vergifteten Kamm, aber nichts funktionierte. Schneeglöckchen ist schließlich zu einem Achtel Fee, und wo kämen wir denn hin, wenn Hexen so mir nichts, dir nichts Feen abmurksen könnten! Nein, Ilene hat zwar einige Male versucht, mit Schneeglöckchen fertigzuwerden, aber alles schlug fehl, bis auf den Apfel.«

›Den Apfel?‹ wollte ich fragen, doch vom Korridor

draußen kam ein Geräusch herein, und mit einemmal lag ich allein im Bett; nur Grumpkin befand sich noch an meiner Seite. Die Tür öffnete sich, und ich hörte Giles flüstern.

»Beauty? Catherine? Lavendula? Ist alles in Ordnung?«

Er trat ein und kauerte sich neben mir auf das Bett. Flüsternd erzählte ich ihm, was ich oben auf dem Dach gesehen hatte, und wir brauchten uns nicht lange darüber zu unterhalten, um uns einig zu werden, daß dieser Ort gefährlich war und wir viel lieber an einem anderen wären. Der Herr der Finsternis hatte mich gesehen oder gespürt oder meine Anwesenheit zumindest geahnt, soviel war mir klar. Nicht sicher wußte ich hingegen, was er sonst noch gesehen hatte, denn in jenem Moment hatte das Ding in mir aufgelodert, und ich hatte mich gefühlt wie eine Laterne, deren Licht in alle Richtungen strahlt. Hatte das Wesen im Spiegel das bemerkt?

»Wie bist du denn dort hinaufgekommen?« fragte Giles mich verwundert, wartete aber meine Antwort nicht ab, sondern fuhr fort: »Ich bin gar nicht sicher, ob wir überhaupt hinauskönnen. Unten in der Halle schläft ein Wachtposten, und ein zweiter geht draußen im Freien vor dem Schloß auf und ab. Und wenn das so eine Art Geist ist, den sie dort oben in ihrem Spiegel gefangen hält …«

Ich hatte ihm nicht erzählt, was sich wirklich in dem Spiegel befand, war aber überzeugt davon, daß es sich nicht um einen Gefangenen handelte.

»Wir werden hinauskommen«, erklärte ich mit grimmiger Entschlossenheit. »Zumindest bis zu den Ställen.«

Ich hieß Giles, seine Sachen holen, und nahm meine eigenen aus dem Schrank. Als er zurückkam, zog ich meine Stiefel an, packte Giles um die Mitte und sagte, während ich Grumpkin und unser Gepäck festhielt: »Stiefel, tragt uns in die Stallungen!«

Und schon standen wir neben den Pferden, wobei letztere mindestens ebenso verblüfft dreinsahen wie Giles. Ich sagte ihm, wir hätten keine Zeit für lange Erklärungen, aber er fügte sich nur widerwillig, denn ihm lagen Fragen über Fragen auf der Zunge. Doch hatte er immerhin noch soviel Verstand übrig, um auf die Idee zu kommen, den Pferden Sackleinen über die Hufe zu binden, damit sie auf dem gepflasterten Hof nicht klappern konnten. Wir warteten, bis die Wache um die Ecke verschwand, und stürmten los. Als wir den Hof hinter uns gelassen hatten (das Tor war nicht einmal geschlossen, und es gab auch keine Zugbrücke), befanden wir uns auf der Straße, welche mit weichem Sand bedeckt war. Leise wie Mäuschen huschten wir durch das finstere Dorf und ritten den Hang wieder hinauf, den wir herabgekommen waren. Als wir oben angelangt waren, erblickten wir ein kleines Lagerfeuer, an dem Eskavaria saß und auf uns wartete.

»Habt Ihr die ganze Zeit hier gesessen?« fragte ich.

»Dachte, Ihr würdet ohnedies nicht lange bleiben«, sagte er. »Dachte, ich würde Euch einladen, den Rest der Nacht mit mir und meinen Brüdern zu verbringen.«

Das war wohl nicht seiner eigenen Eingebung entsprungen. Wer hatte ihm aufgetragen, hierzubleiben und zu warten? Puck? Immer noch als Laufbursche von Carabosse unterwegs? Ich fragte nicht.

Er brachte unsere Packpferde aus dem Dunkel unter den Bäumen herbei, bestieg sein eigenes, und wir ritten im Licht der Sterne hinter ihm her, während er ein Liedchen summte und das Rauschen des Flusses ihn dabei begleitete. Der Weg wand sich um Felsen und Bäume, und einmal stieg Eskavaria vom Pferd und verwischte unsere Spuren mit einem Ast. Schließlich erreichten wir den Kamm einer langgezogenen Hügelkette und sahen unter uns die Umrisse eines Hauses, dessen Fenster von innen beleuchtet waren.

Eskavaria warf einen Blick hinauf zu den Sternen. »Mitternacht«, stellte er fest. »Höchste Zeit, in Deckung zu gehen.«

»Was geschieht um Mitternacht?« erkundigte sich Giles.

»Wenn sie schon weiß, daß Ihr verschwunden seid, könnte sie sich um Mitternacht auf die Suche nach Euch machen«, antwortete der kleine Mann.

Wir ritten den langen Abhang hinab, der zu dem Haus inmitten der Bäume führte. Das Haus war durch ein Tor mit dem Stall verbunden. Wir standen bereits unter dem Stalldach, als wir den Schrei von weit oben hörten – einen langen, schrillen Schrei, der gewiß nicht von einer Eule stammte.

Giles schickte sich an, einen Schritt hinaus zu machen, um bessere Sicht zu haben, doch Eskavaria hielt ihn am Arm zurück. »Nein«, sagte er. »Blickt nie nach oben, wenn Ihr diesen Schrei hört, sonst kann sie Euch sehen. Gesichter sind in der Dunkelheit viel deutlicher zu erkennen als Haare oder Kopfbedeckungen.« Er führte uns durch die Tür ins Haus.

Es war ein einfaches Häuschen, jedoch größer in seinem Inneren, als es von außen den Anschein hatte. Unten befand sich ein großer Raum und oben ein offener Dachboden. Die Brüder Eskavarias, alle sechs, lagen dort oben in tiefem Schlaf, und nach der Länge der Betten zu schließen, war keiner von ihnen größer als Eskavaria. Viel fehlte nicht, und man hätte sie als Zwerge bezeichnen können. Ich dachte an die ›Männlein‹, die der Herr der Finsternis erwähnt hatte, und wußte, das waren sie.

»Ihr wißt, wo sich meine Enkelin befindet!« provozierte ich ihn.

»Ich weiß, wo sich *jemand* befindet. Welche Gewißheit habe ich, daß es sich tatsächlich um Eure Enkelin handelt?« provozierte er mich im Gegenzug.

Darauf fiel mir keine Antwort ein. Ich war sehr müde, alles tat mir weh, und so fing ich an zu weinen. Und konnte nicht mehr aufhören.

Aufgebracht schrie Giles ihn an: »Seht nur, was Ihr angerichtet habt! Verdammt noch mal, Esky, sie ist erschöpft! Sie hat diesen ganzen langen Weg zurückgelegt, um ihre Enkelin zu finden, und Ihr sagt solche Worte!«

Das weckte die übrige Familie, und sie kamen alle vom Dachboden herunter, rieben sich die Augen und fragten schlaftrunken, was denn los sei. Untereinander sprachen sie diese andere Sprache, Euskara. Offenbar werden sie nur von Außenstehenden Basken genannt, sie selbst nennen sich Euskaldunak, was einem bereits eine Ahnung verschafft, wie die Sprache klingt, die sie sprechen. Mit Ausnahme eines gelegentlichen Wortes, das mich ans Lateinische erinnerte, konnte ich nichts davon verstehen, doch der allgemeine Tonfall hörte sich entschieden nach Streiterei an, begleitet von Fingern, die nach oben zeigten oder das Hornzeichen machten. Dazwischen warf man uns Blicke zu, die eine Mischung aus heftiger Neugier und offenem Mißtrauen enthielten.

Ich glaube nicht, daß zwischen Esky, dem ältesten, und dem jüngsten der Brüder eine Altersunterschied von mehr als zehn Jahren bestand. Die älteren Brüder trugen Vollbärte, die anscheinend nie gestutzt wurden – je älter der Bruder, desto länger der Bart. Die drei jüngsten Brüder waren glattrasiert. Esky nannte uns ihre Namen, die ich umgehend vergaß. Ich hätte sie ohnedies nicht aussprechen können.

Die Augen fielen mir zu, und im nächsten Augenblick breiteten die Brüder schon weiche Decken auf dem Boden aus und luden mich ein, darauf Platz zu nehmen und zu schlafen.

Das ließ ich mir nicht zweimal sagen.

Als ich Stunden später aufwachte, war es heller Tag, und das Haus war leer. Die Tür stand offen. Ich hörte nebenan im Stall die Pferde geräuschvoll kauen und das Summen von Fliegen. Sonst herrschte absolute Stille.

Ich setzte mich auf und fing an, mir das Haar zu ordnen. Giles mußte mich gehört haben, denn er kam von draußen herein und brachte mir eine Tasse mit warmem Inhalt. Suppe, stellte ich fest. Mit kleinen gekochten Körnchen darin, die beinahe so aussahen wie Grassamen. Ich lehnte mich an die Bank hinter meinem Rücken und trank die Suppe. Oder, besser, kaute sie. Ihr fehlte Salz.

Giles bat mich, da wir nun, wie er sagte, ein wenig Zeit für uns allein hatten, sehr schonungsvoll um eine Erklärung, was das alles zu bedeuten hatte. Und ich gab sie ihm, in groben Zügen. Ich erzählte ihm, daß meine Mutter eine Fee war, ohne darauf einzugehen, was dieser Umstand aus mir machte, und gab ihm zu verstehen, daß ich von ihr einige Gaben auf den Lebensweg mitbekommen hatte. Ich sagte, eine feindliche Kraft würde mich verfolgen, sagte aber nichts von Jaybee. Ich ertrug es nicht, ihm von Jaybee zu berichten. In Giles' Herz war ich Beauty und Catherine in einem, doch die beiden waren nicht unbedingt dieselbe Person. Er konnte akzeptieren, daß Elly Edwards Kind gewesen und daß Galantha meine Enkeltochter war, ohne die Überzeugung aufzugeben, daß seine erste Liebe, Beauty, immer noch jungfräulich rein in Westfaire schlief. Ich war *sie* und doch wieder nicht, wenn man so sagen will. Doch mit dem Glauben daran, daß Galantha verhext worden war, hatte er keine Schwierigkeiten. Er glaubt an Hexen. In dieser Zeit glauben alle Menschen an Hexen.

»Ich habe sie mir angesehen«, sagte Giles und betrachtete seine Füße.

»Sie?«

»Deine Enkelin. Galantha.«

Ich wollte aufspringen, aber er hielt mich sanft zurück. »Sie sieht aus, als würde sie schlafen, Beauty. Sehr blaß, aber nicht… nicht verwest oder so. Sie haben sie in eine Art Gehäuse gelegt, damit kein Tier sie annagen kann. Ich glaube nicht, daß sie tot ist.«

Giles kannte keine Disneyfilme. Diesmal stand ich auf.

»Ich will sie mir selbst ansehen«, sagte ich, zog mir die Nadeln aus dem Haar und suchte nach meinem Kamm. Giles fand ihn und half mir, meine weißen Locken hochzustecken. Als ich Haube und Schleier befestigt und meinen Rock glattgestrichen hatte, ging er vor mir hinaus ins Freie.

Wir wanderten auf einen flachen Hügel – nicht denjenigen, über den wir in der Nacht zuvor gekommen waren –, durchquerten ein Wäldchen und stapften über einen sichtlich vielbegangenen Pfad hinab, der direkt in den Eingang eines Bergwerkes führte.

Sie lag tief drinnen im Berg in einer Höhle, auf einem flachen Platz, der mit Fackeln erhellt wurde. Der Behälter erinnerte mich stark an einen Reliquienschrein. Bergkristall und geschliffene Edelsteine waren mit Gold zu Blumen- und Blattmustern verbunden worden, die einen gewölbten Deckel bildeten. Die Blätter waren vermutlich aus Smaragd. Oder aus Jade. Durch die flachgeschliffenen, durchsichtigeren Stellen konnte ich sie erkennen, ein Mädchen von zwölf, vielleicht dreizehn Jahren. Sie sah sehr schön aus, wie Elizabeth Taylor als Kind in dem Pferdefilm, der in den neunziger Jahren immer spätnachts im TV lief. Ihr Körper war gegen Verwesung gefeit wie angeblich die Leiber von Heiligen auch. Mein Gespräch mit Giles über Grabtücher und Mäuse fiel mir ein, und ich mußte lachen.

Dann setzte ich mich neben den Behälter und ließ den Tränen freien Lauf, aber nicht vielen. Nach einer Weile kamen Esky und einer seiner Brüder und fragten mich, ob ich den Behälter geöffnet haben wollte. Ich sagte ja, und sie schlossen ihn an einer Seite auf und klappten den Deckel zurück. Sie lag auf und unter einer Satindecke, und ihre Hände waren über der Brust gefaltet. Unter der Satindecke war sie sehr einfach gekleidet; sie hatte ein weißes hemdartiges Gewand mit weiten Ärmeln an und darüber eine Art Schnürmieder. Diesen Teil zumindest hatte Walt Disney getroffen.

Nun kamen auch die anderen Brüder aus den Tiefen des Bergwerks hervor, lehnten ihre Werkzeuge an die Wand der Höhle und setzten sich auf schemelgroße Felsbrocken. Die glattgewetzte Sitzfläche der Steine ließ erkennen, daß die Brüder seit unzähligen Jahren sich so darauf niederließen.

Giles holte tief Atem. »Sie sieht genauso aus wie du«, sagte er zu mir. »Damals, als ich dich zum erstenmal erblickte.«

Ich betrachtete das Mädchen. Teils sah sie aus wie Elly, teils wie ihr Vater – aber größtenteils wie ich. Ich hatte das Gefühl, mein eigenes Aussehen weitervererbt zu haben, nachdem ich eine Generation übersprungen hatte. Ihr Haar war natürlich schwarz und meines einst goldblond gewesen, aber ansonsten sahen wir einander ziemlich ähnlich.

Ich nickte. Esky streckte die Hand aus und berührte mein Kinn und die Wangenknochen und nickte auch. »Es ist ganz deutlich zu erkennen«, sagte er.

Da sah er mehr als ich, aber dann nickten auch alle Brüder und versicherten einander, wie sehr das Kind mir ähnlich war. Und diese Ähnlichkeit, ob sie nun Tatsache war oder Einbildung, schien ihren Argwohn zu beschwichtigen.

»Wie?« fragte ich, deutete auf das Mädchen in den Sarg, auf die Brüder, auf alles rundum und wollte damit sagen: ›Wie konnte das nur geschehen?‹

Esky seufzte. »Eines Tages hörten wir dies Geschrei im Wald und machten uns auf die Suche, um herauszufinden, woher es kam. Da lag doch dieser kräftige Jägersmann tatsächlich auf den Knien und weinte, jammerte, Prinzessin Ilene hätte gedroht, ihn umzubringen, wenn er dieses kleine Mädchen nicht mit in den Wald nähme und tötete. Aber er konnte es einfach nicht tun. Er sagte, er würde ein Stück Wild erlegen und der Prinzessin als Beweis das Herz des Tieres bringen. Dann rannte er davon, und das Mädchen blieb zurück. Es wurde schon dunkel. Die Wölfe heulten. Wir konnten sie nicht dort zurücklassen, also nahmen wir sie mit nach Hause. Sie war solch ein liebes, hübsches Kind. Nicht viel Verstand, aber lieb.« Er wischte sich mit der Hand übers Gesicht und seufzte.

»Nun, eine Weile verging, und wir gewöhnten uns an sie. Erst mal konnte sie gar nichts Nützliches tun. Wir brachten es ihr bei. Ein wenig Kochen. Ein wenig Gartenarbeit. Um Euch die Wahrheit zu gestehen, Lady Catherine, wir sahen sie alle mit lüsternem Blick an, obwohl sie doch noch ein Kind war. Aber wo wir doch alle hier zusammenleben, beschlossen wir, uns sittsam zu betragen. Wir mögen vielleicht Einsiedler sein, wenn man so sagen will, und wir mögen auch nicht sehr zivilisiert sein. Aber unser Mütterchen hat uns anständig erzogen. Wir hätten sie damals gleich über die Berge nach Spanien schaffen sollen. Oder nach Lourdes, das hätten wir auch tun können. Aber um ehrlich zu sein, kommt keiner außer mir viel in der Welt herum, und ich wollte einfach nicht, daß sie uns verließ. Sie war solch ein allerliebstes Kind ...«

Er stand auf und verließ die Höhle. Die anderen Brüder murmelten untereinander in ihrer seltsamen Sprache. Niemand sagte irgend etwas, das ich verstand. Nach einer Weile kam Esky mit nassen Wangen zurück.

»Ach ja, und dann kamen wir eines Tages heim, und sie lag da auf dem Boden. Wir hoben sie hoch und sahen, daß ihr Mieder ganz eng geschnürt war. Mit einem neuen Band.«

Einer der Brüder unterbrach ihn mit einer Bemerkung, und Eskavaria nickte.

»Richtig, ein Seidenband war es, das wir vorher noch nie gesehen hatten. Also knüpften wir es auf und öffneten das Mieder, und sie kam wieder zu Atem, ganz plötzlich. Wir fragten sie, was sich zugetragen hatte, und sie berichtete von einer Krämersfrau, die vorbeigekommen war. Nun, da wußten wir, was vorgefallen war: die Hexe hatte erfahren, daß sie sich hier aufhielt.«

Die kleinen Männer nickten alle, offenbar zur Bestätigung, daß es sich so verhalten hatte.

»Gally hatte kein besonders helles Köpfchen«, fuhr Esky fort. »Das wußten wir alle. Freilich dachten wir, wo es ihr doch schon einmal widerfahren war, dann würde sie es beim nächsten Mal besser wissen. Wir schärften ihr ein, ja keine Krämersfrauen mehr ...«

Wiederum eine Unterbrechung, eine kurze Diskussion, ein allgemeines Nicken.

»Ganz recht. Und keinerlei Besucher, niemanden. Wir sagten, bleib im Haus, bis wir heimkommen. Wir sagten, wir würden sie begleiten, wenn sie Blumen pflücken oder spazierengehen wollte.

Es verging nicht mal eine ganze Woche, als wir eines Abends nach Hause kamen, und da lag sie wieder. Ganz schlapp. Auf dem Boden. Wir hoben sie hoch, und dabei fiel ihr ein Kamm aus dem Haar. Sie wachte auf. Schon wieder eine Krämersfrau. Hat dem Kind etwas aufgeschwatzt. Genau wie beim ersten Mal.

Jetzt wurde uns klar, daß wir sie nicht allein lassen durften. Wenigstens da hätten wir sie über die Berge schaffen sollen, und zwar rasch. Aber wir taten es nicht. Wir beschlossen, daß einer von uns immer bei ihr bleiben würde, um sie zu beschützen. Aber das ziemte sich nicht, und so sagten wir, zwei von uns würden daheimbleiben, um ein Auge auf sie und auf den anderen Bruder zu haben. Das ging eine ganze Zeitlang gut ...«

Er wandte sich an die anderen und stellte ihnen eine Frage in ihrer Sprache. Sie stritten ein Weilchen herum und einigten sich dann offensichtlich. »Fast ein Jahr«, fuhr er fort. »Fast ein Jahr lang ging es gut. Dann entdeckte eines Tages Euskaby einen ergiebigen Fundort von Edelsteinen im Bergwerk, doch davor lag ein Stein. Ein großer Stein. Wir mußten alle anpacken, um ihn von der Stelle zu bewegen. Wir ließen sie nicht länger als eine Stunde allein, und als wir zurückkamen, lag sie wieder da. Diesmal fanden wir kein Band, keinen Kamm. Wir kleideten sie aus, suchten jedes Stück ab, und dann zogen wir ihr alles wieder an. Wir kämmten ihr Haar. Wir säuberten ihr Finger- und Zehennägel. Wir sahen ihr in den Mund, in die Nase, in die Ohren. Nichts.«

»Die Hexe sagte, es sei ein Apfel gewesen«, warf ich ein. »Ich habe es zufällig gehört.« Es war nicht die Hexe gewesen, die das gesagt hatte, aber ich wollte Fenoderee und Puck nicht ins Gespräch bringen.

»Wenn es ein Apfel war, dann ist er in ihrem Bauch«, sagte Esky. »Man kann ihn nicht herausholen, solange sie am Leben ist.«

Und er hatte natürlich völlig recht, was das fünfzehnte Jahrhundert betraf. Im zwanzigsten hätte es sich um einen kleinen Eingriff gehandelt. Wenn ich sie jedoch ins zwanzigste Jahrhundert brachte, dann schaffte ich es möglicherweise nicht, wieder zurückzukommen. Und falls ich je zurückkam, würde gewiß zuviel Zeit verstrichen sein, und ich würde Giles nie wiedersehen. Ich seufzte, biß mir in die Unterlippe und beschloß, nichts zu beschließen – nicht in diesem Augenblick.

»Wir befinden uns hier immer noch innerhalb der Grenzen von Marvella, stimmt das?« fragte ich.

Sie erörterten das und kamen überein, daß wir vermutlich direkt auf der Grenze saßen, nicht richtig außerhalb, nicht richtig innerhalb.

»Dann müssen wir sie hinausschaffen«, erklärte ich. »Sobald wir einmal außerhalb von Marvella sind, könnte es sein, daß uns die Hexe nichts mehr anhaben kann, und dann können wir uns entscheiden, was wir als nächstes tun. Ich glaube nicht, daß meine Enkeltochter tot ist. Nicht wirklich tot. Vielleicht gibt es einen Weg, den Zauberbann von ihr zu nehmen.« Im Märchen war es der Kuß des Königssohnes, nicht wahr? Oder war das nur mein eigenes Märchen? Oder war es Walt Disney? Ich konnte mich einfach nicht erinnern.

Ein neuer Disput. Sie waren nicht überzeugt davon, daß sie mir trauen konnten; ich war nicht überzeugt davon, daß das stimmte, was ich gesagt hatte. Esky fuchtelte mit den Händen in der Luft herum und brüllte. Doch schließlich kamen sie zu einer Einigung. Zwei, drei Brüder schluchzten. Und alle waren einstimmig der Meinung, wenn man das Mädchen wegbringen sollte, dann mußte dies untertags geschehen; die Nächte waren voller Gefahren.

Also brachen wir auf. Galanthas Sarg wurde mit Seilen umwunden und zwischen die beiden Packpferde gehängt. Unser Gepäck kam auf Eskys Pferd. Alle sieben Brüder gaben uns das Geleit – um sich zu vergewissern, daß wir sicher über die Grenze gelangten, sagte Esky, aber ich glaube, es widerstrebte ihnen ganz einfach, Galantha ziehen zu lassen. Mit der Zeit war sie für die kleinen Männer mehr als bloß ein schlafendes junges Mädchen geworden. Die Brüder kamen überein, am sichersten würde es sein, in südlicher Richtung über die Berge nach Spanien zu ziehen, da wir uns nahe der Südgrenze von Marvella befanden. Außerdem mußten wir der Mautbrücke ausweichen, von der mir der Baron erzählt hatte. Falls die Prinzessin uns am Verlassen des Landes hindern wollte, würde diese Brücke gewiß bewacht werden.

Die Idee war gut, aber die Pfade waren einfach nicht breit genug für zwei Pferde, die zwischen sich einen Sarg transportierten. Dieses Problem tauchte sehr bald auf, Unstimmigkeiten waren die Folge, und schon schrien die kleinen Kerle um die Wette. Zwei von ihnen zeigten immer wieder auf die Seile, mit denen der Sarg befestigt war, und brüllten zwei andere an. Die Worte verstand ich zwar nicht, dafür aber den

Ausdruck ihrer Gesichter. »Du hast es nicht richtig gebunden! Alles deine Schuld!« Und darauf die anderen: »Du hast doch keine Ahnung von Knoten! Was soll denn das heißen, nicht richtig gebunden?!« Es wollte schier endlos so weitergehen, doch dann unterbrach Giles das Gezeter, indem er sie alle mit einem Machtwort überschrie, abstieg, die Seile vom Sarg löste, den Deckel aufklappte, das Mädchen in die Satindecke wickelte und auf die Arme nahm. Sie sah so steif aus wie eine aus Holz geschnitzte Statue. In gewisser Hinsicht erfüllte mich das mit Erleichterung, denn ich hatte mich schon besorgt gefragt, was die kleinen Männer wohl in all den Jahren in dem Bergwerk mit ihr angestellt haben mochten. Offensichtlich hatten sie nichts mit ihr angestellt – jedenfalls nicht mehr, als sie mit einer Holzstatue hätten anstellen können.

Die Brüder murrten, als Giles das Mädchen hochhob, entschlossen sich dann aber, es zu gestatten. Doch sie bestanden darauf, auch den Sarg mitzunehmen, und zwar Unterteil und Deckel separat auf dem Rücken der beiden Packpferde festgebunden. Der Sarg war sichtlich mit Liebe, Sorgfalt und in zahllosen mühevollen Stunden hergestellt worden; doch abgesehen von der künstlerischen Verarbeitung waren die Steine und das Gold allein schon ein Vermögen wert. Er war das Geschenk der Brüder an ihr Schneeglöckchen, und sie wollten ihn nicht zurücklassen. Ich sah Giles an und neigte leicht den Kopf; er gab seufzend nach.

Nach einiger Zeit bildete sich bei unserer kleinen Prozession eine Gangordnung heraus, die sich bewährte. Esky ging mit einem seiner Brüder und einem Packpferd am Zügel an der Spitze, dann kam Giles, dann ich und dann folgten die Pferde mit dem Sarg, geführt von zwei weiteren Brüdern. Die restlichen Brüder stapften einer hinter dem anderen am Ende der Karawane. Eine Zeitlang ging es stetig bergauf und dann plötzlich abrupt bergab. Giles fragte Esky, wo unser Ziel lag.

Der kleine Mann atmete schwer. »Ich kenne eine Stelle, wo wir auf die andere Seite der Schlucht und auf die Straße nach Santiago gelangen«, antwortete er.

Giles warf mir einen Blick zu und hob die Schultern. Es sah ganz so aus, als würden wir, ob wir es wollten oder nicht, schließlich doch zum Heiligtum des heiligen Jakob kommen. Ich fragte mich, ob wir wohl auf Margery Kempe treffen würden. Doch danach fragte ich mich nichts mehr und dachte auch über nichts nach, denn ich hatte vollauf damit zu tun, nicht vom Pferd zu fallen. Bergauf zu reiten ist schwierig; bergab zu reiten ist unglaublich anstrengend.

Die Nacht brach an. Die Männlein schwärmten in alle Richtungen aus, um nach einem Lagerplatz zu suchen, und fanden schließlich einen unter einem überhängenden Felsen, wo wir von oben nicht entdeckt werden konnten. Ich fand das ein wenig übervorsichtig, denn zu diesem Zeitpunkt mußten wir Marvella schon weit hinter uns gelassen haben. Doch spät nachts in der Finsternis unseres Lagers weckte mich derselbe Schrei, den wir in der Nacht zuvor vernommen hatten. Ich spürte, wie rund um mich der Atem angehalten wurde. Totenstille. Selbst die Pferde draußen unter den Bäumen hörten auf zu fressen. Nach einiger Zeit hörten wir den Schrei erneut, jedoch weit oben Richtung Norden, und darauf das Echo der heulenden Wölfe. Die kleinen Männer fingen wieder an zu atmen.

»Was war das?« fragte ich Eskavaria.

»Ein nächtlicher Lämmergeier«, sagte er und wich meinem Blick aus. Die Lämmergeier der Pyrenäen sind riesige Vögel, die manchmal ›Knochenbrecher‹ genannt werden, weil sie die Angewohnheit haben, massive Knochen aus großer Höhe fallenzulassen, um sie auf diese Weise aufzubrechen und an das Mark zu kommen. Doch für gewöhnlich, glaube ich, befinden sich Lämmergeier nachts nicht in der Luft. Ich hielt es aber für klug, die Angelegenheit nicht weiter zu verfolgen.

Heute vormittag stießen wir auf die Straße nach Santiago. Sie ist breit genug, daß wir den Sarg wieder von den beiden Rössern tragen lassen können. Der Sarg, in dem meine Enkeltochter liegt. Eskavaria führt das Packpferd. Seine Brüder sind einer nach dem anderen zwischen den Bäumen verschwunden; allen rannen Tränen über die Wangen. Ein Reisender, dem wir begegneten, sagte uns, heute sei der fünfzehnte August. Wir haben ausreichend Zeit, vor Herbstbeginn nach Compostela zu gelangen.

Am Tage der heiligen Helene,
im August des Jahres Unseres Herrn 1417

Seit Tagen befinden wir uns nun schon auf der Straße, die von den Bergen hinabführt; des Sarges wegen waren wir sehr langsam unterwegs. Wir begegneten keiner Menschenseele, nur hin und wieder einer Herde Steinböcke, einigen feige herumschleichenden Füchsen und den allgegenwärtigen Murmeltieren. Doch dann, kurz nach unserem Aufbruch heute morgen, stießen wir auf eine große Gesellschaft von vornehmen Herren und Damen, die zusammen mit ihrer Dienerschaft am Straßenrand zwischen ihren Wagen ein Lager aufgeschlagen hatte. Wir hielten es für wahrscheinlich, daß sie über ausreichend Ersatzpferde verfügten, und Giles marschierte hinüber, um sich zu bemühen, für die Gepäckstücke, die bislang auf Eskys Roß transportiert wurden, ein weiteres Packpferd zu erwerben. Esky war den ganzen Weg zu Fuß gegangen, was unser Vorwärtskommen einigermaßen erschwert hatte.

Einige junge Männer lösten sich aus der Gesellschaft und näherten sich uns Wartenden, wobei sie uns frech musterten. Doch dann erblickten sie den Sarg und wurden bleich. Einer von ihnen, ein Bürschchen von vierzehn oder fünfzehn Jahren, preßte das Auge gegen eine der durchsichtigen Stellen aus Bergkristall und starrte ins Innere des Sarges. Da er von seinen Kameraden umgeben war, hielt ich es für das beste, nichts dagegen zu unternehmen und auch keinen Zauber anzuwenden, um unnötiges Aufsehen zu vermeiden. Ähnliche Horden junger Männer, jedoch nicht von edler Herkunft, hatte ich in Bayonne gesehen, wo sie nachts durch die Straßen strichen und nach jungen Frauen Ausschau hielten, die ohne Beschützer unterwegs waren, um ihnen Gewalt anzutun und sie damit ins Unglück zu stürzen. In Bayonne betrachteten sie es als eine Art Spiel, und die anmaßende Art dieser jungen Edelleute schien auch Spiel zu sein: Dreistigkeit bis an die Grenzen des Erträglichen.

Der Jüngling, der in den Sarg gelugt hatte, erhob sich und fragte mich arrogant, wer das Mädchen sei.

»Sie ist meine Enkeltochter, Junge«, sagte ich ohne zu denken.

Erbost machte einer der jungen Herren einen Schritt auf mich zu, doch ein anderer Höfling, ein sehr hübscher, schon etwas älterer Jüngling, hob die Hand, hielt ihn zurück und sagte leise zu mir: »Der junge Mann, der Euch nach dem Mädchen gefragt hat, ist Prinz Edward, der viertgeborene Sohn König Zots von Nadenada.«

Ich verbeugte mich, so gut es ging, von meinem kleinen Pferd herab. »Hoheit«, sagte ich zu dem arroganten Bürschchen. Der gutaussehende Jüngling mit der leisen Stimme wartete mit besorgtem Blick auf die Reaktion des Prinzen.

»Und Ihr seid, Sir?« fragte ich den netten jungen Mann.

»Vincent«, sagte er mit einem Lächeln, wobei er einen Moment lang die Augen von seinem Herrn abwandte. »Vincent d'Escriban.«

Giles kehrte von der anderen Straßenseite zurück und schüttelte den Kopf. Kein Pferd zu verkaufen. Nun, es war den Versuch wert gewesen.

Ich verbeugte mich wieder. »Wir müssen weiter«, sagte ich, »es ist ein langer Weg nach Compostela.«

»Ist sie tot?« fragte der Prinz und griff nach den Zügeln meines Pferdes, um es am Weitergehen zu hindern.

»Das glauben wir nicht«, sagte ich. »Möglicherweise ist sie verhext.«

Der junge Mann sah Vincent an und sagte: »Ich will sie haben.«

Vincent und ich tauschten einen unsicheren Blick.

»Ich will sie haben!« wiederholte das Prinzchen. »Kauf sie für mich!«

»Sie ist ein Mensch«, erklärte ich ihm mit sanfter Stimme. »Und kein Spielzeug. Keine Puppe. Sie ist nicht etwas, was man kaufen kann.«

»Kauf sie für mich!« kreischte der Junge und wurde sehr rot im Gesicht.

Vincent sah mich an und zog entschuldigend die Schultern hoch. Dann nahm er den Prinzen an der Hand und ging unverzüglich daran, den arroganten kleinen Kerl von seiner verrückten Idee abzulenken. Esky ergriff die Zügel des Pferdes auf der rechten Seite des Sarges und führte es zielstrebig weiter auf der Straße. Giles und ich schickten uns an, ihm auf unseren Rössern zu folgen, als sich der junge Prinz losriß, an uns vorbeischoß und sich vor die Pferde warf, die den Sarg trugen. Eines der beiden Tiere strauchelte, und das Seil löste sich. Das andere Pferd scheute, und der Sarg fiel in den Staub, wobei der Deckel aufsprang. Meine Enkeltochter rollte auf die Straße und blieb hustend dort liegen.

Neben ihr im Sand lag das Stück eines Apfels.

Der närrische Prinz setzte sich auf, musterte meine Enkelin mit sicherem, zufriedenem Blick und lächelte. »Kauf sie für mich«, wiederholte er. »Ich will sie zur Frau nehmen.«

In der Zwischenzeit war ich vom Pferd geglitten und in dem ganzen Durcheinander zu Boden gestoßen worden. Giles stürzte herbei, hob mich auf und prüfte, ob auch nichts gebrochen war. Eskavaria drückte Schneeglöckchen an sein Herz und weinte. Vincent machte dem jungen Prinzen ernsthafte Vorhaltungen, während sich von der anderen Straßenseite her ein paar aufgeblasene Wichtigtuer näherten, um nachzusehen, worum es bei dem ganzen Wirbel ging, was zur Folge hatte, daß sich selbiger noch verstärkte. Von allen Seiten flogen mir Fragen zu, und ich war viel zu verwirrt, um sie zu beantworten.

Im Moment haben wir unser Lager am Waldrand aufgeschlagen, und die Diener König Zots von Nadenada verwöhnen uns, während der verrückte Prinz und meine Enkeltochter auf der Straße Federball spielen.

»Wer ist sie?« fragte mich König Zot persönlich, nachdem Giles und Vincent mich ihm vorgestellt hatten.

Er sprach mit herrischem Tonfall, was mir nicht gefiel.

»Sie ist die Tochter des Erbprinzen von Marvella und seiner verstorbenen Frau Elladine, die ihrerseits die Tochter Lord Edwards von Wellingford und die Enkeltochter des Herzogs von Monfort und Westfaire war«, antwortete ich mit eisiger Herablassung.

»Oh. Ja, dann …«, sagte er und sah mich aus dem Augenwinkel an. »Mit Euch verwandt?«

»Meine Enkelin.«

»Ach«, sagte er und kratzte sich an der Nase. Seine Haltung änderte sich insofern, als sie an Respekt gewann. »Und wie alt, würdet Ihr sagen, ist sie?«

»Ich würde sagen, sie ist …« Ich stockte, denn ich mußte einen Augenblick lang überlegen, wie alt sie wirklich war. Ihre Geburt hatte sich immerhin schon vor geraumer Zeit zugetragen. »Ich würde sagen, sie ist zwölf oder dreizehn«, fuhr ich schließlich fort. »Sie befand sich eine Zeitlang unter einem Zauberbann, aber während dieser Zeit ist sie nicht älter geworden.«

»Doch gewiß noch unberührt, nicht wahr?«

Ich schnaubte verächtlich. »Selbstverständlich.« Obwohl ich es Esky und seinen Brüdern durchaus zutraute, wenigstens den Versuch gemacht zu haben.

»Aha.« Er setzte sich, beugte sich herüber zu mir und begann, mir von seinem Land zu erzählen.

Wie es aussieht, ist Nadenada ein Königreich im Westentaschenformat gleich auf der anderen Seite der Berge in Richtung Frankreich. Es ist zwar größer als Marvella, aber nicht viel. Der närrische junge Mann ist ein Westentaschenprinz, nicht der Thronerbe, aber dennoch ein Prinz, und mit vierzehn wird es für ihn langsam Zeit, an eine Heirat zu denken. Sagt König Zot.

»Zweifellos werdet Ihr bei der Auswahl einer Gemahlin für ihn die Interessen des Staates nicht aus dem Auge verlieren«, sagte ich steif.

Er starrte trübsinnig auf den Sand zwischen seinen Füßen, in den er mit einem Schmuckdolch Kreise zog. »In der Hinsicht tut sich bei Nadenada nicht viel«, sagte er, während er mit einer Hand Vincent herbeiwinkte. Er sandte den jungen Mann um Wein und machte es sich in dem Sessel, den er von seinem Lager hatte herüberbringen lassen, bequem. Dann ging er wieder daran, seine Kreise zu ziehen. »Für Frankreich zählen wir nicht; ist zu weit weg und viel zu groß für uns. Den Engländern sind wir herzlich gleichgültig; die haben mit ihrem Krieg gegen die Franzmänner genug zu tun. Für Navarra sind wir uninteressant und für Aragon auch; dort dreht sich alles um die Religion, und wir hier in Nadenada sind nicht gar so fromm. Und mit Kastilien verhält es sich genauso.«

»Dann müßt Ihr also auf die Staatsräson keine Rücksicht nehmen?«

»Nein, nicht wirklich.«

»Vielleicht irgendeine problematische Staatsangelegenheit, die kraft einer klugen Wahl bereinigt werden könnte?«

»Wir haben keine Staatsangelegenheiten. Da gab es einmal die Sache mit der Wollsteuer, aber die ist längst entschieden.« Düster blickte er auf seine verschränkten Finger. »Schäfer sagten, sie würden über die Berge nach Spanien gehen, also haben wir die Steuer abgeschafft. Können doch nicht zulassen, daß alle unsere Schäfer nach Spanien ausrücken.«

»Nein, das würde nicht gut aussehen«, nickte ich. »Und im übrigen keinerlei brisante Staatsaffären?«

»Sonst fällt mir nichts ein«, sagte er.

»Der Prinz« – fast hätte ich gesagt: ›Der närrische Prinz …‹, fing mich aber gerade noch rechtzeitig –, »der Prinz wird natürlich eine reiche Mitgift voraussetzen.«

»Nein … nicht *ausgesprochen* reich«, murmelte der

König und sah mir dann gerade ins Gesicht. »Er ist ja nicht der Thronfolger, Ihr versteht.«

»Es ist wohl ein älterer Bruder da?«

»Drei ältere Brüder.«

»Ja, manchmal kann einem das Leben arg mitspielen«, seufzte ich.

»Allerdings«, nickte er mit sorgenvollem Unterton in der Stimme, »das kann es. Wollen wir es so ausdrücken: Es ist nicht *wahrscheinlich,* daß er je den Thron besteigt.«

»Dann würde er also keine sehr große Mitgift erwarten?«

»Keine *sehr* große.«

Ich überdachte das. »Wäre es möglich, daß Ihr einen Blick auf den... das Behältnis geworfen habt, in dem meine Enkelin bislang mit uns reiste? Bevor Euer Sohn sie auf die Straße kippte.«

»Ich habe es bemerkt, ja. Aus Messing, nicht wahr? Mit buntem Glas verziert.«

»Aus Gold«, sagte ich. »Und mit Edelsteinen besetzt.«

»Oh.« Er sah mich an. »Würde man gar nicht glauben.«

Ich nickte verständnisvoll. Man hätte es wirklich nicht geglaubt, und wenn man Eskys Brüder nicht kannte, hätte man es nicht einmal für möglich gehalten. Ich sagte: »Natürlich ist Euer... Euer vierter Sohn noch sehr jung. Vielleicht zu jung, um an eine Eheschließung zu denken?«

Der König kratzte sich am Kopf und schwitzte leise in seinen Bart. »Erlaubt mir, offen zu reden«, sagte er. »Seit der Junge zum Mann wurde, was sich vor etwa einem Jahr zutrug, ist er voller... voller...«

»Sturm und Drang?« half ich ihm weiter.

»Sturm und Drang«, nickte er. »Allmählich fällt es

uns schwer, noch Dienstmägde zu finden, die sich zum Verbleiben im Schloß bewegen lassen. Seine Mutter und ich sind übereingekommen, daß es hoch an der Zeit ist, ihn zu verheiraten.«

Wir gingen auseinander, jeder in seine eigenen Gedanken versunken. Vincent tauchte auf und holte den närrischen Prinzen zu Tisch. Auf diese Weise alleingelassen, kam Schneeglöckchen herbei und setzte sich neben mir in den Schatten.

»Hat es Spaß gemacht?« fragte ich.

»O ja!« antwortete sie. »Es war schön!«

»Und wie ist der junge Mann?«

»Schöööön!« antwortete sie mit glückseligem Gesicht. Ich hielt ihr den Teller mit den Küchlein hin, die der König mitgebracht hatte, und sie nahm eines und schlang es gierig hinunter. Ich mußte an ihre Mutter denken.

»Sag mir, Glöckchen«, fragte ich, »wie kam es bloß dazu, daß die Hexe dich mit diesem Apfel vergiften konnte? Wo dir doch die kleinen Männlein verboten hatten, sie einzulassen!«

Sie starrte mich verwundert an, und die Anstrengung des Denkens trieb tiefe Furchen in ihre glatte Stirn. »Ich war hungrig, und der Apfel sah so schön aus!«

Was soll's, ihr Vater ist ja auch kein Geistesriese.

Am Tage des heiligen Franziskus,
im Oktober des Jahres Unseres Herrn 1417

Giles und ich befinden uns hier in Nadenada in Erwartung der Hochzeit. Wir sind hochgeachtete Gäste. Seit der Schwarze Tod über ganz Europa hinweggerast ist, wundert sich niemand mehr, wenn Väter und

Mütter bei Hochzeiten fehlen. Eine Großmutter reicht vollauf, auch wenn sie schon so uralt ist wie ich. Die Königin hat mir sogar ihren Kleidermacher geliehen, damit ich für das große Ereignis zu passenden Gewändern komme. Auch Prinz Liebenswert und Prinzessin Ilene haben eine Einladung für die Trauungsfeierlichkeiten erhalten. Ich bemerkte dem Premierminister dieses Landes gegenüber, daß Ilene wahrscheinlich verantwortlich ist für den Zauberbann, der auf Schneeglöckchen gelegen hatte. Er sprach daraufhin mit dem Erzbischof, und nun wird eine formelle Anklage gegen Ilene wegen Hexerei in Betracht gezogen. Als Prinzessin ist sie natürlich den Gesetzen eines benachbarten Königreiches nicht unterworfen, aber der Erzbischof glaubt, daß die Kirche ihre Machtbefugnisse auch dort noch ausüben kann, wo die zivilen Behörden keinen Zugriff mehr haben. Ich bin mir nicht ganz im klaren, ob mir das gefallen will oder nicht. Ich mag Ilene zwar nicht, aber andererseits mag ich Hexenprozesse auch nicht. Und schon gar nicht mag ich irgend etwas, was Ilenes Gönner im Spiegel auf den Plan rufen könnte. Hals über Kopf hat der Erzbischof sowohl nach Avignon als auch nach Rom gesandt, um in dieser Sache von einem oder mehreren Päpsten eine Entscheidung zu erhalten. (Ich weiß nicht, ob es derzeit drei Päpste gibt oder bloß zwei.)

Wäre ich klug und verfügte über die innere Sicherheit, die von dieser Klugheit herrührt, würde ich Glöckchen wohl packen und sie irgendwohin an einen anderen Ort bringen, weg von diesem krankhaft närrischen Kind, mit dem sie sich verheiraten wird. Doch dann stellt sich die Frage: wohin? Wohin bringt man ein wunderbar schönes zwölfjähriges Mädchen, in dessen Kopf keine zwei Gehirnwindungen imstande sind, auch nur einen lauwarmen Gedanken zustandezubringen, und wenn man sie noch so lange gegeneinander reibt. Und angenommen, ich bringe sie an diesen Ort: Was mache ich dann mit ihr? Kein Kloster würde sie aufnehmen. Nein, das ist nicht wahr, mit einer ansehnlichen Mitgift würde sie wohl das eine oder andere Kloster aufnehmen, aber dort würde sie sich gewiß elend fühlen. Eine Heirat ist ihre einzige Hoffnung. Und dennoch …

Nun ja. Schönheit ist nicht von reiner Rasse. Das stellte ich schon fest, als Elly starb. Schönheit existiert zu allen Zeiten, aber sie ist nicht gefeit gegen Vermischung. Und vermischt mit Belanglosigkeit wird sie belanglos. Aber ich bin schließlich nur ihre Großmutter, ich bin nicht Gott, der sich wahrscheinlich etwas dabei gedacht hat, als er sie so machte, wie sie ist.

In der Nacht vor Allerheiligen

Morgen ist die Hochzeit. Heute abend saß ich allein in meinem warmen, mit Wandteppichen behängten Gemach; mein Kater schlief auf dem Bett und Giles in seinem Zimmer neben dem meinen. Ich dachte an Mama. Zum letzten Mal sah ich sie an jenem Tag vor langer Zeit, als es Thomas dem Reimer gelang, aus Feery zu entkommen. Ich fragte mich, ob es sie wohl interessieren würde, daß ihre Urenkelin kurz vor ihrer Eheschließung stand.

»Fenoderee!« flüsterte ich.

Und da war er schon, saß auf dem Fensterbrett und blickte hinaus in die Nacht. Puck lümmelte auf dem Bett und kaute an einem Fingernagel. Wenn man einen rief, bekam man den zweiten dazu.

»Ich dachte gerade an Mama«, sagte ich.

»Aha«, sagte Puck. »Nun, sie befindet sich in Feery und scheint wohlauf zu sein.«

Ich suchte nach irgend etwas, worüber ich mich Mama betreffend hätte erkundigen können, aber mir fiel nichts ein. Statt dessen platzte ich heraus: »War das der Herr der Finsternis, den ich im Spiegel der Hexe sah?«

»Ja, das war er«, antwortete Fenoderee.

»Hat er mich gesehen?«

»Carabosse hält das für möglich. Und Israfel auch. Sie haben beide Angst um dich, obwohl es, wie sie meinen, früher oder später in jedem Fall passiert wäre. Als du zurückgingst ins zwanzigste Jahrhundert, hat es der Teich vorausgesehen.«

»Und sie glauben«, fügte Puck hinzu, »der Herr der Finsternis wird kommen und nach dir suchen; er wird als Drahtzieher hinter so manchen Dingen stehen, Beauty, also sieh dich vor!«

»Wieviel wißt ihr von …«, fing ich an, doch dann fiel mir ein, daß sie nichts darüber wußten, und ich verstummte.

»Über die Bürde, die du mit dir herumträgst?« fragte Puck. »Wir wissen es seit Anbeginn. Es ist nicht ihre Schuld, aber die alte Uhrwerk-Carabosse ist nun einmal eine Sidhe. Sie kann nicht aus ihrer Haut und hält insgeheim uns Bogles alle für geistig minderbemittelt. Sie denkt, wir merken nicht einmal, was direkt unter unserer Nase vorgeht.«

Fenoderee sagte: »Keine Ahnung, wie sie zu der Annahme kam, wir würden nicht durchschauen, was sie vorhatte. Sie und Israfel nahmen die Sache vor unseren Augen in Angriff.«

Ich seufzte. »Wißt ihr, ich werde langsam alt. Es wird nicht mehr lange gutgehen mit mir. Die beiden sollten sich bald ein neues Versteck dafür überlegen.«

Puck nickte bedächtig. »Sie denken nach. Sie starren in den Teich, verstrickt in komplizierte Gedankengänge – wie sie es immer machen.«

»Und ich soll einfach unermüdlich bei der Sache mitmachen, stimmt's?« Es überraschte mich, daß ich immer noch zu einem kleinen Zornesausbruch fähig war.

»Bis auf weiteres«, bestätigte Fenoderee. »Hast du uns deshalb gerufen?«

»Nein.« Ich schüttelte den Kopf. »Nein. Ich dachte nur gerade an Mama. Ich dachte daran, nach Feery zu gehen und ihr einen Besuch abzustatten, aber wenn ich wieder hierher zurückkäme, wäre wohl inzwischen viel Zeit verstrichen, nicht wahr?«

Puck nickte. »O ja. Daran führt kein Weg vorbei. Das, was an dir sterblich ist, altert jedesmal, wenn du mit Hilfe von Zauberei hin und her reist.«

Ich hätte Mama gern wiedergesehen, aber das konnte ich nicht riskieren. Falls ich starb, ehe Carabosse meine Last von mir nahm, dann konnte sie für alle Zeiten verloren sein. Außerdem durften Giles und ich ohnedies nicht damit rechnen, noch viel Zeit miteinander verbringen zu können. Und Grumpkin hatte auch kein langes Leben mehr vor sich. »Könnt ihr Mama eine Botschaft von mir überbringen?«

Er lächelte.

»Dann sagt ihr ... ich habe sie lieb.«

Ich glaube, das stimmt. Obwohl sie ist, was sie ist und fühlt, wie sie fühlt. Ich glaube, ich habe sie wirklich lieb. Und in meinem langen Leben hat es wohl recht wenige Leute gegeben, die ich liebhaben konnte – in Feery oder außerhalb.

Nun, so haben wir also die Hochzeit hinter uns gebracht. Der närrische junge Prinz, herausgeputzt in Taft mit üppigen Pelzverbrämungen und einer federgeschmückten Kappe auf dem Kopf, sah sehr einnehmend aus; und Galantha, das Schneeglöckchen, stand neben ihm in Samt und Seide, als sie vor der Kirchentür einander die Gelübde gaben. Ich hatte einen Goldschmied aus der Umgebung damit betraut, den Sarg zu zerlegen und das Gold in hübsche kleine Barren zu gießen. Das ergab eine nette Summe für die Mitgift. Der König wiederum hatte seinem Sohn Land und ein Haus in die Ehe mitgegeben. Die beiden haben genug zum Leben; und keiner von ihnen hat soviel wachen Verstand, um je in ernsthafte Schwierigkeiten zu kommen. Außerdem habe ich einen Glückszauber über die beiden gelegt; mein Hochzeitsgeschenk. Es war das mindeste, was ich tun konnte. Der König hat sich als ganz umgänglicher Kerl erwiesen; er ist ein paar Jahrzehnte jünger als ich, aber ritterlich und höflich in seiner Ausdrucksweise. Er hat mir nahegelegt, ihn Zot zu nennen, flirtet mit mir und sagt, ich würde keinen Tag älter aussehen als achtzig.

Nach den Ehegelöbnissen, dem Ringtausch und der Unterzeichnung der Heiratsurkunden betraten wir die Kirche und hörten die Hochzeitsmesse. Danach fand das große Fest statt, und dabei entdeckte ich Prinzessin Ilene von Marvella. Ich bin nicht sicher, ob sie wußte, wer die Braut sein würde. Ich hatte keine Ahnung, ob die Einladung den Namen der Braut überhaupt erwähnte, und wenn ja, dann sollte sie wohl annehmen, es wäre jemand mit gleichem Namen – oder daß Schneeglöckchen in den dreißig Jahren, die sie geschlafen hatte, gealtert sein mußte. Wie auch immer, als

Prinzessin Ilene Glöckchen erblickte, traten ihr jedenfalls die Augen aus den Höhlen. Ich hatte so etwas noch nie zuvor wirklich gesehen, aber diesmal geschah es. Ilene stand zu diesem Zeitpunkt neben mir, da traten ihr die Augen aus den Höhlen, und etwas Fürchterliches geschah mit ihrem Gesicht. Das Fleisch sackte nach unten, schmolz herab von den Knochen und fiel allmählich zu Boden. Sie hob die Hände wie damals, als sie die Erscheinung im Spiegel beschwor, und sie bestanden nur mehr aus Gebein. Nun, sie hatte ja gesagt, der Herr der Finsternis halte ihre Schönheit in seiner Hand, und solange es niemanden gab, der schöner war als sie, hatte sie sich in Sicherheit befunden. Nun jedoch war Glöckchen zweifellos schöner als sie, und damit betrachtete der Herr der Finsternis wohl den Vertrag als erfüllt und Prinzessin Ilene als sein Eigentum.

Ich war die einzige, die bemerkte, was geschah. Nachdem sie völlig verschrumpelt war, fiel Ilene ganz langsam in sich zusammen. Ich hatte meinen Mantel über dem Arm gefaltet mitgebracht, für den Fall, daß mir langweilig wurde und ich dem Fest entfliehen wollte. Nun breitete ich ihn wie ein Fischernetz über die Prinzessin, um zu verbergen, was von ihr übrig war. »Fenoderee!« flüsterte ich, und er stand vor mir. »Bring das weg«, sagte ich, »und dann leg den Mantel oben in meinem Zimmer unter das Bett.«

Nur einen Moment lang war er verschwunden, ehe er wieder auftauchte. »Wo hast du sie hingebracht?« fragte ich leise.

»Unter die Kirche zu den übrigen alten Knochen«, wisperte er zurück, verzog das Gesicht zu einer Grimasse und verflüchtigte sich. Gelegentlich scheint es, als hätten die Leute aus Feery vor überhaupt nichts Respekt. Immerhin handelte es sich doch bei der Kirche und dem, was darunter lang, um geweihten Boden!

Doch mit einemmal wurde mir klar, daß dies nur eine andere Wortwahl für ›verzauberten Boden‹ darstellte. Also konnte Ilene genausogut dort liegen wie sonstwo.

Kurz darauf kam Prinz Liebenswert, der Erbprinz von Marvella, mit Glöckchen am Arm und einem dummen Grinsen in seinem sanftmütigen alten Gesicht auf mich zu. Er hielt nach seiner Gemahlin Ausschau, um ihr zu berichten, daß er seine lange verloren geglaubte Tochter wiedergefunden hatte, aber Prinzessin Ilene war nirgends zu sehen. Ich half ihnen eine Weile beim Suchen, doch dann wurde ich müde und kam herauf, um zu Bett zu gehen.

Giles brachte mir einen Becher Wein und fragte, wohin wir nun reisen wollten.

»Nach Hause«, sagte ich und meinte damit Westfaire. Oder zumindest die Umgebung von Westfaire. Ich sehne mich nach daheim.

November

König Zot gab uns eine Eskorte nach Bayonne mit. Dort hatten wir keine Schwierigkeit, uns einer Reisegruppe anzuschließen, die auf der Suche nach einer Schiffspassage Richtung England war. Das gute Wetter hielt an. Nach nicht allzulanger Wartezeit tauchte ein Handelsschiff auf, und fünf Tage später landeten wir in Bristol. Wir fanden eine Kutsche, die uns nach Sawley beförderte, und nach einigen Erkundigungen brachte ich in Erfahrung, wer der Mann war, der behauptete, Eigentümer von Wellingford zu sein. (Ich bezweifle jedoch, daß dieser Anspruch einer gesetzlichen

Überprüfung standgehalten hätte.) Ich bezahlte ihm die Miete für das Dower House für einige Jahre im voraus.

Und in diesem Haus kommen wir nun zur Ruhe, Giles und ich. Wir halten unsere alten Knochen in Trab, indem wir Leute zusammensuchen, die das Gebäude ein wenig aufpolieren und das Ackerland rundum bestellen. Außerdem nahmen wir ein halbes Dutzend Dienstmägde auf, die das Haus in Ordnung halten. Noch ist es ja keine Ruine, wie die meisten anderen Gebäude in der Umgebung, aber gewaltig heruntergekommen ist es allemal. Ich machte Edelsteine zu Geld und investierte es bei einem gewissen Haus Levi in London, für den Fall, daß ich mich plötzlich dazu entschließe .wegzugehen und in fünfhundert Jahren zurückzukommen. Diesmal jedoch soll das Geld an jedwede Person ausbezahlt werden, die ein paar Codeworte nennt; ich habe es satt, in der Gegend herumzuschießen und überall gefälschte Dokumente zu deponieren.

Frühjahr 1418

Der Winter ist gekommen und wieder gegangen. Trotz der Kälte war es die glücklichste Zeit meines Lebens. Das mag seltsam klingen, wo doch unsere Jugend längst vorbei ist und alle Plagen des Alters mich heimsuchen, aber es ist wahr. Giles ist mir ein angenehmer, liebevoller Begleiter und rücksichtsvoller, gutmütiger Freund.

Vor ein paar Tagen entschloß ich mich dazu, Westfaire einen Besuch abzustatten. Ich sagte Giles gerade so viel, daß er in der Lage war, mir zu helfen, und wir schlüpften gemeinsam durch das Schleusentor, nachdem wir uns von luftgefüllten Schweineblasen hatten tragen lassen, denn keiner von uns beiden ist kräftig genug, um ohne Hilfe durch das tiefe Wasser zu waten. Innerhalb der Schleuse war alles so, wie ich es das letztemal zurückgelassen habe. Langsam stiegen wir die Treppe hinauf in den Turm; ich hielt den Mantel am Arm, und Giles trug die Stiefel in einer Hand, die uns rasch wegtragen sollten, falls wir Gefahr liefen einzuschlafen. Während des Aufstieges blieb er oft stehen und rang nach Atem. Letztes Jahr, auf der Suche nach Glöckchen, war er nicht so schwach gewesen; es kann noch nicht lange her sein, daß er in diesem Zustand ist.

Herzchen liegt immer noch schlafend im Turm, lieblich wie zuvor.

»Wie lang?« stieß Giles atemlos hervor. »Wie lang wirst du schlafen?«

›Du‹, nicht ›sie‹. O Giles. Giles.

Nun, wenn man Joyeause Glauben schenken kann, dann wird sie noch dreißig Jahre schlafen, ehe der schöne Prinz kommt und sie wachküßt; wenn man hingegen auf Carabosse hört, war dies nicht der ursprüngliche Zauberbann. Angenommen, sie haben beide recht (und ich nehme Tante Joyeause nicht so auf die leichte Schulter, wie es Carabosse tut), dann könnte nach dem Ablauf der hundert Jahre jemand kommen und Herzchen aus Westfaire herausholen, um sie wachzuküssen. Falls ich bei diesem Ereignis dabeisein will, muß ich einhundertsechzehn Jahre alt werden. Wenn ich in den Spiegel blicke, glaube ich nicht, daß ich das schaffen werde. Doch falls und wenn dieser Tag kommt, wird Herzchen wissen, daß es die Mühe wert war, meine Freundin zu sein; sie wird mit ihrem Leben, verglichen mit mir, haushoch im Vorteil sein.

Ich hinterließ ihr eine Nachricht: »Herzchen, Du bist

ab jetzt Beauty, die Schöne. Denn Beauty gibt es nicht mehr, schon lange nicht mehr. Leb ihr Leben so gut, wie sie selbst es gelebt hätte – oder noch besser!«

Als ich mich wieder zum Gehen wandte, erblickte ich mein geheimnisvolles Ding, das immer noch auf der Kommode stand. Es ist natürlich eine Uhr. Eine von Carabosses Uhren. Der Zeiger ist an eine Stelle gewandert, die sich nach der Vierzehn befindet. Die Uhr mißt nicht Stunden, sondern Jahrhunderte, und sie endet mit dem zweiundzwanzigsten, genau wie die Welt. Ich beugte mich näher und lauschte ihrem Geräusch, dem kaum hörbaren Ticken. Dem leisen Knarren der Zeit, die vergeht. Auf dem Zifferblatt der Uhr ist das Wort ›Carabosse‹ zu lesen, um das sich die numerierten Jahrhunderte ranken. Sie belegte mich mit dem Bann, doch dieses Geschenk hat sie mir hinterlassen. Manchmal wünsche ich mir, es wäre alles, was sie mir hinterlassen hat.

Das Hinuntersteigen vom Turm fiel uns leichter. Als wir am Seeufer wieder aus dem Wasser kamen, waren wir durchfroren bis an die Knochen. Was für eine Narretei, in unserem Alter so etwas zu unternehmen!

Später

Giles ist sehr krank. Ich weiß, was er hat. Es ist Lungenentzündung. Ich könnte auf einen Sprung ins zwanzigste Jahrhundert reisen, ein wenig Penicillin stehlen und zurück sein, noch ehe er merkt, daß ich weg gewesen bin. Vielleicht. Ich weiß nicht, ob es gelingen würde. Aber ich könnte es versuchen.

Ich sprach mit ihm darüber. Die Schuld, daß er so krank ist, liegt allein bei mir. Er wäre durchaus gesund, hätte ich ihn nicht durch das kalte Wasser und diesen Turm hochgezerrt. Er muß sich von mir helfen lassen.

Aber er will nicht. Er schüttelte den Kopf und lächelte. »Ich habe dich dort oben in diesem Turm schlafen sehen, und du sahst genauso aus wie damals. Wenn ich sterbe, dann laß mich mit der Erinnerung daran sterben, liebes Mädchen. Ich will dich hier haben, nicht mit deinen Stiefeln irgendwo in der Weltgeschichte.«

»Giles, uns könnten noch Jahre bleiben!«

»Ich will nicht unbedingt Jahre«, flüsterte er mir zu. »Jahre hatte ich schon. Mehr Jahre allein, als ich je haben wollte. Laß mich jetzt nicht wieder allein. Ich bin müde. Es ist genug.«

Er schlief ein.

O Herr im Himmel, ich konnte ihn nicht so von mir gehen lassen! Ich weinte und schrie und warf mich in meinem Bett herum, während er schlief und schlief und schlief, immer tiefer, immer weiter.

Und das war es, was mich auf die Idee brachte. Ich rief Puck und Fenoderee, zog mir die Stiefel über, und wir hielten ihn zwischen uns fest, während wir alle zusammen durch die Dornen, durch die Rosen nach Westfaire flitzten. Mein Gott, ich hätte die Stiefel doch auch beim letztenmal verwenden können! Wie gedankenlos von mir! Wie dumm! Ich ließ meinen Liebsten durch dieses kalte Wasser waten, obwohl wir die Stiefel hätten benutzen können! Wenn sie uns durch die Zeit tragen konnten, was bedeuteten denn dann ein paar Dornen!

Wir legten ihn in Tante Lavvys Bett. Ich zog die Stiefel aus, stellte sie zur Seite, und er fiel in noch tieferen Schlaf. Er schlief so, wie alle in Westfaire schlafen. Er wird nicht sterben. Nichts in Westfaire kann sterben. Ich weiß es! Das war der Zauberbann, mit dem Carabosse Burg Westfaire belegte: Schlaf! Nicht für hundert Jahre, sondern für alle Zeiten. Es muß so sein! Nur so ergibt alles Sinn, was geschehen ist!

Ich fragte Puck, ob ich recht hätte, und er nickte und wühlte verlegen mit den Zehen im Staub auf dem Boden. Ich fragte ihn nach dem Grund seiner Verlegenheit, und er sagte, er wüßte ihn nicht.

26

Juni 1418,
am Tage irgendeines Heiligen

Nun, da Giles nicht mehr bei mir ist, scheint mir alles irgendwie gleichgültig zu sein. Dabei waren wir keine jungen Liebenden zumindest in körperlicher Hinsicht nicht; all das verliert sich mit den Jahren. Man erinnert sich zwar daran, doch der Körper besitzt kein dringendes Verlangen mehr danach. Den Körper verlangt es nach Wohlgefühl und Zuneigung und innigem Zusammensein. Solange wir zusammen waren, fühlten wir uns nicht einsam, doch nun bin ich es. Ich lasse mich häufig von den Stiefeln nach Westfaire tragen und sitze dort und spreche mit ihm, während er schläft. Manchmal bilde ich mir ein, er antwortet mir.

Das Atmen scheint ihm nun leichter zu fallen. Erholt er sich von seiner Krankheit? Im Schlaf? Es wäre so leicht, ihn zu mir zurückzurufen – nicht wirklich ihn natürlich, aber eine Art Trugbild von ihm. Doch das will ich nicht. Es wäre ihm gegenüber nicht anständig. Es wäre so etwas wie Chinanga, alles ein Traum, meine Schöpfung und nicht im geringsten er selbst. Ein Trugbild-Giles wäre unfähig, mich zu überraschen – er, der mich immer überrascht hat.

Es war anständig von ihm, vor mir zu gehen. Vermutlich werde ich noch ein ganz ansehnliches Weilchen am Leben bleiben; trotz aller Wehwehchen schlägt mein Herz gleichmäßig und kräftig, und ich habe keine Schwierigkeiten beim Atmen. Möglicherweise liegen noch Jahre vor mir.

Als ich noch ein Kind war, taten mir häufig die Beine weh. Tante Drachen, ich glaube, sie war es, sagte immer, das seien Wachstumsschmerzen. Die gleichen Schmerzen habe ich jetzt auch. Vielleicht handelt es sich jetzt um Schrumpfungsschmerzen. Und wenn mich diese Beschwerden nachts aus dem Schlaf reißen, denke ich stets daran, nach Feery zurückzukehren, wo man keine Leiden kennt.

Vor zwei Tagen rief ich deswegen nach Fenoderee, aber er kam nicht. Bisher kam er noch jedesmal, wenn ich ihn rief! Was ist los in Feery?

Ich muß mit Carabosse sprechen. Was hat sie mit dem Ding in meinem Inneren vor? Außerdem möchte ich Mama sehen und ihr sagen, wie leid mir das tut, was ihr widerfahren ist. Überdies sähe ich in Feery wieder jung aus und würde mich auch so fühlen.

Eingedenk des Zustandes, in dem ich mich befand, als ich das letzte Mal von dort zurückkam, werde ich Vorkehrungen treffen müssen, um gesund und sauber zu bleiben. Nach Feery zu gehen, bringt mir nichts, wenn unterdessen mein menschlicher Leib verdorrt. Ich muß mir etwas einfallen lassen.

Die Lösung des Problems, meinen hiesigen Leib gesund und sauber zu erhalten, solange ich mich in Feery befinde, besteht darin, hin und wieder in die Welt der Sterblichen zurückzukehren und zu essen, zu baden und mich neu einzukleiden. Ich habe eine Frau aus dem nahen Dorf damit betraut, jeden Abend in die Küche des Herrschaftshauses von Wellingford zu gehen, Speise und Trank bereitzustellen, Feuer zu machen und Wasser aufzusetzen. Obwohl ja der Rest des Hauses völlig heruntergekommen ist, befindet sich die Küche in brauchbarem Zustand, und das Dach darüber ist dicht. Die Frau heißt Odile Kent.

Natürlich will sie wissen, wozu das alles gut sein soll. Ich erklärte ihr, es handle sich um ein Versprechen, das ich meinem Ehegatten in seiner Sterbestunde gegeben hätte. Ein Zeichen, daß ich seiner stets gedenke. Dienst an einem Geist. Obwohl die Erklärung keinerlei Sinn ergibt, nahm Odile sie hin. Die Menschen dieser Zeit glauben an Geister, und noch immer haben Menschen jeglicher Ära zum Andenken an ihre Lieben die merkwürdigsten Dinge getan. Außerdem sagte ich ihr, die Sache müsse unbedingt geheim bleiben; nichts davon dürfe nach außen dringen, denn sonst würden Bettler kommen und sich an den Speisen, die sie vorbereitet, gütlich tun. Ich rief den Allmächtigen an, der Zeuge unserer Vereinbarung sein und Feuer auf Odile regnen lassen sollte, falls sie mich im Stich ließe.

Sie sah angemessen beeindruckt aus. Mein Bevollmächtigter in East Sawley wird sie bezahlen, Jahr für Jahr. Und mein Bevollmächtigter in London wird überprüfen, ob er es auch wirklich tut. Seit Chinanga habe ich es mir angewöhnt, Wächter einzustellen, die die Wächter bewachen.

Außerdem habe ich Odile beauftragt, zu jedem Vollmond einen Strich an der Stirnseite des Kamins anzubringen, dreizehn Striche in einer Reihe, und dann in der nächsten Reihe fortzusetzen. Auf diese Weise werde ich stets wissen, wieviel Zeit vergangen ist. Sie ist eine vernünftige Person, zäh und kräftig und noch ziemlich jung. Nach menschlichem Ermessen sollte sie länger leben als ich. Ich habe schon einen Stapel Kleider in die Küche transportiert und alles zusammen mit Mamas Kästchen in einem versperrbaren Schrank verstaut. Als ich dabei das Kästchen öffnete, stach mir der letzte Strang Garn ins Auge, der noch darin lag. Wenn ich Mama wiedersehe, muß ich sie fragen, wozu er bestimmt ist.

Der Schlüssel für den Schrank hängt mir an einem Band um den Hals. Sobald ich hier noch ein paar Dinge erledigt habe, bin ich bereit. Ich habe Odile gesagt, ich würde ihr Nachricht geben, wenn es soweit ist, und ihr aufgetragen, sich in Bereitschaft zu halten.

Ende Juni

Welche Überraschung! In dem Moment, als ich mich heute morgen anschickte, nach Feery abzureisen, empfing ich einen Boten mit einem Schreiben von König Zot. Er berichtet, daß Glöckchen höchst schwanger ist. Und er befürchtet, daß nicht unbedingt der närrische junge Prinz der Vater ist, doch er macht nicht viel Wesens darum, denn dieser Umstand könnte zum Besten des Kindes sein. Der Bote, der den Brief überbrachte, ist der vermutliche Vater von Glöckchens Kind: dieser nette junge Höfling namens Vincent, derjenige, der sich so große Mühe gab, seinen jungen Herrn in Schach zu halten.

»Nun, das ist ja eine feine Nachricht!« rief ich und schwenkte den Brief vor seiner Nase, daß die Bänder mit den Siegeln flatterten. »Wie, um alles in der Welt, ist das passiert?«

Er zuckte die Achseln und errötete. »Es lag keine Absicht dahinter«, sagte er mit schwacher Stimme. »Aber sie ist so bezaubernd. Und sie hat keinen Sinn dafür, was sich schickt und was nicht. Und ihr Gemahl war weg, auf der Jagd. Und ich war ziemlich betrunken. Und sie wurde immer lieblicher.«

Ich hätte sie doch mitnehmen und in ein Kloster stecken sollen! Das wußte ich jetzt. »Sie ist nicht sehr klug, wißt Ihr«, sagte ich.

»Oh, das weiß ich.« Er klang schuldbewußt, mit

Recht wohl. »Man ist sich dessen immerzu bewußt. Es ist, als hielte man eine allerliebste sprechende Puppe im Arm. Sie sagt immer nur: ›Oooh, das ist so schööön!‹«

»Und was hat der König nun vor?«

»Mich hat er weggeschickt«, erklärte er mit schamrotem Gesicht. »Und er hat den alten Dienstmägden aufgetragen, von jetzt ab auf die beiden aufzupassen. Es sind alles alte Frauen, Ihr versteht. Über das Alter hinaus, in dem …«

»Ich verstehe!« knurrte ich ihn an. »Was wird der König tun, wenn das Kind da ist?«

»Er plant, es hierherzuschicken, damit es hier aufgezogen wird und seine Ausbildung erhält. Der König will das Kind nicht in der Nähe des Prinzen haben, weil doch immerhin die entfernte Möglichkeit besteht, daß es … ich meine …«

»Ich weiß, was Ihr meint«, sagte ich. »Wenn es ein Junge wird, könnte immerhin die entfernte Möglichkeit bestehen, daß er dem König auf den Thron nachfolgt, und für diesen Fall möchte er nicht, daß das Kind mit der Verrücktheit des Prinzen angesteckt wird. Falls Verrücktheit ansteckend ist.« Dies war nicht der Zeitpunkt, Vincent einen Vortrag über Genetik zu halten. »Und was werdet Ihr nun tun?«

»Der König hat die Nachricht vom Tode Eures lieben Freundes erhalten.« (Ich hatte das Gerücht ausgestreut, daß Giles gestorben sei.) »Er hat mich hergesandt, um auf Euch achtzugeben und für Euch zu sorgen«, sagte er. »Zur Buße für meine Sünden.«

Nun ja! Das schiebt meine Reise nach Feery auf unbestimmte Zeit hinaus. Ich kann es nicht erwarten, das Kind zu sehen. Außerdem wird es ganz hübsch sein, wieder einmal einen Mann in der Nähe zu haben.

Herbst 1418

Heute kam das Kind hier an. König Zot ließ mir ausrichten, es liege an mir, ihm einen Namen und eine gute Erziehung zu geben. Der König will wohl wegen Glöckchen mit mir abrechnen. Nun, das Kind wird Giles Edward Vincent Liebenswert heißen, zu Ehren von allen, denen Ehre gebührt, und zumindest einem, dem sie nicht gebührt.

Nachdem ich erfahren hatte, daß das Kind bald ankommen werde, stellte ich sogleich eine Amme ein; diejenige, die das Kind begleitet hat, will gleich nach Nadenada zurückkehren. Außerdem habe ich eine Kinderfrau und einen netten kleinen Jungen gefunden, der mit ihm spielen soll, wenn es ein wenig größer geworden ist. Es ist nicht gut für Jungen, wenn sie nur in der Gesellschaft von Frauen heranwachsen.

Da es auch für junge Männer nicht gut ist, allein und somit allen weltlichen Versuchungen ausgesetzt zu sein, habe ich eine Heirat für Vincent arrangiert. Sie ist die Tochter eines hiesigen Barons, der zwar momentan eine schlimme Zeit durchmacht, jedoch über einen makellosen Stammbaum verfügt. Ihr Name ist Elizabeth. Sie ist durchaus hübsch, überaus klug und, ihrem Vater sei Dank, sehr gut erzogen. Wir bekamen sie ohne Mitgift, da der arme Mann nichts anzubieten hatte, und sowohl sie, als auch Vincent sind dankbar und erleichtert, daß so gut für sie beide gesorgt wurde.

Da das Dower House groß genug für uns alle ist, wird der kleine Giles unter einem Dach mit richtigen Eltern und einer alten Tante aufwachsen.

Zur Weihnachtszeit 1418

Ich habe soviel Freude an dem Kindchen! Und Elizabeth ist ein Schatz, ein so freundliches, hilfsbereites Mädchen. Ich hoffe, Vincent hat sie ebenso gern wie ich. Sie sind beide sehr liebevoll zu Klein-Giles, fast so, als wäre er ihrer beider Kind. Welch ein Glück für mich, die beiden hier zu haben!

Winter 1419

Als ich heute der Köchin des langen und breiten klarmachen mußte, was genau ich zum Abendmahl auf dem Tisch finden wollte, entsetzte mich ein Ausdruck auf Elizabeths Gesicht, der mir so vertraut und zugleich so fremd war, daß ich den ganzen Vormittag damit zubrachte, mir darüber klar zu werden. Schließlich war es soweit, und ich erkannte mit ziemlichem Schrecken, daß dies der gleiche Ausdruck war, den ich auf meinem eigenen Gesicht gespürt hatte, wenn eine der Tanten etwas so Empörendes aufführte, daß ich es kaum glauben konnte und mir dennoch nichts anderes übrigblieb, als mich damit abzufinden. Es ist der Ausdruck hilflos kopfschüttelnder Wut.

Nun, während meines Gespräches mit der Köchin hatte ich, was die Speisenfolge betraf, einige Male meinen Entschluß geändert. Das stimmte wohl. Und einst gab es eine Zeit, da mich das selbst verärgert hätte. Die Schlußfolgerung ist unvermeidlich: Ich bin in meinem eigenen Haus nur geduldet! Der Gedanke läßt mich zwischen Belustigung, Zorn und Trauer schwanken. Ich habe alles für Elizabeth getan, was auch eine liebende Mutter getan hätte. Ich dachte, sie würde mich mögen. Nun, sie mag mich ja auch; sie wünscht sich nur einfach, ich wäre nicht andauernd da. Würde ich in einiger Entfernung leben, hätte sie mich wahrscheinlich wirklich von Herzen gern – oder sie könnte mich von Herzen hassen, wie immer ihr in einem bestimmten Moment gerade zumute ist. Als mir das klar wurde, weinte ich, dann dachte ich rachsüchtig daran, sie und Vincent aus dem Haus zu werfen – schließlich wohnen sie hier, weil ich sie dazu eingeladen habe –, und dann weinte ich wiederum. Ach, wie ich mir wünsche, Giles wäre nicht ›tot‹! Es sind einzig unsere eigenen Liebsten, denen wir nicht nur eine Bürde bedeuten! Von zwei Menschen, die sich für immer zusammengetan haben, sollte keiner den Anfang machen und zuerst sterben. Oder auch nur, wie Giles, in ewigen Schlaf fallen.

Schließlich, nach vielem Tränenvergießen und einer langen Selbstprüfung, entschied ich, daß es Zeit sei, das zu tun, was ich vorgehabt hatte, ehe Vincent kam: nach Feery zurückzukehren. Das Kind gehört nicht mir. Es wird glücklicher aufwachsen, wenn es keine Mißtöne in seinem Nest gibt. Heute abend werde ich Vincent sagen, daß ich auf Reisen gehe. Auf eine Wallfahrt. Ich werde ihm das Nutzungsrecht am Dower House und an den umliegenden Ländereien übertragen, die ich vor einiger Zeit erworben habe. Ich werde ihn darauf vorbereiten, welches Einkommen er jährlich zu erwarten hat. Doch alles bleibt in meinem Eigentum, bis ich zurückkomme. Ausgenommen den Fall, ich komme nicht zurück.

Später

»Wann werdet Ihr wieder zurück sein?« fragte Vincent. »Und in wessen Gesellschaft werdet Ihr Euch befinden?«

»Ich reise mit einer Pilgergruppe«, antwortete ich. »In meinem Alter muß man damit rechnen, mein Lieber, daß man nicht zurückkommt. Aber das soll nicht deine Sorge sein. Falls ich in, nun, sagen wir, dreißig Jahren nicht zurück bin, dann soll mein Urenkel Giles Edward Vincent Liebenswert alles erben, was ich besitze. Dreißig ist ein gutes Alter, um zu erben. Man ist noch jung genug, um sich daran zu erfreuen, und doch alt genug, um sich ein Mindestmaß an Vernunft und Besonnenheit angeeignet zu haben.«

»Ich möchte nicht, daß Ihr geht«, sagte er. »Ich möchte nicht, daß Ihr weggeht.« Vincent machte ein sorgenvolles Gesicht, teils aus Pflichtbewußtsein, teils aus echter Zuneigung. Zum größten Teil Zuneigung, denke ich, obwohl man sich da nie sicher sein kann, nicht wahr? Elizabeth hatte sich einfach nur von mir verabschiedet, ohne ein Wort des Bedauerns.

»Aber ich gehe doch gern!« sagte ich lächelnd.

Ich glaube, ich gehe wirklich gern. Als ich das letzte Mal in Feery war, da wußte ich noch zuwenig. Nun könnte ich möglicherweise bereits zuviel wissen, aber ich möchte dennoch alles wiedersehen. Ich mache mir Sorgen, was Carabosse im Schilde führt. Und ich sorge mich um Mama. »Ich habe lange genug gelebt, um eines zu wissen: daß alle Liebe ein Ende hat.« Mein Lieblingsdichter hat das gesagt. Er hatte recht. Und bevor es mit mir ein Ende hat, muß ich mich mit Mama versöhnen.

Ich werde meinen Mantel, die Stiefel und dieses Buch mitnehmen. Nun bleibt nur noch eines zu tun: Odile Kent Nachricht zu geben, daß sie mit ihrem täglichen Gang zur Küche von Wellingford beginnen soll.

»Wann wollt Ihr aufbrechen?« fragte Vincent. »Schon bald?«

Ich werde verschwunden sein, ohne daß er es merkt. Man braucht nicht zu packen, wenn man nach Feery reist.

Feery, ohne Zeitangabe

Die meisten Dinge, die in Feery getätigt werden, haben in der übrigen Welt keine Bedeutung. Dennoch weiß ich von meinem letzten Aufenthalt hier, daß Worte, die man hier niederschreibt, auch in Wirklichkeit festgeschrieben sind. Und wenn ich von hier weggehe, werden mich diese Worte in jene andere Welt begleiten. Versprechen, die man hier macht, sind übertragbar. Lieder, die man hier singt, können auch dort draußen gesungen werden. Eine bestimmte Bedeutung bleibt eine bestimmte Bedeutung, in Feery genauso wie in der übrigen Welt. Nur unser äußeres Erscheinungsbild begleitet uns nicht von einem Ort zum anderen. Hier bin ich wieder jung und sehr schön. Hier bin ich wiederum Beauty, die Schöne.

Es fiele mir so leicht, nicht mehr an die Rückkehr zu denken. Angenommen, meine sterbliche Hälfte stürbe hier in Feery. Würde meine Feenhälfte weiterleben? Vielleicht schwände sie mit der Zeit dahin und verfiele, wie Puck behauptet, aber wäre sie nicht dessen ungeachtet unsterblich? Frei, hier zu tanzen und zu tändeln und sich die endlose Zeit mit Jagen und Schlemmen zu vertreiben? Und mit dem Dahinschwinden natürlich. Mit dem Reiten auf Mäusen. Dem Schlummern in Blüten. Dem Einswerden mit dem Ursprung meiner Erschaffung.

Es ist verlockend. Verführerisch. Aufreizend. Ich versuche, das heraufzubeschwören, was Pater Raymond mein Gewissen genannt hätte, und nehme mir eisern vor, in gewissen Intervallen zurückzugehen, um zu essen, zu baden und die Kleider zu wechseln und um zu erfahren, wieviel Zeit inzwischen verstrichen ist. Was immer auch geschehen möge.

Vielleicht denke ich daran. Vielleicht aber auch nicht.

Ehe ich Wellingford verließ, stand ich noch kurz vor dem halbverfallenen Gebäude und lugte zwischen den Bäumen hindurch hinüber zum Dower House, wo die Fenster hell erleuchtet waren und die Schornsteine feine Rauchkringel zum Himmel schickten. Ich sandte ein Gebet mit: Lieber Gott, laß Vincent und Elizabeth gesund bleiben – und den kleinen Giles auch.

27

Wellingford: ein Strich auf dem Kaminsims

Schon ein Monat vergangen? Ich hätte gesagt, ein Tag oder höchstens zwei. Ich war halb verhungert und habe das ganze Brot und den Käse aufgegessen und das Bier fast ausgetrunken. Nach dem Baden werde ich den Rest trinken und das Fleisch dazu essen. Mein Kleid sieht zwar ein wenig abgerissen aus, wird aber noch eine Weile halten. Nur ein frisches Unterkleid muß ich mir nehmen, denn das meine ist an den Ärmeln mit irgend etwas Scheußlichem bekleckst.

Wie Puck mir bereits berichtet hatte, ist Mama nach Feery zurückgekehrt. Meine Stiefel trugen mich auf die Blumenwiese im Zentrum der Feenwelt. Nachdem ich wieder in meine Schuhe übergewechselt war, lenkte ich meine Schritte in jene Richtung, in der ich in der Ferne die Schlösser erblickte, und plötzlich stand sie vor mir, ganz allein. »Hallo, Tochter«, sagte sie, nicht im geringsten überrascht, mich zu sehen, und ging an meiner Seite neben mir her. »Du bist also zurückgekommen.« Bis zum Schloß sagte sie kein weiteres Wort, und auch ich schwieg. Dort angekommen, küßte sie mich auf die Wange – ein bedeutungsloser Kuß, wie der irgendeiner Tante –, zeigte auf eine Tür und sagte: »Da ist dein Zimmer.« Wie soll ich ihr Verhalten mir gegenüber beschreiben? Weder gefühlswarm noch eisig. Weder herzlich noch abweisend. Einfach neutral. Als wäre ich ihr gleichgültig. Als hätte sie mich zwar bemerkt, aber auch nicht mehr. Ich wußte nicht, wie ich zu ihr durchdringen sollte. All die Worte, die ich mir vorgenommen hatte, waren plötzlich nutzlos. Ich verspürte eine gewisse Verzweiflung, doch dann sagte mir meine dickköpfige Ader: Bleib hier und versuch es weiter. Nun gut.

Oberon bemerkte mich auch – und nicht mehr als das. Er verbeugte sich mit einem eleganten Schwung seines Hutes (fast eine Karikatur seiner selbst), lud mich jedoch nicht auf sein Lager ein. Was die anderen übrigens auch nicht taten. Nicht, daß ich zugestimmt hätte, aber es wäre nett gewesen, wenigstens gefragt zu werden. Nach ein paar Tagen dieser Behandlung durch meine Umgebung beschloß ich, den Grund dafür herauszufinden; nicht so sehr, weil ich darauf brannte, ihn zu erfahren, aber ich bin immer gern im Bilde, was rund um mich geschieht. Ich dachte, Puck werde mir den Grund schon sagen, also wanderte ich in ein Wäldchen aus Bäumen, so zart wie Spitzen, und rief ihn herbei. Er wollte nicht mit der Sprache heraus, aber schließlich tat er es doch. Er erklärte mir, ich röche jetzt anders. Es liege an der Sterblichkeit der Menschen, erklärte er; früher, da hätte ich im Saft des Lebens gestanden, doch nun wisse ich, was Alter sei, und verströme einen Geruch nach Ruß, wie eine Kerze, die herabgebrannt und am Erlöschen sei.

»Sie sehen es nicht«, sagte er und küßte mich auf die Wange, um seinen Worten den Stachel zu nehmen, »aber sie spüren es.«

»Ich bin doch nur halb sterblich!« rief ich wütend aus. »Ich frage mich ohnedies schon die längste Zeit, was das heißt! Kann nicht die sterbliche Hälfte sterben und die andere Hälfte am Leben bleiben?«

Puck schüttelte den Kopf. »Ich habe schon etliche Halbfeen kennengelernt, die von sterblichen Vätern gezeugt wurden wie du; wenn sie hier geboren wurden oder als kleine Kinder herkamen und für immer dablieben, dann schienen sie gänzlich nach Feery zu gehören. Wenn sie jedoch im Menschenland lebten, schienen sie sterblich aufzuwachsen, so als ob die Vererbung weniger darauf Einfluß hätte als das Umfeld. Du hast bis zu einem ziemlich späten Zeitpunkt in der realen Welt gelebt, und vermutlich hatte dadurch deine Feenhälfte keine Möglichkeit, sich voll zu entwickeln. Aber du solltest mich nicht danach fragen, Beauty. Ich bin mir bei nichts mehr völlig sicher.« Er sah älter aus als früher – falls man bei den Bewohnern von Feery überhaupt von ›älter‹ sprechen kann. Aber vielleicht altern die Bogles, wenn sie es wollen.

»Du machst mir doch keinen Vorwurf, oder?« fragte ich. Ich brauchte ihn als Freund und wollte nicht, daß er mein Handeln mißbilligte. »Du machst mir doch keinen Vorwurf, weil ich zurückgekommen bin?«

»Ach nein«, sagte er. »Ich mache dir keinen Vorwurf. Fenoderee auch nicht. Keiner von uns tut das. Aber Carabosse will dich sehen, sobald du Zeit hast.«

Ich blickte mich um. »Alles hier sieht ganz so aus wie früher«, bemerkte ich.

»Noch«, nickte er. »Oberon ist nahe daran, seine Welt zu verändern. Ich glaube, er langweilt sich.«

Diese Worte riefen einen furchtbaren Widerhall in mir hervor; ich hatte bereits einen anderen Herrscher seine Welt aus purer Langeweile verändern sehen.

»Er wird immer hinterhältiger«, fuhr Puck mit seinen kritischen Äußerungen fort. »Diese listigen Manöver zur Umgehung sind ihm bereits zur festen Gewohnheit geworden.«

»Zur Umgehung wessen?«

»Der Klauseln des Bündnisses. Du erinnerst dich doch, wie er Menschen in Rehe und Hirsche verwandelte und sie dann tötete. Immer getreu den Buchstaben des Vertrages, jedoch nicht dem Geist getreu, der dahintersteht. Oberon tut immer mehr Dinge dieser Art. Und ganz gleich, was er sagt, es handelt sich dabei um eine zumindest geringfügige Verletzung des Bündnisses. Es ist so ähnlich wie bei der Übereinkunft mit dem Herrn der Finsternis: Schlauheit ist das wichtigste. Das ist seiner und seiner einstigen Stellung unwürdig – ebenso wie seiner derzeitigen Stellung. Aber niemand würde es jetzt wagen, Oberon das ins Gesicht zu sagen.«

»Und was wäre dann eine grobe Verletzung des Bündnisses?«

»Nun, sie waren ja nahe daran, das herauszufinden, nicht wahr, als sie sich damals von hier aus auf den Weg machten, um Thomas den Reimer dem Herrn der Finsternis zu übergeben.« Angeekelt verzog er das Gesicht. »Da standen sie kurz vor einer groben Verletzung des Bündnisses.«

Bestürzt kehrte ich zum Schloß zurück, wobei ich mich bemühte, meine Bestürzung nicht zu zeigen. Doch ich hätte mir die Mühe schenken können, denn die Leute, denen ich begegnete, schenkten mir überhaupt keine Beachtung. Zum Teil meiner Sterblichkeit wegen, denke ich, doch zum größeren Teil aus einem anderen Grund. Irgendein wichtiges Ereignis liegt in der Luft, etwas, wovon man schon vor meiner Rückkehr wußte und worauf man sich allmählich vorbereitete; etwas Geheimnisvolles, worüber nicht einmal Oberon spricht. Die Leute flüstern sogar hinter vorgehaltener Hand – eine Beobachtung, die ich bei meinem ersten Besuch in Feery niemals gemacht habe. Was kann es in einem Land, in dem alles bekannt und nichts wirklich verborgen ist, in dem jeder Schleier nur Schein ist, schon zu flüstern geben?

Das zu entdecken, wird aufregender sein, als im

Dower House zu sitzen, lahm(er) und blind(er) zu werden und zuzusehen, wie es in Elizabeth brodelt. Eben. Wenn ich jetzt also mein Bad genommen und noch etwas gegessen habe, kehre ich umgehend nach Feery zurück.

Die Sidhe sind unruhig wie die Spatzen, zucken bei jedem Geräusch zusammen. Irgend etwas Größeres tut sich im Land, aber niemand will mir sagen, worum es sich handelt. Auf der Wiese haben die Sidhe Zelte aufgeschlagen, als würden sie Gäste erwarten, doch alle tun so, als würden sie sie nicht bemerken.

Seit meiner Rückkehr war ich viel allein, voller Zweifel und flüchtiger Erinnerungen, die mich manchmal überkommen. Ich bringe viel Zeit damit zu, an Giles und an mein Leben im zwanzigsten Jahrhundert zu denken, und frage mich, was ich mit beiden besser hätte anfangen können. Manchmal sitze ich einfach nur untätig herum und versuche mir darüber Klarheit zu verschaffen, welche Bedeutung mein Leben hatte. Und immer endet alles bei Mama. Warum wurde ich geboren? Zu welchem Zweck? In welcher Weise hatte ich sie enttäuscht?

Schließlich brachte ich sie dazu, mit mir in den blütenübersäten Wiesen spazierenzugehen, und unter den Bäumen des kleinen Wäldchens bat ich sie, mir zu erklären, was der Grund für die allgemeine Aufregung war.

»Aufregung?« Sie richtete sich kerzengerade auf, und ihre Augen funkelten mich hochmütig an. »Welche Aufregung?«

»Komm schon, Mama«, sagte ich ungeduldig, »du weißt genau, was ich meine. Man kann die angespannte, besorgte Atmosphäre geradezu mit den Händen greifen!«

»Ich weiß nicht, was du meinst, Beauty«, sagte sie äußerst würdevoll. »Ich habe keine Ahnung, wovon du sprichst.« Sie redete wie mit einer Fremden.

»Wen erwartet ihr?« drang ich in sie.

Plötzlich sah sie sehr verstört drein. »Wir sind nicht sicher, wer sie jetzt sind«, räumte sie ein, »aber früher einmal waren sie unsere Brüder.«

»Wie könnt ihr wissen, daß sie kommen?« fragte ich.

»Wir wissen es eben«, sagte sie, und nun sah das Funkeln in ihren Augen mehr nach Tränen als nach Hochmut aus. Ich machte Anstalten, den Arm um sie zu legen, aber sie schob ihn weg. »Du hättest kommen sollen, als du noch jung warst!« rief sie. »Ich habe dir doch geschrieben, daß du kommen sollst, solange du jung bist! Und als du dann kamst, hättest du bleiben sollen! Aber du mußtest ja wieder weggehen, und nun stinkst du nach Alter und Verwesung! Wärst du hiergeblieben, als du noch jung warst, wärst du auch jung geblieben – lange genug, um zu vergessen, daß es außer Feery noch etwas anderes gibt! Du riechst nach Tod, und das schmerzt mich! Ich kann es nicht ertragen!«

Puck hatte mich auf diese Sache mit meinem Geruch ja schon vorbereitet, aber es von ihr zu hören, wirkte auf mich wie eine Ohrfeige. Ich fühlte mich durch und durch sterblich und unglaublich alt. Und wenn ich zu Runzeln und Asche hätte schrumpeln können, dann hätte ich es auf der Stelle getan. Sie war weggetreten aus meiner Nähe und stand mit dem Rücken zu mir; es dauerte ein Weilchen, bis ich wieder imstande war, ihr zu antworten.

»Mama, ich mußte weggehen von hier! Thomas der Reimer war nicht mehr da, und obwohl ich weiß, daß es nicht in deiner Absicht gelegen hätte, wären Mab und Oberon wahrscheinlich doch auf die Idee gekommen, mich als Zehent zu verwenden, wenn ich dageblieben wäre.«

»Das heißt also, besser ich als du, nicht wahr?« Wieder richtete sie sich hoch auf und sah mich von oben herab an.

»Mama, mit dir haben sie das Bündnis nicht gebrochen, aber mit mir hätten sie es getan. Und du hast es überlebt. Puck hat mir auch gleich davon berichtet, als du zurückkamst.«

»Puck!« höhnte sie. »Ich habe eine Tochter, die nicht nur an mir Verrat begeht, sondern sich auch noch mit Bogles abgibt!«

»Mama!«

»Nie hätte ich dir meine Gaben hinterlassen dürfen! Du bist ihrer nicht würdig! Du bist schließlich auch nur eine gewöhnlich Sterbliche!«

»Mama!«

Eigensinnig und wütend wandte sie sich ab.

»Wenn du diesen Eindruck hast«, sagte ich, »dann nimm sie doch wieder zurück.«

Sie schluchzte. Die Sidhe weinen nie. »Nein, Geschenke bleiben Geschenke. Ich bin schuld daran, daß du so bist, wie du bist. Ich bemühe mich zwar sehr, aber ich kann dich nicht so sehr hassen, um die Gaben zurückzufordern.« Worauf sie davonlief, zurück zum königlichen Hof, und mich allein in der Wiese stehenließ; ich starrte ihr nach, sehnte mich nach der starken Liebe einer Mutter und sah doch nur ein Kind in all seiner Schwäche. Vielleicht wäre sie in der Lage gewesen, ein Feenkind zu lieben. So hingegen hatte sie nichts, was sie mir hätte geben können – ganz im Gegenteil. Man mußte die Sache anders herum betrachten, und nun war mir zum erstenmal klar, was Puck gemeint hatte: Die Sidhe bekamen ihre Kinder nicht deshalb, um ihnen etwas zu geben, sondern um etwas von ihnen zu bekommen; die Sterblichen besaßen eine Kraft, die ihnen fehlte.

Es war zum Lachen, aber das erste, was mir nun durch den Kopf ging, war der dritte Strang Faden. Wie lange schon wollte ich sie wegen dieses Fadens fragen! Und nun konnte ich sie nicht fragen, denn ich hatte ihr Schmerz zugefügt. Aber noch etwas anderes schmerzte sie, etwas, das ihr Sorgen gemacht hatte, als sie merkte, daß ich zurückgekehrt war. Etwas Großes, Geheimnisvolles hatte sie alle in Erregung versetzt. Ich hatte Mama gebraucht, und sie brauchte … was?

»Fenoderee!« flüsterte ich. »Bring mich zu Carabosse!«

Und schon stand er da, die Zügel eines Pferdes in der Hand.. Wir gingen gemeinsam denselben Weg entlang, den wir bereits einmal gegangen waren. Puck wartete vor der Tür des Häuschens auf uns, und als ich klopfte, hörte ich, wie drinnen das Wispern der Uhren in plötzlicher Stille hängenblieb.

»Tritt ein!« rief sie.

Sie saß zusammengekauert in einem Sessel am Feuer. Rundum waren die Wände immer noch über und über mit Uhren bedeckt, und weitere hingen in der Diele, in die ich durch eine offene Tür sah; auch in den Fensternischen, in jedem Winkel standen Uhren, und dicht an dicht hingen sie von den Dachbalken. Selbst auf dem Tisch neben Carabosses Sessel standen die Zeitmesser mit ihren ausgestreckten Zeigern und ließen die Rädchen sehen.

Mir fiel nichts zu sagen ein, als: »Es gibt, wenn überhaupt, nur sehr wenige Uhren im fünfzehnten.«

»Fünfzehnten was?« erkundigte sie sich.

»Im fünfzehnten Jahrhundert«, sagte ich.

»Fünfzehntes, zwölftes, erstes Jahrhundert, das macht doch keinen Unterschied für mich!«

Puck hockte sich auf den Teppich und spielte mit seinem Zehennagel.

»Die Zeit der Menschheit ist mir gleichgültig«, erklärte Carabosse.

Ich fragte mich, wozu sie sie dann der Menschheit stahl, wenn sie ihr gleichgültig war, sagte aber nichts, weil ich nicht ungezogen erscheinen wollte. »Wozu sind alle diese Uhren dann gut?« fragte ich statt dessen.

»Sie amüsieren mich«, sagte sie. »Es ist eine Art Unterhaltung. Ein Steckenpferd.« Carabosse erhob sich aus dem Sessel und stützte sich schwer auf einen knorrigen Stock. Sie hatte wenig Anziehendes an sich; offenbar war ihr gleichgültig, wie sie aussah. Ihr Haar war schütter, die Stirn hoch und durchzogen von tiefen Furchen; ihre Augen waren blutunterlaufen. Außerdem hatte sie einen Buckel und ging weit vornübergebeugt.

Sie hob den Stock, zeigte auf eine der Uhren an der Wand und sagte: »Das dort ist Oberons Uhr. Die daneben gehört Mab.«

Ich sah sie mir genauer an. Es waren kostbare zusammenpassende Uhren, sehr sorgfältig gearbeitet. Italien, dachte ich, vermutlich achtzehntes Jahrhundert. Emaillierte Bronze und Gold.

»Sie sind schon beinahe abgelaufen«, gackerte sie.

»Möchtest du, daß ich sie aufziehe?« bot ich ihr wohlerzogen an.

»Ob ich möchte, daß du sie aufziehst? Ha, ha! Bist wohl ein Spaßvogel, Beauty, wie? Komm, setz dich zu mir ans Feuer. Trink Tee mit mir.«

Sie stapfte zurück zu ihrem Sessel, und ich ließ mich in dem zweiten nieder, der dem ihren gegenüberstand. Es war ein bequemer, aus Rohr geflochtener Sessel, in den ich genau hineinpaßte. Aber ich hatte das unbestimmte Gefühl, er würde sich jedem ihrer Gäste anpassen. Das ganze Häuschen war ungeachtet seiner geringen Größe und der Kargheit seiner Einrichtung bequem und wohlig warm.

Sie goß mir eine Tasse Tee ein und reichte sie mir – mit Zucker und Sahne, so wie ich ihn gern habe. Auch Tee wie diesen gab es nicht im fünfzehnten Jahrhundert, zumindest nicht in dem Teil der Welt, in dem ich lebte. Es schien mir überflüssig, eine Bemerkung deswegen zu machen. Aber es war echter Tee, wie wir Menschen ihn trinken. Und auch die Kekse waren echt. Carabosse und Puck schienen entschlossen, mich mit echten Speisen zu versorgen.

»Du wirst älter«, sagte sie.

Ich nickte. »Auch ich komme unausweichlich zu diesem Schluß, Carabosse. Hast du dir schon etwas überlegt?«

»Wegen deines Älterwerdens?«

»Wegen dieser Fracht, die ich mit mir herumschleppe!«

»Schsch!« machte sie und warf einen Seitenblick auf Puck.

»Er weiß davon seit meinen Kindertagen«, sagte ich. »Puck weiß mehr von mir, als mein Vater oder meine Mutter je wußten.«

Sie schleuderte Puck einen mißmutigen Blick zu, und er zog eine Grimasse wie ein ungezogener Junge.

»Mehr als dein Vater, das glaube ich«, nickte sie. »Welch ein Dummkopf. Hatte nichts im Kopf außer seinen lächerlichen Pilgerreisen. Kreuz und quer über den halben Erdball zu ziehen, nur um sich verweste Leichenteile anzuschauen, weil das angeblich Segen bringt, während Westfaire in Trümmer geht!«

»So schlimm war es eigentlich nicht«, widersprach ich, ein wenig ärgerlich über ihre Worte. »Westfaire ging noch nicht in Trümmer – also das Dach war in Ordnung! Und alle Mauern standen noch.«

»Ach, Kind, ich meine doch nicht Balken und Steine. Ich meine die Menschen darin, die Westfaire vor dem Verfall schützen und für die Zukunft hätten erhalten können. Du warst sein einziges legitimes Kind, und er beachtete dich mehr oder weniger überhaupt nicht. Er suchte dir auch keinen guten Ehemann, der dir hätte helfen können, Westfaire in Schuß zu halten. Die Burg hätte es verdient. Das und noch weit mehr.«

»Er fand keinen Ehegatten für mich, weil du mich mit einem Zauberbann belegt hast!« wandte ich ein; mein Gesicht rötete sich, ich spürte es.

»Nein, nein, nein!« rief sie und schwang ihren Stock hin und her. »Noch ehe ich den Bann aussprach, habe ich mir angesehen, was er getan hätte, hätte ich dich nicht mit dem Bann belegt, verstehst du? Ich renne nicht herum und werfe mit Zaubersprüchen um mich! Außerdem warst nicht du es, die von mir verzaubert wurde, stimmt's?«

»Und war es nicht Tante Joyeause, die deinen Fluch vom Tod zum Schlaf abänderte?« hielt ich dagegen. Ich wollte diese Sache mit dem Zauberbann endlich klarstellen. »So stand es im Brief zu lesen.«

Carabosse schüttelte heftig den Kopf, nahm ein Schlückchen Tee und setzte ein wissendes, halb zahnloses Lächeln auf. »Joyeause verfügt nicht einmal über den Verstand einer Fledermaus. Sie könnte dich mit keiner Feengabe bedenken, und wenn ihr Leben davon abhinge! Außerdem lügt sie. Sie stand als einzige in der Nähe, als ich Herzog Phillips liebliche Tochter mit einem Zauber belegte, der sie in tiefen Schlaf versetzen sollte.«

»Herzog Phillips liebliche Tochter und Westfaire«, betonte ich.

»Ja, allerdings. Und Westfaire.«

»Für alle Zeit?«

»Nun, sagen wir, ohne festgesetztes Ende«, antwortete sie steif; ihr Gesichtsausdruck warnte mich, ihr in dieser Angelegenheit noch weiter zuzusetzen. »Ich verließ unmittelbar danach die Burg. Und Joyeause war wohl gleich mit irgendeiner verrückten Geschichte zu deiner Mama gerannt, um ihr zu berichten, was ich angeblich gesagt hätte – was sie sich nämlich zusammenphantasierte oder was sie an meiner Stelle gesagt hätte. Das sähe ihr ähnlich. Welch dumme alte Hexe!«

»Und ich habe immer geglaubt, alle Feen seien weise«, sagte ich niedergeschlagen. Auf die Idee, daß Carabosse lügen könnte, kam ich keine Sekunde lang. Sie sagte die Wahrheit, und ich wußte es.

»Manche sind es, manche nicht.«

»Also, erzähl mir, was sich hier abspielt, Carabosse.«

»Der Herr der Finsternis hat dich gesehen, das spielt sich hier ab! Zum erstenmal sah er dich, als du dir aus Feery das Pflänzchen holtest, um dich an diesem Mann zu rächen. Dann später in Marvella, aus dem Spiegel heraus. Beim erstenmal schenkte er dir kaum Beachtung. Beim zweitenmal schon mehr. Dein Auftauchen an diesen beiden Orten brachte bei ihm etwas zum Klingeln. Es ist ihm nicht wirklich klar, was du in dir trägst, aber vielleicht riecht er es. Er möchte seine Nase an dich halten und dich abschnüffeln, um herauszufinden, was genau du bist.«

Das so zu hören, ließ mich erschauern, obwohl ich es tief in meinem Herzen immer schon gewußt hatte. »Nun, Carabosse, dann mußt du dir einen anderen Platz dafür suchen, das ist alles!«

»Ganz recht.« Sie nahm wieder ein Schlückchen Tee und nickte.

Ich seufzte. »Aber ich wollte nicht wissen, was sich beim Herrn der Finsternis abspielt. Ich wollte wissen, was sich hier in Feery abspielt.«

»Die Bogles haben etwas angestellt«, sagte sie, und ihre Augenbrauen zuckten in die Richtung, wo Puck auf dem Teppich hockte. »O ja, sie haben etwas angestellt!«

»Was habt ihr angestellt, Puck?« fragte ich.

»Die Sidhe wollten nicht auf uns hören, also haben wir es auf die einzige Weise versucht, die uns blieb. Wir haben eine Botschaft aus Feery hinausgeschickt.«

»Wie habt ihr das gemacht?«

»Na, wie wohl?« schnaubte Carabosse.

Puck setzte sich zu einem Vortrag zurecht. »Wir haben durch jeden Elf und Kobold hinausgeschrien, durch die Gruagachs und die Selkies, durch die Killmoulis und jeden Tölpel-am-Feuer, der des Sprechens mächtig ist. Jede Elfe, jeder Nix, jeder Phouka und Glashan haben unseren Aufruf weitergetragen. Wir haben die Aughiskys und die Totenfeen zum Wehklagen ausgesandt und die Bogans und Spriggans zum Gellen und Kreischen. Die Hunde der Wilden Jagd haben den Ruf in den Himmel gebellt, und die Wassergeister haben ihn in die nassen Winkel unter dem Meer hinabsprudeln lassen.

In den Türmen des Nordens mahlen die Dunters unsere Worte in ihren Mühlen, bis die Botschaft die Steine der Berge zum Erzittern bringt. Selbst die Duergars hat man genötigt, von der Bosheit abzulassen, und dazu gebracht, unseren Ruf in den Rauch ihrer Feuer zu schreiben. Die Caith Sith durchstreift den Rand der Welt, und ihr Geheul ist unsere Botschaft, und nach ihr kommen die schwarzen Hunde mit ihrem Gebell. Kein solcher Ruf des Volkes der Bogles ging je zuvor hinaus, und wenn es noch welche gibt, die ihm folgen können, dann werden sie es gewiß tun.« Er endete mit einer eleganten, weitausholenden Gebärde.

»Wenn sie mich gefragt hätten«, bemerkte Carabosse, »hätte ich ihnen gesagt, daß es nicht notwendig ist. Ich hätte es Israfel gesagt, und er hätte es den Seinen gesagt. Ein paar ruhige Worte. Das ganze Gelärme wäre nicht notwendig gewesen.«

»Aber wir wollten ein Gelärme«, erklärte Puck würdevoll.

»Und welche Antwort habt ihr bekommen, Puck?« Ich kannte die Antwort bereits. Wie hätte sie auch anders lauten sollen?

»Unsere verlorenen Brüder kommen nach Hause«, sagte er. »Sie kommen zurück nach Feery. Den Sidhe gefällt das gar nicht. Oberon schäumt vor Wut, was wiederum sein Gefolge unruhig macht. Auch Elladines Völkchen ist in schlechter Stimmung. Sie sind bissig wie Hunde, und bissige Leute begehen Dummheiten.«

»Bissig sind sie allerdings«, nickte ich; ich dachte daran, wie aufbrausend Mama sich mir gegenüber verhalten hatte – grundlos, wie ich fand.

Puck wandte sich an mich. »Wenn die Lage bei ihnen zu schlimm für dich wird, dann ruf mich. Es wäre ganz nett von dir, zur Abwechslung einmal zu mir zu Besuch zu kommen, statt daß immer nur ich zu dir komme.«

»Vielleicht solltest du bei mir bleiben«, regte Carabosse an.

Ich schüttelte den Kopf; ich fühlte mich allein und war ganz durcheinander. »Was soll ich tun?« fragte ich. »Was wäre das beste?«

»Einfach weitermachen wie bisher«, riet sie mir, spitzte die runzligen alten Lippen und beugte sich vor, um mir die Hand auf die Brust zu legen, dorthin, wo das Feuer in meinem Inneren brennt. »Mach einfach weiter wie bisher, Beauty. Benimm dich ganz normal.«

»Während der Herr der Finsternis schon in den Startlöchern scharrt und nur darauf wartet, sich auf mich zu stürzen?«

»Wir haben das bereits besprochen, Israfel und ich. Wenn er sich auf dich stürzt, werden wir zur Stelle sein. Wir können das ganz gut, glaub mir.«

Ich versuchte, noch mehr aus ihr herauszubringen, aber es kam nichts. Sie war so schweigsam wie eine Schildkröte und warf nur Puck gelegentliche bitterböse Seitenblicke zu, als hätte er das Geheimnis verraten, anstatt bloß dahinterzukommen.

Also ritten er und ich zurück zum Schloß. Als wir in Sichtweite kamen, hielten wir die Pferde an und blieben ein Weilchen, in Betrachtung versunken, still sitzen.

In Feery verändern sich die Dinge rasch; was heute da ist, kann morgen schon verschwunden sein. »Wieso bleibt Oberons Schloß immer da?« murmelte ich.

»Weil Oberon glaubt, daß es da ist«, antwortete Puck. »Wie alle seine Höflinge auch, natürlich.«

Ich nickte nachdenklich. »Ja, sie glauben auch daran, daß die Berge bestehen bleiben«, sagte ich, und tatsächlich, die Berge veränderten sich nie.

»Und das Meer und die endlosen Moore und die Wiesen. Ja. Dies ist das Land, in das sie hineingeboren wurden. Ursprünglich befand es sich selbstverständlich mitten in der normalen Welt. Doch dann, als die Menschheit in ihr Gebiet eindrangen, verlegten es die Sidhe; doch dies hier ist das Land des ewigen Abends, das Land der Wälder und des Meeres, für das sie gemacht wurden, und sie glauben daran.«

»Und du?«

Er hob die Schultern. »Es ist auch das Land, in das

ich hineingeboren wurde. Viele meiner Brüder leben in diesen Bergen, am Meeresufer, auf der anderen Seite dieses Moores. Andere Brüder blieben in der Welt, als Feery verlegt wurde, und viele entschieden sich dafür, dort draußen weiterzumachen; doch dies hier ist unserem angestammten Land am ähnlichsten.«

»Aber die Bäume bewegen sich. Die Wäldchen auf den Wiesen sind einmal hier und einmal dort.«

»Vielleicht ziehen die Wäldchen hinter jenen her, die an sie denken.«

»Und doch habe ich eine größere Baumgruppe bemerkt, die stets am gleichen Platz bleibt«, sagte ich und zeigte auf eine solche, die sich silbern von der dunklen Masse der Berge abhob.

Puck erbleichte, obwohl ich nicht sagen kann, wie ich in dieser langen Abenddämmerung irgendeine Veränderung seiner Hautfarbe hätte wahrnehmen können.

»Der Hain des Bündnisses«, flüsterte er, »an dessen Rand Oberon stand, als er dem Allerhöchsten, der gepriesen sei, gelobte, daß nie und nimmer ein Mensch durch die Sidhe nachhaltigen Schaden erleiden werde.«

»Und alle erinnern sich an dieses Ereignis, also bleibt der Hain dort, an dieser Stelle, bestehen?«

Puck schüttelte den Kopf. »Wenn sie sich daran erinnern, so geschieht das nicht willentlich. Ich habe Oberon schon dabei ertappt, wie er versuchte, den Hain zum Verschwinden zu bringen. Ich habe gesehen, wie er Holzfäller hinschickte, um ihn umzuschneiden. Aber er kann ihm nichts anhaben. Der Hain bleibt dort stehen, wo er ist.«

»Weil sich eben alle an den Schwur erinnern«, wiederholte ich.

»Weil sich der Allerhöchste daran erinnert«, betonte Puck.

Ich konnte mir lebhaft vorstellen, wie dieser Umstand Oberon zur Weißglut brachte, wie die stete Erinnerung an ihm nagte. Puck kam weiteren Fragen zuvor, indem er die Hand ausstreckte, um über die meine zu streichen, und sich dann verflüchtigte wie sonst auch: nicht in einem Wölkchen von Garnichts, sondern in einer seltsamen seitlichen Schlängelbewegung, mit der er hinter irgend etwas zu verschwinden schien, auch wenn nichts da war, hinter dem er hätte verschwinden können. So kommen und gehen alle Bogles – in einer Sekunde da und in der nächsten verschwunden, indem sie in einen Zustand schlüpfen, den wir Sterbliche (oder auch Halbsterbliche) nicht sehen können. Ich glaube, es ist ein Zustand, den auch vollkommene Feen nicht recht sehen können, denn in Anbetracht von Oberons Haß auf die Bogles müßte es viel weniger von ihnen geben, wenn sie leicht zu verfolgen und zu fangen wären.

Ich kehrte zu Fuß zum Schloß zurück und überdachte eine Menge Fragen. Zum Beispiel, ob ich in der Lage wäre, das schlängelnde Sichdavonstehlen der Bogles zu erlernen. Zum Beispiel, warum man in Feery gehen oder reiten mußte, statt sich einfach an dem Ort ›befinden‹ zu können, an den man gelangen wollte. Zum Beispiel, ob es mit Rücksicht auf das Leeregefühl in meiner Mitte nicht klug wäre, nach Wellingford zurückzukehren und etwas zu essen. Aber das schien mir ein allzu großer Aufwand. Ein unnötiger Aufwand.

Ich nahm alle Willenskraft zusammen und tat es trotzdem.

Wellingford: eine vollständige Reihe auf dem Kaminsims und sechs Striche darunter

Als die Stiefel mich abgesetzt hatten, geriet ich ins Taumeln, so schwach war ich vor Hunger. Achtzehn Monate seit meinem letzten Besuch hier, obwohl es mir wie Tage vorkam, ein paar Tage nur. Es fiel mir schwer, die Energie aufzubringen und zu dem Tisch mit dem abgebrochenen Bein hinüberzustolpern, auf dem das Brot unter einer Leinenserviette bereitlag. Ich werde ein, zwei Tage hierbleiben und essen. Möglicherweise unternehme ich sogar einen Raubzug in die Küche des Dower House. Meine Kleider waren zerlumpt, und ich habe sie bereits weggeworfen und frische angezogen. Das warme Badewasser war mir hochwillkommen. Ich ließ mich darin aufweichen, rubbelte mir Schmutz und Grind vom Leib und wusch mir das Haar. Gott sei Dank hatte ich daran gedacht, einen Kamm bei meinem Kleidervorrat zu lassen.

Diesmal war ich wirklich nahe daran, nicht zurückzukehren.

Später

Ich schlinge das Essen in mich hinein wie ein halbverhungerter Köter. Die Küche im Dower House habe ich bereits geplündert; ich huschte wie ein Geist in der Speisekammer herum, bevor ich in meinen Mantel schlüpfte und nach oben eilte, um einen Blick auf den kleinen Giles zu werfen. Welch großer Junge er schon ist! Vincent hat ihm ein Schaukelpferd geschnitzt, also muß er bereits gehen können. Ach, natürlich kann er bereits gehen, er ist ja schon beinahe zwei Jahre alt!

Grumpkin der Dritte lag eingerollt neben dem Kinderbettchen des Kleinen, als ich ins Zimmer trat, erwachte aber sofort und kam zu mir, um sich um meine Knöchel zu schlängeln und dazu so laut zu schnurren, als gälte es, das ganze Haus zu wecken. Ich setzte mich hin und hielt ihn unter dem Kinn an meine Kehle gedrückt, und er streckte eine Pfote aus und berührte meine Wange. Es war mir zuwider, ihn zurücklassen zu müssen, aber ich kann ihn nicht mitnehmen. Ich kann es nicht. Er muß hier bleiben, wo er Mäuse fangen und Katzendamen umgarnen kann. Wenn ich nicht bald wiederkomme, werde ich an seiner Stelle seinen Sohn vorfinden; mir ist, als würde ich einen Teil meiner selbst zurücklassen.

Jetzt habe ich gegessen, gebadet und mich frisch eingekleidet. Nun, da ich gestärkt bin, werde ich wieder nach Feery gehen. Aus Neugier, in erster Linie. Ich will wissen, was geschehen wird.

Später

Ich habe bereits erwähnt, daß Oberon mich seit meiner Rückkehr mehr oder weniger übersehen hat. Heute morgen – oder was an diesem Ort ewiger Abenddämmerung als ›morgen‹ angesehen wird – blieb sein Blick in der Menge der Damen seines Hofes an mir hängen.

»Beauty!« lächelte er. »Wie schön, dich zu treffen!«

»Majestät!« Ich knickste in einer Wolke aus goldener Seide und Spitzen.

»Wir kommen, um dich einzuladen, heute abend an der königlichen Jagd teilzunehmen«, sagte er.

Ich knickste wieder und fragte mich, ob dies wiederum ein Feldzug gegen verhexte Hirschen sein würde; ich überlegte fieberhaft, wie ich nein sagen könnte.

»Wir gehen auf die Jagd nach dem aufgehenden Mond«, sagte er mit seidenweicher Stimme, als ob er in meinen Gedanken gelesen hätte. »In den Ländern der Sterblichen. Solch ein Erlebnis könnte etwas Einmaliges im Leben sein. Wir bitten dich, an der Gesellschaft teilzunehmen.«

Ich fügte mich lächelnd und schenkte ihm noch einen Knicks. Den aufgehenden Mond zu jagen, erscheint mir leidlich harmlos. Ich machte mich auf die Suche nach Mama, um ihr von der Einladung zu erzählen, weil ich dachte, sie würde sich darüber freuen. Doch ich fand keine Spur von ihr, nicht im Schloß, nicht in den Gärten und auch nicht unter den Bäumen, wo die Damen des Hofes gern lustwandeln. Erst in den Stallungen wurde ich fündig; einer der Stallburschen berichtete mir, Lady Elladine sei im Auftrag Seiner Majestät ausgeritten, um eine Botschaft zu überbringen.

Ich kehrte ins Schloß zurück. Überall traf ich auf Sidhe mit Fackeln, die schwere rötliche Rauchfahnen hinter sich herzogen. »Was soll denn das alles?« fragte ich einen von ihnen, eine hochgewachsene, weißhaarige männliche Fee namens Auspir.

»Wir räuchern die Spitzel aus«, erklärte er forsch. »Der König ist der Meinung, das ganze Schloß sei von Spitzeln unterwandert.«

»Von Spitzeln?«

»Bogles«, antwortete er.

Ich hob an, ihm zu sagen, wenn die Bogles ins Schloß wollten, kämen sie auch hinein, was immer die Sidhe auch unternahmen, um sie davon abzuhalten. Doch dann besann ich mich eines Besseren.

Großtante Joyeause kam vorbei, und ich fragte sie, was da vorging.

»Ach, meine Liebe!« trillerte sie. »Mich darfst du nicht fragen! Ich bin immer die Allerletzte, der man etwas erzählt. Das solltest du eigentlich schon wissen.«

»Ist es wahr, daß Oberon meint, es befänden sich Spitzel der Bogles im Schloß?«

»Oh, sehr wahrscheinlich«, sagte sie mit einem hellen Auflachen. »Das glaubt er doch immer, oder etwa nicht?«

Der Rauch roch streng und harzig und machte es unmöglich, im Schloß zu verweilen. Also ging ich hinaus zu den Koppeln und verbrachte den Nachmittag damit, die Pferde zu betrachten und in diesem Buch zu schreiben. Bald wird es an der Zeit sein, zu baden und mich für die Mondjagd anzukleiden. Ich werde das Buch mitnehmen, für den Fall, daß wir eine Rast einlegen und ich mir Notizen darüber machen kann, worauf eine Mondjagd hinausläuft. Ich wünschte, Mama wäre hier, um mitzukommen, denn während des Rittes könnte sich die Gelegenheit ergeben, wieder miteinander in Einklang zu kommen. Mütter bleiben ihren Kindern doch auch dann noch in Liebe verbunden, wenn eine ekelerregende Krankheit sie befällt, nicht wahr? Aber es gibt wohl keine Krankheit, die ekelerregender wäre als das Sterblichsein. Das ist wohl auch der Grund, warum die Alten zuerst sterben: damit sie nicht zusehen müssen, wie ihre Kinder dieser Krankheit erliegen.

Später: bei einer Rast

Dieser Ritt ist eine sonderbare Angelegenheit. Er begann mit einem Trab über die Blumenwiesen von Feery: leises Klappern von Hufen, das Klingeln des Zaumzeuges, ein sanftes Gemurmel von Stimmen; die

Sterne schienen zu klirren wie Glasglöckchen. Wind kam auf, blies uns ins Gesicht und gab uns das Gefühl, schneller und immer schneller zu reiten – so schnell wie der Wind selbst.

Aber so schnell können wir nicht sein. Ganz bestimmt nicht. Gewiß nicht so schnell wie der Wind! Und doch gleiten die Wiesen unter den Hufen der Pferde dahin wie ein großer Teppich, der unter uns hinweggezogen wird, und plötzlich befinden wir uns auf der Heide, wo windschiefe Felsen durch Kräuter und Ginster hervorbrechen, um wie geheimnisumwitterte Grabsteine auf dieser Hochebene Wache zu halten. Ich rieche den Zauber, der uns umweht; er ist dick wie Rauch. In der Ferne zu meiner Rechten sehe ich den Wasserspiegel des Meeres, auf dem sich weich die Lichtpunkte der Sterne spiegeln. Unmittelbar vor mir befinden sich kahle Hügel, und dahinter liegt ein wild gezackter Gebirgszug.

Unser Ritt hat uns in die Welt hinausgetragen. Die Luft ist feucht und kalt. Der Atem der Pferde dampft und bildet weiße Wolken um ihre und unsere Köpfe. Die gefurchte Straße windet sich um die Hänge und verschwindet dann als helle Spur in einer dunklen Falte zwischen zwei Hügeln. Trockne Blätter jagen über die Straße. Bucklige Büschel Heidekraut hocken wie Kröten an der windgeschützten Seite der Steine. Plötzlich ertappe ich mich dabei, wie ich mir den Monat ausrechne. Ich kam im März nach Feery. Im April kehrte ich nach Wellingford zurück. Ein Jahr und sechs Monate danach war ich wieder in Wellingford. Also ist es vermutlich Oktober oder November desselben Jahres hier in der normalen Welt.

Die Straße führt den Hügel entlang, dann den nächsten Hügel und noch einen und einen weiteren. Ein windschiefer Stein und noch einer. Ein kurzer Ausblick auf das sternenübersäte Meer, als wir um eine Ecke biegen, und dann eine Zeitlang fast völlige Finsternis, bis wir wieder in diese Richtung reiten. Schweigen bei den Reitern. Die Pferde beißen auf den Trensen herum, stoßen den Atem in tiefen Seufzern aus und stapfen vorwärts; die Jagdhunde rennen mit geröteten Augen zwischen ihren Beinen herum.

Schließlich kommen wir zu einer Straßenkreuzung, wo sich ein rohes Holzkreuz auf einem Sockel erhebt, dessen Stufen aus unfachmännisch zubehauenen und zusammengefügten Steinen bestehen. Habe ich das nicht schon einmal gesehen? Es kommt mir bekannt vor und doch auch wieder nicht; vielleicht habe ich es vor Jahren einmal gesehen oder etwas ähnliches an einem anderen Ort. Oberon ist abgestiegen. Er steht neben dem Kreuz und starrt zum Himmel, zu den Sternen hinauf, und verfolgt ihre Bewegung, als hinge sein weiteres Handeln davon ab. Vielleicht geben die Sterne die einzige Uhr ab, auf die Feery sich verlassen kann, wenn es gilt, die Zeit festzustellen, da der Mond aufgehen wird. Ich sitze auf den Stufen des Sockels und schreibe, während die Sidhe untereinander murmeln wie summende Schatten.

Oberon ruft uns; in seiner Stimme klingt Vorfreude mit, gespannte Erwartung. Wir reiten weiter. Er und Mab und sein ganzes Gefolge. Doch ohne Elladine.

Später

Am Ende der Straße liegt eine große Höhle, ihr Inneres ist hoch und finster wie ein Grab. Ein Feuer brennt darin, das die Sidhe entzündet haben; hinter dem Feuer befindet sich eine Tür. Oberon und seine Leute sind ungewöhnlich schweigsam, während sie auf das Aufgehen des Mondes warten. Rund um mich sind so viele Sidhe, daß ich aus Furcht, die beiden in Gefahr zu bringen, nicht wage, nach Puck und Fenoderee zu rufen. Und so sitze ich einfach da und schreibe, eine unverbesserliche Chronistin, die alles aufzeichnet, was sich ereignet. Die Sidhe hingegen scheinen mir nicht in solch beschaulicher Stimmung zu sein.

Ah, jetzt sehe ich die erste Helligkeit über dem östlichen Horizont. Der Rand des Mondes drängt nach oben, es ist ein Halbmond. Alle Augen verfolgen das aufsteigende Licht und murmeln ihm zu. Als der Mond höher wandert, erhellt er die Höhle, in der sie alle stehen, und sie verlassen das Feuer und kommen heraus in den blassen Schein.

Sie murmeln, ich schreibe. Jetzt wenden sie sich wieder für irgendein Ritual dem Feuer zu. Oberon gestikuliert. Alle verstummen.

Die Tür öffnet sich!

Dahinter ist Licht zu sehen. Ein Antlitz im Licht. Ein Antlitz, das ich schon gesehen habe, in einem Turmgemach in Marvella, wo es mich aus einem Spiegel anblickte.

O mein Gott. Mein Gott! Ich Närrin! Welch eine Närrin ich gewesen bin! Puck hatte es mir doch gesagt! Er hatte gesagt: ›Vor sieben Jahren, als Thomas der Reimer entfliehen konnte.‹ Sieben Jahre sind vergangen, seit Thomas von seiner lieblichen Janet festgehalten wurde. Und morgen ist wieder Allerheiligen! Die Sidhe schulden der Hölle wiederum Tribut, und diesmal steht niemand zwischen ihnen und ihrem ins Auge gefaßten Opfer. Sie haben das einzige Opfer hierhergebracht, das sie zu fassen bekamen und das nicht zur Gänze Fee ist. Eines, das nach Sterblichkeit stinkt. Ein altes Weib.

»Was habt ihr mir gebracht?« Die Stimme, die aus der Tür dringt, ist ein Jaulen, ein Wiehern.

»Beauty«, sagt Oberon und wendet die glitzernden Augen mir zu, die wie versteinert dasitzt und weiterschreibt. »Beauty, die Tochter von Elladine.«

Ich bin froh, daß sie nicht mitgekommen ist. So kann ich mir einreden, sie hätte das nicht geschehen lassen.

Und nun reiten sie alle davon; sie haben mein Pferd mitgenommen, und ich habe weder den Mantel noch die Stiefel, noch Mamas Kästchen bei mir. Weder Puck ist da noch Fenoderee, noch Giles oder irgendein Freund; ich bin ganz allein. Und drüben, in dem seltsamen Licht, lächelt das Antlitz, wie nur dieses eine Antlitz lächeln kann, und ein Zeigefinger winkt mich näher.

Eine Stimme an meinem Ohr sagt: »Wir sind da!«

Ich sehe mich um. Nichts.

»Wir sind hier«, wiederholt die Stimme. »Fürchte dich nicht.«

Carabosse? Israfel?

Nochmal bedeutet mir der Finger näher zu kommen, und mein Körper setzt sich gegen meinen Willen in Bewegung. Ich kann nicht mehr weiterschreiben.

Barrymore Gryme ist hier. Jaybee Violante ist hier. Und viele andere derselben Sorte sind hier. Auch die Dinge, die sie in ihren Büchern und Bildern geschaffen haben, sind hier; sie sind Wirklichkeit geworden, Gestalten aus Fleisch und Blut – oder aus mehr als Fleisch und Blut (oder aus weniger?). Es ist nicht richtig, daß sie hier sind, weder die Schöpfer noch ihre Schöpfungen. Es stimmt zeitmäßig nicht. Ich befinde mich ein halbes Jahrtausend entfernt von ihrer Zeit! Es gibt noch keine

Filme, kein Fernsehen, keine Taschenbücher und keine Bestsellerliste in der *New York Times*. Es gibt keine Verlage, keine Herausgeber, keine Textverarbeitungsprogramme, nichts von all den Voraussetzungen, die notwendig sind, um Scheußlichkeit zu erschaffen und Entsetzen hervorzurufen, nichts von dem, was erforderlich ist, um wilde, unbändige Lust bei ihrem langsamen Weg zum Tod zu filmen. Und doch sind sie alle hier. Diejenigen, deren Namen die Bücherregale zierten, und diejenigen, deren Namen über die Ladentische geflüstert wurden; diejenigen, die offen Handel trieben, und diejenigen, die heimlich Handel trieben.

Während ich dazu gezwungen werde, mich durch diesen Ort hindurchzubewegen, sehe ich einige von ihnen beim Schreiben an ihren Tischen. Einige führen Regie. Das sind die Bereitwilligen, die immer schon dem Herrn der Finsternis gehört haben. Die Widerwilligen hingegen, die dachten, sie könnten mit den Werken des Herrn der Finsternis nur zum Vergnügen ihr leichtfertiges Spiel treiben, werden in Käfigen gehalten, bis der Moment naht, da sie ihre Geschichten selbst darstellen müssen. Dann kostümiert man sie, falsche Gesichter werden vor die eigenen geklebt, wenn nötig Brüste an die Rippen genagelt, ihre Genitalien werden entfernt oder modifiziert, je nachdem, was die Handlung vorschreibt – dieser, der die Frau oder den Sohn oder die Mutter des anderen spielen soll, jener, der die Rolle desjenigen übernehmen soll, der im dritten Kapitel langsam ausgeweidet wird, und wieder ein anderer, der das Kind darstellen soll, das mit spitzen Zähnen von den Toten zurückkehrt, oder das andere, welches mißbraucht und ermordet wird. Und dann, dann werden sie mit ausgelöschtem Gedächtnis auf die Bühne gestellt, um zu spielen. Kapitel auf Kapitel, Horror auf Horror, während der Herr der Finsternis applaudiert und *Bravo! Bravo! Bravo!* schreit.

Und dann sind noch diese anderen hier, viele von ihnen aus dem zwanzigsten Jahrhundert: diejenigen, die sich gegen Geburtenkontrolle und Abtreibung stellten und sie untersagten, weil sie den Fötus über alle anderen Werke Gottes stellten. Sie sind hier in ihren Roben, in ihren religiösen Gewändern, in ihren Sonntagskleidern oder Alltagssachen, und halten ihre Schilder mit den Parolen hoch, während ihre angeschwollenen Leiber unaufhörlich gebären, denn das gebietet ihnen der Herr der Finsternis: daß sie ewiglich schwanger gehen sollen, daß sie ohne Unterlaß kreißen und das teuflische Leben säugen mögen, das ihnen entsprießt, ob sie nun wollen oder nicht. Sie haben keine andere Wahl. Sie haben den anderen keine Wahl zugestanden, und nun gesteht man ihnen selbst keine zu, und der Herr der Finsternis klatscht sich auf die Schenkel vor Belustigung.

Die Zerstörer der Natur sind hier, die Baummörder und Waljäger, sie sind alle hier, und manche von ihnen sind bereitwillig hergekommen. Sie sitzen auf kahlem Stein, sinnen nach über kahlen Stein und essen kahlen Stein zum Wohle ihrer Leiber. Umgeben von zehntausend weiteren Exemplaren ihrer eigenen Sorte, die sich von allen Seiten gegen sie pressen, schnappen sie nach Luft und betteln um Wasser. Was sie getan haben, geschrieben oder gefilmt haben, woran sie im Leben geglaubt haben, das hat sie hergebracht. Und hier gibt es kein Wiedergutmachen oder Neuschreiben. Hier wird nach jenen Worten geurteilt, die längst zu Papier gebracht sind, nach den Bildern, die auf Film gebannt, nach den Reden, die auf Band aufgenommen sind. Hier wird nichts Neues geschrieben. Hier wird nur Altes wiedergetan. Alter Horror wiedergelebt.

Dennoch bin ich in der Lage, neue Worte zu denken und aus der fürchterlichen Stille zwischen den noch fürchterlicheren Geräuschen neue Sätze zu destillieren. Zwischen dem Kreischen, dem Keuchen und den *Aaah-aaah-aaah*-Geräuschen, wenn Qual und Angst zu übermächtig werden, um sich in verständlichen Worten auszudrücken. Um diese Geräusche auszuschalten, denke ich mir Sätze aus, buchstabiere sie in mein Buch, wo immer mein Buch jetzt auch sein mag, schreibe sie in Schattenlettern hinein, die ich durch reine Willenskraft ins Dasein zwingen möchte, durch Zauberkraft, irgendwie, um bei klarem Verstand zu bleiben.

Mama war eine Zeitlang hier. Mama blieb dennoch sie selbst – oder beinahe sie selbst. Gelingt mir das auch?

Er hat Barry und Jaybee in Zellen gesteckt, die neben der meinen liegen. Zellen. So könnte man dazu sagen. Aus dräuenden Wolken, erstarrter Pein, ausgefeilter Todesangst, aus etwas, das nicht Metall und nicht Stein ist, aus etwas nicht Durchlässigem, nicht Greifbarem, aus etwas, das keiner Substanz gleicht, die wir kennen. Es ist keine Substanz, aber es ist da, auf allen Seiten, oben, unten, ohne Öffnung, außer wenn Er seine Hand hereinstreckt, seinen Finger, seine lange, lüsterne, entwürdigende Schlangenzunge.

Ich höre Barrys Stimme. Er sagt: »Hilf mir! Hilf mir! Bitte hilf mir doch!«

Ich schreie zurück, wutentbrannt, schmerzerfüllt: »Nichts widerfährt dir, was du nicht geschildert hättest, was du dir nicht ausgedacht, nicht vorgestellt hättest! Nichts widerfährt dir, was du nicht ersonnen und niedergeschrieben hättest! Warum bittest du mich um Hilfe?«

Ich kann mir doch nicht einmal selbst helfen!

»Wir sind hier!« sagen die Stimmen. Sie kommen ganz nahe an mich heran, wie ein Mantel, wie ein Verband, wie eine Barriere zwischen mir und den anderen Dingen, die hier sind. Die Stimmen besitzen Heilkraft. Sie strahlen Ruhe aus. Sie sind hier, unsichtbar. Selbst wenn man mir weh tut, sind sie hier, zwischen meinem Innersten und Ihm. Der Folterer sieht mein Fleisch, aber nicht das, was ich in mir trage. Er spürt mein Fleisch, aber nicht das, was es verbirgt.

»Wir sind hier«, sagen sie. »Halte durch.«

Jaybee ist in dem Raum direkt neben mir, nur durch einen Schleier von mir getrennt. Wenn er mich sieht, wird er ihn entzweireißen. Wenn ich mich bewege, wenn ich atme oder auch nur blinzle, wird er mich sehen. Also sitze ich da wie eine Statue, reglos, während er dort herumschleicht. Schlau vom Herrn der Finsternis, sich das auszudenken. Soviel schlimmer als nur vergewaltigt oder getötet zu werden. Zu glauben, man könne davonkommen, wenn man nur nicht hustet. Nicht atmet. Sich nicht rührt. Sich nicht rührt. Sich nicht rührt.

Er singt stimmlos vor sich hin, ein fröhliches kleines Summen, während er umhergeht und dabei an den Schleier streift. »Runter, runter, runter, ins Land der Glückseligkeit...«

Es wäre leichter zu sterben.

Wenn da nicht die Stimmen wären, die sich um mich zusammenschließen und mich schützen, die alles still machen. »Halte durch«, sagen sie. »Wir sind hier.« Wie können sie so unsichtbar bleiben? So unbemerkt?

Wem gehören sie? Ist es wirklich Carabosse, die alte Carabosse? Ist es wirklich Israfel, der sich an diesen schrecklichen Ort begeben hat? Merkwürdigerweise höre ich mehr Stimmen als die beiden. Aber ich nehme mir nicht die Zeit, Fragen zu stellen. Wenn sich Schlaf bietet, dann schlafe ich.

Hin und wieder vernehme ich den Klang eines großen Gongs, dessen Nachhall langsam in Lautlosigkeit übergeht. Ich sage mir, daß der Gong das Verstreichen von Tagen markiert – oder von Wochen. Zwölf- oder fünfzehnmal hat der Gong geschlagen, seit ich hier bin. Er ist gewiß dazu da, um das Verstreichen der Zeit zu markieren. Welcher Zeit? Ist es so wie mit Carabosses Uhr, die die Zeit angibt, die bis zum Ende bleibt?

Zeit. Es gab eine Zeit, ich erinnere mich an eine Zeit, als gewisse Dinge undenkbar waren, und daher verweilten die Menschen nicht bei diesen Gedanken, sie schoben sie beiseite, sie befreiten sich davon, indem sie sich bekreuzigten, indem sie beteten, indem sie gewisse Formeln vor sich hersagten, die das Undenkbare auslöschen sollten. Es war nicht gut, bei solchen Dingen zu verweilen. Die Finsternis war zu greifbar. Die Realität des Todes war zu nahe.

Später kamen Wissenschaft und elektrisches Licht, eine Zeit, in der die Leute in hellerleuchteten Zimmern saßen und sagten: »Unsinn, alles ist vorstellbar, alles ist machbar.« Jede geschmacklose, ekelerregende Idee. Jeder Schund. Jeder Mist. Jede Brutalität – Blut, aufgerissene Körper, heraushängende Gedärme, davonfliegende Köpfe, von denen der rote Saft spritzt, Dinge, die aus dem Inneren des Herzens auftauchen, das Gewebe zerreißen, als wäre es Papier, und die verletzliche Innenseite offenlegen, ohne Schutz, ohne Deckung. »Ja, wir können uns diese Dinge vorstellen«, sagten sie und lachten leise in sich hinein, »wir können sie uns vorstellen.«

Es gab Zeiten, daran erinnere ich mich, wenn wir

sagten, gewisse Dinge wären unaussprechlich. Phantasien, die zu schrecklich waren für Worte. Vorstellungen, zu unanständig und ungeheuerlich, um sie zu beschreiben. Gewalttaten, die zu unmenschlich waren, um sie in menschliche Sprache zu fassen. Und dann kamen diejenigen, die sagten: »Wir können es aussprechen, wir können es sagen, wir können Geschichten daraus machen, solange, bis es nichts mehr gibt, was nicht geschrieben steht, damit unsere Augen es sehen können, unser Hirn es verstehen kann und damit das Kind in jedem von uns davon verdorben und für alle Zeit vergiftet wird.«

Unschuld. Dahin, für immer, zusammen mit dem Undenkbaren und dem Unaussprechlichen. Und das unschuldige Lachen, ebenso dahin. Was bleibt, sind das schmutzige Grinsen, das boshafte Kichern, das Spiel des Einanderüberbietens an Roheit, das Spiel der Bestien.

Auf daß dereinst, wenn der wirkliche Tod sich anpirscht –

wenn der wahre Horror anfängt –

uns alles so vertraut ist, daß wir es genießen können.

Man hat Barrymore Gryme zu mir in die Zelle gesteckt.

»Kenne ich dich?« brüllte er mich an.

Ein Auge hing ihm auf die Wange herab, und diese Wange war durchgekaut, so daß man die Zähne sah. Mich schauderte. Von Übelkeit geschüttelt, streckte ich die Hände aus und heilte ihn. Ich bin eine halbe Fee; ich kann das tun. Er war nackt. Sein schlaffes weißes Fleisch war mit Blutergüssen und Krätze bedeckt. Manche Stellen an seinem Körper waren völlig zerfetzt. Ihn zu berühren, war so, als würde man etwas schon lange Totes berühren.

»Wann bist du gestorben?« fragte ich.

»Gestorben! Gestorben!« kreischte er mir ins Gesicht. »Ich bin nicht tot! Ich wünschte, ich wäre tot!«

»Du bist in der Hölle«, sagte ich. »In der Hölle, die du dir selbst geschaffen hast. Hast du daran geglaubt, als du sie schufst?«

Er preßte das Gesicht in eine Ecke dieses Ortes, an dem wir uns befanden, und weinte. Ich versuchte, einen Weg nach draußen zu finden, aber ich konnte nicht von ihm wegkommen. Mein Schmerz und mein Ekel sind Teil des Zehents. Sie belustigen den Herrn der Finsternis, den vor nichts ekelt, der keinen Schmerz spürt, der ihn jedoch in anderen schätzt.

»Halte durch!« flüsterten die Stimmen wieder und atmeten kühle, frische Luft über mich. Boten mir kühles, frisches Wasser an.

Später merkte ich, daß Barry mich betrachtete. »Du bist schön«, sagte er erstaunt.

»Ich bin nicht schön«, entgegnete ich und streifte die Schönheit ab, damit er sehen konnte, wie ich wirklich bin. Aber er sah es nicht. Der Herr der Finsternis läßt ihn nicht sehen. Oder vielleicht sieht er nur allzugut.

»Du glühst! Du strahlst! Hab keine Angst!« flüsterte er. »Ich tue dir nichts. Ich bin ein anständiger Mensch.«

Ich lachte. Ich lachte, bis ich weinte.

Der Herr der Finsternis kann nicht erschaffen. Feery kann nicht erschaffen. Die Engel können nicht erschaffen. Nur Gott und der Mensch können es. Ich erklärte Barry das, sehr sorgfältig und so, daß er aufpaßte, was ich sagte. Es war schwierig. Das Gesicht, das über sein eigenes geklebt war, hinderte ihn am Atmen, die falschen Brüste, die an seinem Fleisch befestigt waren, bereiteten ihm Schmerzen, die Schuhe, die er trug, bildeten einen Teil seiner Füße, so daß er sie nicht ausziehen konnte. Einer der Pfennigabsätze war abgebrochen, und ein Knochensplitter sah daraus hervor. Immer wieder griff er danach und tastete den Knochen ab, wie um sich davon zu überzeugen, daß er sich irrte, daß der Knochen nicht da war. Aber er war da. Ich sah ihn.

Barry hatte eine Figur aus einem seiner eigenen Bücher gespielt, eine Frau, die in ein Haus einzieht, das von einem gräßlichen Ding aus einer anderen Dimension der Realität bewohnt wird. Es tötet ihre Kinder, eines nach dem anderen, auf entsetzliche Art und Weise, dann ihren Freund, und dann schließlich ist es hinter ihr her. Barry hatte die Rolle gut gespielt, nahm ich an, denn die Bravorufe des Herrn der Finsternis waren durch die Substanz gedrungen, aus der die Zelle besteht. Ein zusätzlicher Horror dieses Ortes ist es, daß man einfach alles hört.

»Der Herr der Finsternis kann nicht erschaffen«, wiederholte ich eindringlich. »Du selbst hast alles hier erschaffen. Du und die anderen. Er hat es sich nur von dir ausgeliehen.«

»Aber es war doch bloß eine Geschichte!« rief er. »Bloß eine Geschichte!«

Ich dachte wieder an Chinanga. Auch das war nur eine Geschichte gewesen, und doch erinnerte ich mich an Constanzias Gesicht, als sie sich langsam in Nichts auflöste. Was sind denn Geschichten anderes als der Widerschein jener Realität, die wir selbst uns zimmern? Noch ehe Jaybee irgend etwas unternommen hatte, mußte er sich selbst die Geschichte dessen, was bevorstand, erzählt haben: Zuerst gehe ich zu ihrem Haus, dann trete ich die Tür ein, dann schlage ich sie nieder, dann lege ich mich auf sie und sehe zu, wie sie schreit, dann hole ich meine Waffe aus der Hose und tue ihr damit weh.

»Für diejenigen, die es lasen, war es real«, erklärte ich ihm. »Sie durchlebten es beim Lesen. Und hinterher durchlebten sie es vielleicht noch einmal. Manche hielten es für Wahrheit. Und vielleicht hat einer von denen, die es für Wahrheit hielten, anschließend nach einer Waffe gegriffen und jemand anderem das angetan, was du einer deiner Figuren angetan hast. Oder es zumindest versucht. Es gab genug gutgläubige Leute, die es für Realität halten konnten. Sonst wärst du nicht da.«

Das will er nicht glauben. Er hat aufgehört, mit mir zu sprechen.

Die Zelle ist offen. Ich verlasse sie. Barry folgt mir auf dem Fuß.

Er spielt klarerweise nur mit uns.

Während des Gehens denke ich Worte, von denen ich weiß, daß sie sich irgendwo auf einem Blatt niederschlagen. Wir ... gehen einfach nur. Müde schleppe ich die Füße nach. Barry geht auf Zehenspitzen und schreit jedesmal auf, wenn er nicht hoch genug hinaufkommt und mit dem zersplitterten Knochen an der Ferse über den Boden scharrt. Das gehört wohl auch dazu. Ihn zum Gehen, zum Fluchtversuch zu verleiten, damit er zu diesem lächerlichen, unbeholfenen Gang gezwungen wird, der ihm dennoch solche Schmerzen bereitet. Ich schlurfe schwerfällig dahin, er geht auf Zehenspitzen. Die Zeit verrinnt. Wir sind immer noch von anderen umgeben. Wir spüren sie auf allen Seiten.

Eine Öffnung. Wir trennen uns. Er geht in eine Richtung weiter, ich in die andere.

Ich bin auf einen Fluß gestoßen. Ich kam an eine Stelle, wo der Raum in etwas durchbricht, das beinahe real ist. Wie die Tür in der Höhle, wie der Spiegel damals im Schloß ist dies eine Verbindung mit der realen Welt.

Oder zu einer anderen realen Welt. Schwer zu sagen. Nebel hängen schwer über dem Fluß, der angeschwollen und lautlos dahinfließt. Nichts bewegt sich im Wasser. Es gibt kein Ufer, an dem ich entlanggehen könnte, nur diese eine Stelle, wo die Hölle auf einer Seite wartet und das Wasser auf der anderen.

Dennoch ist es eine Veränderung. Ich setze mich an den Fluß, lausche und hoffe auf ein Geräusch, das sich von den Geräuschen unterscheidet, die ich schon so lange höre. Schließlich dringt es an mein Ohr. Ein leises, langsames *Plopp-plopp-plopp.* Von irgendwo rechts hinter mir. Äonen vergehen, aber die Geräusche kommen nicht näher. Doch plötzlich sind sie da, unmittelbar vor mir. Ein Ruderboot mit einem Ruderer darin und ein paar anderen Gestalten, die an mir vorbeigleiten, als bestünden sie aus Rauch, die an mir vorbeifliegen in die Unendlichkeit dieses Ortes.

Der Ruderer wendet mir das Gesicht zu, das sich unter der dunklen Kapuze verbirgt.

»Kapitän Karon!« flüstere ich.

»Lady Wellingford«, lächelt er. »Wie schön, Euch hier zu sehen!« Sein Lächeln ist das Grinsen eines Totenkopfes, und doch ist noch etwas von dem alten Kapitän zu erkennen. »Bin wieder in meinem gewohnten Metier gelandet, wie Ihr seht. Aber manchmal vermisse ich die *Stugos Queen.*«

»Ich dachte«, begann ich und fragte mich sogleich, was ich eigentlich dachte, »ich dachte, Ihr wärt …«

»Verschwunden, zusammen mit den anderen? Zusammen mit meiner bezaubernden Mrs. Gallimar? Mit Constanzia und dem Vizekönig? Nein. Nein, ich war nicht nur Teil dieser einen Geschichte. Ich bin Teil vieler Dinge.«

»Dann habt Ihr also darüber nachgedacht, was Ihr seid?«

»Ich hatte eine Ewigkeit zur Verfügung und kaum etwas anderes, worüber ich nachdenken konnte«, lächelte er. »Ich überquere den Acheron, den Styx, den Cocytus, die Lethe und die Schwarzen Wasser am Ende aller Dinge.«

»Wer hat sie alle geschaffen, Kapitän?«

»Die Menschen haben sie geschaffen, Madame. Mit dem Zauber, den ihre Religionen von Feery gestohlen haben. Schufen sie, gaben ihnen Namen und bevölkerten sie sogar.«

»Zusammen mit Acheron und Abaddon und dem ganzen Rest?«

»Gewiß.«

»Und diese Hölle hinter mir, Kapitän? Haben die Menschen auch sie geschaffen?«

»Die Menschen und der Herr der Finsternis, Madame. Sie haben einander dabei geholfen.« Er seufzte. »Gibt es sonst noch etwas, das ich Euch berichten oder das für Euch tun kann, Lady Wellingford?«

»Würdet Ihr mich von hier wegrudern? Um der alten Zeiten willen?«

Er lachte auf. »Wohin denn, Lady Catherine?«

»Zum anderen Ufer.«

»Zu welchem anderen Ufer?« Wieder lächelte er, dann stieß er sein Boot ab. Das sanfte *Plopp-plopp-plopp* der Ruder wurde leiser und verklang, und ich wurde zurückgezogen an diesen schrecklichen Ort.

»Macht nichts«, sagten die Stimmen. »Es könnte ein Ausweg sein.«

Giles. Ich bin draufgekommen, daß ich beinahe imstande bin, diesem Ort zu entfliehen, wenn ich an Giles denke. Wenn die Stimmen schweigen, denke ich an ihn.

Wenn man jung ist, denkt man in romantischer oder

erotischer Hinsicht an die Liebe. Bei mir war das jedenfalls so. Mit sechzehn dachte ich an Giles in romantischer und erotischer Hinsicht – im Speisesaal in romantischer, nachts allein im Bett in erotischer Hinsicht. Es gibt keine Unschuld, die so weit geht, daß sie das Drängen des Fleisches vor unserem eigenen jugendlichen Bewußtsein verschleiern könnte. Ich wünschte mir damals ganz konkret, daß Giles das mit mir machte, was die Hengste mit den Stuten machten und von dem die Stallburschen erzählten, daß sie es mit ihrer Herzallerliebsten machten. Ich hatte keinerlei Erfahrung damit, aber mein Fleisch wußte es. Und dann, zwanzig Jahre später, als wir endlich das taten, wonach ich mich so sehr gesehnt hatte, da wußte es mein Fleisch wiederum. Es war die gewisse Sache, die ich brauchte, die eine Sache, die ich mir wünschte, das Wunder und die Würze des Lebens.

Ich konnte mir nicht vorstellen, ohne dieses eine auszukommen. Ohne dieses eine zu leben.

Und doch war ich alle die Jahre im zwanzigsten Jahrhundert ohne dieses eine ausgekommen, hatte ohne dieses eine gelebt. Mit siebzehn, achtzehn Jahren. Auf dem Höhepunkt des Dranges und der Begehrlichkeit war ich ohne dieses eine ausgekommen. Weil kein Giles dagewesen war. Ich hatte an ihn gedacht, hatte mich nach ihm gesehnt und mich in meinem Bett mit mir selbst vergnügt, während ich mir einbildete, er sei da. Er war notwendig gewesen für meine Sinnenlust. Ohne ihn wäre es nichts gewesen.

Als wir beide schließlich zusammengekommen waren, hatten wir es großartig miteinander, aber es war mehr gewesen als nur die Herrlichkeit des Fleisches. Es waren wir beide, die wir einander so liebten. Wir beide. Und dann, viel später, legte der alte Giles seine Hand auf meine und sah mir sanftmütig in die

Augen, und ich liebte ihn nicht weniger als damals unter der Terrasse vor dem Ballsaal, wo Elly und ihr junger Königssohn sich in einem Tanz ganz anderer Art drehten.

Unsere Liebe, die meine, bestand aus so vielen kleinen Dingen. Als wir etwa nach Marvella reisten, da stand er jeden Morgen vor mir auf, um mir einen warmen Trank zu bringen. Brühe vielleicht. Irgendeinen Aufguß aus Kräutern. Einen Becher süß gewürzten Wein. Er brachte ihn mir, weil er wußte, daß ich beim Aufwachen verdrießlich war, weil die Schmerzen des Schlafes noch in mir steckten – seit meiner Kindheit haben mir die Beine zu schaffen gemacht, und sie schmerzen mich besonders nachts, und viele Nächte liege ich deswegen halbwach und drehe mich von einer Seite zur anderen. Also brachte er mir etwas Warmes, setzte sich an mein Bett, während ich trank, und nannte mich Beauty, meine Schöne, obwohl ich doch schon damals eine alte Vettel mit weißem Haar und Tränensäcken unter den Augen und tausend Falten um den Mund war.

Da sprudelte dann die Liebe in mir hoch wie Wasser aus einer Quelle. Keine Sinnenlust, keine romantische Verliebtheit, sondern etwas Milderes, Tieferes als das. Das Gefühl, das einen manchmal beim Anblick eines Sonnenaufganges durchzieht. Das Gefühl, wenn man Kätzchen beim Spielen zusieht. Das Gefühl, wenn man eine Rose in voller Blüte unter dem Fenster erblickt. Das baskaronische Gefühl. Eine Vervollkommnung des Lebens.

Als wir auf dem Weg nach Lourdes waren, konnte ich es bei jedem Anblick, der mich begeisterte, kaum erwarten, mich umzudrehen und zu vergewissern, daß auch er ihn bemerkt hatte; wenn nicht, dann machte ich ihn darauf aufmerksam, weil ich wollte, daß er mein Staunen teilte. Ich wollte ihn teilhaben lassen an allem, was ich las. Und wie wir zusammen über Christine de Pisan gelacht haben …!

Als er krank wurde, wollte er nicht, daß ich ins zwanzigste Jahrhundert zurückging, um Medikamente für ihn zu besorgen. Er wollte nicht leben, wenn das hieß, er würde länger leben als ich. Wenn einer von uns starb, dann wollte er der erste sein, denn er wußte, ich war bissig und reizbar genug, um mich allein durchzuschlagen. Er glaubte nicht, ohne mich leben zu können. Und er wußte, ich würde immer an ihn denken. Vielleicht wollte er, daß ich immer an ihn denke.

Ich frage mich, ob er wohl gewußt hatte, daß ich in der Hölle an ihn denken würde. Und daß für die kurze Zeit dieses Gedenkens die Hölle für mich nicht existierte.

Es sind Menschen hier. Manchmal höre ich zwischen dem Geheul, dem Schreien und Stöhnen der Gemarterten das Geräusch marschierender Stiefel und den Gesang von Stimmen dazu. Manchmal höre ich auch Gelächter. Manchmal höre ich Geflüster, zu leise, um die Worte zu verstehen, aber voll hinterhältiger Bedeutsamkeit. Manchmal höre ich einen Namen, den man ruft, und ich weiß, es ist der Name einer realen Person oder von jemandem, über den ich irgendwo gelesen habe. Und manchmal ist es nicht nur ein einziger, sondern eine ganze Liste von Namen, die mit fragendem Tonfall aufgerufen werden, als würde ein Lehrer die Anwesenheit seiner Schüler prüfen.

Oft vernehme ich eine Antwort. Eine erhobene Stimme: »Hier!«

Und manchmal höre ich einen ganzen Chor von

Stimmen, voll schrecklicher Ungeduld und grauenhafter Vorfreude: »Runter, runter, runter ins Land der Glückseligkeit!«

Ich war wieder unten bei Kapitän Karon; er sagte, ›Charon‹ allein werde reichen.

»Bißchen schwierig, Kapitän eines Ruderbootes zu sein«, erklärte er, als die jüngste Fracht Gespenster an ihm vorbei hereinströmte.

»Charon«, sagte ich, »wenn es ein anderes Ufer gäbe, würdet Ihr uns dorthin übersetzen? Oder vielleicht zu dem Ozean rudern, in den der Fluß mündet?«

»Ginge ich nicht ans Ende, wenn ich es könnte?« Er lächelte sein Totenkopflächeln. »Ihr tätet es doch auch, nicht wahr?«

»Sind sie alle tot?« Ich deutete hinter mich. »Sind sie alle tot?«

»Wenn nicht, dann werden sie es eines Tages sein«, sagte er. »Wer lebt denn schon ewig?«

Der Herr der Finsternis, wollte ich sagen. Feery. Aber dann schwieg ich doch, denn er hatte mich auf den Ansatz, den leisesten Ansatz eines Gedankens gebracht.

»Ja!« sagten die Stimmen in meinem Ohr. »Ja, versuch das! Diese Worte sind gute Worte. Jedenfalls nicht schlechter als alle anderen.«

»Das sind aber keine magischen Worte«, wende ich ein. »Es sind sterbliche Worte!«

»Alle Worte können einen Zauber bewirken«, wispern die Stimmen. »Wenn sie den Anforderungen entsprechen.«

»Hast du gewußt, daß ich eine Fee bin?« fragte ich Barrymore Gryme.

Er lachte, wobei Splitter seiner Zähne in alle Richtungen davonspritzten. Ich streckte die Hand aus und heilte ihn. Er lachte immer noch.

»Wie sonst könnte ich dich heilen?« fragte ich. »Feen können durch die Zeit reisen. Feen können gefangengenommen werden. Aber sie bleiben trotz allem Feen mit den ihnen innewohnenden Kräften. Ich habe Zauberkräfte, Barry.«

»Und das hilft dir hier weiter?« knurrte er zwischen geschwollenen Lippen hindurch und sah mich aus blaugeschlagenen Augen an.

»Nur deshalb nicht, weil ich ganz allein bin«, erklärte ich. »Ihr anderen seid in der Überzahl.«

»Also steckst du hier fest«, sagte er. »Wie wir anderen auch.«

»Ich will damit sagen, daß ich vielleicht einige von euch loseisen könnte, wenn du mir hilfst. Auch in jedem von euch steckt ein gewisses Maß an Zauberkräften, denn schließlich stiehlt sie der Mensch ja seit Tausenden von Jahren aus Feery.«

Ein verschlagener Blick, aber hoffnungsvoll, wie ich meine. »Und wie?« fragte er.

»Ich werde dich ein paar Worte lehren«, sagte ich. »Wenn du die anderen triffst, dann bringe sie ihnen bei. Und trage ihnen auf, ihr Wissen weiterzugeben. Wenn von diesem Moment an der Gong dreimal schlägt, dann sagt alle gemeinsam die Worte und denkt an das Ufer eines Flusses. Die Worte sind ein Zauberspruch. Sie werden uns hier hinausbringen. Denkt an ein Flußufer und ein Boot, ein großes Boot, das gekommen ist, um uns von hier wegzubringen.«

Er glaubt mir nicht. Trotzdem hat er die Worte auswendig gelernt, die ich ihm vorgesagt habe.

»Das kenne ich doch schon!« nörgelte er, als ich zu zitieren begann.

»Zaubersprüche müssen nicht neu sein, um zu wirken«, wies ich ihn zurecht. »Und dieser wird wirken, denn er macht Gebrauch von der Magie Feerys. Und wenn alle ihn zur gleichen Zeit hersagen, wird er uns befreien. Ein großer Skeptiker schrieb diese Worte. Sie werden Erfolg haben.« Vielleicht werden sie Erfolg haben. Obwohl es eigentlich die Hoffnung ist, die den Hauptanteil daran leistet. Der Optimismus. Der unaufhörliche Wunsch der meisten Menschen, die Dinge zum Besten zu wenden.

Die Zeit schleicht dahin, und endlich schlägt der Gong. Hinter seinem abklingenden Dröhnen höre ich ein Flüstern, als hätten tausend Stimmen gesagt: »Eins.«

Zu gewissen Zeiten geschieht hier gar nichts; man hört keine Stimmen, keine Geräusche. Meine Gedanken gehen im Kreis wie ein Hund, der ein Plätzchen zum Niederlegen sucht. Sie rennen in alle Richtungen davon, Gedanken, die hin und her fliegen wie Fledermäuse, und ich hinter ihnen her. Und ich kann sie nicht fassen, weil ich denke: Was war es, woran ich gerade dachte? – in dem hartnäckigen Versuch, ihnen auf der Spur zu bleiben, mich ihrer zu entsinnen. Und so bin ich ganz erschöpft, unfähig, überhaupt noch zu denken, und gerate in Panik.

»Schsch!« sagen die Stimmen. »Leg dich hin. Du liegst ganz weich, du liegst im Bett. Es ist sehr angenehm, du fühlst dich wohl. Die Hände hast du auf der Brust gefaltet. Nichts tut dir weh. Was würdest du gerne hören oder lesen oder sehen?«

Eine von Bills Dokumentationen, denke ich. Und plötzlich ist eine da, direkt vor meinen Augen. Bills Dokumentation des letzten Radieschens.

Alesatfarmen.

Glashäuser, so weit das Auge reicht. Die Kamera

fährt nach unten, blickt durch das Glasdach und hält flache Tanks voll grünem Schlamm fest, der ohne Unterlaß von mechanischen Fingern und von Bläschen, die aus perforierten Schläuchen aufsteigen, in Bewegung gehalten wird. Zärtlich, mit geradezu träger Sinnlichkeit verweilt die Kamera auf diesen Dingen. Zwischen den Tanks schreiten die Diener des Götzen Alesat in langen Gewändern auf und ab, prüfen die grüne Brühe, beugen sich wie im Kniefall zu einem Thermometer hinab und justieren hier und dort mit den Spitzen geheiligter behandschuhter Finger ein Ventil. Man hört leise weihevolle Musik im Hintergrund, und ein Chor singt dazu.

Bills Stimme – nicht seine normale, sondern seine ehrfürchtige Stimme. »Dies ist eine unserer Alesatfarmen. Geschützt vor allen Organismen, die in jeder nur denkbaren Weise einen Maximalertrag verhindern könnten, wird hier die Algensuppe gezüchtet, aus der unsere Nahrung entsteht. Und hier, in dieser speziellen Abteilung, werden Grün Eins und Zwei hergestellt.«

Von der Stimme gelenkt, folgt die Kamera der grünen Brühe, die durch transparente Rohre zu den großen Kochern fließt und von dort als weiche Masse auf ein Fließband gelangt. Große Rührwerke teilen und kneten die Masse. Das Fließband gleitet durch Trockenöfen hindurch und führt weiter zu einer Maschine, die der Substanz Zusatzstoffe beimengt.

»Hier werden lebenswichtige Vitamine und Mineralstoffe hinzugefügt«, sagt Bill, »bevor die Mischung in die endgültige Form gepreßt und weitergetrocknet wird.« Der Geschmack wird mit keinem Wort erwähnt.

Die Kamera folgt dem Fließband, bis dieses seine halbtrockene, pappige Last in einen trichterförmigen großen Behälter abwirft, aus dessen unterem Ende gummiartige graugrüne Stückchen in Vertiefungen eines breiten Stahlbandes fallen. Heiße Metallstempel senken sich in die Vertiefungen, man vernimmt das Zischen von Dampf, dann heben sich die Stempel wieder, das Stahlband ruckt weiter, läuft über eine Walze abwärts und kippt dort die gebackenen Kekse auf ein anderes Fließband darunter.

»Nahrung für Milliarden«, kommentiert Bill mit stolzerfüllter Stimme, um dann fortzufahren: »Doch bis vor kurzem gab es immer wieder Menschen, die sich für etwas so Außergewöhnliches hielten, daß sie es verschmähten, das zu essen, was Milliarden andere satt macht. Eine Elite existierte, die in altem Stil aß und als Statussymbol natürlich gewachsene Lebensmittel zu sich nahm!« Bildmontagen von den Tischen fetter Leute, die einander zuprosten und mit Messer und Gabel essen. Großaufnahme eines mampfenden Kiefers. »Bisher konnte es geschehen«, sagt Bill, »daß gewissenlose Menschen auf diese Weise Alesat bestahlen, aber dieser Raub an der Allgemeinheit gehört der Vergangenheit an. Die neuen Manager, welche wir Alesatmilliarden selbst gewählt haben, ernten die letzten Nahrungsmittel alten Stils. Und morgen schon wird eine neue Alesatfarm ihren Platz einnehmen.«

Die Kamera fliegt über die Glashäuser, streift die unzähligen Türme mit den Wohnzellen darin und schwenkt nach unten, auf ein offenes Fleckchen Land zu, wo sich schmale grüne Reihen gegen das braune Erdreich abheben. Die Kamera blickt zum Rand des Beetes, wo Martin, der Regisseur, neben einem vierschrötigen Mann mit verkniffenem Gesicht steht, der genauso gekleidet ist wie alle anderen Menschen im einundzwanzigsten Jahrhundert.

Martin sagt: »Wir hielten es für ungerecht, daß allein die Managerklasse das Privileg haben sollte, in den Genuß der letzten Gemüsepflanze zu kommen; die Alesatmilliarden sollten in gewisser Weise daran teilhaben. So wurde im Zug einer weltweiten Lotterie unter den Alesatmilliarden diejenige Person ermittelt, der dieses Privileg zuteil werden soll.« Martin wendet das Gesicht dem Mann an seiner Seite zu und fährt mit strahlendem Lächeln fort: »Dies ist Mister Walford Tupp. Bitte sagen Sie uns ein paar Worte zu dem großen Augenblick, der uns und Ihnen bevorsteht!«

Der Mann glotzt Martin an, grinst, kichert. »Na ja, ich weiß nich. Na ja, is eben ne einmalige Privilegie, in son deutsamment dabei zu sein. Is doch, oder?«

»Allerdings, es ist ganz bestimmt ein großes Privileg, in einem so bedeutsamen Moment anwesend sein zu dürfen. Sind Sie bereit, das letzte Radieschen zu ernten?«

»Na ja, ich weiß nich. Ich meine, klar! Drum bin ich doch da, denk ich, oder?«

»Also noch mal, Mister Tupp: langsam! Wir möchten uns keine Sekunde dieses historischen Ereignisses entgehen lassen!« Martin lächelt sein professionelles Lächeln und tätschelt Mister Tupp die Schulter.

Kamera auf die Tupp-Füße, die über braunes Erdreich stapfen. Er geht mit einwärts gerichteten Zehen; die Sohlen seiner Schuhe sind einseitig abgelaufen. Unter jedem seiner Schritte gibt das Erdreich nach, kleine Sprünge bilden sich rund um Mister Tupps Schuhsohlen, die deutliche Abdrücke hinterlassen. Eine Ameise. Er tritt darauf. Beim nächsten Schritt sieht man, wie sich die Ameise aus der niedergedrückten Erde kämpft. Jetzt überholt ihn die Kamera, hält Ausschau nach dem Radieschen und holt es näher heran, bis es das Bild füllt.

Grüne Blätter, groß wie Segel. Etwas faltig, strukturiert, mit glänzenden Hügelchen, die durch dunkel geäderte Täler voneinander getrennt werden; wie Bächlein münden die Adern in breitere Adern, die wiederum in die kräftige Mittelrippe des Blattes einmünden. Sie wirkt wie ein Bogen im Gewölbe einer Kathedrale, so elegant ist ihr Schwung. Gegen die Spitze des Blattes zu wird er immer dünner, gegen den Stengel zu dicker; auf der Unterseite bildet er eine Rundung, auf der Oberseite eine Senke – ein perfekter Entwurf. An manchen Stellen bricht sich das Licht, an anderen scheint es durch. Der Bogen ist dunkler und wirkt rötlich an der Basis.

Und das ist erst ein einziges Blatt. Die Kamera fährt zurück und läßt zwei, dann drei und dann vier Blätter sehen, jedes davon ein Triumph der Architektur. Jedes davon ein Wunder. Die Kamera fährt noch weiter zurück, immer weiter, bis plötzlich die Finger ins Bild kommen. Sie packen die Blätter. Zerdrücken sie. Das Mikrophon erfaßt dieses Krachen, das in dem Augenblick entsteht, als die Zellen explodieren und ihre zarten Säfte über diese Finger rinnen. Die Finger zerren an den Blättern.

Das Erdreich bricht auf. Feuchte Krümel regnen auf den Erdkegel zurück, den die Pflanze zurückläßt – einen Vulkan aus aufgerissener Erde, aus dessen Spitze ein flammendrotes rundes Etwas auftaucht und langsam höher steigt wie ein großer Ballon, wie die Sonne, ein leuchtender Rubin, ein rund geschliffener Riesengranat, heller als Blut. Langsam steigt die Kugel höher und zieht die lange weiße Wurzel hinter sich her, deren winzige Härchen aus ihrem Bett im Inneren der Erde brutal herausgerissen wurden. Sie zittert. Beinahe hört man sie schreien.

Die Kamera folgt den Fingern, höher, höher, höher.

Sie schaut auf einen Mund. Der sich öffnet. Das Radieschen verschwindet zur Hälfte darin. Gelbe Zähne senken sich hinein. Speichel hängt in den Mundwinkeln. Da öffnet sich der Mund wieder.

»Scheiße!« ruft Mister Tupp und spuckt. »Is ja eklig!« Die Kamera folgt dem Radieschen bei seinem Fall; auf einer Seite fehlt ein Bissen, die andere leuchtet immer noch rot wie Märtyrerblut, naß und übernatürlich.

Die Kamera blickt den beiden nach, wie sie davongehen; Martin hat den Arm in kumpelhafter Art um Mister Tupps Schultern gelegt. Noch einen Moment lang verweilt die Kamera auf den beiden, dann schwenkt sie nach unten, hinab zum letzten Radieschen.

Jaybee wußte immer schon ganz genau, was einen guten Film ausmacht. Die Kamera fährt zurück, schwenkt ein wenig, fährt weiter zurück, und das Radieschen wird zu einer Sonne am Horizont; der Teil, der fehlt, den hat ein niedriger brauner Hügel herausgebissen. Die Blätter werden zu einem Wald, und hinter diesem Wald geht eine leuchtendrote Sonne unter. Für immer.

Der Gong schlägt. Ich höre ein Murmeln, diesmal lauter, als viele Stimmen flüstern: »Zwei.«

Ich bin allein in meiner Zelle. Barry wird irgendwo anders gefoltert. Ich denke an meine Mama. Und an mich selbst.

Ich war Ellys Mutter. Widerwillig. Ohne es je gewollt zu haben. Mama war meine Mutter. Und wenn schon nicht widerwillig, so doch, ohne es gewollt zu haben. Sie verließ mich, überließ mich Westfaire und dem Fluch – der nur einen kurzen Abschnitt ihres Lebens dauern würde und nach dessen Ablauf ich so rasch wie möglich zu ihr kommen sollte. Und ich verließ Elly, nur für ein paar Jahre, wie ich dachte, um zurückzukehren, sobald diese Jahre vorüber wären. Vielleicht verlassen jeden Tag Mütter ihre Kinder mit dem Vorsatz, irgendwann zurückzukehren, um dann zu entdecken, daß es dafür zu spät ist. Das Wichtige ist bereits geschehen. Die Stunde hat längst geschlagen. Der Zeitpunkt ist vorbei, zu dem die Rückkehr von Belang gewesen wäre.

Nun, kann man diesen Müttern etwas vorwerfen? Kann ich mir etwas vorwerfen, was Elly betrifft? Kann ich Mama etwas vorwerfen, was mich betrifft?

Und wenn die Mutter sich niemals von der Seite ihres Kindes wegrührt, wie eine Glucke auf ihrem Nest hockt und ihr Küken unter dem Flügel wärmt; wenn sie es keinen Augenblick allein läßt, weil sie sagt: »Nein, die Stunde könnte schlagen, in der etwas Wichtiges geschieht, ich will stets bei dir bleiben!« Wenn die Mutter das tut, was passiert dann?

Dann kämpft sich das Küken unter dem Flügel hervor, rennt davon und versteckt sich, weil es die Sonne auf seinen Federn spüren will, die Luft unter den Flügelchen. Und wenn es dann der Falke holt – wer hat daran Schuld?

Ist Mama daran schuld, daß ich jetzt in der Hölle bin? War ich daran schuld, daß Elly vom Tag ihrer Geburt an in der Hölle war?

Der dritte Gongschlag. Ich hatte ihn nicht erwartet. Sein Klang kam in einer mächtigen Woge, die langsam abebbte, und darauf folgte das fast hysterische Geschnatter Tausender von Stimmen, das sich von einem Flüstern zu einem Murmeln und weiter zu einem Schrei steigerte: »Drei, drei, drei!«

Und dann sagten die Stimmen die Worte, die ich sie

gelehrt habe, Worte, die mein Lieblingsdichter vor langer Zeit und an einem anderen Ort aneinandergefügt hatte:

»Wenn man hofft und fürchtet,
wenn man das Leben liebt«,

Die Worte klangen holprig, und so fiel ich mit lauter Stimme ein, während Barry neben mir die seine hob:

»richtet man ein Dankgebet
an die Götter, die es gibt«,

Nun kamen die Worte kraftvoller, selbstsicherer:

»daß kein Leben ewig währet,

Ein Aufschrei des Herrn der Finsternis. Er hatte uns gehört. War es zu spät für ihn, uns Einhalt zu gebieten? Fanden alle seine Opfer, es sei genug?

»daß jedes Bächlein schließlich
den Weg zum Meere geht.«

Wir befanden uns am Ufer des Flusses! Ich hörte das Kreischen, den Schrei, das Aufbrüllen der Schiffspfeife der *Stugos Queen.* Wir standen auf der Sandbank in Chinanga und sahen zu, wie sie um die Biegung des Flusses kam. Vom Oberdeck winkte Kapitän Karon mir zu. Um mich herum lagen einige Tote, unter ihnen Barry, der nicht wieder auferstehen würde, und ein paar Lebende, die jetzt wußten, daß sie mit Sicherheit bald sterben würden. Und vor ihren Augen näherte sich ihnen das Transportmittel, mit dem sie ihre Reise zu jenem endgültigen Ozean antreten würden, den zu finden sich der Kapitän schon so lange wünschte.

Ich hörte eine gurrende Stimme, blickte genauer hin und sah Mrs. Gallimar, die sich an Kapitän Karons Arm klammerte. Sie sah aus wie Bill. Sie war Bill.

Soso. Der Kapitän hatte also seinerseits ein paar Träume geträumt. Oder er hatte meine Träume übernommen.

Hinter uns war ein Strudel aus Finsternis. Aus dieser dräuenden Wolke schoß eine Gestalt auf mich zu, ein um sich schlagendes Monster, ein rasender Schatten: Jaybee, ein lebendiger Jaybee. Aha. Er hatte hier nicht gelitten, er gehörte hierher! Und er kam, um mich zu holen. Es war zu spät gewesen und sinnlos. Sein Atem wehte mir ins Gesicht, seine Finger glitten über meine Haut…

»Darf ich Euch irgendwo hinbringen?« fragte eine Stimme hinter mir. Israfel. Der Botschafter von Baskarone. Jaybees Hand fiel hinab, war nur noch leere Haut, ein Säckchen, irgend etwas Hohles, Lebloses.

»Nach Ylles, Israfel, wenn es Euch beliebt«, sagte ich in einer halbwegs gelungenen Imitation von Mamas Tonfall.

»Nach Feery, Israfel«, fuhr eine andere Stimme dazwischen. Carabosse.

Er nahm unsere Hände, und wir stiegen auf.

Ich blickte hinab und sah den Fluß, der sich einem fernen Horizont zuwand, und dahinter eine endlose, von Sternen erhellte See. Hinter uns lag brodelnde Finsternis, die von keinem Lichtstrahl gemildert wurde. »Er ist immer noch da«, sagte ich, enttäuscht, daß er nicht verschwunden war wie einst Chinanga.

»Ein beachtliches Quantum Kreativität ist für diese Hölle aufgewendet worden«, sagte Israfel. »Es gelang uns – dir und Carabosse und mir – zwar, einige von uns mit Hilfe einer Beschwörungsformel freizubekommen, doch es sind mehr als ein paar Verse von Swinburne nötig, um ihn zu befreien.«

Er meinte natürlich den Herrn der Finsternis. Ich hingegen meinte Jaybee und alle anderen, die so sind wie er. Aber vielleicht meinten wir doch dasselbe.

»Habt ihr beide geplant, daß er mich bekommen soll?« wollte ich wissen. Nun, da es vorbei war, fragte ich mich, welchen Sinn das Ganze wohl gehabt hatte. »Habt ihr das geplant?«

»Nein«, antwortete Carabosse. »Oberon plante es, zusammen mit Mab. Aber wir wußten davon und ließen es zu. Hätten wir den Plan zum Scheitern gebracht, hätte er etwas anderes versucht. Er hatte die Fährte aufgenommen und hätte nicht lockergelassen, ehe er nicht alles wußte – oder zu wissen glaubte. Also ließen wir es geschehen, aber wir kamen mit, um sicherzustellen, daß er das, wonach er suchte, nicht in dir fand.«

»Wird er es nochmals versuchen?« fragte ich. Ich war nicht sicher, ob ich es noch einmal durchstehen würde.

»Nein«, erwiderte Israfel. »Er denkt, es sei nichts da. Er denkt, er habe sich getäuscht, und außerdem findet er dich unbequem. Doch wenn alles so läuft, wie wir erwarten, dann wird er ohnedies viel zu beschäftigt dazu sein.« Seine Stimme klang belegt und brüchig vor Kummer. Mehr sagte er nicht.

28

Israfel und Carabosse rieten mir, in der realen Welt haltzumachen. Und das tat ich auch. Sie warteten, während ich aß, badete und in frische Kleider schlüpfte. Ich brauchte ewig dazu. Alles ging mir so langsam von der Hand. Immerzu fielen mir Dinge hinunter. Schließlich betrachtete ich meine Hände genauer, und da schrie ich auf; der Schrei kam als leises Zirpen heraus, wie das erschöpfte Piepsen eines verlorenen Vögelchens.

»Wie lange war ich weg?« rief ich.

»Die Glocke läutete einmal pro Jahr«, erklärte Israfel.

Und wie oft hatte sie geläutet? Fünfzehnmal? Zwanzigmal? »Wie alt bin ich?« schrie ich auf.

»Ungefähr hundertdrei«, sagte Carabosse und fügte tröstend hinzu: »Mach dir deswegen keine Gedanken, Beauty. In Feery hat das keine Bedeutung.«

Ich lachte, ein zittriges kleines Lachen. »Möglicherweise lebt Odile nicht mehr, wenn ich das nächstemal herkommen will. Ich glaube, diesmal nehme ich meine Sachen mit.«

»Sachen?« fragte Israfel und schenkte mir sein strahlendes Lächeln.

»Es ist noch etwas Garn übrig«, sagte ich. »Und die Nadeln. Ich stecke sie in die Tasche.«

Als ich fertig angekleidet war, holte ich Mamas Kästchen hervor. Die Briefe lagen immer noch darin – der ihre und jener von Giles. Ich ließ sie darin zurück. Die Zeit für Briefe war längst vorbei. Ich steckte den Ring mit der kleinen geflügelten Gestalt an und verstaute Faden und Nadeln in meiner Tasche. Und dann nahmen Israfel und Carabosse mich an den Händen und geleiteten mich zurück nach Feery, geradewegs auf die Blumenwiese, wo die Zelte standen. Ein rundes Dutzend davon drängte sich nicht weit von uns entfernt aneinander; ihre Bewohner standen schweigend davor, als hätten sie nur auf unsere Ankunft gewartet.

Carabosse glitt zur Seite und war verschwunden, Israfel jedoch verließ mich nicht so wie damals, als er mich von Chinanga hergebracht hatte. Er schritt zusammen mit mir auf die Zelte zu, nachdem er meine Hand auf seinen Arm gelegt hatte und dort festhielt. Von allen Seiten verbeugten sich die Sidhe, jedoch, wie mir schien, nur widerstrebend, als hätte man sie dazu gezwungen. Ich bemerkte, daß niemand Israfel oder mir in die Augen sah. Ich starrte sie an, bis sie sich abwandten, aus dem einzigen Grund, sie in Verlegenheit zu bringen, denn unter ihnen befanden sich die Reiter, die genau gewußt hatten, daß ich als Tribut vorgesehen war.

Meine Blicke wurden vom Hain des Bündnisses angezogen, wo man auch ein Zelt aufgestellt hatte, das ganz ohne Frage bewohnt war. Das Gewebe erglühte in strahlendem Glanz, der so blendend war, daß mir die Augen tränten und ich sie abwenden mußte.

»Der Abgesandte des Allerhöchsten, der gepriesen sei«, flüsterte Israfel, ehe er daranging, mich jenen vorzustellen, die bei den Zelten standen. Seine Gefährten. Seine Begleiter. Männliche und weibliche.

Michael. Gabriel. Raphael. Uriel. Das sind die ältesten, sagt Israfel.

Aniel, Raguel, Sariel und Jerahmeel.

Kafziel, Zadkiel, Asrael und Israfel selbst. Alles in allem sind es zwölf. Die lange verlorenen Brüder. Die fernen Brüder. Jene zwölf, die einwilligten, als der Allerhöchste Feery bat, den Menschen beizustehen; die auszogen, als Oberon nein sagte, und Baskarone schufen; die nun nach Feery zurückkehrten. Zwölf Besucher. Dazu Carabosse. Und der Abgesandte des Allerhöchsten.

Der Abgesandte ist ein Seraph, sagt Israfel. Kein Hauptengel, sondern ein einfacher Bote. Der gekommen ist, um das Wort des Allerhöchsten zu überbringen.

»Als ich in Chinanga war, dachte ich, *ihr* wärt Engel«, gestand ich ihnen mit gesenktem Blick.

Gabriel schüttelte den Kopf. »Keineswegs. Von Zeit zu Zeit haben Menschen uns zu Gesicht bekommen und angenommen, wir seien Engel, aber wir sind nichts als Botschafter von Baskarone.« Seine Stimme wurde zu einem Flüstern: »Für alle Welten. Was und wo immer sie auch sein mögen.«

Dieses Flüstern kam mir bekannt vor! Es hörte sich an wie das Flüstern, das ich in der Hölle vernommen hatte, das mir Mut zugesprochen und geholfen hatte, einen Weg hinaus zu finden. Plötzlich wurde mir klar, daß sie alle dort gewesen sein mochten! Alle zwölf! Und ihre Gesichter verrieten mir, daß ich recht hatte. Sie waren dort gewesen. Unsichtbar waren sie mir in die Hölle gefolgt, um mich zu schützen.

Israfel drückte meine Hand und warf mir einen bedeutungsvollen Blick zu; ich verstand. Sie wollten nicht, daß ich es erwähnte. Sie wollten auch keinen Dank. Sie wollten nicht, daß irgend jemand – oder irgend etwas – erfuhr, was sie getan hatten. Sie wollten nicht, daß irgend jemand – irgend etwas – fragte, warum.

Ich suchte nach ein paar belanglosen Worten, die ich sagen konnte. »Seid ihr auch Botschafter für die Traumwelten?« fragte ich. »Und sogar für Orte wie Chinanga?«

Gabriel lachte auf. »Wenn man die Zeit lange genug dehnt, dann werden alle Welten zu Traumwelten. Der einzige Unterschied liegt dann in der Länge des Traumes und der Ausdauer des Träumers. Vielleicht ist das für uns Realität, was am längsten geträumt wird.«

Im zwanzigsten Jahrhundert hatte ich mir ein wenig Wissen über Kosmologie angeeignet – das, was jeder aufschnappt, der einen Blick in eine populärwissenschaftliche Zeitschrift wirft. »Du meinst den Urknall?« fragte ich.

»Gott atmet ein, Gott atmet aus«, sagte Gabriel. »Gepriesen sei der Name des Allerhöchsten.«

»Und was ist Baskarone?« fragte ich weiter. »Ich dachte, es sei der Himmel.«

»Wir haben uns immer bemüht, es zu einem Himmel zu machen«, sagte Sariel. »Indem wir das kopierten, was da war, ehe der Mensch die Bühne betrat, und das Beste von dem hinzufügten, was seither geschaffen wurde. Natürlich hatte sich ein Teil der irdischen Schöpfung bereits vor der Ankunft des Menschen geoffenbart und war wieder verschwunden, aber wir hatten den Wunsch, zumindest irgendwo das Werk des Schöpfers zu bewahren.«

Sariel klang fast so kummervoll wie Israfel, und so stellte ich keine weiteren Fragen. Außerdem hätte ich gar keine Zeit dazu gehabt. Irgendwo ertönte eine Fanfare, ein silbriger Klangsplitter, den ich noch nie zuvor in Feery vernommen hatte. Weitere Sidhe strömten aus ihren Schlössern und kamen langsam die Hänge herab bis zu der Wiese, auf der wir standen. Sie alle gehörten zu Oberons Stamm, zu jenem, der diese Welt bewohnte. Hinter ihnen kamen die Pferde von Feery, warfen mit fliegenden Silbermähnen die wohlgeformten Köpfe zurück. Und auch die Hunde kamen, die weißen Hunde mit den roten Ohren und Augen.

Aus der anderen Richtung tauchten Bogles auf – so, wie sie es immer tun, mit dieser gleitenden Seitwärtsbewegung, mit der sie von einer Welt in die andere treten.

Die Hand auf Israfels Arm gelegt, wartete ich auf das, was kommen sollte. Seine Brüder standen hinter uns. Puck kam herbei und nickte Israfel zu, recht unbefangen, als handle es sich um einen alten Bekannten. Und während er seinen Boglefreunden dabei zusah, wie sie sich versammelten, hüpfte er von einem Fuß auf den anderen und flüsterte uns beiden ein Inventar seiner Verwandtschaft zu:

»Von Berg und Hügel strömt das Volk von Feery,
wenn der Trompete Ton ruft Puck und Peri:
Heinzelmänner,
Schreckgespenster,
Hexenweiber,
Todesfeen,
Lianhanshees, Tantarrabobs,
Faune, Gnome, Zwerge, Wichtel,
Kobold, Waldschrat, Irrwisch, Troll,
Elf und Erdmann und Popanz,
Nachtmahr, Unhold, Galgenvogel,
Dämonen, Geister, Moorgelichter,
Schemen, Spitzohr und Schlaraffen,
Klabautermänner, Wassernixen,
Selkies, Pinkets, Trows und Sprets,
Hobhorrids, Feen und ihre Spriggans,
Glaistyn, Gruagagh, Glashan,
dazu noch jeder Puck und Peri,
so folgen sie dem Ruf nach Feery.«

Er grinste, hob eine Braue, und da wurde mir klar, daß er versucht hatte, mich zu belustigen. Vermutlich war ihm dies auch gelungen, denn ich hatte mit genügend Interesse und Aufmerksamkeit zugehört, um zu bemerken, daß Fenoderee in seinem Inventar fehlte, welches ohnedies unvollständig sein mußte, weil ich ein Dutzend anderer Wesen vermißte, welche Fenoderee einst mir gegenüber erwähnt hatte.

Als alle Bogles sich in einem Halbkreis in der Nähe der Meeresküste aufgestellt hatten, waren auch die Sidhe fast vollständig eingetroffen. Sie versammelten sich auf den Abhängen des Hochlandes, so daß eine breite Straße zum Hain des Bündnisses freiblieb, der sich am Fuß der Berge befand.

Mama war nirgendwo zu sehen.

Israfel legte mir die Hand auf die Schulter und sagte: »Sie wird kommen.«

Und schließlich kam sie auch, geradewegs aus ihrem eigenen Schloß am Südabfall des Hochlandes. Sie kam zu Fuß, begleitet von zweien ihrer Leute, ich glaube, es waren Joyeause und eine zweite Tante. Ich spürte, wie mir die Tränen in die Augen stiegen. Ich war betrübt und wußte nicht, warum. Als sie nahe genug herangekommen war, sah ich, wie wunderschön sie war. Sie sah mich an, schüttelte den Kopf ein wenig, und die Tränen rannen ihr über die Wangen. Oberon starrte sie an, Zornesröte stieg ihm ins Gesicht, und er wandte den Blick ab. Er hatte sie ferngehalten, als man mich der Hölle überantwortete! Sie hatte nichts davon geahnt, was er vorgehabt hatte!

Und das war alles, was zählte. Was machte es aus, daß ich hundertdrei war und den Großteil meiner noch verbleibenden Jahre in der Hölle verbracht hatte? Sie hatte es nicht gewußt, das war alles, was zählte. Sie hatte mir nichts Böses gewünscht. Und ich selbst wußte doch genau, daß wir gelegentlich nicht mehr tun können, als unseren Kindern nichts Böses zu wünschen …

»Nun, fangt schon an!« zischte Oberon ungeduldig.

Gabriel antwortete ihm. »Es gibt nichts anzufangen, Bruder. Wir sind nicht hier, um ein Urteil abzugeben.«

»Ein bißchen spät, mich ›Bruder‹ zu nennen«, sagte Oberon.

»Ganz und gar nicht«, entgegnete Gabriel. »Wir waren die Frucht derselben Stunde, du und ich. Wir waren beide Kinder des Bündnisses. Du und dein Volk, ihr habt euren Weg gewählt und ich und die meinen den unseren. Ihr habt getan, was ihr getan habt, und wir haben getan, was wir getan haben. Und nun wird man uns richten, aber weder du noch ich werden das Urteil sprechen.«

Als wäre dies die Einleitung für seinen Auftritt gewesen, kam der Seraph aus dem Zelt und schritt die Straße zwischen den Bogles und Oberons Volk hinab. Ich konnte nicht feststellen, wie der Seraph aussah. Ich sah nichts als Licht, keineswegs zu grell, um hinzusehen, aber viel zu hell, um zu erkennen, was dahinter war. Vielleicht bestand er nur aus Licht und aus nichts sonst. Jedenfalls war er nicht für diese Erde gemacht, wie der Mensch und Feery. »Die Erde ist alles, was uns gegeben wurde«, hatte Puck mir einst gesagt. »Uns in Feery und den Sterblichen. Die Erde ist alles, was uns gegeben wurde.«

»Oberon«, sagte der Seraph. Es fühlte sich an wie ein richtiges Wort, doch was fehlte, war der Klang. Wir alle verstanden das Wort, aber wir hörten es nicht. Es schien in uns zu sein, wie ein Gefühl. Wie ein Schmerz.

Oberon bewegte sich nicht. Er stand da mit hocherhobenem Haupt, starrte das Licht an und weigerte sich zu sprechen.

»Du hast das Bündnis zwischen Feery und dem Allerhöchsten, der gepriesen sei, gebrochen.«

»Stimmt nicht«, widersprach Oberon; es kam als heiseres Flüstern aus seiner Kehle. »Kein *Mensch* hat durch mich Schaden erlitten.«

»Doch. Sie steht hier vor dir. Beauty, die Tochter der Elladine. Zur Hälfte Mensch durch ihre Geburt. Zur Gänze Mensch durch das Leben, das sie führte.«

»Aber sie ist doch hier! Unverletzt! Und nicht tot!«

Ich spürte den Zauber, in den ich gebettet war, so dick wie eine Salbe. Und aus den Mienen rundum las ich, wie schön ich war – lieblich wie der junge Morgen, noch lieblicher als Mama in ihrer ganzen Makellosigkeit. Sie alle hatten es sich in den Kopf gesetzt, mir diesen besonderen Zauber zu verleihen. Alle Augen hingen an mir, machten mir Mut, ließen mich leuchten. Ich wollte, ich hätte mich in jenem Moment sehen können. Um mich daran zu erinnern. Denn ich fühlte mich strahlen wie ein Stern.

Dann berührten Israfels Hände meinen Scheitel, glitten über meinen Kopf auf die Schultern, die Arme entlang und über den Körper. Und ich spürte, wie die Schönheit von mir abfiel. Oberon scheute sich, mich anzusehen. Die anderen jedoch konnten die Augen nicht abwenden. Mama weinte hemmungslos, als könnte sie nie mehr aufhören. Ich fühlte mich plötzlich so schwach, daß ich mich am liebsten auf der Stelle hingelegt hätte. So alt fühlte ich mich. So zerbrechlich. So furchtbar müde.

Und doch wollte ich mich schützend vor sie alle stellen. ›Nein!‹ wollte ich ausrufen. ›Sie haben mir so viel gegeben, daß es die Qualen aufwog! Hier liegt Schönheit! Hier liegt Zauber! Sie haben mich daran teilnehmen lassen. Und ich habe ein Leben geführt, das mehr wert ist als die verlorenen Jahre. Tu ihnen nichts. Tu meiner Mama nichts …‹

Das versuchte ich zu sagen. Israfels Hände lagen auf meinen Hüften, meinen bebenden alten Hüften, und waren kaum imstande, mich aufrecht zu halten. Ich versuchte zu schreien und konnte es nicht, versuchte zu vermitteln und konnte es nicht. Ich hob eine Hand, und sie zitterte.

»Schhh!« machte Israfel.

Ich senkte den Kopf und spürte meine Tränen. Es waren nicht nur die Jahre, die sie mir gestohlen hatten. Sie hatten mir auch die Kraft genommen, mich zur Wehr zu setzen. Der Seraph hätte mir wohl zugehört, wäre ich imstande gewesen zu sprechen. Sie hatten meine Liebe verraten. Sie hatten Gottes Mißfallen riskiert, und wozu?

»Sie hat nur wenige Jahre in der Außenwelt gelebt«, sagte der Seraph. »Und doch ist ihre Lebenszeit aufgebraucht. Hätte sie ihr Leben hier in Feery verbracht, wären dem Allerhöchsten keine Bedenken gekommen. Ein wenig Bedauern vielleicht, aber es wäre immerhin zumindest teilweise ihre eigene Entscheidung gewesen. Ein paar Jahre in Feery können für gewöhnliche Sterbliche eine große Freude sein, weil sie zu träumen lernen. Doch unter euch war einer, der sich der Dunkelheit des Schmerzes zuwandte, nicht als Weg zur Weisheit, sondern als Selbstzweck. Unter euch befand sich einer, der einen Gott des Schreckens schuf. Unter euch war einer, der seine Vorstellungen nach innen kehrte, ein Unsterblicher, dem der Tod Lust bereitete, einer, der sich selbst als Gott des Todes einsetzte, welch letzterer bis dahin nur über armselige Götter verfügt hatte. Er ließ Menschen mit ähnlichen Gelüsten zu sich kommen. Und gemeinsam schufen sie eine Hölle. Den Tod dieser Menschen legen wir euch nicht zur Last, denn sie haben sich aus eigenem Willen an seine Seite begeben.

Aber ihr habt euch ihm gebeugt, habt ihm den Zehent abgeliefert und ihn angefleht, euch den Allerhöchsten vom Leibe zu halten. So lange es nur ihr selbst wart, die ihr geopfert habt, zog der Allerhöchste, er sei gepriesen, das Bündnis nicht in Zweifel. Obwohl ihr Memmen wart. Obwohl ihr tief gefallen seid seit den Tagen jener Herrlichkeit, die euch einst verliehen war.«

Die Stimme des Seraphs wurde sanfter. »Was habt ihr damit zu erreichen erwartet?«

Oberon starrte die Hügel in der Ferne an und schwieg. Dieser Stolz! Er wollte nicht um Gnade betteln. Israfel hinter mir schwieg ebenfalls. Die ganze Schar stand reglos da.

»Hat er euch belogen?«

Schweigen.

»Hat er euch Versprechungen gemacht?«

Keine Antwort.

Der Seraph gab einen Laut von sich – zumindest nahmen wir einen Laut wahr, ein Gefühl, einen Ton unendlichen Wehklagens, als ob man die Saite einer Harfe anschlüge, die im selben Moment reißt. »Ein zu großer Teil des Lebens dieser Frau wurde im Labyrinth deines Genossen vergeudet, und das war nicht ihre eigene Entscheidung. Sie ist eine Sterbliche und ist zu dauerndem Schaden gekommen, Oberon. Nicht nur aus diesem Grund, denn es gibt noch andere, jedoch mit diesem Grund als Anlaß ist das Bündnis als gebrochen zu betrachten.«

Israfels Hände glitten wieder aufwärts, und die Schönheit kehrte zurück; meine Kräfte kehrten zurück. Der Seraph drehte sich um und ging zum Zelt. Nun war es zu spät, mich schützend vor sie alle zu stellen. Als der Seraph im Zelt verschwand, erlosch das Licht. Das Zelt war leer. Die Bäume rundum wurden schwarz, und innerhalb von Augenblicken zerfielen sie zu Staub, und Wind kam auf und verwehte den Staub.

Dies war der Hain, den zu zerstören Oberon sich solche Mühe gegeben hatte, und nun war er verschwunden. Doch wie es schien, konnte er den Blick nicht von der Stelle wenden, an der er sich befunden hatte.

Als ich meine Aufmerksamkeit wieder den versammelten Bewohnern von Feery zuwandte, merkte ich, daß sie alle weinten und im Begriff waren, die Szene zu verlassen. Nur Mama kam zu mir, legte die Arme um mich und sagte: »Ich wußte es wirklich nicht. Oberon hatte mich weggeschickt, Beauty. Er vernebelte den Palast, um die Bogles zu vertreiben, damit sie dich nicht vorwarnen konnten. Er sagte mir nichts davon. Er packte dich einfach ...«

Ich tätschelte ihr die Schulter, drückte sie an mich und schluchzte: »Ich verstehe nicht, wie Feery nur gemeinsame Sache mit dem Herrn der Finsternis machen konnte! Ich verstehe das nicht!«

Sie weinte mit hochgehobenen Schultern und sah genauso aus wie irgendein kummergeschütteltes altes Waschweib in Westfaire, das Tränen vergoß über ein verlorenes Kind, einen verlorenen Mann, ein verlorenes Leben. »Ich weiß es nicht!« rief sie dann aus. »Er drängte uns. Er lockte uns. Er flüsterte uns ein, wir hätten Feinde, und versprach, uns vor ihnen zu schützen. Er berichtete von geheimen Plänen gegen uns und behauptete, er habe sie vereitelt. Er wies uns auf die Religionen der Menschheit hin, die uns allen Zauber stehlen – Religionen, die vorgaben, den Allerhöchsten zu verehren, und der Allerhöchste, so sagte der Herr der Finsternis, werde diese Verehrung dulden und uns so um unseren Zauber betrügen. Er sagte, er könne uns zum Sieg gegen die Engel führen, die uns demnächst den Krieg erklären würden. Oberon schenkte ihm wahrscheinlich ein wenig Glauben. Jedenfalls genug, um ihm den Zehent abzuliefern. Ein geringer Preis, so dachten wir.«

Simpler Verfolgungswahn also? Ein Feen-Soziopath, der in seinem Labyrinth hockte und Lügen ausstreute?

Aber ich war dort gewesen. Ich wußte, daß mehr dahintersteckte als das. Ein widerlicher, ungeheuerlicher Ehrgeiz. Eine todesgierige Ekstase. Eine Anbetung der Qual. Was in den Hallen des Herrn der Finsternis hauste, stammte nicht nur aus Feery, sondern auch vom Menschen. Es war eine gräßliche Allianz. Konnte es möglicherweise so sein, daß ihr auch irgendein dunkler Engel angehörte? Ein scheußliches Triumvirat, das Verderben ausbrütete?

Über Mamas gebeugten Rücken hinweg sah ich Israfel an und fragte: »Und was wird jetzt geschehen?«

»Das Bündnis ist gebrochen. Doch durch das Bündnis haben wir unsere Unsterblichkeit gehabt, und ich denke, die haben wir nun nicht mehr. Das ist der Grund dafür, daß Oberon flennt. Wenn er damit fertig ist, werden wir weitersehen.«

»Baskarone«, stammelte ich.

»Ja, Baskarone«, nickte er mit versagender Stimme. »Ich weiß nicht, wie lange es noch existieren wird. Der Seraph hat nichts darüber verlauten lassen.« Zum erstenmal merkte ich, wie Israfel jetzt aussah ... nicht älter. Nein. Irgendwie erschöpft. Als habe er sich mit meinem Schutz verausgabt. Keiner von uns beiden war der Hölle unversehrt entronnen.

»Bevor es ... wenn es ... kann ich es sehen?« fragte ich.

Er drehte sich um und blickte in die Runde. Michael nickte als erster, dann Gabriel und dann die anderen. Israfel nahm mich an der Hand.

»Wirst du zurückkommen?« rief Mama und tat einen Schritt von mir weg.

»Wenn noch Zeit ist dazu«, sagte ich. »Wenn mir noch Zeit bleibt.«

»Israfel«, bettelte sie, »ich war doch nie an dieser Sache beteiligt!«

Er sah sie ausdruckslos an. Seine Miene war ruhig, aber unversöhnlich. »Als der Mensch sich an seinem Feuer erhob und der Allerhöchste uns bat, ihm beizustehen, da hörte man nur dreizehn Stimmen, die einwilligten: unsere und die von Carabosse. Die deine war nicht darunter, Elladine. Als Oberon lachend wegging, da warst du an seiner Seite.«

Sie beugte den Kopf und schluchzte auf.

Israfel sagte: »Ich werde sie zurückbringen, falls noch Zeit dazu ist.«

Was soll ich über Baskarone berichten?

Alles, was des Menschen Herz erfreute, seit er in diese Welt trat, befindet sich hier. Alles, was der Mensch an Schönem schuf, während er sich in dieser Welt befand, ist hier zu finden. Nichts Wertloses, Vergängliches, sondern nur das Großartige. Einige Gärten. Einige Monumente. Sogar eine vollständige Stadt, entworfen von einer Frau mit großer künstlerischer Begabung. Im einundzwanzigsten Jahrhundert hatte ich einen Film darüber gesehen. Die Stadt war im frühen einundzwanzigsten Jahrhundert erbaut und von den nationalistischen Terroristen während des Großen Wiedervereinigungskrieges im Jahr 2043 wieder zerstört worden, desselben Krieges, der ganz Irland für alle Zeiten in den Fluten des Meeres versinken ließ und sämtliche Einwohner der Insel, sowohl des Südens als auch des Nordens, ausrottete und dazu noch die Hälfte jener von England und Schottland.

An sich jedoch war völlig gleichgültig, wer die Stadt zerstörte, denn nun stehen Alesatfarmen auf dem Platz, an dem sie sich einst befand. Hätten die Terroristen sie nicht bombardiert und damit den Krieg begonnen, wäre sie in jedem Fall von Alesat dem Erdboden gleichgemacht worden. Der normalsterbliche Mensch ist wahnsinnig.

Es gibt eine Handvoll wunderbarer Moscheen in Baskarone, majestätisch und von herrlicher Schönheit. Ein ägyptischer Tempel ist hier, getragen von bemalten Säulen. In einer Festung aus Lehm befinden sich Wandbilder aus Keramikfliesen. In Baskarone stehen auch Bauwerke aus Ekbatana und Susa sowie ein Gebäude aus Troja und zwei aus den Vereinigten Staaten von Amerika, die letzteren sind ziemlich kleine runde Häuser, die aussehen, als wären sie direkt der Erde entwachsen.

Höhlenmalereien sind hier zu sehen – fliehende Pferde und schwerfällige Bisons –, afrikanische Schnitzereien und so viele Gegenstände aus dem Orient, daß ich sie noch gar nicht alle besichtigen konnte. Auch eine komplette chinesische Stadt ist darunter, die aus rotem Lack und Gold gemacht scheint und die bewacht ist von Drachen auf den Dächern.

Alle diese Dinge befinden sich in Gärten und Wäldern und auf grasbewachsenen Lichtungen. Die Blumen in diesen Gärten sind die herrlichsten, die je irgendwo wuchsen. Die Bäume in den Wäldern sind hoch und gerade gewachsen. Das Gras auf den Wiesen wurde noch nie gemäht, und zwischen den Halmen tummeln sich piepende Vögel.

Auch Menschen gibt es hier. Die Frau, von der diese Stadt geplant wurde, die Männer, die die Festung erbauten, die Zimmerleute, welche die Drachen anfertigten. All jene, die in ihrem Leben Schönes schufen, befinden sich hier. Alle diejenigen, die nach Höherem strebten. Deren Namen einen sanften Klang in unseren Ohren wachrufen, wie Weingläser in einem Schrank, die sich zwar unseren Blicken entziehen, deren Klingen aber dennoch zu hören ist.

Die Träume jener Männer, die nach den Planeten griffen, ehe Alesat alles an sich riß, sie sind hier. Ich weiß nicht, wieso sie sich hier befinden, aber sie funkeln wie Goldmünzen an den dunklen Stellen dieses Landes.

»Wie könnt ihr denn Raumfahrerträume hier haben?« fragte ich. »Wir befinden uns doch immer noch im fünfzehnten Jahrhundert!«

»So wie Chinanga in die Ewigkeit eingebettet existierte, verhält es sich auch mit diesen Dingen hier«, erklärte Israfel.

»Doch nur Oberons Missetaten wegen«, warf ich ein, »wird doch der Allerhöchste, er sei gepriesen, all dies nicht verschwinden lassen!«

Sariel stand neben uns; sie seufzte. »Selbst Dinge, die der Schöpfer selbst hervorbrachte, verschwinden aufgrund irgendeiner Missetat, Beauty. Der Allerhöchste macht einen Baum, der viertausend Jahre lang lebt, und dann sägt ihn jemand um, um daraus Papier zum Einwickeln von Kaugummi zu machen. Der Schöpfer erschafft Wale, die in den Tiefen des Meeres singen, und der Mensch tötet sie, um ihr Öl für Lippenstifte zu verwenden.«

»Genug, Sariel«, unterbrach Israfel sie. »Sie weiß es ja. Sie hat gesehen, wie es endet.«

Sie ließen mich allein, und ich konnte umherwandern, wo ich wollte. Ich betrat eine riesige Kathedrale und durchschritt das Schiff aus himmelhoch aufstrebendem Stein, dessen Arme sich oben zu verästeltem Maßwerk verflochten – so hoch oben, daß es unmöglich schien, daß Menschenhände das alles geschaffen hatten und diese zarten Bögen aus Stein es trugen. Eine Glocke läutete, und ihr Klang tönte durch die Säulenreihen, einmal leiser, einmal lauter, hallte nach und verlor sich in einem langen Seufzen. Weihrauch brannte, und der Rauch stieg in einer klaren blauen Säule auf in das Licht, das durch die hohen bunten Fenster fiel. Und das alles zusammen, Stein und Rauch und Wohlklang, vereinigte sich zu einem Ganzen, zu einem Augenblick, dessen Schönheit mir fast das Herz zum Stehen brachte. Doch das war Absicht. Menschen wußten, wie sie diese Wirkung erreichten. Sie wußten, was Schönheit ist.

Ich durchwanderte Gewölbe aus Baumkronen, die es in ihrer Lieblichkeit mit der Kathedrale aufnahmen. Grüne Tunnel, durchbohrt von goldenen Lichtspeeren, die an die Blüten im Gras rührten. Ich entdeckte Eichen, so rot wie Rubinglas, in uralten Hainen, auf die das Sonnenlicht fiel. Dort ging ich auf Zehenspitzen, denn rundum war Herrlichkeit, von Gott geschaffen. Er wußte auch, was Schönheit ist. Die Kathedrale war nur eine Kopie dessen, was ich hier sah.

Selbst der Tempel der Hilfreichen Amphibien war da. So hatte denn auch Ambrosius Pomposus erkannt, was Schönheit ist.

Ich dachte daran, was ich im zwanzigsten Jahrhundert hinter mir gelassen hatte: grauen Beton und Meilen schäbiger Häuser, nichtssagende Türme aus Glas und Parkplätze, so weit das Auge reichte. Die Haine waren längst gefällt, um Papier für Pornoromane zu liefern. Ehrfurchtsvolle Stille hatte nicht existiert, nur das Lärmen und Heulen der Apparate, die von den jungen Leuten auf den Schultern getragen wurden – eine unaufhörliche Vergewaltigung der Ohren.

Hier in Baskarone war eine Stille, in der man Vögel singen hörte und das Muhen der Rinder in den fernen Wiesen. Auch auf der Erde hatte es einst Stille gegeben, in der Kinderlachen, der Ruf des Eisvogels hoch oben in der Luft oder der grelle Schrei des Falken noch zu vernehmen waren. Selbst Fische hörte man, wenn sie hochsprangen und wieder zurückplatschten ins Wasser, und das Quaken von Fröschen und das Summen der Bienen.

Als ich hingegen das zwanzigste Jahrhundert verließ, da war nichts als *Wuum-a-wuum-a-wuum-a-wuum* zu hören gewesen, jeder Ton wie ein dumpfer Schlag direkt ins Gehör, so daß es nach seinem Verklingen in den Ohren pochte wie in einer entzündeten Wunde. In jener Zeit gibt es keinen Gesang von Vögeln mehr, denn wenn irgendwo dem Ohr zufällig ausreichend Stille begegnet, dann kann es nichts hören, weil es verkrüppelt wurde von dem, was man ihm zuvor aufgedrängt hat.

Und ähnlich ist es mit dem Auge. Wenn es noch nie Schönheit erblickt hat, wie kann es sie erkennen? Es wurde verkrüppelt von der Häßlichkeit, kaputtgemacht von allen Entsetzlichkeiten dieser Welt. Genau wie Gedanken und Gefühle.

Ich wollte natürlich in Baskarone bleiben, aber dieses Recht hatte ich mir nicht verdient. So bat ich auch nicht darum. Und niemand hat es mir angeboten. Als ich alles gesehen hatte, was mein Herz aufnehmen konnte, brachte man mich zurück nach Feery, wo inmitten von Kriegsvorbereitungen Puck auf mich wartete.

Puck saß nicht weit von der Stelle, wo Israfel mich absetzte, auf dem Boden. Er stand auf, nahm mich an der Hand und half mir, mich auf einem nahen Stein niederzulassen. Zum erstenmal fiel mir auf, daß er ziemliche Ähnlichkeit mit Giles hatte. Nicht so sehr die Gesichtszüge, als vielmehr rund um die Augen. Aber dort sah er eigentlich auch aus wie Bill … Seltsam, wieviel wir von Menschen, die wir lieben, auch in anderen Menschen sehen, die uns liebgeworden sind. Er reichte mir eine Schale mit etwas Warmem darin, die er zufällig bei sich hatte. Es schmeckte verdächtig nach irdischer Hühnersuppe mit Gerste, und er gestand, sie aus der Küche gewöhnlicher Sterblicher gestohlen zu haben.

»Die Köchin wird nichts merken«, versicherte er mir. »Sie hatte einen ganzen großen Topf voll von dem Zeug auf dem Ofen. Ruh dich aus, Beauty, und erzähl mir von Baskarone.«

Ich berichtete ihm von allem, was ich gesehen hatte, und bemühte mich, dabei so poetisch zu klingen, wie ich mich fühlte. Ich sah ihm an, daß er alles im Kopf notierte, drauf und dran, ein Lied daraus zu machen. Während wir so dasaßen, umringten uns nach und nach einige Bogles, und auch Fenoderee kam herbei. Als ich mit meiner Schilderung zu Ende war, fragte ich ihn, was sich seit meinem letzten Aufenthalt in Feery alles zugetragen hatte. Ich scheute mich, ihn zu fragen, wieviel Zeit seitdem verstrichen war; ich hatte Angst, es zu erfahren.

Auf diese Weise erfuhr ich von dem bevorstehenden Krieg.

»Oberons Volk ist nicht ganz glücklich mit ihm«, sagte Puck. Die Bogles nickten heftig zu dieser Scharfsichtigkeit und bestätigten, daß die Daoine Sidhe in der Tat höchst unglücklich mit Oberon waren.

»Und er ist zu dem Schluß gekommen, daß die Schuld bei jemand anderem liegt.«

»Doch nicht bei mir«, rief ich entsetzt, »oder bei Mama!«

Puck schüttelte den Kopf und lachte kurz auf. »Es ist die Schuld des Herrn der Finsternis, Beauty. Hätte der Herr der Finsternis Oberon nicht verführt, hätte Oberon das Bündnis nicht gebrochen. Daher ist alles die Schuld des Herrn der Finsternis, und Oberon wird gegen ihn kämpfen. Jedenfalls gegen ihn und seine engsten Verwandten.« Es klang mißbilligend.

»Aber genau das wolltest du doch!« bemerkte ich.

»Ganz recht, aber nicht aus diesem Grund«, grollte Puck. »Die Schwierigkeit liegt darin, daß Oberon und die Seinen allein nicht stark genug sind, um dem Herrn der Finsternis mehr als nur ein Stachel im Fleisch zu sein. Aber der Rest von Feery ist zu verärgert über Oberon, um ihm Gefolgschaft zu leisten.«

»Und was ist mit dir, Puck?« fragte ich. »Und mit Fenoderee? Und mit allen anderen Bogles?«

»Er hat uns nicht um unsere Hilfe gebeten«, antwortete Fenoderee. »Und Kämpfen liegt uns nicht. Bogles ziehen nicht in den Krieg. Auch wenn es ein paar Stämme bei uns gibt, die zur Gewalttätigkeit neigen, sind wir doch im großen und ganzen Individualisten und Exzentriker. Ich nehme an, die meisten Bogles werden in die Außenwelt zurückkehren und ihr Leben zu Ende leben. Vielleicht sind wir nicht mehr unsterblich, aber etwas sagt mir, daß wir ein langlebiges Völkchen sind. Und durchaus möglich, daß auch im zwanzigsten oder einundzwanzigsten Jahrhundert jemand glaubt, er habe einen Bogle gesehen. Oder einen gehört.«

»Und wo wird Oberon den Angriff gegen den Herrn der Finsternis beginnen?« erkundigte ich mich.

»Der Herr der Finsternis wird nicht hervorkommen«, piepste einer aus dem Kreis der Kobolde. »Also muß Oberon hinabsteigen und sich auf die Suche nach ihm machen.«

»Wird meine Mama mittun?«

Sie nickten zögernd.

»Aber er hat so viele Dämonen da drinnen!« rief ich. In Wahrheit jedoch machten mir die Dämonen weniger Sorgen als die anderen Dinge, die sich in der Hölle befanden. Alle die gräßlichen Dinge, die der Mensch künftig hervorbringen wird.

Ich schilderte sie den Bogles andeutungsweise, und es schauderte sie. »Ich weiß nicht, ob man diese Dinge vernichten kann«, sagte ich. »Der Mensch hat sie sich ausgedacht, aber der Herr der Finsternis hat sie zu schrecklichem Leben erweckt. Sie könnten sich als gefeit erweisen gegen alles, was Oberon ihnen anhaben will. Kann der Herr der Finsternis selbst getötet werden?«

Puck nickte. »Er gehörte einst zu den Sidhe, Beauty. Sein Hochmut brachte ihn dazu, das Bündnis zu brechen. Er war zu hochmütig, um zu erkennen, daß auch er seine Unsterblichkeit verlöre, wenn die Sidhe die ihre verlieren. Er und Oberon sind wie die Söhne eines großzügigen Vaters, die so verschwenderisch umgehen mit seinem Vermögen, als wäre es ihr eigenes und grenzenlos, als hätten sie es selbst erarbeitet und nicht als Geschenk erhalten. Doch dann kommt schließlich der Zeitpunkt, wenn der Vater sagt: Genug! Und nun, da sie ohne die Reichtümer dastehen, verwünschen sie das Schicksal und den Vater und sind weit davon entfernt, die Schuld bei sich selbst zu suchen. Ja, der Herr der Finsternis kann sterben. Genauso, wie Oberon jetzt sterben kann.«

Ich stand auf und klopfte mir den Staub vom Kleid. Höchste Zeit, Mama zu besuchen. Ich hatte ihr versprochen, ich würde zurückkommen. Die Bogles begleiteten mich ein Stück des Weges und verließen mich erst am Fuße des Hügels, auf dem das Schloß von Ylles stand. Als ich nicht mehr weit davon entfernt war, sah ich Mama entgegenkommen. Als wir zusammentrafen, küßte sie mich, und diesmal erwähnte sie meinen Geruch mit keinem Wort. Und ich hütete mich, den ihren zu erwähnen, denn sie roch nach alten Blumen, trocken und welk.

Hastig erzählte ich ihr von allem, was sie und Oberons Leute im Lager des Herrn der Finsternis erwartete, und bat sie inständig, nicht mitzugehen. Sie schüttelte zwar den Kopf, hörte mir aber aufmerksam zu und stellte mir die eine oder andere Frage. Sie erklärte, die Dinge, die ich ihr beschrieb, seien nicht vorhanden gewesen, als sie selbst sich dort aufgehalten hatte. Auch Barrymore Gryme und seinesgleichen seien nicht dagewesen. Aller Horror, dem sie begegnet war, hatte sich auf Feenhorror beschränkt, dem Mama einigermaßen gewachsen war. Als ich mit meiner Schilderung endete, war Mama sehr blaß geworden und schien sich zu fürchten. Ich fragte mich, ob es ihr wohl gelingen würde, Oberon zur Vorsicht zu überreden. Er hatte auf mich stets den Eindruck gemacht, zu überstürzten Handlungen zu neigen und darüber hinaus unbelehrbar und anmaßend zu sein.

Mama sagte, sie müsse mit ihm reden, aber noch als sie sich zum Gehen wandte, umklammerte sie meine Hand. Schließlich schob sie mich weg von sich und deutete auf Puck und die wartenden Bogles. »Deine Großtante Carabosse möchte, daß du zum Tee kommst. Sie sagte, später werde sie keine Zeit mehr dazu haben.«

Ich wußte, daß Carabosse damit recht hatte. »Und wann soll ich kommen?« fragte ich.

»Jetzt gleich. Sobald du kannst.« Wieder deutete sie hinüber zu den Bogles; offenbar meinte sie, ich sollte mich Puck anschließen.

Ich wollte mich nicht von ihr trennen. »Jetzt soll ich weggehen, da Oberon in den Kampf ziehen will und du vorhast, ihn zu begleiten?«

Zum drittenmal bedeutete sie mir zu gehen. »Deshalb mußt du weg! Oberon ist wütend auf dich. Ach, Beauty, er ist wütend auf sich selbst, weil… Nun, du weißt, weshalb. Und dein Anblick erinnert ihn immerzu daran, wie wütend er ist! Es ist keine günstige Zeit für dich, in Feery zu sein.«

Ich starrte sie an. »Es ist aber vermutlich das letzte Mal, daß ich in Feery sein werde, Mama. Ich bin hundertdrei Jahre alt! Selten werden Menschen so alt. Und wenn ich zurückgehe, dann ist mein Leben zu Ende. Dies ist das letzte Mal, daß wir beide zusammen sind.«

Sie fing wieder an zu weinen, und ich fühlte mich gräßlich. Ich tätschelte ihre Schulter. »Nimm es dir nicht zu Herzen, Mama. Also werde ich die alte Carabosse besuchen. Ich werde mich nicht lange bei ihr aufhalten, und so bleibt uns beiden noch ein wenig Zeit füreinander, wenn ich wieder zurück bin.«

Ich wandte mich ab, um mich den Bogles anzuschließen, und Mama trottete den Hang zu Oberons Schloß hinauf.

Nichts hatte sich verändert in Carabosses Häuschen. Die Uhren tickten immer noch und folgten augenblicklich, wenn sie sie mit einer Handbewegung zum Schweigen brachte. Die einzige Überraschung war, daß Israfel sich bei ihr befand. Sie erschienen mir beide sehr still. Nachdem wir Tee getrunken hatten, schlug Carabosse vor, einen Blick in den Teich der Ewigkeit zu werfen, und wir gingen alle drei hinaus in den Garten. Der Teich lag am anderen Ende inmitten eines Haines aus Silberbäumen; die Brücke, die sich darüberspannte, erinnerte mich an jene über den Teich der Freuden, und ihr Zweck war der gleiche. Wir lehnten am Geländer, Israfel, Carabosse und ich, blickten hinab in die Tiefen und sahen unsere eigenen Gesichter, die sich in dem dunklen Naß spiegelten.

Carabosse bewegte die Hand über das Wasser. Schwärze. Nichts als Schwärze. Israfel bewegte die seine. Immer noch nichts als Schwärze.

Carabosse sagte: »Und jetzt du.« Ich tat wie geheißen und bewegte die Hand in einem ausladenden Bogen über die Wasserfläche.

Israfel seufzte. »Da!« sagte er und zeigte hinab. An der Stelle, auf die sein Finger wies, sah ich einen Funken Licht, so schwach, so verschwommen, als würde ein versunkenes Juwel sein Glimmen vom Grund des Teiches heraufschicken.

»Nun, also…«, hauchte Carabosse. Sie und Israfel sahen sich an, und obwohl ihre Gesichter völlig ausdruckslos waren, spürte ich, daß zwischen ihnen irgend etwas vorging.

Wir kehrten in das Häuschen zurück. »Und was wird jetzt geschehen?« fragte ich.

»Etwas völlig anderes als das von uns Geplante«, flüsterte Carabosse. »Es ist fast so, als hätte ein anderer die Planung vorgenommen.«

»Was auch immer geschieht«, sagte Israfel, »am Ende der Zeiten haben wir Licht gesehen. Ich werde den anderen davon berichten. Das wird genügen, denke ich.«

Und das war alles, was er sagen wollte; dennoch legte er mir liebevoll die Hand auf die Schulter, als er mir adieu sagte. Auch ich blieb nur noch ein kleines Weilchen bei Carabosse, und als ich vor das Häuschen trat, stand Puck mit einem Pferd davor, das mich zurückbringen sollte. Und so ritten wir durch den Wald, während Puck mir Balladen vorsang und Fenoderee ihn auf der Laute begleitete.

Unterwegs machten wir Rast für ein Picknick – wiederum Menschennahrung, diesmal Schinken, frischgebackenes Brot und Obst. Einige der aufgeschlosseneren Bogles setzten sich zu uns und wetteiferten untereinander im Erzählen von merkwürdigen Geschichten über Menschen, die sie kennengelernt hatten. Ich glaube, irgendwann schlief ich ein. Jedenfalls habe ich eine Art Erinnerung an das Einschlafen.

Auf unserem weiteren Weg machten wir Halt auf einer wunderhübschen Lichtung, um die orchideenartigen Blumen zu pflücken, die auf den Bäumen wuchsen. Ein paar Bogles gesellten sich zu mir und hielten mir Vorträge über die Flora und Fauna von Feery. Bemerkenswerterweise waren einige der Wesen, die ich als Bogles betrachtet hatte, in Wahrheit Tiere; einige andere hingegen, die ich für Tiere gehalten hatte, waren Bogles. Es schien keine klare Unterscheidungsmöglichkeit zu geben. Schwarze Hunde zum Beispiel sind Bogles. Die Hedly Kowe ist jedoch ein Tier. Zumindest die meiste Zeit über. Genau wie die Gwartheg y Llyn. Irgendwann während dieser Lektionen könnte ich möglicherweise wieder eingeschlafen sein.

Das nächste Mal rasteten wir an einem Wasserfall, den Puck seiner Schönheit wegen für außergewöhnlich sehenswert hielt. Dort stellte er mich einer Nixe vor, die es sich nicht nehmen ließ, uns von ihrem Wassermooswein kosten zu lassen; der Wein war in der Tat von köstlichem Wohlgeschmack. Könnte ich wiederum eingeschlafen sein? Mir scheint es jedenfalls so.

Als Puck vorschlug, ein viertes Mal Rast zu machen, sagte ich: »Puck, du versuchst, meine Rückkehr hinauszuschieben, nicht wahr? Ich denke, du solltest mir den Grund dafür verraten.«

Er sah mich nachdenklich an. »Nun, es gab da so ein Gerede zwischen Oberon und seinen engsten Vertrauten über dich und darüber, daß du dich im Reich des Herrn der Finsternis gut auskennst, und Oberon ließ die Bemerkung fallen, dich als Führerin mitnehmen zu wollen.«

»Ich kenne mich dort überhaupt nicht aus!« rief ich erstaunt. »Jedesmal, wenn ich mich umdrehte, war hinterher alles anders. Außerdem ist der Herr der Finsternis einer aus dem Geschlecht der Sidhe. Sie müßten mehr über ihn wissen als ich.«

»Das ist uns alles klar«, sagte Puck. »Und Oberon wird das auch einsehen. Wir haben ihm nur Zeit gelassen, vernünftig zu werden.«

»Sehr viel Zeit«, bemerkte ich vorwurfsvoll; plötzlich hatte ich Angst, wir wären zu lange weg gewesen.

»Wir hätten früher zurückkehren können«, erwiderte er. »Aber Israfel meinte, wir sollten einige andere Entwicklungen abwarten.«

Mit allen diesen Picknicks und Weinverkostungen und zoologischen Vorträgen fand ich, wir wären bei weitem lange genug weg gewesen. Doch als wir aus dem Wald kamen, wurde mir klar, daß das, was Israfel unter ›Entwicklungen‹ verstand, weit über alles hinausging, was ich hätte vorhersehen können. Ich hatte auf dem freien Gelände Oberon und die Seinen erwartet – ein paar hundert Bewohner von Feery bei dem tapferen, aber vergeblichen Versuch, auf dem Wiesenland in Schlachtordnung Aufstellung zu nehmen. Was ich jedoch erblickte, war ein Meer von Lanzen, ein unübersehbares Heer in blitzenden Rüstungen, über dem Banner im sanften Wind flatterten.

Und dort, inmitten der Menge, standen die zwölf aus Baskarone, die Fernen Brüder. Israfel. Michael. Gabriel. Alle. Die schlanken hohen Schwanenflügel, die sie trugen, ragten hell wie Sterne aus der Masse hervor.

»Wieso das?« flüsterte ich.

»Schsch!« machte Puck. »Schau lieber zu!«

Wir standen am Waldesrand, während immer mehr Sidhe die Hügel herabströmten, mehr und immer mehr, mehr als ich je für möglich gehalten hätte. Flüsternd erklärte mir Puck, wer sie alle waren, diese

Leute aus Feery; sie gehörten nicht zu Oberons Stamm und kamen zum Teil von weither: ein Heer aus Tirfo Thuinn, dem Land unter dem Meer; eine berittene Truppe aus Annwn, angeführt von ihrem König Gwynn ap Nudd, und eine andere Truppe aus Rhys Dwfen; Leute aus dem Gwyllion; Ethal Anbual, der Sidhekönig von Connaught, der an der Spitze eines großen, auf goldenen Pferden reitenden Gefolges von den Hügeln herabgaloppierte.

Dann kam die Amazonenkönigin Tyton. Sie war mit einem Ebenholzbogen und silbernen Pfeilen bewaffnet und trug den Halbmond auf dem Helm. Sie war umringt von einer Schar Kämpferinnen mit grimmig entschlossenen Gesichtern, die rote Kokarden auf den Brustpanzern trugen zum Zeichen, daß sie bereit waren, ihren letzten Blutstropfen zu vergießen, wenn es sich als nötig erweisen sollte. Ihre Banner trugen das Bild der Nebelkrähe, und sie riefen mit schrillen Stimmen die Namen ›Nemainn‹, ›Macha‹ und ›Morrighan‹ – die drei Namen von Badb, der Göttin des Krieges.

Es kamen auch die sieben Winterschwestern, Cailleach Bheur aus dem schottischen Hochland, die Schwarze Annis von den Danehügeln, die Scheußliche Hexe aus den Midlands, die Gyre-Carline aus den Lowlands, Cally Berry aus Ulster, Caillagh ny Groamagh von der Insel Man und die Sanfte Annie vom Cromarty Firth (wo der Winter milder, jedoch trügerischer ist als irgendwo sonst). Alle waren sie in graue Gewänder gehüllt, und Stechginster umkränzte ihre Häupter; ihre Gesichter hatten die Farbe blaugrauen Gesteins. Sie hielten dreieckige graue Banner hoch, die in einer Ecke eine kleine Sonne trugen. Ihre Stimmen klangen nach dem Winterwind, der den Tod auf die Welt herabruft.

»Weshalb kommen sie alle?« fragte ich erneut. »Ich

dachte, es handle sich nur um Oberon und sein Volk! Schließen sie sich denn alle Oberon an?«

Puck schüttelte den Kopf und hielt meine Hand fest. »Sie folgen Israfel und den Seinen«, sagte er. »Die Verlorenen Brüder haben sich unter sie gemischt und vom Ende der Zeiten gesprochen. Sie wissen, wofür sie kämpfen, Beauty. Sieh mal, wie sie dich heimlich aus den Augenwinkeln betrachten. Schau hin und achte auf ihre Blicke! Das ist der Grund, weshalb wir so spät hierherkamen, weshalb wir vor dem Hintergrund der dunklen Bäume innegehalten haben: damit sie dich sehen können, Beauty. Sie werden dein Bild und deinen Namen in die Schlacht tragen wie eine Fahne. Der Grund für diesen Aufmarsch bist du!«

Bis zu diesem Zeitpunkt hatte ich den Zauber nicht bemerkt, der mich umgab wie in dem Moment, als wir dem Seraph gegenübergestanden hatten. Er war genauso stark, und doch anders. Echter, innerlicher. Ich war genauso schön, doch sie sahen nicht mich, sondern das, was ich in mir trug.

»Ts, ts, ts!« machte Puck, als er die Tränen in meinen Augen bemerkte. »Halte den Kopf hoch und wage es nicht zu weinen! Sie ziehen für dich in den Kampf, und sie dürfen dich nicht weinen sehen, wenn sie sich auf den Weg machen!«

Viele Gesichter in diesen Heerscharen, die aufmarschiert waren, verrieten den Entschluß, lieber für eine gute Sache rasch zu sterben, als für überhaupt keine langsam. Und ich, die ich langsam starb, konnte es ihnen nicht verdenken.

Immer noch kamen sie aus der Ferne die Hügel herab, aus der Neuen Welt wie aus der Alten, von den Inseln der Meere, aus den Wäldern Afrikas, aus Schluchten und mächtigen Flüssen, aus allen Orten der Welt, wo Feery noch eine Heimat hatte. Nicht einmal ein Zehntel von ihnen vermochte ich beim Namen zu nennen, und selbst Puck kannte sie nicht alle.

Und als sie vollzählig angetreten waren, kam Mama den langen Hang zu uns herauf angeritten. Sie sah sehr fahl und abgespannt aus.

»Ich habe Oberon gesagt, daß du uns nicht führen kannst«, berichtete sie. »Also rechnet er nicht mehr mit dir. Außerdem, mit diesem ganzen…« Mit einer Handbewegung deutete sie auf die Versammlung zu unseren Füßen und seufzte. »Es war spaßig, ihn zu beobachten, als sich immer mehr von ihnen einfanden. Plötzlich erinnerte er sich daran, wer er ist! Plötzlich zog er einen Vergleich zwischen sich und Israfel und wollte sich des Vertrauens seiner Gefolgschaft als würdig erweisen.« Sie sagte das mit einem kleinen Lächeln, einem winzigen spöttischen Lächeln. »Jetzt ist er wieder Oberon, so wie ich ihn aus längst vergangenen Tagen in Erinnerung habe. Jetzt, am Ende aller Dinge, wird er wieder zu Oberon, dem Mächtigen, dem Gefährlichen.«

Ich warf die Arme um sie. »Und wohin führt euch euer Weg nun?« fragte ich.

»Über jene Route, die wir am besten kennen«, antwortete sie. »Zu dieser Höhle auf dem Heideland, derselben, zu der dich die Reiter brachten.«

»Bis dorthin werde ich euch begleiten«, sagte ich. Sie nickte, wendete das Pferd und ritt zurück.

Puck zog mich am Bein. Ich blickte hinab, und er flüsterte mir zu: »Wenn du mit ihnen wegreitest, Beauty, trag deine Stiefel, nimm den Mantel mit und alles andere, woran dir liegt.«

»Ich weiß nicht einmal, wo meine Sachen sind«, sagte ich. »Seit ich in der Hölle war, habe ich nichts davon zu Gesicht bekommen.«

»Sie sind hier«, sagte Fenoderee. »Ich habe sie in Sicherheit gebracht und für dich aufbewahrt.«

Und da waren sie: die Stiefel, der Mantel, das Buch. Fenoderee schob das Buch in eine Manteltasche und zog mir die Stiefel über. Den Mantel band ich hinter mir an den Sattel, wo ich ihn augenblicklich zur Hand hatte.

»Der Herr der Finsternis hat nicht vergessen, was du getan hast«, flüsterte Puck eindringlich. »Es wäre klüger, nicht mit den anderen zu gehen!«

»Vielleicht ist es das letzte Mal, daß ich Mama sehe«, erklärte ich. »Ich kann sie nicht einfach wegreiten lassen, ohne sie so weit wie möglich zu begleiten. Man muß wissen, wie Mütter empfinden, Puck. Ich bin eine Mutter, und ich weiß es. Man kann für seine Kinder nicht immer alles tun, was man gern tun möchte. Und unsere Kinder sind nicht immer so geartet, daß man es tun könnte. Aber sie war mir nie böse gesinnt, Puck. Niemals. Und sie muß erkennen, daß dasselbe für mich gilt. Auch ich war ihr nie böse gesinnt.«

Ein machtvoller Trompetenstoß erscholl über die Wiesen – aus jenem Horn, das Oberon von Huon zum Zeichen der Freundschaft erhalten hatte. Und der Ritt begann.

So unübersehbar waren die Heere, daß die Verlorenen Brüder bereits die Welt der Menschen erreichten, noch ehe der letzte Sidhe den Wiesengrund verlassen hatte. Wir ritten am Ende des Zuges, Mama und ich; Puck sprang neben mir her und hielt die Zügel meines Pferdes. Nicht weit hinter uns erblickte ich Carabosse auf einem Esel, dessen Schritte sie so sorgfältig lenkte, als ginge es zu einem Fest. Doch so flott wir auch ritten, sie blieb stets dicht hinter uns, obwohl der Esel sich nie rascher als in einem gemächlichen Trott voranbewegte. Wenn ich mich nach ihr umdrehte, winkte sie mir mit dem Stock zu, und ich winkte zurück.

Mama sagte: »Dann hast du dich also mit Tante Carabosse versöhnt.« Und mir fiel plötzlich ein, daß Mama ja nichts von meiner langen Beziehung zu Carabosse wußte. Und jetzt konnte ich es ihr auch nicht mehr sagen.

»Sie behauptet, sie hätte mich nie mit einem tödlichen Bann belegt, nur mit dem eines langen Schlafes. Es war Tante Joyeause, die das erfunden hat.«

Mama nickte nachdenklich. »Joyeause nimmt es mit der Wahrheit nicht so genau; sie erzählt das, was ihr gerade in den Sinn kommt. Aber damals hegte ich keinen Zweifel an ihren Worten.«

»Früher einmal dachte ich, alle Feen seien weise«, gestand ich ihr, was ich Carabosse schon anvertraut hatte.

»O nein«, sagte Mama. »Weisheit ist unter den Sidhe dünn gesät. Darüber habe ich eine Geschichte gehört.« Sie setzte sich im Sattel bequem zurecht und erzählte mir die Geschichte.

»Es heißt, daß der Allerhöchste, gepriesen sei sein Name, anfangs die Menschheit so erschaffen hat, wie er die Sidhe erschuf, nämlich anmutig und lieblich, und die ersten Menschen umgab er mit einem Garten, der ganz ähnlich war wie Feery, außer daß es dort Tag und Nacht gab, Frühling und Herbst, Wärme und Kälte, Trockenheit und Nässe, und dazu jedes Tier, das auf der Welt existierte. Jeden Vogel, jeden Fisch.«

»Ich glaube, davon habe ich auch schon gehört«, sagte ich und dachte an Pater Raymond.

»Durchaus möglich, die Geschichte ist schon sehr alt. Aber laß mich fortfahren. In die Mitte des Gartens stellte der Allerhöchste den Baum der Erkenntnis. Er sagte ihnen auch, worum es sich dabei handelte. ›Eßt davon oder nicht‹, sagte Er, ›tut, wie ihr wollt. Aber wenn ihr davon eßt, dann müßt ihr den Garten des ewigen Lebens verlassen, denn Erkenntnis fordert ihren Preis: einen Preis aus Schmerz, Tod und Einsamkeit. Wenn ihr jedoch unsterblich sein wollt, dürft ihr nicht davon essen, und dann werdet ihr hier für alle Zeiten in Frieden leben.‹«

Und sie fuhr fort, mir die ganze Geschichte vom Garten Eden zu erzählen, als läse sie sie aus der Bibel vor. Wie Pater Raymond sie mir einst vorgelesen hatte.

»Bis die erste Frau es nicht länger aushielt«, sagte Mama, »zum Baum der Erkenntnis ging, eine Frucht pflückte und sie aß. Und dann ließ sie sich nieder unter dem Baum und weinte, denn alle Fragen der Welt wirbelten ihr durch den Kopf wie Fische, die sie nicht fangen konnte, und da wurde ihr klar, daß sie und ihre Kinder und Kindeskinder bis in alle Ewigkeit hilflos in dunkler Unwissenheit dahintreiben mußten, denn sobald die Antwort auf eine Frage gefunden war, würde sich bereits die nächste Frage stellen.

So wurde sie von ihrem Mann gefunden. Als sie ihm berichtete, was sie getan hatte, ergriff er den Rest der Frucht, von der sie gegessen hatte, kostete davon und steckte die Samen ein. ›Denn wenn du den Garten verlassen mußt‹, sagte er, ›werde auch ich ihn verlassen. Und wenn du sterben mußt, will auch ich sterben. Ich werde mit dir gehen, wo immer du auch hingehst, nachdem du den Garten verlassen hast. Und vom Baum der Erkenntnis, für den du das Paradies aufgegeben hast, werden wir die Samenkörner nehmen und sie in jedem Land, in das wir kommen, in die Erde pflanzen. Und dann werden wir bittere Früchte ernten, aber auch süße.‹«

Mama seufzte. »Deshalb wurde der Mensch vertrieben, auf daß er nicht besser sei wie ein Tier, schmutzig und krätzig und rußgeschwärzt vom Feuer. Und das ist auch der Grund, warum der Mensch erschafft, warum er klug werden kann und warum er so zahlreich ist. Eine Redensart der Sidhe besagt, daß Klugheit und Kinder die Bürde des Menschen sind, und so begnügen wir uns mit ihren Kindern. Weisheit hat keinen hohen Stellenwert bei uns, denn wir halten sie für weniger kostbar als die Unsterblichkeit, die die Menschheit dafür hingegeben hat. Und deshalb habe ich dir den dritten Strang Garn hinterlassen, mein Kind, damit du dir die Kappe der Weisheit nähen kannst, wenn du möchtest, denn du bist halb Mensch und könntest Wert auf diese Dinge legen.«

Eine Kappe der Weisheit! Das hätte ich mir denken können. Was sonst?

Wir hatten die Straße erreicht, die sich zwischen den Hügeln hindurchwand. Das Mondlicht funkelte auf den Lanzen, die in einer viele Meilen langen Schlange vor mir herzogen. Da und dort bemerkte ich zusammengekauerte menschliche Gestalten, das Gesicht in den Händen vergraben in dem angestrengten Bemühen, uns nicht anzuschauen. Wir müssen tatsächlich schrecklich ausgesehen haben, bleich und furchteinflößend. Ich fragte mich, welche Geschichten diese Leute wohl ihren Kindern über jene Nacht erzählen werden, in der sie mit eigenen Augen den Feenritt schauen konnten, als die Feen zu Tausenden aus ihrer Welt hervorströmten.

Irgend etwas stimmte nicht. Vielleicht etwas, das ich gesehen hatte – oder mir einbildete, gesehen zu haben. Irgendein Glitzern in der Umgebung – etwas oder jemand auf einem der Hügel? Ich suchte den Horizont ab, ohne Ergebnis. »Werft doch einen Blick dort hinüber!« sagte ich zu Mama und Puck, denn ihre Augen waren besser als die meinen. »Auf die Hügel. Ist dort etwas, das nicht hingehört?«

Sie ließen die Blicke über die Landschaft gleiten; anfangs bemerkten sie nichts Ungewöhnliches, doch dann richtete Mama sich plötzlich auf und zeigte mit dem Finger auf eine Bergkuppe. Dann sah es auch Puck und schließlich ich. Das Aufblitzen von Mondlicht auf Metall, hoch oben an einer Stelle, von der aus man die ganze Straße überblickte. Ich wußte sofort, was es war.

»Fernsehaufnahmen!« rief ich und stieß ein bellendes, freudloses Lachen hervor. »Sie sind hier, um das Ende von Feery zu filmen!«

»Vielleicht ist das ihr Vorhaben«, sagte Puck wütend, »aber es wird nicht gefilmt werden!« Er sprang hinter mir aufs Pferd und lenkte es von der Straße weg in den Schutz eines Felsens am Fuß des Hügels, auf dem die Fernsehleute standen. Hinter meinem Rücken hörte ich ein Prusten, und als ich mich umdrehte, sah ich Carabosse und ihren Esel, die uns folgten. Also waren wir zu viert: Mama, ich, Puck und Carabosse. Wir schlugen einen großen Bogen um den Hügel herum, und die Pferde suchten sich einen Weg zwischen Ginsterbüschen und Steinen, während sie uns stetig weiter nach oben trugen. Als wir schließlich die Bergkuppe erreichten, befanden wir uns im Rücken des Aufnahmeteams, das offenbar von niemandem außer uns bemerkt worden war.

»Laßt mich mit ihnen reden«, flüsterte ich eindringlich. »Ich spreche ihre Sprache!«

Mama nickte. Carabosse saß reglos auf ihrem Esel. Puck setzte sich mit gekreuzten Beinen auf den Boden und wartete die weiteren Ereignisse ab.

»Diese Folge«, sagte ich laut, »soll die Dokumentation über die letzten Feen abschließen.«

Bill fuhr herum; dann Janice, dann Alice. Wie eine große Steinwanne stand die Maschine in einiger Entfernung vor uns. Martin erhob sich von seinem Platz hinter einem Stein, wo er gekniet war und den Zug unten auf der Straße verfolgt hatte. Jaybee wandte sich langsam um und ließ die Kamera auf mir ruhen. Carabosse machte eine Handbewegung, und er fluchte und nahm die Kamera von der Schulter. »Verdammte Linse ist angelaufen!« knurrte er.

»Du filmst das Verschwinden des Zaubers von der Erde. Aber du gehst von einer falschen Voraussetzung aus.« Ich war entschlossen, es auszusprechen, ob es nun richtig war oder nicht. Mama war dabei, und sie mußte es hören. »Dieses Kriegsheer da unten wird die Welt verlassen, das stimmt, aber der Zauber wird zurückkehren.«

»Den Teufel wird er!« zischte Janice. »Das ist der Anfang vom Ende!« Sie lachte kurz auf. »Von jetzt an geht es nur mehr bergab. Der Zauber ist dahin. Von jetzt an heißt es Religion, dann Träumerei, dann Horror, und dann kommt das Ende!«

»Was auch immer zu welchem Zeitpunkt kommt«, sagte ich und starrte Jaybee mit haßerfülltem Blick an. »Heute jedenfalls werdet ihr hier nichts filmen. Absolut nichts.«

Er hatte die Linse geputzt und hob die Kamera wieder ans Auge, um sie jedoch gleich wieder sinken zu lassen und verblüfft anzusehen. Carabosse hatte sie offenbar so präpariert, daß er kein Bild bekommen konnte.

»Gebt es auf«, sagte ich. »Geht nach Hause. Wir erlauben keine Aufnahmen.«

Jaybee gab sich einen Ruck und stapfte auf Carabosse zu; ihm stand rohe Gewalt ins Gesicht geschrieben. Als er sich vor ihr aufbauen wollte, war sie plötzlich weg und saß in hundert Schritt Entfernung auf ihrem Esel. »Nein«, sagte sie mit Bestimmtheit, »ihr werdet niemandem zeigen, was heute nacht hier geschehen ist. Niemandem.«

»Dazu habt ihr keine Befugnis!« plusterte Martin sich auf. »Die Menschen haben ein Recht darauf...«

»... das zu erfahren – und *nur* das –, was an Privatangelegenheiten man ihnen zu erfahren gestattet«, fuhr Mama dazwischen. »Und dies hier sind Privatangelegenheiten.«

»... informiert zu werden!« schloß Martin.

»Nein, das haben sie nicht!« widersprach Puck heftig. »Niemand hat das Recht, in eine geschlossene Gesellschaft hineinzuplatzen, Pornograph! Und dies ist eine geschlossene Gesellschaft!«

Jaybee bekam einen roten Kopf.

»Ihr werdet ohnedies kein Bild bekommen«, sagte ich. »Selbst wenn wir jetzt gehen, was wir gleich tun werden. Ihr werdet einfach kein Bild bekommen, und damit hat es sich. Wir haben entschieden, daß die Welt dies niemals zu Gesicht bekommen soll.«

Wir ließen sie schäumend stehen und ritten wieder hinunter zur Straße. Bill hatte sich nicht eingemischt. Er hatte mich nur angesehen, mich angestarrt, als würde er mich wiedererkennen, und jedem Wort gelauscht, das gesagt wurde. Diese Reise hatten sie einen Tag nach meiner Ankunft im einundzwanzigsten Jahrhundert unternommen. Ich entsann mich seiner Rückkehr, weil er erbost darüber gewesen war, daß wir sie mit ihrer Arbeit nicht fortfahren ließen. Seine Vorgesetzten waren wohl ärgerlich darüber gewesen und hatten ihm die Schuld in die Schuhe geschoben. Nun, er hatte keine Schuld daran, doch so würde es nie eine Dokumentation über die letzten Feen geben. Über die letzten Wale, ja, über den letzten Hund, den letzten

Baum und das letzte Radieschen. Aber nicht über die letzte Fee. Noch nicht.

Wir stießen weiter vorn wieder auf das Heer. Nicht lange, nachdem wir das Straßenkreuz passiert hatten, an das ich mich noch vom letzten Mal her erinnerte, kamen wir zu der Höhle mit dem Tor darin. Einige Sidhe hatten bereits ein Feuer gemacht, und andere beobachteten den östlichen Horizont. Offenbar öffnete sich das Tor beim Aufgang des Mondes, ob es dem Herrn der Finsternis paßte oder nicht. Und sobald es sich öffnete, hatten die Sidhe vor, es zu durchschreiten.

Mama erschauerte, und ich stieg vom Pferd und trat zu ihr. »Du frierst ja!« rief ich überflüssigerweise; wir froren alle. Die Nacht war klirrend kalt. Eine Winternacht. »Nimm meinen Mantel.«

Sie schüttelte den Kopf. »Es gibt nichts, was diese Kälte von mir nehmen würde«, sagte sie. »Ich weiß, was sich da unten befindet.«

Ich wandte mich ab, starrte ins Feuer und auf das Tor dahinter. Ich war die einzige, die wirklich wußte, was sich hinter diesem Tor befand; ich hatte es auch Mama erzählt, und sie hatte es jedem zu beschreiben versucht, der ihr ein offenes Ohr leihen wollte.

»Pater Raymond sagte immer: *›Una salus victis nullam sperare salutem‹*«, bemerkte ich. »Das heißt, daß aus der Hoffnungslosigkeit immer noch ein Sieg entstehen kann.« Sie lächelte, ein ganz klein wenig.

Israfel kam durch den schweigsamen Reitertrupp in unsere Richtung geritten, offenbar auf der Suche nach mir. Als er mich erblickte, wendete er sein Pferd und lenkte es direkt auf mich zu, wobei er sich vor Mama verbeugte, vor Carabosse, ja selbst vor Puck, als er an ihnen vorbeiritt. Dann streckte er die Hand aus, hob mich auf sein Roß und ritt zusammen mit mir ein wenig zur Seite. Wir stiegen ab, blieben stehen und ließen die Blicke über die versammelten Heere gleiten. Er erschien mir sehr still.

»Ich möchte dir das hier geben«, sagte er, zog sich ein Tuch vom Hals und legte es um meinen. Das Tuch war aus hellroter Seide und an den Rändern mit Silber und Gold durchwirkt. »Es ist echt, nicht verzaubert. Ich habe es mit meinen eigenen Händen gewebt. Wenn wir hineingehen, zieh deine Stiefel und den Mantel an und kehr heim nach Westfaire.«

»Nach Westfaire? Aber Carabosse sagte, dort würde er nach mir suchen!«

Israfel küßte mich leicht. »Das hätte er bis vor kurzem getan. O ja, Liebes, dort hätte er gewiß nach dir gesucht. Doch nun, denken wir, wird er wohl keine Zeit mehr dazu haben.«

»Ich kann euch nicht allein da hineingehen lassen!« wandte ich ein. In diesem Moment war er Giles, war er Bill, war er jede einzelne Person, der je etwas an mir gelegen hatte. Ich konnte ihn nicht so gehen lassen!

»Wir sind nicht allein«, sagte er. »Und du bist auch nicht allein. Du hast noch etwas zu erledigen, Beauty. Etwas Wichtigeres, als wiederum in diesen Höllenschlund hinabzusteigen. Carabosse weiß das. Und ich weiß es auch.«

Ein Geräusch lenkte ihn ab, und er wandte den Kopf. Der Mond ging auf. Das Tor öffnete sich. Israfel sprang auf den Rücken des Pferdes und hob mich vor sich. Wieder küßte er mich, und es fühlte sich an wie Giles' Kuß in jener Nacht, als wir auf der Terrasse getanzt hatten. Er beugte sich herab und legte den Kopf an meine Brust, auf die Stelle, hinter der das Ding brannte, was immer es war. Als wir bei Mama angekommen waren, stellte er mich wieder auf den Boden.

»Jemand wird zu dir kommen und dir Bericht erstatten, Tochter«, sagte sie. »Wenn kein anderer, dann

Puck. Traure nicht um uns. Wir haben schon viel zu lange die hochmütigen Narren gespielt.« Sie beugte sich zu mir und küßte mich auch, auf die Wange. Meine Lippen, mein Gesicht und meine Brust brannten schon von den vielen Feenküssen. Dann ritt sie davon, hinunter auf das Tor zu, und ich stand allein neben Puck, die Zügel meines Pferdes in der Hand. Carabosse zuckelte an uns vorbei und winkte mir. Unten strömten die Pferde durch das Tor wie Wasser in einen Abfluß. Im Handumdrehen waren sie alle verschwunden, und das Tor schloß sich wieder. Der kalte Mond blickte auf mich herab; er hatte kein Lächeln für mich.

Ich band mir Israfels Tuch fest um den Hals. Falls ich wirklich noch etwas zu tun hatte, dann wußte ich nicht, was. Außerdem blieb mir ja nun wahrlich nicht mehr viel Zeit, überhaupt noch irgend etwas zu tun!

Puck kniete vor mir und hielt die Stiefel bereit. Ich schlüpfte in den einen, dann in den anderen.

»Wir sehen uns dann dort!« sagte er.

Vielleicht nickte ich. Vielleicht auch nicht. Drüben, auf der Kuppe eines Hügels, war ein Schimmern zu sehen, eine Verschiebung von Luftschichten, wie eine Zeitmaschine sie hinterläßt, die in ihre eigene Zeit zurückkehrt. Auch ich mußte in meine eigene Zeit zurückkehren.

»Stiefel«, sagte ich, »bringt mich nach Hause!«

29

Schwankend kam ich bei der Rosenhecke von Westfaire auf den Füßen zu stehen. Vor mir befand sich der Hirtenbrunnen. Ein Stück davon entfernt erkannte ich den Katzenkopfstein. Ich warf die Arme zur Seite, um mich im Gleichgewicht zu halten, und merkte, daß sie nur noch aus Knochen bestanden, an denen ein wenig Fleisch schlaff herabhing; blaue Adern liefen wie Wurzelgeflechte über die Handrücken, und die Nägel waren höckrig und schief. Ich setzte mich auf den Brunnenrand und lehnte mich gegen die Säule. Israfel hatte mir aufgetragen, nach Westfaire zu gehen. Aber was konnte ich in Westfaire schon tun? Außerdem hatte ich nicht die Kraft, überhaupt irgendwohin zu gehen.

Ich saß lange am Brunnen und versuchte, wieder zu Kräften zu kommen. Oder wurde ich noch schwächer dadurch? Die Stiefel hingen schwer an meinen Füßen, und ich streifte sie ab. Der Mantel hing schwer an meinen Schultern, also zog ich ihn auch aus und ließ ihn hinter mir auf dem Brunnenrand liegen. Und so saß ich da in meinem zerfetzten Kittel und spürte, wie die Sonnenstrahlen durch die Risse auf meine Haut trafen. Sobald ich mich ein wenig erholt hätte, könnte ich die Stiefel immer noch anziehen und mich zum Dower House tragen lassen. Vielleicht gab es noch jemanden dort, der sich meiner entsann. Oder der mich einfach aus Nächstenliebe ins Haus ließ.

Als ich mich aufrichtete, um mir einen Ruck zu geben und aufzubrechen, fiel etwas aus der Tasche meines Mantels. Ich hob es auf; es war der Strang

Garn. Ich griff in die Tasche, um das Päckchen Nadeln hervorzuholen, und entdeckte es mit einer glücklosen Fingerspitze.

Faden und Nadeln. Um damit, so hatte Mama gesagt, eine Weisheitskappe zu nähen. Falls man eine Weisheitskappe brauchte. Mama hatte keine gebraucht. Weisheit war der Fluch des Menschen, hatte sie gesagt; als wir nach der Weisheit griffen, war unser Erbe verspielt. Ich glaubte nicht daran. Wir hatten nur nicht emsig genug nach der Weisheit gegriffen, und auf diese Weise hatten wir unser Erbe verspielt! Wir zogen allemal praktische Intelligenz der Weisheit vor! Und statt nach der Wahrheit zu suchen, gaben wir uns mit leichter erreichbaren Gewißheiten zufrieden. Es ist immer soviel einfacher, den leichten, faulen Weg zu gehen und dann zu behaupten, Gott hätte es so gewollt. Ich seufzte. Ich konnte mir keine Weisheitskappe nähen. Es war nichts da, woraus ich sie hätte anfertigen können!

Als ich die Hand hob, um mir meine entmutigten Tränen aus dem Gesicht zu wischen, blieb ich an einem Ende des Tuches hängen, das Israfel mir geschenkt hatte. Welch herrliche Seide! Seide für eine Prinzessin. Seide aus der realen Welt.

Daraus konnte ich eine Kappe nähen.

Nun ja, ich konnte zwar eine Kappe daraus nähen, aber zuerst mußte ich den Faden durch die Nadel ziehen! Meine Augen waren doch schwach, halbblind! Und die Nadeln waren so dünn. Ich zerrte ungeschickt an dem Garn und bewegte dann das fast unsichtbare Ende erfolglos an der Nadel vorbei. Die Nadel wollte mir aus der Hand gleiten; ich schnappte sie, stach mich, und das Garn fiel in den Brunnen.

Ich schluchzte. Kraftlos. Ohne rechte Überzeugung. Wie hatte ich überhaupt auf die Idee kommen können, daß ich das schaffen würde? Ich preßte den Rücken gegen die Säule und wartete darauf zu sterben, denn ich glaubte fest daran, mich zu Tode weinen zu können, wenn ich nur nicht aufgab. Es war doch ohnedies nichts mehr dran an mir, vermutlich wog ich nicht mehr als achtzig Pfund. Ich dachte, ich würde einfach mein Leben durch die Augen hinaussickern lassen und dann vom Wind verblasen werden, sobald ich nur ausgetrocknet genug wäre. Das wäre dann das Ende für alles, und auch meine Mühen hätten dann ein Ende.

»Was habt Ihr denn, Großmütterchen?« fragte eine Stimme. Eine männliche Stimme; eine jugendliche Stimme. Aber ich konnte nicht sehen, wer sprach.

»Der Faden ist mir aus der Hand gefallen«, sagte ich verzagt. »In den Brunnen.«

»Ich hole ihn Euch, Großmütterchen«, sagte die Stimme. Ich hatte keine Zeit, mich zu fragen, wie denn, um Himmels willen, da hörte ich schon das Plumpsen, mit dem etwas Größeres ins Wasser gefallen sein mußte. Nicht so stark, als wäre ein Mensch hineingefallen – oder doch? Ein sehr kleiner Mensch vielleicht?

Ich vernahm allerlei naß klingende Geräusche – Klatschen und Platschen, Glucksen und Spritzen und schließlich ein leises Kratzen und Ächzen, ehe mir etwas Kaltes, Feuchtes das nasse Garn in die Hand drückte.

»Ich danke dir«, sagte ich, »aber ich fürchte, meine Fähigkeiten reichen ohnedies nicht aus für mein Trachten. Ich wollte etwas nähen und kann nicht einmal den Faden durch das Nadelöhr ziehen.«

»Schade, daß keine gute Fee in der Nähe ist«, seufzte die Stimme. »Eine, die Euch scharfe Augen verleihen könnte.«

Als ich schon dem jungen Mann zustimmen wollte, fiel es mir plötzlich ein: Ich *war* doch eine Fee! Eine, der man vor langer Zeit auch diese Dinge beigebracht hatte! Ich hatte den Verkleinerungszauber gelernt. Den Zauber des Bran. Einen Zauber für klaren Blick, für sicheren Tritt, für scharfes Gehör. Vielleicht ließ sich das erste mit dem letzten kombinieren...? Scharfe Augen, das war es, was ich brauchte.

Ich wankte auf die Füße, machte ein paar unbeholfene Schritte und sagte langsam die notwendigen Worte. Meine Sehkraft kehrte augenblicklich zurück, und ich starrte auf den Brunnenrand, wo ein großer grüner Frosch hockte und mich mit vorstehenden Augen angaffte. »Wie wunderbar, Großmütterchen! War doch eine gute Fee in der Nähe!«

»Ich bin nicht deine Großmutter!« knurrte ich zwischen den Zähnen hindurch, was nicht leicht war in meinem Alter, denn die paar Zähne, die ich noch hatte, waren allesamt locker.

»Ich weiß, daß Ihr wahrscheinlich nicht wirklich meine Großmutter seid«, sagte der Frosch. »Ich wollte nur freundlich und wohlerzogen sein.«

Er war in der Tat ein außergewöhnlich wohlerzogener Frosch! Ich konnte mich durch die Nebel meines altgewordenen Gehirns hindurch nicht entsinnen, je einem Frosch mit so sicherem Auftreten begegnet zu sein. Ich kramte in meiner Erinnerung nach anderen Fröschen, doch es kamen nur blasse Bilder, mit denen ich nichts anfangen konnte und die noch dazu unerklärlicherweise mit Assoziationen von Festmählern in Bayonne und Lourdes und mit knoblauchdampfenden Gerichten vermischt waren, die ich damals lieber für Huhn gehalten hatte.

»Natürlich bin ich auch kein wirklicher Frosch«, sagte der Frosch.

Das hatte ich auch schon vermutet. »Du bist ein Königssohn, der sich als Frosch verkleidet hat«, schwante mir, »um sich davor zu schützen, daß er von seinen Feinden umgebracht wird!«

Er schüttelte den Kopf. Da ein Frosch über recht wenig Hals verfügt, hieß das: er schüttelte den ganzen Körper, und weil der Brunnenrand nun feucht und glitschig war, glitt er aus und fiel ins Wasser hinab. Eine Minute später tauchte er wieder naß und atemlos auf dem Mäuerchen auf.

»In Wahrheit«, erklärte er, »bin ich ein Prinz, der in einen Frosch verwandelt wurde; die Begründung dafür geht weit über mein Begriffsvermögen hinaus.«

Ich war mit dem Einfädeln beschäftigt und konnte kaum den Moment entbehren, um ihm einen fragenden Blick zuzuwerfen.

»Da Ihr doch mit Eurer Näharbeit zu tun habt, würdet Ihr mir vielleicht erlauben, Euch mit der Geschichte meines Lebens zu erfreuen?«

Ich nickte. Warum auch nicht? Ehe die Weisheitskappe nicht fertig war, konnte ich ohnedies nichts anderes tun als stillsitzen und nähen. Ich hatte bereits eine Vorstellung davon, wie ich sie anfertigen wollte. Ich würde das Tuch diagonal viermal falten, wie man es macht, wenn man einen Papierhut falten will, und dann die gefaltete Seite mit einer Naht schließen und als Rand nach oben klappen. Da der Frosch offenbar mein Nicken nicht als Erlaubnis zum Fortfahren ausgelegt hatte, wiederholte ich es deutlicher, während ich den Faden mit einem Knoten versah.

»Ahemm«, räusperte er sich und begann: »Meine frühesten Erinnerungen reichen in eine Kindheit zurück, umhegt von liebevollen Menschen. Meine Zieheltern, meine Kinderfrau, das Gesinde, der junge Mann, der eingestellt wurde, um mit mir zu spielen und der später mein Hauslehrer wurde. Als ich alt genug war, um es zu verstehen, erzählte man mir von meinen wahren Eltern, einem Prinzen und einer Prinzessin, die in einem abgelegenen Land lebten, in einem anderen Königreich, und es für ratsam hielten, mich von dort fernzuhalten, da ich als Thronerbe ohnedies nicht in Frage kam und mein Vorhandensein möglichen Thronräubern nur eine Entschuldigung dafür liefern mochte, Zwietracht und Unruhe zu säen. Man erklärte mir, dieser Schritt sei deshalb unternommen worden, um mir ein glückliches und langes Leben zu ermöglichen, da Thronanwärtern, selbst rechtmäßigen, häufig ein nur kurzes Dasein beschieden sei.«

»Von solchen Fällen habe ich auch schon gehört«, bestätigte ich dem Frosch. »Die Menschheitsgeschichte ist voll davon.«

»Das hat man mir auch versichert«, fuhr er fort. »Und da ich keinerlei Ehrgeiz in dieser Richtung hegte, gab ich mich mit dieser Erklärung voll und ganz zufrieden. Die finanziellen Zuwendungen, die meine Zieheltern für meinen Unterhalt bekamen, garantierten mir fürs erste ein angenehmes Leben, und ich fand die Bewirtschaftung des Gutsbesitzes, auf dem ich aufwuchs, interessant genug, um mich ihr ganz zu widmen. Ich beschäftigte mich mit dem Studium von Ackerbau, Viehzucht, Milchwirtschaft, Hühnerhaltung, der korrekten Einlagerung von Viehfutter, mit Gartenbau, Schafzucht, Imkerei, Töpferei, Geflügelzucht, dem Anbau von allerlei Nüssen, mit Obstbau, dem wirksamen Einsatz der verfügbaren Arbeitskräfte, der Schlichtung von Zank und Hader unter denselben, mit der Hasenjagd, der Hundehaltung, der Reitkunst, der Holzfällerei, dem Weinbau, dem Wollescheren, der Jochherstellung und dazu mit Xyloglyphie, dem Zinswucher und dem Enthusiasmus.«

»Was ist Xyloglyphie?« fragte ich erstaunt.

»Die Holzschnitzkunst«, erwiderte er.

»Und was hat der Enthusiasmus dabei zu suchen?«

»Enthusiasmus muß doch auch sein, oder? In gewissen Dingen wenigstens.«

»Und du hast auch den Zinswucher studiert?«

»Um mich davon fernzuhalten, Großmütterchen.«

Ich wollte gerade zu dem erneuten Hinweis ansetzen, daß ich nicht seine Großmutter war, als mir ein verschwommener Gedanke durch das dumpfe Hirn schwamm. Ein Fisch, den ich kaum wahrnehmen konnte. Etwas, was er gesagt hatte… »Fahr fort mit deiner Erzählung«, forderte ich ihn auf.

»Mein Ziehvater, ein guter Mann, und meine Ziehmutter, eine gute Frau, obwohl gelegentlich ein wenig unduldsam, ließen meiner Erziehung jegliche Sorgfalt angedeihen. Von Kindheit an hatte ich die besten Lehrer, die mir Latein beibrachten, Griechisch, Französisch und die Umgangssprache sowie das Trivium und das Quadrivium, welche, wie man weiß, Grammatik, Logik und Rhetorik einerseits und Arithmetik, Geometrie, Komposition und Astronomie andererseits enthalten. Dazu lernte ich, vier Musikinstrumente zu spielen und mit angenehmer Stimme zahlreiche volkstümliche Balladen und lehrreiche Lieder vorzutragen.«

»Und wie oft schon hast du diese Geschichte erzählt?« fragte ich, überwältigt von dem allzu flüssigen Wortschwall, den er von sich gab.

»Viele, viele Male, Großmütterchen«, seufzte er. »So oft, daß ich es nicht mehr zählen kann. Merkt man denn, daß sie mir bereits recht geläufig ist?«

»Etwas mehr Spontaneität könnte nicht schaden«, sagte ich und wendete den Saum an meiner Näharbeit. »Aber wie auch immer, erzähl es so, wie es dir in den Sinn kommt.« Ich stieß einen verdrießlichen Seufzer aus, denn ich merkte plötzlich, daß mir der Magen knurrte.

»Was habt ihr denn, Großmütterchen?« erkundigte sich der Frosch.

»Ich bin halb verhungert«, stellte ich fest. »Buchstäblich. Ich war zu lange in Feery, und mein sterblicher Leib hat währenddessen keine Nahrung aufnehmen können.«

»Ich kann dir einen Apfel bringen«, sagte der Frosch, sprang vom Brunnenrand und hüpfte auf die Bäume zu, die an die Rosenhecke angrenzten. Da erinnerte ich mich an den alten Obstgarten, der sich dort befand, der seit Generation verwilderte und nur noch von Liebespaaren aufgesucht wurde, denen das weiche süße Gras unter den Bäumen sehr zusagte. Nach kurzer Abwesenheit hüpfte der Frosch wieder herbei, schob sich einen reifen Apfel aus dem Maul und wischte ihn an meinem zerfetzten Kittel ab, wobei er sich für die einzige Transportart entschuldigte, die ihm offenstand. Ich verspürte eine plötzliche Woge der Zuneigung für den Frosch.

Der Apfel war süß und saftig. Ich biß vorsichtig hinein, um mir nicht die Zähne an dem festen Fleisch auszubeißen, und der Saft rann mir übers Kinn, während der Frosch weitererzählte.

»Es ist bemerkenswert, daß du keine ganze Fee bist, denn auch ich bin kein ganzer Prinz, obwohl mir schon als Kind bekannt war, daß ich königliches Blut in den Adern hatte. Aber das Königreich, aus dem ich stamme, ist sehr klein und zu wenig vermögend, um mir lebenslang ein sorgenfreies Auskommen zu bieten. Aus diesem Grund wurde meine Erziehung mit dem Ziel angelegt, aus mir einen arbeitsamen und unabhängigen Menschen zu machen. Mein Ziehvater bereitete mich darauf vor, daß er und meine Ziehmutter in das kleine Königreich, aus dem er stammte, zurückkehren würden, sobald ich mein einundzwanzigstes

Lebensjahr vollendet hätte. Von Zeit zu Zeit vermißte er sein Heimatland geradezu schmerzlich, aus welchem unerfindlichen Grund auch immer. Die Geschichten, die er davon erzählte, waren ausnahmslos langweilig; es gibt dort keine landschaftlichen Schönheiten, die der Rede wert wären, und den architektonischen Stil beschrieb er als rustikale Erneuerung – die Erneuerung *wessen*, das konnte er jedoch nicht sagen. Ich freute mich jedenfalls schon auf den Tag, an dem ich Herr über mein eigenes Schicksal sein würde, ohne mir im klaren zu sein, daß dieses Schicksal zahllosen Widrigkeiten unterworfen ist, auf die man selbst gar keinen Einfluß hat.

Als ich etwa zehn Jahre alt war, erfuhr ich, daß meine Mutter und mein Vater, die ich nie kennengelernt hatte, in einer Lawine ums Leben gekommen waren. Ich trauerte ein wenig, aber nicht sehr lange, da ich die beiden ja nie gekannt hatte.

Wie alle jungen Männer erreichte ich die körperliche Reife um einiges früher als jene geistige oder gefühlsmäßige Festigkeit, die notwendig wäre, um die körperlichen Triebe und Spannungen im Zaum zu halten. Ich hatte eine bittersüße und glücklicherweise recht kurze Liebelei mit einem Milchmädchen, einer unpassenden Gespielin, möchte man sagen, obwohl sie über eine makellose Haut und wunderschönes Haar verfügte; außerdem verfügte sie über ein Vokabular, das nicht über hundert Wörter hinausging, von denen noch dazu die meisten mit Kühen zu tun hatten.«

Der Frosch erinnerte mich an jemanden. Ich konnte nicht sagen, an wen, doch so war es. In erster Linie war es seine Art zu sprechen, die mich an jemanden erinnerte.

»Danach umwarb ich die liebliche Elaine und gewann auch ihre Hand«, fuhr der Frosch fort. »Eine durchaus geziemende Wahl. An meinem achtzehnten Geburtstag sollten wir uns verloben. Sie war einige Jahre jünger als ich, und es war vorgesehen, mit der Hochzeit abzuwarten, bis sie fünfzehn oder sechzehn war und ich etwa einundzwanzig. In der Zwischenzeit, so fand mein Ziehvater, sollte ich mich durch Reisen weiterbilden. Während er keinerlei Anstalten machte, mir einen Besuch des Heiligen Landes vorzuschlagen, welches sich damals, wie Ihr wißt, in der Hand der Heiden befand, empfahl er mir hingegen eine Pilgerfahrt nach Santiago de Compostela; dorthin hatte er selbst in seiner Jugend eine Reise unternommen, die ihm der Hochstimmung und der guten Gesellschaft wegen, in denen er sich damals befunden hatte, im Gedächtnis geblieben war.«

Durch die trüben Schlieren meiner Erinnerung schwamm der Fisch immer näher.

»Doch noch bevor ich mich auf die Reise begeben konnte«, sagte der Frosch, »die mein Ziehvater unter Bedachtnahme auf die Weiterführung meiner Erziehung und im Hinblick auf das Sammeln von praktischen Lebenserfahrungen geplant hatte, verirrte ich mich eines Tages bei einem Ausritt im Wald. Beim Versuch, einen Weg zu finden, der mich wieder heimwärts führte, traf ich auf einen Turm, auf dem ein Mägdelein saß und sang. Daß ihr Name Rapunzel war, erfuhr ich, als eine starrsinnige alte Fee mit einer Uhr in der Hand aus dem Buschwerk trat und das Mägdlein Rapunzel beharrlich aufforderte, ihr langes Haar herabzulassen.«

»Carabosse!« rief ich. »Das kann nur Carabosse gewesen sein!«

»Wie habt Ihr das erraten, Großmütterchen? Es war tatsächlich die Fee Carabosse. Nun, um eine lange Geschichte kurz zu machen (denn ich sehe, Ihr habt Eure Näharbeit fast beendet), die Fee Carabosse spielte mir einen äußerst unangenehmen Streich, denn als ich an dem Seil hochkletterte, von dem ich annahm, es bestehe aus Mädchenhaar und gehöre Rapunzel – einem wirklich wunderschönen Mägdelein –, fand ich oben an ihrer Stelle die alte Fee vor. Sie hielt mir eine flammende Rede über das Thema Schönheit und Vergänglichkeit und beendete ihren Vortrag, indem sie mich mit einem Bann belegte und in einen Frosch verwandelte, den nur der Kuß einer Prinzessin wieder in einen jungen Mann zurückverwandeln konnte.

Seit damals gebe ich die Hoffnung nicht auf, erst geküßt und dann in meinen ursprünglichen Zustand zurückversetzt zu werden, doch ich fürchte, daß weder Rapunzel noch die liebliche Elaine gewartet haben. Mehr als dreizehn Jahre sind seit damals vergangen, und sie werden beide alte Jungfern von fünfundzwanzig sein oder vollbusige Matronen mit einer ganzen Kinderschar.« Der Frosch weinte ein wenig. »Ich habe mit meinem Ziehvater über die Sache gesprochen, und er hat mir versichert, der Besitz wird mir erhalten bleiben, bis ich wieder menschliche Form angenommen habe.«

Ich riß den Faden ab und setzte mir die Kappe auf. Der Fisch tauchte aus den trüben Schlieren hervor und blickte mir unverwandt ins Auge.

»Du bist mein Urenkel Giles Edward Vincent Lieberswert«, sagte ich.

»Aber natürlich, Großmütterchen!« sagte der Frosch. »Sonst hätte ich mir gewiß keine so vertrauliche Anrede gestattet!«

Das hielt ich für ein Scheinargument, aber ich ließ es dabei bewenden.

Als ich Carabosse besucht hatte, war ich hundertdrei gewesen. Falls sie, während ich noch zögerte, nach Ylles zurückzukehren, umgehend in die Menschenwelt gekommen war, um meinen Urenkel zu verzaubern (was sie zweifellos getan hatte), und wenn dreizehn Jahre seit damals vergangen waren, dann zählte ich jetzt einhundertsechzehn Jahre. Das Jahrhundert Schlaf, zu dem man Beauty verurteilt hatte, war vorbei. Oder besagte der Zauberbann etwas anderes? Und welcher Zauber? Joyeauses Zauberbann oder der von Carabosse? Oder der von Disney? All das wollte ich hervorsprudeln, doch ich hielt mich zurück. Unter der Weisheitskappe regten sich Geisteskräfte, die schon lange nicht – ach was, die *nie zuvor* – benutzt worden waren!

»Vor langer Zeit«, sagte ich, »ich glaube, es war 1417 oder das Jahr danach, kaufte ich mir in Bayonne ein Buch von Christine de Pisan. Es hieß, wenn ich mich recht entsinne, *Ein Schatzkästlein aus dem Reich der Damen.* Kennst du es zufällig?«

»Ich bedaure, nein, Großmütterchen. Ich bin nicht vertraut mit feministischer Literatur.«

»Sie richtet ihre Worte ausschließlich an Prinzessinnen, zu denen sie jedoch auch die Töchter von Herzögen rechnet. Könntest du mit ihrem etwas lässigen Umgang mit der Hocharistokratie leben?«

»Die Töchter von Herzögen sind ganz gewiß von vornehmster Geburt, Großmütterchen! Ohne Zweifel könnte man sie in die Ränge von Prinzessinnen einreihen!«

»Dann laß mich dich küssen, mein Kind. Ich habe dich zum letzten Mal gesehen, als du zwei Jahre alt warst.«

Ich beugte mich vor und küßte den Frosch. Die Luft begann zu flimmern, und ich fühlte mich schwindlig. Von einem winzigen Erdbeben verschoben, gaben die Steine unter uns kaum merklich nach. Als ich wieder klar sehen konnte, stand er splitternackt vor mir, und ich genoß den Anblick eines so wohlgestalten jungen Mannes, wie ihn mir noch nie zuvor ein gütiges Schicksal beschert hatte. Als etwas störend empfand ich nur seine leicht vorstehenden Augen, doch dieser Makel würde mit dem Älterwerden sicher verschwinden. Ich verwandelte ein paar Blätter in ein langes Hemd und erklärte ihm, daß er sich damit zufriedengeben mußte, bis wir nach Westfaire kamen.

»Westfaire ...«, wiederholte er nachdenklich. »Ich dachte immer, Westfaire sei ein mythischer Ort wie Feery, wie Olympia, wie ...«

»Mythische Dinge sind es häufig gar nicht!« unterbrach ich ihn säuerlich. »Behalte einen klaren Kopf, Junge, Großmama braucht dich!«

Mit Giles Edward Vincent Liebenswerts Hilfe – um ehrlich zu sein, hing ich die ganze Zeit über an seinem Hals – stieg ich zurück in meine Stiefel, und als ich sicher war, meinen Urenkel wirklich fest umklammert zu haben, befahl ich ihnen, uns durch die Rosen nach Westfaire zu tragen. Kaum drinnen angekommen, ließ er mich prompt los und schlief auf der Stelle ein – was ich mir hätte denken können. Ich trug den Mantel, die Stiefel und die neue Kappe auf dem Kopf, er hingegen hatte keinerlei Schutz vor dem Zauberbann, der über der Burg lag. Ich behielt die Kappe auf, zog aber die Stiefel aus und schob sie ihm ins Hemd, das ich anschließend mit dem Gürtel meines Mantels zuband. Auf diese Art unter hautnahem magischen Einfluß stehend, erwachte er wieder und starrte ungläubig um sich.

Die Hecke war noch um einiges gewachsen, seit ich mich zum letzten Mal hier aufgehalten hatte, und alles, was sie einschloß, schien in einem eigenen Licht von innen heraus zu leuchten. Der Zauber hier lag so dick wie Butter über allem.

Giles Edward Vincent Liebenswert trug mich nach oben in den Turm und warf einen ersten Blick auf Herzchen, worauf er die Augen einfach nicht mehr von ihr abwenden konnte. Er wollte sie küssen, aber ich ließ es nicht zu. »Nein, Giles«, sagte ich, »noch nicht. Wir müssen erst einmal über alles nachdenken.«

Ich konnte ihn jedoch kaum im Zaum halten, und so zog ich mir die Kappe vom Kopf und stülpte sie über den seinen. Sogleich wurde er ruhiger, und das Kinn fiel ihm herab, als seine geistigen Fähigkeiten eine augenblickliche Ausweitung erfuhren. Als er bereits völlig benommen aussah, nahm ich ihm die Kappe wieder ab und setzte sie zurück auf meinen eigenen Kopf. Ich hatte den Eindruck, es würde ein, zwei Tage dauern, die Leistungsfähigkeit der Kappe mit all ihren direkten und indirekten Folgen auszuloten, doch ich durfte keine Zeit verlieren. Im Vorbeigehen warf ich einen Blick auf Carabosses Uhr und erhielt die Bestätigung, daß das fünfzehnte Jahrhundert fast zur Hälfte vorbei war. Und die Zahlen endeten immer noch bei der Zweiundzwanzig. Obwohl ganz Feery in den Krieg gezogen war, hatte sich daran nichts geändert. Oder vielleicht doch? Nachdem ich das Licht auf dem Grund des Teiches gesehen hatte, war es ihr angebracht erschienen, Feery zu verlassen und meinen Urenkel in einen Frosch zu verzaubern. Das mußte doch irgendeinem Zweck gedient haben!

Wir gingen zuallererst in die Kleiderkammer, um Giles Edward einzukleiden, und dann in die Küchen. Er bereitete uns das Essen, während ich nur dasaß und nachdachte und nachdachte und dasaß. Dann aßen wir gemeinsam, wobei wir das Küchengesinde nicht beachteten, das auf dem Boden um uns herum lag. Während des Mahles erzählte ich ihm die Geschichte meines Lebens, wobei ich gelegentlich für die genaue

Abfolge der Ereignisse dieses Buch zu Hilfe nahm, mein Buch, das Buch, das Pater Raymond mir vor so langer Zeit geschenkt hatte. Dabei entdeckte ich Carabosses Anmerkungen in meinen Notizen und wunderte mich sehr darüber. Als ich darin las, wurde mir klar, an wen mich der Frosch beim Sprechen erinnert hatte: an mich selbst. Auch ich war in meiner Jugend überaus sprachgewandt gewesen.

Als ich des Redens müde wurde, gab ich Giles Edward das Buch und ließ ihn allein weiterlesen, während ich vor mich hindöste, hin und wieder unterbrochen von einem Ausruf, wenn ihm etwas Sonderbares, Unglaubliches oder offenkundig Unmögliches unterkam.

»Ich weiß, ich weiß«, murmelte ich dann. »Aber alles geschah genau so, wie ich es aufgeschrieben habe.«

Es überraschte mich kaum, daß mein Bericht von der Hölle im Buch enthalten war, und zwar genauso, wie ich ihn mir vorgestellt hatte. So etwas ist – war – durchaus üblich in Feery.

Nach dem Essen wurde auch er müde, also führte ich ihn zu Tante Lavvys Gemach, wo ich bereits bei einer anderen Gelegenheit geschlafen hatte. Mir war völlig entfallen, daß ja Giles dort schlief, was aber weiter nichts ausmachte. Ich erklärte dem jungen Giles kurz, wer er war, und legte mich einfach neben meinen Liebsten. Mein Urenkel deckte mich zu und rollte sich selbst in eine Decke auf dem Boden ein, wobei er mich fragte, ob wir befürchten mußten, nach dem Einschlafen bis in alle Ewigkeit nicht mehr aufzuwachen. Diese beunruhigende Frage beschäftigte mich soeben selbst, aber ich versicherte ihm, daß die Gefahr nicht bestand, und eine Minute später zogen seine jugendfrischen tiefen Atemzüge durch den Raum.

Ich döste weiter, doch nach kurzem wurde ich wieder wach. Wir ganz alten Leute brauchen nicht mehr so viel Schlaf wie die jungen, dafür brauchen wir ihn öfter. Wie Katzen dösen wir vor uns hin und wachen dazwischen auf, dösen und wachen auf. Der Gedanke an Katzen brachte mich auf Grumpkin, und plötzlich fehlte er mir sehr. Als eines meiner ersten Vorhaben plante ich, mich in den Stallungen des Dower House umzusehen, ob er einen Sohn hinterlassen hatte.

Jetzt fühlte ich mich etwas gekräftigt und hatte Lust, mich ein wenig umzusehen. Ich nahm meinem Urenkel die Stiefel weg, steckte ihm als Ersatz die Kappe ins Hemd und ließ mich durch die Rosenhecke ans Ufer des Sees tragen; dort stand ich dann und ließ mir die kühle Nachtluft übers Gesicht streichen.

Auf der anderen Seite des Sees lagen die Dörfer East und West Moerdyn, wo man offenbar gerade Karneval feierte. Feuer loderten am Ufer, und Fackeln brannten zwischen den Bäumen. So weit ich sehen konnte, flackerten die Feuer, und ich hörte sogar wie aus einer anderen Welt die fröhlichen lauten Stimmen.

Wie hundert goldene Pfade zum Rand der Welt erstreckten sich die Reflexionen all dieser Flammen und Fackeln über das stille Wasser des Sees bis vor meine Füße. Ich befand mich im Zentrum eines Fächers aus Feuer, eines Rades aus goldenen Speichen.

Wie im Traum hörte ich die Stimme Kapitän Karons sagen: »Wir sind im Mittelpunkt der Welt.«

Und ich sah mich selbst, wieder jung und schön, im Mittelpunkt eines Rades aus Licht.

Alles Licht und alle Schönheit enden zu meinen Füßen, dachte ich. Sie kommen von überallher und enden zu meinen Füßen. Ich hatte die Vision eines großen Rades aus Licht, das immerzu leuchten und rollen und weiterrollen und niemals erlöschen würde.

Schließlich erwachte ich wieder aus meinen Träumereien. Es war kalt, ein feuchter Wind wehte, und die Feuer drüben waren ausgegangen. Ich befahl den Stiefeln, mich wieder zurückzutragen in mein Bett, und dort lag ich dann in Wärme und Stille wach, legte die Hand auf die Brust meines Giles und fragte mich, ob Carabosse vorhergesehen hatte, was ich zu tun versuchen würde.

Sobald mein Urenkel wieder wach war, bat ich ihn, die Kappe aufzusetzen und mir gut zuzuhören. Als ich ihm erklärte, daß im zweiundzwanzigsten Jahrhundert die Welt oder zumindest alles Leben auf der Welt enden werde, da hatte er anfangs nichts als energische Einwände gegen diese Vorstellung. Doch dann wirkte die Weisheitskappe, und er räumte ein, daß dies wohl unvermeidbar wäre, wenn man die Natur des Menschen in Betracht zog. Als ich ihm sagte, daß es mit Feery sehr bald schon zu Ende gehen werde, da weinte er. Obwohl er von Carabosse doch in einen Frosch verwandelt worden war, hegte er der Feenwelt gegenüber dennoch freundliche Gefühle. Nach diesen meinen ersten Worten nickte er einfach nur von Zeit zu Zeit und konzentrierte sich auf meinen Plan.

»Es wäre zu machen, Großmütterchen«, sagte er schließlich. »Wenn man es wirklich will.« Doch er sah sehr wehmütig dabei drein.

»Du denkst an das Mädchen da oben«, stellte ich fest.

Er gestand es ein.

»Ich bin sicher, da läßt sich etwas machen«, sagte ich. »Aber alles andere muß zuerst getan werden.«

»Das könnte Jahre dauern«, seufzte er.

»Ich glaube nicht«, beruhigte ich ihn. »Ganz bestimmt können wir auf Hilfe hoffen. Doch selbst wenn es Jahre dauern sollte, denk dran, daß du zu einem Sechzehntel dem Feengeschlecht angehörst, und dieser

Anteil reicht aus, um dir ein äußerst langes Leben zu garantieren.«

»Wie alt seid Ihr, Großmütterchen?«

»Hundertsechzehn Jahre«, sagte ich und dachte, welch kurze Zeit das doch war.

Er seufzte, aber er war ein braver, vernünftiger Junge. Gott sei Dank war er Vincents Sohn und nicht der des verrückten jungen Königssohnes. Gott sei Dank geriet er seinem Vater nach und nicht seiner Mutter. Und Gott sei Dank hatte er auch etwas von seiner Urgroßmutter – zumindest ein klein wenig. Ich wußte, er würde tun, was ich wollte.

Ich lieh ihm die Siebenmeilenstiefel und den Mantel der Unsichtbarkeit, lehrte ihn ein paar Zaubersprüche, und danach kam und ging er jeden Tag viele Male. In der Zwischenzeit ließ ich das Feuer nicht ausgehen, sah zu, daß im Kessel immer heiße Suppe war, und stand immer bereit, jede seiner Neuerwerbungen zu bewundern, sobald er sie hereinbrachte.

Giraffen, Löwen und Nashörner. Alke und Dodos und Wandertauben. Elefanten, Okapis und Pandas. Schneeleoparden, Tiger und Ozelots.

Samen von großen Bäumen und von kleinen. Von Sträuchern und Blumen und Gräsern. Von allem, was Triebe und Wurzeln hatte, Blätter und Zweige.

Rotkehlchen und Zaunkönig, Adler, Falke und Habicht. Alle Seevögel.

Jene Tiere, die zu groß waren, um sie *in statu quo,* wie Pater Raymond gesagt hätte, zu transportieren, wurden verkleinert. Ich brachte meinem Urenkel den Zauberspruch bei, und er hatte keinerlei Schwierigkeiten damit. Offenkundig reicht selbst ein Sechzehntel Feenblut aus, um mit so elementarer Zauberei zurechtzukommen. Sobald die Tiere in Westfaire waren, hob ich den Bann wieder auf, während sie schliefen – paarweise oder zu sechst oder wie auch immer sie vorkamen. Herdentiere wurden in größerer Anzahl herbeigeschafft, andere in Paaren – zumindest zwei Paare pro Sorte, denn Giles Edward Vincent Liebenswert hatte seine Lektion in Sachen Viehzüchterei gut gelernt: »Ein Pärchen reicht nicht, sonst gibt es zuviel Inzucht«, erklärte er mir, und: »Ich nehme nur diejenigen, die Junge haben; so gehen wir sicher, daß sie nicht unfruchtbar sind.«

Solch ein braver, kluger Junge!

Eines Tages, als ich in der Küche am Feuer saß und auf seine Rückkehr wartete, hörte ich eine Stimme, die meinen Namen rief. Ich wackelte in den Garten hinaus und sah Sariel mitten unter den Kohlköpfen stehen. Sie wirkte erschöpft und mitgenommen. Ich hatte Angst, mich zu erkundigen, wie die Schlacht verlaufen sei, aber sie nahm mich an der Hand und berichtete mir ungefragt davon.

»Wir haben ihn geschwächt, aber noch nicht getötet«, sagte sie. »Alle diese Schreckensgestalten, die der Mensch sich ausdachte, sie haben an Kraft zugelegt und ein fürchterliches Eigenleben entwickelt. Und so kämpfen wir nicht nur gegen unsere eigenen finsteren Seiten, sondern auch gegen die der Menschheit. Ach, Beauty, was wir dort unten alles vorgefunden haben! Diese Vernichtungsmaschinerie! Dieses Arsenal der Zerstörung! Und alle diese menschlichen Techniker des Hasses, die in ihren Schlupfwinkeln mit Feuereifer an der Schaffung immer ausgefeilterer Horrorszenarien arbeiten! Die Schriftsteller der Menschen, die sich emsig über ihre Federn beugen, um ihrerseits die primitivere Art von Horrorszenarien zu erzeugen, welche aus religiösem Fanatismus und politischer Verfolgung besteht … Ach, wir hätten diese Dinge nie hervorbringen können, Beauty! Nur Gott und der Mensch können etwas erschaffen! Alles, was Gott erschafft, ist schön! Warum nur hat Er dem Menschen auch diese Fähigkeit verliehen? Im Labyrinth des Herrn der Finsternis sind die Menschen seine Verbündeten. Nur die Zeit kann ihn töten, und sie ...«

»Und unsere Seite?« fragte ich so atemlos, daß ich Mühe hatte, die Worte herauszubringen. »Was ist mit unserer Seite?«

Sie lächelte – ein schiefes, bitteres Lächeln. »Der Horror ist stärker als die Freude, Beauty. Besonders wenn er zum Gedeihen ermutigt wird. Doch wir haben den Herrn der Finsternis zurückgeschlagen; er ist vor uns in irgendeine andere Dimension des Schreckens geflohen, und wir verfolgen ihn mit aller Kraft, die uns geblieben ist. Doch viele von uns sind gefallen.«

»Mama?«

»Deine Mama, ja. Sie kämpfte tapfer gegen unvorstellbare Dinge und ist dabei umgekommen. Wie Oberon und Mab. Und Israfel. Und viele, viele andere.«

Israfel! Oh, welch ein Stich in meinem Herzen!

»Aber die Bogles nicht?«

»Nein, die Bogles nicht. Klugerweise ließen sie sich nicht in den Kampf hineinziehen. Standhaft. Selbstbewußt. Ein wenig zynisch. Sie lassen sich nicht von Stolz zur Torheit verführen. Aber sie sind immerhin hinter uns hergezogen und haben alles blockiert, um zu verhindern, daß die Schrecken zurückkehren. Die Bogles haben gewiß noch ein langes, langes Leben vor sich.«

»Und Carabosse?«

»Als Carabosse merkte, daß wir in absehbarer Zeit keinen Sieg erringen würden, verließ sie uns. Sie sagte, sie habe noch eine größere Aufgabe vor sich.«

»Doch einige haben doch überlebt, oder?«

»Einige haben überlebt, ja. Doch das Ende von Feery ist gekommen. Wir müssen die Welt verlassen. Wir müssen den Herrn der Finsternis verfolgen, wo immer er auch hingeht, wie lange es auch dauert. Und wir beten, daß am Ende schließlich wir die Siegreichen sein mögen …«

»Dann hatten Bill und Janice also recht, und es war der letzte Ritt?«

»Sie hatten recht damit.«

»Werdet ihr je nach Baskarone zurückkehren? Ich meine, diejenigen, die noch übrig sind.«

Wiederum dieses halbe Lächeln. »Wer kann schon sagen, ob wir je dorthin zurückkommen können? Und wenn ja, wer weiß, ob Baskarone noch da sein wird, um uns zu empfangen?«

»Kann ich es haben?« fragte ich.

Sie war überrascht, als ich ihr den Grund für meine Bitte nannte, und meinte, wenn ich wollte, könne ich es gern haben.

Worauf sie verschwand. Ich weinte eine Zeitlang um Mama und Israfel, aber mit Weinen ist ja nichts getan, oder? Dahocken und weinen, das tun die Frauen seit Jahrhunderten, und was hat es ihnen genutzt? Oder das Beten? Gott hat uns die Erde gegeben. Er wartet nicht im Nebenzimmer, um sie zu reparieren, wenn wir sie ruinieren. Wenn wir selbst uns nicht darum kümmern, wird es auch niemand anderer tun. Auf anderen Welten haben es andere Rassen von Menschen vielleicht besser gemacht als wir. Es liegt Ihm an uns, aber Er lenkt uns nicht in unserem Tun.

Nun gut. Nun gut. Ich rief Fenoderee, und schon war er da, zusammen mit Puck und einem Dutzend anderer Bogles. Ich erzählte ihnen, was Sariel berichtet hatte.

»Wir wissen es«, sagte Puck. »Wir haben es schon gehört.«

»Baskarone wird nicht bestehen bleiben. Feery ist schon dahin. Und der sterbliche Mensch wird am Ende des einundzwanzigsten Jahrhunderts alles Leben zum Erliegen bringen. Das heißt…«

»Das heißt, es ist unsere einzige Hoffnung«, sagte Puck. »Wir wissen das. Wir sind gekommen, um zu helfen.«

Das waren sie allerdings. Sie haben Käfer und Schmetterlinge und Mücken mitgebracht. Orchideen und Hibiskus und Jasmin. Tropische Früchte und Wüstenpflanzen. Dinger, die fliegen und krabbeln. Sie bringen sie alle zu mir in meine Gärten, meine Ställe, meine Korridore, wo sie schlafen können. Jeder Kerzenleuchter ist mit Spinnen behängt, der Burggraben ist mit Fischen gefüllt, und in Papas Taschen wohnen Mäuse; unter Pater Raymonds Soutane hingegen wohnen Maulwürfe.

Die Bibliothek ist randvoll mit großen Bauwerken, die wir klein gemacht haben, mit Brücken und Denkmälern und allem aus Baskarone, aber eben verkleinert. Die herrlichen Gärten und Wälder konnten wir nicht mitnehmen, also haben wir uns mit Samen begnügt.

Ich habe Puck und Giles gebeten, Kaninchen-Wiesel und ihre Mama wegzubringen, hinaus in die Welt. Hier sind sie nutzlos; sie gäben kein gutes Zuchtmaterial ab, und wir brauchen jedes Fleckchen Platz.

Die Tage fließen dahin, und meine Helfer kommen und gehen ohne Unterlaß. Manchmal zusammen mit meinem Urenkel, manchmal allein, manchmal zu zweit oder zu dritt. Westfaire ist groß, doch langsam füllt sich alles. Überall liegen schlafende Gestalten, wo man sie hingelegt oder hingestellt oder hingehängt hat. Faultiere und Fledermäuse hängen mit dem Kopf nach unten in der Speisekammer; die Koalas habe ich in meinem Turmstübchen untergebracht, wo sie sich an die Bettpfosten klammern. Auf dem Fußende desselben Bettes, gleich neben dem Tadsch Mahal, kuscheln sich vier verschiedene Arten von Füchsen aneinander.

Giles Edward hat den Brunnen ausgeschöpft und mit Salzwasser aus dem Meer gefüllt. Alle Hände wurden benötigt, um die Wale einzubringen, obwohl sie, als sie ankamen, nicht größer waren als Goldfische. Pottwale und Buckelwale und Weißwale und Blauwale. Schwertwale und Delphine. Grauwale und Pilotfische. Haie. Ich dachte daran, die Haie wegzulassen – Haie und Moskitos –, aber Puck sagte nein, der Allerhöchste hat ihrer Gesamtheit Schönheit verliehen, und so muß es alles sein oder nichts. Ich sitze am Brunnenrand und sehe zu, wie die Wale auf dem Wasser schlafen, winzige Fontänen aus den Nasenlöchern blasen und von den Liedern träumen, die sie singen werden. Vielleicht. Eines Tages.

Grumpkin IV weicht nicht von meinem Bett. (Möglicherweise ist es schon Grumpkin V oder VI.) Er schläft auf dem Rücken, die Pfoten über dem Bauch gefaltet. Sein Eheweib ist mit den Kleinen auf meinem Kissen eingerollt. Welch hübsche Kinder!

Und schließlich, endlich ist alles getan. Nicht eine Spezies zwischen dem Jahr 1 der Menschheit und dem zwanzigsten Jahrhundert wurde ausgelassen, alle wurden aufgespürt und hergebracht, lebendig oder in Form von Samen. Mammuts und Mastodons und das alles. Nicht ein einziger Akt der Schöpfung, den Israfel und die Seinen in Baskarone bewahrten, fehlt hier. Und hinter meinem Brustbein brennt die Saat der Schönheit, brennt und brennt immerfort und immer heftiger mit jedem Stück, das hereingebracht wird. Sie wird immer brennen. Sie wird nie ausgebrannt sein.

Und nun kommt der letzte Teil.

»Wo werdet ihr hingehen?« fragte ich Puck.

»Ein paar von uns bleiben hier«, sagte er. »Wenn der Tag je kommt, dann wirst du Hilfe brauchen!«

»Großmütterchen«, sagte Giles Edward. Der Junge klang ausgepumpt und müde von den vielen Anstrengungen. »Ich kann auch bleiben.«

Ich schüttelte den Kopf. »Keinesfalls, mein Kind. Herzchen liegt die ganze Zeit dort oben im Turm und wartet auf ihren Prinzen. Wir können sie doch nicht für alle Zeiten schlafen lassen! Das war nicht der Zweck der Sache!«

»Aber ...«

»Keine Wenn und Aber, Junge! Nein! Heute abend werden wir alle ein Festmahl haben. Schinken und Käse und Bier und Wein und frischgebackenes Brot – Fenoderee kennt jemanden, der das übernimmt –, und wir werden singen und lachen. Und dann wirst du Herzchen nach draußen bringen, und zwar in sichere Entfernung von hier, und sie wachküssen.« Sobald sie Westfaire verließ, würde sie von selbst aufwachen, aber warum sollte er nicht das Vergnügen haben?

»Und dann?«

»Und dann wirst du die ganze Liste deiner Fertigkeiten und Fähigkeiten in die Tat umsetzen, um euch beiden ein langes, gutes und fruchtbares Leben zu ermöglichen.« Gott geb's.

»Und dann? Was wird geschehen?«

Ich schüttelte wieder den Kopf. Wer konnte das schon mit Sicherheit wissen?

Ich machte mich gerade fertig für unsere Feier, als Carabosse auftauchte, indem sie plötzlich aus dem Nichts hervortrat.

»Hier bist du also«, sagte sie.

Ich murmelte irgend etwas über die harte Arbeit, die hinter mir lag, über das, was wir geschafft hatten, und bot ihr an, sie herumzuführen und ihr alles zu zeigen.

Sie betrachtete die Tiere in jedem Winkel und die Fledermäuse, die in der Tür der Kleiderkammer hingen, und lachte. Wir machten einen großen Rundgang durch die Stallungen und die Gärten. Dann setzte sie sich in eine Ecke und lachte, und die Tränen rannen ihr über die Wangen.

»Ich dachte, du wüßtest es«, sagte sie. »Ich dachte, du wärst von selbst auf den Gedanken gekommen!«

»Ich wüßte was?« fragte ich. »Auf welchen Gedanken soll ich gekommen sein?«

»Darauf«, sagte sie und zeigte mit dem Finger auf alles rundum, auf die Tiere, auf die Fische, auf die Vögel – Baskarone zur Winzigkeit geschrumpft. »Das hättest du nicht zu tun brauchen. Wir hatten das bereits erledigt.«

»Ihr …?« Ich hatte keine Ahnung, was sie meinte.

»Israfel. Und die Seinen. Sie haben das bereits erledigt. Vor langer Zeit. Noch ehe du geboren wurdest.« Sie beugte sich vor und klopfte mir auf die Brust. »Was, denkst du denn, ist da drinnen, Dummerchen?« Und sie fing wieder an zu lachen.

Nach einer Weile lachte ich mit ihr.

»Schönheit ist da drinnen«, sagte sie. »In Beauty, der Schönen, ist Schönheit. Die ganze Schönheit. Hier in Westfaire. In all dem Schönen hier ist Beauty, und in Beauty ist Schönheit. Dummes Mädchen.« Plötzlich fiel ihr das Kinn auf die Brust, als wäre sie zu müde, um fortzufahren. »Alles, was du zusammengetragen hast, ist schön, Mädchen. Aber das war schon zuvor alles in dir. Alles in dir, winzigklein gemacht, wie die Saat der Schönheit. Damit du es in dir trägst, für alle Zeit.«

Nun, das hatte ich natürlich schon gewußt. Aber ihr Wort war mir nicht ausreichend erschienen. Sie hätten ja etwas übersehen können! Ich hatte ein besseres Gefühl in dem Bewußtsein, es selbst getan zu haben.

Manchmal ist es gar nicht schlecht, des Guten zuviel zu tun. Das hat mir irgendwann einmal jemand gesagt. Wenn ich nur wüßte, wer.

Carabosse nahm auch an unserer Feier teil.

Kerzen. Keine Kerze in der ganzen Burg, die nicht brannte. Und Musik. Die lockte die Bogles von überallher an. Wüste Gestalten darunter. Gutmütige Monster. Sie sind ein äußerst musikalisches Völkchen, die Bogles. Dazu gutes Essen, Wein, Tanz und Spiele. Ich saß still in einer Ecke, sah ihnen zu und schrieb in mein Buch.

Das ging so weiter bis zum Morgengrauen. Irgendwo draußen in der weiten Welt krähte ein Hahn. Dann wurde es stiller, und die meisten Bogles machten sich auf den Heimweg.

Giles Edward Vincent Liebenswert trug das schlafende Herzchen die Treppe herab und hinaus ins Freie. Er zog meine Stiefel an. Als er mir adieu sagte, weinte er, aber dazwischen hatte er schon auch einen gelegentlichen Blick für Herzchen übrig. Er wird nicht lange traurig sein. Und so küßte er mich zum Abschied und ging.

Auch Carabosse küßte mich, und es fühlte sich an wie der Kuß einer Mutter. Sie verriet mir nicht, wohin sie gehen würde, aber ich habe den Eindruck, es wird nicht weit sein. Dann glitt sie ein wenig zur Seite und war verschwunden.

Fenoderee und die anderen, die hierbleiben, sind draußen bei den Tieren. Puck schleppte Giles hinauf in den Turm und legte ihn auf mein Bett. Er sieht jetzt viel besser aus, viel kräftiger. Dieser lange Schlaf hat ihm gutgetan. Dann half Puck auch mir alle diese Stufen hoch, damit ich bei meinem Liebsten sein kann. Seit ich diesmal wieder zurückgekehrt bin, tun mir die Beine andauernd weh, aber natürlich bin ich sehr, sehr alt. Einhundertsechzehn Jahre! Das muß man sich einmal vorstellen! Ohne Puck hätte ich es nie bis hier herauf geschafft.

Vom Balkon aus sehe ich das Morgenrot und über mir helle Flügel, die mich umkreisen. Eine Taube, denke ich. Sehr hoch oben. Giles und Grumpkin schnarchen auf meinem Bett – kehlige kleine Laute in der Stille. Wenn ich sie streichle, dann regen sie sich ein wenig, als wollen sie mir zu verstehen geben, daß sie wissen, daß ich da bin. Jetzt sitze ich am Bettrand, um zu schreiben, und Giles Edwards Frage fällt mir ein.

Was wird geschehen?

Herzchen wird erwachen, sobald sie aus Westfaire draußen ist. Natürlich wird er sie küssen, aber das hat nichts damit zu tun. Was Joyeause auch immer über den hundertjährigen Schlaf behauptete, dieser Zauberbann war für die Ewigkeit angelegt! Westfaire wird weiterschlafen. Papa wird schlafen, Doll und Martin werden schlafen. Die Tanten, die jungen Mägde, die Stallburschen und Knechte, alle werden so lange schlafen, bis die Bedingungen für das Ende des Zauberbannes erfüllt sind und jemand oder etwas Wundersames kommt und die Schönheit wieder wachküßt. Kein Königssohn. Oder zumindest nicht nur ein Königssohn.

Weit mehr als ein Königssohn muß es sein – eine Art Wiedergeburt muß sie wachküssen. Und nicht zu bald. Erst lange nachdem Carabosses Uhr abgelaufen ist. Lange nach dem dreiundzwanzigsten Jahrhundert, meine ich. Lange nachdem Baskarone und ganz Feery verschwunden sind, und lange nachdem das Gewicht der Zeit vom Herrn der Finsternis und allen seinen Speichelleckern befreit sein wird. Wenn nichts anderes, dann wird ihn die Entkräftung des Alters besiegen. Und der Rest wird mangels anderer Opfer sich selbst umbringen. Und vielleicht wird das Leben wiederkommen – im vierundzwanzigsten oder fünfundzwanzigsten Jahrhundert oder lange danach. Ich habe jedenfalls alles getan, was in der Macht einer Halbfee steht, um es zu erhalten. Carabosse und ich sind ein gutes Gespann.

Und falls das geschieht – nun, dann steht alles hier bereit. Die Wale und die Elefanten und die Radieschen und die Bäume. Und dazu der Zauber, der über allem liegt. Und auch der Mensch ist da – alle diese lüsternen Stalljungen und kichernden Mägde! Und die Bogles, allzeit bereit für einen Neubeginn. Allzeit bereit, wiederzuerschaffen, was Gott einst geschaffen hat. Und Giles, um mir einen Morgengruß zu entbieten; und ich, um ihm zu antworten.

Und wenn es nicht geschieht?

Auch dann ist alles da. Versunken in tiefem Schlaf. Vielleicht versunken in Träumen von dem, was hätte sein können. Und vielleicht fangen andere auf irgendeiner anderen Welt diese Träume auf und staunen nach dem Erwachen über ihren wundersamen, phantastischen, komplizierten Inhalt. Und vielleicht ist irgend jemand oder irgend etwas darunter, das in der Lage ist, neu zu erschaffen.

Als ich noch klein war, lehrte Tante Drachen mich

ein Gebet zum Schlafengehen: »Nun steig ich in mein Bettchen klein; Herr, behüt die Seele mein!« Welch überhebliche Vorstellung vor dem Einschlafen! habe ich immer gedacht. Warum sollte Gott ausgerechnet das tun? Nur weil ich Seine Schönheiten so leidenschaftlich liebe? Seine Schönheiten immer schon so leidenschaftlich geliebt habe?

Damals, vor so langer Zeit, ließ ich nicht zu, daß der Fluch mir etwas anhaben konnte. Ich wollte einfach nicht hundert Jahre lang schlafen. Ich hielt es für meiner nicht würdig. Ich hielt es für ungeheuerlich, daß Papa mir solch ein Schicksal eingebrockt hatte, und so entzog ich mich diesem Schicksal. Dachte ich. Aber dem Schicksal zu entgehen, ist nicht so einfach. Seltsam, wie die Dinge sich letztendlich entwickeln. Selbst Carabosse und Israfel konnten nicht vermeiden, daß sie einen solchen Lauf nahmen. Als hätte irgend jemand anderer die Planung vorgenommen.

Puck streckt die Hand aus; er will meine Feder und meine Kappe. Er sagt, er wird sich neben mich setzen und mir die Schmerzen aus meinen armen alten Beinen massieren. Bis ich einschlafen kann.

»Nun steig' ich in mein Bettchen klein; Herr, behüt die Seele mein!«

Doch vielleicht behütet er statt dessen das Feuer, das hier drinnen brennt; das Feuer, das Israfel und Carabosse da hineingetan haben.

Und vielleicht war das immer schon meine Seele.

Terry Pratchett

»Pratchetts Romane - der Stoff, aus dem Kultromane gewoben sind.« PUBLISHERS WEEKLY

»Wirklich witzige Bücher sind rar. Und diese Romane sind nicht nur geistreich, sondern auch wunderbar erzählt. Terry Pratchett ist der Douglas Adams der Fantasy.« THE GUARDIAN

Von Terry Pratchett sind im Heyne-Taschenbuch erschienen:

Das Licht der Phantasie
06/4583

Das Erbe des Zauberers
06/4584

Die dunkle Seite der Sonne
06/4639

Gevatter Tod
06/4706

Der Zauberhut
06/4715

Pyramiden
06/4764

Wachen! Wachen!
06/4805

MacBest
06/4863

Strata
06/4911

Die Farben der Magie
06/4912

Eric
06/4953

Trucker
06/4970

Wühler
06/4971

Flügel
06/4972

Die Scheibenwelt
06/5123

Die Teppichvölker
06/5124

Wilhelm Heyne Verlag
München

Anne McCaffrey

Der Drachenreiter (von Pern)-Zyklus

Pern ist ein von den Menschen besiedelter Planet, der in einem periodischen Zyklus immer wieder von einer Katastrophe heimgesucht wird, welche nur für die Drachen und ihre Reiter ungefährlich ist, für alle anderen Kolonisten jedoch eine tödliche Gefahr bedeutet. So helfen die Drachenreiter den Bewohnern von Pern in dieser schlimmen Zeit. Doch sobald die Katastrophe überstanden ist, sind diese heldenhaften Einsätze schnell vergessen, und die Drachenreiter ernten wenig Dank.

Die Welt der Drachen
06/3291

Die Suche der Drachen
06/3330

Drachengesang
06/3791

Drachensinger
06/3849

Der weiße Drachen
06/3918

Drachentrommeln
06/3996

Moreta - Die Drachenherrin von Pern
06/4196

Nerilkas Abenteuer
06/4548

Drachendämmerung
06/4666

Die Renegaten von Pern
06/5007

Die Weyr von Pern
06/5135

Wilhelm Heyne Verlag
München